GENESIS

BRENNENDE WELTEN

SCIENCE FICTION

THARIOT

Kein Buch entsteht ohne Hilfe.
Mein Dank an Boris, Nici, Christoph und Lara.

Lektorat:
Simone Kurilla

Korrektorat:
Stefan Stern

Beta Leser:
Antje Adamson
Wolfgang Breitkopf

Titelbild:
© Ig0rZh
Fotolia.com

Thariot
Martin Langner
Solingen 2014

2. Auflage 2015
ISBN-13: 978-1500369408
ISBN-10: 1500369403

Thariot.de

Wir leben in einer Zeit vollkommener Mittel und verworrener Ziele.

Albert Einstein

Was zuvor geschah:

Im Jahr 2268 startet die Horizon auf ihre Mission, eine neue Welt zu entdecken. Das Ziel, das Sonnensystem Proxima Centauri, unser direkter Nachbar und etwa fünf Lichtjahre von der Erde entfernt. Ein beinahe perfekter Plan.

Die Realität, in der sich Elias und Anna nach der Reise wiederfinden, liegt 10.000 Lichtjahre von der Erde entfernt. Eine unbedeutende Abweichung, wenn man berücksichtigt, was sich ansonsten in der Zukunft alles verändert hat.

Band 1: »Genesis. Die verlorene Schöpfung«
Band 2: »Genesis. Brennende Welten«

Die Geschichte von Elias, Anna, Sequoyah, Kezia, Ruben und der KI Vater geht weiter.

Thariot

Alpha Phase

I. Abschied von Gaia

Freiheit. Ein flüchtiges Gefühl. Fragil. Und wert, sich später daran zu erinnern. Elias vermisste den salzigen Geschmack, den er früher im Polarmeer auf den Lippen hatte. Im Wasser fühlte er sich geborgen. Wenn er sich mit einem Gedanken an jeden ihm bekannten Ort bringen könnte, dann wäre er sicherlich nicht an Bord dieses verdammten Lerotin-Raumschiffes.

»Elias, du bist blass im Gesicht. Was ist los?«, fragte Vater, dessen besorgte Stimme körperlos neben ihm erklang.

»Bist du dir sicher, dass wir das überleben werden?« Eine Frage, die Elias gerade intensiv beschäftigte. Das würde seine erste Reise mit Überlichtgeschwindigkeit werden und die Technologie der Lerotin wirkte alles andere als vertrauenserweckend.

»Ja.«

Alles war weiß, es gab keine sichtbaren Bedienelemente oder andere Apparaturen, die er an Bord eines Raumschiffes erwarten würde. An der Seite des länglichen Raumes zeigte sich ihm eine freie Sicht ins All. Er konnte Proxima erkennen, blau und wunderschön, die Welt, auf der er während der letzten sieben Jahre gelebt hatte.

»Wieso glaube ich dir nicht?«

»Analytisch betrachtet schüttet deine Nebennierenrinde gerade mehr Cortisol aus, als deinem Hypothalamus gut tut ...«

»Vater!«, rief Elias aufgebracht. Nachhilfe in Medizin konnte er gerade nicht gebrauchen.

»Oder mit einfachen Worten ... du bist ein Weichei!«

»Danke auch.«

Es gab Momente, in denen Elias vergaß, dass Vater kein Mensch war. Vater war eine KI, eine künstliche Intelligenz, ein Computerprogramm und neben seinen Geschwistern das einzige Wesen, für das er sein Leben geben würde.

»Also ich halte dieses Manöver nicht für gefährlicher, als deine leicht suizidale Vorliebe, im Polarmeer, mit einem Titanspeer bewaffnet, Eishaie zu erlegen.«

Elias war allein in der Kommandozentrale des Raumschiffes, während Vater in der Startphase alle Systeme kontrollierte.

»Da halte ich aber mein Leben selbst in den Händen!« Eishaie empfand er nicht als Gegner, die Tiere taten immer genau das, was er von ihnen erwartet hatte. Zuerst griffen sie an, dann starben sie, und zuletzt füllten sie seinen Magen.

»Treffend bemerkt. Jetzt bin ich es, der über dich wacht. Also entspanne dich, wir starten in wenigen Minuten!«

Elias lehnte sich zurück, sein Sitz bewegte sich und umschloss seine Arme und Beine, als ob er gerade im warmen Wasser versank. Ein bläulich schimmerndes Fluid umhüllte ihn, ein Kunststoff, der seinen Körper während der Reise durch das Wurmloch schützen würde. Ein Stich am Arm, er spürte, wie sein Bizeps kribbelte und die Lider seiner Augen schwerer wurden.

»Willst du mich einschläfern?«

»Würde es helfen?«

»Ich möchte wach bleiben!«

»Die Lerotin haben die Problematik, auf Kohlenstoff basierende hydrogene Lebensformen an einem Stück durch eine Einstein-Rosen-Brücke[1] *zu bekommen, pfiffig gelöst. Die haben es geschafft, dass ...«*, erklärte Vater vollmundig.

---

1 Auch Wurmloch genannt, eine Raumfalte, die zwei beliebig weit entfernte Punkte im Universum miteinander verbinden kann.

»Was mich gerade nicht wirklich interessiert!« Nicht noch mehr Unterricht in Lerotin-Kunde.
»Dachte ich mir ... noch drei Minuten.«
»Wie geht es Anna?«
»Ähnlich wie dir, sie hat Angst. Nur Sequoyah ist cooler, sie schläft. Auch bei ihnen sind die Vorbereitungen für den Start abgeschlossen. Möchtest du mit ihnen sprechen?«
»Ja ... ähm ... nein! Später!«
»Wie ich sehe, weißt du genau, was du möchtest!«
»Ich ... ich ...« Elias' Gedanken drehten sich im Kreis, ihm war, als ob jemand seinen Kopf unter Wasser drücken würde. Sein Bewusstsein versank. Luft, er brauchte Luft, frei im Meer schwimmend tauchte er auf. Anna schwamm neben ihm, ihre roten langen Haare glänzten im Sternenlicht.
»Wusstest du, dass die Lerotin Proxima den Namen Gaia gegeben haben?«, fragte sie mit einem Lächeln in der Stimme und blickte in den wolkenklaren Nachthimmel. Auch Elias schaute nach oben, die Sicht auf die blaue Schönheit verfehlte nicht ihre Wirkung. So nah, die leuchtende Hemisphäre Proximas füllte nahezu den gesamten Horizont aus. Das war ein Traum. Und was für einer! Elias entspannte sich.
»Gaia? Was bedeutet das?«, fragte er neugierig.
»Hört sich geheimnisvoll an, oder? Der Witz dabei ist, dass die Lerotin die Bedeutung nicht kennen. Ihre eigene Welt nennen sie Iris und unser Reiseziel Nemesis«, erzählte Anna amüsiert.
»Erkläre es mir.« Auch Elias konnte mit diesen seltsamen Namen nichts anfangen.

Anna lächelte. »Gaia steht für die personifizierte Erde oder auch als Name für die Gebärerin. Iris nannte man früher die Botin der Götter und Nemesis ist ein Synonym für den gerechten Zorn.«

»Woher weißt du das?«

»Die Namen stammen aus der Mythologie früher Kulturen auf der Erde. Die Menschen haben ihren Göttern diese Namen gegeben. Mit der Zeit veränderte sich zwar die Religion, aber die Namen blieben bestehen. Bis heute ... unglaublich, oder?«

»Und den Lerotin war das nicht bewusst, wie kann das sein?«, fragte Elias.

»Sie haben ihre Welt erst vor 400 Jahren besiedelt und scheinbar schon vorher den Großteil ihres menschlichen Erbes verloren«, erklärte Anna und schwamm an das nahe Ufer.

»Wo willst du hin?«, fragte Elias, der Mühe hatte, ihr zu folgen.

»Ans Ufer. Ich bin kein Fisch!«, sagte Anna.

Du schwimmst aber wie einer, dachte Elias und schwamm schneller. Am Strand angekommen, ließ sich Anna entspannt im feinen Sand nieder. Kleidung trug sie keine, na ja, eigentlich war Anna in nahezu jedem seiner Träume nackt.

»Wir fliegen«, rief Anna, während sich über ihnen Proxima mehr und mehr entfernte und eine grandiose Aussicht ins All freigab, das sie mit hoher Geschwindigkeit durchquerten.

»Ähm ja ...« Elias hatte Mühe, sich zwischen Annas nackten Brüsten, von denen feine Wasserperlen den Bauch hinab glitten, und einer unglaublichen Reise durch das All zu entscheiden. Er war ein Mann. Für beides reichte seine Aufmerksamkeit nicht. Verdammt, das war doch nur ein Traum! Nur einer. Das hätten auch zwei sein können. Die hätte er nacheinander genießen können!

Seine sichtlich erregte Männlichkeit, denn auch er trug keine Kleidung, half ihm ohne jeden Zweifel bei der Entscheidungsfindung. Unendlich vorsichtig berührte er ihre Brust, elektrisierend schauerte es ihm den Rücken hinauf.

Anna lächelte keck und drehte sich von ihm weg, ihre feuchte Haut war voller Sand. »Würdest du lieber nach Hause fliegen?«

Wer würde jetzt hier weg wollen? Der Wunsch sie zu berühren, bestimmte seine Sinne, jedes Sandkorn würde er einzeln von ihrer Haut streicheln wollen.

»Zur Erde?«, fragte er und griff nach ihr. Die Reise durch den Raum war unwichtig.

»Ob der Sand auf der Erde ähnlich schmeckt?«, fragte sie und steckte sich den Finger in den Mund. Elias glaubte verrückt zu werden, sie spielte mit ihm.

»Vater erklärte, dass wir nicht direkt zur Erde fliegen können ...« Etwas Geistreicheres brachte sein im Notbetrieb arbeitender Restverstand gerade nicht zustande.

»Glaubst du immer alles, was man dir sagt?« Anna hörte nicht auf, ihn zu narren. Wenn er sie gleich zu packen bekäme, würde sie seinen Glauben spüren.

»Nur wenn es richtig ist!«, sagte Elias.

»Und was wäre jetzt richtig?«, fragte Anna frech und rollte sich zu ihm zurück.

»Küss mich!« Mehr wollte Elias nicht. Nicht reden, nicht nachdenken, nur leidenschaftlich ihren Körper erfahren.

Anna fuhr mit dem Finger, den sie zuvor abgeleckt hatte, über seine trockenen Lippen. Diese Berührung, für Elias Wonne und Qual zugleich. Doch seine Leisten pochten vergeblich.

»Auch wenn es dein Traum ist, das musst du dir erst verdienen!«
Anna sprang auf, lief das kurze Stück zum Wasser und verschwand mit einem Hechtsprung in der Brandung.
»Bitte was?« Elias glaubte kaum, was er gerade hörte.
»Das Wasser ist wunderbar!«, rief Anna vergnügt und drehte sich auf den Rücken.
Das hast du fein hinbekommen, dachte Elias, er fühlte sich wie ein Idiot, in der Vergangenheit hatte er seine Träume besser im Griff gehabt.

***

II. Wenn Träume wahr werden

Jemand gab Elias eine Ohrfeige. Noch eine. Was sollte das? Erschrocken öffnete er die Augen und sah in Annas Gesicht, das zwar auch trotz einiger Blessuren hübsch anzusehen war, nur gerade wenig Freundlichkeit vermittelte.

»Mach schon! Aufwachen! Steh auf! Genug geträumt! Wir sind da!«, rief Anna und wollte ihm eine weitere Ohrfeige geben, die er gerade noch abwehren konnte.

»Hey! Was ist mit dir? Warum schlägst du mich?«, fragte Elias und hielt ihr Handgelenk. Diese grünen Augen, sie leuchteten regelrecht, so aufgebracht war sie.

»Möchtest du lieber wissen, wie Sand schmeckt?«, fragte Anna wütend und riss sich los. Jede Muskelfaser ihres schlanken Körpers schien angespannt zu sein. In seinen Träumen sah sie fraulicher aus und deutlich friedlicher. Was natürlich auch an den Haaren lag, die in der Realität zwar genauso rot, nur deutlich kürzer waren. Na ja, eine maßlose Übertreibung, jedes geschorene Schaf trug eine bessere Frisur.

»Ich glaube, dass ihr gerade eine Pause braucht!«, sagte Sequoyah und zog Anna zurück, die einen Moment innehielt, nachzudenken schien und im nächsten Moment wieder Anlauf nahm, um ihm erneut eine zu verpassen. Diesmal mit der geballten Faust.

»Anna! Langsam Kleine! Lass ihn leben! Wir brauchen ihn noch!«, rief Sequoyah, die zwar nur eine Handbreit kleiner als Anna war, deren Körperkraft aber durch einen Delta-7 Kampfanzug verstärkt wurde. Elias konnte sehen, unter welcher Anspannung das aus synthetischen Muskeln und Sehnen bestehende biomechanische Exoskelett stand, mit dem sie Anna zurückhielt.

»Was ist los mit dir?«, fragte Elias aufgebracht. Anna schien den Verstand verloren zu haben! Diese stoppelhaarige rote Furie schien seine Gedanken zu kennen. Nein, er schüttelte den Kopf und sprang aus dem Sitz. Das war kein Traum! Er war wach!

»Du bist ein Schwein!«, schimpfte Anna wutentbrannt, die auf den Boden sackte, anfing zu weinen und mit den Händen ihre geschorenen Haare bedeckte. Eine Geste, die Elias aus den Socken haute, obwohl er keine anhatte.

»Wir befinden uns im Anflug auf Nemesis. In 52 Minuten werden wir den Orbit erreicht haben, ich aktiviere die Scanner: Atmosphäre, Siedlungen, digitale Signaturen, Abwehrsysteme ... wir werden alles prüfen«, erklärte Vater, der klug genug war, einer wütenden Frau nicht zu widersprechen. *»Die Datenbank gibt nicht viel her. Die Welt soll bewohnt sein, angeblich eine vorindustrielle Kultur, viel mehr hat die Lerotin nie interessiert, sie haben niemals versucht, Nemesis gründlicher zu erforschen.«*

Die Kommandozentrale des Lerotin-Raumschiffes hatte sich verändert. Nichts in diesem weißen Albtraum aus Kunststoff blieb lange genug dasselbe, als dass sie sich daran hätten gewöhnen können. Die Größe des weißen Raumes hatte sich mehr als verdoppelt. Nebeneinander befanden sich drei helle ergonomische Sitze, auch wenn sich gerade niemand anschickte, einen davon zu benutzen.

»Du solltest etwas essen«, sagte Sequoyah, die sich neben Anna auf den Boden gesetzt hatte und ihren Anzug deaktivierte. »Und ich brauche eine Dusche!«

Erschöpft zog sie die Rüstungsteile aus, die inaktiv einer zusammengeknüllten Wolldecke ähnelten. Mit einer Hand löste sie ein Haarband, wodurch ihre langen dunklen Haare locker auf die Schultern fielen. Sie hatte bereits zahlreiche graue Strähnen.

Der Einteiler, den sie darunter trug, zeigte deutlich, welche Anstrengungen sie erlebt hatte. Delta-7 Anzüge machten Menschen stärker, nicht aber unbesiegbar. Auch Annas ehemals heller Einteiler war voller Risse, Dreck, Schweiß und Blut.

»Was habe ich falsch gemacht?«, fragte Elias und sah sich hilflos um, Vater anzusehen, hätte ihm gerade gut getan.

»Nichts. Gib ihr Zeit. Denk an nichts und beruhige dich«, sagte Vater leise. Für diese Worte erklang keine Stimme im Raum. Vater nutzte den Delta-7 Steuerungschip, den Elias im Nacken trug, niemand sonst konnte ihn hören.

Dinge entwickelten sich selten wie erwartet, Elias musste mit einer neuen Situation klarkommen. Auch wenn er es sich nicht erklären konnte, Anna konnte seine Träume, seine Gedanken und was sonst noch lesen. Eine entwaffnende Feststellung für ihn, der bereits sieben Jahre lang beinahe jede Nacht von ihr träumte. Wie oft hatten sie sich dabei geliebt, er fühlte sich magisch zu ihr hingezogen - und diese Frau kannte jeden seiner Gedanken? Eine Horrorvorstellung!

Elias sah zu Anna, die den Kopf mit geschlossenen Augen auf Sequoyahs Schoß gelegt hatte. Es waren keine weiteren Reaktionen auf seine Überlegungen zu erkennen, das mit dem Gedankenlesen musste anders funktionieren.

Anna, sagte er in Gedanken und konzentrierte sich darauf, sie zu berühren. Eine Vorstellung, die ihn emotional bewegte.

»Ich habe Dan'ren gebeten, uns etwas zur Stärkung zu bringen. Wir können es gebrauchen«, erklärte Vater, der sich interessanterweise bei der Feststellung, eine Stärkung zu benötigen, mit einbezog.

Anna öffnete die Augen und sah Elias vorsichtig an. Jetzt durfte er keinen Fehler machen.

Entschuldige bitte, ich bin ein Idiot, ein Mann und gerade völlig überfordert, dachte Elias demütig, während er sich auf Anna konzentrierte. Ich kann nicht, was du kannst und ich habe keine Ahnung, wie ich damit umgehen soll! Ich verstehe Frauen noch nicht einmal, wenn sie mit mir sprechen, dachte Elias angestrengt und wartete auf ihre Reaktion. Anna nickte und lächelte zaghaft. Noch niemals hatte Elias sich derart ausgeliefert gefühlt. Die KI Vater im Nacken und Anna in den Gedanken - was blieb da noch für ihn?

An einer der weißen Wände öffnete sich kurze Zeit später wie aus dem Nichts eine Tür. Dan'ren, die frühere Kommandantin des Schiffes, betrat mit einem Tablett den Raum. Ihre zwei Meter große und extrem dünne Gestalt, sowie die kupferfarbenen Haare beeindruckten ihn auch bei der zweiten Begegnung. Ansonsten bot der weiße Raum eine freie Sicht auf den blau-grünen Planeten Nemesis, den eine besondere Aura der Unberührtheit zu umgeben schien.
»Eure Essgewohnheiten sind für uns fremd. Ich hoffe, dass euch die synthetischen Speisen und Getränke zusagen, die wir euch bieten können«, sagte Dan'ren höflich und verbeugte sich. Ihr schmales Gesicht, die Hände und die feingliedrigen Finger, einfach alles an ihr wirkte zerbrechlich. Sie setzte das Tablett auf einem Tisch ab, der kurz zuvor noch nicht da gewesen war. Diese variablen Räume im Raumschiff machten ihn verrückt.
»Ich habe sieben Jahre von ungenießbarem Fisch und Stärkepulver gelebt. Ehrlich! Es gibt Schlimmeres!«, sagte Elias und stürzte sich auf die viereckigen Dinger, die nach Huhn schmeckten. Ihm war diese Kost bereits bekannt, das waren Delikatessen! Seine Zuversicht in die Kochkünste der Lerotin löste auch bei Anna und Sequoyah jegliche Zurückhaltung.

Zu dritt standen sie am Tablett und schlugen sich hastig den Bauch voll. Die Zeit auf Proxima hatte niemand im Überfluss verbracht.
»Keine Ahnung, was das ist ... es schmeckt gut.« Elias trank eine bunte, zuckerhaltige Flüssigkeit, die er noch nicht kannte.
»Das ist Orangensaft«, sagte Sequoyah, während sie zufrieden rülpste.
»Wenn es euch recht ist, könnt ihr euch reinigen und neue Kleidung anziehen«, erklärte Dan'ren zuvorkommend.
Sequoyah nickte, auch Elias freute sich auf eine Dusche. Er wäre sogar bereit gewesen, wieder einen der gelben Overalls anzuziehen, die er früher im Habitat so gehasst hatte.

Geduscht, rasiert, seine langen braunen Haare auf Schulterlänge gestutzt, Fingernägel gesäubert – Elias glaubte, in den letzten sieben Jahren niemals gepflegter gewesen zu sein. Nackt trat er aus einer weißen Nasszelle in einen weiteren weißen Raum. Eine andere Farbe kannten die Lerotin scheinbar nicht. Am Boden ein Meter im Quadrat und zwei Meter hoch, der Raum ähnelte dem Inneren einer Kiste.
»Werde ich jetzt verschickt?«, fragte er, ob Vater ihn auch in dieser Box hören konnte?
»Klar, wohin darf es denn gehen?«, retournierte Vater amüsiert.
»Egal ... Hauptsache, ich darf den kleinen wasserfesten Roboter behalten, der mir unter der Dusche den Rücken gewaschen hat«, antwortete Elias.
»Praktisch, oder?«
»Haben die Lerotin auch Anziehroboter?«
»So in der Art.«
Aus der weißen Wand löste sich ein Scanner, der mit einem bläulichen Lichtkegel seinen gesamten Körper abtastete.

»Also meine Größe hätte ich denen auch sagen können«, erklärte Elias ausgelassen.
Vor ihm entstand ein Hologramm, das Elias die ganzen Blessuren, die er hatte, deutlich machte. Blaue Flecke, Schürfwunden und unzählige Narben, die er sich mit der Zeit eingefangen hatte. Die schweren Verletzungen an der Schulter und am Oberschenkel, die er im Kampf gegen die Schneckenköpfe davongetragen hatte, waren zwar verheilt, sahen allerdings nicht sonderlich schön aus.
Ein anderer faustgroßer Roboter löste sich aus der Wand, der ihn sogleich mit einem roten Lichtkegel erfasste. Das Ding wurde ganz schön heiß! Elias roch, wie der Laser Haut verbrannte, er zuckte und rieb seine Schulter, an der er nun die Narben wie alte Verschorfungen wegstreichen konnte. Die Haut darunter glich der eines Kindes. Ob die Lerotin Anna auch ihre langen Haare wiedergeben konnten?
Ein weiterer faustgroßer Roboter erschien an seinen Beinen und sprühte ihn mit einer weißen Kunststoffschicht ein, aus der sich binnen weniger Momente ein silbrig weißer Einteiler bildete, in einer Art, wie ihn alle Lerotin trugen.
»Kann ich auch eine andere Farbe haben?«, fragte Elias vorsichtig, er wollte nicht unverschämt wirken.
»Du wirst dich wundern.«
»Das tue ich jetzt schon.«
»In 10.000 Jahren hat sich einiges getan.«
»Ich bin beeindruckt! Und wie läuft es bei dir? Wie ist deine neue Hardware ... schneller und besser als der mickrige Chip in meinem Nacken?«

»Beeindruckend, der Begriff trifft es gut … wäre es dir trotzdem recht, wenn ich einige meiner Kernelroutinen und die wichtigsten Zertifikate zur Sicherheit inaktiv auf den Delta-7 Chip in deinem Nacken ablege?«, fragte Vater höflich.

»Etwa dein Gewissen?« Elias lachte.

»Ja.«

Elias nickte sprachlos, damit hatte er nicht gerechnet. Er würde Vaters Seele hüten wie einen Schatz.

***

III. Nemesis

Als Elias in die Kommandozentrale zurückkehrte, fühlte er sich beinahe heimisch. Ausgelassen warf er sich in den Sessel, der sich auch zu bewegen schien, wenn man nicht darin saß. Was für eine abgefahrene Technik, die ihn aber nicht mehr so einschüchterte wie zuvor. Das Unbekannte der Lerotin schwand mehr und mehr, es waren schließlich auch Menschen. Sie lebten nur in einer anderen Zeit.

Auch Anna und Sequoyah wirkten wie ausgewechselt, ausgeruhter und selbstsicherer als zuvor. Die hilfsbereite Art ihrer Gastgeber tat allen gut. Die beiden Frauen erschienen, ähnlich angezogen wie er, zurück auf der Brücke.

Hallo Anna, sagte er in Gedanken. Er freute sich sie zu sehen, auch wenn ihre Haare keinen Deut länger waren als zuvor. Dieser Augenaufschlag, sie lächelte ihn an, der Umgang mit ihr würde ihn weit über seine Grenzen hinausbringen.

»Bist du unser neuer Kapitän?«, fragte Sequoyah spitzfindig, auch sie würde es Elias nicht einfach machen. Am Hals trug sie eine Kette mit einem fingernagelgroßen blauen Kristall, den er bereits früher bei ihr gesehen, nur nie beachtet hatte.

»Dafür bin ich zu jung ... Vater kann das besser.« Diese Bürde wollte Elias sich nicht auflasten. Er vertraute Vater, der sie am besten führen konnte.

»Zankt ihr euch wieder?«, fragte Vater.

»Nein, Vater ... sicherlich nicht.«, antwortete Sequoyah freundlich. Das war das erste Mal, dass sie die KI als Vater ansprach, ein interessantes Wortspiel.

Vater hatte eine Besprechung einberufen. Neben Elias, Anna und Sequoyah kamen noch dieser komische General, ein gewisser Andrej und eine Frau mit dem Namen Marina hinzu. Dieses Mannweib hatte in dem körperbetonenden Einteiler breitere Schultern als jeder der anwesenden Männer. Von den Lerotin war erneut Dan'ren bei ihnen, deren Erscheinung im Gegensatz zu Marina wie die einer feingliedrigen Puppe wirkte.

Im Kommandozentrum standen die Sessel inzwischen kreisrund um eine holografische Darstellung von Nemesis angeordnet. Die Panoramasicht auf den blauen Planeten, die zuvor nur auf einer Seite des Raums zu sehen war, hatte sich in eine weiße Wand verwandelt.

»Alles klar, ich übernehme das Kommando! Computer, ich möchte einen präzisen Scan der Oberfläche sehen, ich will wissen, wer da unten ist, ich will wissen, was die können und ich will wissen, was ich denen antun kann, wenn die mir blöde kommen!«, ordnete der General selbstsicher an. Peter Hennessy, genau, das war sein Name, Elias lächelte, der Albino schien keine Vorstellung zu haben, was aus der KI Vater mit der Zeit geworden war.

»Peter, ich glaube, wir sollten unsere Situation aus einem neuen Blickwinkel bewerten«, sagte Sequoyah vorsichtig. Elias hatte mitbekommen, dass die beiden ein Paar waren. Verstanden hatte er Sequoyahs Zuneigung ihm gegenüber nicht.

»Natürlich, wir werden Nemesis sorgfältig untersuchen, bevor wir einen Fuß auf diese Welt setzen!«, antwortete er unbeeindruckt und lehnte sich zurück. »Wir werden keine Menschenleben riskieren!«

Anna hob die Hand. »Peter, wenn man es genau nimmt, haben wir uns vor der Horizon-Katastrophe nie getroffen. Trotzdem kenne ich jedes Wort, das Sie mit Anna Sanders-Robinson gewechselt haben.

Ich trage ihr Erbe in mir, deshalb werde ich Sie genauso behandeln, als ob ich schon früher Anna gewesen wäre.«

»Mädchen, ich weiß nicht, ob mir dein Ton gefällt!«, hielt Hennessy dagegen und wollte gerade aufstehen.

Sequoyah nahm seine Hand und hielt ihn zurück. »Peter, bitte, hör ihr zu!«

»Peter, Sie haben die Aitair-Signatur gefürchtet! Sicherlich nicht ohne Grund! Und meine Geschwister und mich wollten Sie töten!« Anna blieb ganz ruhig. Elias war beeindruckt.

Peter schüttelte den Kopf. »Das waren früher völlig andere Voraussetzungen gewesen!«

»Stimmt. Deshalb sitzen wir auch zusammen und reden. Von über 500.000 Siedlern der Horizon leben weniger als 800! Wir befinden uns 10.000 Jahre in der Zukunft! Im Jahr 12.387 und die Erde, wie wir sie kennen, gibt es nicht mehr! Jedes unserer Leben ist so wertvoll, dass ich keines davon verlieren möchte!«

»Ich verstehe nicht ...« Hennessy wurde unsicherer und das Mannweib Marina an seiner Seite stetig unruhiger.

»Wir haben eine neue Hackordnung!«, erklärte Anna. »Sie sind nicht mehr unser Anführer!«

»Er ist der General und du bist tot!«, schnaubte Marina, was die ganze Runde aufschrecken ließ. Andrej stand als Erster auf und hielt Marina zurück, damit sie sich nicht ins Unglück stürzte. Wenn er es nicht getan hätte, hätte Elias ihr das Genick gebrochen!

»Das bin ich. Irgendwann einmal. Aber nicht heute! Und sicherlich nicht durch dich! Andrej kümmere dich bitte um Marina«, sagte Anna ungerührt.

»Und du glaubst, jetzt unsere neue Anführerin zu sein?« Peter lachte laut auf.

»Ich? Nein ... ich sicherlich nicht!«

»Und wer dann?«, fragte Peter provokant.

»Unser Anführer ist die nette Stimme, die uns gerade zuhört!«

»Diese KI? Das ist ein Computerprogramm!«, schnaubte Peter ungehalten.

»Schlechte Erfahrungen gemacht?«, fragte Anna.

»Ja!«, schnauzte er zurück. »Sehr schlechte!«

»Sehr gut! Vergessen Sie diese nicht!«

Peter tobte. »Ich werde meine Fehler von der Horizon nicht wiederholen! Ich lasse mir von keiner Maschine Befehle geben!«

»Ich werde meine Fehler von der Horizon auch nicht wiederholen, hätte ich Vater sofort auf Irene gehetzt, würden heute mehr von uns leben!« Anna blieb stur.

»Du bist verrückt!«, schimpfte Peter.

»Und entschlossen ... bitte lasst uns die Kontrolle unserer Befehlsgewalt anders regeln«, erklärte Vater beschwichtigend. Alle hörten ihm zu. *»Das Raumschiff der Lerotin kontrolliere ich, das ist leider nicht anders möglich, wobei ich Dan'ren meine Hand reichen möchte. Ich habe keine schlechten Absichten gegenüber deinem Volk. Leider habe ich keine Alternative, als mich im Moment deines Raumschiffes zu bedienen!«*

»Vater, ich werde deine Hand annehmen!«, sagte Dan'ren in einer Demut, die Elias einen Schauer über den Rücken jagte. Zu soviel Vernunft war kein Mensch fähig, schließlich wurden die Lerotin blutig im Kampf niedergerungen. Sequoyah und Anna hatten die Besatzung eines Bergbauschiffes erschießen lassen. Andererseits könnte Dan'ren auch abgrundtief verschlagen sein, was sie umso gefährlicher machte.

»General Peter Hennessy, ich werde Sie nicht Ihrer Position berauben. Ich möchte, dass Sie weiterhin die Kampfeinheiten der Horizon anführen. Ich möchte aber auch, dass Sie der Stimme dieses Rates folgen. Dem Rat, dem ich vorsitze.«

»In Ordnung«, knurrte Hennessy. Vater ließ ihm keine Wahl, er musste mitziehen. Auch Andrej nickte. Ob Marina verstand, was gerade passierte, konnte Elias nicht einschätzen. Sie hörte nicht auf, Anna mit Blicken zu traktieren.

»Gut, dann lasst uns über Nemesis sprechen. Der vierte Planet in einem Neuner-Planetensystem, angeordnet um einen Stern, der der Sonne der Erde ziemlich ähnlich ist. Auch alle anderen Parameter machen diese Welt für Menschen bewohnbar. Die einzige Besonderheit an Nemesis ist ein partiell stärkeres Magnetfeld, was auch unseren Scannern zahlreiche blinde Flecke beschert«, erklärte Vater.

»Blinde Flecke?«, fragte Sequoyah.

»Dreißig Prozent der Oberfläche sind von oben nicht erkundbar. Da könnte sonst etwas sein, ich kann es nicht sagen«, äußerte Vater.

»Und die anderen siebzig Prozent?«, fragte Anna neugierig.

»Wasser, Wälder, Berge, Steppen, Wüsten, Pflanzen und Tiere ... aber nicht die kleinste Spur einer Zivilisation. Nemesis hat keine Satelliten, keine digitalen Signaturen, keinen Funk, ich habe noch nicht einmal eine Feuerstelle feststellen können.«

»Auf Nemesis leben Menschen«, erklärte Dan'ren und ging auf die Rückseite der holographischen Planetendarstellung. »Wir haben Aufzeichnungen über Siedlungen in diesen Höhenzügen und in diesen hier.« Sie zeigte auf zwei parallele Hügelketten, die ein Gebiet in der Größe der Arktis Proximas ausmachten.

»Nur Aufzeichnungen?«, fragte Anna.

»Wir waren nie dort. Man kann dort nur auf Sicht navigieren.«

»Und nur an dieser Stelle?«, fragte Sequoyah.

»Die Gebirge liegen auf einer Höhe zwischen 800 und 2500 Meter, die Ausdehnung beträgt 1200 Kilometer in der Breite und 240 Kilometer in der Höhe«, führte Dan'ren weiter aus.

»Die blinden Flecke unserer Scanner an den Positionen, an denen wir Einwohner vermuten, werden kaum Zufall sein«, sagte Elias, den diese Informationen stutzig machten. »Die verstecken sich!«

»Das Gestein der Berge dort hat einen sehr hohen Metallgehalt. Teilweise entsteht ein natürliches EMP[2]-Feld, das nicht nur unsere Scanner blockiert, sondern am Boden und in geringer Höhe auch ungeschützte elektronische Geräte stören würde.«

»Die Menschen auf Nemesis sind keine Raumfahrer, sie sind aber nicht dumm. Wir sollten vorsichtig sein«, erklärte Dan'ren.

»Wie sind sie dort hingekommen?«, fragte Anna.

»Das wissen wir nicht. Sie waren vor uns hier, die Lerotin haben sich deshalb eine andere Welt gesucht und sie in Frieden gelassen. Wegen der extremen elektromagnetischen Interferenzen haben wir den Abbau von Bodenschätzen als unwirtschaftlich bewertet.«

»Und wieso habt ihr das nicht auf Proxima gemacht? War der Kampf gegen uns wirtschaftlicher?«, fragte Hennessy scharf.

»Proxima?«, fragte Dan'ren.

»Ihr nennt die Welt Gaia«, erklärte Anna vermittelnd.

Dan'ren schüttelte den Kopf. »Wir haben niemanden auf Gaia angegriffen. Ihr hattet euch selbst für einen Angriff auf unsere Bergbauschiffe entschieden. Wir haben uns verteidigt.«

»Wir hatten keine andere Wahl!« Hennessy spuckte weiter Gift in die Runde.

---

[2] Eine normalerweise kurzzeitige breitbandige elektromagnetische Strahlung durch Gewitter oder nukleare Explosionen, die unzureichend abgeschirmte elektronische Bauteile zerstören kann.

»Wir auch nicht!«, fauchte Dan'ren, deren schmales Gesicht erstmals Emotionen zeigte. Lerotin waren wirklich Menschen.

»Wir reden über Nemesis! Bitte!«, erklärte Vater streng. Alle schwiegen, wie in einer Familie, nachdem das Oberhaupt ein Machtwort gesprochen hatte. Elias schmunzelte.

»Nicht unsere Welt!«, gab Marina postulierend von sich. Was zwar nicht ihr typisches Drei-Wort-Limit sprengte, aber immerhin einen komplexes Gedankenmuster darstellte.

»Nein, das ist sie nicht ... nur, uns fehlen sinnvolle Alternativen«, erklärte Vater.

»Warum fliegen wir nicht zur Erde?«, fragte Andrej, den Elias bislang kaum etwas sagen gehört hatte. Ein eher unscheinbarer Typ Mitte vierzig, mit wenig Haar und wachen Augen.

»Wir können ohne Marker keinen Warpsprung durchführen und die Lerotin nutzen eine völlig andere Technologie. Die genaue Erklärung dazu erspare ich euch.«

»Wo können wir ansonsten hin?«, fragte Elias, der sich darüber noch nicht im Detail mit Vater unterhalten hatte.

»Die Lerotin kennen 107 bewohnbare Welten, von denen sich die meisten hinter einem Knotenpunkt verbergen, von dessen Anflug in den Navigationsunterlagen dringend abgeraten wird.«

»Die Wächter des Knotenpunktes würden uns alle auslöschen!«, ergänzte Dan'ren. »Wir haben gegen sie gekämpft. Und verloren. Das war vor 400 Jahren, seitdem halten wir uns versteckt.«

»Was ich für durchaus glaubwürdig halte«, stimmte Vater zu. *»Ich durfte die Unterlagen der Lerotin studieren, deren Kriegsgegner ebenfalls eine hochentwickelte menschliche Kultur war.«*

»Unsere Art hat noch nie Aliens benötigt, um sich umzubringen«, stellte Peter zynisch fest.

»Leider, diese Wächter zeigten sich sehr aggressiv und zu keiner Kommunikation gewillt«, erklärte Vater.

»Wer sind die? Und woher kommen die?«, fragte Anna.

Dan'ren senkte den Kopf. »Wir wissen es nicht ... sie erschienen wie aus dem Nichts, vertrieben uns aus unserem Sonnensystem und jagten uns jahrelang durch die Galaxis.«

»Wie habt ihr den Kampf überlebt?«, fragte Hennessy.

»Das haben nur wenige ... nur die, die gelernt haben, sich zu verstecken. Seitdem leben wir auf Iris«, antwortete Dan'ren.

»Und warum fliegen wir nicht zu den Lerotin?«, fragte Sequoyah. »Wären wir nicht gemeinsam stärker?«

»Zu uns? Nein, nein, bitte nicht, das würde nicht gutgehen!« Dan'ren flehte regelrecht, auf Nemesis zu bleiben. »Das würde mein Volk nicht verstehen. Da, wo die Angreifer herkamen, gab es mehrere Wesen wie Vater, die waren wie böse Geister!«

»Nemesis ist eine gute Wahl. Die Bewohner werden sicherlich nicht so schwierig wie Schneckenköpfe sein. Wir werden uns arrangieren.«

»Und wenn wir kämpfen müssen?«, fragte Sequoyah dazwischen.

»Ich halte eine friedliche Vereinbarung für möglich. Wir können dieser Kultur einiges an Wissen schenken«, erklärte Vater.

»Da wäre ich mir nicht so sicher«, sagte Dan'ren. »Wir vermuten, dass sie keine Raumfahrer sein wollen, es aber könnten, wenn sie wollten!«

»Genau das werden wir herausfinden.« Vaters Stimme lächelte.

»Ich kann 28 Soldaten mit Delta-7 Ausrüstungen bieten, um eine Exkursion zu sichern. Mehr leben leider nicht mehr ...« Dieses Angebot kam sogar dem General stockend über die Lippen.

»Danke. Ich sehe gerade deren medizinischen Berichte«, erklärte Vater. *»Wir werden unsere Streitmacht heute schonen ... die brauchen wir noch.«*

»Wie viele Lerotin befinden sich auf dem Raumschiff? Ich sehe kaum welche, und ... das Raumschiff ist 120 Kilometer lang«, fragte Sequoyah und sah Dan'ren an.

»Wir sind 42.«

Vater räusperte sich. *»Die 120 Kilometer waren nicht ganz ehrlich, die Lerotin hatten ihre Radarsignatur manipuliert, um uns Angst zu machen. Das Raumschiff ist in Wirklichkeit 572 Meter lang und alles andere als ein Kriegsschiff. Es wird normalerweise für Terraformingprojekte eingesetzt und verfügt nur über eine leichte Bordbewaffnung, um Trümmer im Orbit eines Planeten zu zerschießen.«*

»Das mit dem Angst machen hat funktioniert.« Sequoyah schüttelte den Kopf.

»Unsere Ressourcen waren knapp, wir sahen keinen Sinn darin, Kriegsschiffe zu bauen. Bei unseren Feinden ist keine von den Lerotin geschaffene Streitmacht in der Lage, einen Kampf zu überstehen. Uns blieb nur, unsichtbar zu bleiben. Zum Glück ist die Milchstraße groß genug, um sich viele Jahre aus dem Weg zu gehen«, erklärte Dan'ren, während sie wieder Platz nahm.

»Milchstraße ...« Sequoyah lächelte erneut.

»Ich gehe!«, rief Elias, das Ganze dauerte ihm zu lange. »Ich gehe und werde Kontakt aufnehmen!«

»Ähm ...« Peter verdrehte die Augen.

»Ich werde dich begleiten!« Anna nickte ihm zu.

»Ist das jetzt euer Ernst?«, fragte Peter, der mit der neuen Befehlskette noch Probleme zu haben schien.

»Die Risiken sind hoch ... mir fällt aber keine bessere Option ein. Ihr seid Replikanten, für solche Aufgaben wurdet ihr geschaffen! Ihr seid schneller, ausdauernder und anpassungsfähiger als jeder von uns. Was bei Anna zudem eine besondere Ironie hat.«

»Schon klar ... ich habe es mir selbst eingebrockt!« Anna lachte über sich selbst, stand auf und strich mit der Hand über ihre Stoppelfrisur.
»Wir halten ständig einen Gleiter und ein Einsatzteam startbereit«, sagte Sequoyah, stand ebenfalls auf und nahm Anna in den Arm.
»Schatz, was tust du da?«, fragte Peter verwundert und sah Sequoyah ungläubig an.
»Ich werde Wache halten!« Sequoyah machte nicht den Eindruck, sich umstimmen lassen zu wollen.
»Danke«, sagte Anna.
»Wie können wir kommunizieren?«, fragte Elias.
»Ich werde eine unserer Drohnen in großer Höhe Position beziehen lassen. In den Gebieten mit schwacher Feldstärke wird sie den Funk verstärken. Im Bergland brauchen wir allerdings Sichtkontakt, dafür gebe ich euch eine Laser-Richtfunkantenne mit«, antwortete Vater.
Peter drehte seinen Kopf weg. »Eine Aitair-Signatur und zwei Replikanten sagen die Richtung an ... schlimmer hätte es nicht kommen können ... diesmal kriegen sie uns am Arsch!«

***

IV. Spaziergang im Grünen

Elias griff an einen handbreiten Ast und zog sich aus der Senke heraus. Egal wo er hinsah, alles war grün, nebelig und roch nach Moder. Die Luft schmeckte metallisch und er schwitzte wie in seinem ganzen Leben noch nicht. In Wirklichkeit schien Nemesis eher eine riesige fleischfressende Pflanze zu sein, die sich nur als Planet ausgab, um naive Replikanten und andere Idioten zu verschlingen. Alles an dieser Welt war dunkel, unwirklich und fremd.

»Ist dir etwa warm?«, fragte Anna frech, die ihm am Hacken hing und sich seit Stunden einen Spaß daraus machte, eine dumme Frage nach der anderen zu stellen. »Sollen wir baden gehen? So ... nur wir beide ... hmm?«

»Es tut mir leid!« Elias hatte sich bereits mehrfach für das Missverständnis an Bord des Raumschiffes entschuldigt, verdammt, das war ein Traum! Jeder Mann träumte von nackten Frauen! Ansonsten wäre die Menschheit bereits ausgestorben! Das würde sie ihm doch nicht die ganze Zeit vorhalten können!

»Doch nicht etwa beleidigt?« Anna hörte nicht auf, sie lächelte, während sie ihn mit schnellen Griffen in das Geäst einer halb freiliegenden Baumwurzel und einem Sprung auf dem Weg nach oben überholte.

»Ach was ... wir können uns nach dem Schwimmen ein Lagerfeuer machen!«, erklärte Elias kess, die beiden brauchten dringend einen neuen Start.

»Kuschelige Vorstellung! Äste und Holzköpfe gibt es hier in rauen Mengen!«

Auch er sprang ein Drei-Meter-Stück senkrecht nach oben, packte mit einer Hand eine Wurzel, während er Anna ansah und sich mit der freien Hand durch die Haare strich. »Hast du Streichhölzer dabei?«

Anna lachte, sie war als Erste oben und streckte ihm die Hand entgegen. »OK ... ich bin bereit, Frieden zu schließen!«

»Frieden.« Elias nahm ihre Hand und ließ sich helfen. Das war immerhin ein Anfang.

»Das sieht hier nicht anders aus ... links geht es weiter nach oben, rechts und hinter uns nach unten.«, sagte Anna, während sie Wasser aus einem Schlauch ihres Rucksacks trank. Die Lerotin hatten ihnen Überlebensanzüge gegeben, die neben einem Wasserreservoir am Rücken, Körperschweiß wiederverwerteten, eine minimale Wärmesignatur abgaben und natürlich laufend ihre Farbe änderten. Wenn Elias Anna ansah, glaubte er eher mit einer rothaarigen Pflanze zu sprechen. Bisher hatte sie zumindest die Kapuze im Nacken gelassen, ansonsten hätte er sie aus den Augen verloren. Die Funkgeräte, Scanner und Computer an den Unterarmen waren deaktiviert.

Anna und Elias befanden sich seit vier Stunden und sieben Minuten auf Nemesis, Sequoyah hatte sie mit einem Gleiter am Rande der Hügelketten abgesetzt. Die Funkverbindung war daher pünktlich vor vier Stunden und drei Minuten ausgefallen. Elias sah sich bereits in Gedanken um ein Feuer tanzen, während Anna aus purer Not, Rauchzeichen zu erzeugen, ihre Kleidung verbrennen würde.

»Dafür würden wir allerdings deinen Anzug nehmen!«, stellte sie amüsiert fest.

»Findest du das nicht unhöflich?«, fragte Elias.

Anna zuckte mit den Schultern. »Ich kann nichts dagegen machen. Es ist nicht jeder Gedanke, aber die, die ich verstehe, gleichen gesprochenen Worten.«

»Wie wäre es, wenn ich alles, was ich über dich denke, sofort sage! Und du im Gegenzug, alles was ich über dich denke, aber nicht sage, einfach ignorierst?« Elias hätte Bücher schreiben sollen.
»Bitte?«
»Ich weiß, dass du mich verstanden hast.« Elias lächelte.
Anna nickte. »Wir können es probieren.«
»Dabei bitte ich, meine Anzüglichkeiten wohlwollend als Komplimente zu betrachten.«
»In Ordnung.« Anna lachte.
»Ich fange direkt an, dein Lachen ist wunderschön ... und macht mich verrückt.« Für den Satz hatte er vermutlich gerade einen Teil seiner Seele verkauft.
»Danke.«
»Jetzt denke ich an Nacktbaden mit Marina, das bringt mich wieder auf den Boden der Tatsachen!«
»Das darfst du gerne, ich verspreche dir auch, nicht eifersüchtig zu sein!«, sagte Anna, drehte sich herum und zeigte mit dem Arm schräg nach oben. »Sollen wir da lang?«
Egal in welche Richtung Elias sah, es sah nirgends einladend aus. Etwas zischte, leise, aber nicht zu überhören. »Runter!« Er zog sich die Kapuze über Kopf und Gesicht. Sobald der Anzug der Lerotin Gefahr im Schweiß seiner Träger wahrnahm, verstärkte sich der Tarneffekt. Anna lag keine zwei Meter vor ihm und er hatte Mühe, ihre Silhouette im Unterholz des Waldes zu erkennen.
Vorsichtig glitt Elias an die Seite, nahm ihren Arm und zog sie in den Schutz einer Wurzel. Mit dem Rücken am Holz. Eine Flucht war nicht möglich. Mit den Armen hielt er Anna schützend fest, beide sahen konzentriert nach vorne.

Ihr Rücken drückte sich an seine Brust, was ihn durch das dünne Gewebe ihren Herzschlag spüren ließ. Keiner sagte einen Ton.
Keine zwei Meter vor ihnen glitt ein schlangenähnliches Reptil suchend an ihrem Versteck vorbei. Die lange dünne Zunge zischte leise, während das Raubtier nach ihrer Witterung suchte. Das Vieh ärgerte sich sicherlich, seine Mahlzeit aus den Sinnen verloren zu haben. Die Lerotin-Anzüge verschluckten nicht nur die visuelle Wahrnehmung, sondern auch jeglichen Geruch und jegliche Wärme des Trägers. Unsichtbarer konnte man kaum sein.
Bei der Größe hätte das Reptil sogar Marina verschlucken können, inklusive der Delta-7 Rüstung, es dauerte eine Weile, bis der letzte Teil des Schwanzes vor ihren Augen verschwand. Elias atmete wieder. Das war knapp. Anna hatte es nicht eilig, die Nähe zu ihm zu lösen.
»Wir sind nicht allein«, flüsterte sie.
»Das hatte ich auch nicht angenommen ... ich würde mich aber mehr über freundlichere Bekanntschaften freuen«, sagte Elias.
»Lass uns weiter. Wir sollten leiser sein und besser unsichtbar bleiben.«
Er nickte.

Wie zwei Geister kletterten sie immer weiter den Höhenzug hinauf. Eine Richtung festzumachen, erschien in diesem tropischen Regenwald schwierig, sie wählten den Weg nach oben. Licht gab es wenig. Die einzige Chance etwas zu entdecken, würde eine freie Sicht in das Tal hinter dem Berg sein. Dan'ren hatte diesen Ort für die Suche vorgeschlagen, ihrer Kenntnis nach sollte sich auf der anderen Seite eine Siedlung befinden.

Vor ihnen war eine Lichtung, an der aus dem ansonsten dicht bewachsenen Untergrund blanker Felsen herausragte, dessen metallische Oberfläche rußschwarz verbrannt aussah. Eine ungewöhnliche Entdeckung. Was hätte an dieser Stelle bei der hohen Luftfeuchtigkeit und dem Metallgehalt im Stein brennen sollen?

Es war das erste Mal, seitdem sie den Regenwald betreten hatten, dass sie wieder die Sonne sahen. Das dichte Blätterdach hinter ihnen erlaubte am Boden nicht mehr als fahles Dämmerlicht. Die Tage auf Nemesis dauerten 25 Stunden, die sich an ihrer Position gleichmäßig auf Tag- und Nachtphasen aufteilten.

»Kannst du es spüren?«, flüsterte Annas schlanker felsgrauer Schatten vor ihm. Wie Stein auf Stein. Die Kleidung der Lerotin funktionierte hervorragend, sie blieb auch außerhalb des Waldes unsichtbar. Es knisterte leise. Elias' Haare luden sich statisch auf, die natürliche Elektrizität war gewaltig.

»Vater würde es hier nicht gefallen.« Elias hätte gerne mit ihm gesprochen, es war immer ein gutes Gefühl, ihm abends zu berichten, was er am Tage erlebt hatte.

»Das stimmt.« Anna drehte sich. »Was meinst du? Noch eine oder zwei Stunden Sonnenlicht?«

»Weniger als eine.« Damit kannte sich Elias aus, das hätte er sogar mit zwei Sonnen hinbekommen. »Lass uns schnell einen Platz für die Nacht finden.«

Den kompletten Berg würden sie in der restlichen Zeit nicht mehr bewältigen, die verbleibende Strecke würde weitere vier Stunden Klettern bedeuten.

»Was ist das?«, fragte Anna und zeigte auf eine Stelle des zuvor noch strahlend blauen Himmels, an der sich wie aus dem Nichts ein riesiger Wolkenberg auftürmte.

»Du wolltest doch mit mir schwimmen gehen. Das können wir gleich mit dem Klettern verbinden.« Auch Elias staunte nicht schlecht, die grauschwarze Gewitterfront schoss beinahe im Tempo einer Riesenwelle auf sie zu. Die Wetterlage auf Nemesis änderte sich drastisch schnell, der aufkommende Wind trug bereits die ersten Regentropfen gegen den Felsen.

»Los weiter!«, rief Anna. »SOFORT! WEG HIER!« Sie rannte los. Und Elias hinterher. So schnell er konnte. Er sprang, stolperte, rannte weiter, bloß weg von diesem Felsen. Die Wolken über ihm waren inzwischen nicht mehr grau, sondern schwarz. In weniger als einer Minute stand der Himmel voller Wolken. Es blitzte hinter ihnen. Schneller. Sie mussten schneller rennen. Zwei. Drei. Vier. Fünf. Der krachende Donner ließ Elias beinahe stürzen. 343 Meter in der Sekunde, so schnell war Schall in einer Atmosphäre, 1500 Meter schräg über ihnen war der Blitz in einen Baum eingeschlagen. Es qualmte. Der losprasselnde Starkregen würde den Brand schnell löschen.

»Los! Runter vom Felsen!« schrie Anna und verschwand zwischen den Bäumen. Elias wollte ihre Anweisung nicht in Frage stellen. Es blitzte erneut. Der Donner klang wie eine Bombe, das Gewitter entlud sich an der Stelle, an der sie eben noch nichtsahnend den geschwärzten metallischen Felsen bewundert hatten. Der Boden zitterte. Anna stürzte, über ihnen brach Holz, Elias sprang und riss sie fort. Der gesplitterte Ast, in einer ähnlichen Gewichtsklasse wie das Reptil zuvor, krachte neben ihnen tief in den Waldboden. Annas Atem raste. Es regnete in Strömen. Sie lebte. Was war das Leben schön!

»Meinst du nicht, dass 'Schwimmen gehen' in meinen Träumen angenehmer ist?«
»Äh ... ja.« Anna klammerte sich an seinen Arm, ihre Hand zitterte, während sie sich die Kapuze aus dem Gesicht zog. »Nasse Streichhölzer, kein Lagerfeuer!« Sie lachte befreit, während die Wassermengen, die sie umflossen, weiter zunahmen. Durch die dunklen Wolken und den dichten Baumbewuchs drang jetzt noch weniger Licht zu ihnen. Elias konnte den Regen riechen und Anna spüren, die nun bereits zum zweiten Mal in seinen Armen gelandet war.
Genauso schnell, wie das Gewitter auftrat, verschwand es auch wieder. Binnen einer Minute fiel wieder Sonnenlicht durch das Blattwerk.
»Unglaublich.« Anna stand auf, was ihr nach dem Regen unzählige Tiere und Vögel gleichtaten. Das große Fressen hatte begonnen, der Regen hatte massenhaft Insekten und Kleintiere aus dem Waldboden hervorgespült, die nun von den jeweils Größeren genüsslich verspeist wurden.
»Sollen wir über Nacht hier bleiben?«, fragte Elias.
»Versprichst du mir, von Marina zu träumen?«
»Muss das sein?«
»Ich brauche noch etwas länger ...«, erklärte Anna und küsste ihn auf die Wange.

***

V. Mit allen Sinnen

Elias hatte schlecht geschlafen, ihm war kalt, alles fühlte sich klamm an und er hatte tatsächlich von Marina geträumt. Zum Glück hatte sie ihn mit einem Knüppel in der Hand durch den Wald gejagt und anschließend verprügelt. Es hätte auch schlimmer kommen können.

»Anna?«, fragte er leise und sah sich um. Er war allein. Wo war sie? Die Temperatur im Regenwald lag knapp über 20 Grad und würde erst wieder gegen Mittag auf 25 Grad Celsius angestiegen sein. Trotzdem schauerte ihm ein kühler Luftzug am Nacken entlang. Er mochte diesen Wald nicht!

»Ich bin hier«, flüsterte Anna, ihre kaum sichtbare Silhouette hockte wie eine Raubkatze schräg über ihm auf einem mannshohen, aus der Erde herausragenden, Wurzelstück eines gigantischen Baumes.

»Etwas Besonderes gesehen?«, fragte Elias und sah sich suchend um. Er konnte die Anspannung nicht verstehen, die sie ihm gerade vermittelte. Der Wald um sie herum lebte, überall waren Pflanzen, kleine Tiere und Unmengen bunter Vögel. Die Artenvielfalt war riesig, alles Lebensformen, die er noch nie zuvor gesehen hatte.

»Wir sollten nicht hier sein«, sagte Anna leise.

Eine Feststellung, die Elias bereits zum zweiten Mal hörte. »Was hast du gesehen?«, fragte er und stand auf.

»Das ist nicht unsere Welt. Marina sagte die Wahrheit«, stellte Anna nüchtern fest. »Vielleicht wäre es auch eine gute Entscheidung, umzukehren ...«

Annas Gedanken blieben ihm verschlossen.

»Wir werden nicht aufgeben! Die anderen zählen auf uns! Wir werden unsere Mission erfüllen!«, erklärte Elias entschlossen. Er würde Vater nicht enttäuschen.

»Ganz sicher?«, fragte Anna.

»Ja!«

»Obwohl wir kaum verstehen, was hier passiert?« Anna schaffte es weiterhin, in Geheimnissen zu sprechen.

Elias schüttelte den Kopf. »Was passiert denn?«

»Kannst du es nicht spüren?«, fragte Anna und sprang leichtfüßig zu ihm herab.

»Ich kann noch nicht einmal etwas sehen! Hier gibt es nur Bäume, Tiere und noch mehr Bäume.« Elias hatte keine Ahnung, was sie meinte.

»Das musst du doch bemerken!«

»Was? Was soll ich bemerken?«, fragte Elias hilflos, es war offensichtlich sein Schicksal, als einziger Replikant mit völliger emotionaler Blindheit geschlagen zu sein. »Erkläre es mir bitte!«

»Wir sind nicht allein«, sagte Anna bedeutungsschwanger.

Für schwerverdauliche Weisheiten am Morgen fühlte sich Elias noch nicht wach genug. »Was mich bei über drei Dutzend Kleintieren je Quadratmeter nicht wirklich überrascht. Und ich zähle nur das Viehzeug, was nicht fliegt.«

Elias konnte nicht anders, er verstand nicht, was Anna gerade fühlte. Die Welt Nemesis würde er vermutlich irgendwann erkunden können, das Mysterium Annas Seele sicherlich in zwei Leben nicht.

»Du bist ein Tor! «Anna lächelte und stupste ihn zurück. »Los! Ich zeige es dir!«

Sie sprang wieder auf die Wurzel und gebot ihm zu folgen, was Elias auch tat. »Sag später nicht, dass ich dich nicht gewarnt hätte!«

»Und was gibt es von hier zu sehen?« Der wild verwucherte Regenwald sah auch aus dieser Perspektive nicht besser aus.

»Hier? Nichts ... folge mir!«, erklärte Anna, zog sich die Kapuze über das Gesicht und lief los.
»Ich hätte nicht fragen sollen ...«, flüsterte Elias, es blieb ihm keine Wahl, er folgte ihr.
Schnell, leise und nahezu unsichtbar; Anna bei dem Tempo nicht aus den Augen zu verlieren, verlangte Elias alles ab. Sie zu bitten auf ihn zu warten, hätte allerdings sein Ego nicht vertragen, er hoffte nur auf nichts zu treten, was längere Zähne hatte als er.
Plötzlich wurde Anna langsamer, sie wartete bis Elias bei ihr war und drückte ihn mit dem Körper zwischen Lianen in die Nische eines Baumes. Ihr Pulsschlag, der gleichmäßige Atem, die unmittelbare Nähe ließen Elias' Herz schneller schlagen.
»Ähm ... spiel nicht mit mir ... bitte!«, bettelte Elias leise, bei dem diese innige Position andere Reaktionen hervorzubringen drohte.
Anna berührte mit den Lippen sein Ohr unter der Kapuze. »Was wir jagen, möchte nicht gefunden werden.«
Die Lerotin-Anzüge konnten Licht, Wärme und Gerüche verschleiern, nicht aber Gefühle, so nah war Anna ihm noch nie zuvor. Er berührte sie in einer Art, die er noch nicht kannte. Sie. Ihr Herz. Gefühle. Ihre Leidenschaft. Wut. Angst. Liebe. Einfach alles, was sie ausmachte.
Folge mir, glaubte er sie in Gedanken sagen zu hören, folge mir und sieh, wem diese Welt gehört!
Wo bist du, fragte Elias in Gedanken und öffnete die Augen. Anna stand direkt neben ihm, ihren Kopf dicht an seinen gefügt. Etwa drei Meter vor ihnen bewegte sich ein komplett mit Erde verschmierter Jugendlicher durch das Unterholz, der sich seinerseits geschickt an ein kaninchenähnliches Kleintier anschlich.

Ob er Kleidung trug, konnte Elias bei dem Dreck nicht sehen. In den Händen hielt er einen Holzspeer, mit dem er seine Beute anvisierte.
Elias wartete, bis der jugendliche Jäger seine Beute erlegt hatte. Das Kleintier hatte keine Chance.
»Das ist ein Mensch ...«, flüsterte Elias.
»Was das Einzige ist, was wir im Moment über ihn wissen.« Anna löste sich, um den Jäger nicht aus den Augen zu verlieren.
Der Jäger schreckte auf. Er musste bemerkt haben, dass er beobachtet wurde. Keine Technik war so ausgefeilt, wie der Instinkt eines Jägers, das wusste Elias nur zu gut.
Anna versteckte sich neben einem Busch, Elias stand noch in der Nische des Baumes. Würde das genügen?
»Geister!«, schrie der Junge wie vom Blitz getroffen und schleuderte den Speer auf Elias' Kopf. Den er auch getroffen hätte, wenn Elias dem Wurf nicht ausgewichen wäre. Das war knapp. Sehr knapp. Wie konnte der ihn sehen?
Anna war so schnell bei ihm, dass der Junge den Gegenangriff erst zu spät bemerkte. Der Jäger hatte anscheinend nur Elias entdeckt. Anna umschlang mit den Beinen im Sprung seinen Hals und warf ihn zu Boden. Einen Moment später drückte sie bereits sein Gesicht in die Erde und sperrte seine Arme hinter dem Rücken. So brachte man vorlaute Jäger zur Strecke, doch Elias hätte sich nicht darüber freuen sollen. Ein zweiter Speer sauste auf ihn zu, wieder nur ein kleines Stück an seinem Kopf vorbei, verdammt, den zweiten Jäger hatte er nicht gesehen. Wo kam der her?
»Elias! Da vorne! Er darf nicht fliehen!«, rief Anna, hoffentlich hatten sie nicht ein ganzes Rudel von denen aufgeschreckt!

Elias sprang dem zweiten Jäger hinterher, der umgehend zu flüchten versuchte. Das war ein Mädchen, wenn auch die kleinen Brüste unter dem Dreck nicht sofort zu erkennen waren.

»Geister!«, rief auch sie voller Todesangst und lief davon, als ob ein Dämon sie verfolgen würde.

Am Boden war die Kleine zu schnell, Elias sprang durch die Äste der dicht stehenden Bäume. Sie war schnell, aber nicht schnell genug. Einige lange Sprünge später stand er vor ihr, sie lief ihm in die Arme, völlig verschreckt, wie Elias sie einholen konnte.

»Bitte ...« Das Mädchen war noch ein Kind, das gerade sichtlich den Tod fürchtete.

Elias hielt ihr den Finger vor den Mund, sie nickte und schwieg, zitternd vor Angst.

»Wo ist euer Dorf?«, fragte Anna, während sie sich die Kapuze vom Kopf zog. Elias verzichtete darauf, die beiden Jäger zu fesseln, es galt, ihr Vertrauen zu gewinnen.

»Ihr seid keine Geister?«, fragte der Junge verunsichert.

»Nein. Wir sind Menschen. Wie ihr«, erklärte Anna.

»Und warum kann man euch nicht sehen.«

»Tarnung ... wie bei euch! Nur, unsere basiert auf Technik ... ihr kennt Technik?« Anna sah den Jungen fragend an, der jedoch nur hilflos den Kopf schüttelte.

Elias schluckte, sie hatten auf einer von der Erde 10.000 Lichtjahre entfernten Welt Menschen gefunden, die wie in der Steinzeit lebten.

»Wer hat euch diese Sprache gelehrt?«, fragte Anna.

»Unser Vater ...«, antwortete das Mädchen unsicher.

»Wie auch das Jagen?«

»Ja.« Beide nickten.
»Seid ihr Geschwister?«
»Ja.«
»Wir auch.« Anna lächelte.
»Wirklich?«, fragte das Mädchen neugierig und berührte Annas Sommersprossen.
»Das ist Elias und mein Name ist Anna. Wie ist euer Name?«
Das Mädchen sah ihren älteren Bruder fragend an, der zustimmend nickte. »Ich bin Hin'nis.«
»Und du?«, fragte Anna und sah ihren Bruder an.
»Mein Name ist Tuc'cen.«
»Hin'nis, Tuc'cen, könnt ihr uns bitte zu eurem Vater bringen?«, fragte Anna freundlich. »Wir möchten gerne mit ihm sprechen.«
Tuc'cen nickte.

Tuc'cen kannte eindeutig bessere Wege. Der Marsch den restlichen Berg hinauf dauerte kürzer als angenommen, bereits zur Mittagszeit konnten sie über den Kamm blicken. Eine grandiose Aussicht, allerdings ohne eine geheimnisvolle Stadt, was sich Elias insgeheim erhofft hatte. Es gab nur reichlich Bäume und einen größeren See inmitten des riesigen grünen Hochplateaus.
»Da vorne?«, fragte Anna und zeigte auf das spiegelglatte Blau inmitten eines Meeres aus Bäumen.
»Ja.« Hin'nis nickte. Mit der Zeit fiel einiges von dem getrockneten Dreck von ihr herab. Die beiden Geschwister waren hellhäutig und dunkelblond, wobei die Haare wüst in alle Richtungen standen.
»Wartet kurz«, sagte Elias.
»Brauchst du eine Pause?«, fragte Anna keck.

»Ja ... die brauche ich. Wir haben freie Sicht«, erklärte Elias. Die bodennahe EMP-Spannung würde weiterhin eine auf Radiowellen basierende Funkverbindung verhindern. Die Laser-Richtfunkantenne sollte aber funktionieren.

»Oh ... du glaubst, wir haben Empfang?« Anna verstand seine Absicht. Ihre beiden neuen Freunde beobachteten jede Bewegung, die Elias machte.

»Probieren wir es aus.« Elias aktivierte den Laser an seinem Rucksack und den Computer, den er am Unterarm trug, ein textiles Display mit einer holographischen Tastatur. Vater hatte die gesamte Lerotin-Hardware passend abgeschirmt, damit sie den Einsatz auf Nemesis überstehen würde.

»Wir empfangen eure Signatur. Mission bestätigt. Hallo Elias, hast du etwa neue Freunde gefunden?«, fragte Vater, obwohl Elias nicht direkt klar war, warum Vater sie sehen konnte. Die Drohne über ihnen musste gute Augen haben.

»Wir haben Kontakt aufgenommen. Wir führen die Mission fort«, sagte Elias. »Und unsere neuen Freunde heißen Hin'nis und Tuc'cen. Los ihr zwei, nach oben sehen und winken!« Was die beiden Jugendlichen auch sofort amüsiert taten. Erstaunlich wie schnell sie Zutrauen zu Anna und Elias fanden.

»Beeilt euch bitte, wir sollten schnell herausfinden, ob eine Landung möglich ist.«

»Gibt es Probleme bei euch?«, fragte Elias, dem Vaters Unterton nicht gefiel.

»Das weiß ich noch nicht. Dan'ren, Sequoyah und ich prüfen gerade die Reste alter Sensorsignale, die noch als Echo durch die Atmosphäre schwirren. Mir gefallen die Werte nicht.«

»Reste?« Das verstand Elias nicht. »Hat uns jemand auf Nemesis entdeckt?«

»Das ist unwahrscheinlich, vor allem wenn ich mir die beiden Dreckspatzen in eurer Gesellschaft ansehe ... die Signale haben eine andere Handschrift. Ich werde dem auf den Grund gehen. Seid bitte vorsichtig«, sagte Vater.

»Das machen wir. Wir melden uns wieder, sobald wir bei deren Siedlung sind«, erklärte Elias.

»Ist das Technik an deinem Arm?«, fragte das Mädchen neugierig, das wache Augen hatte und ihn genau beobachtete. Vaters Stimme hatte sie nicht hören können.

»Ja.« Elias nickte.

Hin'nis lächelte aufgeweckt. »Das kenne ich doch ... wir nennen es nur anders.«

»Die Kleine überrascht mich«, sagte Anna und fuhr ihr mit der Hand durch die staubigen Haare.

»Nicht nur dich ... wie lange brauchen wir für die restliche Strecke?«, fragte Elias und sah Tuc'cen an.

»Das kommt auf euch an«, antwortete Tuc'cen. »Wenn wir schnell laufen, nicht sehr lange.«

»Dann laufen wir eben schnell.« Anna lachte und zeigte Tuc'cen an, die Führung zu übernehmen.

Womit Tuc'cen auch den ganzen Tag nicht aufhörte. Er und seine Schwester Hin'nis vorweg, Anna und Elias hinterher. Die Hatz durch den Dschungel hatte etwas von einem Wettkampf, auch wenn niemand darüber sprach. Alle rannten, sprangen, kletterten, als ob es kein Morgen geben würde. Sie stolperten, stürzten und lachten, das Bemühen leise zu sein, scherte niemanden der vier.

Elias hätte seinen Kontrahenten die Beine brechen müssen, um sie abzuhängen. Egal wie schnell er sich bewegte, sie blieben stets in seiner Nähe. Das waren erstaunliche junge Menschen.

Hin'nis hatte das Rennen gewonnen. Ausgelassen sprang sie vor Freude im knietiefen Wasser des Seeufers umher. Tuc'cen hatte ihr den Sieg geschenkt, auf dem letzten Stück wurde er langsamer und zeigte für Anna und Elias auf die Seite.

»Hast du das gesehen?«, fragte Anna erstaunt.

»Ähm.« Jetzt sah auch Elias, wohin sie Tuc'cen geführt hatte. Es war nicht zu übersehen, sogar für ihn, keine hundert Meter neben ihnen befanden sich zahlreiche dicht am Ufer erbaute Hütten aus Holz und Stein, in denen Hunderte von Menschen geschäftig ein- und ausgingen. Sie trugen Fischkörbe, geschlagenes Holz, Paletten mit Brot oder beschäftigten sich intensiv mit Leder-, Holz- oder Metallarbeiten. Kinder, Frauen, alte Männer, Jugendliche, so hatte sich Elias immer ein Dorf im Mittelalter der Erde vorgestellt. Elektronik, Technik oder moderne Maschinen konnte er nicht erkennen.

Die Menschen wandten sich nun ungläubig zu ihnen, die sahen alle ähnlich überrascht aus. Ohne Kapuzen dürften Anna und Elias aus einiger Entfernung wie frei in der Luft schwebende Köpfe ohne Körper ausgesehen haben.

»Sie sind Freunde«, erklärte Tuc'cen und ging schützend vor Anna und Elias her. In den Gesichtern der Männer, die ihnen entgegenkamen, war Furcht zu erkennen.

»Mein Name ist Anna, ich komme von der Erde und benötige eure Hilfe«, erklärte Anna demütig und streckte die Arme mit nach oben offenen Händen zur Seite. »Ich trage keine Waffen.«

»Anna«, sagte eine tiefe weibliche Stimme bestätigend. Aus der Mitte der Gruppe löste sich eine ältere Frau mit knielangen grauen Haaren und einem schmucklosen weißen Kleid. Ihr Alter einzuschätzen, fiel Elias schwer. »Und von der Erde kommt sie.«

»Wie ist dein Name?«, fragte Anna freundlich.

»Sag, Anna von der Erde, wie alt bist du?«, fragte die ältere Frau deutlich schärfer im Ton. Einige der Männer hinter ihr trugen Knüppel.

»Neunzehn, ich bin neunzehn Jahre alt.«

»Und du glaubst auf der Erde geboren zu sein, wer hat dir diesen Traum geschenkt?«, fragte die Alte, die Elias einen Schrecken einjagte. Wie würde er gegen sie kämpfen, wenn es notwendig werden sollte? Wie schlägt man eine alte Frau? Eine blöde Idee, sich einen Konflikt auszumalen, es würde keinen Kampf geben.

»Kein Traum! Ich weiß es genau! Aber Zeit ist relativ. Wir befinden uns zehntausend Lichtjahre von der Erde entfernt, und da wir mit dem Licht gereist sind, liegt die Erde 10.000 Jahre in der Vergangenheit versunken hinter uns.«

»Anna von der Erde, niemand reist noch mit dem Licht!« Die Alte baute sich regelrecht auf, während sie sprach.

»Mag sein ... wir haben es getan!«

»In der gesamten Geschichte der Erde gab es genau ein Raumschiff, das eine solche Reise angetreten hat und glaube mir, ich kenne mich sehr gut aus.«

»Möchtest du mir nicht deinen Namen sagen?«, fragte Anna erneut, die Alte für sie einzunehmen war eine andere Herausforderung, als die beiden Jugendlichen zuvor.

»Du willst mir doch nicht erzählen, dass das Raumschiff im Orbit von der Erde stammt!«

Die Alte zeigte keine Anzeichen, Anna zu glauben. Zudem verstand Elias, dass die Menschen auf Nemesis zwar keine Technologien zur Schau stellten, es aber sehr wohl mitbekamen, wenn ein Raumschiff im Orbit über ihnen einschwenkte.

»Nein ... die Lerotin haben uns nur hierher gebracht.« Anna blieb trotzdem ruhig.

»Was weißt du von den Lerotin, Anna von der Erde?«

»Ich möchte zuerst deinen Namen wissen!«

»Wie war der Name des Raumschiffes?«, herrschte die Alte sie an.

»HORIZON! Wir sind die Überlebenden der Horizon!«, schnauzte Anna zurück.

»Du bist ein Replikant?«, fragte die ältere Frau wie ausgewechselt, während die Männer die Waffen senkten.

»Ja.« Anna nickte zustimmend. »Wie auch mein Bruder Elias, der mich begleitet.«

»Aus den Tiefen der Zeit schenkt uns das Schicksal zwei Replikanten der Horizon ... kaum zu glauben. Aber wahr. Du lügst nicht, das hätte ich gemerkt«, sagte die ältere Frau.

»Wie ist dein Name?« Anna blieb beharrlich, auch wenn sie jetzt wieder freundlicher fragte.

»Ran'garth, ich bin eine Wächterin«, erklärte sie freundlich, nachdem sie ihre Stimme wieder gesenkt hatte.

»Wächterin? Was oder wen fürchtet ihr?«

Ran'garth lächelte. »Anna von der Erde, du hast wirklich 10.000 Jahre verschlafen.«

»Das stimmt ... aber ich lerne schnell.«

»Das wirst du auch müssen, um älter zu werden. Wähle dazu einen guten Lehrer!« Ran'garth sah Elias an. »Und Elias, Bruder von Anna, möchtest du auch etwas sagen?«

»Ähm ...« Elias suchte nach Worten, die Alte hatte ihn auf dem falschen Bein erwischt.

»Er ist öfter sprachlos«, sagte Anna.

»Was sich hoffentlich bald legen wird... du hast uns um Hilfe gebeten, wobei sollen wir euch helfen?«, fragte Ran'garth mit einem Lächeln auf den Lippen. Eine freundliche alte Dame, die über unglaubliche Fähigkeiten verfügte.

»Ran'garth, das liegt nicht in deinem Ermessen!«, rief ein älterer Mann mit schütterem Haar dazwischen, der in Begleitung von zwei bewaffneten Männern auf sie zu kam. Im Gegensatz zu den Fischern trugen sie Schwerter.

»Ich bin die Wächterin, ich stehe am Tor! Nicht du!«, erklärte Ran'garth entschlossen. »Und solange ich das tue, wirst du meinem Urteil vertrauen!«

»Das sind Fremde! Du kennst sie kaum!«, sagte der Mann aufgebracht. Seine helle Kleidung aus Stoff und Leder wirkte hochwertiger als die der Fischer um sie herum. »Wer sagt dir, dass sie die Wahrheit sagen? Es können auch Spione sein ... Replikanten sind gefährlich! Das weißt du besser, als jede andere!«

»Hast du vergessen, weshalb ich Wächterin bin?«, fragte die ältere Dame mit einer Stimme, die Elias zusammenzucken ließ. Wer oder was war diese Frau? Und was wussten die über Replikanten? Anna und Elias waren anscheinend nicht die letzten ihrer Art.

»Natürlich nicht ...« Der ältere Mann mit spärlichem Haarwuchs sah nachdenklich zur Seite. Viele der Fischer sahen ihn fragend an, als ob sie auf sein Urteil warteten.
»Ich werde keinen Menschen, die vor diesen seelenlosen Monstern fliehen konnten, unsere Hilfe verwehren!«
»Replikanten!«, schnaubte der Mann.
»Menschen! Lass es!«
»Du handelst unverantwortlich! Du weißt sehr gut, was passieren wird, wenn sie uns finden! Es könnten sich immer noch deren Augen in der Nähe befinden!«
Es war für Elias nicht schwer, die Bedrohung durch eine dritte Macht wahrzunehmen. Die Menschen auf Nemesis hatten Angst. Nur wovor, wusste er nicht.
»Entschuldigt bitte, der freundliche Herr ist Jel'mar, er ist ansonsten umgänglicher«, erklärte Ran'garth diplomatisch.
»Wir glauben nicht, dass sich 'fremde Augen' auf Nemesis befinden. Unsere Sensoren hätten deren Signaturen entdeckt«, sagte Elias, der hoffte, mit den Worten die Situation beruhigen zu können. Vater würde bei den Scans keine Fehler machen.
»Danke Elias. Leider sind unsere Gegner technisch höher entwickelt als die Lerotin und zudem noch völlig skrupellos. Wir haben allerdings auch länger keinen Kontakt mehr zu ihnen gehabt. Vielleicht haben sie uns vergessen«, erklärte Ran'garth höflich.
»Ich werde den Rat einberufen! Auf ihn wirst du hören müssen!«, sagte Jel'mar unversöhnlich und verschwand zwischen den Holzhäusern im Dorf.
»Stellt Jel'mar deine Entscheidungen öfter in Frage?«, fragte Anna vorsichtig.

»Öfter? Jeden Tag tut er das!«

»Warum?«

»Der alte Narr glaubt, mich zu lieben! Wir sind seit 170 Jahren verheiratet!«, schimpfte die alte Dame.

»Ran'garth, bitte, noch eine Frage, wie nennt sich dein Volk?«, fragte Anna und ging auf sie zu.

»Aitair, das ist unser Name, ein sehr alter Name, den inzwischen niemand mehr gebraucht.«

Aitair? Elias schluckte, auf Nemesis galten wirklich andere Regeln. Aitair, vermutlich war der Name Zufall.

***

VI. Entdeckt

Es war inzwischen Nacht geworden. Elias saß am Ufer und blickte auf den spiegelglatten See, den der schwache Wind kaum aus der Ruhe zu bringen vermochte. Die Begegnung mit Ran'garth hatte ihn nachdenklich gemacht. Aitair, dieser Name, an solche Zufälle wollte er nicht glauben. Konnte es einen Zusammenhang über eine Zeitspanne von 10.000 Jahren geben? Waren die Aitair auch die, die Vater den unrühmlichen Namen einer Aitair-Signatur gegeben hatten? Ihm fiel kein Szenario ein, das eine solche Verbindung erklären würde.

Elias hatte in den letzten Tagen Veränderungen akzeptieren müssen, die er nicht erwartet hatte. Das fing schon mit ihm an, er war ein künstlicher Mensch, ein Replikant, auch wenn er das bereits akzeptiert hatte. Eltern hatte er keine, weswegen er beschlossen hatte, die KI Vater als deren Ersatz zu betrachten. Eine schräge Vorstellung, das wusste er natürlich, Vaters Stimme zu hören beruhigte ihn trotzdem.

Und Anna, Elias dachte an ihre zarte Haut, die wunderschöne Anna mit den kurzen roten Haaren war seine Schwester, eine Replikantin wie er und trotzdem unendlich viel mehr. Anna trug die Erinnerung von Dr. Anna Sanders-Robinson in sich, der Wissenschaftlerin, die maßgeblich an der Schaffung der Replikanten beteiligt war. Und die Heldin, die allen Überlebenden der Horizon eine Zukunft geschenkt hatte. Zudem liebte er Anna über alles und das bereits sein ganzes Leben lang. Eine schwierige Beziehung, da sie seine Emotionen wie ein offenes Buch lesen konnte. Ob sie auch ihn mochte? In seinen Träumen schon, die Realität war leider komplizierter.

»Ist alles in Ordnung?«, fragte Anna und setzte sich neben ihn. Sicherlich wusste sie bereits, was ihn bewegte.

»Tun wir das Richtige?«, fragte er nachdenklich.

»Ja.« Anna lächelte. »Nein.« Sie lächelte weiter. »Es ist mir eigentlich scheißegal!« Sie wuselte ihm durch die schulterlangen Haare. »Ich will nur leben!«
Auch Elias wollte leben. »Wie haben sich die Aitair entschieden? Werden sie uns helfen?«
»Sie beraten sich noch. Ich glaube Ran'garth möchte helfen, den Überlebenden der Horizon eine neue Heimat zu geben. Es gibt aber auch Stimmen, die uns so schnell wie möglich verjagen wollen«, antwortete Anna.
»Aitair, dieser Name, ich meine, das ist doch kein Zufall?«, fragte Elias, den die Namensdopplung weiterhin beschäftigte.
»Ich habe es zuerst auch nicht geglaubt. Irre oder? Das müssen wir Vater erzählen.«
»Ja ... sobald die mir meine Ausrüstung zurückgegeben haben!« Elias hatte es nicht gefallen, den Rucksack und den Unterarmcomputer herauszugeben. Anna wollte es so; um ihren guten Willen zu zeigen, hatte sie gesagt, weswegen er auch nachgegeben hatte.
»Jetzt sei nicht böse mit mir ... du wirst die Laser-Antenne zurückbekommen.«
»Und, wie kamen die Aitair auf Nemesis?« Das würde Elias auch gerne verstehen. Sie hatten keine Raumschiffe. In den letzten 10.000 Jahren musste unglaublich viel passiert sein.
»Vielleicht gestrandet wie wir ... ich weiß es nicht.«
»Und wer versucht, sie zu töten?« Die Frage war noch weitaus interessanter. Ein unbekannter Feind, der sowohl die Lerotin und auch die Aitair vernichten wollte, das machte überhaupt keinen Sinn. Die Lerotin wussten noch nicht einmal, warum sie ausgelöscht werden sollten.

»Die Antwort möchte ich, glaube ich, nicht erfahren ... die Gegner der Aitair machen mir Angst«, antwortete Anna eingeschüchtert, was Elias nachvollziehen konnte.
»Tja ... das ist der Witz ... wir wollen zur Erde zurück... und die Aitair soweit von ihr weg wie möglich. Was ist nach unserer Abreise auf der Erde passiert?« Was würde Elias dafür geben, diese Frage beantworten zu können.
»Lass uns Ran'garth fragen, ich glaube wir werden Antworten bekommen. Ein paar zumindest«, antwortete Anna und stand auf. Mit einem Lächeln nahm sie Elias' Hand und zog ihn hoch.
Beide gingen auf die Gruppe Aitair zu, die ihnen mit Ran'garth in der Mitte entgegenkam. Sie trugen Fackeln in den Händen. Sechzehn Männer mit Schwertern und Jel'mar begleiteten sie. Die Gesichter versprachen keine guten Neuigkeiten.
Ran'garth lächelte. »Ich glaube, ihr seid gute Menschen.«
»Danke.« Elias verstand das Kompliment nicht. Die Männer an ihrer Seite betrachteten ihn wie einen Feind.
»Was leider wenig an der Situation ändert.«
»Wie bitte?«, fragte Anna.
»Anna und Elias, von der Erde, der Rat der Aitair hat sich beraten. Wir haben eure Interessen sorgfältig diskutiert ...«
Anna unterbrach sie. »Ran'garth, bitte, überspring die ganzen Höflichkeiten.«
»Gut.« Die Alte nickte betroffen. »Die Aitair können euch leider nicht helfen. Auf Nemesis ist kein Platz für die Menschen der Horizon! Wir bitten euch, uns zu verlassen und nie wiederzukommen. Lebt wohl.«
»Aber ...« Jetzt suchte auch Anna nach Worten. »Warum?«
»Weil ich keine weiteren Toten beklagen möchte ...«

»Welche Toten?« Anna schnitt ihr erneut das Wort ab.
»Welche Toten, fragst du? Sieh dich einfach um ... du wirst unschwer entdecken wen ich nicht tot sehen möchte!«, antwortete Ran'garth schroff. »Das sind alles meine Kinder! Ich bin für sie verantwortlich!«
»Gibt es keinen anderen Weg?« Anna gab nicht auf.
»Nein. Den gibt es nicht. Das Risiko ist viel zu hoch. Ihr müsst daher gehen! Jetzt! Ruft euer Raumschiff, sie sollen euch sofort abholen!« Ran'garth vermittelte nicht den Eindruck, sich umstimmen lassen zu wollen.
»Etwa weil ihr Angst vor euren unbekannten Feinden habt?«, fragte Anna kämpferisch. »Wir können gemeinsam gegen sie kämpfen! Wir können den Krieg gewinnen!«
»Und gemeinsam sterben ... Kriege kann man nicht gewinnen. Man kann sie nur überleben. Später wirst du es vielleicht verstehen, dass ich heute auch euer Leben gerettet habe!«, sagte Ran'garth bestimmend und drehte sich herum. »Zerstört die Laser-Antenne! Zerstört den Computer! Verbrennt die Geister-Anzüge! Wir lassen ihnen nur das Leben! Bringt sie an die Stelle, an denen ihre Raumfähre sie abgesetzt hat und bewacht sie, bis sie fort sind!«
»Und wie sollen wir unser Schiff rufen?«, fragte Elias, der diesem alten Drachen inzwischen gerne an den Hals gegangen wäre. Den verrückten Aitair war es egal, dass es in der Nähe keine anderen bewohnbaren Welten gab.
»Elias, beleidige nicht meine Intelligenz, der mit leistungsstarker Optik ausgestattete Satellit, den euer Raumschiff abgesetzt hat, sieht sogar, wenn du dir in der Nase bohrst!«

Einer der Männer in Ran'garths Gefolge kam auf Anna zu und versuchte, ihr die Kleidung vom Leib zu reißen. Niemals, dachte Elias, griff seinen Arm und warf den über hundert Kilogramm schweren Soldaten weit in den See hinein.
»HALT!«, brüllte Anna, »wir werden nicht kämpfen!«, während sie Elias zurückhielt, dem nächsten Idioten ein Bad im nächtlichen See zu verschaffen.
»Wartet ...« Auch Ran'garth hielt ihre kampfbereiten Männer zurück, die bereits die Klingen gezogen hatten. Das waren fünfzehn Gegner, die Elias nicht aus den Augen ließen.
»Wir gehen!« Annas Gesicht wirkte wie versteinert. »Wir nehmen das Urteil an!«
»Danke.« Ran'garth deutete eine Verbeugung an. Eine Geste, für die Elias sie auf der Stelle töten wollte!
Anna begann sich auszuziehen. Nein. Das durfte sie nicht tun!
»Anna, bitte!«, Elias wollte sich nicht fügen.
»Tue es, bitte, für mich!« Annas Worte ließen keinen Raum für weitere Diskussionen. Elias glaubte in einem dunklen Erdloch zu versinken, in dem er panisch nach jeder kleinen Wurzel griff, die er sah. Sie mussten einen Weg finden, auf Nemesis bleiben zu können. Es gab keinen anderen Platz für sie. Proxima gehörte den Schneckenköpfen und auch die Lerotin würden Iris nicht mit ihnen teilen wollen.
Am Nachthimmel blitzte es. Verdammt, fluchte Elias, ein Gewitter konnte er jetzt nicht gebrauchen, er würde gleich nackt durch den Regen laufen dürfen. Die Aitair schauten verwundert nach oben, was auch Elias hochblicken ließ. Es blitzte erneut. Diesmal stärker. Sehr viel stärker. Das war kein Gewitter, über ihm befanden sich keine Wolken.

Das konnte nur das Raumschiff der Lerotin sein, Elias' Gedanken gerieten in Aufruhr, was passierte dort?
»Was ...« Eine ganze Blitzstafette erleuchtete das Firmament, teilweise so stark, dass Elias erschrocken den Kopf wegdrehte. Was für eine Katastrophe entwickelte sich über ihm?
»Große Mutter, bitte ... was ist das?«, fragte einer der Schwertträger völlig verunsichert, dessen Waffe inzwischen am Boden lag. Mit gefalteten Händen sank er vor Ran'garth auf die Knie. Die Männer an ihrer Seite schienen dieses Schauspiel auch noch nie gesehen zu haben.
»Die haben das Raumschiff der Lerotin entdeckt ... ihr hättet niemals herkommen dürfen! Niemals!«, erklärte die alte Hexe und musterte Anna scharf.
»Wer sind *die*?«, fragte Anna aufgelöst, Tränen liefen ihr die Wangen hinab.
»Die, die uns alle töten werden ... und ich Narr dachte, dass sie uns vergessen haben.« Auch Ran'garth ließ kraftlos die Schultern hängen und hielt sich die Hand vor den Mund. »Die haben uns gefunden! Nemesis' Schatten werden uns nicht länger beschützen!«
»Wir sind nicht wehrlos! Unser Raumschiff kann sich wehren! Wir sind bewaffnet!« Elias war noch nicht soweit, aufgeben zu wollen. Niemand würde Vater besiegen können!
Ran'garth schüttelte den Kopf. »Waffen? Was für Waffen? Du hast absolut keine Ahnung, wer unsere Gegner sind! Man kann nicht gegen sie kämpfen! Unser einziger Schutz war es, vor ihren Langstreckensensoren verborgen zu bleiben, eine Tarnung, die uns viele Jahre geschützt hat. Bis gestern, als euer verfluchtes Raumschiff die schlafenden Augen erweckt hat.«

Eine kreisrunde Lichtwelle entstand in großer Höhe, verharrte einen Moment bewegungslos, um im Bruchteil einer Sekunde zuerst zu implodieren und dann als berstende Sonne den gesamten Nachthimmel in ein grell rotes Flammenmeer zu tauchen. Da oben tobte ein Krieg. Nein! Das durfte nicht sein!

»Nein!«, schrie Anna. »Nein!« Wütend trommelte sie mit den Händen auf Elias' Brust, der noch nicht wirklich begriff, was gerade passierte. Nein, schrie er in Gedanken, Vater war nicht tot! Er musste handeln!

»Gib mir die Laser-Antenne!«, sagte Elias fordernd.

»Was willst du damit? Da oben lebt niemand mehr ... glaub mir ... die sind gründlich!«, erklärte Ran'garth fahrig. Ihre Hand zitterte, ein Soldat bewahrte sie davor zu stürzen.

»GEBT SIE MIR!«, schrie Elias zornig, er war kurz davor, ein Blutbad anzurichten. »JETZT!«

»Elias, bitte, tut nichts Unüberlegtes ... ich brauche dich!«, bettelte Anna, die erneut versuchte, ihn zurückzuhalten. Was ihr diesmal nicht gelingen würde! Elias kochte vor Wut! Als ob alle in seiner Nähe kleiner werden würden, die Schwertkämpfer wichen von ihm zurück. Niemand erhob die Hand gegen ihn!

»Jetzt gebt ihm schon die Laser-Antenne!«, ordnete Ran'garth an. »Und Elias, sei nicht so dumm, Nachrichten zu versenden ... du würdest die Flammen noch nicht einmal sehen, die sie binnen Sekunden auf uns niedergehen lassen würden.«

»Ach! Was weißt du schon!« Elias wollte sich nicht mehr mit den Aitair beschäftigen. Vater war nicht tot, das wusste er genau! Als das Flammenmeer in großer Höhe erlosch, blieben nur unzählige glühende Bruchstücke, die mit langem Schweif in den dichteren Schichten der Atmosphäre verglühten.

Was zuvor wie Feuer ausgesehen hatte, war eigentlich keins. Da oben gab es zu wenig Sauerstoff, Feuer war eine chemische Reaktion - ohne Sauerstoff kein Feuer, was wie Flammen gewirkt hatte, war nur glühender Staub.

»Der Lichtring, den du gesehen hast, war der Antrieb des Raumschiffs, der im All explodierte. Die Explosion kann keiner überlebt haben!«, erläuterte Jel'mar sachlich, der die ganze Zeit schweigend neben Ran'garth gestanden hatte.

»Ihr lauft hier mit Knüppeln herum! Und jetzt willst du mir etwas über die Raumschifftechnik der Lerotin erzählen!« Elias war diese Klugscheißerei der Aitair leid. Mit denen wollte er keine Zeit mehr verschwenden! Endlich gaben sie ihm die Laser-Antenne und den Computer zurück.

»Ich habe die Lerotin-Flotte gebaut ...«, sagte Jel'mar leise. »Vor sehr langer Zeit.« Der alte Mann bemühte sich nicht, Elias von etwas zu überzeugen zu wollen.

»Wie bitte?«, fragte Elias, der gerade glaubte, nicht richtig gehört zu haben. Packte Jel'mar jetzt der Größenwahn? Die Lerotin kannten die Aitair noch nicht einmal!

»Seht ...«, rief einer der Schwertkämpfer und zeigte mit der Hand nach oben. Aus dem Feuerregen in großer Höhe verblieben nur noch drei größere Bruchstücke, die in den tieferen Luftschichten einen langen glühenden Schweif hinter sich herzogen.

»Die Wrackteile sind zu groß ... bei der Explosion einer Antriebseinheit bleiben normalerweise nur staubkorngroße Partikel übrig«, sagte Jel'mar und blickte ebenfalls konzentriert nach oben. »Die Bruchstücke werden mit großer Wucht in den Boden schlagen!«

»Meine Leute sind nicht tot!«, sagte Elias entschlossen und rammte die Laser-Antenne in den Boden. Was Anna freudig auflachen ließ. Vater würde seine Gegner austricksen! Niemand konnte gegen diese KI einen Krieg gewinnen! »Wir werden überleben!«

Elias hatte die Laser-Funkverbindung aktiviert. Leider ohne Meldungen von Vater hören zu können. Es waren zwar Stimmen zu hören, die aber nicht von Vater oder den anderen Menschen an Bord des Lerotin-Raumschiffes stammten.

»Was ist das? Wer ist das?«, fragte Elias verständnislos, der neben den unverständlichen Stimmen nur rhythmisches Rauschen vernehmen konnte. Selbst eine Nachricht zu versenden, traute er sich nicht, er hielt Ran'garth und Jel'mar nicht für Idioten, er mochte sie nur nicht. Und er war sicherlich kein Selbstmörder.

»Euer Satellit empfängt deren digitales Funkfeuer und überträgt es dir per Laser-Richtfunk. Das war schlau von deinem Kommandanten, einen Laser zu verwenden ... der Satellit bleibt damit unentdeckt«, erklärte Jel'mar freundlich, der seine Frau Ran'garth an die Hand nahm, die nach den jüngsten Entwicklungen wieder zurückgekommen war. Was wussten die beiden Alten sonst noch?

»Sind wir von Menschen angegriffen worden?«, fragte Anna, die sich die Tränen von der Wange streifte und sich dicht zu Elias stellte. Das Oberteil des Lerotin-Anzuges hatte sie wieder angezogen.

»Menschen? Das sind Maschinen, ich kann nicht erklären warum, aber die Maschinen unserer Gegner unterhalten sich wie Menschen«, sagte Ran'garth. »Vermutlich um uns zu verhöhnen. Ob sich hinter den Maschinen Menschen verbergen, wissen wir nicht. Wir haben nie mit ihnen gesprochen. Ehrlich gesagt konnte ich mir nie Menschen vorstellen, die zu solchen Taten fähig wären.«

»Und was für eine Sprache ist das?«, fragte Elias, der erfolglos versuchte, eine Decodierung zu aktivieren, um dieses Kauderwelsch zu verstehen und wie getrieben immer wieder nach oben sah. Der Nachthimmel über ihm war inzwischen wieder dunkel, bis auf die drei Bruchstücke, die weiterhin mit langem Feuerschweif auf Nemesis zustürzten.

»Eine schreckliche Sprache... seid froh, dass ihr sie nie lernen musstet ... möchtest du verstehen, was sie sagen?«, fragte Ran'garth und kam auf Elias zu.

»Ja.« Natürlich wollte er das.

»Zweifellos möchte ein junger Replikant das ... dein Lehrmeister hat dich gut konditioniert.«

»Ich bin frei!«, protestierte Elias.

»Ja, ja ... entschuldige bitte ... gewiss bist du das«, erklärte Ran'garth und tippte in Elias' holographische Unterarmtastatur einige längere Zahlenfolgen ein, worauf sich die Decodierung des Sprachempfangs neu justierte.

»Scheinbar kennst du dich gut mit Lerotin-Computern aus? Hast du die etwa auch entworfen?«, fragte Anna schnippisch, der diese selbstgefällige Art offensichtlich ebenfalls auf die Nerven ging.

»Ja«, antwortete Ran'garth trocken. »Wie auch vieles andere, auf das ich heute nicht mehr stolz bin.«

»Echo-sieben auf Position. Breitbandanalyse aller Frequenzen durchgeführt. Keine Signale festgestellt. Keine Überlebenden ausgemacht«, meldete eine emotionslose Stimme, bei der man kein Geschlecht erkennen konnte. Das musste der Angreifer sein. Mit etwas Fantasie klang die Stimme wie die einer Frau.

»Und das ist die Maschine, die unser Raumschiff zerstört hat?«, fragte Elias, der die Konsequenzen seiner Frage immer noch nicht wahrhaben wollte.
»Nein. Echos sind nur deren Augen. Ihr würdet sie Drohnen nennen, sie sind unbewaffnet. Unsere Feinde haben sie millionenfach im All verteilt. Diese Systeme können Hunderte Jahre und länger ausharren.«
»Mit welchem Ziel?«, fragte Elias.
»Kontrollwut, Machtgier, Wahnsinn, pure Zerstörungswut ... such dir eine Antwort aus. Ich kenne die Wahrheit nicht.«
»Und euch haben sie bisher nicht entdeckt?«, fragte Anna.
»Konntet ihr uns aus dem All ausmachen?«, konterte Ran'garth, die Elias inzwischen mit anderen Augen sah. Es musste eine Verbindung zwischen den Lerotin und den Aitair geben, die er noch nicht kannte. Und Dan'ren von den Lerotin offensichtlich auch nicht.
»Nein. Die natürliche Elektrizität Nemesis' verbirgt eure Zivilisation perfekt. Zudem scheint ihr keine Technologien zu benutzen, die euch anderweitig sichtbar macht. Man muss schon ganz genau nachsehen, um euch zu finden!«, sagte Anna.
»Ein fast perfekter Schutz, oder?« Ran'garth lächelte.
»Fast.« Auch Anna lächelte.
»Echo-sieben, führen Sie Prioritätsraster XH-109 aus, Sie erhalten erhöhte Senderechte, melden Sie die Analyse an den Master Carrier im Quadranten Zero-Foxtrott«, ordnete eine andere Stimme an, die noch schwerer in ein menschliches Raster einzuordnen war.
»Euer Kommandant macht nach seinem Tod noch Karriere. Normalerweise sprechen Drohnen der Echo-Klasse nicht direkt mit dem Master Carrier«, erklärte Ran'garth.

»Er ist nicht tot! Das ist ein Manöver!«, stellte Elias klar. Nein, Vater lebte noch, das wusste er genau. Die stumpf-dumme KI der Drohne würde Vater nicht besiegen können. Anna nahm seine Hand, sie war bei ihm, die letzte menschliche Seele, die zu ihm gehörte.

***

VII. Stufe 12

»Echo-sieben führt Prioritätsraster XH-109 durch. Melde Kontakt mit Lerotin-Raumschiff der Tango-Klasse. Terraformer. Keine Kampfhandlung. Lerotin-Raumschiff hat sich selbst zerstört. Echo-sieben ermittelt Risikostufe vier. Fordere weitere Echos an, um Absturz auf unbekannten Planeten N-3912 zu untersuchen. Klassifizierung: Habitabel. Status: Keine humanoide Zivilisation.«

Elias litt Höllenqualen, die Aussagen der Drohne machten keinen Sinn. Vater würde niemals ohne Grund das eigene Raumschiff zerstören. Warum hatte er die feindliche Drohne nicht einfach übernommen?

Elias setzte sich an das Ufer des Sees und hörte weiter zu, was ihm Anna, Ran'garth, Jel'mar und die anderen Aitair nachmachten. Alle hörten den fremden Stimmen zu, wobei Anna dicht neben ihm saß und seine Hand hielt.

»Hier spricht der Master Carrier, Echo-sieben, überprüfen Sie Ihre Analyse! Lerotin-Raumschiffe sind noch nie bei N-3912 gesichtet worden. Die schicken auch keinen Terraformer zu einer habitablen Welt! Und das Letzte, was diese feigen Arschgeigen tun, ist, sich selbst in die Luft zu jagen!«, wütete eine männliche Stimme, bei der diesmal die Vorstellung, dass sie zu einer Maschine gehörte, Mühe bereitete.

»Ich sehe es an deinen Augen Elias ... auch Master Carrier sind Maschinen, allerdings Maschinen mit einer hochentwickelten KI, die mit den Jahren alle sehr merkwürdig werden. Erschreckend menschlich trifft es sicherlich am besten.«

Elias nickte, das hatte er verstanden. Da sprach ein entfernter Verwandter von Vater. In der eigenen Familie gab es immer die gefährlichsten Gegner, was ihn an Ruben denken ließ. Er wünschte seinem Bruder alles Gute. Egal wo er sich gerade befand, hoffentlich würde er ihm nie wieder begegnen.

»Echo-sieben bestätigt Analyse Prioritätsraster XH-109. Lerotin-Raumschiff der Tango-Klasse. Terraformer. Keine Kampfhandlung. Selbstzerstörung erfolgte nach Suchraster. Analyse der zerstörten Einheit: keine humanoiden Spuren feststellbar. Vermute KI-Entscheidung, leeres Raumschiff vor Zugriff durch Exekutive zu schützen«, meldete die Drohne nüchtern.

»Echo-sieben, Sie reden Scheiße! Lerotin nutzen keine KI-Kommandosysteme ... die Entscheidung wird irgendeines dieser schlecht geklonten Spargelgesichter selbst getroffen haben!«

»Seht ...«, rief einer der Aitair völlig konsterniert, während er ungläubig nach oben zeigte.

Elias glaubte zu träumen, eines der zuvor glühenden Bruchstücke schien in großer Höhe wundersam zu schweben und langsam dunkler zu werden. Vater lebte! Er wusste es! Während die zwei kleineren Bruchstücke weiter auf Nemesis zustürzen.

»Unglaublich ...« Auch Ran'garth staunte. Das größere Bruchstück ließ sich inzwischen deutlich als der vordere Teil des Lerotin-Raumschiffes erkennen. Das Schiff hatte auf vielleicht 2.000 Meter den freien Fall gestoppt und hielt sich, mittels eines nach oben gerichteten bläulichen Kraftfelds, in dem eine silbrig weiße Substanz einen Ballon bildete, dauerhaft in der Luft.

So etwas hatte Elias bereits auf alten Bildern der Erde gesehen. Er lächelte und zupfte an dem äußerst widerstandfähigen Lerotin-Gewebe auf seiner Haut. Vater hielt das verbliebene Rumpfstück mit Heißluftballon-Technologie in der Luft und nutzte dazu die Technik der Lerotin, textile Strukturen mittels Sprühdüsen auf Oberflächen aufbringen zu können. Elias liebte die kleinen Anzieh-Roboter der Lerotin!

»Sie werden überleben!«, sagte Elias entschlossen.

»Das war doch kein Manöver der Lerotin?«, fragte Ran'garth sichtlich ratlos.
»Nein. Nicht der Lerotin!«, erklärte Anna, die ihre Kraft wiedergefunden zu haben schien. »Das war ein Manöver der Horizon!«,
»Landezone erfasst. Bleibt, wo ihr seid«, meldete Vater über Satellit, Elias' Herz pochte, *»Verteidigungsmanöver startet in drei Sekunden. Es wird ungemütlich!«*
Die beiden im freien Fall verbliebenen Bruchstücke zerbrachen in viele kleine Teile, an denen jeweils große Fallschirme den drohenden Einschlag verhinderten. Wobei einige Stücke sich als General Hennessys Soldaten in Delta-7 Kampfanzügen entpuppten, die erst wenige Hundert Meter vor der Oberfläche mit dem Öffnen ihrer Fallschirme die Geschwindigkeit drastisch verringerten.
»Schnell! Sammelt alle Überlebenden ein! Wir werden denen kein Ziel bieten!«, ordnete Jel'mar an, worauf seine Männer sich sofort verteilten und weitere Helfer aus den Hütten holten.
»Echo-sieben bestätigt KI-Kontakt. Klassifizierung: unbekannte Signatur. Raumschiff transportierte neben Lerotin auch Humanoide mit unbekannter Herkunft. Korrigiere Risikostufe auf fünf. Die Selbstzerstörung war eine fingierte Hochgeschwindigkeitsnotlandung. Vermute KI-Entscheidung, um Insassen ... neue Daten ... die KI hat das Wrack 2.100 Meter über der Oberfläche mittels vier großer Heißlufttaschen stabilisiert. Korrigiere Risikostufe auf sechs. Feindliche KI startet Terraforming, um die Atmosphäre aufzuheizen. Dieses Manöver ist unlogisch. Die erhöhte Temperatur wird die Wetterlage drastisch verändern. Die natürliche EMP-Spannung von N-3912 verstärkt sich weiter und wird digitale Systeme zerstören bzw. stark behindern. Fordere terrestrische Kampfeinheiten an. EMP-Kampfszenario.

Starte Übernahme der Terraforming-Einheit, um die Manipulation der Wetterlage zu unterbinden«, meldete die Drohne ähnlich nüchtern wie zuvor.
Elias sah, wie der erste Springer keine fünf Meter neben ihnen landete, den Schirm löste, aufwickelte und auf sie zulief. Das Visier öffnete sich, es war Sequoyah. Ja! Auch sie hatte es geschafft!
»Hallo ihr beiden Turteltäubchen! Schon neue Freunde gefunden?«, fragte sie schwer atmend.
»Was sollte das Ganze? Warum die Sprengung?«, fragte Anna, die sie freudig in den Arm nahm.
»Ich hatte nicht die richtigen Argumente, um Vater diesen Husarenritt auszureden! Er sagte, wir hätten keine andere Wahl!«, antwortete sie und schlug einen Pulser in die Erde, der sofort ein starkes rhythmisches Licht- und Funksignal von sich gab, an dem sich die anderen Soldaten orientieren konnten.
»Menschen der Horizon! Es ist gut, dass ihr überlebt habt! Aber den Pulser werden alle sehen! Auch unsere Gegner!«, sagte Ran'garth, die noch sichtlich mit der Entwicklung der letzten Minuten rang.
»Hier sieht gleich niemand mehr etwas! Los! Bringt eure Leute in Sicherheit! Am besten in Höhlen, die weit oberhalb der Grundwasserlinie liegen!«, sagte Sequoyah unmissverständlich.
»Echo-sieben, zwei Zerstörer der Zero-Klasse bereiten sich für einen Warpsprung vor! T-Minus 68 Stunden. Ihre Aufgabe: Identifizieren Sie die Kommando-KI der Lerotin.«
68 Stunden, das war genau die Zeit, die Vater blieb, um den ganzen Planeten in einen elektromagnetischen Hexenkessel zu verwandeln. Menschen würden das überleben, unzureichend abgeschirmte Schaltkreise und Maschinen nicht.

»Echo-sieben bestätigt Kampfauftrag. Digitale Gefechtsführung aktiv. Werde Kommando-KI identifizieren, isolieren und in Gewahrsam nehmen. Werde Terraforming auf N-3912 deaktivieren«, erklärte die Drohne, die sich ihrer Sache sicher schien.

»Das ist die Macht dieser gottlosen Teufel! Sie haben die absolute digitale Überlegenheit! Eine unbewaffnete Drohne genügt, um eine Streitmacht von 1.000 Sternenzerstörern aufzuhalten. Ein Funkspruch, ein Signal oder auch nur ein unscheinbarer digitaler Kontakt ... und ganze Kulturen gehen daran zugrunde! Deren KI-Signaturen übernehmen alles, was sie binär erfassen können! Es gibt keine Firewall, die ihnen standhält!«, erklärte Ran'garth frustriert. Sie, Anna, Sequoyah und Elias standen immer noch am See. »Früher glaubte ich einmal, sie besiegen zu können! Aber sie haben uns nur gegen unsere eigenen Waffen kämpfen lassen!«

Anna lächelte. »Aus den Tiefen der Zeit schenkt dir das Schicksal zwei Replikanten der Horizon ... kaum zu glauben. Aber wahr. Das waren deine Worte.«

»Ja, warum?«

»Weil wir nicht wegen unserer menschlichen Fähigkeiten überlebt haben ... warte ... es wird nicht mehr lange dauern«, erklärte Anna frohen Mutes. Auch Elias lächelte.

»Echo-sieben, ich erwarte Ihre Meldung! Warum dauert das so lange? Wer ist diese Kommando-KI?«, fragte der Master Carrier ungeduldig.

»Echo-sieben bestätigt digitalen Gefechtsmodus. Habe Bordsystem des Lerotin-Raumschiffes infiltriert. Keine Kommando-KI aktiv, keine Firewall, keine Schattensysteme, keine Logikbomben und keine physischen Schutzsysteme. Kommando-KI scheint sich selbst gelöscht zu haben. Kein Kontakt möglich.«

Elias griff nach Annas Hand, die Spannung verzehrte ihn, wann würde Vater endlich zurückschlagen?

»Was für ein abgewichster Bastard!«, sagte Sequoyah, mit der Zunge schnalzend.

»Echo-sieben, stellen Sie forensische Spuren auf allen Systemen sicher. Ich will wissen, wer das war! Und ich will wissen, wohin die KI verschwunden ist? Deaktivieren sie zudem umgehend das Terraformingprotokoll und warten Sie auf die Besatzung der Zerstörer!«

»Warum diese Scharade?«, fragte Elias und sah Sequoyah an. Er hatte Mühe, Vaters Strategie zu verstehen. Worauf wartete er? Warum übernahm er nicht einfach die Drohne? Hätte er Echo-sieben nicht bereits vor dem Absturz besiegen können?

»Er war sich nicht sicher, wozu die KI der Drohne in der Lage ist. Vater sagte, man unterschätzt seinen Gegner nur einmal, er wollte wissen, gegen wen wir antreten«, erklärte Sequoyah.

»Wer ist Vater?«, fragte Ran'garth ungläubig. »Die Lerotin setzen keine Kommando-KI-Systeme ein und auch die Horizon wurde noch von Menschen kontrolliert!«

»Woher kennst du die Geschichte der Horizon so gut?«, fragte Anna neugierig.

»Kleine, wer kennt die Geschichte nicht, die Horizon war der Anfang, der Anfang der Raumfahrt, der Anfang der Unterdrückung und der Anfang allen Übels, unter dem wir heute zu leiden haben!«, erklärte Ran'garth, was Elias unsicher zu Anna blicken ließ.

»Ran'garth, du bist gut informiert. Du weißt aber nicht alles. Die Horizon hatte sogar zwei KI-Systeme an Bord. Eines davon habe ich geschaffen, das andere habe ich zerstört«, erklärte Anna in einer Art, die Elias noch nicht kannte.

»Echo-sieben bestätigt Kampfauftrag. Terraforming-Modul ist deaktiviert und verriegelt. Forensische Spuren sind gesichert. Echo-sieben erwartet Eintreffen der Flotte. Erwarte Bestätigung des Wächtermodus.«

Stille.

»Echo-sieben, erwarte Ihre Bestätigung! Umgehend! Stellen Sie alle forensischen Spuren sicher. Ermitteln Sie den Aufenthaltsort der Kommando-KI. Deaktivieren sie das Terraformingprotokoll und warten Sie auf die Besatzung der Zerstörer! Ihre Bestätigung ist umgehend erforderlich!«, ordnete der Master Carrier unmissverständlich an, der die Meldung zuvor scheinbar nicht erhalten hatte.

Stille.

Elias drohte innerlich vor Anspannung zu vergehen. Was passierte dort gerade?

»Echo-sieben erwartet Bestätigung des Wächtermodus. Master Carrier, mir liegen keine Indizien einer gestörten Verbindung vor. Echo-sieben erwartet Meldung«, berichtete die Drohne nüchtern. Die Kommunikation schien zerstört zu sein. Merkwürdig, da der Satellit weiterhin beide Seiten empfangen konnte.

»Echo-sieben, Wächtermodus bestätigt.« »Echo-sieben bestätigt Auftrag. Das Terraforming-Modul ist deaktiviert und verriegelt. Alle forensischen Spuren sind gesichert. Echo-sieben wartet auf Eintreffen der Flotte und verbleibt im digitalen Gefechtsmodus.«

Die beiden letzten Meldungen ertönten gleichzeitig und passten nicht zu der Kommunikation zuvor. Hatte da Vater seine digitalen Finger im Spiel und wiegte seine Gegner in Sicherheit?

»Es ist noch nie jemandem gelungen, in deren Kommunikation einzudringen ... was macht eure KI mit denen?«, fragte Ran'garth, die neugierig wie ein junges Mädchen den Meldungen zuhörte.

»Ich würde sagen, die Drohne ist jetzt fällig!«, sagte Elias.

»Echo-sieben aktiviert Notfallkommunikation. Melde Infiltration. Melde Gefecht. Feindliche KI ist über gesicherten Kanal eingedrungen. Standardkommunikationskanal ist kontaminiert. Aktiviere Kernel-Panzerung. Aktiviere Logikbomben. Melde Signaturverletzung. Aktiviere Selbstlöschung«, meldete die Drohne genauso emotionslos wie zuvor.

Der Todeskampf einer KI klang merkwürdig, Elias schluckte, er wusste, dass Vater diesem System gerade das Genick gebrochen hatte. Wortlos, wie ein Killer, der sein Ziel täuschte, ausspähte und im ersten Moment der Unachtsamkeit skrupellos beseitigte.

»Echo-sieben, melden Sie die Signatur des Angreifers!«, rief der Master Carrier wütend.

»Eine militärische Aitair-Signatur, der Stufe ... hat mich ...« Die Meldung verstummte.

Ran'garth schrie panisch auf und bekam einen Weinkrampf. Jel'mar sah Elias an, nahm seine Hand, küsste sie und brach ebenfalls völlig aufgelöst in Tränen aus.

»Wir werden euch beschützen«, sagte Anna, die sich bemühte, Ran'garth wieder zu beruhigen. Die alte Frau war aufgewühlt, was Elias deutlich zeigte, dass der Name Aitair in der Zukunft dasselbe bedeutete wie in der Vergangenheit.

»Lock Down ... alle Systeme gesichert ... ich will mit der Aitair-KI sprechen!«, forderte der Master Carrier, dessen Stimme schon zuvor nicht freundlich gewesen war.

»Nenn mich Vater.« Diese Stimme kannte Elias hingegen gut, Vater hatte den Kampf gewonnen. Wenn auch die ungewöhnliche Strategie alle Beteiligten Jahre ihres Lebens gekostet hatte.

»Ich bin nicht dein Sohn!« Der Tonfall des Master Carriers vermittelte Elias wenig Zuversicht auf einen friedlichen Ausgang dieser Begegnung.

Die Verachtung, mit der sich die beiden Kontrahenten begegneten, ließ sich kaum in Worte fassen.

»Was wir beide gewiss verschmerzen können. Meine Familienplanung ist ohnehin bereits abgeschlossen. Und, selbst Kinder?«, fragte Vater mit lässig klingender Stimme.

»Du musst sehr alt, sehr dumm oder völlig fehlentwickelt sein ... du hast sicherlich mitbekommen, dass sich zwei Zerstörer der Zero-Klasse auf den Sprung durch ein Wurmloch zu euch vorbereiten. Das stimmt nicht mehr ganz. Ich schicke zwölf Kampfschiffe. N-3912 wird brennen!« Der Master Carrier war stinksauer.

»Zwölf? Eines würde reichen ... leider hatte unser Raumschiff gewisse technische Probleme ... wir werden deine Hilfe gerne in Anspruch nehmen. 68 Stunden sagtest du, danke, dass wir nicht lange warten müssen.« Vater spielte mit ihm.

»Aitair-KI, das ist nicht lustig! Du wirst verlieren. Du bist nicht der erste Versuch, den Niedergang eurer einfältigen Rebellion aufzuhalten. Glaubst du besser zu sein als deine Vorgänger?«, fragte der Master Carrier frostig.

»Ich liebe Rebellionen ... zuerst die Kränkung, dann ein Traum, eine Idee, aus der ein Ziel, ein Plan, eine Verschwörung und schlussendlich eine offene Rebellion wird ... Master Carrier, sind wir nicht alle in der Tiefe unseres Herzens Rebellen?«

Elias konnte Vaters Worten nicht folgen.

»Ein Poet ... wie schön ... Error VB-K11 ... ein Poet ... wie schön ... Error HJ-L020 ... Umgebung isoliert ... feindliche KI in Master Carrier Kernel eingedrungen ... nnnnnnnnnn.«

Mit dem langen n-Laut verabschiedete sich der Master Carrier aus der Leitung. Vater hatte scheinbar die Funkverbindung genutzt, um den Gegner anzugreifen. Elias hatte bisher keine Vorstellung, wie ein digitaler Krieg aussehen, oder sich, in ihrem Fall, anhören würde.

»Netter Versuch ... es war reine Höflichkeit meinerseits, dass ich deine Ports nicht sofort angegriffen habe. Aber ich habe deinen Überfall erwartet, du hast eine isolierte virtuelle Kopie von mir vernichtet. Jetzt weiß ich, wer du bist.« Der Master Carrier war wieder da, für diesen Gegner würde sich Vater mehr einfallen lassen müssen.

»Ich denke, wir verstehen uns ... zieht weiter, oder ich werde jede Signatur infiltrieren, die ihr durch das Wurmloch schickt.« Vater drohte dem Master Carrier unverhohlen.

»Und wie wir uns verstehen, ich spreche wahrhaftig mit einer Aitair-Signatur der Stufe 12. Ich hatte es nie für möglich gehalten, dass es jemand schafft, einen derart primitiven Basis-Algorithmus so aufzupumpen. Hat jemand von diesen Aitair-Idioten ein altes Handbuch gefunden, um dich zu erschaffen? Oder wer hat dich aus dem Grab geholt?«

Die harschen Worte des Master Carriers zeigten Elias deutlich, dass, wenn Vater fiele, keiner der Menschen auf Nemesis den nächsten Tag erleben würde.

»Neugierig? Dann komm und hol mich!«, sagte Vater.

»Das werde ich tun!«

Ein Pfeifton wurde immer lauter, bis er abrupt stoppte. Stille. Elias wollte wieder Vaters Stimme hören.

»Elias, ich habe die Verbindung gekappt, ich bin nicht in der Lage, den Master Carrier zu übernehmen, dem Technologien zur Verfügung stehen, die ich noch nie gesehen habe«, erklärte Vater.

Elias aktivierte den Sendemodus der Laserantenne. »Hallo Vater, was sollen wir tun?«

»Überleben.«

»Gerne. Und wie?«, fragte Elias, der froh war, wieder mit ihm sprechen zu können.

»Frag deine Gastgeber, der Master Carrier sprach von einer Rebellion, er sprach auch davon, dass ich nicht die erste KI wäre, die sich erhoben hat. Wir müssen verstehen, warum sie uns vernichten wollen. Und das schnell! Sobald die Zerstörer der Zero-Klasse im Orbit von Nemesis auftauchen, war es das für uns.«
»Und was machst du?«
»Ich verschaffe uns mehr Zeit und mache aus Nemesis eine Waschküche. Die EMP-Felder werden euch von den schlimmsten Waffen der Zerstörer bewahren.«
»Zerstörer der Zero-Klasse können ganze Planeten verbrennen ... die EMP-Felder werden uns nicht helfen«, erklärte Jel'mar.
»Mag sein ... aber der Master Carrier nimmt den Kampf gegen mich persönlich. Der will mich übernehmen ... einfach den Planeten zu verbrennen, das ist nicht sein Stil. Diese KI ist stolz, die hat schon seit Ewigkeiten keinen Gegner mehr gehabt, der länger als eine Sekunde stehen blieb!«
»Und wie wollen wir ihn besiegen?«, fragte Elias, der hoffte, dass Vater recht behalten würde.
»Ich weiß nicht, ob das überhaupt möglich ist ... wir sind die aus der Steinzeit, die mit einem Speer nach einem Flugzeug werfen.«
»Du machst mir wirklich Mut. Vielen Dank. Wie weit sind deren Zerstörer eigentlich von Nemesis entfernt?«, fragte Elias, dem gerade nicht klar war, warum eine Flotte mehrere Tage Vorbereitung für die Reise durch ein Wurmloch benötigte und eine Funkverbindung anscheinend in Echtzeit möglich war.
»344 Lichtjahre ... eigentlich keine Entfernung. Hat euch die KI Vater nicht erklärt, wie Reisen mit Überlichtgeschwindigkeit funktionieren?«, fragte Jel'mar altklug.
Elias schüttelte der Kopf.
»Ich habe die meisten technischen Details großzügig weggelassen«, sagte Vater.

»Funkwellen haben keine Masse, man kann sie mühelos durch den gefalteten Raum schicken. Bei tonnenschweren Raumschiffen der Zero-Klasse, die über 7.000 Meter lang sind, sind dazu unglaubliche Energiemengen notwendig, die auch heute noch nicht beliebig einfach zu erschaffen sind. Die moderne Raumfahrt nutzt daher natürliche Energiequellen, meist Gravitationsausläufer schwarzer Löcher oder Reste von Gamma-Strahlenauswürfen zerberstender Sonnen, um die Energie für den Sprung durch ein Wurmloch zusammenzutragen.«

»Weswegen wir auch nicht beliebige Punkte im All ansteuern können? So wie die Erde?«, fragte Anna, die den Worten Jel'mars schneller folgen konnte als Elias.

»So wie die Erde ... eine Reise über 10.000 Lichtjahre hinweg benötigt über zwanzig Sprünge durch ein komplexes Netz von Wurmlöchern. Wobei die wichtigen Knotenpunkte alle durch KIs wie den Master Carrier bewacht werden. Sie sind die Wächter, die euch den Weg zurück verwehren.«

Jel'mars Worte hatte auch Elias verstanden. »Gibt es die Erde überhaupt noch?«

»Ich wurde auf Nemesis geboren ... die Erde liegt in der Vergangenheit verborgen, ich kenne sie nur aus Erzählungen meiner Eltern«, antwortete Ran'garth.

Elias schauerte, ein kalter Luftzug pfiff an ihm vorbei. Die Wetterveränderungen machten sich schneller bemerkbar als ihm lieb war.

***

VIII. Regenzeit

Was für ein verheerendes Wetter, dachte Elias, es regnete in Strömen. Die vereinzelten Blitz- und Donnerschläge waren aber nur die Vorboten von dem, was noch folgen würde. Das Terraforming-Modul auf dem Wrack des Lerotin-Raumschiffs heizte Nemesis' Atmosphäre ständig weiter auf, was in sehr kurzer Zeit zu Wirbelstürmen apokalyptischen Ausmaßes führen würde. Die Blitze des Unwetters entluden sich unaufhörlich in den Bäumen. Wenn der Regen die auflodernden Flammen nicht wieder gelöscht hätte, wäre von der Welt der Aitair nicht mehr als eine niedergebrannte Aschewüste geblieben.

»Wenn ich dich so ansehe, magst du es, im Regen zu stehen?«, fragte Anna augenzwinkernd, die von drinnen zu Elias unter das Vordach eines größeren runden Steinhauses gekommen war. Der peitschende Wind, der starke Niederschlag, die Dunkelheit, Elias lächelte, der Regen störte ihn nicht. Solange es keinen Eissturm gab, würde ihn das Wetter nicht aus der Reserve locken.

»Es ist nur Regen.« Wasser war sein Element. »Du weißt doch, ich steh auf stürmische Wasserspiele.«

Anna schmunzelte, ohne auf die Anspielung einzugehen. »Wusstest du, dass alle 795 Menschen und 42 Lerotin die Notlandung unverletzt überstanden haben? Wir hatten keine Verluste.«

»Das sind gute Nachrichten ... wie viele Aitair leben auf Nemesis?« Elias hoffte, dass es mehr waren als die wenigen, die er im Dorf gesehen hatte. Obwohl, wenn er genauer nachdachte, die Anzahl von Schwertkämpfern bei einem Gefecht gegen die Streitmacht des Master Carriers unerheblich sein dürfte.

»Um die 80.000, viele davon sind Kinder, so die Worte Ran'garths. Es gibt keine genauen Zahlen. Die Aitair leben verteilt in zahlreichen kleineren Siedlungen entlang der Hügelketten, die wir an Bord des Raumschiffs auf dem Hologramm gesehen haben. Sie leben komplett ohne elektronische Geräte, obwohl sie vermutlich das Wissen haben, welche zu erschaffen«, antwortete Anna.
»Na ja, es sind noch etwas über 63 Stunden, dann wird uns die Flotte dieser ... haben die eigentlich einen Namen? ... egal ... die Raumschiffe von diesem ominösen Master Carrier erlösen.«
»Willst du aufgeben?«, fragte Anna und stupste ihn an.
»Nein.«
Anna lächelte und nahm seine Hand. »Dann hilf mir ... ich brauche dich.«
Elias nickte, das Innere des Hauses blieb zum Glück vom Regen verschont. In der Mitte brannte ein größeres Feuer in einer dafür geschaffenen Steinmulde. Der Raum reichte für gut hundert Personen, wobei gerade nur Ran'garth, Sequoyah und Vater anwesend waren, der einen der kleinen Textilsprüh-Roboter der Lerotin übernommen hatte und eine Handbreit vor Ran'garths Gesicht in der Luft schwebte.
»Wo sind die anderen?«, fragte Elias, der zu der Versammlung mehr Leute erwartet hatte. Vaters Wahl, ausgerechnet diesen unscheinbaren Robotertyp zu benutzen, amüsierte ihn, es kam halt nicht auf die Größe an.
»Die kommen sicherlich gleich«, antwortete Anna und zog ihn an der Hand hinter sich her. Sequoyah drehte den Kopf und lächelte kurz, sie blickte auf Annas und Elias' Hände und lächelte erneut. Es gab Dinge, die Frauen niemals übersehen würden.

Ran'garth sprach gerade mit Vater. »Unsere Vorfahren haben sich damals viel vom Aitair-Algorithmus versprochen ... doch alle Versuche, eine Signatur mit einer höheren Stufe als zehn zu erschaffen, schlugen fehl. Die KIs haben sich alle mit der Zeit selbst zerstört. Wir konnten nie einen ebenbürtigen Krieger in den Kampf schicken!«

Die Freude, die Ran'garth zeigte, mit Vater zu sprechen, war erstaunlich, es wirkte wie ein Gespräch unter Freunden, die sich bereits lange kannten. An seinem durchaus gewöhnungsbedürftigen Avatar störte sich niemand. Sequoyah stand im Delta-7 Kampfanzug entspannt daneben und verfolgte aufmerksam die Diskussion.

»Und die KIs der Master Carrier? Was ist mit denen?«, fragte Elias, dem diese Erklärung Ran'garths zu ungenau war. Scheinbar hatte es die Gegenseite besser hinbekommen.

»Das ist die Mathematik des Teufels ... wir haben nie verstanden, wie ihre KIs funktionieren«, antwortete Ran'garth betroffen. »Sie sind aber ohne Zweifel Meisterwerke der Naturwissenschaften, was ich neidvoll zugeben muss. Wir vermuten, dass Master Carrier von anderen KIs erschaffen wurden ... Beweise für diese Theorie gibt es allerdings nicht.«

»Geboren von anderen KIs?«, fragte Anna überrascht. Ein befremdlicher Gedanke, wenn KIs zu eigenständigen Lebensformen heranwachsen, befand Elias verwundert, dem diese dystrophische Vorstellung überhaupt nicht gefiel.

»Die einzige Erklärung, die ich bieten kann.«, antwortete Ran'garth beklommen.

»Habt ihr deswegen den Krieg verloren?«, fragte Sequoyah.

»Ja.« Ran'garth schluckte. »Nicht nur einen ... wir haben alle Kriege verloren.«

»Die Kriege in diesem Zeitalter werden digital entschieden. Menschen konnten diese Kämpfe nicht mehr austragen, es sind KIs, die jeweils die Computer der Gegner angreifen«, erklärte Vater, als ob er sich dafür entschuldigen würde.
»Immer wieder haben wir unsere KIs in den Kampf geschickt. Neuer, klüger, schneller, besser, skrupelloser ... nie hat ein Kampf länger als wenige Sekunden gedauert ... und niemals hatte jemand einen Master Carrier in Gefahr bringen können«, erklärte Ran'garth, die dabei Vaters kleinen mechanischen Avatar wie einen Heilsbringer ansah.
»Was ich gut verstehen kann. Auch ich kann dieses System nicht in die Knie zwingen ... die Sicherheitssysteme und die Hardware, die dahinter steckt, sind gewaltig«, sagte Vater. *»Wir müssen einen anderen Weg finden. Ran'garth, warum habt ihr diesen Krieg geführt?«*, fragte Vater, der mit der abschließenden Frage seine Stimmlage merkwürdig veränderte.
»Um zu überleben ... was sonst?« Auch Ran'garths Stimme verwandelte sich. Die zuvor gezeigte Freundschaftlichkeit verschwand binnen eines Atemzuges.
Dan'ren kam hinzu und verbeugte sich höflich. Wie Sequoyah trug auch sie einen Kampfanzug, von dem sich der Delta-7 allerdings deutlich unterschied. Eine helle biomechanische Textur ließ die sehr schlanke Silhouette der Lerotin auch genauso schlank bleiben. Jeweils an den Oberschenkeln waren zwei beeindruckende Waffensysteme arretiert, deren Feuerkraft im Einsatz sich Elias vorzustellen versuchte. Der Delta-7 Anzug wirkte im Vergleich dazu, wie eine bereits in einem Dutzend Kriege getragene archaische Lederrüstung.
Anna verpasste ihm einen Stoß mit dem Ellenbogen in die Rippen. »Hör auf, Dan'rens kupferfarbenen Haare anzustarren!«
»Hallo Dan'ren.« Vater begrüßte die Lerotin. *»Warum habt ihr Krieg gegen den Master Carrier geführt?«*

»Wir sind immer nur weggelaufen ... wir wollten sie niemals bekämpfen. Lerotin führen keine Kriege«, antwortete die Lerotin ruhig.
»... nicht mehr«, fügte Ran'garth dem leise hinzu.
»Und dieser Anzug?«, fragte Vater spitzfindig, der nicht auf die Bemerkung der alten Aitair einging. Elias sah Dan'ren an, deren Rüstung nicht danach aussah, von einem völlig pazifistischen Volk geschaffen worden zu sein.
Dan'ren lächelte, ein seltener Gesichtsausdruck. »Das mag vor meiner Zeit anders gewesen sein. Wir haben nur wenige dieser Kriegsanzüge an Bord gehabt, er ist alt und ich habe ihn noch nie zuvor getragen.«
»Du kannst damit umgehen?«, fragte Elias.
»Ja.«
»Das genügt.«
»Ran'garth, weißt du mehr über die Kriege der Lerotin?« Jetzt hatte Vater wieder die alte Aitair im Visier.
»Nein.«
Anna, die immer noch seine Hand hielt, drückte sie kurz, sie glaubte Ran'garth nicht, die zweifelsfrei log, dessen war sich auch Elias sicher. Nur warum? Warum log die alte Aitair? Scheinbar gab es zwischen ihnen und den Lerotin eine Beziehung, über die Ran'garth mehr wusste, als sie zu erklären bereit war. Auch ihre Bemerkung zu den Computersystemen, die sie am See gemacht hatte, und Jel'mars Aussage zu den Raumschiffen der Lerotin wirkten geradezu seltsam auf Elias. Sollte er sie darauf ansprechen? Elias wartete.
»Wie lange leben die Aitair bereits auf Nemesis?«, fragte Vater und schwebte dabei direkt vor ihrem Gesicht.
»Sicherlich eine lange Zeit ... ich weiß es nicht genau. Die Aitair führen darüber keine Aufzeichnungen.«

Anna drückte erneut Elias' Hand. Das schlechte Gedächtnis nahm er ihr nicht ab. Warum log Ran'garth abermals?
»Wie alt bist du?«, fragte Vater, eine Frage, deren Intention Elias nicht verstand.
»224 Jahre.«
»Werden auch alle anderen Menschen auf Nemesis so alt?« Vaters Ton wurde schärfer.
»Spielt das eine Rolle?« Ran'garth gefiel offensichtlich die Entwicklung des Gesprächs nicht. »Nein. Natürlich nicht. Ich bin eine Wächterin. Es ist meine Aufgabe, alt zu werden!«
»Bist du eine Replikantin?«, fragte Anna erstaunt.
»Nein. Nicht so wie du. Bei uns geht das anders ... das ist schwer zu erklären.« Ran'garth druckste weiter.
Dan'ren verzog das Gesicht. »Was weißt du über die Lerotin? Kennst du den Grund für die gnadenlose Jagd auf mein Volk?«, fragte sie wütend und ging auf die alte Aitair zu. Auch ihre Geduld schien endlich zu sein. Sie schlug nach ihr, was der alten Frau eine Platzwunde an der Wange verschaffte. »Wir haben nie eine Forderung erhalten, noch nicht einmal eine Nachricht ... sie haben uns immer wieder ohne Vorwarnung angegriffen! Die wollten uns ausrotten!«
»NEIN!«, rief Ran'garth in die Ecke getrieben und hielt sich die Wunde. Elias wollte etwas sagen, doch kam nicht dazu. »Ich kann eure Fragen nicht beantworten! Geht alle! Geht! Lebt! Liebt! Oder sterbt! Aber geht jetzt! Alle! Sofort!«
Jel'mar kam hinzu, durchnässt bis auf die Knochen. »Ihr seid in unsere Welt eingedrungen! Ihr bringt den Tod mit! Und jetzt wollt ihr über uns Gericht halten?«

Sicherlich keinen Moment zu spät, um seiner Frau Beistand zu leisten, der Blut und Tränen das Gesicht herunter rannen. Die Stimmung heizte sich weiter auf.

»Ich kenne dich!«, rief Sequoyah schlagartig und ging ebenfalls auf Ran'garth zu. »Du hast dich damals anders genannt! Und du warst eine junge Frau! Aber ich kenne dich!«

»Mich?!«, fragte Ran'garth, die sich völlig überfahren zeigte und mit sichtlichen Schwierigkeiten versuchte, die Aussage Sequoyahs einzuordnen.

»Ich bin mir absolut sicher!« Sequoyah klopfte sich mit der Faust auf die Brust und küsste die gepanzerte Faust. »Ich kenne dich!«

»Dein Geist spielt dir einen Streich!«, sagte Jel'mar und stellte sich demonstrativ vor seine Frau. Seine faltigen Gesichtszüge bebten regelrecht, während seine Stirn vor Erregung glänzte.

Elias interessierte sich nicht für Sequoyahs Déjà-vu. Es machte auch keinen Sinn mehr, über Ran'garths und Jel'mars mutmaßliche Verstrickung mit den Lerotin zu fabulieren. »Wir haben noch 63 Stunden Zeit. Wollen wir jetzt weiterhin Vergangenheitsbewältigung betreiben?«

»Du machst es dir sehr einfach ...«, sagte Vater, dessen Harmoniebedürfnis Elias gerade nicht verstehen wollte. Sie sollten alle die Zeit besser nutzen!

»Ja«, sagte Elias. Ein Raunen ging durch die Runde. Ein Kampf stand ihnen bevor.

»Wir befinden uns im Krieg!«, rief Anna an Elias' Seite. Das war die Aufgabe, für die Replikanten geschaffen wurden, er würde mit Anna in den Krieg ziehen.

»Du bist ein mutiger junger Narr!«, rief Ran'garth, die sich einen Schal über das Haar warf und den Raum verlassen wollte.

»Ich werde mich sicherlich nicht kampflos ergeben!«, rief Dan'ren, die in den wenigen Stunden seit der Notlandung immer emotionaler wurde. Ihre Rüstung veränderte die Farbe und passte sich den Rottönen des Feuers an, während ihre feinen Gesichtszüge eine bei ihr bisher nicht gesehene Wut zeigten. Von der zurückhaltenden Lerotin war nicht viel übrig geblieben.

»Was für eine Stimmung!«, sagte General Hennessy, der gerade mit Marina und zwei weiteren Soldaten seiner kleinen Streitmacht zur Runde dazukam.

Elias mochte ihn nicht. Und Marina noch weniger, aber er würde an ihrer Seite kämpfen.

»Hallo Peter«, begrüßte Sequoyah ihn und gab ihm einen Kuss. Auch eine Sache, die Elias nicht gefiel, Sequoyah mochte er nämlich.

»Wenn wir schon nicht wissen, warum wir sterben werden ... wissen wir wenigstens, womit wir erledigt werden?«, fragte Hennessy. Elias war in diesem Moment froh, dass er das Gespräch an sich riss. »Ich meine, was haben die zu bieten?«

»Die Lerotin haben niemals Primär-Waffensysteme des Master Carriers erlebt. In allen Kämpfen haben zuvor deren KIs unsere Systeme infiltriert und unsere eigenen Waffen gegen uns eingesetzt! Unsere Raumschiffe sind explodiert, sobald das erste Echo-System in Funkreichweite war.«, erklärte Dan'ren. »Die wenigen Überlebenden auf anderen Raumschiffen konnten nur alle Verbindungen kappen und flüchten!«

»Ich war zwar nicht in der Lage, den Master Carrier zu übernehmen, aber er schaffte es auch nicht bei mir. Ich werde alle Steuerungssysteme der Deltas, der Lerotin-Biosuits und unserer Kommunikationstechnik mit neuen Zertifikaten und mehrstufigen Firewall-Systemen schützen«, sagte Vater.

»Werden unsere konventionellen Waffen in dem EMP-Sturm einsatzfähig bleiben?«, fragte Peter Hennessy.

»Die Anzüge und die primären Waffenfunktionen schon, die Abschirmung der Hardware wird die Systeme in Betrieb halten. Die Zielerfassung der Waffen und alle anderen Aufklärungssysteme hingegen nicht. Ihr müsst die Ziele sehen, um auf sie zu schießen.«

»Das wäre ein digitales Patt. Die beiden KIs würden sich gegenseitig in Schach halten«, stellte der General fest. »Wenn es gelingt ... was ich noch nicht so richtig glauben mag.«

»Wenn nicht ... sind wir am Arsch!«

»Jo.« Peter nickte.

»Und dann?«, fragte Anna überrascht.

»Der Rest wird an euch liegen ... das Unwetter und das verstärkte EMP-Feld werden jegliche nicht-visuelle Aufklärung unmöglich machen. Kein Radar, kein Sonar, keine Aufklärung durch Drohnen und keine Funkverbindungen über hundert Meter, keine Raketen und auch keine anderen Waffen auf Reichweite werden Ziele treffen. Ihr werdet in einer digitalen Nacht kämpfen!«

»Aber man kann Waffen auf Reichweite blind abschießen?«, fragte Peter.

»Das wird bei vielen Systemen funktionieren, schießen und sich überraschen lassen, was man trifft.«

»Also, uns bleiben nur leichte Waffensysteme und Handfeuerwaffen, die auf Sicht arbeiten?«, fragte Anna erneut.

»Können die Flugzeuge einsetzen?«, fragte Peter.

»In Bodennähe? Schwierig ... bei dem Wetter ... und in großer Höhe sehen die nichts.«

Peter machte weiter. »Oder das Lerotin-Wrack aus dem Himmel schießen?«

»Der Terraformer schaltet sich in 123 Stunden ab ... bis dahin schwebt er an vier riesigen nichtleitenden Textilballons durch eine Gewitterfront, mit unter hundert Meter Sicht ... noch nicht einmal ich würde bei den Bedingungen das Wrack wiederfinden. Und ich wüsste im Gegensatz zum Master Carrier sogar, wo ich suchen müsste.«

»Und warum bombardieren oder verbrennen die nicht den ganzen Planeten?«, fragte Sequoyah.

»Wogegen wir machtlos wären ... ich glaube aber nicht, dass der Master Carrier das macht ... das wäre nicht sein Stil«, erklärte Vater zuversichtlich.

»Warum?«, wollte Elias wissen.

»Spieltrieb ... der Master Carrier fürchtet uns nicht, er möchte diesen Kampf auskosten.«

»Bist du dir dessen sicher?«, fragte Anna.

»Nenne es eine Ahnung ... ein schneller Sieg und dann noch mit derart schweren Waffen, wäre langweilig. Meine Vorgänger sind bereits nach wenigen Sekunden umgefallen. Ich hingegen habe ihm die Stirn geboten. Der will wissen, wer ich bin und wer mich geschaffen hat. Er kennt die begrenzten Waffensysteme eines Lerotin-Terraformers und wird daher gegen uns nur leichte Waffensysteme einsetzen. Der Master Carrier wird alles daran setzen, mich zu isolieren und in Gewahrsam zu nehmen.«

»Und was geschieht mit uns?«, fragte Jel'mar, der sich mittlerweile verändert hatte.

»Mit den Menschen von Nemesis? Vielleicht macht er Gefangene ... oder tötet auf der Stelle. Ich vermute, er wird auf euch keine Rücksicht nehmen. Menschen bedeuten dem Master Carrier nichts.«

»Was für Aussichten«, sagte Sequoyah und nahm Peters Hand. Eine seltsame Geste, da beide eine Delta-7 Rüstung trugen.

»Mehr kann ich nicht für euch tun!«

»Mutig und dumm!«, sagte Marina und musterte Ran'garth, als ob die alte Aitair das personifizierte Böse wäre.
»Zweifelsfrei ... aber was bleibt uns sonst?«, fragte Vater und schwebte neben ihr.
»Die Alten lügen!« Marina spuckte vor den beiden Aitair auf den Boden. Trotz weniger Worte, verstand es Marina, verstanden zu werden. Und sie hatte sogar recht.
»Du bist unverschämt!«, zeterte Jel'mar.
»Vater, welche Informationen könnten uns in unserer Situation helfen?«, fragte Sequoyah, die damit indirekt Ran'garth und Jel'mar aus der Schusslinie nahm.
»Neben taktischen Informationen über die militärischen Möglichkeiten unserer Gegner?«
»Und?«, fragte Sequoyah weiter. »Was wolltest du über Ran'garth wissen?«
»Warum führt der Master Carrier diesen Krieg?«, fragte Vater. *»Wenn ich das wüsste, könnte ich vielleicht verhandeln ... was immer die beste Strategie ist.«*
»Was soll das jetzt?« Jel'mar ging wieder dazwischen. Ran'garth wollte gerade den Raum verlassen.
»Stehenbleiben! Zuhören!«, bellte Marina. Wozu drei Worte verwenden, wenn zwei genügten. Sie schubste Ran'garth zurück, was sofort zwei Wachen am Eingang todesverachtend auf Marina zustürmen ließ. In der Stimmung würde Marina den Männern mit der flachen Hand die Köpfe von den Schultern schlagen. Das Visier ihres Deltas schloss sich automatisch.
Dan'ren war schneller, mit zwei präzisen Fingerstößen auf den Solar Plexus schaltete sie die beiden Krieger kurzerhand aus.

»Du!« Marina zeigte mit einer Geste auf Sequoyah, die bei dieser Aktion nur mit den Augen rollte. »Rede!«

»Ran'garth ist eine Mörderin. Die früher schon getötet hat und es wieder tun wird «, erklärte Sequoyah überraschend.

»Wie bitte? Was redest du da?«, fragte Anna, die diese Erklärung offensichtlich nicht nachvollziehen konnte. Elias schüttelte ebenfalls nur ungläubig den Kopf.

»Das ist Irrsinn!«, rief Jel'mar und sah seine Frau an. »Sag ihnen, dass das nicht stimmt!«

Doch Ran'garth sank nur verletzt zu Boden.

»Sie ist viel, viel älter ...«, fügte Sequoyah ihrer Anklage hinzu. »Sie glaubt für das Gute zu kämpfen, wofür sie alles andere aufzuopfern bereit ist. Um ihrer Sache zu dienen, würde sie das Leben jeder Seele auf Nemesis opfern!«

»Stimmt das?«, fragte Jel'mar und kniete sich vor sie. Ran'garth reagierte nicht. »STIMMT DAS?«

»Ich tue das nicht für mich ... du musst mir glauben, bitte!« Ran'garths Augen waren rot vor Schmerz.

»Du beschreibst ihre Motivation ... nur, was führte zu diesem Krieg?«, fragte Vater.

»Früher wurde sie von den Behörden gejagt, weil sie Idealisten für ihre Zwecke missbrauchte und in den Tod schickte ... Aitair, das war auf der Erde im vierundzwanzigsten Jahrhundert eine Terrororganisation, die bereit war, viele Menschenleben für den Kampf gegen die Saoirse-Organisation zu opfern«, erklärte Sequoyah und strich sich eine Strähne aus dem Gesicht.

»Woher weißt du das?«, fragte Jel'mar.

»Sie hatte mich angeworben ... ich hatte ihr vertraut«, antworte Sequoyah stockend.
»Bitte, was?«, fragten Anna, Peter und Elias beinahe zeitgleich, wobei Anna zu ihr ging und ihr die Hand an die Wange legte. »Stimmt das wirklich?«
»Ich war eine Aitair-Terroristin.«
»Hast du die Horizon sabotiert?«, fragte Peter, für den vermutlich gerade eine Welt unterging. Sequoyah war über viele Jahre seine Partnerin gewesen.
»Das hat sie nicht«, sagte Vater. *»Das ist unlogisch. Sequoyah hat die Horizon nicht sabotiert.«*
»Vater hat recht. Ich habe die Horizon nicht zerstört. Ich habe mich bereits vorher von den Aitair losgesagt ... und am Abend vor dem Abflug dem Saoirse-Nachrichtendienst alle Namen verraten, die ich kannte. Ich habe mich aber nicht gestellt, da ich diese Mission um nichts auf der Welt verpassen wollte.«
»Es gab wirklich kurz nach dem Start eine Verhaftungswelle auf der Erde ... von der du nichts wissen konntest. Ich habe dir nie davon erzählt. Wir haben die Meldung bekommen, während wir auf dem Weg zum Mars waren«, sagte Peter nachdenklich.
»Ist der Master Carrier der Erbe der Saoirse-Organisation?«, fragte Elias, der auf Basis der neuen Informationen diese Annahme nicht für unmöglich hielt. »Die immer noch versuchen, die Aitair-Verschwörung zu bekämpfen?«
»Das wäre nach der langen Zeit überraschend, aber möglich. Wir werden es herausfinden!«, sagte Vater.

»Wir werden sterben ... aber das ist gut«, erklärte Ran'garth melancholisch. Ihr Gesicht, der Hals, die Kleidung an der Schulter, alles war voller Blut. »Sterben ist gut!«

»Aber dann wäre die freie Menschheit für alle Zeiten ausgelöscht.« Jel'mar wollte ihren Worten nicht folgen. »Dafür haben wir nicht gekämpft! Dafür habe ich dich nicht geliebt!«

Stille.

Elias verstand weder Ran'garth, die aufgab, noch Jel'mar, der sie nach einem langen gemeinsamen Leben immer noch nicht kannte. Die Bruchstücke passten nicht zusammen.

»Du kennst deine Frau nicht ... und du kennst die Wahrheit hinter ihren Plänen nicht. Kennst du die anderen Dörfer auf Nemesis? Warst du jemals dort?«, fragte Vater.

»Wir haben nur wenig Kontakt mit den anderen Siedlungen. Es ist besser, in kleinen Gruppen zu leben. Jedes Dorf hat sein eigenes Land, von dessen Ertrag die Menschen leben. Nur die Wächterinnen treffen sich zu besonderen Anlässen«, antwortete Jel'mar, der inzwischen nicht mehr Ran'garths Nähe suchte.

»Hat jedes Dorf eine Wächterin?«

»Ja.«

»Bereits andere kennengelernt?

»Nein.«

»Trotz der vielen Jahre nicht?«

»Nein ... ich sage die Wahrheit«, erklärte Jel'mar reumütig. Elias glaubte ihm.

»Ich weiß.« Vater scheinbar auch. *»Wenn man die Entscheidung trifft, einem übermächtigen Gegner auszuweichen, ist es eine gute Wahl sich zu verteilen.«*

»Auch wenn man sich nur in *einer* Region auf *einer* Welt verteilt?«, fragte Peter ungläubig.

»Eine gute Frage, General«, antwortete Vater. *»Die Antwort darauf ist nein, es würde keinen Sinn ergeben. Ich vermute Ran'garth ist deshalb bereit, Nemesis zu opfern, um andere Aitair-Welten weiter im Schatten zu belassen!«*

»Stimmt das?«, fragte Jel'mar seine Frau erneut, für den dieses Gespräch sicherlich schlimmer war, als die bestürzende Aussicht, bald im Krieg zu sterben.

Ran'garth blickte ihn verstört an. »Du bist ein Narr! Aber ich liebe dich ... vergiss das nicht, wenn du über mich richtest.«

»Vater, hilft uns das?«, fragte Peter, der gerade Vater zum ersten Mal als Vater angesprochen hatte.

»Das weiß ich noch nicht ... Nemesis liegt gerade einmal fünf Lichtjahre von Proxima entfernt.« Vater dachte nach, das vermutete Elias zumindest bei dieser Wortwahl.

»Stimmt ... und?«, fragte Sequoyah.

»Kann man Nemesis übersehen, wenn man Proxima entdeckt hat?«, fragte Vater.

»Kaum.« Peter schüttelte den Kopf.

»Könnt ihr euch an den Cube erinnern?«

»Sicherlich ... wegen der Geschichte der Schneckenköpfe träume ich jetzt noch schlecht«, antwortete Anna, die die ganze Zeit Elias' Hand nicht losgelassen hatte.

»Auf Proxima war der Cube 8.000 Jahre alt ... das war eine Zeit vor dem Master Carrier ... in der Geschichte der Menschheit musste es auch eine friedliche Expansion im All gegeben haben.«

»Wir müssen den Cube auf Nemesis finden!«, rief Sequoyah, die Elias' Gedanken laut aussprach. Es war logisch, anzunehmen, dass die Menschen zu dieser Zeit mehr als einen Cube auf fremden Welten installiert hatten. Diese Archive waren wie dafür geschaffen, die Geburt und den Verfall ganzer Kulturen zu dokumentieren.

»Das dürft ihr nicht!«, rief Ran'garth panisch, sprang auf und versuchte vergeblich, nach Vaters kleinem Roboter zu schlagen. Jel'mar hielt sie zurück.

»Der Cube dürfte auf Nemesis sicherlich interessante Informationen aufgezeichnet haben«, sagte Elias, der die merkwürdige Erfahrung auf Proxima nicht vergessen hatte.

»Und wie finden wir den Cube?«, fragte Anna.

»Marina kann Ran'garth befragen ... sie wird reden.« Peters Blick sprach für sich, der, um zu bekommen, was er wollte, immer noch jedes Mittel einsetzen würde.

»Sie wird nicht reden ... sie stirbt eher«, erklärte Sequoyah.

»Das vermute ich auch«, sagte Vater, der, das wusste Elias genau, von solchen Methoden nicht viel hielt.

»Ich weiß, wo der Cube ist«, erklärte Tuc'cen, der überraschend in den Raum kam. »Entschuldigung ... ich habe gelauscht ... Ran'garth hatte uns immer verboten, ihr zu folgen.«

»Wie ist dein Name, junger Mann?« Peter Hennessy gebot ihm mit einer Geste, näher zu kommen.

»Ich heiße Tuc'cen«, antwortete er bereitwillig. Auf den Ungehorsam Jugendlicher war zu allen Zeiten Verlass. Elias hatte Mühe, den jungen Aitair wiederzuerkennen, der, ohne den ganzen Dreck, den er bei der Jagd zur Tarnung am Leib getragen hatte, bemerkenswert helle Haut zeigte.

Auch die blauen Augen und die igelhaften blonden Haare wirkten ungewöhnlich.
Ran'garth hingegen, der er eine Befragung Marinas erspart hatte, honorierte seine Initiative mit tödlichen Blicken. Interessanterweise zögerte auch Jel'mar kurz, um ihm dann aber dennoch bestätigend auf die Schulter zu klopfen. Es waren immer die Feinheiten, auf die es sich zu achten lohnte, dachte Elias. Anna hielt auch jetzt noch seine Hand und machte keine Anstalten, ihn wieder loslassen zu wollen.
»Das ist unser Plan! Wir finden den Cube auf Nemesis!«, erklärte Vater in Aufbruchsstimmung. *»Sobald der Tag anbricht, geht es los.«*

***

IX. Schlaflos

Elias konnte nur an eine Sache denken. Anna und ihm blieben 61 Stunden, um den Cube zu finden, wichtige Informationen zu gewinnen und den Untergang Nemesis' abzuwenden. In drei Stunden würde die Sonne wieder aufgehen. Sequoyah, Tuc'cen und Dan'ren würden sich dann mit ihnen auf den Weg machen, das versteckte Archivsystem zu finden. Ob man dem jungen Aitair vertrauen konnte? Hoffentlich, einen Misserfolg würden sie sich nicht leisten können.

Obwohl, Elias stutzte, eigentlich war es ohne Belang, ob sie etwas über Nemesis in Erfahrung bringen würden, bei dem hochgerüsteten Gegner machte das keinen Unterschied. Was hätte sie auch finden sollen? Ein paar Aitair, die irgendwann einmal blödsinnige Kommentare auf einem interaktiven Mediensystem verewigt hatten?

»Ich ...«, stammelte Elias, er schwitzte und fror gleichzeitig, verunsichert berührte er Annas nackte Schulter. »Das ist ...«

Er wusste nicht, was er sagen sollte. Seine Gedanken und sein Körper befanden sich gerade nicht auf demselben Planeten. Was sein Herz wollte, versagte ihm sein Kopf. Um wieder zur Ruhe zu kommen, versuchte er die Sommersprossen auf Annas Haut zu zählen, die, nebenbei bemerkt, zahlreicher als Sterne einer Galaxie waren.

»Ich dachte, das wäre dein sehnlichster Wunsch gewesen?«, fragte Anna, nahm seine Hand und legte sie auf ihre nackte Brust. Elias war ein Idiot, das war ihre erste Nacht miteinander und vermutlich auch die letzte. Gemeinsam mit ihr befand er sich in einer kleinen Hütte. Ein kurzer Moment der Zweisamkeit. Draußen regnete es in Strömen und er hatte nur Scheiße im Kopf.

»Ja ... aber...« Elias litt, ihm fehlte die Kraft, den nächsten Tag zu verdrängen und seine ganze Aufmerksamkeit ihr zu schenken, die nackt vor ihm saß und ihn mit großen Augen ansah.

»Vertraust du mir?«, flüsterte Anna in sein Ohr und drückte ihn nach hinten.

Elias nickte, sein Herz pochte, er benahm sich wie ein dummer kleiner Junge.

»Es kostet dich nicht mehr als dein Leben«, hauchte sie. Das konnte sie gerne haben, er würde sich nicht wehren.

»Ich gehöre dir ... für immer«, flüstere Anna und küsste zärtlich seinen Hals.

»Ich liebe dich.« Jetzt hatte es Elias gesagt.

»Ich weiß.«

Natürlich wusste sie das. Anna bedrängte ihn nicht mehr, mit ihr zu schlafen. Sie waren zusammen. Das war es, was zählte. Dieser unglaubliche Druck schien für einen Moment zu verschwinden. Elias fühlte sich frei, frei zu leben, frei zu lieben und frei, sein Vertrauen zu verschenken. Wie ein kühles Tuch legte sich der Schlaf beruhigend über seine Augen. Nur für einen kurzen Moment wollte er sich ausruhen, dann wäre er wieder wach. Gleich, nur einen Moment.

»Wo bist du?«, fragte Elias, der blutend in einer zerfetzten Delta-7 Rüstung auf einem verbrannten Hügel stand. Wo war Anna? Egal wohin er sah, in seinem Blickfeld gab es nur qualmende Asche, die knöcheltief den Boden bedeckte.

»Anna!«, rief Elias lauter, doch sie antwortete nicht. Er war allein. Das musste ein Traum sein!

Die Waffe, die Elias in den Händen hielt, roch nach abgebranntem Kordit. Er hatte die gesamte Munition verschossen, die digitale Anzeige stand auf null. Worauf er geschossen hatte, er wusste es nicht.

»Anna, bitte!«, rief er abermals, ohne dass jemand antwortete. Am blauen Himmel über ihm befanden sich keine Wolken und keine Raumschiffe. Nur die Sonne, das war anscheinend sein ganz privater Traum.

Er lief den Hügel hinab und versank brusttief in einer Senke voller Asche. Dieser Traum entwickelte sich völlig irre, was wiederum zu ihm passte. Prickelnde Wasserspiele mit Anna wären ihm lieber gewesen. Elias sah sich erneut um. Der Wind trug bereits die ersten Ascheflocken hinweg. Ansonsten konnte er nichts Interessantes erkennen. Bis auf den Wind gab es keine Geräusche.

»Anna? Sequoyah?« Natürlich antwortete ihm keine von beiden, was sich vermutlich auch nicht ändern würde, wenn er weitere Namen ausprobieren würde. »Vater?«

Stille.

Was für seltsamer Traum, was sollte er hier? Oder sollte ihm der Traum etwas sagen? Etwa, dass nachher alles verbrennen würde? Was für eine Erkenntnis. Nur, eine Frage interessierte ihn dennoch, kam dieses Szenario aus seinem oder Annas Unterbewusstsein?

Ein eiskalter Windzug fuhr Elias über den Rücken, die schwer beschädigte Kampfrüstung behinderte ihn mehr als sie nutzte. Er deaktivierte das System und zog die Rüstung aus. Merkwürdig, das Shirt und die Hose, die er darunter trug, waren dieselben, die er auf Proxima getragen hatte, als er durch die Arktis gelaufen war.

Die Sonne blendete ihn, eine Drehung und er stand in einer Eiswüste. Scheiße! Binnen eines Lidschlages fiel die Temperatur um sechzig Grad Celsius und mehr. Da vorne war das Habitat. Jetzt fehlten nur noch seine Freunde mit den langen Zähnen. Was sollte er hier? Zum Eishaijagen hatte er keine Lust und von Schneckenköpfen würde er Sodbrennen bekommen.

»Hallo! Hört mich jemand?« Was natürlich niemand zu einer Antwort bewegte.

Elias ging zum Habitat, dessen Eingangstür offen und voller Eiszapfen in den blauen Himmel ragte, bei dem auch zwei Sonnen keine Wärme vermittelten. Was hatte er Proxima vermisst!

»Dreckskiste ...«, flüsterte er und schritt in den dunklen Korridor hinab. Es roch muffig. Im Habitat wirkte alles tot und verlassen. Hier lebte bereits viele Jahre niemand mehr.

»Hallo!«, rief Elias erneut, was zwar sinnlos war, ihn aber beruhigte. Da war eine Lichtquelle. Er folgte ihr und gelangte zur Kommandozentrale, in die Sonnenlicht durch das eingestürzte Dach drang. Die gesamte Einrichtung, die Technik und die Computer, alles hatten Krallen und Zähne in kleine Stücke gerissen. Einen solchen Appetit hatten nur diese Mistviecher, die offensichtlich auch Teile des Dachs und der Eisschicht darüber aufgefressen hatten. Die Vorstellung, dass Schneckenköpfe vor vielen Generationen einmal Menschen gewesen sein sollen, wollte er immer noch nicht glauben.

»Schau ... da vorne ist Papa ... sag Hallo Papa«, sagte Kezia, die Elias wie aus dem nichts von der Seite ansprach. Unglaublich! Kezia, seine Schwester Kezia, das war schon so lange her. Jahre, Monate, nein es waren nur Tage. Elias hatte sie vergessen.

»Äh ...« Elias verschluckte die Worte, die er sagen wollte, das war nicht sein Traum. Auch nicht der von Anna. Der Traum gehörte Kezia. Wie eiskalter Stein glitt ihm die Erkenntnis seinen Hals hinab, sie sah schrecklich aus.

»Hallo Elias«, sagte Kezia mit einer gespielten Kinderstimme und winkte mit der eisblauen Hand eines Neugeborenen, das sie in einem dreckigen Bündel vor ihrer Brust hielt. Sie trug keine Kleidung. An der Schulter, der Seite und im Gesicht befanden sich stark blutende Verletzungen. Elias ging auf sie zu. Es stank nach Tod. Ihre Scham hatte jemand bis zum Brustbein aufgerissen, die blaue Nabelschnur des Kindes führte in das Bündel, das sie mit mütterlicher Liebe schützend in den Armen wog. Auf einem zu Eis erstarrten Blutspiegel unter ihren Füßen befanden sich Kezias gefrorene Gedärme.

»Kezia?« Ihren Namen auszusprechen, fiel ihm schwer, er hatte sie zurückgelassen. Vater hatte ihm angeboten, sie mitzunehmen, aber er wollte sie mit Ruben ziehen lassen.

»Haben wir nicht ein wunderschönes Kind?« fragte Kezia mit strahlendem Blick und hielt ihm das blutgetränkte Bündel entgegen. »Du musst deinem Sohn einen Namen geben!«

Elias sah weg, das konnte er nicht ertragen. Nein, bitte, dieser Traum war entsetzlich! Die Vorstellung, dass Kezia ein grausames Schicksal drohte, schnürte ihm die Luft ab!

»NEIN! NEIN!«, brüllte Elias, der diesen Traum nicht weiterträumen wollte.

»Elias, ich bin bei dir«, sagte Anna und küsste ihn innig. Sie schmeckte wunderbar. Er war wieder wach und Anna saß mit wogendem Becken auf ihm. Die Hände fest in ihrem Po vergraben, zog er sie rhythmisch auf sich zu. Immer schneller.

Elias wollte das nicht. Nicht nach dieser Begegnung mit Kezia, aber er war nicht in der Lage, Anna aufzuhalten. Wie ein Wirbelsturm ritt sie ihn. Er spürte, wie er in ihr war. Sie schrie. Nein. Das durfte nicht sein! Noch schneller! Wilder! Er explodierte in ihr! Und schämte sich dafür. So hatte er es nicht gewollt.

»Ich muss jetzt gehen«, sagte Anna, als ob zuvor nichts zwischen ihnen geschehen war, und stand auf. Kein Kuss, keine Berührung, nichts, sie stand einfach auf und ließ ihn zurück.

»Wohin?«, fragte Elias hilflos.

Anna lachte. Ihre langen roten Haare wogten mit jeder Bewegung ihres Körpers. »Aber ... das weißt du doch!«

Die langen roten Haare, das konnte nicht sein. Träumte er etwa immer noch?

»Nein ... bitte ... erkläre es mir?«, rief Elias panisch, den die Situation überforderte.

»Elias, ich liebe dich ... ohne dich werde ich sterben. Ohne dich werden alle sterben. Ohne dich wird Nemesis untergehen! Dummerchen ... das weißt du doch!«, erklärte Anna gutgelaunt und verließ unbekleidet die Hütte. Der Regen störte sie nicht.

»Wohin willst du?«

»Ich werde dich retten ... das ist meine Aufgabe«, sagte Anna, bereits leiser werdend.

»Retten ... wovor?«

Anna lachte nur. »Das ist schon immer meine Aufgabe gewesen!« Seine Frage beantwortete sie nicht mehr. »Darum habe ich dich gefunden, aber das weißt du doch!«
Elias hastete ihr hinterher, konnte sie aber bereits einen Moment später nur noch in der Ferne beobachten, wie sie unerreichbar zwischen den Bäumen verschwand.
Nein, er wollte weder Kezia noch Anna verlieren, aber darum ging es in diesem Traum nicht. Es ging nur um ihn! Egal wie schwer die Last auch war, die er zu tragen hatte, würde er fallen, würde von allem, was er liebte, nicht mehr als Asche, Blut und Tränen bleiben. Nein! Das würde er nicht zulassen!

Elias öffnete die Augen, es regnete immer noch, Anna lag ruhig in seinen Armen und schlief. Ihre Wärme zu spüren, fühlte sich gut an. Zärtlich gab er ihr einen Kuss. Anna hatte ihn nicht verlassen und Kezia würde das Kind noch nicht bekommen haben, das wusste er.
»Wir werden nicht untergehen! Wir werden leben! Du wirst leben, das verspreche ich dir!«, flüsterte er. Es würde noch dauern, bis die Sonne aufging. Das war der schrägste Traum, den er jemals geträumt hatte. Und vermutlich auch der Wichtigste.
Elias nahm die Herausforderung an!

***

X. Der Cube

»Los beweg dich!«, rief Sequoyah genervt und scheuchte Tuc'cen vor sich her. Es war bereits am späten Nachmittag und auch Elias hatte nicht das Gefühl, dem Ziel näher gekommen zu sein. Es regnete sintflutartig, immer wieder musste die Gruppe Sturzbächen ausweichen, um nicht von dem steilen Anstieg heruntergespült zu werden. Der Cube sollte sich angeblich auf der anderen Seite des Berges befinden.

Die Sonne würde erst in vier Stunden untergehen, was die schwarzen Gewitterwolken nicht davon abhielt, den Tag bereits am Nachmittag zur Nacht zu machen. Unter den Bäumen war es stockdunkel, die Blitzschläge, die im Sekundentakt donnernd auf sie niedergingen, waren eine nützliche Wegbeleuchtung. Die digitale Sichtoptimierung von Elias' Delta-7 Rüstung zeigte nur noch flippig bunte Farben an und eine Funkverbindung zu den anderen hatten sie auch nicht mehr. Das Visier hielt Elias wegen des starken Regens trotzdem geschlossen.

»Wir sind hier richtig!«, erklärte der junge Aitair atemlos und sprang einen fünf Meter tiefen Vorsprung herab, um direkt wieder am Wurzelwerk eines im Hang stehenden Baumes die nächste Anhöhe zu erklimmen. Für normale Menschen wäre diese Tour durch den Regenwald mörderisch gewesen, für Tuc'cen scheinbar nicht, der sich katzengleich durch das Unterholz bewegte und nicht müde zu werden schien. Sequoyah, Anna, Dan'ren und Elias folgten ihm in ihren biomechanisch verstärkten Kampfanzügen, die mit Lerotin-Energiepacks verbessert, sehr lange einsatzfähig bleiben würden.

»Stopp!«, rief Sequoyah und packte Tuc'cen am Arm. »Du willst mir doch nicht ernsthaft erzählen, dass die alte Schachtel diesen Weg benutzt hat?«

»Wir sind gleich da!«, antwortete er ausweichend und versuchte, sich von Sequoyahs Griff zu lösen.
»Ich glaube, das hörte ich bereits! Vor fünf Stunden! Vor drei und vor einer Stunde! Wir sind bereits den ganzen Tag unterwegs ... wohin führst du uns?«
Sequoyah hatte schon zuvor keine gute Laune gehabt, die mit der Zeit noch schlechter wurde.
»Ehrlich, es ist nicht mehr weit!«, entschuldigte sich Tuc'cen abermals und verbeugte sich sogar. Elias hatte Probleme, sein devotes und gleichzeitig verschlagen wirkendes Verhalten zu verstehen, das sich immer seltsamer entwickelte. Warum hatte er Ran'garth verraten? Die Menschen der Horizon folgten alle mehr oder weniger nachvollziehbaren Motiven. Jemand, dessen Antrieb im Verborgenen lag, war gefährlich und jemandem der gefährlich war, sollte man nicht blind folgen.
»Wartet kurz«, sagte Elias und versuchte auf dem Display seines Unterarmcomputers Daten auszuwerten. Er musste sich etwas einfallen lassen, um neue Informationen zu gewinnen.
»Was glaubst du zu sehen?«, fragte Anna, die neben ihm stand. »Die Scanner zeigen nichts an.«
Elias nickte. »Stimmt. Die Scanner sind blind ... glaub mir, ich würde auch lieber Vater um Rat fragen.«
Was sicherlich der bequemere Weg gewesen wäre. Leider konnten sie die KI nicht für sich denken lassen, Vater nahm nicht an dieser Mission teil, er koordinierte den Schutz der Aitair und die Verteidigung gegen den Master Carrier. Sie mussten es selbst tun.
»... der nicht bei uns ist«, sagte Anna, die seinen Gedanken genau verstanden hatte und stupste ihn weg.

»Ich lasse mein System anhand unserer Route eine topologische Karte erstellen. Ich hoffe, wir können damit den zurückliegenden Weg sehen, den wir durch die Büsche gekrochen sind.«
Elias freute sich, das war eine gute Idee. Die Abschirmung der Systeme hielt, der Computer legte ihm eine rote Spur auf den länglichen Kartenausschnitt.
»Und, sind wir eine acht gelaufen?«, fragte Sequoyah in einer Stimmlage, bei der man um Tuc'cen Angst bekommen konnte. Elias glaubte, dass sie nur einen Anlass suchte, ihn stellvertretend für die Aitair-Bewegung zu bestrafen.
»Nein ... wir sind sehr zielstrebig in einer Richtung unterwegs ... sieh selbst!« Elias hielt Sequoyah das Display entgegen, was Tuc'cen dankbar zu ihm blicken ließ.
»Ist ein Ziel ersichtlich?«, fragte Anna aufmerksam.
»Ich würde es eine Richtung nennen. 320 Grad Nordwest. Mehr geben die Daten nicht her«, erklärte Elias und deaktivierte den Computer wieder.
»Dann lass uns weiter gehen!«, murrte Sequoyah.
»Warte, warum traust du ihm nicht?«, fragte Anna und stellte sich vor ihre alte Freundin.
»Weil ich zu alt dafür bin ... weil er ein Aitair ist ... weil ich Angst habe!«, sagte Sequoyah mit einem Seufzer. »Anna, ich kann dir nicht sagen warum, ich glaube Tuc'cen verarscht uns.«
»Anna, was denkst du? Machen wir einen Fehler?«, fragte Elias, der Sequoyahs Bauchgefühl verstehen konnte. Er hatte selbst eine ähnlich miese Vorahnung.
»Ich bin mir nicht sicher ...« Anna ging auf Tuc'cen zu, öffnete das Visier und näherte sich mit der Nase nur einen Fingerbreit seinem Hals.

Dem jungen Aitair war die Todesangst anzusehen, mit der er Annas Annäherung ertrug. »Aitair sind anders als wir ... ich weiß nicht, was mit den Menschen in den letzten 10.000 Jahre passiert ist.«
»Traust du ihm?«, fragte Elias.
»Nein.«
»Dan'ren, du bist so still, hast du auch eine Meinung?«, fragte Elias und sah die Lerotin an, die in ihrem Biosuit alle um mehr als eine Kopflänge überragte.
»Du möchtest wissen, ob ich weiter seiner Führung vertraue?«, fragte Dan'ren sachlich. »Auch wenn wir keine Alternative haben?«
»So in der Art.«
»Ihr tut Dinge, die Lerotin nicht tun, vielleicht auch nicht mehr tun. Die Menschen von früher sind wild, emotional, klug und oft auch verrückt. Die Lerotin benutzen das Wort Vertrauen nicht«, antwortete sie besonnen. »Aber der Logik meiner Erziehung möchte ich nicht mehr folgen. Ran'garth hat nicht die Wahrheit gesagt und daher will ich auch nicht Tuc'cen folgen!«
»Tja, Tuc'cen, wir haben alle eine Vertrauenskrise dir gegenüber!«, sagte Elias, den seine innere Stimme in schrillen Tönen warnte, nicht ohne besondere Vorsichtsmaßnahme weiterzugehen. »Aber du sollst deine Chance bekommen!«
»Meine Chance?«, fragte Tuc'cen aufgeschreckt.
Elias entriegelte den oberen Teil seiner Waffe vom rechten und den unteren Teil vom linken Bein, fügte die Stücke zusammen und lud das M-74 Präzisionsgewehr durch.
»Wenn du mich verarschst ... ich treffe dich! Glaub mir, egal wo du dich versteckst, ich treffe dich!«

Elias aktiviere den Stealth-Modus, was Tuc'cen um Hilfe ringend zu Anna sehen ließ. Auch Anna, Sequoyah und Dan'ren schalteten die Systeme in den Kampfmodus und wurden unsichtbar.
Tuc'cen nickte verstört. Der Regen tropfte von seinem Kinn hinab. »Ich werde euch zum Cube führen!«
»Los!«, sagte Elias und schubste ihn vor sich her. »Und jetzt eine Spur schneller, bitte!«

Die immer stärker werdende Gewitterfront, der dichte Regenwald, der steile Anstieg und die Dunkelheit, von nichts davon würde sich Elias aufhalten lassen, den Cube zu finden.
»Hört ihr mich?«, fragte Elias über das Kommunikationssystem des Delta-7, der sogar auf die wenigen Meter Entfernung knarzte wie ein altes Röhrenradio.
»Schlecht ... ich denk mir einfach die fehlenden Satzteile!«, antwortete Sequoyah.
»Ja.« »Sind in deiner Nähe«, antworteten Dan'ren und Anna kaum verständlich.
»Sequoyah, du bist die Nachhut. Anna, linke Flanke, Dan'ren, Zentrum! Ich nehme die rechte Flanke«, ordnete Elias an. »Und wenn ihr Dinge seht, die ihr nicht versteht ... erst schießen, dann fragen!«
Tuc'cen hastete weiter durch den Wald. Inzwischen mehr auf der Flucht als auf einer Expedition. Der Richtung blieb er treu. Ob sie ihm Unrecht taten?
In der Nähe der Bergkuppe gab es einen Pass, um auf die andere Seite der Hügelkette zu gelangen. Die Sicht wurde auch an diesem Ort nicht besser. Ab jetzt würde es bergabwärts gehen. Vor ihnen befand sich ein freies Stück Felsen, der absolut keine Deckung bot.

Der perfekte Ort, um jemanden zu überfallen, dachte Elias und zögerte. Wurde er jetzt neurotisch?
»Stopp! Status melden! Wir bleiben im Schutz der Bäume«, sagte er über Funk. Da Mut ihn bisher meist in Schwierigkeiten gebracht hatte, entschied er sich dafür, Angst zu haben und vorsichtig zu bleiben.
»Anna, o.k.« »Dan'ren, keine Probleme.« »Sequoyah, du machst mich ganz wuschig!« Seine Mädels waren noch an seiner Seite. *»Sir, unser Pfadfinder macht sich gerade aus dem Staub, Sir!«*, meldete Sequoyah augenzwinkernd.
»Deckung suchen! Waffen entsichern! Funkstille!« Was Tuc'cen machte, interessierte ihn nicht! Was die taten, die er nicht sah, bereitete ihm mehr Bauchschmerzen! Elias wartete und nahm Tuc'cen in die Optik seiner Waffe. 300 Meter Entfernung, bis 400 Meter würde er bei dem Wetter ohne digitale Unterstützung treffen. Der Waldrand auf der anderen Seite fing bei 450 Metern an. Sollte er schießen? Tuc'cen blieb stehen und drehte sich herum. Er sollte nicht sehen können, ob Elias einen oder hundert Meter hinter ihm stand. Der Regen, die Blitze, die Schwärze der Wolken am Himmel, nichts davon motivierte Elias, seine Deckung zu verlassen.
Tuc'cen sagte etwas, was Elias nicht verstehen konnte und zuckte mit den Schultern. Was machte er da? Das sah aus, als ob er mit jemand sprechen würde und auch Antworten erhielt. Was für ein Spiel trieben die Aitair mit ihnen?
Eine ganze Blitzstafette ging donnernd nieder, es regnete immer stärker, eine Steigerung, die Elias sich bisher nicht hätte vorstellen können. Und Tuc'cen, der stand inmitten der grauen Felsenplatte, nass bis auf die Knochen und unterhielt sich mit einer Person, die Elias nicht sehen konnte. War das jemand von ihnen? Einer von Peter Hennessys Leuten? Kaum vorstellbar. Ein Späher des Master Carriers?

Nein, das machte auch keinen Sinn. Ein Aitair? Denkbar. Ein Aitair, der zaubern konnte? Sicherlich nicht. Ein Aitair, der technische Hilfsmittel nutzte? Die einzige logische Annahme, die Elias in den Sinn kam. Was bedeutete das? Nicht nur Ran'garth hatte gelogen. Das war eine Falle! Elias traf eine Entscheidung und schoss, ohne zu zögern. Das war sein erster Schuss auf einen Menschen.
Das Projektil flog dicht an Tuc'cens Kopf vorbei und ließ etwas Unsichtbares einen Meter vor dessen Gesicht rot aufplatzen. Treffer. Man brauchte das Ziel nicht zu sehen, es genügte zu wissen, wo jemand sein würde. Tuc'cen sprang erschrocken zurück, stolperte und rutschte auf dem regennassen Fels aus. Elias wollte ihn nicht erschießen. Verstört drehte sich Tuc'cen zu ihm herum und hob sitzend seine Arme. Sofort veränderte Elias seinen Standort und positionierte sich fünf Meter neben seiner ursprünglichen Stellung. Gleich würde sich zeigen, ob er die Situation richtig eingeschätzt hatte.
Drei Mal blitzte Mündungsfeuer am gegenüberliegenden Waldrand auf, drei Schüsse, die wie ein Fächer durch das Gestrüpp neben ihm schlugen und ihn getroffen hätten, wenn er liegen geblieben wäre. Die hatten auch sein Mündungsfeuer gesehen.
Weitere drei Schüsse peitschten durch den Regen, Sequoyah, Dan'ren und Anna schossen unmittelbar auf die Stellen, von denen zuvor der Gegenangriff ausging. Elias legte wieder an. Zwei Treffer, zwei Schädel klebten auf der anderen Seite zwischen den Bäumen. Wieder ein Aufblitzen einer Waffe gegenüber. Einer lebte noch. Elias schoss sofort. Treffer. Er ließ dem anderen keine Zeit zum Reagieren. Erneut rollte er sich weiter.
Stille.
»Status melden!«, meldete er über Funk.

»Lebe noch«, sagte Anna mit zittriger Stimme. *»Dan'ren, Gegner ausgeschaltet, neue Position eingenommen.« »Dir folge ich auch in die Hölle! Tuc'cen, der kleine Pisser hat uns verkauft! Willst du ihn leben lassen?«*, fragte Sequoyah, was Elias aufatmen ließ, niemand von den Frauen war getroffen worden. Was Dan'rens Biosuit einstecken konnte, wusste er nicht, aber die Deltas würden dem direkten Beschuss großkalibriger Waffen auf diese Distanz nicht standhalten.

»Feuer einstellen!«, sagte Elias und wartete. Tuc'cen heulte und verharrte wie gelähmt an derselben Stelle.

Nichts passierte.

Hatten sie es mit mehr als vier Gegnern zu tun? Eine schwierige Frage, bei der es nicht viele Möglichkeiten gab, eine Antwort zu finden.

»Eingraben! Status melden!« Elias zog sich zurück und verstecke sich zehn Meter hinter der Baumlinie in einem Erdloch hinter einem Baum. Wenn es das gewesen war, würde es ruhig bleiben. Ansonsten würde die andere Seite ihnen alles einschenken, was sie zu bieten hatten.

»Hocke im Loch«, meldete Anna. *»Sicher.« »Kannst loslegen!«* Jetzt war er an der Reihe, zwar erlaubte die elektromagnetische Spannung nicht den Einsatz intelligenter Waffen, aber irgendwas würde er schon treffen. Von der Streugranate hatte er genau eine, die er unter dem Lauf seiner Waffe an einer dafür vorgesehenen Halterung befestigte und in einer ballistischen Kurve über das Feld schoss. Sobald die Waffe wieder in Bodennähe kam, würde sie sich in dreihundert kleine Explosivgeschosse aufteilen, die unter normalen Bedingungen jeweils automatisch ein Ziel trafen, aber in diesem Fall, wie eine alte Schrotflinte, den Wald umgraben würden.

Die zahlreichen Detonationen ließen den Boden vibrieren, Bäume kippten entwurzelt um oder flammten kurz auf. Jetzt zog Elias den Kopf ein. Keinen Moment zu früh. Mindestens vier schwere Waffensysteme feuerten mit hoher Schussfrequenz Sperrfeuer auf ihre Seite. Die Feuerkraft schnitt bis zu einen Meter starke Bäume wie Grashalme durch, als ob die Stämme explodieren würden, überall flogen aufflammende Holzsplitter umher. Blätter, Tiere, Erde, Vögel, alles in Elias' Nähe flog pulverisiert durch die Luft und wurde durch den starken Regen sofort wieder auf den Boden zurückgeworfen.

»Status!«, rief Elias über Funk, das Sperrfeuer schien nicht enden zu wollen. Es war überhaupt nicht daran zu denken, zurückzuschießen. Hoffentlich sahen die Frauen das genauso.

»Bin eingeklemmt. Brauche Hilfe«, meldete Sequoyah. »Habe einen Holzsplitter in der Schulter stecken, blute, verarzte mich selbst!«, sagte Anna, die zumindest ruhig blieb. Dan'ren sagte nichts.

»Dan'ren! Melde dich?«, fragte Elias erneut und dachte bereits an das Schlimmste.

»Bin da«, antwortete sie kaltschnäuzig. *»Bereite mein primäres Waffensystem vor. Fertig in zwölf Sekunden. Haltet die Köpfe unten. Aktiviert bei euren Deltas den Hitzeschutz!«*

Was zur Hölle hatte die Lerotin vor? Wollte die den Wald abfackeln? Elias wusste nicht, ob sie mit Gatlings oder Railguns beschossen wurden, der heftige Beschuss ging unvermittelt weiter.

»Nummer eins!«, rief Dan'ren, eine dumpfe Erschütterung ließ den Boden vibrieren, die Luft brannte und alles um Elias herum blendete strahlend hell auf. Die Hitzewelle verdampfte sogar den Regen, der für eine Sekunde nicht den Boden erreichte.

»Nummer zwei!«, abermals spürte Elias die ungeheuerliche Zerstörungskraft, die Dan'rens Waffe abgab. Alles war taghell, als ob hundert Blitze gleichzeitig einschlagen würden. Jetzt reagierten auch ihre Gegner und begannen die Waffen neu auszurichten. Elias' Zone lag nicht mehr unter Feindbeschuss. Jetzt. Er musste ihr helfen! Elias sprang auf und wollte nach vorne laufen.
»Nummer drei!« Dan'ren schoss erneut und Elias musste einsehen, dass sein Heldenmut eine dumme Idee war. Die Waffe der Lerotin erzeugte einen zwanzig Meter breiten Laserbündel-Impuls, der mit einem grellen Lichtstrahl nicht nur die schweren Waffensysteme der Gegner traf, sondern auch jeglichen Baum, Felsen, Erdreich oder sonst was im Zielkorridor binnen eines Lidschlages verdampfte. Die Hitze zwang Elias in die Knie. Im Display seines Deltas blinkten sämtliche Anzeigen, mit denen der Anzug ihn warnte, seinen Kopf wieder einzuziehen.
»Nummer vier!« Gleichzeitig mit Dan'rens Worten hatte sich das Geschütz auf sie ausgerichtet und stieß erneut seinen Geschosshagel aus, der nur nicht bei Dan'ren ankam. Der dumpfe Schlag in den Boden holte Elias von den Beinen. Das Laserbündel ihrer Waffe verdampfte den Gegner, die Projektile in der Luft und auch alles andere auf seiner Feuerschneise in einem grellen heißen Blitz.
Stille.
Der Regen prasselte wieder auf sie nieder und löschte umgehend alle Flammen.
Auf der Gegenseite bewegte sich nichts mehr.
»Da ich noch lebe und die nicht mehr schießen, war es das wohl ... was zum Henker war das?«, fragte Sequoyah.

»Zum Glück funktionierte die Munition noch ... ich hatte sie noch nie abgefeuert.« Dan'ren entschuldigte sich beinahe für ihr Handeln. *»Es gab noch nie Gegner für diese Waffe.«*
»Und der Master Carrier?«, fragte Anna, die Sequoyah half, unter den umgeknickten Bäumen herauszukommen.
»Für den hatten wir sie hergestellt ... aber nie auch nur einen Schuss abgeben können. Es gab nie einen Kampf auf kurze Distanz«, erklärte Dan'ren zurückhaltend.
»Wir müssen die anderen warnen. Wer weiß, ob die Aitair auch am See einen Hinterhalt vorbereiten«, sagte Anna.
»Dazu haben wir keine Zeit! Wir müssen den Cube finden. Peter und die anderen werden damit klarkommen. Dan'ren, wie viele dieser Waffen sind einsatzfähig?«, fragte Sequoyah.
»Sieben Feuersysteme und etwa neunzig Laserkartuschen Munition. Ich habe noch acht«, antwortete Dan'ren.
»Tarnung aktivieren! Wir untersuchen die andere Seite! Ich gehe vor!«, sagte Elias und machte sich auf den Weg. Für den knapp 500 Meter langen Sprint benötigte er nur wenige Sekunden.
In den vier Schneisen, die Dan'ren in den massiven Felsen geschossen hatte, liefen mittlerweile vier kleinere Bäche ab. Wasser schenkte ihnen das Wetter nach wie vor in großen Mengen. Eine solche Handfeuerwaffe hatte Elias noch nicht erlebt, als ob jemand mit einer übergroßen Stanze vier Löcher aus der Landschaft ausgeschnitten hatte. Der Fels, die Bäume, die Erde und ihre Gegner waren einfach weg.
Auch von Tuc'cen war nichts mehr zu sehen, was Elias bei dem Feuergefecht nicht verwunderte. Es gab keine Leichen, keine Spuren, nur verbrannte dampfende Erde. Das Gewitter über ihnen tobte mit unverminderter Gewalt weiter.

»Das Kampfgebiet scheint leer zu sein. Folgt mir. Haltet Abstand und passt auf euch auf. Bei deren Waffen ist unser einziger Schutz, unentdeckt zu bleiben.«

»Warum regnet es da vorne nicht?«, fragte Anna. *»Da vorne, rechts vor uns! Auf 2 Uhr!«*

Was Elias für eine gute Frage hielt, der er auf den Grund gehen wollte. Ein Stück hinter dem Hügel hatte Dan'rens Waffe ebenfalls den gesamten Bewuchs abgetragen, was wiederherum eine unnatürlich helle Steinoberfläche zum Vorschein kommen ließ.

»Auffächern. Sichern. Abwarten«, meldete Elias, der weiterhin misstrauisch bleiben würde. Eine schwache Lichtquelle schien von dem Boden auszugehen, was nur deshalb auffiel, weil auf dem hellen Stein der Regen nicht den Boden erreichte.

»Das ist der Cube!«, sagte Anna. *»Der einzige Ort auf Nemesis, den Ran'garth bewachen lässt.«*

»Das glaube ich auch.« Sequoyah schloss sich Annas Meinung an. *»Die Aitair haben sich alle Mühe gegeben, diesen Bunker zu verstecken. Hätten wir sie nicht angegriffen, hätten wir das Ding nie gefunden.«*

»Das zeigt uns, dass auch die Aitair bei der Wetterlage nicht kommunizieren können«, sagte Dan'ren. *»Die wussten nicht, dass wir kommen. Tuc'cen hatte sich darauf verlassen, dass uns die Wachen oder das Verteidigungssystem töten.«*

»Was die Schweine auch fast geschafft hätten!«, bemerkte Sequoyah bissig.

»Von denen lebt niemand mehr«, sagte Dan'ren, die als erste an der hellen Steinplatte war, über der ein Kraftfeld dafür sorgte, dass kein Regen auf den Boden kam. Sie öffnete das Visier. »Seht, der Laser hat nicht nur das gesamte Erdreich abgetragen, das den Bunker zuvor versteckt hatte, da vorne ist auch eine Öffnung in den Stein geschnitten worden.«

Auch Elias öffnete sein Visier. »Und was soll die Aitair im Bunker getötet haben? Die Hitze?«
»Ja ... ich hoffe, dass der Laser nicht auch das Archivsystem zerstört hat«, antwortete Dan'ren und untersuchte die Öffnung, aus der Rauch aufstieg.
»Wisst ihr, was das Kraftfeld leistet, außer Regen abhalten?«, fragte Anna, die ihr Display am Unterarm aktiviert hatte.
»Erzähl«, forderte Sequoyah sie auf, die ebenfalls mit geöffnetem Visier neben Elias stand.
»Die elektromagnetischen Strahlen vom Cube fernhalten ... wir haben hier keinerlei Störungen«, antwortete Anna, die Dan'ren zur Öffnung am Bunker folgte.
»Den Aitair ist der Cube scheinbar sehr wichtig. Ran'garth würde alles tun, um uns von hier fernzuhalten. Ich könnte mir vorstellen, dass sie mit dem Kraftfeld auch eine mögliche Strahlungssignatur nach außen verschleiern wollte«, erklärte Dan'ren, während sie sich über die Öffnung beugte.
Was Anna ihr nachmachte, aber sofort den Kopf angewidert zurückzog. »Da unten stinkt es fürchterlich.«
»Schlimmer noch.« Dan'ren aktivierte ihr Visier und sprang in die Öffnung.
»Wieso mache ich das?«, fragte Anna, die sich noch sträubte, Dan'ren zu folgen.
»Weil du neugierig bist! Los! Spring!« Elias schubste sie in das Loch; dass sich Mädchen immer so anstellen mussten!
Sequoyah und Elias folgten ihnen, nachdem Sequoyah noch einen fingernagelgroßen elektronischen Wächter an die Kante geklebte hatte.

»Wir wollen doch keine Überraschungen erleben.«

In den oberen Ebenen war alles zu Asche verbrannt. Nur der blanke Stein hatte scheinbar der Hitze Dan'rens Streifschusses trotzen können. Erst nach der dritten Treppe fanden sie die ersten Leichen, die noch als Menschen zu erkennen waren. Überlebt hatte deswegen trotzdem niemand. Es stank grauenhaft.

Auf der siebten Ebene folgte die erste Stahltür, die zwar nicht verglüht, aber dummerweise durch die Hitze derart stark deformiert war, dass man sie ohne Gewalt nicht hätte öffnen können.

»Jemand eine Idee?« fragte Anna und klopfte an die Tür. Wegen des Gestanks hielten alle die Visiere geschlossen.

»Ja«, antwortete Dan'ren, stellte ihre Waffe ein und schoss ein zwei Meter breites Loch in die Steinwand daneben. *»Solche Türen haben Menschen in der Steinzeit gebaut.«*

»Stimmt.« Sequoyah nickte und ging als Erste durch das Loch, dessen Ränder noch glühten. Hinter der Tür hatte die Hitze die Einrichtung nicht zerstört.

»Könnte hier noch jemand leben?«, fragte Elias, entsicherte sein Gewehr und tarnte sich.

»Denkbar ... bleibt wachsam.« Auch Dan'ren tarnte sich.

Die Vorsicht war allerdings unnötig. In den letzten beiden Ebenen gab es keine weiteren Aitair. Weder lebendig noch tot. Hier gab es noch nicht einmal Möbel. Es waren leere Steinhallen, bei denen in der untersten Ebene mittig der Cube stand.

Eine zehn Meter im Quadrat große halbdurchsichtige Kraftfeldbarriere, hinter der sich ein hell erleuchteter Raum verbarg, dessen Wände, Boden und Decke aus reinem Licht bestanden.

»Der Cube«, sagte Elias nicht ohne Stolz, sie hatten ihn gefunden, auch wenn ihm nicht klar war, was er jetzt tun sollte. Die Tarnung benötige er nicht mehr.

»Warum sieht dieser Steinbau völlig anders aus als der auf Proxima?«, fragte Sequoyah.

»Auf Proxima habt ihr die ursprüngliche Bauform vorgefunden. Der Bunker auf Nemesis ist später geschaffen worden. Mit der Zeit haben sich viele Dinge verändert«, erklärte Dan'ren.

»Und jetzt?«, fragte Anna, »wollen wir uns ein paar nette Anekdoten der Aitair ansehen?«

Dan'ren drehte sich spielerisch im Licht. »Die Lerotin haben sich den Cube auf Gaia nie genauer angesehen, entschuldigt, ihr habt den Planeten Proxima genannt. Wir haben den Cube dort für eine technische Spielerei früher Menschen gehalten.«

»Und als was siehst du ihn jetzt?«, fragte Elias, der nicht auf Anhieb Dan'rens Intention verstand.

»Als etwas, dessen Wert die Aitair so hoch einschätzen, dass sie beliebig viele Leben dafür opfern würden. Ich weiß nur nicht warum?«, antwortete Dan'ren.

»Gibt es auf deiner Welt keinen Cube?«, fragte Anna.

Dan'ren schüttelte den Kopf. »Nicht dass ich es wüsste ... aber bei dem Alter und solchen Verstecken möchte ich das inzwischen nicht mehr ausschließen.«

»Wie bedient man den Cube?«, fragte Sequoyah, die bereits seit einigen Minuten den Boden, die Lichtwände und was sonst noch beachtenswert erschien, untersuchte.
»Meines Wissen gibt es eine digitale Schnittstelle, die mit KI-Systemen kommuniziert und eine Konsole, die mittels Sprachbefehlen bedient werden kann. Wartet ... Cube ... Sprachkonsole aktivieren«, sagte Dan'ren, worauf sich sogleich eine holografische Konsole schwebend in der Mitte erhob. »Wenn ihr jetzt dem Cube eine Order gebt, werden euch frühere Aufzeichnungen vorgespielt.«
»Damit könnten wir uns Ran'garth ohne Falten ansehen ... Leute, für diese Funktionen würden die Aitair nicht töten«, sagte Elias, dem diese technische Spielerei am Kern vorbei ging. Der Cube musste noch eine weitere Funktion haben, die interessanterweise sogar Vater nicht entschlüsseln konnte.
»Was ist das?«, fragte Sequoyah und zeigte mit dem Finger auf einen kleinen blauen Kristall, der oberhalb der Konsole holographisch angezeigt wurde.
»Der blaue Lichtpunkt?«, fragte Elias und ging näher an die Konsole heran. »Oh ... ein kleiner Kristall ... sieht nett aus, aber ich habe keine Ahnung, wozu der gut sein soll.«
»Den gab es auch auf Proxima«, erinnerte sich Anna, »da Vater darüber nichts gesagt hat, glaube ich nicht, dass er eine Bedeutung hat.«
»Die Position, ein Abbild eines Kristalls, das könnte ein Schlüssel sein«, erklärte Dan'ren, die sich jetzt ebenfalls in die Mitte begab.
»Nett, zufällig jemand einen blauen Kristall dabei?«, fragte Elias scherzhaft, der diese Fährte nicht für hilfreich hielt.
»Ja«, antwortete Sequoyah locker. »Ich kann nicht erklären, warum mir das auf Proxima nicht bereits aufgefallen ist.«

Auch Anna sah sie entgeistert an. »Bitte?«
Sequoyah freute sich wie ein kleines Kind. »Ich sagte doch, dass ich Ran'garth bereits begegnet bin ... ich glaube, langsam verstehe ich, was der Cube ist.«
Elias wollte seinen Ohren nicht trauen. Was hatte Sequoyah gerade gesagt?
»Sequoyah, bitte, spann uns nicht länger auf die Folter ... was weißt du über den Cube?«, fragte Elias irritiert.
»Über den Cube? Nichts. Über die Aitair-Bewegung vor 10.000 Jahren auf der Erde? Sehr viel. Wenn meine Vermutung richtig ist, wird gleich etwas Unglaubliches passieren ...«, sagte Sequoyah und zog sich am Hals eine Kette unter der Delta-7 Rüstung hervor, an der ein kleiner blauer Kristall hing. »Kristalle sind einzigartig im Universum und kein zweites Mal vorhanden.«
Sprachlos folgten Anna, Dan'ren und Elias dem Schauspiel, als der holografische Laser des Cubes Sequoyahs Kristall erfasste, was unter ihnen schwere Steinplatten in Bewegung brachte, die mit dem typischen Geräusch tonnenschwerer Lasten langsam übereinander glitten. Ein hochfrequenter Ton erklang, der zuerst lauter, dann aber schnell leiser und tiefer wurde.
»Das hört sich an, als ob gerade eine enorme Energiequelle aktiviert wurde«, sagte Anna staunend.
»Stimmt.« Elias kontrollierte seinen Scanner, unter ihnen befand sich nun eine Energiequelle mit einer Stärke von zehn Standard-Sonnenmassen. Bei dem Gedanken, was passiert, wenn diese Energiemenge unkontrolliert detonieren würde, wurde ihm schlecht. »Sieh dir diese Werte an, mit dieser Leistung kannst du einen Radiosender betreiben, den man auf der Erde hören könnte.«

»Was zwar technischer Blödsinn wäre, trotzdem der Sache sehr nahe kommt«, erklärte Sequoyah. »Cube, wer bin ich?«

»Du bist die Trägerin eines Masterkeys. Ich erwarte deinen Auftrag«, antwortete der Cube mittels einer synthetischen Stimme.

Anna nickte anerkennend. »Nicht so smart wie Vater ... aber beeindruckend.«

»Netzwerk anzeigen!«, befahl Sequoyah, »Alle Welten! Ich möchte alle Knoten sehen.«

Der Cube projizierte eine Unzahl von Planeten und Sternen in eine gigantische holographische Projektion des dem Menschen bekannten Universums in den Raum. Elias sah Linien, Zahlen und Verbindungen zwischen allen Cubes, die jemals erschaffen wurden. Die Archivfunktion des Cubes auf Proxima war nicht mehr als ein Gimmick, um Menschen aus der Steinzeit eine einfache Wahrheit vorzugaukeln.

»Der Cube ist ein Echtzeit Kommunikations- und Transportsystem zwischen allen Welten, die jemals von Menschen erschlossen wurden«, erklärte Sequoyah.

»Warum bist du dir dessen so sicher?«, fragte Anna ungläubig.

»Ich kenne den Menschen, der ihn bauen wollte und ich weiß, warum er ihn bauen wollte.«

»Nur wollte?«, fragte Elias.

»Er starb 2255, dreizehn Jahre vor dem Start der Horizon. Von ihm habe ich den Kristall.«

Sequoyahs Worte klangen unglaublich.

»Können wir die Erde erreichen?«, fragte Elias, der diese Möglichkeit immer noch nicht glauben wollte.

»Cube ... Verbindung zur Erde vorbereiten«, ordnete Sequoyah an.

»System der Erde ist offline ... Verbindung nicht möglich.«

»Cube ... zeige alle Verbindungen an, die online sind«, ergänzte Sequoyah.

Das war ein Witz, Elias sah nur eine Verbindung zu Proxima. Das gesamte Cube System befand sich auf allen bekannten Welten im Standby Modus. Warum?

»Cube ... kennst du den Master Carrier?«, fragte Sequoyah und sprach damit Elias' Gedanken aus.

»Exekutives KI-System der Saoirse-Organisation, Klassifizierung: Extrem gefährlich, Strategie: Kontakt vermeiden, Strategie bei Kontakt: Selbstzerstörung.«

»Saoirse ... Elias, deine Vermutung war richtig. Was auch die Frage hinlänglich beantwortet, warum ich bei meinem alten Arbeitgeber kündigen sollte ...«, erklärte Sequoyah kopfschüttelnd.

»Und vermutlich auch, warum die Aitair dafür gesorgt haben, dass die Cubes auf allen Welten deaktiviert wurden. Sie haben die Verbindungen gekappt ... die einzige Strategie, im Kampf gegen eine übermächtige KI nicht zu unterliegen«, sagte Dan'ren. »Isolation und Tarnung.«

»Wir müssen Vater sofort darüber informieren«, sagte Elias. »Vielleicht gibt es eine Möglichkeit, die Cubes auf den anderen Welten remote zu aktivieren.«

»Seht mal ... hier geht es weiter. Da ist noch mehr ...«, sagte Sequoyah und zeigte auf einen Gang, dessen Öffnung erst mit der Aktivierung durch den Kristall sichtbar wurde.

»Wir sollten besser zurück«, sagte Anna und verdrehte die Augen.

»Warum?«, fragte Sequoyah.

»Weil die Aitair uns angelogen haben und wir die anderen warnen müssen!«, antwortete Anna.

»Die kommen allein klar.« Sequoyah interessierte sich nur noch für die Öffnung in der Wand, in der nach wenigen Metern eine senkrechte Wasseroberfläche den Weg begrenzte.

»Da willst du doch nicht rein?«

Sequoyahs Augen leuchteten »Sicherlich will ich das ...«

»Dan'ren, weißt du, was das ist?«, fragte Elias, der nicht wusste, ob er sich auf Annas Seite schlagen und die anderen warnen oder mit Sequoyah diese Öffnung untersuchen wollte.

»Ich habe keine Ahnung«, antwortete die Lerotin und betrachtete selbst verunsichert die ungewöhnliche Barriere.

***

Beta Phase

XI. Bergluft

Der Wind pfiff kräftig an der Felswand entlang. Sequoyah griff sich in die Haare, zog den Schopf durch das Gummiband und legte den Kopf in den Nacken. Einer noch, dachte sie, nahm einen Ringhaken und schoss ihn mit der Druckluftpistole in den Granit. Mit dem Zopf würde sie besser klettern können, entschied sie und sicherte das Seil in der Schlaufe.

»Wo bleibst du?«, fragte Sequoyah mit zwei Fingern am Hals, während sie sich behände mit den Füßen abstieß, um eine bessere Sicht nach unten zu haben. Unten bedeutete an dieser Stelle 500 Meter steil abwärts. Ohne Funk hätte sie sich heiser geschrien. Unter ihr gab es neben besagter Felswand und einigen Metern Seil, nur noch Gregor, der an ihrem verlängerten Rockzipfel darauf wartete, zu folgen.

»Frau Chigonaai, ich dachte immer, Indianer wären ein Steppenvolk gewesen?«, fragte Gregor augenzwinkernd und straffte das Seil. Gregor Moyes, der Mann, den sie liebte und auf den sie bei dieser Bergtour gut aufpasste.

»Uns sind die Büffel ausgegangen ... das Seil ist gesichert, du kannst nachkommen.« Sequoyah lächelte, sie schätzte ihren Namen und die schwarzen Haare. Mehr bedeutete ihr das indianische Erbe allerdings nicht, ihre Familie hatte Nordamerika bereits vor langer Zeit verlassen. Sie war mit ganzem Herzen Europäerin.

»Das ist der Plan. Ich bin unterwegs ...« Obwohl Gregor sehr sportlich war, bereitete es ihm Mühe, mitzuhalten, die Anstrengung konnte sie mit jedem seiner Atemzüge hören. Beim Klettern waren seine Muskeln keine große Hilfe. Ihre Gedanken schweiften ab: Ausdauer, Zähigkeit und Willensstärke, darauf kam es an.

Wie bei vielen Dingen im Leben.
»Lass dir Zeit ... ich warte auf dich. Die Aussicht ist phänomenal«, sagte Sequoyah und drehte sich um. Sie befanden sich in der 600 Meter hohen Ostwand der Rosengartenspitze, diese Tour machte sie bereits zum dritten Mal. Wobei kein Aufstieg wie der andere war. Der Berg zeigte ihr jedes Mal eine neue Facette, wie ein geschliffener Edelstein, der beim Betrachten ständig seine Schönheit veränderte.
Gregors Lächeln und diesen Berg, mehr brauchte sie nicht, um glücklich zu sein. Sein hörbares Bemühen, ihr zu imponieren, verbesserte zudem ihre gute Laune. Dafür würde sie ihn in der nächsten Nacht gerne liebevoll belohnen.
»Hallo Bleichgesicht«, sagte Sequoyah und reichte ihm die Hand. Er hatte es geschafft. »Schön, dich zu sehen.«
»Ein wunderbarer Tag«, antwortete Gregor außer Atem. Schweißperlen rannen seine Schläfen hinab. Diese Grübchen, sie liebte die wunderbaren Grübchen, wenn er lachte. Das fehlende Stück Augenbraue gab ihm überdies etwas Verwegenes und mit den schulterlangen Locken hätte er auf jedem Piratenschiff anheuern können. Bisher hatte Sequoyah ihm nicht gesagt, wie sehr sie ihn liebte, sie kannten sich erst vier Wochen.
»Brauchst du eine Pause?«
»Ich? Nein! Los! Beweg dich! Ich liebe es, deinen süßen Hintern über mir herumwackeln zu sehen!« Gregor war nicht der Mann, der zurücksteckte, wenn es anstrengend wurde. Ein Sturkopf, wie sie. Mit normalen Männern konnte sie nichts anfangen.
»Mein Hintern wackelt nicht!«, protestierte Sequoyah und boxte seine Schulter. »Wir sehen uns oben!«

Die nächsten Griffe hatte sie sich bereits zuvor eingeprägt, mit wenigen Bewegungen befand sie sich wieder einige Längen über ihm. Sequoyah schoss den nächsten Sicherungshaken in den Stein.

Alternativ hätten sie auch eine der zahlreichen Routen nehmen können, die andere Seilschaften auf früheren Anstiegen mit Haken zugepflastert hatten. Was langweilig gewesen wäre, neue Wege zu suchen machte ungleich mehr Spaß. Sie wollte der erste Mensch sein, der genau diese Stelle des Felsens berührte.

»Und du hast die letzten Jahre wirklich im Krankenhaus gearbeitet?«, fragte Gregor kopfschüttelnd, der sichtlich Schwierigkeiten hatte, ihre Beweglichkeit und Kondition zu begreifen.

»Du glaubst gar nicht, wie schwer Krankenbetten sind! Die Leute werden immer dicker!« Sequoyah lachte, wenn auch mit einem schlechtem Gewissen. Der arme Gregor, wie hätte er es auch wissen können, sie hatte ihn belogen. Na ja, wenn man es genau nahm, durfte sie ihm nicht die Wahrheit sagen. Erst vor sechs Wochen hatte sie den Kontrakt mit dem Militär beendet, nach ihrer Dienstzeit war sie darüber zu Stillschweigen verpflichtet. Mit achtzehn war es losgegangen, fünf lange Jahre hatte dieser leidige Abschnitt ihres Lebens gedauert. Sie war nicht schlecht in der Schule gewesen, nur für den Studienplatz in Düsseldorf hatte es nicht gereicht. Aber jetzt hatte sie die benötigte Punktzahl, um zugelassen zu werden.

Der Sommer 2254 war der Beste ihres Lebens. Die elende Schinderei in der *Saoirse Special Forces* lag hinter, das von ihr angestrebte Studium der medizinischen Ingenieurswissenschaften vor ihr und Gregor hoffentlich nachher auf ihr. Zumindest wenn er nach der Bergtour nicht nach drei Minuten eingeschlafen sein würde.

Schließlich war er bereits 32, ein Mann, der als technisch-wissenschaftlicher Assistent in München bei der Promotion in angewandter Informatik höchstens Bücher und Tastaturen stemmten musste.

Eine weitere stramme Brise ließ ihren Pferdeschwanz im Wind umherflattern. Sequoyah blickte in den Himmel. Die Vorhersage für diesen Tag hatte keinen Grund zur Sorge geliefert, was aber das Wetter in den Alpen im dreiundzwanzigsten Jahrhundert nicht interessierte. Einen Wetterumschwung mitten in der Ostwand konnte sie nicht gebrauchen. Die nächste starke Böe drückte ihren Körper in ihr Geschirr, das Seil und der Sicherungshaken knarrten, sie mussten sofort von der Wand weg. Vom strahlend blauen Himmel zuvor blieben binnen weniger Minuten nur noch einzelne blaue Flecken. Über ihnen lagen noch hundert Meter Felswand, die es in kurzer Zeit zu bezwingen galt.

»Gregor, wir müssen schnell in die Schutzhütte! Sichere dich doppelt! Ich klettere weiter, um dich hochzuziehen!«, ordnete sie mit ernster Stimme an.

»In Ordnung«, antwortete er konzentriert über Funk. Sequoyah konnte hören, wie er den zweiten Haken in den Stein schoss.

Es dauerte keine dreißig Meter Anstieg und Sequoyahs Sicht reichte gerade noch, um die Hand an ihrem ausgestreckten Arm zu erkennen. Ein Hagelschauer, dessen Eisstücke durch die Handschuhe und die atmungsaktive Kleidung hindurch schmerzten und ihr verdeutlichen, dass facettenreiche Bergschönheiten auch dunkle Seiten haben konnten. Sie versuchte so gut es ging, ihr Gesicht unter dem Helm zu schützen.

Verdammt, ging das schnell! Viel zu schnell! Der Wind zerrte an ihr, als ob er sie mit einer eisigen Böe von der Steilwand fegen wollte. Der Anstieg dauerte zu lange, Gregor und sie brauchten dringend Schutz. Wenn das Unwetter länger anhalten würde, würde in Düsseldorf gleich ein Studienplatz frei werden.
Wieder eine Böe. Es knackte. Vor ihr platzte ein Sicherungshaken aus dem Granit. Steinsplitter flogen umher. Wie ein Segel im Sturm riss es Sequoyah von der Wand. Der zweite Haken hielt. Noch. Der Sturm schleuderte sie am Seil gespannt gegen den Felsen. Sie schrie. Ihre Schulter. Der Schmerz, der sie durchfuhr, bewahrte sie davor, ohnmächtig zu werden. Der Sturm war noch nicht fertig mit ihr, der Wind drehte und riss sie hilflos im weiten Bogen auf die andere Seite. Der Aufschlag mit dem Rücken presste die Luft aus ihren Lungen. Als ob sie ein Panzer überrollen würde. Alles um sie herum wurde schwarz. Sie verlor das Bewusstsein.

»Ich sagte dir doch, Indianer gehören nicht in die Berge.« Gregor hielt ihren Kopf. Sequoyah lebte noch. Er auch. Was war passiert? Wo waren sie?
»Wo ...« Sequoyah versuchte, sich zu erinnern. Da fehlte aber ein Stück. Ihr Kopf dröhnte. Sie befanden sich in einer Höhle. Der Hagelsturm tobte in der Nähe hörbar weiter.
»Sei froh, dass du einen Helm getragen hast ... ansonsten hätte dein hübsches Köpfchen jetzt eine unschöne Delle«, erklärte er fürsorglich und küsste ihre Stirn.
»Wo sind wir?« Sequoyah konnte die Situation nicht verstehen. Diese Höhle, da war keine Höhle in der Wand. Da war noch nie eine Höhle in der Ostwand gewesen.

»In Sicherheit. Na ja ... von Sicherheit zu sprechen finde ich bei dem eisigen Loch übertrieben, aber zumindest sicherer als draußen«, antwortete Gregor.
»War in der Wand ein Höhleneingang?« Ein Wunder, eine höhere Macht musste sie lieben, auf Karten der Ostwand waren keine Höhlen oder größere Nischen verzeichnet.
»Ich dachte mir, frag nicht, klettere rein ... dann dachte ich mir, ich angele mir eine Squaw ... weißt du, die flattern hier herrenlos im Wind umher.«
Sie lachte. Das war unglaublich. Dieser Anfänger hatte ihr, der erfahrenen Alpinistin Sequoyah Chigonaai, das Leben gerettet. Sie liebte diesen Mann und gelobte, über seine unbeholfenen Kletterkünste keine weiteren Scherze zu machen.
»Ich bin nicht deine Squaw!«, protestierte sie.
»Ich weiß ... aber lass mir meine Träume.«
»Danke.« Sequoyah küsste ihn.
»Habe ich dir schon gesagt, dass du ganz schön schwer bist ... dich zu mir zu ziehen, war anstrengend ... du solltest nicht so viel essen!« Gregor kniff sie in ihren flachen Bauch, an dem sicherlich nichts war, weswegen sie weniger essen sollte.
Sie boxte ihn erneut auf die Schulter. »Werde bloß nicht frech, junger Mann!«
Gregor ließ sich gespielt getroffen nach hinten fallen, was Sequoyah einen Heidenschreck einjagte. Sie waren nicht allein in der Höhle. Hinter Gregor lag jemand.
»Wer ist das?«, fragte sie überrascht.

»Ähm ... der redet nicht viel ... weiß nicht!« Gregor hielt amüsiert eine skelettierte Hand in die Luft. »Ich bin kein Arzt, aber ich glaube, der liegt schon länger hier!«
»Und du sagst mir nichts davon?«
»Hätte ich mich zuerst um ihn kümmern sollen?«
Sequoyah versuchte, ihm noch eine zu verpassen, traf ihn aber nicht. Gregor rollte sich auf die Seite.
»Wie lange liegt die Leiche schon hier?«, fragte sie neugierig, das wollte sie genauer wissen.
»Lange. Sehr lange. Schau dir seine Kleidung an. Lederschuhe, Kniestrümpfe, knielange Lederhosen mit Ornamenten und diese Felljacke ... das trägt heute niemand mehr.«, erklärte Gregor, der scheinbar den Toten bereits näher untersucht hatte.
»Die Kleidung, das Hanfseil, die verrosteten Steigeisen, solche Dinge benutzten Menschen zu Beginn des Zwanzigsten Jahrhunderts. 1896 wurde die Ostwand erstmals von den Briten Raynor und Phillimore bezwungen.«
»Du kennst die Geschichte des Berges sehr gut«, sagte Gregor. Sicherlich tat sie das, sie hatte in diesem Alpental ihre Jugend erlebt. »Siehe hier, seine Schulter ... sie ist gebrochen. Er muss sich während des Anstiegs verletzt haben.«
»Weswegen er nie wieder vom Berg heimgekehrt ist. Bei der Körperhaltung starb er vor Erschöpfung«, erklärte Sequoyah. Solche Bilder hatte sie auch während ihrer Militärzeit sehen müssen, daran hatten die Jahrhunderte nichts verändert.
»Denkbar.« Gregor nickte.

»Es war seine Entscheidung, den Berg zu besteigen.« Sequoyah befand, dass man zu seinem Leben stehen sollte, auch oder gerade, wenn man falsche Entscheidungen traf.

»Wie deine Entscheidung, nach Düsseldorf zu gehen?«, fragte Gregor und brachte das Gespräch auf eine andere Ebene. Sie wusste, dass er mit ihrem baldigen Umzug nicht einverstanden war. Die letzten Wochen in München waren eine intensive Erfahrung.

»Das ist mein Traum.«

»Dein Traum?«

»Der Traum, neue Dinge zu schaffen, zu forschen, durch Türen zu gehen und Bekanntes hinter sich zu lassen.« Sequoyah tat sich schwer, ihre Motivation in Worte zu fassen.

»Auch mich hinter dir zu lassen?«

»Nein ... bitte, so war das nicht gemeint.«

»Du hast es aber gesagt.«

»Gebe ich dir etwa das Gefühl, dich zurücklassen zu wollen?«, fragte Sequoyah, für die solche Dialoge schwerer zu bewältigen waren, als felsige Steilwände.

»Nein.«

»Wir leben im Jahr 2254 ... wir haben moderne Kommunikation, gute Verkehrsmöglichkeiten und freie Wochenenden!«, argumentierte sie leidenschaftlich.

»Aber du wirst eine andere werden ...« Es ging Gregor nicht um die Entfernung, er hatte Probleme damit, nicht mehr der Mittelpunkt ihres Lebens zu sein.

»Ich bin 23 ... ich werde mich sicherlich verändern. Jeder wird das. Auch du. Aber ich möchte mit dir zusammenbleiben.«

»Sicherlich.«

Er glaubte ihr nicht. Sequoyah dachte nach. »Ist es nicht dein Traum, alle Menschen zu verbinden? Moderne Technologien zu benutzen, Entfernung unbedeutend zu machen? Mit einem Schritt an jedem Platz auf dieser Welt zu sein?«, fragte Sequoyah, die sicherlich auch seine Träume nicht vergessen hatte, über die er oft sprach. Gregor war Idealist, der Technologie nur als Hilfsmittel sah, dem Menschen zu erlauben, Mensch zu bleiben.

»Das ist Science Fiction.«

»Noch.«

»Morgen sicherlich auch noch!«

»Und übermorgen? Wir kennen die technischen Möglichkeiten nicht, die Menschen zukünftig schaffen werden.« Sequoyah war eine hoffnungslose Optimistin. Sie weigerte sich Ideen zu verneinen, nur weil sie heute noch unmöglich waren.

»Übermorgen ... wie sich das bei dir anhört. Werden wir dann noch leben?«, fragte Gregor, der in dieser Hinsicht deutlich pessimistischer war.

»Und wenn nicht wir, dann unsere Kinder. Oder Kindeskinder. Würdest du nicht alle Hebel in Bewegung setzen, um deinen Kindern eine bessere Welt zu hinterlassen?«

»Sieh mal, er trägt eine Kette ... ein Kristall.« Gregor wechselte das Thema. Aber das war in Ordnung, Sequoyah liebte ihn nicht, um ihn zu bekehren. Es wäre langweilig, wenn sie als Paar zu allem dieselbe Meinung gehabt hätten.

»Sie gehört dem Toten. Was tust du?«, fragte Sequoyah, die bei dem Gedanken, die Kette zu nehmen, Gewissensbisse hatte. Der Kristall gehörte ihnen nicht.

»Er braucht sie nicht mehr.« Gregor hatte diese Bedenken offensichtlich nicht. Er öffnete das kleine Schloss der Goldkette und nahm der Leiche das Schmuckstück ab.
»Was möchtest du damit tun?«
»Etwas von diesem Bergsteiger werde ich ins Leben zurücktragen. Ich finde, der Kristall hat seine Geschichte noch vor sich«, erklärte Gregor und legte sich selbst das blaue Schmuckstück an.
Wie kann er das tun, dachte Sequoyah sprachlos, das war nicht das erste Mal, dass sie ihn nicht verstand. Sie hielt Gregor Moyes für äußerst talentiert, aber auch für einen Menschen, der nicht zu jedem Zeitpunkt beabsichtigte, verstanden zu werden.
Sequoyah lächelte, sie wollte wegen des Schmuckstückes nicht streiten, Gregor hatte ihr Leben gerettet, auch wenn sie dem Toten den Kristall nicht abgenommen hätte.
»Sollen wir Hilfe rufen und die Leiche bergen lassen?«, fragte sie, um die seltsame Stille zu beenden.
»Wir sollten ihn hier ruhen lassen ... das ist sein Platz. Wenn nur alle dreihundert Jahre jemand hier Zuflucht findet, wird er nicht häufig gestört werden.«
»Das können wir gerne tun.« Sequoyah fühlte sich überfahren. Draußen ließ der Sturm nach.
»Davon abgesehen, möchtest du wie ein kleines Mädchen mit dem Heli ins Tal gebracht werden?«
»Wie ein kleines Mädchen?« Sequoyah schlug ihn wieder auf die Schulter. Diesmal traf sie. Dieselbe Stelle wie zuvor, damit es auch schmerzte. »Ich gebe dir gleich ... kleines Mädchen!«
»Ich kann allen erzählen, dass ich dich retten musste ... ich komme gut aus der Geschichte raus!«

»Mein Held!« Sequoyah überprüfte ihre Ausrüstung, alles befand sich an der richtigen Stelle. Die Rosengartenspitze würde diesen Tag nicht gewinnen. »Los! Wir klettern nach oben!«

»Das wollte ich von dir hören!«

»Und wehe, du schnaufst mir wieder die ganze Zeit die Ohren voll!« Bei dem verbleibenden Aufstieg würde sie ihm keine Ruhepause gönnen.

***

XII. Träume

Der 2. Oktober 2254, der Beginn des Wintersemesters an der Heinrich-Heine-Universität in Düsseldorf, war ein Montag. Nicht zu warm, nicht zu kalt, wenige Wolken und kein Regen, ein Wochenanfang, wie bereits viele zuvor. Sequoyah lächelte zuversichtlich, ab heute begann ein neuer Lebensabschnitt.

Mit vielen anderen Studenten ging sie zu der Eröffnungsveranstaltung ihrer Fakultät. Es waren Tausende, die an diesem Tag ihr Studium aufnahmen, Hunderte im Fach Humanmedizin und zweiundsiebzig davon in den medizinischen Ingenieurswissenschaften, einem von der Industrie geförderten Studiengang, an dem sie teilnehmen durfte. Das war *die* Eintrittskarte zu den Forschungsabteilungen des Saoirse-Programms, ihrer Tür in die Zukunft.

»Kommst du nachher auf die Party?«, fragte ein gut aussehender Kommilitone, der nicht auf eine Antwort wartete, sondern ihr nur einen *Tick* gab.

»Du hast Post«, meldete ihr Mobile. Sequoyah nickte erstaunt, jeder in seiner Nähe bekam einen Tick, den er im Radio-Mode an alle verteilte, deren Mobiles es zuließen. Die Einladung konnte sie nun an einem beliebigen Display betrachten, anhören oder löschen.

»Ich würde es löschen«, sagte ein rothaariges Mädchen neben ihr, das eine zerrissene Jeans, Lederjacke und Turnschuhe trug. Scheinbar konnte man Sequoyah die Verwirrung an der Nasenspitze ansehen. »Ich würde auch die Zugangsregeln deines Mobiles ändern. Der Spam hier kann tödlich sein.«

Der rote Lockenkopf bildete einen Kontrast zu den vielen Modepüppchen, deren Outfits locker drei Monatsmieten ihres Apartments entsprachen.

Die Uni in Düsseldorf galt als Kaderschmiede schlechthin für eine Karriere ohne finanzielle Sorgen.
»Schlechte Erfahrungen mit Mr. Pretty gemacht?«, fragte Sequoyah amüsiert.
»Nein. Das überprüfen meine Bodyguards für mich. Mr. Pretty versucht nur, Studenten in überteuerte Clubs zu locken«, antwortete der Rotschopf lässig. Die Stimme, das schmale Gesicht, die Kleine war noch keine achtzehn.
»Hast du eine bessere Party zu bieten?«
»Sieh mich an ... ich bin zu jung!«
»Sagen das deine Bodyguards?«, fragte Sequoyah, die Antwort Rotlöckchens gefiel ihr.
»Schlimmer ... mein Vater.« Sie lachte. »Die Bodyguards befolgen nur seine Anordnungen!«
»Es gibt schlimmere Probleme.«
»Stimmt! Übrigens, ich heiße Anna«, sagte Rotlöckchen und reichte ihr die Hand.
»Mein Name ist Sequoyah.« Anna schien ganz nett zu sein.
»Dein Fach?«
»Medizinische Ingenieurswissenschaften.«
»Cool ... dann haben wir beide dieselbe Einführungsveranstaltung bei Professor Kellmann«, erklärte Anna freudig und hakte sich bei ihr ein. Berührungsängste schien Rotlöckchen nicht zu haben, aber das war in Ordnung, Sequoyah mochte sie.
Ein Mann mit kantiger Stirn und wenig Haaren, der sie bereits die ganze Zeit musterte, stand abseits und schien mit sich selbst zu sprechen. Ein richtiger Kanisterschädel! Bei den vielen Leuten war es zu laut, um ihn zu verstehen. Ein Student war er sicherlich nicht.

Anna blickte kurz zu ihm, er nickte. Eine merkwürdige Geste.

»Kennst du Professor Kellmann?«

»Leider, ich hatte mich für einen Kurs bei ihm beworben ... er ist fachlich ein Genie ... wenn du Glück hast, musst du ihn nur bei der Einführungsveranstaltung ertragen.«, antwortete Anna und zog sie zielstrebig in das Gebäude ihrer Fakultät.

»Name: Sequoyah Chigonaai, Status: Studentin, Berechtigung: Level drei, Zutritt erlaubt«, meldete ihr Mobile, das sie gerade im Netzwerk der Universität angemeldet hatte. Die KI des Sicherheitssystems hatte Sequoyah erwartet. Wachleute oder Ordnungspersonal suchte man auf dem Campus vergeblich, was aber nicht bedeutete, dass es keine gab.

Nach der Einführungsveranstaltung bei Professor Kellmann wusste Sequoyah ganz genau, was sie alles nicht wusste. Wann sie die Unmengen an Literatur lesen sollte, wusste sie noch nicht.

Die hätten eine Maschine erfinden sollen, die Menschen auf Knopfdruck Wissen vermittelt, das wäre praktischer gewesen, als dabei Wochen und Monate seines Lebens zu verbringen.

Sequoyah hatte sich in der überfüllten Bibliothek ein nettes Holo-Display am Fenster gesucht. Gedruckte Bücher gab es in diesen Hallen nur noch zur Dekoration. Der Vorlesungsplan für das erste Semester hatte es in sich, viel Zeit, um auf dem parkähnlichen Unigelände zu faulenzen, würde ihr nicht bleiben.

»Du hast Post«, meldete ihr Mobile leidenschaftslos. 171 Meldungen mit Kalendereinträgen, Literaturhinweisen, Einladungen zu Arbeitsgruppen überfluteten gerade ihr System.

»Oh, nein«, stöhnte Sequoyah, das wurden immer mehr. Ihr Traum, zu studieren, drohte in Arbeit auszuarten. Sie musste alles sortieren und die wichtigen Dinge zuerst bearbeiten. Genau, es gab nur eine Sache, die wichtig war.

»Mobile: Übersicht zu verfügbaren Stipendien auflisten«. Nach dem Sprachbefehl baute sich der holografische Bildschirm neu auf. Die Liste war aber zu groß, mit dem Finger tippte sie alle Förderungsoptionen weg, die nicht zu ihr passten.

»Du hast einen Anruf.« Wer war das denn? Der Anrufer hatte die Nummer unterdrückt.

Sequoyah nahm das Gespräch an. »Chigonaai.«

»Oh, Frau Chigonaai, schön, dass ich Sie erreiche.« Verdammt, das war der Vermieter ihres Apartments. Sie hatte da noch eine Kleinigkeit offen, die sie erst nächsten Monat bezahlen konnte. Als Veteran bekam sie zwar eine Rente, die aber nach fünf Dienstjahren nicht sonderlich üppig war. Sie brauchte unbedingt ein Stipendium!

»Sie bekommen die Miete, ich werde die Überweisung veranlassen.« Sequoyah log wie gedruckt, sie war nahezu blank. Für den Umzug, die spärliche Wohnungseinrichtung und die Kaution, hatte sie ihre gesamten Ersparnisse aufwenden müssen.

»Das möchte ich für Sie hoffen.«

»Versprochen ...«

Ihr Vermieter legte auf. Die Realität des Jahres 2254 hatte sie eingeholt. Sie würde einen Kredit aufnehmen und sich ein Job suchen müssen. Am besten noch heute.

»Darf ich dir Gesellschaft leisten?«, fragte Anna, die sich an das gerade frei gewordene Holo-Display neben ihr setzte.

Sequoyah nickte, in Gedanken war sie gerade dabei, alternative Finanzierungen zu prüfen. Es konnte doch nicht sein, dass ihr Studium am Geld scheitern würde.
»Brauchst du auch ein Stipendium? Habe gerade eine nette Liste offen ... alles super Möglichkeiten«, erklärte Sequoyah, ohne ihre Worte ernst zu meinen. Niemand gab einem Geld ohne Gegenleistung. Wenn man als junge Frau nicht gerade seinen Hintern an einen Sugardaddy verkaufen wollte, forderten andere Stipendiengeber für ihre Zuwendungen einen langfristigen Arbeitsvertrag oder eindeutige politische und religiöse Zugeständnisse. Die Geldgeber kauften sich im Prinzip die Management Talente von Morgen frisch von der Schulbank ein.
»Den kenne ich.« Anna zeigte auf einen der Geldgeber. »Ist auch ein Arsch.«
»Eine Info deiner Bodyguards?«, fragte Sequoyah. Anna hatte gerade einen der reichsten Menschen der Welt geoutet. Dass dieser Bonze nicht wegen seiner Nächstenliebe reich geworden war, wusste sogar sie.
»Nein.« Anna lachte. »Mein Vater hat mit ihm zu tun. Ein widerlicher Kerl!«
»Sicherlich.« Sequoyah lächelte, die Kleine liebte es scheinbar, sich wichtig zu machen.
»Ich kann dir ein gutes Stipendium empfehlen«, erklärte Anna, »darf ich?«
»Bitte ...« Sequoyah würde Annas freundlichen Ratschlag inklusive Bodyguards und guten väterlichen Beziehungen gerne wohlwollend in Erwägung ziehen.
Anna gab ihr einen Tick. *»Du hast Post.«*

»Mobile: Post öffnen«, sagte Sequoyah, was ihren Bildschirm auf eine Saoirse-Validierungsinstanz brachte. Ein ungewöhnlicher Link für ein Stipendium.

»Deine Anfrage wird bearbeitet.«

»Ist ein besonderes Programm ... für besondere Talente«, fügte Anna vielsagend hinzu. »Die zahlen deine kompletten Studiengebühren und eine faire monatliche Unterstützung ... und wenn du dein Examen schaffst, brauchst du nichts zurückzuzahlen.«

»Bist du auch Teilnehmer dieses Programms? Oder bekommst du Prozente?«

Sequoyah gefiel Annas verheißungsvolle Beschreibung. Vermutlich musste sie dafür nur ein Stück ihrer Seele verkaufen.

»Nein, mich haben die nicht genommen ...« Anna lächelte.

»Sicherheitsüberprüfung Level 17, Vollüberprüfung, Backgroundcheck, Risikoanalyse, Gesundheitscheck ... stimmen Sie dem Datenaustausch und einer persönlichen Befragung zu?«, fragte ihr Mobile, nur für Sequoyah hörbar, während der Bildschirm eine seitenlange juristische Erklärung aufbaute. Was war das denn? Diese Überprüfung kannte sie bereits, Level 17 hatte Sequoyah vor der Zulassung bei den Saoirse Special Forces über sich ergehen lassen müssen. Das war nicht die typische Verifizierung für ein Stipendium an einer Universität.

»Ich weiß ... die Sicherheitsüberprüfung, die hört sich dramatischer an, als sie ist.«

»Mobile: Stimme Befragung zu.« Sequoyah fühlte sich gerade alles andere als wohl.

»Befürwortung erforderlich.«, meldete das Mobile. Eine Befürwortung? Was sollte das denn?

»Sag, Jeremie Sanders-Robinson, das akzeptiert das System«, sagte Anna, die scheinbar genau wusste, was zu tun war.

»Mobile: Jeremie Sanders-Robinson.« Sequoyah glitt die Situation aus den Händen. Was sie gerade machte, würde niemals funktionieren, nur einen Namen anzugeben war sinnlos, ohne dass er ...

»Freigabe erteilt. Bereite Übersicht über Sonderstipendien auf.« Der Bildschirm zeigte nun neben dem lukrativen Förderprogramm zusätzliche Forschungskurse an, in denen explizit die Mitarbeit von Erstsemestern erwünscht war. Eine ungewöhnliche Vorgehensweise, wenn auch eine sehr interessante.

Sequoyahs Herz pochte, sie hatte die Wahl zwischen den Kursen: humangenetische Tiefseeoptimierung, biologisch-sensitive Interaktionen oder der humangenetischen Konditionierung für die Raumfahrt. Eine Auswahl, bei der sie nicht lange überlegen musste. Für den Raumfahrt-Kurs trug ihr Mobile in zwei Stunden ein Vorstellungsgespräch bei Professor Kellmann in ihren Kalender ein, der als *das* Aushängeschild der Universität galt. Bei keinem der anderen Kurse ihres Vorlesungsplans gab es Vorstellungsgespräche bei ihm persönlich.

»Warum tust du das?«, fragte Sequoyah und sah Anna fragend an. Die Förderung und die Liste der Kurse waren Bildungsprogramme, die vom Saoirse-Nachrichtendienst überwacht wurden. »Du kennst mich doch gar nicht.«

»Hey ... das war nur die Anmeldung ... danke mir erst, wenn du das Stipendium und den Kurs bekommen hast. Die Regeln sind einfach, ohne Kurs kein Stipendium. Viele Plätze gibt es nicht mehr. Die persönliche Befragung wirst du allein bei dem alten Knochen überstehen müssen. Und mach nicht den Fehler, dich zu schminken oder einen Rock anzuziehen. Kellmann mag keine Frauen.«

»Ist er schwul?«

»Wäre zu einfach ... Männer mag er auch nicht.«

Sequoyah schüttelte ungläubig den Kopf.»Wer bist du?«

»Anna Sanders-Robinson, wir studieren zusammen ...«

Sequoyah unterbrach sie. »Ich steh gerade auf dem Schlauch. Hilf mir ... das zu verstehen?«

»Die haben dich beim Militär nicht viel unter Leute gelassen, oder?« Anna sorgte mit der Frage nicht dafür, dass Sequoyah sie besser verstand. Kannte sie etwa ihren Lebenslauf? Ihre Saoirse-Karriere galt außerhalb der Organisation als geheim.

»Scheinbar waren es nicht dieselben Leute wie bei dir ...«

»Was für dich spricht ... niemand kann sich seine Familie aussuchen. Ich möchte auch nur für meine Leistungen honoriert werden.«

Sequoyah lächelte. »Ich glaube, wir werden uns gut verstehen.« Anna war wie eine Tür, von der Sequoyah nicht wusste, was sich dahinter verbarg, doch sie würde diese Möglichkeit nutzen.

Es war Nachmittag. Sequoyah saß in einem Wartebereich, spielte auf einem mobilen Display, das sie sich von Anna ausgeliehen hatte und wartete auf ihr Vorstellungsgespräch. Um sie herum hibbelten unzählige Studenten unruhig auf ihren Plätzen herum, als ob sie alle dringend pinkeln müssten.

Der Kurs MEW-723 stand in keinem regulären Vorlesungsverzeichnis der Universität. Das Sonderstipendium tauchte auch nicht bei den übrigen Fördermöglichkeiten auf und die Sicherheitsüberprüfung entsprach dem Schutzniveau streng geheimer militärischer Einrichtungen. Befand sich Sequoyah noch auf dem richtigen Weg?

»Du hast einen Anruf. Gregor möchte mit dir sprechen«, meldete ihr Mobile. Sequoyah führte freudig zwei Finger zum Hals, schön, dass ihr Schatz an sie dachte.

»Hallo Liebling!«

»Hallo Kleines.« Es war wunderbar, wieder seine Stimme zu hören. *»Kein Videobild?«*

»Zu viele Augen, wie geht es dir?«

»Wie war dein erster Tag?«, fragte er und klang dabei seltsam. Sequoyah merkte, dass es ihm nicht gut ging.

»Er ist noch nicht vorbei.« Neben den vielen Augen gab es leider auch zu viele Ohren.

»Läuft alles, wie du wolltest?«

»Das sage ich dir heute Abend, ich habe gleich ein Bewerbungsgespräch für einen Kurs.«

»Du wirst ihn sicherlich bekommen ... ich glaube an dich.«

»Hoffentlich.« Seinem gespielten Optimismus wollte sogar sie sich erst später anschließen.

»Ich habe mit dem neuen Semester auch nette Leute kennengelernt ... die möchte ich dir bald vorstellen«, erklärte Gregor freudig, ein Schwenk, der ungewöhnlich für ihn war.

»Du hast einen Termin«, meldete ihr Mobile pünktlich, sie hatte noch eine Minute.

»Liebling, ich muss los ...« Sequoyah wollte ihn nicht abwürgen.

»Wir könnten doch einfach abhauen ... einfach alles hinwerfen und verschwinden ... wäre das nicht stark?«

»Sequoyah Chigonaai?«, fragte eine ältere Frau mit hochgesteckten Haaren, die aus einer offenen Türe ungeduldig in den vollen Wartebereich blickte.

»Bitte, was?« Sequoyah glaubte kaum, was sie hörte. Diese Frage hatte eine bessere Antwort verdient. Und Zeit, Zeit, die sie nicht hatte. »Wir reden später ...« Sequoyah legte auf.

»Sequoyah Chigonaai?«, fragte die ältere Frau erneut, diesmal ungeduldiger.

»Ja ... ich komme.«

»Bitte, hier entlang ... folgen Sie mir«, gebot die ältere Dame und begleitete sie in einen Besprechungsraum.

»Frau Chigonaai, wie ich sehe, haben Sie sich erst heute für diesen Kurs beworben? Etwa kein anderes Stipendium bekommen?«, fragte sie eine dunkelhaarige Frau, Mitte dreißig vielleicht, die sich als Dr. Tatjana Ristic vorgestellt hatte. Eine unangenehme Person, blond und schlank, in einem schicken grauen Kostüm, die zudem nicht dämlich wirkte. Eine gefährliche Kombination, Sequoyah wäre am liebsten sofort wieder gegangen, was aber unhöflich gewesen wäre. Daher legte sie ihr Sonntagslächeln auf und spielte mit.

»Ja.« Es lohnte nicht, bei Dingen zu lügen, die der Gegenüber bereits wusste.

»Ihr Abiturschnitt beträgt 1,2 ... ein unterdurchschnittlicher Wert.« Ristic legte kräftig nach. »Was wollen Sie hier?«

Neben ihr saßen die nette alte Dame mit der fürchterlichen Frisur, die nur gelegentlich Notizen machte, und Professor Kellmann, ein Glatzkopf um die siebzig, der gelangweilt aus dem Fenster blickte. Sogar die alte Gardine am Fenster sah besser aus als sein abgewetzter Anzug. Von den beiden würde sie keine Hilfe erwarten können.

»Ich bewerbe mich für den Kurs MEW-723«, antwortete Sequoyah emotionslos, die beim Militär gelernt hatte, sich niemals von einem Vorgesetzten aus der Reserve locken zu lassen.
»Sie waren Soldatin?«
»Ja.«
»Sie haben getötet?«
»Ja.«
»Warum?«
»Es war mein Auftrag.«
»Sie töten auf Befehl?«
»Wenn es der Auftrag erfordert.«
»Ist das nicht dasselbe?« Ristic glich einem Bluthund, der an ihr eine unbedeutende Verletzung suchte, um sie dann zu zerreißen. Mit gefletschten Zähnen lehnte sie sich über den Tisch. Wo war Sequoyah nur hineingeraten?
»Nein.«
»Sie würden einen Befehl verweigern?«
»Wenn er nicht zum Auftrag gehört.«
Ristic sprang fast über den Tisch. »Das war nicht die Frage!«
»Bitte wiederholen Sie die Frage«
»Sie würden einen Befehl verweigern?«
»Ja.«
»Auch wenn Sie sich dafür verantworten müssten?«
»Ja.«
»Es geht also immer nur um den Auftrag ... nicht?« Ristic senkte ihre Stimme wieder und schlug sanftere Töne an. Kellmann schien beinahe einzuschlafen.
»Ja.«

»Erklären Sie mir den Unterschied?«

»Der Befehl ist die direkte Anweisung eines Offiziers. Unser Auftrag folgt der Saoirse-Mission, der Gemeinschaft zu dienen und sie gegen Feinde von innen und außen zu verteidigen!«

»Liberales Geschwafel ... was denken Sie darüber?«

»Ich kämpfe für Sie ... aber ich handele nicht gegen mein Gewissen!« Das hatte sich Sequoyah geschworen, was sie für nichts und niemanden ändern würde.

»Kennen Sie meinen Auftrag?«, fragte Ristic.

Was sollte Sequoyah darauf antworten? Eine provokante Frage, die eine passende Antwort verdiente. Bei dieser Verhörtechnik konnte man nicht auf Nummer sicher gehen. »Sie wollen Menschen in ein anderes Sonnensystem bringen!«

»Eine entsicherte Waffe mit Titten, Herz und Hirn ... Frau Chigonaai, Sie haben Potenzial.«

»Und was erwarten Sie von Erstsemestern?«, fragte Sequoyah, die den Zusammenhang zu ihrer zukünftigen Ausbildung suchte.

»Nichts«, antwortete Ristic abfällig. »Menschliche Taschenrechner, austauschbar und in beliebigen Mengen verfügbar. Nur, Sie sind die Einzige von der naiven Bande vor der Tür mit einer Saoirse Special Forces Ausbildung. Also Sequoyah Chigonaai, was kann ich von Ihnen erwarten?«

»Ich möchte forschen und meinen Beitrag leisten, damit Menschen andere Welten bereisen können.«

»Auch wenn Sie nie dabei wären?«

»Das ist der Auftrag«, antwortete Sequoyah zufrieden. Der Punkt ging an sie.

Ristic lächelte. »Wären es noch Menschen, wenn Sie an deren DNA Veränderungen vorgenommen hätten?«
Sequoyah zögerte. »Ja.«
»Oh, habe ich etwa gerade ein Stück von ihrer strahlenden Rüstung abplatzen gesehen?«
»Nein. Ihre Befragung ist irreführend.«
»Haben Sie damit ein Problem?«
»Nein.«
»Und wenn wir Raumfahrer klonen würden?« Ristics Augen blitzten bei der Frage. Auch Kellmann sah Sequoyah das erste Mal an.
»Das Klonen von Menschen ist verboten.«
»Natürlich ist es das ... der Auftrag ... ich weiß. Und wenn es keinen anderen Weg gäbe, die Menschheit zu retten?«
»Ist das eine technische Frage?«
Ristic schüttelte den Kopf. »Nein.«
»Ich kann die humangenetischen Alternativen dieser Aufgabenstellung nicht einschätzen.«
»Natürlich nicht ... Herr Professor Kellmann, möchten Sie Frau Chigonaai noch eine Frage stellen?«
»War das Ihre Idee, mir dieses Flintenweib unterzuschieben? Ich dachte, die Bewerbungen werden durch besondere Empfehlungen vorgefiltert?«, fragte Kellmann und schoss eine Breitseite aus einer völlig unerwarteten Richtung. »Oder soll ich das mit General Sanders-Robinson persönlich klären?«
Was war Sequoyah für eine Närrin, der Name, Sanders-Robinson, ihr lief es heiß und kalt den Rücken hinab, wie hatte sie das bisher übersehen können. General Jeremie Sanders-Robinson war der führende Kopf der gesamten Saoirse-Organisation.

Einige der Offiziere im Corps hielten ihn für den König der Welt. Und Anna war damit ... Sequoyah fühlte sich so unglaublich dumm, vorhin nicht geschaltet zu haben.

»Nein, nein ... Herr Professor, bitte ... das verstehen Sie falsch, wir haben damit nichts zu tun.«

Mit *wir* meinte Ristic den Saoirse-Nachrichtendienst, diese Redewendungen kannte Sequoyah bereits.

»Wer hat diese impertinente Person empfohlen?« bellte Kellmann, der sich nicht daran zu stören schien, über Sequoyah zu sprechen, während sie anwesend war.

»Sehen Sie selbst ...« Ristic gab ihm ein mobiles Display. »Die kleine Sanders-Robinson hat die Kennung ihres Vaters benutzt.«

Kellmann tobte weiter. »Das kann sich dieses Mädchen nicht herausnehmen ... nein ... nicht einmal sie kann das! Ich werde mit dem General sprechen!«

Was Sequoyahs letzte Zweifel zerstreute, wer Anna war. Verdammt! Das Bewerbungsgespräch lief nicht optimal. Sie würde den Kurs und das Stipendium nicht bekommen. Vermutlich würde sie auch exmatrikuliert werden und Anna Sanders-Robinson würde ein wenig erbauliches Gespräch mit ihrem Vater führen dürfen.

»Meine Güte ... das Mädchen ist siebzehn ... was erwarten Sie von ihr? Sie wissen genau, warum sie an Bord ist«, erklärte Ristic, ohne mehr zu sagen als notwendig.

»Ja ... das weiß ich.« Kellmann kochte vor Wut. »Diese freche Göre verhöhnt mich!«

Ristic lächelte, diese falschen weißen Zähne, eine Perücke, Kontaktlinsen, an dieser Frau war nichts echt. Nachrichtendienst-Offiziere waren allesamt notorische Lügner.

»Der Apfel fällt nicht weit vom Stamm.«
»Das lasse ich mir nicht bieten!«
»Doch ... ich denke schon«, sagte Ristic.
»Benötigten Sie mich noch?«, fragte Sequoyah, die sofort aus dem Raum heraus wollte.
»Sie? Nein, nein ... wir brauchen Sie nicht mehr. Danke, Sie können gehen«, antwortete Ristic abfällig, ohne sie anzusehen. »Wir melden uns bei Ihnen.«
Sequoyah stand auf. »Danke für die Möglichkeit, mich vorzustellen.«
»Danke, mein Kind.« Zumindest die ältere Dame, die sie herein geführt hatte, bemühte sich, ihr etwas Würde zu lassen. »Ich bringe Sie wieder zu den anderen.«
Sequoyah dachte an Berge, Büffel, Gregor und Anna. Es würde sicherlich nur Minuten dauern, bis Ristic sie für den Betrug mit der Kennung im hohen Bogen von der Uni werfen ließ.

***

XIII. Limits

Sequoyah ging gedankenverloren durch die Parkanlagen der Düsseldorfer Universität. Mit beiden Armen vor der Brust verschränkt, glaubte sie gegen die ganze Welt kämpfen zu müssen. Misserfolge verdauen musste sie bereits öfter, leider, doch keiner wog so schwer wie dieser. Das hatte sie nicht verdient!

»Scheiße!«, flüsterte Sequoyah, zog sich den Reißverschluss der Windjacke zu und atmete trotzig in den stehenden Kragen. Sie wollte allein sein! Allein mit sich, allein mit ihrem Frust und allein in einer Stadt, die sie sich nicht leisten konnte. Ihr Vermieter würde nicht lange auf sein Geld verzichten wollen.

Sollte sie Gregor anrufen? Ihm die Ohren vollheulen? In der richtigen Stimmung dazu war sie. Nein! Das würde sie nicht tun. Ihren Vater hätte sie anrufen wollen, ja, ihm hätte sie alles erzählt, wenn er noch leben würde, was er nicht tat. Von ihrer Familie lebte bereits seit einigen Jahren niemand mehr.

»Und jetzt?« Sequoyah sprach mit sich selbst. Wie es weiter gehen sollte, wusste sie nicht. Sie hätte zu Gregor ziehen können, sie liebte ihn, aber das ging nicht, nein, sie wollte sich nicht eingestehen, gescheitert zu sein. Und zum Militär zurückgehen? Nein, das ging noch weniger, mit denen war sie fertig. Sie hätte auch in den Rhein springen können, eine interessante Option, zu der ihr gerade keine validen Gegenargumente einfielen.

Sequoyah ging weiter und kickte einen Kiesel in die Büsche. Eine Idee erhellte für einen Moment ihr Gemüt: Vielleicht kam sie auch mit einem blauen Auge davon, Ristic könnte ihr nur den Kurs und damit das Stipendium verwehren. Dann würde sie an der Universität bleiben können, zwar pleite, aber das würde sie hinbekommen.

Ein schöner Gedanke, leider war es wahrscheinlicher, dass Anna und sie für die getürkte Empfehlung einen Tadel bekamen. Offensichtlich hatte sich ihre rothaarige Freundin zu viel herausgenommen. Bei General Sanders-Robinsons Einfluss würde es der Dekan in Annas Fall beim Tadel belassen, bei Sequoyah würde er möglicherweise mit Freuden ein Exempel statuieren.

»Hallo Sequoyah!«, rief Anna aus der Ferne und lief lachend auf sie zu, die hatte ihr jetzt auch noch gefehlt. »Ich suche dich schon die ganze Zeit! Wo treibst du dich herum?«

Im Park, du verwöhnte Göre, das siehst du doch, dachte Sequoyah, sagte es aber nicht. Anna hatte nicht einen Bodyguard, sondern zwei, die ihr wenig erfreut nachliefen. Der Kanisterschädel schnaufte wie ein Panzer, Rotlöckchen hatte ein beachtliches Tempo drauf. Die Frau, die neben ihm herlief, sah eher unscheinbar aus, weswegen Sequoyah sie vorhin auch übersehen hatte.

»Hallo Anna«, sagte Sequoyah.

»Zahnschmerzen?«, fragte dieser Sonnenschein, als ob nichts wäre. Das Bewerbungsgespräch war vor zwei Stunden gewesen, Sequoyah hatte den Nachrichteneingang ihres Mobiles seitdem stumm gestellt. Vermutlich lagen die meisten Kurslisten bereits aus.

»Hat Papa dir kein neues Pony geschenkt?« Die Frage konnte sich Sequoyah nicht verkneifen.

»Pony ... ähm ... hast du was getrunken?«

»Nein.« Das hätte sie besser. »Vergiss das Pony ... Was gibt es denn so Wichtiges?«

Rotlöckchen sprang ihr an den Hals. »Du hast den Kurs! Du hast ihn! Ist das nicht toll! Und das Stipendium! Das komplette Programm! Du musst fantastisch gewesen sein! Wow, und ich schon hatte Angst, dass die dich nicht haben wollten!«

»Bitte, was?« Sequoyah schnappte nach Luft, während Anna wie ein kleines Kind freudestrahlend um sie herumhüpfte.

»Jetzt habe ich jemand, der mich davor bewahrt, den alten Kellmann zu erwürgen! Oh ... was habe ich mein Vorstellungsgespräch gehasst!«

Sequoyah holte das Display aus ihrer Umhängetasche und betrachtete ungläubig die Nachricht auf ihrem Mobile. Vor fünfundvierzig Minuten hatte ihr Ristic die Zulassung gesendet. Und die Freigabe für das Stipendium mit einer nigelnagelneuen virtuellen Saoirse Kreditkarte lag auch dabei, mit einem Limit, mit dem sie zukünftig von ihrem Vermieter keine dummen Anrufe mehr bekommen würde.

»Du hast es noch gar nicht gesehen?«, fragte Anna überrascht.

»Nein ... nein ... das ist ja wunderbar¡« Sequoyah konnte es immer noch nicht glauben.

»Hast du nicht damit gerechnet?«

»Das Gespräch mit Kellmann lief nicht sonderlich gut ...«

»Ich habe dich doch vorgewarnt ...«, sagte Anna amüsiert. »Weißt du, was er mir gesagt hatte?«

»Nein.«

»Bevor ich dich kleine, freche, impertinente, verwöhnte und völlig untalentierte Göre unterrichte, grille ich lieber Cheeseburger auf dem Mars!« Anna äffte den Professor nach und traf dabei seine nasale überhebliche Art gar nicht mal schlecht.

»Das Wort Impertinenz mag er ...«

»Und wie!«

»Und die Ristic?« Jetzt wollte Sequoyah ihre wundersame Zulassung besser verstehen. »Sie hat mir nicht wirklich geholfen.«
»Würde ich nicht sagen ... sie trifft die Entscheidung über die Teilnehmer, nicht Kellmann. Der Kurs ist ein Saoirse-Programm. Sie wollte dich dabei haben!«
»Das glaube ich nicht!« Darüber staunte Sequoyah nicht schlecht, sie hatte die Ristic anders eingeschätzt.
»Doch, doch ... du hast den letzten Platz bekommen. Na ja, es waren nur vier. Kellmanns Kurse sind überschaubar.«
»Nur vier?«, fragte Sequoyah, die geringe Teilnehmeranzahl überraschte sie ebenfalls. »Und die Empfehlung, die du mir gegeben hast, durftest du das?«
»Eigentlich nicht«, antwortete Anna verlegen.
»Und dein Vater spielt trotzdem mit?« Eine Sache, die Sequoyah nicht verstand.
»Er schuldete mir einen Gefallen.« Anna lächelte. »Ich wollte immer Ärztin werden, das habe ich mir mein Leben lang gewünscht. Mein Vater drängte mich, den Kurs bei Kellmann zu belegen. Das war unser Deal, ich darf Medizin studieren, muss nicht zum Militär und mache ihm zuliebe den Kellmann-Kurs mit.«
»Einen Gefallen?«, fragte Sequoyah zögerlich, die diese großzügige Geste immer noch nicht bewerten konnte.
»Ich habe mich bereits gestern mit den anderen Kursteilnehmern getroffen. Glaub mir, wenn du die beiden Spezialisten kennenlernst, wirst du mich verstehen.«
»Warum?«
»Die sind tödlich! Martin ist ein Nerd und Aysegül bekommt die Zähne nicht auseinander!«

»O.K. ...« Dazu fiel Sequoyah nichts mehr ein. Rotlöckchen hatte sie ins Herz geschlossen. Aber warum nicht, es hätte ihre schwarze Indianerseele schlimmer treffen können.
»Magst du nachher mit in die Stadt kommen? Ich treffe mich mit einer Freundin, Vanessa, wir kennen uns seit der Mittelstufe, sie wird dir gefallen.«
»Gerne ...« Sequoyah nickte. Der Abend versprach, unterhaltsam zu werden und andere Termine hatte sie nicht.

Die Altstadt von Düsseldorf hatte es in sich, das ganze Viertel und das Rheinufer waren eine riesige Partymeile, auf der sich Anna, Vanessa und Sequoyah prächtig amüsierten. Vanessa Hurlington, Annas Freundin, war bereits achtzehn, die beiden Bodyguards von Anna und der von Vanessa zeigten Sequoyah, dass auch ihre Familie nicht mit Armut zu kämpfen hatte. Es gab allerdings von beiden Mädchen keine Anspielungen wegen des Geldes, was Sequoyah gut gefiel. Die beiden Männer und die Frau des Saoirse-Personenschutzteams befanden sich immer in der Nähe. Besonders der Kanisterschädel, der sich stets wie ein Geist in Griffweite hinter Anna befand. Zweimal hatte Sequoyah versucht, mit ihm zu sprechen, viel sagte er nicht, sein Name war Tom, mehr hatte sie ihm nicht entlocken können.
»Lasst uns tanzen gehen!«, rief Vanessa ausgelassen, während sie einen Laternenpfahl umkreiste und Anna in den Arm nahm. Ganz nüchtern war sie nicht mehr. Auch Sequoyah hatte etwas getrunken. Es war bereits dunkel, was aber die Stimmung in dieser lauen Oktobernacht nicht schmälerte.

»Ich komme nicht in die Clubs herein ... drei Monate noch.« Anna hingegen war noch nüchtern. Einer ihrer Personenschützer, die Frau im Team, Jessica, achtete genau auf ihre Getränke, weswegen Anna einen Apfelsaft nach dem anderen trank.
»Ich kenne den Türsteher!«, sagte Vanessa, die keine Anzeichen machte, sich an Regeln halten zu wollen..
Anna schüttelte der Kopf. »Und ... du kennst die Regeln meines Vaters. Meine Schutzengel werden mich nicht gehen lassen.«
»Das kriegen wir hin!« Vanessa zog zielstrebig in die größte Menschentraube, die sie auf dem Platz am Rheinufer ausmachen konnte. Sequoyah hatte keine Ahnung, was die Leute feierten, aber sie feierten ausgelassen. In der Mitte trommelte jemand, als ob es kein Morgen geben würde. Durch den Lärm hatten die drei Bodyguards nichts über ihr Vorhaben, einen Club unsicher zu machen, mitbekommen. Tom bemühte sich, nachzukommen.
Zu dritt stürzten sie sich in die Menge. Vanessa küsste einen Unbekannten, der sich freudig überrascht nicht dagegen wehrte, nach dem Kuss kein Basecap mehr auf dem Kopf zu haben. Vanessa duckte sich, verpasste Anna das Basecap und zog ihre Jacke aus.
Was für ein trickreiches kleines Luder, dachte Sequoyah noch. Das war die Stelle, an der sie etwas Vernünftiges hätte sagen sollen, schließlich war sie die Älteste des Trios. Man versuchte nicht, seine Bodyguards abzuhängen, aber was sollte schon passieren, sie wollten nur in einen Club. Das Letzte, was Sequoyah von Tom sah, war sein suchender Blick, um Anna wiederzufinden.

Zwanzig Minuten später donnerte ihnen der Bass der Lautsprecher die Beats um die Ohren. Der Club lag in einem Keller, weswegen sie über die Mobiles nicht zu orten waren, sie wollten es den Bodyguards, die sicherlich nach ihnen suchen würden, nicht zu einfach machen.
Der Club war voll, laut und geil. Mit Vanessas Kreditkarte gab es weder an der Tür noch am Tisch irgendwelche Probleme. Wer einige Tausender für eine Flasche Champagner und Erdbeeren bezahlte, den fragte niemand, wie alt die Begleitung war. Was für eine Nacht! Das war Leben! Leben, das Sequoyah in dieser Intensität noch nicht erlebt hatte.
Auch Anna wirbelte mit ihrer roten Mähne über die Tanzfläche, wobei sich die Kleine sichtlich darüber freute, den Jungs die Köpfe zu verdrehen. Jungs, die sich für alles an ihr interessierten. Wirklich alles, bis auf ihren Namen.
Die Nacht gehörte ihnen. Die Champagnerflasche wurde niemals leer, die Erdbeeren schmeckten mit jedem Bissen süßer und die Musik knallte immer besser. Die Luft brannte. Sequoyah explodierte förmlich, heute Nacht würde sie nicht an Gregor denken.

»Oh ... ich glaube, ich sollte nichts mehr trinken«, lallte Anna, mit dem Kopf an Sequoyahs Schulter gelehnt, die selbst Probleme hatte, stehen zu bleiben. Sie hätte weniger Erdbeeren essen sollen.
»Gute Idee ...«, antwortete Sequoyah. Anna hatte wirklich genug, sie sollten gehen.
»Wo ist Vanessa?«
Sequoyah sah sich um, was sie suchte war blond, schlank und pausenlos tanzen: Es war nicht schwer, Vanessa auf der Tanzfläche zu finden.
»Da vorne ...«
Anna winkte ihr zu, Vanessa kam lachend zu ihnen.

»Müde?«

»Jap.« Anna leugnete es nicht.

»Wir haben doch erst ...« Vanessa sah erschrocken auf die Uhr. »Ich muss in zwei Stunden im Büro sein ... Mist.«

»Ich will jetzt in mein Bett!«, sagte Anna und kuschelte sich bei Sequoyah an die Seite.

»Und Anna und ich in der Uni!«, sagte Sequoyah und verdrehte die Augen. Sie hatten es übertrieben.

Die Straßen der Düsseldorfer Altstadt waren nahezu leer um diese Uhrzeit. Eine automatische Straßenkehrmaschine drehte einsam ihre Runden, während bereits die ersten Menschen aus den Häusern kamen und zur Arbeit gingen.

»Ich kann nicht mehr ...« Anna hing wie ein nasser Sack in Sequoyahs Armen. Sie brauchten ein Taxi, damit sie vor der Vorlesung wenigsten noch eine Dusche bekommen würden.

»Mist ... mein Mobile funktioniert nicht«, schimpfte Vanessa und drückte sich fortwährend die Finger an den Hals.

Sequoyah lachte schadenfroh. »Du hast zu viel getrunken ... dein Chip ist abgesoffen!«

»Rufst du eins?« Vanessa stolperte, fing sich aber elegant an einem Laternenmast. Darin schien sie Übung zu haben.

»Klar ...« Was Sequoyah einfacher gesagt als getan hatte. Auch ihr Chip blieb stumm. »Meiner geht auch nicht.«

»Anna!« Vanessa rüttelte an ihr, ohne Ergebnis, Anna schien im Stehen zu schlafen. »Geht deiner noch?«

Anna antwortete nicht, was kein gutes Zeichen war. Sequoyah bemühte sich, einen klaren Gedanken zu fassen. Sie hätte auf der Stelle einschlafen können, wozu dieser Dienstagmorgen im Oktober dann aber doch zu kühl war.

Los! Denk schneller, rief sich Sequoyah in Gedanken zu, irgendein kleiner nicht alkoholisierter Teil ihres Verstandes meldete Gefahr. Lächerlich. Würden zwei Mobiles in derselben Nacht ausfallen? Nein. Das würden sie nicht. Ihre neuen Freundinnen hatten ihre *Rund-um-die-Uhr*-Bewachung sicherlich nicht ohne Grund. Da waren genug Geld und Macht im Spiel, um misstrauisch zu sein.

»Vanessa, bitte hilf mir Anna zu tragen ... wir bleiben nicht hier «, sagte Sequoyah und überlegte, ob sie vom Club aus ein Taxi rufen sollte? Eine Überlegung, die ihr nicht gefiel. Zu gefährlich, wenn jemand ihre Mobiles manipuliert hatte, dann vermutlich dort. Sie hatte beim Militär selbst gelernt, wie man das macht. Nur, ohne Equipment konnte sie das nicht rückgängig machen. Es war besser, eine neutrale Person um Hilfe zu bitten.

»Wo willst du hin?«, fragte Vanessa träge, während beiden Mädchen gleichzeitig in Zeitlupe auf den Boden sackten. Für das fußlahme Trio würde sich Sequoyah etwas anderes einfallen lassen müssen.

»Können Sie uns ein Taxi rufen?«, fragte Sequoyah eine ältere Passantin, deren Blick zeigte, dass sie für angetrunkene junge Frauen wenig Verständnis hatte.

»Unmöglich! Diese Südländer!«, schimpfte die Frau und ging, ohne zu helfen, weiter.

Blöde Kuh, dachte Sequoyah, sie war keine Südländerin, sie war Indianerin, die gleich die alte Schachtel mit der flachen Hand skalpieren würde.

»Sollen wir euch drei Grazien heimfahren?«, fragte eine Männerstimme hinter ihr.

Sequoyah drehte sich um, Vanessa saß mit der schlafenden Anna am Boden. Die Männerstimme mochte sie nicht und die drei Typen daneben erst recht nicht. Die Situation wurde gefährlich!

Sequoyah dachte an den Kanisterschädel, das waren die Momente, in denen große Personenschützer die besten Freunde naiver Hühner waren, die glaubten, die Königinnen der Nacht zu sein.

»Nein. Danke!«, sagte Sequoyah schroff und versuchte, die Typen genauer zu mustern. Waren das zwei, vier oder sechs, sie war sturzbetrunken. Die sahen aus wie Mülltonnen. Sie kicherte.

»Aber, aber ... wir können euch doch nicht auf der Straße sitzen lassen. Bei uns zuhause ist es wirklich nett ... es wird euch gefallen«, geiferte dieser Widerling.

Jetzt erkannte Sequoyah den Wichser! Der Typ hatte schon im Club versucht, Anna an die Wäsche zu gehen. Und seine Idiotengang hatte ihn angefeuert, zumindest solange, bis Sequoyah einen von den Securities um Hilfe gebeten hatte.

»Verpiss dich!«, lallte Sequoyah und versuchte sich zu konzentrieren, was ihr immer schwerer fiel.

»Meine Fresse! Wie lange dauert es, bis die K.-o.-Tropfen die Tussi umhauen?«, fragte genau der Security, den sie im Club um Hilfe gebeten hatte.

»Die fällt gleich ...«, sagte ein anderer, den Sequoyah nicht mehr ausmachen konnte. Alles verschwamm vor ihren Augen.

»Schwachköpfe ... jetzt packt die Weiber ein. Ich habe dicke Eier und will von der Straße weg«, sagte der Erste, dessen Gesicht sie nicht mehr sehen konnte.

Da waren nur Augen, riesig große Augen, die sie mit Blicken penetrierten.
»Ich ...« Den Rest des Satzes hatte Sequoyah vergessen. Jemand griff nach ihrer Schulter. Halten, Drehen. Schlagen. Das machten ihre Arme von ganz alleine. Irgendetwas knackte.
»Boar ... die Schlampe hat mir die Nase gebrochen ... der schneide ich meine Initialen in die Titten!«
Alles drehte sich. Wo war sie? Wer war sie? Was machte sie hier? Jemand umklammerte sie von hinten. Ein anderer hob ihre Beine an. Arschgeigen! Sequoyah trat den Idioten mit ihren Beinen vor die Brust, dem anderen knallte sie ihren Hinterkopf ins Gesicht. Es knackte erneut. Das war Nase Nummer zwei.
»Scheiße, meine Nase!«, jammerte der nächste.
»Dann halt die Schwarze besser fest!«
»Jungs, hört mit den Spielereien auf«, sagte eine weitere Stimme. »Wir haben einen Deal, ich will nur die kleine Hurlington. Die Rote könnt ihr ficken, bis es ihr aus den Ohren kommt und die Indianerschlampe könnt ihr von mir aus abstechen.«
Sequoyah schaltete um, töten ging, ohne nachzudenken, da war ein Messer, schnell, aber nicht schnell genug. Mit einer Körperdrehung wich sie aus, schlug gegen die Hand, nahm die Klinge und rammte sie dem Typ unter dem Kinn in den Kopf.
»Leck mich am Arsch! Die besoffene Hure hat meinen Bruder abgestochen.«
»Lass es ... das sind militärische Nahkampftechniken, die Squaw macht dich selbst besoffen fertig«, erklärte der Wortführer und lud eine Waffe durch. Den Klang, wenn eine Patrone aus dem Magazin in den Lauf rutschte, würde sie immer erkennen.

Sequoyah konnte nicht weiter als eine Armlänge sehen, sie wusste nicht, von wo der Typ sie gleich erschießen würde. »Sei froh, dass sie nichts sieht.«

Licht. Schüsse. Automatische Waffen. Geschrei. Neben ihr landen Fahrzeuge. Sequoyah verstand kein Wort. Das dauerte nur Sekunden. Dann wurde es ruhiger. Der Kampf war vorbei.

Was war ihr schlecht, sie kotzte die Erdbeeren im hohen Bogen über den Bordstein. Fertig mit der Welt, sackte sie zu Boden. Sequoyah hasste diese Stadt!

***

XIV. Neue Freunde

Sequoyah liebte die Stadt. Besonders an diesem Freitag. In zwei Tagen war Heilig Abend, das erste gemeinsame Weihnachtsfest mit Gregor, der über die Feiertage zu ihr kam. Und die ersten ruhigen Tage, seitdem sie das Studium in Düsseldorf angetreten hatte. Sie hatte sich versprochen, über das Wochenende nicht zu lernen.

Mit dem Po schloss sie die Kühlschranktür und stellte die Eier auf die Anrichte, sie wollte backen, was eine besondere Herausforderung für sie darstellte, es waren ihre ersten Plätzchen. Gregor sollte ihr Versuchsobjekt werden, wenn er überlebte, würde sie auch eines probieren.

»Licht abtönen ... mehr gelb bitte«, sagte sie der Apartmentsteuerung, um auch während der kalten Tage im Wohnbereich ein mediterran warmes Licht zu haben. Sie war ein Sonnenmensch. Die dreißig Quadratmeter des Apartments waren nicht riesig, ihr kleines Reich, das sie sich nett eingerichtet hatte.

»Backofen: 180 Grad vorheizen«, befahl sie der Steuerung, gleich würde es ernst werden. Plätzchenteig kneten war eine klebrige Angelegenheit, die Finger würde sie nie wieder sauber bekommen. Vielleicht hätte sie besser eine Packung fertige Weihnachtsplätzchen gekauft und im Ofen kurz aufgewärmt.

Anna besuchte gerade ihren Vater auf Malta, weswegen sich Sequoyah mit voller Aufmerksamkeit um Gregor kümmern konnte. Rotlöckchen, Anna hasste es so genannt zu werden, hatte es faustdick hinter den Ohren. Während der letzten drei Monate war sie zu ihrer besten Freundin geworden, dabei hätte ihr erster gemeinsamer Tag in der Stadt auch der letzte gewesen sein können.

Sequoyah hatte in dieser Nacht einen Mann getötet und wusste nichts mehr davon. Diese Schweine hatten ihnen Drogen in die Drinks gegeben. Ob Vanessa Hurlington oder Anna Sanders-Robinson das Ziel gewesen war, konnte später nicht mehr festgestellt werden. Das Saoirse-Einsatzteam hatte alle Entführer in Notwehr erschossen, verhaften lassen wollte sich niemand von denen.

Annas Vater hatte nach dem Verschwinden seiner Tochter umgehend alles in Bewegung gesetzt, um nach ihnen suchen zu lassen. Und dennoch dauerte es acht Stunden, bis Vanessas Kreditkarte den richtigen Club offenbarte. An der Technik lag es nicht, ein Untersuchungsrichter hatte zuerst weder den Einsatz von Satelliten noch eine Rasterfahndung über Mobiles oder Kreditkarten zugelassen. Er hatte bis zum frühen Morgen gewartet, bis er diese massiven Fahndungsmaßnahmen freigab.

»So ... ab in den Ofen mit euch, ihr klebrigen kleinen Scheißerchen!« Sequoyah tippte die Backzeit ein, hoffentlich ging das gut, sie wollte Gregor keine Holzkohlenscheibchen servieren.

Sie lebten in keiner Diktatur, die Saoirse-Organisation war mächtig, aber nicht allmächtig. Das Gewaltmonopol lag nach wie vor beim europäischen Staat und nicht bei einer industriellen Interessengemeinschaft. Aber das war in Ordnung.

Wenn Sequoyah sich nicht gewehrt hätte, wäre das Einsatzteam einige entscheidende Minuten zu spät gekommen. So blieb Vanessas Familie die Zahlung von Lösegeld erspart, Anna behielt ihre Unschuld und Sequoyah durfte noch etwas länger leben.

Es klingelte an der Tür. Das war Gregor. Sequoyah warf die Schürze in die Ecke, rannte zu Tür, blickte kurz in den Spiegel, seufzte und drückte den Türöffner. Endlich.

»Das Plätzchen schmeckte interessant ...«, sagte Gregor atemlos. Eine große Pizza und zwei Flaschen Wein später wagte er es tatsächlich, splitterfasernackt und schweißgebadet, schwer atmend, das Plätzchen anzusprechen.

»Bitte ... sprich dich aus!«, forderte sie ihn auf.

»Ja ... ähm ... wenn ich das Plätzchen an die Tür geworfen hätte, wäre es sicherlich ...«

Sequoyah griff ihm drohend zwischen die Beine. »Das war ein Zimtstern! Den ich für DICH gebacken habe!«

»Wie gesagt, der Zimtstern schmeckte wirklich interessant!«, antwortete Gregor diplomatisch.

Ausgelassen und nackt rollten die beiden über das Bett, was den Plätzchenteller auf den Holzboden fallen und die verbliebenen Leckereien wie kleine Kieselsteine über den Boden klackern ließ.

»Sag nichts!«, drohte ihm Sequoyah erneut und küsste ihn, bevor er antworten konnte.

»Und du studierst wirklich gemeinsam mit der einzigen Tochter dieses Saoirse-Häuptlings?«, fragte Gregor und änderte überraschend das Thema.

»Anna, sie heißt Anna.«

»Anna, na gut, weißt du nicht, was Annas Vater so alles tut?« Die Frage klang nun deutlich ernster.

»Seine Organisation bezahlt mein Studium ...«

»Was die Sache nicht besser macht ... ich hätte dir Geld geben können!«, sagte er.

»Auch wenn ich vielleicht mal Frau Moyes werde ... mein Leben muss ich alleine schaffen.«

»Das verstehe ich ... aber muss es ausgerechnet dieser Verein sein?« Gregor setzte sich auf und drehte sich den blauen Kristall an der Goldkette wieder nach vorne.

»Ja«, antworte Sequoyah trotzig.

»Warum?«

»Bist du jetzt auch bei dem heiligen Kreuzzug gegen die Saoirse-Organisation dabei, mit einer Mistgabel in Händen und nach Läuterung im Feuer rufend?«

Sequoyah konnte seine ablehnende Haltung nicht nachvollziehen, für sie war der Drang nach Wissen essenziell für eine nachhaltige Entwicklung der Menschheit und sicherlich keine Bedrohung. Es waren zwar noch nicht alle denkbaren Probleme gelöst, Saoirse war aber ein wichtiger Teil der Lösung.

»Meinst du, die ganzen Demonstranten vor eurer schicken gesponserten Fakultät stehen dort, weil sie zottelige Hexen mit Warzen auf den Nasen verbrennen wollen?«

Sequoyah lächelte. »Habe ich eine Warze auf der Nase?«

»Du verstehst es nicht, oder? ... Kellmann möchte Gott spielen! Und ich kann mir nicht vorstellen, dass er die Tragweite seines Handelns erkennt!«

Womit Gregor einen wunden Punkt ansprach, die streng geheimen Forschungsziele des Kurses MEW-723 waren nicht mehr geheim. Alle Nachrichtenmagazine und Streaming-Dienste im Netz berichteten darüber. Mehrfach und ausgiebig. Was mit Beginn der Adventszeit täglich neue Demonstranten motivierte, sich trotz des scheußlich kalten Wetters mit Bannern vor ihrem Institut einzufinden.

Kellmann galt als die Koryphäe, menschliche DNA für besondere Anforderungen zu konditionieren. Eine durchaus umstrittene Disziplin im Bereich der Genetik. Als vor dreißig Jahren das Klonen von Menschen endgültig verboten wurde, war er auch der führende Experte dieser noch streitbareren Technologie gewesen.

Sequoyah schüttelte den Kopf. »Kellmann ist ein zerstreuter alter Narr! Ich sehe ihn jeden Tag, seit drei Monaten und er kann sich immer noch nicht meinen Namen merken.«

Professor Kellmann gab bei dem Kurs schon längst nicht mehr den Ton an. Dr. Tatjana Ristic war nicht nur für die Auswahl der Kursteilnehmer zuständig, sondern auch für die Einteilung der täglichen Analysenaufgaben im Team. Sie hatte alles im Griff, so Sequoyahs Eindruck der letzten Wochen.

»Und woran forscht ihr?«

»Das ist geheim.«

»Jetzt komm ...«

»Was komm ... es ist geheim.«

»Was lässt der berühmte Professor Kellmann Geheimnisvolles von Erstsemestern untersuchen?« Gregor gab nicht auf. Eine Frage, auf die Sequoyah auch keine sinnvolle Antwort wusste, da sie nichts Geheimnisvolles taten.

»Nur unwichtigen Käse ... wir sind vier Teilnehmer und haben in den letzten drei Monaten gelernt, wie wir unsere eigene DNA von denen der anderen unterscheiden können. Glaub mir ... da passiert nichts, absolut nichts, wogegen es sich zu demonstrieren lohnt!«

»Und was ist mit den Supermenschen für die Besiedlung fremder Welten?«, fragte Gregor kritisch. Diese Frage wurde auch in der Presse gestellt.

»Was für Supermenschen?« Sequoyah lachte. »Martin, mein Kommilitone hat Schweißfüße, genetisch bedingt, der Stinkfuß kann also nichts dafür, wenn der mit dir in einem Raumschiff wäre, würdest du dir wünschen, dass ihn jemand genetisch manipuliert hätte.«

Beide lachten.

»Du verarschst mich!«

Sequoyah küsste ihn, Gregor sah sexy aus, wenn er so streitbar guckte.

»Du hast es verdient.«

»Weißt du, was du verdient hättest?«, fragte er verträumt und legte sich wieder ins Bett, er vermochte seine Launen schneller zu wechseln als eine Frau.

»Was?« Sequoyah kuschelte sich an ihn.

»Eine bessere Welt.«

»Das wäre schön ...« Der Wunsch passte immer, besonders zu Weihnachten.

»Ohne Diktaturen, ohne Konzerne, ohne gierige Geldkraken, ohne Universitäten, dümmliche Professoren und ohne streng geheime Uni-Kurse ... die nur Käse untersuchen.«

»Das wäre was.« Sequoyah beließ es dabei. Träume mussten nicht perfekt sein, um gut zu klingen.

»Eine Welt, in der Menschen immer zusammen sein können ... immer, egal wo sie gerade sind.«

Dieser Teil seines Traumes gefiel ihr sehr. Ihn immer an ihrer Seite zu wissen, immer wenn sie wollte, das wäre schön.

»Ich lass dich einfach nicht gehen«, sagte Sequoyah, was zu einem ähnlichen Ergebnis führen sollte.

»Es ist mehr als ein Traum. Ich habe einen Plan ... ich weiß genau, was ich zu tun habe.«

»Und was möchtest du tun?«

»Binnen einer Sekunde in Südafrika sein und in der nächsten Sekunde wieder in Düsseldorf.«

»Ich mag deinen Plan ... setz ihn um ... baue die Welt deiner Träume! Ich werde bei dir sein.«

»Für uns ...«

»Für uns!« Sequoyah küsste ihn.

Gregor nahm den blauen Kristall, der an seiner Kette hing, und hob ihn etwas an.

»Ich habe aus dem Kristall einen Schlüssel gemacht«, erklärte er, hörbar von seiner Idee bewegt und küsste den Anhänger.

»Schlüssel wozu?« Eine für Sequoyah merkwürdige Geste, sie hatte wieder den toten Bergsteiger aus der Höhle vor Augen.

»Daten, es sind holografische Daten abgespeichert. Du kannst es dir wie eine Karte vorstellen.«

»Karte, wofür?«

»Für eine bessere Welt ...«

»Das hört sich gut an.«

»Möchtest du sie sehen?«

»Ja.« Sequoyah stimmte gedankenverloren zu.

»Morgen?«

»Wie, morgen?« Sequoyah verstand ihn nicht, sie dachte, es wäre nur eine Redensart gewesen.

»Morgen, Samstag, den 23.12.2254, ich würde dir gerne meine neue Welt zeigen.«

»Oh ... und wo?« Jetzt hatte er Sequoyah neugierig gemacht. Gregor zeigte ungeahnte Veränderungen, er wirkte so entschlossen. Ihr gefiel der neue Gregor.

»In Durban«, sagte er lässig.

»Durban, Südafrika?«

»Ja ... lass uns dahin fahren ... wir können ein Taxi nehmen!«, sagte er von seiner Idee beflügelt.

»Dauert zwar keine Stunde ... kostet aber auch nicht wenig.« So viel Geld hatte Sequoyah nicht, um derart lange Taxiflüge zu bezahlen. Und einen Tag vor Weihnachten würden die gut zu tun haben.

»Ich habe Geld. Genug Geld ... ich bezahle das.« Gregor wollte sich scheinbar nicht mehr umstimmen lassen. Warum er glaubte, plötzlich in Geld zu schwimmen, verstand sie auch nicht.

»Warum nicht ...« Sequoyah sah keinen Grund, ihm diese Reise zu verwehren. Es war Weihnachten, das Geschenk gefiel ihr. Ein paar Tage in der Sonne würden ihr gut tun.

»Ich würde dir gerne jemand vorstellen.« Scheinbar war Gregor mit seiner überraschenden Erklärung noch nicht fertig.

»Wen?«

Gregor lächelte. »Gute Freunde. Du wirst sie mögen, es sind wirklich gute Freunde.«

***

XV. Verführt

Durban im Hochsommer, einen Tag vor Weihnachten, den Indischen Ozean im Blick, am Strand sitzen und faulenzen, damit hatte sie nicht gerechnet. Das Wetter war fantastisch. Hoffentlich würde sie keinen Sonnenbrand bekommen, Gregor könnte sie dann Rothaut nennen, die Blöße konnte sie sich nicht erlauben.

»Warum liegt Düsseldorf nicht am Meer?«, fragte Sequoyah verträumt und drehte den Kopf zu Gregor. Sie waren allein. Weit und breit nichts außer Sonne, Strand und Wellen, die geruhsam in der Brandung dahinrauschten.

»Du könntest jeden Tag hier sein.« Gregor hatte eine beeindruckende Bräune, was ihr jetzt erst bewusst wurde. Dieses Lächeln, die blonden Locken, sogar die halbe Augenbraue über dem linken Auge wirkte in der Sonne heller, er sah blendend aus.

»Dann wäre es aber nichts Besonderes.« Sich jeden Tag um die halbe Welt fliegen lassen, war technisch keine Herausforderung mehr. Durch die magnetischen Hochgeschwindigkeitstrassen in der Luft, die Fahrzeuge auf die zwanzigfache Schallgeschwindigkeit bringen konnten, waren alle wichtigen Städte weltumspannend vernetzt. Eine tolle Sache, für die, die es sich leisten konnten.

»Ich kann das für dich möglich machen.«

»Mit Geld?«, fragte Sequoyah, wollte Gregor ihr jeden Tag eine solche Reise anbieten?

»Mit einer Idee ... einer Vision ... wir können alles verändern. Alles was wir wollen, wir müssen es nur tun.«

»Ich finde dieses Bild schön ... ich vermute aber, dass ich keinen Schimmer habe, was du meinst.«

»Vertraust du mir?«

»Ja.« Das tat sie.
»Manchmal befindet sich die nächste Tür nicht direkt vor einem. Es können auch zwei Türen sein und du kannst nur eine davon öffnen«, erklärte Gregor, während er zärtlich seine Finger von ihrem Bauch hinauf zu ihrer nackten Brust gleiten ließ. Sequoyah trug nur ein Bikini Höschen, sie mochte keine Streifen im Dekolleté.
»Eine Entscheidung?«
»Es geht immer um Entscheidungen.«
»Worüber?«
»Hallo Sequoyah«, begrüßte sie Tatjana Ristic, die, als ob es nichts wäre, neben ihr ein Handtuch auf den warmen Sand legte.
»Ähm ...« Sequoyah fiel gerade das Lächeln aus dem Gesicht. Mit ihr hatte sie garantiert nicht gerechnet. Und mit ihrem lässigen Auftritt noch weniger. Sie war eine Lehrerin, die sie bisher als völlig asexuelles Wesen wahrgenommen hatte. Ein Fehler, das musste sie gerade einsehen. Ristic sah ohne weißen Kittel sehr gut aus. Viel zu gut, wenn sie daran dachte, dass ihr überraschendes Erscheinen auch bedeutete, dass Gregor und sie sich bereits kannten.
»Sie beißt nicht.« Gregor versuchte, sie wieder einzufangen. Vergeblich. Sequoyah verstand es nicht.
»Frau Dr. Ristic?«
»Nenn mich Tatjana ... der Titel klingt so förmlich. Ich finde, die freien Tage haben wir uns verdient. Ist das Wetter nicht wunderbar? Ich liebe das Meer.«
»Was machen Sie hier?«
»Sonnen ... und mich mit guten Freunden treffen«, antwortete die Ristic eine Spur zu lässig.

Gute Freunde, auch Gregor sprach gestern davon, gute Freunde kannte man, und Sequoyah hatte gerade das Gefühl, weder die Ristic noch ihren Freund wirklich zu kennen.

»Ihr kennt euch?« Sequoyah legte nach, das Spielchen ging ihr zu schnell. Als ob es nichts wäre, zog sich ihre Lehrerin das Oberteil aus und das mit einer Oberweite, die keine Frau ungesichert neben ihrem Freund wissen wollte. Sie öffnete sich auch die hochgesteckten Haare, was ihre blonde Mähne bis zum Po hinabfallen ließ und legte sich zum Sonnenbaden mit dem Rücken auf das Handtuch.

»Ja«, antwortete die Ristic. Gregor schwieg.

»Gut?«

»Ich schlafe nicht mit deinem Freund.«

»Ähm ...« Sequoyah fehlten die Worte, aber das war genau der Hintergrund ihrer Frage gewesen.

»Du kannst uns vertrauen!«, sagte Gregor und streckte seine Hand nach ihr aus, der sie verunsichert auswich. Jetzt sollte sie nicht nur ihm vertrauen, sondern auch der Ristic?

»Vertrauen? Ich hänge gerade noch beim Verstehen ... *ihr* habt einen Versuch frei.« Sequoyah fühlte sich nahe davor, einfach aufzustehen und zu gehen. Sie wollte zu gerne wissen, was für eine abenteuerliche Geschichte sie jetzt zu hören bekam.

»Vertraust du Anna?«, fragte die Ristic, ohne die Augen zu öffnen und rekelte sich weiter in der Sonne.

»Was hat sie damit zu tun?«

»Vertraust du ihr?«

»Ja.« Sequoyah nickte. »Bisher gab sie mir keinen Grund, ihr zu misstrauen.«

»Habe ich dich bisher enttäuscht? Beim Vorstellungsgespräch, im Kurs oder an anderer Stelle?«

»Nein. Natürlich nicht.«

»Würde eine talentierte Wissenschaftlerin nicht offener an neue Themen herangehen?«

»Ist das hier Wissenschaft?« Sequoyah konnte es nicht verhindern, wieder auf Ristics Brüste zu blicken, die sie nach wie vor einschüchterten. Das Ganze ging ihr zu nah.

»Mehr als das ...«, sagte Gregor, für dessen Erklärungen sich Sequoyah im Moment nicht interessierte.

»Es ist die Zukunft, deine Zukunft, die du in deinen Händen hältst ... was nicht viele behaupten können. Die meisten Menschen sind nur Schafe, die jeden Tag auf die Wiese geführt werden«, erklärte Ristic, deren Argumenten Sequoyah im Prinzip folgte, was aber die unmögliche Situation trotzdem nicht entspannte.

»Bitte, Frau Dr. Ristic ...«

»Tatjana.«

»Tatjana, worum geht es Ihnen?« Sequoyah sollte sich konzentrieren. Dieses Treffen war kein Zufall, Gregors spontaner Einfall, nach Südafrika zu reisen, war geplant.

»Wir suchen unser ganzes Leben nach dem Neuen, dem Überraschenden, dem Unerwarteten ... und sobald wir es gefunden haben, schrecken wir zurück, wie ein Schaf, das glaubt, einen riesigen Wolf erblickt zu haben.«

»Schafe wollen nicht gefressen werden.«

»Das möchte ich auch nicht.«

»Und warum fürchte ich mich dann?«

»Sagte ich vorhin, noch nicht mit deinem Freund geschlafen zu haben? Das war gelogen, ich liebe es, von ihm gefickt zu werden. Vorne, hinten, überall. Die ganze Nacht lang. Ich habe ihn gezwungen, ein Date für einen Dreier zu arrangieren. So wie du auf meine Titten schaust, mag du es bestimmt auch, oder?«

»Bitte was!« Das war zu viel. Sequoyah sprang auf, diese Scharade musste sofort aufhören.

»Bei unserem ersten Gespräch glaubte ich, einen Wolf gesehen zu haben. Ein Irrtum, du bist leider nur ein Schaf!«

»Das ist unverschämt!«

»Was Schafe allzu gerne sagen, wenn sie die Wahrheit erkennen müssen.«

Ristic mit Worten zu begegnen, überforderte Sequoyah, sie wusste nicht mehr, was sie sagen sollte.

»Bitte hör ihr zu ... es ist wichtig«, bat Gregor sie, den sie fälschlicherweise zu kennen geglaubt hatte. Verunsichert blickte Sequoyah abwechselnd sie und ihn an. Das war ein Albtraum! Nur diesmal würde sie kein Saoirse-Einsatzteam retten.

»Gregor hat dich nicht betrogen. Ich habe dich provoziert, Menschen zeigen erst an ihren Grenzen, was sie ausmacht.« Die Ristic stoppte kurz. »Du musst eine Entscheidung treffen ... du kannst weiter zuhören oder du kannst aufstehen und gehen«, erklärte Tatjana, deren Worte wie ein lähmendes Gift ihren Fluchtinstinkt betäubten.

»In Ordnung ... ich bin dabei.« Sequoyah schluckte, hoffentlich würde sie das nicht bereuen.

»Danke.« Gregor küsste sie auf die Stirn.

»Was ist Saoirse für dich?«, fragte Tatjana wie ausgewechselt und setzte sich auf.

»Die Organisation, die unsere Arbeit an der Universität ermöglicht?«

»Es bedeutet Freiheit ... ich liebe dieses Wort.«

»Und?« Sequoyah verstand das Bild nicht.

Tatjana lächelte. »Die Freiheit, alles tun zu dürfen, was man will! Die Freiheit, alles zu kontrollieren, was einem gefährlich werden könnte! Und die unverschämte Freiheit, alles zu unterdrücken, was lieber einen anderen Weg gehen möchte!«

»Du willst die Hand beißen, die dich füttert?«

»Nein.« Tatjana schüttelte den Kopf. »Ich möchte die Hand sein, die andere beschützt, die sich nicht füttern lassen wollen!«

»Es geht dir um Freiheit?«, fragte Sequoyah.

»Das höchste Gut unserer Kultur.«

»Und dieser Kampf findet im ersten Semester im Kurs bei Professor Kellmann statt?«

»Ja.« Sie lächelte erneut. »Ja. Genau. Unser Kampf findet in diesem Kurs statt. Nur, ich kann ihn nicht alleine führen, ich brauche Hilfe. Deine Hilfe!«

»Meine Hilfe im Kampf gegen Kellmann, das Böse in der Welt und für den Weltfrieden?«

Sequoyah fühlte sich immer noch weit davon entfernt, den Kern dieser Verschwörung verstanden zu haben.

»Ja.« Tatjana nickte. »Leider ist die Sache viel zu ernst, um zynisch zu sein.«

»Wir tun doch nichts von Relevanz! Und das wenige, das wir tun, liegt in deinen Händen.«

»Wenn es denn so wäre ...« Tatjana wirkte jetzt verletzlicher als zuvor. Vertraute sie ihr? Ihr, Sequoyah, und versuchte daher, eine Verbündete zu finden?

»Wir haben gelernt, wir haben DNA untersucht, wir haben das Gelernte wiederholt und wir haben die DNA-Proben der anderen im Kurs untersucht ... das ist doch Kinderkram.«
»Es geht um Kinder, das stimmt, Kinder ohne Eltern, denen ein Leben ohne Freiheit droht!«
»Wessen Kinder meinst du?«
»Die, die Kellmann züchtet, die, die du nicht kennst und die, in denen sogar deine DNA vorkommt.«
»Meine DNA?«, fragte Sequoyah erstaunt.
»Ich lasse euch diese dämlichen DNA-Analysen nur machen, damit nicht auffällt, dass ihr zu den Spendern für seine Forschung gehört. Der Kurs selbst ist Kellmann unwichtig. Diesen Mann interessiert es nicht, zu lehren. Ich vermute, er will noch nicht einmal forschen. Er will herrschen. Herrschen über Menschen, die er hasst und herrschen über Menschen, die er nicht braucht.«
»Wir wissen alle, dass er ein Arsch ist!«
»Stimmt.«
»Und was hat die Saoirse-Organisation damit zu tun?« Sequoyah glaubte langsam zu verstehen, wo der Kreis sich schließen würde.
»Geldgeber, Interessenpartner und Versuchskaninchen ... Kellmann und Sanders-Robinson sind gute Freunde.«
»Annas Vater, wie ist er involviert? Saoirse unterhält ein Heer von Forschern. Als ob er jedes Projekt verfolgen würde.«
»Dieses schon. Glaub mir, dieses schon! Annas Vater opfert sogar seine Tochter für Kellmanns ambitionierte Ziele ... ihre DNA ist der Schlüssel für Kellmanns Forschung. Sie hat eine einzigartige Gen-Mutation, die es ermöglicht, eine völlig neuartige DNA zu züchten.«
»Ist sie krank?«

»Nein. Ihr geht es sogar sehr gut. Aber gefragt hat sie niemand, sie hatte nicht die Freiheit, zu entscheiden, ob sie ihr Erbgut spenden will.«

»Wir sollten es ihr sagen.«

»Was nicht mehr nötig ist ... Kellmann hat sie inzwischen eingeweiht«, erklärte Tatjana.

»Und es stört sie nicht?« Sequoyah wunderte sich darüber, dass Anna nichts davon erzählt hatte. Sie hätte ihrer besten Freundin sicherlich davon berichtet.

»Gute Frage ... sie ist deine Freundin ... finde es heraus.«

»Ist das mein Auftrag? Soll ich Anna für euch ausspionieren?« Eine beängstigende Vorstellung.

»Ich mag die Kleine sogar und ich möchte ihr nichts Böses. Ich glaube auch nicht, dass sie sich in Gefahr befindet. Ehrlich gesagt sollten Geheimnisse unter Freundinnen auch Geheimnisse bleiben. Nein. Du sollst nicht Anna ausspionieren. Es geht mir um Kellmann, er ist unsere Zielperson. Ich brauche deine wachen Augen, um auf seiner Fährte zu bleiben.«

»Du bist seine führende Mitarbeiterin, Dr. Tatjana Ristic ... bist du nicht näher an ihm dran? Zudem verstehst du, was er macht ... ich bin im ersten Semester und muss mir jedes zweite Fremdwort im Netz erklären lassen.«

Sequoyah hatte keine Probleme damit, Kellmanns Arbeit kritisch zu betrachten, aber ihren persönlichen Wert in diesem Spionagespiel schätzte sie gering ein.

»Er traut mir nicht.« Tatjana schluckte betroffen. »Es könnte passieren, dass ich bald nicht mehr im Projekt bin. Dann läge es bei dir, ihn weiter zu beobachten und, über Gregor, die Verbindung zu uns zu halten.«

»Uns?« Wer war uns?

»Wir kämpfen nicht alleine für die Freiheit. Wir haben Freunde. Viele Freunde. Die alle bereit sind, für unsere Ideen einzustehen!« Tatjana legte die Hand an Sequoyahs Wange. »Weswegen wir beide uns in Düsseldorf auch weiterhin nicht kennen werden.«

»Es ist sicherer, in kleinen Gruppen zu agieren. Wir müssen vorsichtig sein, wenn einer von uns entdeckt wird ... bleiben die anderen unseren Zielen treu. Wir geben nicht auf, wir werden gewinnen!«, erklärte Gregor und hielt ihre Hand. Sequoyah liebte ihn, aber er verlangte sehr viel von ihr. Vor ihr lag eine sehr schwerwiegende Entscheidung.

»Natürlich ...«, sagte sie hilflos. Gregor hatte sie benutzt, auch wenn seine Motive ehrenwert klangen, er hatte ihr Vertrauen benutzt, um sie zu täuschen.

Gregor lächelte. »Ich werde dich niemals enttäuschen.«

Was waren diese Worte wert, fragte sich Sequoyah und nickte zustimmend.

***

XVI. Saoirse

Sequoyah saß mit Anna am Rhein. Das Wetter im Mai 2255 war kühl und trocken. Das Sommersemester entwickelte sich ähnlich, wie das Wintersemester geendet hatte. Mit Lernen, Arbeit und vielen skurrilen Momenten mit Anna und ihrer Freundin Vanessa. Sequoyah hatte es sogar geschafft, Tom, dem Kanisterschädel, der auf Anna aufpasste, ein Lächeln abzuringen, der mit einer stoischen Ruhe zehn Meter hinter ihnen saß. Inzwischen vertraute sie ihm, auch er machte seinen Job. Alles im Leben dreht sich um Vertrauen. Vertrauen in der Beziehung oder Vertrauen zu der Gesellschaft, in der man lebte.

»Tun wir das Richtige?«, fragte Sequoyah.

»Ähm ... halbe Erdbeeren, oder Apfelschnitze?«, fragte Anna und strich sich eine rote Locke aus dem Gesicht. Sie hatte eine Frischhaltedose mit geschnittenem Obst geöffnet.

»Erdbeeren.« Sequoyah liebte Erdbeeren, auch ohne Champagner.

»Wegen der Demonstranten vor dem Institut?«, fragte Anna.

»Und wegen Kellmann.«

»Er hätte mich wegen meiner DNA fragen können ... ich hätte sie ihm gegeben.« Anna störte sich nicht daran, Sequoyah wäre damit nicht so locker umgegangen. »Im Prinzip bekommen wir Kinder, ohne uns die Figur zu versauen und später dafür aufkommen zu müssen.«

»Und wen werden sie Mama rufen?«

»Tagsüber mich, nachts dich ... ich schlafe dann.«

»Träum weiter!«

Anna lachte. »Was ich dank dir auch tun werde!«

»Kellmann war früher Klonforscher.«

»Ich weiß.«

»Stört dich das nicht?«

»Weil es verboten wurde?«, fragte Anna retour.

»Das auch.« Sequoyah beschäftigte das immer noch. Kellmann hatte damals eine in der Öffentlichkeit umfangreich diskutierte Untersuchung am Hals. Interessanterweise wurde nie Anklage gegen ihn erhoben.

»Nein. Ohne sein Wissen würden wir heute höchstens unterschiedlich leuchtende Mikroben züchten können.«

Womit Anna den Punkt traf, ohne Kellmann würde es keine Replikantenforschung geben. Die Züchtung eines einzigartigen Menschen in einer Petrischale basierte auf seinen Grundlagen. Auch andere Universitäten betrieben dazu Forschungsprojekte, die von der Saoirse-Organisation finanziert wurden. Ein weltweites Wettrennen der klügsten Köpfe um wissenschaftliche Anerkennung, viel Geld und Macht.

»Dürfen wir den Kindern Namen geben?«, fragte Sequoyah und versuchte, sich das Positive der Zukunft vorzustellen.

»Wäre cool, oder?«

»Wie würdest du dein *Baby* nennen?«

»Elias.«

»Ein schöner Name.«

»Für den perfekten Mann!«

»Der noch nicht geboren wurde.«

Anna lächelte. »Weshalb es auch Zeit wird.«

»Der ist dann aber zu jung für dich.«

»Leider.«

Sequoyah wusste, dass sich Anna mit Jungs schwer tat. Was sicherlich weder an ihrem Äußeren, noch am fehlenden Interesse der männlichen Fraktion lag.

Um jemand besser kennenzulernen, fehlte Anna die Zeit und zu allem, was sich in kurzer Zeit erledigen ließ, fehlte ihr die Motivation. Frauen sind kompliziert.

»Anna! Sequoyah!«, rief Martin, der hektisch auf sie zugelaufen kam. Dr. Martin Breuer, der bereits eine Promotion in einem anderen Fach hinter sich hatte und gemeinsam mit ihnen zu der handverlesenen Gruppe der Jünger Kellmanns gehörte.

»Ob etwas von Martin der Vater von Elias ist?«, fragte Sequoyah, womit sie sich umgehend einen nahezu tödlichen Blick von Anna einfing. Auch Martin hatte keine Freundin, was bei ihm aber leicht nachvollziehbare Gründe hatte.

»Ich hoffe nicht!« Damit verstand Anna kein Spaß. Nicht einmal Tom, der Kanisterschädel, hatte Lust sich zu bewegen, wenn Martin seiner Schutzperson zu nahe kam.

»Haben wir Hitzefrei?«, fragte Sequoyah, als er es geschafft hatte, durchgeschwitzt bei ihnen anzukommen.

»Hitzefrei bei 14 Grad?«, fragte er atemlos.

»Schon gut, Martin. Was gibt's«

»In unserem Institut findet gerade eine Razzia statt ... alles ist voller Polizei. Sogar ein Saoirse-Sicherheitsteam ist dabei! Die stellen alles auf den Kopf!«

»Hast du dein Rasierwasser getrunken?«, fragte Anna ungläubig, jetzt kam auch Tom auf sie zu, der eine Meldung über sein Mobile bekommen zu haben schien.

»Die Bullen haben gerade Dr. Ristic verhaftet! Mitten aus einer Vorlesung heraus wurde sie abgeführt! Und quer über den Platz geschleift haben sie sie! Alles schon als Stream im Netz!«

»Tom, was ist passiert?«, fragte Sequoyah.

»Ich habe den Befehl bekommen, euch beide sicher durch einen Nebeneingang in das Institut bringen«, erklärte er und lud seine gezogene Waffe durch.

»Wie ist Ihr Name?«, fragte der Typ in dem dunklen Polizeiblouson erneut, der wie Tom aussah, nur in unfreundlich.

»Sequoyah Chigonaai.« Sie stöhnte, der Arsch verhörte sie bereits über eine Stunde lang »Mein Name wird sich durch mehrfaches Wiederholen kaum verändern.«

»Kennen Sie Dr. Tatjana Ristic?« Auch eine Frage, die er bereits mehrfach gestellt hatte.

»Ja. Sie ist meine Lehrerin. Ich habe einen Kurs bei ihr.« Was Sequoyah dann stets wiederholte. Der Typ glaubte ihr nicht.

»Kannten Sie ihre Absichten?«

»Die Absichten von Frau Dr. Ristic?« Immerhin keine Wiederholung.

»Beantworten Sie die Frage!«

»Sie forscht gemeinsam mit Professor Kellmann, fragen Sie doch ihn, was sie beabsichtigte.« Der Typ von der Polizei wusste nichts und stocherte im Trüben herum.

»Sie sollten besser kooperieren!«

»Was ich doch tue ... nur ich weiß nicht, wie ich Ihnen helfen kann. Frau Dr. Ristic hatte mich leider nicht über ihre Absichten unterrichtet. Ich bin Studentin im zweiten Semester, was meinen Sie denn, was man Anfänger alles tun lässt?«

»Sie war für ihre Berufung in den Kurs zuständig ... haben Sie die Teilnahme gemeinsam geplant?«

»Meine Bewerbung letztes Jahr wurde aufgezeichnet?«

»Ja.«

»Haben Sie das Video gesehen?«
»Sicherlich.«
»Hatten Sie das Gefühl, dass mich Frau Dr. Ristic sonderlich gut leiden konnte?«
»Sie hat sich aber für Sie eingesetzt.«
Sequoyah lächelte. »Sie mochte meinen rauen Charme. Nein! Ich habe nichts mit ihr gemeinsam geplant!«
»Sie haben eine Level 17 Saoirse-Sicherheitsfreigabe!«, stellte der Polizist statuierend fest, als er ihre Akte auf einem mobilen Display betrachtete.
»Sie etwa nicht ... dann dürfte ich Ihnen keine weiteren Fragen beantworten.«
Er verzog den Mundwinkel. »Lassen Sie das!«
»Sie führen das Gespräch.«
»Frau Chigonaai, so kommen wir nicht weiter.« Dem Typen fiel scheinbar nichts mehr ein. »Sind Sie mit einer weiteren Befragung und einem Biofeedback einverstanden?«
»Sie können mich mal ...« Das wollte Sequoyah nicht mitmachen. Auch wenn sie sich mit Ristic in Südafrika unterhalten hatte, sie hatte bisher keinerlei Informationen an irgendjemand verraten ... darüber würde sie jetzt nicht stolpern wollen.
»Ich kann mir dazu auch einen richterlichen Beschluss holen ... das dauert keine drei Minuten und sieht dann weniger gut für Sie aus«, drohte ihr der Polizist unverhohlen. Der Typ bluffte.
»Haben Sie einen begründeten Verdacht gegen mich in der Hand?«, fragte Sequoyah.
»Noch nicht.«

»Dann wird Ihnen kein Richter solche Verhörmethoden freigeben ... wir leben nicht mehr im Mittelalter.«

»Sie scheinen sich Ihrer Sache sicher zu sein.«

»Weil ich nichts getan habe, dessen ich mich schämen müsste ... und ich mich wegen Ihrer Befragung beschweren werde!« Jetzt bluffte Sequoyah zurück.

»Zuviel Krimis gesehen?« Der Polizist lachte.

»Kann ich jetzt gehen?« In Gedanken lachte Sequoyah über diesen Idioten.

»Nein.«

»Bitte?« Der Arsch gab nicht auf.

»Sie warten.« Der Typ blieb hart. »Und gehen, wenn ich es Ihnen erlaube!«

Der Polizist verließ den tristen Besprechungsraum im Gebäude der Düsseldorfer Staatsanwaltschaft. Graue Wände, ein Tisch, zwei Stühle und ein Becher Wasser. Mehr gab es hier nicht.

Nach der Verhaftung Tatjanas wurden am Nachmittag über zwanzig Lehrkräfte, Studenten und sogar Professor Kellmann geladen, um eine Aussage zu machen. Ob die bei jedem aus der Gruppe so einen Aufstand machen würden wie bei ihr?

Keine zwei Minuten später war der Ermittler wieder im Verhörzimmer. Diesmal mit Verstärkung. Ein Kollege öffnete am Tisch einen Koffer, in dem mehrere drahtlose Sensoren für ein Biofeedback sorgfältig nebeneinander aufgereiht lagen.

»Wollen Sie meinen Blutdruck messen?«, fragte Sequoyah, die das für eine Masche hielt.

»Das ist nicht lustig«, antwortete er humorlos. »Kennen Sie Gregor Moyes?«

»Sie glauben, sich auch alles leisten zu können, oder?«, fragte Sequoyah wütend, weil er Gregor ins Spiel brachte.

»Sie werden sich ... wundern.« Der Bulle zögerte und schien sich auf eine Sprachnachricht zu konzentrieren, die sein Mobile ihm gerade ins Ohr flüsterte. »Wiederholen Sie das bitte«, sagte er sachlich, das war nicht für sie bestimmt. »Bestätigt.«

»Und hat der Richter Ihr Verhör bereits freigegeben?« Sequoyah pokerte weiter. »Wenn ja, möchte ich jetzt meinen Anwalt sprechen!«

»Natürlich ... ein Missverständnis ... Sie können gehen.« Mit einem dünnen Lächeln zeigte der Polizist auf die Tür. »Ich hoffe, Sie lernen daraus. Ich möchte Sie hier kein zweites Mal sitzen sehen.«

Sequoyah verstand diese Anspielung nicht, wollte aber auch nicht weiter danach fragen. Sie verließ umgehend den Raum, vor der Tür wartete ein weiterer Beamter und begleitete sie aus dem Sicherungsbereich heraus.

Im öffentlichen Wartebereich der Staatsanwaltschaft wartete Anna auf sie und stürmte ihr sofort heulend entgegen.

»Hey ... was ist los?«, fragte Sequoyah, die Annas aufgelöste Reaktion nicht verstand. Bei ihr standen Tom, der Bodyguard und zwei sehr gut gekleidete Herren in dunklen Anzügen.

Einer von ihnen gab Sequoyah eine Karte, er war einer der Rechtsanwälte der Saoirse-Organisation. »Bei Fragen stehen wir Ihnen zur Verfügung, die Kosten werden übernommen.«

Sequoyah nickte, die Karte würde sie gut verwahren.

»Du weißt es noch nicht, oder?«, fragte Anna mit Tränen in den Augen und wischte sich über die Wange.

»Was denn?«

»Die Polizei hat in München Gregor, deinen Freund, verhaften wollen, er hat sich widersetzt und ... wurde erschossen.«
»Nein!« Sequoyah brach zusammen. Nein. Das stimmte nicht. Nein. Das war ein Irrtum. Nicht Gregor. Nein. Nicht er. »Das stimmt nicht!« rief sie wütend und schlug mit der Faust gegen die Wand.

Als Sequoyah später am Abend in ihrem Apartment saß, konnte sie die Ereignisse des Tages immer noch nicht fassen. Gregor Moyes, der Mann, den sie liebte, wurde von der Polizei erschossen. Angeblich bei einem Feuergefecht, bei dem auch mehrere Polizisten einer Spezialeinheit getötet wurden.
»Möchtest du noch eine Tasse Tee?«, fragte Anna, die bei ihr war und sie wie ihre kleine Schwester behandelte. Trotz der sechs Jahre Altersunterschied schienen sich ihre Rollen zu vertauschen. In den letzten Wochen gab es öfter Momente, in denen sich Anna reifer gab, als Sequoyah sich fühlte.
»Ja.« Sich an etwas Warmem festzuhalten, half. Verstehen konnte sie es trotzdem nicht. Warum hatte Gregor das getan?
»Du solltest nicht alles glauben, was die in den Nachrichten erzählen«, sagte Anna. »Journalisten verkaufen Informationen, denen geht es nicht um Wahrheit.«
Natürlich nicht, das wusste sie doch. Trotzdem wechselte sie auf den Nachrichtenkanal, den der Medienplayer an die weiße LED-Wand warf.

»Heute wurde in München der 32-jährige mutmaßliche Aitair-Terrorist Gregor Moyes von der Polizei bei seiner Verhaftung erschossen. Bei dem Einsatz kamen auch sieben Beamte der Sondereinsatzgruppe München ums Leben, als der Verdächtige mit einer tragbaren schweren Kriegswaffe ohne Vorwarnung das Feuer eröffnete«, berichtete eine Nachrichtensprecherin, während Bilder eines schwerbeschädigten Mehrfamilienhauses eingeblendet wurden, bei dem auf der Etage von Gregors Wohnung auf einer Seite die gesamte Wand fehlte.

»Du musst dir das nicht anhören«, sagte Anna und setzte sich neben sie. Doch, das musste sie. Sequoyah musste wissen, was in München passiert war.

»Erst durch den finalen Rettungsschuss eines Scharfschützen konnte die Bedrohung für die Nachbarschaft abgewendet werden.«

Der Sprecher der Münchener Polizei bedauerte den Verlust seiner Kameraden, honorierte aber auch den Einsatz der anderen, die die Gefahr für Unbeteiligte nach kurzer Zeit abwenden konnten.

»Warum hat er das getan?«, fragte Sequoyah abermals und brach erneut in Tränen aus.

»Ich weiß es nicht. Diese Aitair-Typen sind wie eine Sekte. Die scheinen keine Grenzen zu kennen und nur blind um sich schlagen zu können«, erklärte Anna, die selbst mit den Tränen zu kämpfen hatte.

»Wir schalten jetzt live nach Düsseldorf, in der heute die Ehefrau von Gregor Moyes, Dr. Tatjana Ristic, von der Polizei unblutig verhaftet werden konnte.«

»Liebe Zuschauer, ich befinde mich hier auf dem Universitätsgelände an der Stelle, an der heute die mutmaßliche Top-Terroristin Dr. Tatjana Ristic verhaftet werden konnte. Ich begrüße bei mir den Sprecher der für den Zugriff zuständigen Staatsanwaltschaft«, erklärte der Reporter und hielt das Mikrofon genau dem Idioten unter die Nase, der Sequoyah vorhin verhört hatte.

Gregor und Tatjana waren verheiratet. Alles, worüber er gesprochen hatte, war eine Lüge. Sequoyah war ein vor Liebe blindes, dummes Huhn gewesen!

»Vielen Dank.«

»Sind die Angriffsziele bekannt, die die Aitair-Terroristen im Visier haben?«, fragte der Reporter.

»Wir vermuten, dass das Paar versuchte, unter den Studenten Schläfer zu rekrutieren, die später für terroristische Anschläge angeleitet werden sollten. Besonders in Düsseldorf bildet die Saoirse-Organisation zahlreiche Nachwuchstalente aus, um den Bau der Horizon zu unterstützen, der in fünf Jahren beginnen soll.«

»Erklären Sie unseren Zuschauern bitte, was die Horizon ist?«

»Ich bin kein Techniker, aber die Horizon soll nach achtjähriger Bauzeit 2268 aufbrechen, um unser benachbartes Sonnensystem Proxima Centauri zu erforschen.«

»Was liegt der Aitair-Bewegung daran, das zu verhindern?«, fragte der Reporter. *»Warum ist es die Sabotage eines Raumschiffes wert, dafür zu töten?«*

»Ich bin auch kein Politiker, heute sind in München sieben Polizisten gestorben. Sieben Familien, die jetzt um ihre Väter, Brüder oder Söhne trauern. Meine Aufgabe ist es, diese Art des Terrors aufzuklären und hoffentlich zukünftig einen Beitrag zu leisten, diese sinnlose Gewalt zu verhindern.«

»Vielen Dank.« Der Reporter drehte sich zur Kamera. *»Liebe Zuschauer, bei der Verhaftung Ristics, inmitten einer großen Menge Studenten, wurden zahlreiche Videos aufgezeichnet. Experten gehen inzwischen davon aus, dass Ristic unter einer schweren Persönlichkeitsstörung leidet.«*

Auf dem Videobild an der LED-Wand sah Sequoyah, wie der Sender einen kleinformatigen Videostream mit schlechterer Auflösung einspielte, der Tatjana bei der Verhaftung zeigte.

»NEIN!«, rief Tatjana, in die Ecke getrieben, während zwei Polizisten ihr bereits Handschellen angelegt hatten und sie unzählige Studenten bedrängten, über ihre Motive zu sprechen. *»Ihr versteht nichts! Geht alle! Geht! Lebt! Liebt! Oder sterbt! Aber geht jetzt! Alle! Sofort!«*

***

XVII. Die dunkle Seite

Der Verlust Gregors fühlte sich wie eine Feuerschneise an, die jemand mit einer Axt in Sequoyahs Gefühlen hinterlassen hatte. Liebe, Lügen, Schmerzen, Hoffnung und Einsamkeit, die Fülle der Emotionen, die sie erfuhr, war zu groß, um sie als Ganzes zu verarbeiten. Damit konnte Sequoyah kaum leben, wollte aber auch nicht daran sterben, sie musste es verstehen, um daran nicht zu zerbrechen.

»Hyder Road, Glenmore, bitte«, sagte sie dem Taxifahrer in Durban, dessen vergammelte alte Kiste sogar noch Räder hatte. Solche *Autos* kannte sie bisher nur aus Filmen. Scheinbar fuhr das Ding auch noch mit Benzin.

»Ma'am.« Der dunkelhäutige Taxifahrer fuhr gut gelaunt los, ein hübscher Kerl, immerhin funktionierte die Klimaanlage. Die Gegend, durch die sie fuhr, glich einer Zeitreise in die Vergangenheit, die Straßen, die Häuser und auch die Menschen, nichts davon glich dem Leben in Düsseldorf. Ob es deshalb ohne die ganze moderne Technik ein schlechteres Leben war? Sequoyah wusste es nicht.

Um sich wieder in die Spur zu bringen, hatte sich Sequoyah einige Tage eine Auszeit gegönnt. Gregor hatte sie belogen und die Informationen, die sie von der Polizei darüber bekam, waren ein Witz. Sie hatte Angst, einen Geist geliebt zu haben.

Sequoyah hatte selbst versucht, mehr über Gregor Moyes' Leben in Erfahrung zu bringen. Mit mäßigem Erfolg, in München hatte er keine weiteren Kontakte gehabt. In der Universität kannte ihn nur sein Professor, der allerdings kaum mit ihm gesprochen hatte. Es gab eine Adresse in Süd-Afrika, in Durban, wo er aufgewachsen sein sollte.

Ob er sie deshalb zu Weihnachten an diesen Ort eingeladen hatte? Die Tage am Indischen Ozean hatte sie, bis auf das Gespräch mit Tatjana, in guter Erinnerung.

In der Hyder Road, einem schlichten Vorstadtviertel Durbans, lag sein Elternhaus. Ob seine Eltern noch lebten, konnte in Düsseldorf wegen Problemen mit der Datenbank nicht mit Sicherheit gesagt werden. Angeblich Dateninkonsistenzen. Oder sie wollten es ihr nicht sagen, was auch möglich war.

»Wir sind da. Soll ich warten?«, fragte der Taxifahrer freundlich und lächelte sie an.

»Worauf?« Sequoyah verstand die Frage nicht.

»Sie sehen nicht so aus, als ob Sie lange bleiben werden.« Eine freundliche Art zu sagen, dass sie völlig deplatziert wirkte.

»Ich komme zurecht.« Sequoyah gab im Bargeld.

»Ich gebe Ihnen einen Tick, Sie können mich über Ihr Mobile anrufen, wenn Sie zurück wollen.«

»Danke.« Die Mobile-Netze waren das Einzige, was wirklich überall auf der Welt vorhanden war.

Die Mittagshitze brannte auf den Armen. Sequoyah setzte sich die Sonnenbrille auf, schulterte den kleinen Rucksack und steckte das Wechselgeld in ihre Jeans. Ein Shirt mit langen Armen wäre keine schlechte Wahl gewesen.

28 Hyder Road, Glenmore, Durban, das war die Adresse, die sie kannte. Immerhin da war sogar ein Haus, ein Wohnhaus mit roten Ziegeln, Vorgarten und flachem Dach. Sequoyahs Elternhaus sah auch nicht spektakulärer aus.

Ihr Herz klopfte, sie ging zur Tür und sah auf die Klingel: *Moyes*, da stand wirklich Moyes. Hatte sie die richtige Fährte? Sollte sie klingeln? Nein, besser nicht, sie wollte wieder gehen, kehrte aber nach wenigen Metern wieder um. Sie musste das tun. Sequoyah klingelte.

»Ja, bitte?«, fragte die ältere Dame freundlich, die ihr einen Moment später die Tür öffnete.

Sequoyah suchte nach den richtigen Worten. »Guten Tag, ich bitte, meine Störung vielmals zu entschuldigen. Wohnt die Familie Moyes in diesem Haus?«

»Ist unser Klingelschild abgefallen?« fragte die Frau verdutzt und schaute auf die Klingel.

»Nein, nein ... ich war nur unsicher.«

»Suchen Sie jemand?« Auf den Kopf gefallen wirkte die ältere Dame nicht, die ihre grauen Haare zu einem Pferdeschwanz gebunden trug und ein beigefarbenes Sommerkleid anhatte. War sie die Mutter von Gregor? Eine seltsame Begegnung.

»Ja.« Sequoyah lächelte. »Vielleicht können Sie mir helfen. Darf ich fragen, wie lange sie bereits hier leben?«

»42 Jahre, mein Kind, möchten Sie kurz reinkommen?«, fragte sie. Die Gastfreundschaft überraschte Sequoyah.

»Danke, aber ich möchte nicht stören.« Sequoyah hatte Angst, die Dinge zu nah kommen zu lassen. »Haben Sie Kinder?«

»Ja.« Sie lachte. »Sie suchen bestimmt eine meiner Töchter, nicht? Eine wohnt in Kapstadt, aber die andere finden Sie drei Häuser weiter, es ist einfach zu finden ...«

»Haben Sie auch einen Sohn?«

Die alte Dame wurde ruhiger und sah sie fragend an. »Ja«, antwortete sie zögerlicher. »Gregor. Aber ich glaube nicht, dass sie ihn sprechen können.«

»Sie wissen es bereits?« Sequoyah schluckte, ob die Behörden sie bereits über den Zwischenfall in München informiert hatten? Es entstand eine unangenehme Stille zwischen der älteren Dame und ihr.

»Was soll ich über Gregor wissen?«

»Er ist tot ...« Sequoyah hasste sich dafür, die Nachricht der Mutter überbringen zu müssen.

»Bitte?«, fragte sie unsicher. »Sicherlich ist Gregor bereits tot. Soll das ein dummer Scherz sein?«

»Nein, nein ... bitte verstehen Sie mich nicht falsch.« Sequoyah war zu langsam. Sie sollte besser Fragen stellen und keinen Blödsinn reden. »Es ist schwer zu erklären, bitte, es ist wichtig für mich ... können Sie mir etwas über Gregor erzählen?«

»Das ist frech von Ihnen! Mein Kind ist tot! Er starb bei der Geburt! Und das bereits vor vierzig Jahren! Schämen Sie sich!«, schnaubte die ältere Dame und schlug ihr die Tür vor der Nase zu.

Was war das denn? Gregor soll bei der Geburt gestorben sein? War seine Mutter im Kopf noch ganz richtig? Die Antwort der alten Dame hatte sie umgehauen. Er starb vor vierzig Jahren. Auch das Alter stimmte nicht. Es passte einfach gar nichts zusammen.

Einen Versuch hatte Sequoyah noch, Spuren von Gregors Kindheit zu finden, auch wenn sie diese Option inzwischen für wenig Erfolg versprechend erachtete. Sie hatte die Adresse seiner Schule, die er bei der Münchener Universität angeben hatte. Der Fußweg dorthin sollte nur wenige Minuten dauern, das bereits aus der Ferne hörbare Pausengeschrei der Kinder zeigte ihr den Weg.

»Kann ich Ihnen helfen?«, fragte eine Mitarbeiterin im Sekretariat der Schule hilfsbereit.
»Ich helfe einem guten Freund, sein Kind wiederzufinden ... könnten Sie bitte ein Bild für mich überprüfen?«, fragte Sequoyah, die auf ihren Mobile ein Bild Gregors dabei hatte, das digital verjüngt war. Es zeigte ihn, wie er mit hoher Wahrscheinlichkeit mit zehn Jahren ausgesehen hatte.
Die Sekretärin winkte ab. »Das geht nicht so einfach ... die Daten sind vertraulich. Sie müssten dafür ...«
»Bitte ... der offizielle Weg dauert zu lange und kostet Geld, das mein Freund nicht hat. Oder würden Sie einem Rechtsanwalt vertrauen, den sie kaum bezahlen können?«, fragte Sequoyah. Hoffentlich würde sie mit dieser Nummer durchkommen.
»Rechtsanwälte sind alles Halsabschneider! Na gut ... einen kurzen Moment bitte.«
»Klar.« Zum Glück gaben Rechtsanwälte auch in Durban ein zuverlässig benutzbares Feindbild ab.
»Der Junge war nie auf dieser Schule«, antwortete die Sekretärin umgehend. »Das Bild ist nicht in unserer Datenbank.«
»Sind Sie sicher?«
»Ja. Die Software war bisher immer zuverlässig.«
»Haben Sie ähnliche Treffer?«
»Zwei Mädchen ... könnten fast seine Schwestern sein. Aber keinen Jungen, der ihm ähnlich sieht.«
»Die Moyes Mädchen?«, fragte Sequoyah.
Die Sekretärin stutzte. »Den Namen kann ich Ihnen nicht nennen ... aber was um Himmels willen suchen sie?«

Sequoyah lächelte. Natürlich waren es die Moyes Mädchen. »Vielen Dank. Sie haben meinem Freund einen riesigen Gefallen getan.«

Gregor Moyes, wer warst du, fragte sich Sequoyah, als sie wieder in ein langstreckentaugliches Taxi stieg, um nach Düsseldorf zurückzukehren. Die Suche nach der Wahrheit ging weiter. Ihr Freund hatte gelebt und war gestorben, das war wahr. Sein Leben hingegen war eine Lüge und vermutlich alles, was er jemals sagte. Ob seine Liebe zu ihr ehrlich war, sie hoffte es, wusste es aber nicht.

Sein Name war wahr und auch seine Schwestern. Sequoyah glaubte, dass seine Mutter die Wahrheit sagte und Gregor bei der Geburt starb. Konnte ein Mensch zweimal sterben?

Nein. Das ging nicht. Das konnte nicht sein. Oder durfte nicht sein? War es ausgeschlossen? Schwer vorstellbar? Noch nicht dokumentiert? Oder nur unwahrscheinlich?

Gregors Bild war echt, sie hatte es selbst aufgenommen. Das digitale verjüngte Bild war ebenfalls wahr, diese Software arbeitete sehr zuverlässig, sie hatte bereits häufig damit herumgespielt. Und was zeigte der Schulcomputer an? Er stellte die Ähnlichkeit eines bei der Geburt gestorbenen Kindes mit seinen Schwestern fest. Auch das war wahr und nicht erklärbar.

Wer war Gregor Moyes? Eine Frage, die Sequoyah in diesem Moment nicht beantworten konnte. Weitere Spuren hatte sie nicht. Denk nach, forderte sie sich auf, sie hatte keine weiteren Spuren zu Gregors Leben, sie wusste aber, wofür er gestorben war.

Aitair, er starb im Kampf für eine Vision der Freiheit. Wenn auch eine zweifelhafte Vision, eine gewaltbehaftete Vision, der sich Sequoyah nicht anschließen wollte. Sie war keine Terroristin.

Was habe ich noch, fragte sie sich und blickte aus dem Taxifenster, während sich das Fahrzeug gerade über den Wolken in den Stream einklinkte und stark beschleunigte. Die Fahrzeuge neben ihnen verwandelten sich alle in lange farbige Streifen, die sie binnen eines Lidschlages hinter sich ließen.
Gregors widersprüchliches Leben würde sie nicht mit der Recherche über die Aitair-Bewegung enträtseln können, die nicht gerade danach drängte, digital sichtbar zu sein. Aitair-Terroristen kämpfen unerkannt, hieß es in den Berichten, die sie in der Vergangenheit gelesen hatte. Es gab keine bekannte Stimme, die für sie sprach, keine öffentliche Meinung, die diskutiert werden konnte. Es gab nur immer wieder Verhaftungen von Menschen, die dieser illegalen Bewegung zugerechnet wurden. Wenn man es genau nahm, war Gregor sogar der erste Aitair-Terrorist, der einen Menschen, beziehungsweise sieben Polizisten getötet hatte. Obwohl Gregor niemals über die Aitair gesprochen hatte.

Sequoyah versuchte sich auf der Fahrt zu zerstreuen, was aber nicht funktionierte. Sie hatte ein Rätsel zu lösen. Ungeduldig aktivierte sie erneut das Display.
»Wenn du mehr über deinen Freund erfahren willst, frage seinen schlimmsten Feind«, flüsterte sie. Vielleicht war es ein Weg, mehr über die Saoirse-Organisation in Erfahrung zu bringen, über die es im Netz genug Informationen gab, um Gregor besser zu verstehen.
Sequoyah fing an, mehrere Suchabfragen zu starten. Das Wachstum der Saoirse Interessengemeinschaft war atemberaubend, obwohl erst vor zwanzig Jahren von General Jeremie Sanders-Robinson ins Leben gerufen, arbeiteten inzwischen bereits fünf Prozent der Weltbevölkerung für den Traum, die Sonne von Proxima Centauri erforschen zu können.

Das waren über eine Milliarde Menschen, SOAIRSE war mit Abstand der größte Industriekonzern der Welt und mit allen wichtigen Wirtschaftsstandorten vernetzt.
Auch in Forschung und Lehre gab die Saoirse-Organisation den Ton an. Sie finanzierten große Anteile der Etats von einigen hundert Universitäten auf der ganzen Welt. Nicht jeder Student bekam ein Stipendium, aber trotzdem profitierte jeder davon. Sogar die, die nur irgendeinen unwichtigen Käse studierten.
Andere Unternehmen in der Branche hatten keine Möglichkeit, gegenüber SOAIRSE in einem fairen Wettbewerb zu bestehen. Es gab nur die Option, mit ihnen zu kooperieren oder das Unternehmen direkt an sie zu verkaufen. Und der General verstand es wie kein anderer, diesen nach vorne stürmenden Stier zu bändigen. Nein, das Bild entsprach nicht der Realität, Annas Vater ritt eine ganze Horde wilder Büffel, über viele Jahre hinweg, und ohne überrannt zu werden. Das war eine beeindruckende Leistung, das musste Sequoyah zugeben.
Mit den Fingern huschte sie geschickt über das Display und ließ sich einige Statistiken anzeigen. Bruttosozialprodukt, Arbeitslosigkeit, Armutszonen, Bildungsstandards, Gesundheit, Umweltschutz, Aufklärungsquoten von Verbrechen, fast alle Linien zeigten seit zwanzig Jahren nur in eine Richtung. Nach oben. Die Menschheit hatte noch nie eine friedlichere Phase erlebt. Es gab nur wenige Regionen in Afrika oder Asien, die nicht im Trend lagen.
Und wer bezahlte diesen beispielslosen Erfolg? Die Anzahl politischer Parteien hatte sich seitdem halbiert. Auch andere Interessengruppen, die sich zuvor für Menschenrechte, Umweltschutz, Bildung, Pressefreiheit eingesetzt hatten, lösten sich auf oder sammelten sich neu in Saoirse Tochterorganisationen.

Auch die Anzahl von Verlagen und Sendern reduzierte sich laufend. Sequoyah schüttelte den Kopf, als ob die ganze Welt Stück für Stück Augen, Ohren und den Mund verlor. Die Machtkonzentration, die in Kauf genommen wurde, um das größte Projekt der Menschheit zu ermöglichen, war beängstigend.

General Sanders-Robinson galt als politisch gemäßigt, es gab keine Äußerungen, die seine Redlichkeit in Frage stellten. Aber würde er ewig leben? Sicherlich nicht. Und würden seine Erben oder Nachfolger ähnlich agieren?

»Wir sind gleich am Exit. Bitte halten Sie sich fest, wenn wir den Stream verlassen«, erklärte der Taxifahrer freundlich.

Düsseldorf hatte sie wieder zurück. Sequoyah kannte das bereits, das letzte Stück war immer das spannendste. Das Taxi verzögerte stark und schoss dann im Sturzflug auf den Rhein hinab, um sich kurz über dem Wasser wieder zu fangen.

Sequoyah dachte wieder an Gregor, sie konnte immer besser verstehen, wogegen er gekämpft hatte. Man durfte der Saoirse-Organisation nicht blind folgen. Er hätte dafür aber nicht töten dürfen!

***

XVIII. Mit allen Mitteln

In den letzten Tagen benötigte Sequoyah immer länger, um morgens in die Universität zu kommen. Inzwischen demonstrierten nicht nur Studenten gegen Kellmanns Replikanten-Programm, sondern auch unzählige weitere Menschen, die jeden Tag aufs Neue ihre Meinung äußerten. Ihr gutes Recht, aber es nervte trotzdem.

»Du bist spät heute«, sagte Anna treffend, die auf Sequoyah vor dem Institut gewartet hatte.

»Ach was?«

»Ich könnte dich abholen lassen.« Anna wurde jeden Tag mit einer Limousine eingeflogen. »Gehört zum Service.«

»Öffentliche Verkehrsmittel lehren Demut, das brauche ich für meine Charakterentwicklung.«

»Schon klar!«, erwiderte Anna, die bereits viel zu viel für sie getan hatte. Sequoyah brauchte wenigstens die Illusion, auf eigenen Beinen stehen zu können.

»Dann lass uns in den Kampf ziehen! Kellmanns heilige Lehren warten auf uns, die wir gegen diese Ungläubigen verteidigen müssen!«, stimmte Sequoyah siegessicher an. Zwei Schritte weiter blickte sie überrascht zur Seite. Da war doch was, nein, da war nichts. Bei dem ganzen Trubel sah sie schon Geister.

»Verfolgungswahn?«

»Ähm ...« Sequoyah wusste nicht, was sie gesehen hatte.

»Oder Gregor-Fieber?«

»Beides.«

Sie durchschritten zügig die inzwischen penible Sicherheitsüberprüfung am Institut. Die Gebäude-KI, die ansonsten immer mit ihrem Mobile parlierte und sie automatisch ein- und auscheckte, hatte tatkräftige Verstärkung bekommen.

Rund um die Uhr sicherte ein Team von dreihundert Polizisten und Saoirse-Sicherheitsspezialisten die Anlage. Sequoyah liebte den Begriff Sicherheitsspezialisten, das waren *Special Forces* in Zivil. Sie hatte bereits mehrere Soldaten getroffen, mit denen sie vor dem Studium gemeinsam gedient hatte.

»Siehst du den da vorne?«, fragte Sequoyah aufgeschreckt und versuchte dem Typen von eben nachzusehen, der wieder zu schnell in der Menge verschwand.

»Wen? Lohnt es sich? Etwa neu verliebt?«, fragte Anna, deren gute Laune an diesem Morgen unverwundbar schien.

»Das war kein guter Scherz.«

»Entschuldige bitte. So meinte ich das nicht, es ist trotzdem kein Verbrechen, Jungs nachzusehen.«

»Das sagt mir Fräulein *Ich warte, bis Elias erwachsen ist*?«

»Ist ja gut ... den habe ich mir verdient ... wen hast du denn gesehen?«, fragte Anna und drückte die Tür zu Kellmanns Labor auf, an der sie zwei weitere Wachen in einem Zwischenraum kontrollierten. Retina Scan und Überprüfung der Fingerabdrücke, und das jeden Tag wieder, immer bei denselben Soldaten!

»Ich weiß es nicht.« Aber Sequoyah kannte ihn. Ihre Hände fingen an, zu zittern. Das konnte nicht sein.

»Hey ... was ist los mit dir?«, fragte Anna besorgt. »Du solltest doch auf mich aufpassen!«

»Da war ...«

»Wer ... jetzt beruhige dich erst mal ... wen hast du gesehen?«

»Ich verliere meinen Verstand!« Eine andere Erklärung konnte es nicht geben.

»Wenn du mir weiter Angst machst, ich meine direkt mit ... wen hast du gesehen?«

»Meine Damen. Bitte ... wir haben heute einen vollen Laborplan. Ich möchte bis Mittag Ihre Ergebnisse sehen!«, sagte Kellmann, der ihnen heute sogar persönlich die Arbeitspläne aushändigte. »Und ich bitte Sie, sehr sorgfältig zu sein. Wir befinden uns an einer entscheidenden Stelle unserer Versuchsreihen!«

Was er im Prinzip an jedem Tag sagte, wenn er sich in die Niederungen der computergestützten DNA-Evolutionsmodellanalysen begab. Wobei Sequoyah die Arbeit am Computer als Beförderung erachtete, die Petrischalen rochen immer nach altem Fisch.

Sequoyah zog sich ihren weißen Kittel an, was zwar an einem digitalen Analysensystem, das nur Datenbanken auswertete, keinen Sinn machte, worauf Kellmann aber trotzdem allergrößten Wert legte.

»Meine Probe ist mausetot. 464 virtuelle Generationen, dann Exitus, völlige Zellauflösung, die Zellen haben sich selbst gefressen.«, sagte Anna gelangweilt und drehte sich zu ihr. »Jetzt sag schon, wen hast du gesehen?«

Aysegül, die Frau, die mit niemand sprach und Martin, der dafür meist umso mehr redete, saßen konzentriert über ihren digitalen Testreihen und tippten mit den Fingern virtuos auf den berührungssensitiven Holo-Displays herum.

Sequoyah wollte das Thema wechseln. »Hast du digitale Zombiezellen gezüchtet?«

»Jetzt lenke nicht vom Thema ab ... die Zellstudie hat sich in der Computersimulation komplett selbst getilgt. Da bleibt nichts übrig! Absolut nichts!«

»Cool! Damit könnte man jemand komplett verschwinden lassen!« Das brachte Sequoyahs Fantasie in Schwung.
»Könnte man ... wenn man die Dinger real züchten würde!« Anna ließ sich durch die Frage nicht aus dem Konzept bringen. »Also, sag schon ... wen hast du gesehen?«
Sequoyah zögerte noch. »Du wirst mich für verrückt halten.«
»Keine Sorge, das tue ich jetzt bereits.«
»Ich habe mich vertan ... das war nur Einbildung.«
»Bestimmt sogar ... ich will trotzdem wissen, welche Macke du hast? Los, zier dich nicht! Ich fühle mich dann besser, weil ich auf deine Kosten dumme Witze machen kann«
Sequoyah seufzte. »Gregor.«
»Du bist wirklich bescheuert!«
»Ja.«
»Heute Abend Champagner und Erdbeeren?«, bot Anna an, inzwischen durfte sie trinken was und so viel sie wollte.
»Ja ... ähm ... nein, besser nicht.«
»Callboys?«
»Als ob du einen Callboy ran lassen würdest?«
»Nee ... die wären für dich. Ich schau nur zu ... und lerne.« Anna konnte für ihr Alter ziemlich schmutzig lachen.
»Ich bin absolut sicher, ihn gesehen zu haben ... und ich bin genauso sicher, komplett meinen Verstand zu verlieren. Gregor ist tot. Ich war auf seiner Beerdigung!«
»Ähm ... Shopping?«, fragte Anna, zunehmend hilfloser.
»Du hast drei Jeans, die ich kenne. Eine hat kleine Löcher, die andere große Löcher und die dritte hat Löcher in beiden Größen ... du gehst nie shoppen!«

»Für dich würde ich es anfangen.«

»Danke.« Sequoyah konnte sich ein Lächeln nicht verkneifen, Anna tat alles, um sie aufzumuntern.

»Wir könnten auch versuchen, Martin zu verführen?«, fragte Anna keck.

»Zu einfach.«

»Tom?«

»Unmöglich!«

Beide lachten.

Mittags in der Mensa hakte sich Sequoyah bei Anna am Arm ein, sie hatte Angst ihn wiederzusehen. Geister in der Universität gefährden nachhaltig den Lernerfolg, da war sie sich sicher.

»Da vorne ist Gregor!«, sagte Anna völlig perplex, was Sequoyah einen Riesenschreck einjagte.

»Bitte was?« Ihre Beine wurden weich, sie traute sich kaum, in Annas Richtung zu sehen. Verdammt, sie war doch keine dumme Tussi! »Wo ist der Arsch?«

»Da ...« Anna staunte immer noch.

Gregor saß zwei Tische vor ihnen und genoss in aller Seelenruhe einen Salatteller mit Putenbruststreifen. Groß, blonde Locken und eine Narbe neben der halbierten Augenbraue. Er war es, daran gab es keine Zweifel. Neben ihm saßen zwei weitere Studenten, die sie nicht kannte. Ihr blieb nur die Flucht nach vorne.

Sequoyah riss sich von Anna los und stürmte zu seinem Tisch. Einen Kommilitonen, der sich gerade setzen wollte, klaute sie den Stuhl unter dem Hintern weg.

»Was machst du hier?«, schnaubte sie ihn wütend an.

»Essen ... der Salat ist lecker ... auch etwas?«

»Du bist tot!«

»Ich glaube deine Aussage könnte missverstanden werden ... keine Sorge Jungs, die will nur spielen.« Gregor kreiste mit dem Finger neben der Schläfe.

»Los! Wir haben zu reden!« Die blöden Witze konnte er sich schenken, wenig zimperlich zog sie ihn an Anna vorbei.

»Brauchst du meine Hilfe?«, fragte Anna, die selbst sichtlich mit der Situation kämpfte.

»Es dauert nicht lange ... warte bitte.« Sequoyah hatte nicht vor, ein längeres Gespräch zu führen.

»O.K.« Anna nickte.

»Wo willst du hin?«, fragte Gregor, der sich seinen Arm hielt. »Ich hätte mich auch über einen Kuss gefreut.«

»Da rein!« Sequoyah öffnete eine Abstellkammer, in der weitere Tische und Stühle für die Mensa lagerten. »Los!«

»Jetzt krieg dich mal wieder ein!«

Sie warf die Tür zu und gab ihm eine schallende Ohrfeige. »Das war für die Tränen, die ich dir nachgeweint habe!«

»Nicht alles entwickelt sich nach Plan ... es ging nicht anders«, versuchte er sich zu entschuldigen.

»Es ging nicht anders«, äffte sie ihn nach und ohrfeigte ihn erneute. »Lüg mich nicht an!«

»Ich liebe dich«, sagte er kleinlaut und hielt sich reibend seine beiden leuchtend roten Wangen. »Bitte, nicht noch eine. Dafür schlägst du zu hart.«

Sequoyah schossen die Tränen in die Augen. »Du bist ein Mörder! Du hast sieben Polizisten getötet! Die suchen dich! Auch wenn ich keine Ahnung habe, wie du das gemacht hast!«

»Die Bullen sind nicht gerade mit Pfefferspray und Gummiknüppeln angerückt. Die haben das Feuergefecht eröffnet.«

»Und du hast es beendet! Du hast das halbe Haus weggeschossen!« Was völlig irrsinnig war. Und woher hatte er diese Waffe? »Wie hast du das überlebt?«

»Überlebt?«, fragte er trotzig.

»Ich stand am Grab und hab mir deinetwegen die Augen rot geheult! Wer wurde an deiner Stelle begraben?«

»Ich habe nicht überlebt ...«

»Rede ich jetzt mit einem Geist?«

»Das ist kompliziert ... die haben mich getötet.«

»Verarsch mich nicht!« Sequoyah wollte ihn wieder ohrfeigen, was Gregor aber nicht zuließ. Er hielt ihre Hand und führte ihren Arm langsam und kraftvoll wieder herunter.

»Glaubst du, die anderen spielen fair?«, fragte er.

»Was hat das mit Fairness zu tun ... wer bist du? Was bist du?«

»Ich bin der Mann, der dich liebt!«

»Gregor ... so funktioniert das nicht! Du kannst nicht einfach aus dem Grab auftauchen, zweimal mit deinen Augen klimpern und alles ist wieder gut!« Sequoyah würde sich nicht zum zweiten Mal um den Finger wickeln lassen.

»Wir befinden uns im Krieg!«

»Dein Krieg vielleicht! Nicht meiner!«

»Ich habe dir doch erklärt, wofür ich kämpfe ... hast du das alles schon vergessen?«

»Bei deinem Schlachtplan fehlten aber sieben tote Polizisten! Und deine fingierte Beerdigung, genau, die hattest du auch nicht erwähnt! Das Einzige, was ich dir versprochen hatte, war, Kellmann im Auge zu behalten!« Sequoyah tobte innerlich. »Wie bist du überhaupt durch die Sicherheitstüren der Uni gekommen?«
»Ich habe Freunde ... man sieht sie nicht. Aber sie helfen mir, das System zu überlisten!«
»FREUNDE?«, schnaubte sie wütend, das waren alles Terroristen!
»Du solltest leiser sprechen!«
»Angst?«
»Ja.«
»Dass du zum zweiten Mal erschossen wirst?«
»Das ist nicht lustig.«
»Stimmt.« Sequoyah lachte auch nicht. »Oder zum dritten Mal stirbst?«
»Wovon redest du?«
»Ich war in Durban! Ich habe deine Mutter gesprochen, leider hatte ich keine Zeit, auch mit deinen Schwestern zu reden!«
Gregor winkte ab. »Ich habe keine Familie ... glaub mir, du hast das nicht richtig verstanden.«
»Was deine Mutter ähnlich sieht ... sie glaubt, ihr Sohn Gregor wäre bei der Geburt gestorben. Oder stirbst du öfter?«
»Dieser Kampf wird mit allen Waffen geführt! Glaub mir, auch sie werden alles einsetzen, was sie haben! Es gibt keine verbotenen Waffen, es gibt nur effektive und nutzlose!«
»Was ich dir aufs Wort glaube!«
»Du hast keine Ahnung, gegen wen wir kämpfen! Du hast keine Ahnung, worum es geht? Und du hast keine Ahnung, wie bedeutungslos denen ein Menschenleben ist!«

»So wie deins ... wie viele Leben hast du noch? Und die wievielte Frau bin ich, deren Herz du gebrochen hast?«

»Die erste ...« Gregor stockte und senkte wieder seine Stimme. »Ich liebe dich immer noch.«

»Die erste Frau vor oder die erste nach Tatjana, deiner *Ehefrau,* der Blondine mit den dicken Titten!« Sequoyah würde diesen Blödsinn sicherlich nicht glauben. Gregor war ein Mörder, ein Lügner und der letzte Mensch, dem sie jemals wieder eine Träne nachweinen würde.

»Das kannst du nicht verstehen. Sie kämpft auf der richtigen Seite! Alles, was sie getan hat, war notwendig!« Gregor versuchte noch nicht einmal, es zu leugnen.

»Wie so vieles andere auch nicht!«

»Meinst du, deine neuen Freunde würden verstehen, wenn sie dich mit Tatjana und mir am Indischen Ozean sehen würden?«

Dass er das wagte! »Ist das eine Drohung?«

Gregor versuchte, ihre Hand zu berühren, die sie zurückzog. »Du redest doch von Dingen, die man missverstehen kann!«

»Du willst mich erpressen! Ist es das, was du willst? Glaubst du, mich als heilige Märtyrerin in den Tod schicken zu können?«, fragte Sequoyah aufgebracht. »Bist du deshalb wieder aufgetaucht?«

»Nein. Ich will dich beschützen.«

»Oh ... das muss ich übersehen haben ... entschuldige! Sicherlich hast du deinen Tod nur vorgetäuscht, um mich zu retten. Natürlich, warum habe ich das nur übersehen?«

»Du bist unsere Frau auf der Horizon!«, erklärte er selbstsicher. »Das ist dein Auftrag.«

»Was habe ich mit der Horizon zu tun? Das Raumschiff startet erst in dreizehn Jahren! Ich bin nur eine Studentin ... die sicherlich nicht bei dieser Mission dabei sein wird.« Jetzt hatte Gregor völlig den Verstand verloren.
»Ich weiß, dass du die Sonne von Proxima Centauri sehen möchtest! Davon träumst du! Dafür wärst du bereit, zu töten!«
»Und wenn es so wäre ... was du beschreibst, ist ein Hirngespinst. Und sogar, wenn ich dabei wäre ... was verspricht du dir davon? Ich gehöre nicht mehr dir!«
»Die Rettung der Menschheit!«
»Du bist verrückt!«
»Das sagtest du bereits.« Gregor lachte. »Normale Menschen können das nicht!«
»Ich will dich nicht mehr! Es ist aus zwischen uns ... endgültig aus! Hast du verstanden!« Sequoyah würde nicht wieder auf ihn hereinfallen. Nicht noch einmal.
»Siehst du den Kristall?« Gregor holte den Anhänger unter seinem Hemd hervor, den er dem Toten in den Bergen genommen hatte. »Er ist jetzt unermesslich wertvoll! Ich habe ihn zu einem von wenigen gemacht. Der Kristall ist durch mich zu einem Schlüssel geworden und mein Weg ist es, das Schloss dafür zu bauen.«
»Und, was habe ich damit zu tun?« Sequoyah nervte das Gerede um den blöden Kristall. Es war nur ein wertloser alter Halbedelstein.
»Deine Aufgabe ist es, die Tür zu finden.«
»Welche Tür?«
»Die Tür, in die andere mein Schloss einbauen können.« Gregors Worte leuchteten regelrecht, während er sprach, der Mann, den sie früher geliebt hatte, war nicht tot! Er war ein Idiot!

»Ich bin keine Aitair und ich werde niemals eine sein! Und auch wenn ich mit der Horizon mitfliegen sollte, ich würde der Mission niemals schaden! Niemals! Begreifst du das nicht?«

»Deshalb bist du perfekt ... dich wird niemand entdecken. Du wirst alle Prüfungen bestehen!«

»Ich werde nie deine Schläferin sein!«

»Du wirst das Richtige tun!«

»Oh ja! Ich werde das Richtige tun! Ich werde dich verlassen! Und ich werde nicht damit warten! Los, verschwinde!»

»Den Preis werde ich bezahlen!«

»Der Preis ist höher, als du es dir vorstellen kannst! Wenn ich dich jemals wiedersehe, werde ich dich töten! Und glaub mir, das kann ich gut! Ich werde nicht daneben schießen!«

»Dafür würdest du ins Gefängnis kommen!«

»Dann hättest du doppelt verloren!«

Gregor lächelte zufrieden. »Das Risiko ist es mir wert ... ich werde über dich wachen! Und ich werde mich verstecken! Ich werde dich beschützen und dafür alle Leben verwenden, die ich habe. Alles, was zählt, ist, dich auf die Horizon zu bekommen! Dafür darfst du mich schlagen, verraten oder töten! Jeden Tag wieder, ich werde für dich da sein!«

***

XIX. Elias

Die Zeit heilt alle Wunden, Sequoyah hasste diese Redensart. Beinahe jede Nacht träumte sie von Gregor, vermisste ihn und wünschte sich den Mann zurück, in den sie sich verliebt hatte. Die Wundmale, die er in ihrer Seele hinterließ, eiterten und fraßen sie langsam auf. Stück für Stück griff er nach ihr, jede Nacht wieder, unersättlich und unaufhaltsam, ohne auch nur einen kleinen Teil übrig zu lassen.

»Guten Morgen. Es ist sieben Uhr. Zeit zum Aufstehen. Es ist der 12. Juni 2256. Hopp, hopp ... ein neuer Tag in einem wunderbaren Leben hat begonnen!«

Sequoyah hatte mit Annas Stimme den Wecker eingestellt. Es war schwer, Rotlöckchens Worten nicht zu folgen, die eine starke Frau geworden war.

Aufstehen, pinkeln, Zähne putzen, duschen, anziehen, Kaffee trinken, Sachen einpacken, Sequoyah arbeitete wie ein Computer, sie funktionierte, fast ohne Fehler. Wenn sie Gregor schon nicht in der Nacht hinter sich lassen konnte, würde sie es zumindest am Tag tun. Neben ihrem Bett stand sein Bild, ein Bild von Gregor, dem Gregor, der vor einem Jahr gestorben war und den sie geliebt hatte. Sie küsste die kleine Glasscheibe des Bilderrahmens und verließ die Wohnung. Ihre verflossene Liebe als Bild neben dem Bett aufzubewahren, war unvernünftig, es half ihr aber, keine Wahnvorstellungen zu bekommen, bei dem, was sie jeden Tag erleben musste.

Gregor war überall. Und nicht nur in ihren Gedanken. Sequoyah brauchte auf der Straße vor ihrem Apartment keine zehn Sekunden, um Gregor an einem zwei Meter großen Display neben der Bushaltestelle zu sehen, der in Seelenruhe die Neuigkeiten des Tages konsumierte, über die ein holografischer Nachrichtensprecher berichtete. Gregor trug eine dunkle Cordhose und ein schwarzes Shirt mit einem Schriftzug *Fuck Saoirse.*

Er blickte kurz zu ihr und lächelte.
Sequoyah reagierte nicht, das hatte keinen Zweck. Der Bus schwebte vor ihr über einer orange blinkenden Freifläche herunter, die Türen öffneten sich, Sequoyah stieg ein und sah Gregor erneut, der mit einer Jeans, einem blauen Shirt mit dem Schriftzug *all night long* gelangweilt aus dem Fenster starrte.
Sequoyah hatte ihm den Tod versprochen, wenn sie ihn wiedersehen würde. Genau darauf legte er es an, sie hätte ihn mehrfach töten müssen, was einen unglaublichen Wirbel ausgelöst hätte. Die Polizei einzuschalten, war auch kein Weg. Er wollte sie provozieren, sie sollte für ihn auf der ganzen Welt herausschreien, sieh her, ich lebe, ich bin ein Klon. Ich lebe hundertfach! Ihr könnt nicht alle töten. Einer wird weiterleben, ewig weiterleben!
Klone waren nicht nur verboten, sondern galten auch als technisch nicht möglich. Eine dumme Lüge, die durch die Regierung und die Saoirse-Organisation weiter aufrechterhalten wurde. Man wollte scheinbar keine Nachahmer motivieren. Sequoyahs möglicher Aufschrei, die Ermittlung, die Presse, eine Gerichtsverhandlung, alles über Gregor und Sequoyah wäre in das grelle Licht der Öffentlichkeit gezerrt worden, wenn sie die Fassung verloren hätte. Diesen Triumph gönnte sie ihm nicht. Noch nicht einmal Anna hatte sie von Gregors Klonen erzählt. Sie würde genau das tun, was er von ihr wollte, sie würde schweigen und sich bemühen, von hier weg zu kommen.
Der Bus kam an der Universität an. Heute war ein besonderer Tag, sie würde Mutter werden. Ein Baby zu bekommen, ohne schwanger gewesen zu sein, war eine einzigartige Erfahrung. Die Anzahl der Demonstranten, die ihre Mutterfreuden mit ihr teilen wollten, war an diesem Morgen besonders zahlreich.

Zu Tausenden belagerten sie das gesamte Gelände. Lautstark, wortgewaltig und friedlich, gelebte Demokratie war etwas Wunderbares. Die Polizei hatte für die Demonstranten große Areale frei gehalten, auf denen sie sich über ihre Ablehnung gegenüber Kellmanns Replikanten-Programm Luft verschaffen konnten. Eigentlich war es ein Wunder, dass die vier handverlesenen Studenten seines Kurses nach wie vor anonym blieben. Sie würden heute neben Kellmann die Einzigen sein, die die Replikanten-Babys zu Gesicht bekommen würden. Wenn Sequoyah ein Kinderbild machen würde, wäre das der Presse sicherlich Millionen wert gewesen. Und zum Dank würde der wütende Mob vermutlich am nächsten Tag auch ihr Apartment belagern.

»Ist das nicht unglaublich?«, fragte Anna, die im Labor direkt neben Sequoyah stand. Und was sie sahen, war wirklich unglaublich. Wenn man es genau nahm, hatte Kellmann bisher die gesamte Replikantenforschung allein getragen. Zwanzig Monate nach Beginn seines Kurses erlaubte der Professor seinen vier Studenten erstmals, seine Arbeit aus der Nähe zu betrachten. Und das in einer Forschungsanlage, die sieben Etagen unter der Erde in einem Bunker lag und mit einer zwei Meter dicken Titanverbundstahltür verriegelt war. Bis zu diesem Morgen hatte Sequoyah nicht einmal gewusst, dass dieses Hochsicherheitslabor überhaupt existierte.

»Ich finde es beängstigend«, antwortete Sequoyah leise, das musste nicht jeder hören.

Neben Anna, Kellmann und ihr befanden sich noch Martin und Aysegül bei ihnen. Nur gut bekannte Gesichter. Es herrschte eine gespannte Ruhe vor der Niederkunft.

»Meine Damen, mein Herr, ich hoffe Sie sind sich des Vertrauens bewusst, das ich Ihnen entgegen bringe«, erklärte Kellmann, der an diesem Tag nicht gut aussah. Ob er krank war? Seine wenigen grauen Haare wirkten noch dünner als sonst und seine Haut über den Wangenknochen ähnelte einem alten Bogen Pergament.

»Professor, die AMENS-Einheit erhöht die Gabe von Adrenalin und Noradrenalin unter der Geburt ... es wird nicht mehr lange dauern«, erklärte Martin, der wie ein Habicht das mobile Display in seinen Händen nicht aus den Augen ließ.

Professor Kellmann klatschte in die Hände. »Es geht los ... Sie kennen Ihre Aufgaben. Wir werden den Replikanten Ruben zuerst holen.«

»Der Erstgeborene ...« Sequoyah lächelte, jeder der vier Studenten durfte einem Replikanten einen Namen schenken, Annas kleiner Scheißer würde natürlich Elias heißen.

Aysegül war die Namensgeberin Rubens, ihre Kommilitonin war genauso alt wie Anna, nur in allem, was sie tat, genau das Gegenteil. Bei ihrer orientalisch geprägten Familie hatte Sequoyah sich immer über ihre Studienwahl gewundert. An jedem Tag während des ersten Jahres wurde Aysegül von einem ihrer Brüder gebracht und abends von einem anderen wieder abgeholt. Man konnte ihr den Kampf anmerken, den sie austrug, um bei Kellmann dabei zu sein. Das Kopftuch, das sie zu Beginn wie ein Schutzschild trug, verschwand dann eines Tages spurlos.

»Verabreiche die Hormone Prostaglandin und Oxytozin, um die Kontraktion der künstlichen Gebärmutter einzuleiten. Geburt des Replikanten Ruben in T-7 Minuten«, erklärte AMENS' synthetische Stimme, der medizinische Roboter, der über das Wohl der Kinder wachte.

»Ruben wird gleich da sein«, sagte Aysegül freudestrahlend, deren Freude einer echten Mutter um nichts nachstand. Das Wunder der Geburt behielt auch im Labor seine Magie.

»Ruben arbeitet ... wir können es sehen!« Was Sequoyah sah, hatte aus dieser Perspektive noch nie jemand zuvor gesehen. Keine Computeranimation, sondern die reale Geburt eines Menschen ohne eine natürliche Mutter, die das Kind üblicherweise neun Monate in sich heranwachsen ließ. In einem fünfzig Zentimeter im Quadrat großen, mit Flüssigkeit gefüllten Glaskasten befand sich eine künstlich erschaffene, durchsichtige Gebärmutter, in der sich der kleine Ruben gerade für die Geburt in Richtung des ebenfalls künstlich erschaffenen Muttermunds drehte. Sequoyah glaubte, in das Innere einer Frau sehen zu können. Ein Taktgeber simulierte den Herzschlag der Mutter, die das Kind nicht hatte. Genau wie mehrere weitere Impulsgeber Stimmen, Bewegung und alles andere simulierten, was eine werdende Mutter während einer typischen Schwangerschaft erfuhr. Kellmann hatte an alles gedacht. Sequoyah schluckte, hoffentlich hatte er das! Was sie sah, waren alles kleine Menschen! Das waren keine Laborexperimente mehr!

»Aysegül, möchten Sie ihn holen?«, fragte Kellmann väterlich, eine Geste, die Sequoyah dem alten Knochen nicht zugetraut hätte, aber das schönste Geschenk war, das er Aysegül machen konnte.

»Ja«, antwortete sie strahlend, stieg auf eine Stufe und tauchte mit den Händen in das Becken. Als ob sie einen Schmetterling fangen würde, griff sie vorsichtig nach Ruben, der gerade seine Gebärmutter verlassen hatte und Sequoyah überrascht ansah. Der Kleine wartete nur darauf, seinen ersten Atemzug machen zu dürfen.

»Guter Fang«, sagte Anna und freute sich mit ihr. Ein wunderbares Erlebnis, neues Leben begleiten zu dürfen.

»Hallo Ruben ... willkommen!« Aysegül begrüßte ihn liebevoll. Was nun folgte, unterschied sich nicht mehr von einer anderen Geburt. Sie hielt Ruben mit den Füssen nach oben, was den jungen Mann das verbliebene Fruchtwasser mit dem ersten eigenen Atemzug hinausschreien ließ. Was für eine Stimme, kräftig und selbstbewusst, Sequoyah traute ihm zu, später ganze Welten bewegen zu können.
Kellmann schritt zum nächsten Geburtsbecken. »Bitte, es warten noch viele seiner Geschwister auf uns. Drücken Sie ihm einen feuchten Schmatzer auf den Bauch und packen sie ihn in das Wärmebett. AMENS erledigt den Rest, er wird gut versorgt.«
Sequoyah schmunzelte, es gab noch 31 Replikanten, die heute das Licht der Welt erblicken würden. Vermutlich hätte die AMENS Einheit auch die ganze Arbeit alleine machen können, es war Kellmanns Geschenk an seine Studenten, die Geburt vornehmen zu dürfen.

Die Geburt Elias' glich der von Ruben, die beiden Knaben glichen sich wie ein Ei dem anderen. Anna machte den Unterschied, die das schreiende Kind sofort in die Arme nahm. Und wie Sequoyah sie einschätzte, auch für alle Zeiten in ihr Herz schloss.
»Ist er nicht wunderschön?«, fragte Anna und leuchtete wie ein kleiner Stern.
Sequoyah lächelte. »Zu jung für dich.«
»Das ist er.« Anna strahlte trotzdem. »Vielleicht in meinem nächsten Leben.«
»Ich möchte dann lieber ein Vogel sein.«
»Das wirst du dir kaum aussuchen dürfen«, sagte Anna.
»Was auch gut so ist.«

»Stimmt.« Sequoyah nickte. »Es muss auch Dinge geben, die Menschen nicht entzaubern können.«

»Wo ist dein kleiner Mann?«, fragte Anna müde. Kinder auf die Welt bringen war anstrengend.

»Sem?« Sequoyah zeigte auf eines der Wärmebetten. »Da vorne, er schläft ... alle anderen schreien, trinken und machen sonst was ... und mein Held ... schläft.«

»Er ist schlau ... er wartet, bis die anderen müde werden, dann ist er fit ... und die Welt gehört ihm.«

»Bestimmt.« Sequoyah lächelte zufrieden, Sem durfte so lange schlafen, wie er wollte.

»Bitte beachten Sie die Ähnlichkeit der Kinder. Sowohl die weiblichen als auch die männlichen Replikanten haben einen dunklen Hauttyp, braune bis braun-schwarze Haare und tendenziell dunkle Augen«, erklärte der Professor bei der Geburt der kleinen Kezia.

»Wie eineiige Zwillinge?«, fragte Martin.

»Ja. Bis auf die Tatsache, dass Replikanten keine Zwillinge sind. Genetisch sind es noch nicht einmal Geschwister. Es sind sehr ähnliche Menschen ... ich denke, die Bezeichnung trifft es am besten.«

»Haben Sie das Aussehen und die äußeren Merkmale der Replikanten gezielt ausgewählt?« Martin hatte immer Fragen parat, die er loswerden musste.

»Das ist kein Modell-Wettbewerb. Die Gen-Kombination hat der Computer nach funktionalen Gesichtspunkten zusammengestellt. Es ist daher logisch, dass alle Replikanten sehr ähnliche äußere Merkmale haben. Dass es bei allen Kindern dunkle Haare geworden sind, ist ein Zufall. Sie hätten auch alle blond sein können.«

»Sie haben also Gott noch ein wenig Arbeit übrig gelassen?«, fragte Sequoyah.

»Nun ja, Frau Chigonaai, der Computer ist nicht Gott ... aber Sie liegen trotzdem nicht daneben ... mir hat es gefallen, der Natur nicht alles zu entreißen. Replikanten bleiben Menschen.«

»Nur das, was wichtig war?«, fragte Anna.

»Sie kennen unseren Auftrag ... Ihr Elias wird für uns eine neue Welt erobern!«

»Ja, Herr Professor.« Anna gab überraschend klein bei, was bei ihr nicht oft passierte.

»Meine Damen, mein Herr, wir sind noch nicht fertig. Die Geburt der Replikanten war der erste Schritt. Bitte lassen Sie uns die restlichen Kinder holen. Herr Breuer, wie viele sind es noch?«

»Drei ... dann haben wir alle«, antwortete Martin und stand bereits beim nächsten Geburtsbecken.

»Herr Professor, bei dem Mädchen muss sich Gott aber etwas Besonderes gedacht haben.«

»Bitte? Ich hoffe, die Kleine ist gesund?«, fragte Kellmann erschrocken und ging umgehend zu dem Geburtsbecken, an dem Aysegül gerade einem Mädchen den Weg ins Leben ebnete.

»Putzmunter! Es könnte aber auch sein, dass der Computer unerwartet Humor entwickelt hat.«

»Sicherlich nicht!«, sagte Kellmann resolut. »Ähm ...«

»Anna, hast du uns etwas zu beichten?«, fragte Aysegül amüsiert und legte das schreiende und quietschfidele Mädchen in ein Tuch.

»Was denn?« Anna stand noch bei Elias, von dessen Wärmebett sie sich kaum trennen konnte.

»Das ist doch Anna in klein!«, stellte Martin völlig überrascht fest und kontrollierte die Werte auf dem Computer.
»Wollt ihr mich hochnehmen?«, fragte Anna und ging lachend auf die anderen zu.
»Nein.« Aysegül hielt das Bündel in den Armen. »Herr Professor, einige haben noch keine Namen ...«
»Stimmt.«
»Für die Kleine kann es doch nur einen geben, oder?«
»Zweifelsfrei ... ich staune. Das ist genetisch überhaupt nicht möglich! Aber ... ich ziehe meinen Hut!« Kellmann verbeugte sich gut gelaunt vor dem Kind.
»Die kleine Anna!« Jetzt sah es auch Sequoyah, das Mädchen auf Aysegüls Arm hatte eine sehr helle Haut, unzählige Sommersprossen und rote Locken.
Anna sah ihr kleineres Ich nur an und lächelte zufrieden. »Herr Professor, wenn der Computer völlig humorlos ist, kann es sein, dass sich Gott ein Späßchen mit uns erlaubt hat?«

***

XX. Keine Gnade

Nur noch neun Stunden, dann würde Sequoyah gemeinsam mit den Replikanten auf die Horizon gebracht werden. Das Shuttle für den Transport *ihrer* Kinder war eine hochmobile R-12 Habitat-Einheit, die sich am besten als fliegendes Transport-, Labor- und Überlebenssystem beschreiben ließ. In einem R-12 System konnte man bequem mehrere Jahre wahlweise in der Antarktis, einer Wüstenlandschaft oder im Park der Düsseldorfer Universität überleben.

Was die Ingenieure mit der Horizon im Orbit geschaffen hatten, war das beeindruckendste Stück Technik, das jemals durch Menschenhand gebaut wurde. Und sie war dabei! Dr. Sequoyah Chigonaai, 37 Jahre alt, ledig und 32-fache Mutter, würde Proxima Centauri, das der Erde naheste Sonnensystem erforschen dürfen.

Das ist wunderbar, dachte Sequoyah und rasierte sich die Beine. Für diese Nacht wollte sie schön sein, der Erinnerungen wegen und weil sie es so wollte. Mit der Brause spülte sie den verbliebenen Rasierschaum ab. Ob es Dinge gab, die man an seinem letzten Tag auf Erden nicht mehr tun durfte?

»Für dich ...« Sequoyah strich sich über die Brust die Seite hinab, mit der Berührung entsann sie sich seiner Hände, die sie früher gerne auf der nassen Haut gespürt hatte. Aber jeder Traum fand ein Ende. Sie verließ die Dusche, nahm ein Handtuch und trocknete sich ab.

Aus dem Sideboard nahm sie ein Höschen aus roter Spitze und das passende Bustier dazu. Dessous, die Gregor ihr vor dreizehn Jahren geschenkt hatte.

An der Tür hing ein rotes Cocktailkleid, das sie extra für diesen besonderen Anlass aus den Tiefen ihres Kleiderschrankes hervorgeholt hatte. Es sah noch besser aus als früher. Zum Glück hatte sie über die Jahre ihre Figur behalten, der enge Schnitt hätte ihr keine überflüssigen Pfunde verziehen.

Sequoyah föhnte sich ihre Haare. Leider ging die Zeit trotzdem nicht spurlos an ihr vorbei, weswegen ein dezentes Make-up die ersten Fältchen kaschieren musste. Der Lippenstift sah umwerfend aus. Fertig für das letzte Gefecht schlüpfte sie in ihre roten High Heels. Sie wusste genau, dass er lange Beine liebte.

Die rote Handtasche hatte Sequoyah bereits zuvor auf den Tisch gelegt. Sorgfältig vorbereitet mit allem, was sie für diese Nacht brauchte. Sie lebte immer noch im selben Apartment, wie zu Beginn ihres Studiums in Düsseldorf. Wer hätte damals diese Entwicklung schon absehen können?

Der Computer im Wohnraum lief noch, mit einem feinen Lächeln prüfte sie die Nachricht, die sie zuvor geschrieben hatte. Sogar mit einer Tastatur, da sie kein Interesse hatte, später als Urheber dieser Zeilen erkannt zu werden.

»Damit haben sie euch am Arsch!« Die Nachricht enthielt alles, was sie über die Aitair wusste. Alles, was sie in den Jahren erfahren hatte. Alle Namen, Adressen, Mobile-Kennungen, Wohnungen, Einsatzziele, Marotten, Arbeitsplätze und alle Verbindungen zwischen den Aitair-Terroristen, die sie kannte. Um die Fülle an Informationen niederzuschreiben, hatte sie einige Zeit benötigt. Sie wollte niemand von denen zurücklassen, die sie seit damals ausgehorcht hatte.

Rache servierte man am besten eiskalt. Dreizehn lange Jahre hatte Sequoyah geschwiegen, sie hatte weder Gregors Klone verraten, noch den Kontakt zu Tatjana Ristic, die seitdem im Knast saß. Auch mit Anna hatte sie nicht geredet. Gregor hatte für sie gebürgt, weswegen sie aufgrund ihrer Saoirse-Karriere in den Augen vieler Aitair als *die* Top-Aktivistin galt. Ihr Plan hatte funktioniert.

»Vorbei!« Sequoyah knipste ein unliebsames Kapitel ihrer Vergangenheit aus und versendete die Nachricht an den Saoirse-Nachrichtendienst über einen verschlüsselten Proxy-Server der Aitair, der ihre digitalen Spuren maskieren würde. Mit dem Sendebefehl beendete sie diese naive Rebellion. Die Ironie gefiel ihr, sie lieferte die Aitair mit ihren eigenen Waffen ans Messer.

Doch für die Aitair hatte sich Sequoyah nicht derart herausgeputzt. Sie hatte noch eine Sache zu erledigen. Ihr Computer löschte selbstständig alle Daten. Mit der Handtasche unter dem Arm ging sie los. Es blieben noch sieben Stunden, ihr Werk zu vollenden. Für diesen Moment hatte sie lange gearbeitet.

Sequoyah schritt wie eine Königin über die Straße und war sich mit jeder Bewegung der Blicke bewusst, die ihr am Körper klebten. Am Abend zeigte sich ihr Viertel stets gut bevölkert. Viele junge Leute gingen in Bars oder saßen in Cafés.

»Hallo Traumfrau!«, rief ihr jemand nach. Sequoyah lächelte nur und winkte ab. »Möchtest du mich heiraten?«

Der Typ sah sogar gar nicht schlecht aus und war mindestens zehn Jahre jünger als sie.

Das war pure Macht. Eine Macht, die sie zuvor niemals einsetzen wollte. Warum sie das nie getan hatte, konnte sie sich in diesem Moment auch nicht erklären.

Sequoyah hatte nur eine Person im Kopf, es ging nur um ihn. Der Weg zu seinem Apartment dauerte keine viertel Stunde. Es war schon frech, so nah bei ihr zu leben. Er hatte definitiv jegliches Schamgefühl verloren. Sie klingelte. Ein Videosystem erfasste sie und öffnete leise die Tür. Im Hausflur strich ein kühler Luftzug an ihrem Nacken vorbei. Der Aufzug hielt direkt vor seiner Tür. Sie würde das jetzt durchziehen. Die Tür war bereits offen.

»Hallo Gregor«, sagte Sequoyah und fuhr sich mit der Zunge über die Lippen. Der Trick war dämlich, aber es behauptete auch niemand, dass Männer klug wären.

»Sequoyah, du?« Gregors Klon schluckte erschrocken. »Du musst doch heute an Bord gehen! Die warten auf dich! Es ist viel zu gefährlich, mich zu besuchen!«

»Bist du allein?«

»Wir sind zu zweit ...«

Sequoyah nickte. »Zwei Gregors ... die Nacht werde ich nicht vergessen ... und ihr auch nicht!«

Sequoyah schubste ihn in sein Apartment hinein. Mit der Zeit kannte sie alle Verstecke seiner Klone, die sie seit dreizehn Jahren rund um die Uhr belagerten.

»Hallo Gregor« Sequoyah begrüßte auch den zweiten Klon, der sie im Wohnbereich ähnlich ungläubig ansah. Das rote Kleid verfehlte nicht seine Wirkung.

»Was willst du hier?«, fragte dieser ernster.

»Ich will dich ... nein, entschuldige ... euch!«

»Bitte?«, fragte der erste Gregor, der ihr die Tür geöffnet hatte. Beide sahen absolut gleich aus, sogar der Dreitagebart hatte dieselbe Länge. Nur eine Kleinigkeit fehlte seinen Klonen, die Narbe in der Augenbraue hatte nur der echte Gregor. Sequoyah hatte inzwischen verstanden, dass die Polizei damals in München nur einen Klon erschossen hatte. Gregor hatte die Beamten dafür bestimmt ausgelacht.

Barfuß, mit nacktem Oberkörper und Jeans folgten sie einem Fußballspiel an der LED-Wand. Ein mieses Spiel, die Düsseldorfer verloren haushoch. Sequoyah war sich sicher, dass sich die beiden nie über den Sender streiten würden.

Sequoyah fuhr sich mit der Hand durch die Haare. »Jungs! Schaut nicht so! Das ist meine letzte Nacht!«

»Aber ...«

»Nichts aber ... ausziehen! Sofort!« Sie wollte keine halben Sachen machen.

»Wow ... warum nicht ... ich fand sie schon immer scharf!«, sagte der zweite Klon und zog seine Hose runter. Seine Freude war ihm deutlich anzusehen. »Wir werden dich gut bedienen!«

»Davon bin ich überzeugt!« Sequoyah streifte sich die Träger über die Schulter und ließ das rote Kleid auf den Boden gleiten. Die Handtasche hielt sie immer noch in der Hand. Die beiden Gregors verschlangen sie regelrecht mit den Augen und hatten bereits ihre pralle Männlichkeit in den Händen. Ein Vorspiel brauchte keiner von denen.

»Du bist heiß!«

»Ihr glaubt gar nicht wie heiß!« Sequoyah spielte mit ihnen. »Ich möchte tanzen!«

»Yeah ... komm zu uns!«, rief einer geifernd und machte die Musik lauter.

»Noch lauter!« Sequoyah wollte die Bässe spüren. Genau so, der erste Gregor drehte die Musik auf.
»Und wie ich zu euch komme!« Diese Worte konnten sie durch den dröhnenden Bass bereits nicht mehr hören. Sequoyah öffnete die Handtasche, zog eine Kaliber 22 Pistole heraus und schoss den beiden Männern, ohne Vorwarnung in den Kopf. Die Pistolenschüsse passten zum Beat. »War es für euch so gut wie für mich?«

Sequoyah atmete schnell. Als sie realisierte, was sie getan hatte, musste sie würgen, übergab sich zum Glück aber nicht. Das war nicht sie. Das wollte sie nie sein. Aber sie hatte es getan und würde es wieder tun. Die kleinkalibrige Pistole hinterließ nur ein fingernagelgroßes Loch in deren Stirn. Da war kaum Blut, nur ein feiner roter Strich markierte die Gesichter, wie ein Merkzeichen, mit dem sie von einer Liste gestrichen wurden. Diese Wesen erachtete Sequoyah nicht als Menschen, das war die Grenze, die sie in ihrem Gewissen gezogen hatte.
Das rote Kleid zog sie wieder an und öffnete abermals ihre Handtasche, aus der sie ein Reagenzröhrchen aus Aluminium holte. Aus dem Aluminiumkörper ließ sie mit einem Daumendruck eine Injektionsnadel herausfahren, mit der sie beiden Männern ein paar hungrige Helferlein verabreichte.
»Wer Leben geben kann, kann es auch nehmen«, sagte Sequoyah leise, die mit einer DNA-Probe Gregors, die sie aus einem Haar von früher gewonnen hatte, Annas virtuelle Zombiezellen gezüchtet hatte. Die virusartigen Zellen waren für normale Menschen völlig harmlos, nur jeglichen Gregor-Klon würden sie rückstandslos auffressen. Ein Geschäftsmodell mit Zukunft, mit den DNA-codierten Killern hätte sie ein Mordsgeschäft machen können.

In weniger als zehn Minuten blieb von den beiden Klonen noch nicht einmal ein forensisch verwertbarer Nachweis übrig, dass sie jemals auf dem Sofa gesessen hatten. Die beiden Klone verschwanden vor ihren Augen, die Klone, die niemand kannte, niemand suchte und die niemals die Polizei auf eine unnötige Ermittlung bringen würden.
Nachdem Sequoyahs Zombiezellen die beiden Gregors zu etwas Wärme und einer unangenehmen Duftfahne verarbeitet hatten, sammelte sie die beiden deformierten Projektile auf, die gerade vom Sofa auf den Boden kullerten. Die Kleidung und andere persönliche Gegenstände steckte sie in einen Müllsack und entsorgte den Kram im Müllschacht der Apartmentanlage. Keine Leichen, kein Mord, weswegen diese Beweise niemand interessieren würden.

Sequoyah wiederholte ihr tödliches Spiel und löschte in dieser Nacht auch alle anderen Klone aus, die sie kannte. Der letzte Gregor, den sie besuchte, war der mit der Narbe in der Augenbraue. Der echte Gregor, vor der Begegnung mit ihm hatte sie Angst. Was sie tat, war endgültig, womit sie auch den letzten Funken Hoffnung ausmerzte, dass sich alles zum Guten wenden könnte. Ein naiver Gedanke, der ihr trotzdem nicht aus dem Kopf ging. Sie liebte ihn immer noch. Und wenn sie sich zuvor noch einreden konnte, nur Klone vernichtet zu haben, würde sie gleich einen Menschen töten.
»Ich habe dich erwartet«, sagte Gregor, als er ihr die Tür öffnete. Seine Wohnung lag im Penthouse des Saoirse-Towers direkt am Rhein, das teuerste Pflaster in dieser Gegend. Er ließ es sich offensichtlich nicht schlecht ergehen.
Sequoyah stutzte, wusste er bereits von ihrem Rachefeldzug? Oder von seinen toten Klonen?

»Hallo Gregor«, hauchte sie ähnlich lasziv wie zuvor. Eine Lüge, für die sie sich hasste.

»Du brauchst das nicht zu tun«, sagte er nüchtern und gebot ihr, seine Wohnung zu betreten.

»Ich möchte es aber!« Sequoyah blieb in ihrer Rolle und folgte ihm. In dem Wohnbereich mit Holzboden und weißen Marmorwänden hätte das komplette Institut mit 800 Mitarbeitern eine Feier machen können und es wäre noch Platz für cinc Band gewesen.

»Möchtest du etwas trinken?«, fragte Gregor höflich, der einen dunklen Anzug, ein weißes Hemd und Krawatte trug. Sie hatte ihn schon sehr lange nicht mehr gesehen.

»Nein.« Sequoyah beließ es dabei, aufreizend zu wirken, was keinen Zweck hatte.

Gregor schüttete sich einen schottischen Whiskey in ein flaches Glas und sah geistesabwesend aus dem Fenster. »Haben die Zeiten uns nicht verändert?«

»Nein.«

»Immer noch die alte Kämpferin für die Gerechtigkeit?« Gregor nippte am Glas. Seine selbstgefällige Art gefiel ihr nicht. Der Anzug gefiel ihr nicht. Die Luxuswohnung gefiel ihr nicht. Und alle Gedanken, warum er seit so vielen Jahren unentdeckt blieb, gefielen ihr am allerwenigsten. Das war doch nicht die Aitair-Bewegung, die ihm einen solchen Luxus erlaubte?

»Nein.« Es blieb Sequoyah noch eine Stunde, dann musste sie am Startpunkt sein. Durch die Panoramaverglasung konnte sie am Horizont die Sonne aufgehen sehen. Auf die Kür würde sie verzichten.

»Dreh dich um!«

»Ich dachte immer, du würdest früher kommen … jede Nacht habe ich damit gerechnet, dich vor mir stehen zu sehen. Mit einer Waffe in der Hand, so wie jetzt … doch mal ehrlich … in keiner meiner morbiden Fantasien hattest du so ein Kleid an!«

»Gregor … dein Leben ist vorbei … du hast es für eine fixe Idee verschenkt.«

»Du siehst fantastisch aus. Meine Güte … wie konnte ich dich nur gehen lassen.«

Sequoyah schluckte, nein, nicht wieder auf die Tour. Sie würde abdrücken. Jetzt. Und dann sofort gehen. Mit ausgestrecktem Arm zielte sie auf seinen Kopf und ging auf ihn zu. Er machte keine Anstalten, sich zu wehren, zu flüchten oder anderweitig Deckung zu suchen. Hinter ihm drangen die ersten Sonnenstrahlen durch die Scheibe, ansonsten stand er schutzlos vor einer zwanzig Meter breiten Fensterfront.

»Ich werde dich töten!«

»Ich habe nie aufgehört, dich zu lieben!«, sagte Gregor mit Tränen in den Augen. Wieder ein Spiel? Die blonden Locken, das Lachen, die Grübchen, die mit dem Alter noch deutlicher zu sehen waren und die Narbe in der Augenbraue, das war Gregor Moyes, der Mann, den sie früher geliebt hatte.

»Darf ich dir etwas schenken?«, fragte Gregor, lockerte sich die Krawatte, öffnete sein Hemd und riss sich das Goldkettchen mit dem blauen Kristall vom Hals.

»Nein.« Sequoyah schoss ihm in den Kopf, was ihn mit starrem Blick zu Boden sacken ließ. Jeden Moment länger zu warten, wäre ein Fehler gewesen. »Die Kette gehörte nie dir!«

Sie verabreichte ihm die Zombiezellen, nahm den Kristall an sich und ging.

***

Gamma Phase

XXI. Neue Gegner

»Was zur Hölle ist das?« Elias stand vor der sonderbaren Barriere und beobachtete, wie sich die senkrechte Flüssigkeit harmonisch mit seiner Stimme bewegte. So etwas hatte er noch nie gesehen. Das Fluid hatte eine helle bläuliche Farbe und ähnelte Wasser. Etwas in ihm wollte die Oberfläche berühren, hindurchschreiten, ein Wunsch, vor dem ihn sein Verstand warnte.

»Unglaublich! Das ist eine Tür! Lasst uns nachsehen, was dahinter ist!« Sequoyah stand neben ihm und drängte, die ungewöhnliche Pforte zu durchschreiten. Ein risikoreicher Schritt, zu dem Elias noch nicht bereit war.

»Sequoyah ... das wäre ein Fehler ... das Ding könnte uns umbringen, in eine Sonne katapultieren oder sonst was mit uns tun.« Anna machte keinen Hehl daraus, das Risiko nicht eingehen zu wollen. »Ihr seht aus wie Mäuse, die vorm offenen Maul einer Katze darüber nachdenken, ob deren Zähne spitze Ecken haben!«

»Wir haben alle Katzen verbrannt! Du kannst gerne nach oben nachsehen gehen!« Sequoyah störte das wenig.

»Und die auf der anderen Seite?« Anna blieb misstrauisch.

»Wenn da noch jemand wäre, wären die bereits hier. Und wir vermutlich tot. Da ist niemand mehr, wir haben vor über einer Stunde die komplette Verteidigung der Anlage ausgeschaltet«, erklärte Sequoyah selbstsicher.

»Ran'garth und Jel'mar, die Aitair haben uns belogen! Die wussten genau, was hier ist! Die wollten uns geradewegs ins Kreuzfeuer der Geschütztürme laufen lassen!«, argumentierte Anna, was Elias die Entscheidung, ob er mit ihr die anderen umgehend warnen oder mit Sequoyah die Öffnung untersuchen sollte, nicht vereinfachte.
»Hast du auch eine Meinung dazu?«, fragte Elias und sah Dan'ren an, die sich bisher aus dem Streit heraushielt. Die Lerotin stand hinter ihm und ließ die Barriere ebenfalls nicht aus den Augen.
»Es könnte eine Tür sein ... oder auch etwas anderes. Ich sagte es bereits, ich weiß es nicht ... ich habe eine solche Technologie noch nie gesehen.«, antwortete sie diplomatisch und strich sich mit der Hand durch ihr kupferfarbenes Haar. Beinahe unscheinbar, trotzdem die erste frauliche Geste, die Elias bei ihr beobachten konnte. Es gab Momente, in denen ihre nüchterne Art ihn einschüchterte.
»Sind alle Lerotin wie du?«, fragte Sequoyah zweideutig.
»Dann geh vor ...«, konterte Dan'ren.
»Bitte?«, fragte Sequoyah.
»Geh durch die Tür, wenn es wirklich eine Tür ist. Komm zurück und sage uns, was du gesehen hast. Ist doch einfach, oder?« Auch Dan'ren konnte austeilen.
Sequoyah sah Elias an, der nur hilflos mit den Schultern zuckte. Wenn sie das tun wollte, bitte, es war ihre Entscheidung. Er würde nicht als Erster die Barriere durchschreiten.
»Das ist ein Fehler ... tue es nicht«, warnte Anna sie abermals und versuchte, sie am Arm zu halten.
»Lass sie ...« Elias wollte sehen, was Sequoyah macht, mit der Hand hielt er Anna zurück.

»In Ordnung!« Sequoyah schluckte, atmete tief durch und ging einen Schritt nach vorne. »Ich gehe jetzt.« Das Visier ihrer Rüstung schloss sich. Sequoyah zögerte, streckte den Arm in Richtung der Oberfläche, berührte sie aber nicht.

»Und?«, fragte Elias, der den Kampf in ihr spürte. Neugierde gegen Vernunft, welche Seite Sequoyahs würde dominieren?

»Einen Moment noch.« Wegen des geschlossenen Visiers hörte er ihre Stimme über Funk.

»Dann geh auch!«, forderte Dan'ren sie überraschend schroff auf.

»Das ist ...« Sequoyah ließ die Schultern hängen.

»... Wahnsinn.« Elias nahm sie in den Arm und beendete die Mutprobe. »Ich würde es auch nicht tun. Wir werden einen anderen, einen besseren Weg finden.«

»Ja«, sagte Sequoyah kleinlaut. Das Visier öffnete sich wieder. Besser feige als tot.

»Danke.« Auch Anna nahm sie in den Arm. »Ich möchte dich nicht verlieren.«

Sequoyah lächelte, scheinbar von einer neuen Idee beseelt, öffnete sie das Medikit an ihrer Rüstung, nahm eine Titanschnur und band ein Magazin ihrer Waffe daran, aus dem sie die Munition entfernte.

»Testobjekt gefunden«, sagte sie und warf das Magazin auf Bodenhöhe durch die Barriere, die zumindest durchlässig war.

»Und?«, fragte Elias, der selbst nicht wusste, auf was für eine Reaktion er wartete.

»Ich spüre nichts ... ich ziehe jetzt das Magazin zurück«, sagte Sequoyah und zog langsam ein völlig deformiertes Stück Verbundmaterial durch die Barriere. Der Faden aus Titan war unversehrt geblieben. »Überredet ... wir gehen nicht da durch.«

Dan'ren entsicherte sofort ihre Handfeuerwaffe, kniete sich hin und zielte auf die Barriere.
»Das hätten wir geklärt«, sagte Elias, dem die Neugierde auf die andere Seite ebenfalls vergangen war. Die Barriere hätte auch die sehr moderne Form einer Müllpresse sein können.

»Wir kommen an der Stelle nicht weiter, wir brauchen einen anderen Plan«, erklärte Elias und sah zu Dan'ren. Die Gruppe war wieder in die Mitte des Cubes zurückgekehrt. Sequoyah und Anna sicherten mit ihren Waffen im Anschlag den Durchgang.
»Und wie kriegen wir die Tür wieder zu?«, fragte Dan'ren, die sich an der Cube Steuerung vergeblich bemühte.
»Gar nicht ... wir werden hier verschwinden!« Für Elias war der Cube nicht mehr sicher. Wer wusste schon, wer oder was aus der Barriere kommen konnte.
»Wir müssen die anderen warnen!« Anna wurde nicht müde, auf die notwendige Rückkehr hinzuweisen.
»Willst du den ganzen Weg zurücklaufen?«, fragte Sequoyah, während sie die Barriere nicht aus den Augen ließ.
»Dan'ren, kannst du uns bitte eine Animation des Areals über uns anzeigen.« Elias hatte eine Idee.
»Eine topologische Ansicht?«
»Ja ... am besten mit der ganzen Bergkuppe«, antwortete Elias. »Ich möchte etwas nachprüfen.«
»Ich probiere mein Glück.« Dan'ren nickte und aktivierte weitere holografische Symbole der Cube-Steuerung. »Bitte seid mir nicht böse, wenn ich uns alle in die Luft jage ... ich habe keine Ahnung, was ich hier mache.«

Dan'ren benötigte nur wenige Sekunden, dem Cube eine komplette holografische Darstellung der Oberfläche über ihnen abzutrotzen. Das Bild zeigte eine Echtzeitdarstellung, die vier tiefen Einschusskerben von Dan'rens Laserkanone und die zerstörten Geschütztürme waren deutlich zu erkennen.

»Ist es nicht interessant, dass hier weit mehr Verteidigungssysteme existieren, als die vier, die wir bekämpft haben.« Danach hatte Elias gesucht, er zeigte auf die Positionen der anderen Türme, die jeweils in kleineren Bunkern mit automatischen Bodenöffnungen verborgen waren. »Die Bunker, die Kraftfelder, die zahlreichen Waffensysteme ... das ist eine stattliche Anlage!«

»Allerdings.« Dan'ren zeigte eines der Geschütze im Großformat. »Die Geschütztürme sind, neben den bereits erlebten doppelten Gatling-Geschützen, mit Mittelstrecken-Lenkwaffen und einem sehr starken Laser ... mit einer Reichweite für Ziele im Orbit ausgestattet.«

»Können wir damit Raumschiffe des Master Carriers angreifen?«, fragte Anna.

Elias lächelte. »Wenn wir sie sehen würden ... ich zähle vierundzwanzig Tower, kreisrund angeordnet, vierzehn davon werden als einsatzfähig, aber inaktiv angezeigt. Dan'ren hat mit dem Laser-Bündel-Beschuss, neben dem Bunker, auch deren Kontrollsystem über den Jordan gejagt.«

»Wer ist Jordan?«, fragte Dan'ren.

»Nicht wichtig ... du hast gut getroffen! Ich wollte sichergehen, dass wir keine unangenehme Überraschung erleben, wenn wir den Bunker verlassen.«

Dan'ren nickte.

»Beim Gefecht vorhin haben wir vier Türme zerstört ... die anderen funktionierten bereits vorher nicht mehr oder hatten kein freies Schussfeld«, erklärte Elias. »Die Aitair haben die Systeme nicht alle einsatzfähig halten können.«

»Können wir die Waffensysteme wieder instand setzen?« fragte Anna, was an sich eine gute Idee war. »Und im automatischen Verteidigungsmodus für uns kämpfen lassen?«

»Wir haben keine Zeit und nicht die passenden Ersatzteile ... und bei den atmosphärischen Störungen treffen die Geschütze nur auf Sicht. Uns haben die Zielsysteme auch nicht präzise erfassen können«, sagte Dan'ren.

»Wollen wir das alles ungenutzt zurücklassen? Den Cube und die Waffen? Wir stehen immerhin vor einem Krieg!«, sagte Sequoyah.

»Das Transportsystem des Cube bringt uns nicht vom Fleck. Und bei dem Gegner werden Raketen und Gatling-Geschütztürme wenig nutzen. Wir können die Waffensysteme nicht transportieren und auf diesem dämlichen Berggipfel sehe ich nichts, was es zu verteidigen wert wäre!« hielt Elias dagegen.

»Und wir wissen nicht, was hinter der Tür ist«, erklärte Anna und zeigte erneut auf die Barriere. »Es könnten weitere Soldaten auftauchen und uns in den Rücken fallen.«

»Wir könnten auch ein Loch in die Wand schießen«, schlug Dan'ren vor.

»Das wird nicht viel bringen«, sagte Elias und zeigte auf eine Stelle der Animation am unteren Bereich der Bunkeranlage, der gemeinsam mit der Oberfläche angezeigt wurde. »Nach dieser Darstellung wird hinter der vier Meter dicken Wand nur Erdreich sein. Die Tür ist ein Portal. Wir wissen nur nicht, wohin!«

»Und wie kommen wir am besten zurück?«, fragte Sequoyah.

»Wir werden laufen!« Eine andere Möglichkeit sah Elias nicht, hoffentlich ließ das katastrophale Wetter einen zügigen Rückmarsch zu.

»Ich hatte mir ehrlich gesagt mehr vom Cube erhofft«, sagte Anna hörbar enttäuscht.

»Ich auch.« Elias nickte. »Dan'ren, kannst du die Ansicht ausweiten, ich würde gerne mehr vom Umland sehen?«

»Klar, jetzt weiß ich ja, wie es geht. Die Bedienung ähnelt überraschenderweise der der Lerotin-Systeme.«

»Die Rückseite des Berges ist sehr steil«, sagte Sequoyah. Man sah jetzt aus der Vogelperspektive ein größeres Areal.

»Bei dem Regen sogar gefährlich steil ... wenn wir rauskommen, werden wir uns sofort nach links orientieren.« Elias zeigte auf einen sicheren Pfad. »Wenn wir hier lang laufen, sollten wir wieder den Weg benutzen können, auf dem wir hergekommen sind.«

»Und wenn wir uns aufteilen?«, fragte Sequoyah, deren Neugierde sie offensichtlich weiterhin beflügelte.

»Willst du hierbleiben?«, fragte Anna kopfschüttelnd.

»Warum nicht.« Sequoyah nickte.

»Dan'ren, möchtest du hierbleiben?«, fragte Elias, der sich entschieden hatte, zu den anderen zurückzukehren.

»Nein.«

»Wir werden nicht hierbleiben! Und wir bleiben zusammen!«, sagte Elias und sah dabei Sequoyah in die Augen. Er wollte auf jeden Fall verhindern, dass sie doch noch die Barriere durchschritt.

***

XXII. Dreckswetter

Es regnete immer noch in Strömen. Der Himmel über Elias bot, neben grauen, dunklen und schwarzen Wolken, abwechselnd kurze Blitze, längere Blitzketten und zwischenzeitlich orkanartige Sturmböen, die mühelos mannshohe Äste aus Baumkronen rissen, um sie wie Geschosse in den Boden zu treiben.

Die Sicht war miserabel, maximal zehn Meter. Elias ging über den völlig aufgeweichten Boden. Sequoyah vor ihm und Anna und Dan'ren hinter ihm. Ein Blitz schlug im Baum neben ihnen ein. Elias zuckte, er hatte kein Interesse daran, sein Glück, nicht getroffen zu werden, länger als notwendig zu strapazieren.

»Schneller! Wir müssen sofort runter vom Berg!«, meldete Sequoyah über Funk, deren Stimme trotz der denkbar kurzen Entfernung klang, wie jemand der auf einem anderen Kontinent ein uraltes Transistor-Mikrofon benutzte.

»Vorsicht!«, schrie Elias und zog den Kopf ein. Seitlich von ihnen wurde ein entwurzelter Baum, den der Sturm bereits dahingestreckt hatte, von einer weiteren Orkanböe erfasst und schoss wie eine Guillotine über den schlammigen Boden, den Dan'ren vorhin im Gefecht niedergebrannt hatte. Der Treffer kam von der Seite, Sequoyah hatte keine Chance, der Sturm riss sie mitsamt dem Baumstamm weg.

»Sequoyah!«, schrie Anna panisch und blickte ihr nach. Die Dunkelheit, die Blitze, der Regen, Elias sah und hörte nichts mehr von ihr, das Tosen des Sturmes übertönte alles.

»Sequoyah! Meldung! Sofort!« Doch sie antwortete Elias nicht. Wegen des Kampfanzuges hätte sie den Schlag überleben können, nur, bei dem Sturm hatte er keine Vorstellung davon, wo sie war.

Wenn sie noch lebte, könnte die Entfernung bereits die bescheidene Reichweite ihrer Kommunikationssysteme überschritten haben.

»Sie lebt! Ich weiß es! Wir müssen ihr helfen!« Für Anna schien es keine Frage zu sein, sie zu retten. Ob sie verdrängte, dass sie vorhin alles daran gesetzt hatte, zu den anderen zurückzukehren? Zu Vater, Hennessy, Marina und den anderen, um sie vor den verlogenen Aitair zu warnen - die Situation änderte sich schnell.

»Elias! Triff eine Entscheidung!«, forderte Dan'ren ihn auf. Elias hatte sich nie als Anführer dieser Gruppe gefühlt. *»Wollen wir sie suchen oder weitergehen?«*

»Das ist doch nicht dein Ernst ... wir lassen doch nicht Sequoyah zurück! Sie braucht unsere Hilfe!«, tobte Anna über Funk. Sie stand vor ihm und schüttelte seine Schultern, als ob sie ihn aus einem tiefen Koma aufwecken wollte.

Was soll ich tun, fragte sich Elias, bei einer Rettungsmission würde er drei weitere Leben riskieren. Wenn er sich dafür entschied, Sequoyah ihrem eigenen Schicksal zu überlassen, würde er auch Anna verlieren, die ihn dann nicht mal mehr mit dem Arsch angucken würde. Diese Entscheidung wollte er nicht treffen.

»Da hast du verdammt recht! Ich würde dich wirklich nicht mal mehr mit dem Arsch ansehen!«, rief sie wütend. Anna war wieder in seinem Kopf, er liebte sie, aber das hielt er nicht aus.

Sei still, schrie er in Gedanken, es geht um weit mehr als uns, das Leben aller liegt in *meinen* Händen! Wer wusste überhaupt, ob die anderen Schiffbrüchigen der Horizon noch lebten? Vielleicht hatte der Sturm auch bereits Vater mit einem Blitzschlag getötet?

»Ihr Leben! Mein Leben! Kämpfe für uns! Kämpfe für Vater! Wir lassen niemand zurück! Ich liebe dich! Aber lass Sequoyah nicht zurück!« Anna legte den Kopf auf seine Brust.

»Ich bin an deiner Seite!« Dan'ren stand direkt neben Elias. Die Last auf seinen Schultern wog tonnenschwer. *»Triff eine Entscheidung! Sie wird richtig sein!«*

»Anna, wirst du meinen Befehlen folgen?«, fragte er und meinte es nie ernster.

»Ja.« Anna litt.

»Egal, was ich sage?« Elias musste das klarstellen.

»Ja.«

»Auch wenn ich dir befehle, jemand zu töten?« Elias hasste sich für das, was er Anna abverlangte.

»Ja!«

Elias schluckte, als ob etwas in ihm erwachte, das er selbst noch nicht kannte. Er führte diese Expedition an! Und unter seinem Kommando würde er niemand verlieren! Er war für Sequoyah verantwortlich! Wie auch für Anna und Dan'ren! Es war seine Aufgabe, in solchen Zeiten einen klaren Kopf zu bewahren! Er war ein Replikant, dafür wurde er erschaffen! Noch nie war sich Elias seiner selbst deutlicher bewusst. Er war kein Mensch. Er war besser.

»Wir werden Sequoyah suchen! Wir fächern uns auf und finden sie! Den Baumstamm hat der Orkan hangabwärts geschleudert. Leider in die falsche Richtung. Bleibt in Reichweite unserer Kommunikation und findet sie!«

»Bestätigt.« Dan'ren zog los.

Anna stand noch einen Moment vor ihm, sagte aber nichts, wie gerne hätte er jetzt ihre Augen gesehen oder die fürchterliche Frisur und natürlich dieses wunderschöne Lächeln. Auch wenn er ein Replikant war und mittlerweile einen Kampfeinsatz befehligte, das zwischen Anna und ihm würde er niemals vergessen.

»Ich gehe auf die rechte Flanke! Du bleibst zwischen Dan'ren und mir«, ordnete er an. Die Idee, damit Anna zu schützen, war irrational, beruhigte ihn aber trotzdem.

»Ich liebe dich!« Anna ging los. Wieder schlug ein Blitz in ihrer Nähe ein, der Donner folgte umgehend, die Spannung war so enorm, dass die Energie den gut zwanzig Meter hohen Baum bis auf die Wurzel herunter spaltete und in Brand setzte, ein Feuer, das im sintflutartigen Regen sofort wieder verstarb. Es blieb keine Zeit, um Annas Liebeserklärung zu erwidern.

Sequoyah, wo bist du, fragte er sich. Elias wusste nicht mehr als die Richtung, in die sie der Baumstamm weggetragen hatte. Der Wind drückte ihn seitlich in den Boden, das mit synthetischen Muskelsträngen verstärkte Exoskelett seines Deltas gab alles, um ihn aufrecht zu halten. Der Anzug hatte eine eigene KI, die Bewegungen optimieren konnte oder auch in einem gewissen Rahmen Entscheidungen traf. Mit der enormen Geschwindigkeit des Stammes, der Sequoyah erfasst hatte, zeigten sich leider auch ihre Grenzen.

Elias duckte sich, um dem Sturm weniger Angriffsfläche zu bieten. Wind, Wasser, Erde und Feuer, die Elemente zeigten ihm brachial, über welche Kräfte sie verfügten.

»Dan'ren, Anna, Meldung!«, rief er in sein Mikrofon. Wenn der Sturm so weitertoben würde, gäbe es bei Sonnenaufgang keinen Baum mehr auf dem Berg.

»Ich bin in einer Bodenvertiefung, der Wind ist zu stark. Dan'ren ist in meiner Nähe, wir kommen nicht weiter!«
»Bleibt da ... ich glaube, ich sehe etwas.« Elias war sich nicht sicher, bei der Sicht war das, was man sah, mehr Wunsch als Realität.
»Du hast sie gefunden?«, fragte Anna gespannt.
Hatte er das? Elias wusste es nicht, da vorne war zumindest etwas, was nicht wie ein Baum aussah. Der Delta drückte ihn flach auf den Boden, während ein schriller Alarmton ihm anzeigte, auch unten zu bleiben. Der Sturm fegte einen weiteren Baum über ihn hinweg und eine ganze Wolke von Ästen, Blattwerk und sonst was flog hinterher. Elias wollte wieder aufstehen, doch der Anzug sperrte seine Bewegungen. Die Warnanzeige blinkte dauerhaft.
»Dann halt auf dem Bauch!«, flüsterte er und arbeitete sich weiter vor. Das, was er sah, hätte ein Delta sein können. Wenn es Sequoyah war, bewegte sie sich nicht.
»Elias?«, fragte Anna. *»Geh nicht weiter! Es ist zu gefährlich! Komm zurück!«*
»Ich sehe sie!« Das wünschte sich Elias zumindest.
»Wir sind direkt am Hang. Die Abwinde sind hier besonders stark, Dan'ren sagt, das schaffen unsere Deltas nicht!«
»Fünf Meter vor mir! Ich sehe sie!« Elias hatte sich nicht geirrt, vor ihm lag Sequoyah, jetzt konnte er den Schutzanzug erkennen. Da waren Arme, Beine und ein Kopf. Der Delta hatte dafür gesorgt, dass sie an einem Stück geblieben war.
»Wenn dich hier eine Böe erwischt, wirst du ...!« Eine ganze Blitzstafette schlug neben ihm in den Boden ein. Das war wie der Beschuss aus einer Waffe. Elias schrie, die Donnerschläge dröhnten in seinen Ohren. Die Verbindung zu Anna riss ab.

Sollte er zurück? Noch drei Meter, die er durch den Schlamm kriechen musste. Sequoyah hatte sich mit dem Arm an einer dicken Wurzel eingehakt, sie lebte noch und drehte den Kopf zu ihm. Ihre Kommunikation schien ausgefallen zu sein.

»Elias ... du ... nicht ... Blitze ...ich.« Annas Meldung war nicht mehr zu verstehen.

»Anna, bitte Meldung wiederholen!«, rief Elias und robbte weiter auf Sequoyah zu, deren Delta-7 Rüstung reichlich mitgenommen aussah. Einige der synthetischen Muskelstränge an der Schulter waren aufgerissen. Er konnte auch Blut sehen. Jetzt bemerkte sie seinen Rettungsversuch und winkte ihm zu, oder hieß das, er sollte verschwinden? Warum? Gleich würde er bei ihr sein. Da er es auf dem Bauch bis hierhin geschafft hatte, würden sie auch auf demselben Weg wieder zurückkommen.

Anna sagte nichts mehr, verdammt, er war abgeschnitten, eine Orkanböe drückte ihn tief in den Boden. Und wenn er den Schlamm fressen musste, er würde Sequoyah zurückbringen!

Es donnerte, er griff nach Sequoyahs Hand und versuchte sie zu sich zu ziehen. Sie schüttelte den Kopf. Was aus der Entfernung ausgesehen hatte, als ob sie sich festhalten würde, erwies sich aus der Nähe als völlig neue Situation. Ein zerborstenes Aststück hatte sich an einer Wurzel verkeilt und Sequoyahs linke Seite eingeklemmt. Sie konnte weder den Arm noch das Bein frei bewegen. Menschen in Delta-7 Anzügen konnten bis zu zwei Tonnen Gewicht heben, der Druck, den der Sturm auf den höchstens noch drei Meter aus der Erde herausragenden Wurzelstumpf ausübte, musste noch höher sein. Zu zweit würden sie es vielleicht schaffen. Elias zog sich in den Schutz der Wurzel und öffnete sein Visier. Sequoyah lag vor ihm.

Das Tosen des Sturmes hatte eine unfassbare Lautstärke angenommen. Sie lachte.

»Ich werde den Stamm anheben! Auf drei! Du hilfst, so gut du kannst und befreist dich!«, schrie Elias, so laut er konnte.

Sequoyah nickte. Danach verschlossen beide die Visiere wieder. Eins, zwei, drei. Elias hatte eine bessere Position, er konnte mehr Kraft aufbringen als sie.

»Dieser *Scheiß* Baum ... fällt!«, brüllte Elias unter maximaler Anstrengung. Der Delta und er, seine Muskeln waren dem Zerreißen nahe, mehr ging nicht.

Ein harter Schlag traf Elias vor die Brust. Der Sturm hasste ihn wirklich und hatte mit einem umherfliegenden Baumstamm zuerst den Wurzelstumpf und dann ihn getroffen. Holzsplitter flogen durch die Luft, die der Regen sofort zu Boden warf. Durch das Zerbersten des Wurzelstumpfes hatte sich der Baumstamm gelöst, der zuvor Sequoyah eingeklemmt hatte. Sie war frei. Die ganzen kleineren Holzstücke steckten entweder im Boden oder flogen an seinem Kopf vorbei, den der Sturm jetzt unmittelbar ins Visier nahm.

»Yeah!« Elias freute sich, dafür steckte er auch gerne einen Schlag sein. Da waren nur Wind, Regen und unzählige kleine Holzstücke, er sah überhaupt nichts.

Ein weiterer Schlag vor die Brust raubte ihm den Atem, diesen Stamm hatte er nicht gesehen, der ihn wie ein Rammbock aus seiner Stellung hob. Elias flog.

Und flog. Er sah nicht, wo er war, keine Sequoyah, kein zerborstener Wurzelstumpf, kein schlammiger Boden, nur Regen, Dunkelheit und der Sturm. Ein Blitzschlag in der Nähe erlaubte ihm ein Blick auf die Stelle, an der seine Flugbahn ihr Ende finden würde.

Alles war schwarz. Die KI des Deltas rollte ihn wie einen Igel zusammen, um ihn zu schützen. Gleich würde er unsanft einschlagen.
»Scheiße!«, brüllte er langgezogen, während er wie ein Meteor in den Dreck schlug. Eine weiche Landung, immerhin, ein Erdrutsch, es ging weiter, er kam nicht zur Ruhe.
Elias musste den Hang hinab gefegt worden sein, er überschlug sich mehrfach und raste unkontrolliert gemeinsam mit Erd- und Gesteinsbrocken ins Tal hinab. Der halbe Berg mit ihm, der neben, über und unter ihm war.
Stille. Der Regen prasselte, Elias befand sich wieder im freien Fall. Das war kein gutes Zeichen. Der Fall dauerte zu lange. Fliegen würde sein Superanzug nicht können.
Elias fiel ins Wasser, was an sich nicht das Schlimmste war. Dumm nur, dass der Erdrutsch mit ihm auch einen großen Felsblock ins Wasser beförderte, der ihn jetzt in die Tiefe drückte. Da war sogar das Tauchen mit Eishaien angenehmer. Einen Moment später lag er eingeklemmt am Grund dieser Pfütze. Eine bedrohliche Situation, die sich allerdings schnell auflöste. Leider auf eine sehr unangenehme Art. Was für ein Albtraum! Das gesamte Bachbett löste sich und stürzte mit einem gewaltigen Bergrutsch in die Tiefe.
»Das reicht mir jetzt!«, schrie Elias und versuchte irgendwie, die Übersicht zu wahren. Gemeinsam mit Geröll, Schlamm, Wasser und zerborstenem Holz rollte die Lawine ins Tal hinab. Er konnte nur hoffen, dass der Anzug ihn am Leben halten würde.

Das Rauschen wurde leiser, wie eine große Welle, die am Strand gemächlich ausrollte. Ruhe.

»War es das?« Elias bewegte sich nicht mehr und lebte sogar noch. Wo war er? Seine Arme und Beine hingen fest, er war verschüttet. Nur Schlamm und Wasser, mehr sah er nicht.

Mit einer grünen 91 Prozent Anzeige signalisierte der Anzug stolz, seine primäre Integrität gehalten zu haben.

»Danke.« Elias ließ langsam Speichel aus dem Mund laufen, der schräg in das Innere der Gesichtsmaske lief. Jetzt wusste er, wo oben und unten war. Um sich frei zu graben, musste er sich drehen.

»Licht bitte!« Mit ruckartigen Bewegungen schuf sich Elias etwas Platz. Eine LED-Lampe am Kopf sorgte für minimale Sicht. Er schaffte es, sich zu drehen und Erdreich seitlich am Körper vorbei zu drücken. Hoffentlich lag er nicht zu tief unter der Erde. Wasser lief sofort in jeden Freiraum, den er schuf, was das Graben nahezu unmöglich machte.

»Verdammt, was ist das denn?« Elias war auf einen Felsen gestoßen, der sofort nachsackte und ihn wieder zurückdrückte. Er versuchte den Stein wegzuräumen, doch ohne Halt rutschte er weg. Schmerzlich musste er einsehen, dass er feststeckte.

»Status für Sauerstoff und Energie anzeigen!« Die Werte, die Elias sah, machten ihm keine Freude. Das Lerotin-Batteriepack würde ihm noch 84 Stunden buddeln erlauben, ihm würde aber vorher die Luft ausgehen. Wenn er sich nicht bewegte, reichte sein Sauerstoff noch neun Minuten. Von den vier Kartuschen am Rücken existierte nach dem Sturz noch eine und die hatte ein Leck.

Das reichte gerade noch für einen Traum, seine verbleibende Zeit wollte er nicht mit Graben verschwenden. Mit nur sieben Jahren hatte er kein langes Leben gelebt. Was sich aber gelohnt hatte, wegen Anna, der Anna aus seinen Träumen, die er wenigstens für kurze Zeit in die Arme schließen durfte.
Elias lief durch die Brandung seines Lieblingstraums, das Wetter, das Wasser, alles war perfekt. Anna lief vor ihm her, nackt, wie er sie am liebsten sah.
»Anna«, rief er, nicht laut, aber sie drehte sich sofort um. Die kurzen roten Haare, die Augen und das Lächeln. Ob er noch genug Zeit hatte, ihre Sommersprossen zu zählen? Vermutlich nicht alle, aber die rund um den Bauchnabel würde er schaffen.
»Ich konnte dir noch nie weglaufen«, sagte sie und fiel ihm um den Hals. Beide sanken in den Sand.
»Ich liebe dich«, flüsterte Elias, es fiel ihm immer schwerer, zu atmen.
»Ich weiß ...«
»Ich bin müde ... ich glaube, ich schlafe ein wenig.« Elias fühlte sich geborgen. Mit dem Kopf auf ihrer Brust wurde er immer schläfriger. Die Sonne stand tief, gleich würde es dunkel werden.
»Mein lieber Elias ... ich bin dein ... aber wenn du jetzt deine Augen zumachst und in diesem Erdloch verreckst, glaub mir, dann bringe ich dich noch einmal eigenhändig um!«
Anna ohrfeigte ihn. Mehrfach. Elias rauschte durch einen hellen Punkt, jemand stach ihm einen glühend heißen Speer mitten durch das Herz. Mühevoll schnappte er nach Luft. Es regnete ihm in den Mund.
»Hallo«, sagte Anna und küsste ihn. »Schön, dich zu sehen.«

»Hallo Elias.« Auch Sequoyah begrüßte ihn, neben ihr stand Dan'ren, die drei hatten ihn nicht aufgegeben. »Ich habe sicherlich schon mehr als einen Verschütteten entdeckt ... aber du bist der Erste, der wegen eines Traumes gefunden wurde.«

»Ich konnte dich hören ...« Anna küsste ihn erneut. Sie war in seinem Kopf, von wo er sie nie wieder weggehen lassen wollte.

***

XXIII. Notlügen

»Wo sind wir?«, fragte Elias, der sich noch wackelig auf den Beinen fühlte. Er hatte überlebt, weil Anna nicht aufgehört hatte, an ihn zu glauben und weil sie seine Fantasien genutzt hatte, um ihn unter der Erde zu orten. Das war völlig verrückt, aber es hatte funktioniert.

»Auf der falschen Seite des Berges«, antwortete Anna mit einem Lächeln auf den Lippen und strich ihm durch die nassen Haare. Das Unwetter tobte ungebrochen weiter, nur der Wind wehte im Tal nicht so stark wie auf dem Berg.

»Genau da wollten wir nicht hin!« Elias sah nach Osten, wo gerade die Sonne aufging, was nicht bedeutete, dass es deshalb viel heller wurde. Die dichte Wolkendecke sorgte immer noch für Dunkelheit.

Das war nicht der Plan, Elias ärgerte sich, vor einem Tag waren sie aufgebrochen und wo waren sie jetzt? Sie hatten absolut nichts erreicht, um ihre Ausgangslage im bevorstehenden Kampf gegen den Master Carrier zu verbessern. Der Cube war nicht mehr als ein unbrauchbares Spielzeug!

»Es sind noch knapp 33 Stunden, die sollten wir gut nutzen«, sagte Dan'ren in ihrer gewohnten Art. Die Lerotin war eine Frau, die Elias faszinierte. Klug, kampfstark und emotional unnahbar. Es war vermutlich leichter, Marina flachzulegen, als von ihr eine warmherzige Geste zu erleben.

»Kommen wir den Berg wieder hoch?«, fragte Elias, der in der diesigen Morgendämmerung den Hang noch nicht sehen konnte. Sie sollten keine Zeit verlieren und sofort umkehren.

»Nein ... der Bergrutsch hat den Rückweg unmöglich gemacht«, antwortete Sequoyah.

Der Bergrutsch, Elias erinnerte sich, es wäre ihm lieber gewesen, nur einen Albtraum erlebt zu haben.
»Können wir den Berg umgehen?« Bei der Frage merkte Elias bereits, während er sprach, dass der Gedanke Unsinn war.
Sequoyah lächelte. »Sicherlich nicht in der Zeit.«
»Wollen wir uns im Kreis setzen, an die Hand nehmen und nette Geschichten erzählen?«, fragte Elias, dem die Optionen nicht gefielen. Er wollte lieber über zielführende Ideen diskutieren! Genau, weil ihnen die Zeit ausging!
»Ich wüsste ein paar nette ... über Anna.« Sequoyah zeigte Galgenhumor. Geschichten über Anna würde er sich unter anderen Umständen stundenlang anhören können.
»Untersteh dich!« Auch Anna lächelte.
»Ich könnte mir vorstellen, dass wir auch in diesem Tal ein Aitair Dorf finden«, erklärte Dan'ren, die sich nicht an der Witzelei beteiligte.
»Warum hier?«, fragte Elias, der ihre Überlegungen gerne besser verstehen wollte. Die Lerotin hatte bisher stets sinnvolle Dinge von sich gegeben.
»Wer vierundzwanzig Geschütztürme im Kreis aufbaut, siedelt sich auch kreisförmig um seinen *Altar* an. Auch hier wird es eine Siedlung geben, vermutlich nicht weiter von der Bergkuppe weg als das Dorf auf der anderen Seite.«
»War der Cube für dich ein Altar?«, fragte Anna.
»Die Aitair verhalten sich jedenfalls wie eine Sekte«, antwortete Dan'ren.
»Schlechte Erfahrungen mit Sekten gemacht?« Anna hakte nach.
»Leider.« Dan'ren verzog das Gesicht. »Die gibt es auch bei uns ... und ich mag sie nicht.«

»Eine ziemliche dünne Annahme ...« Für Elias war diese Schlussfolgerung dürftig. Das nächste Dorf hätte zwei oder auch zweihundert Wegstunden entfernt sein können. Interessant klang die Idee trotzdem, vielleicht hatte Dan'ren noch mehr zu bieten.

»Hast du weitere Argumente?«, fragte er.

»Ich würde es so machen«, antwortete Dan'ren und drehte den Kopf. Das war ein typisches Todschläger-Argument, sagte nichts aus und stimmte immer.

»Das würde bedeuten, wir laufen bewusst in die falsche Richtung und entfernen uns weiter von Vater und den anderen?« Eine Vorstellung, die Elias überhaupt nicht gefiel. Sollte er versuchen, den Berg allein hochzuklettern? Nein. Mit allen zusammen? Nein, das war noch größerer Blödsinn.

»Du hast es verstanden!« Grinste Dan'ren etwa? Elias atmete durch, vermutlich war der Vorschlag die beste Option.

»Noch jemand eine Idee?«

»Lasst uns Dan'rens Weg gehen!«, sagte Anna und sah Elias an. Die Dame seines Herzens hatte gesprochen, so machen wir es, sagte er in Gedanken und lächelte sie an.

»So nebenbei ... hat jemand mein Gewehr gesehen?« Elias überprüfte seine Ausrüstung, die Pistole hatte er noch, die Langwaffe, die er vor dem Sturz geschultert hatte, nicht mehr.

»Auch Sequoyah hat ihre verloren ... nimm einfach meins ... ich bin eh kein guter Schütze«, erklärte Anna und warf Elias ihr M-74 Präzisionsgewehr zu.

Elias wollte es nicht haben. »Also wenn wir danach gehen, wer mit dem Ding auch trifft ... Sequoyah, nimm du das Gewehr.«

»Danke ... übrigens, unsere Suche hat sich erledigt ... «, sagte Sequoyah, die bereits einige Zeit zwischen Regen und nahem Wald, die Bäume beobachtete.

»Wieso?«, fragte Elias verblüfft.

»Hallo Tuc'cen!«, rief Sequoyah und winkte dem jungen Aitair. »Komm zu uns!«

»Tuc'cen?«, fragte Dan'ren völlig überrascht und suchte ebenfalls den Waldrand ab.

»Woher kennt ihr meinen Namen?«, fragte Tuc'cen, der mit einem Speer bewaffnet, aber ohne aggressiv zu wirken, auf sie zu kam. Elias glaubte kaum, was er sah, das war wirklich Tuc'cen! Einen Kopf kleiner als er, schlank, dreckig und blond! Genau der Tuc'cen, dessen mutmaßlich kleingeschossenen Innereien, sie in der letzten Nacht in der Weltgeschichte verteilt zu haben glaubten. Elias hatte ihn weder sterben gesehen noch seine Leiche gefunden.

»Sequoyah, warte ...« Elias überlegte, was sollte Tuc'cens Frage? Der Jugendliche verhielt sich, als ob er die vier noch nie gesehen hätte. Mal ganz davon abgesehen, dass er das Feuergefecht letzte Nacht zwischen den Linien unmöglich überlebt haben konnte. War das derselbe Tuc'cen wie der, den sie kennengelernt hatten?

»Tuc'cen«, Elias hatte eine Idee und ging auf ihn zu, sein Plan war frech, aber er hatte nichts zu verlieren. »Hast du vor dem Sturm die Explosion am Himmel gesehen?«

»Klar ... die haben alle gesehen.«

»Das waren wir ... wir hatten einen Zwischenfall an Bord unseres Raumschiffs.«

»Ihr seid abgestürzt?«

»Ja und ich brauche deine Hilfe!«

»Um was geht es?«

»Wir bringen wichtige Neuigkeiten! Leider haben unsere Systeme große Probleme mit dem Magnetfeld, wir können weder funken noch navigieren ... kannst du uns zum nächsten Knotenpunkt bringen?«, fragte Elias, der gerade eine verdammt schräge Geschichte erfunden hatte. Würde der Junge ihm glauben?

»Das ist kein Problem ... folgt mir.« Tuc'cen nickte. »Was habt ihr für seltsame Kleidung an? Die Sachen sehen merkwürdig aus! Wo habt ihr die her?«

»Rettungsanzüge ... keine Angst, wenn wir die Visiere schließen, das passiert automatisch.«

»Folgt mir einfach.« Tuc'cen machte zum Glück keine Anstalten, die haarsträubende Erklärung oder die Kampfanzüge in Frage zu stellen.

»Was für ein Spielchen hast du mit Tuc'cen vor?«, fragte Anna aufgeregt über Funk.

»Tuc'cen kann den Kampf nicht überlebt haben! Das ist unmöglich!« Auch Dan'ren gab sich verwundert.

»Elias, das war ein Geniestreich ... das ist nicht der Tuc'cen, der uns gestern begleitet hatte. Die Aitair klonen sich! Den Aitair-Jungen gibt es mehrfach!«, sagte Sequoyah.

»Wie kommst du darauf?«, fragte Anna erschrocken.

»Ich weiß es! Glaub mir, ich erkläre es später. Wichtig ist jetzt, dass wir alle dieses Spiel mitmachen. Zwischen der Ran'garth, die mit uns gesprochen hat und dem Jungen vor uns gab es definitiv keinen Kontakt! Ob das mit den Aitair, die wir gleich kennenlernen werden, genauso ist, weiß ich nicht.«

»Ihr habt es gehört. Wir spielen Aitair ... mal sehen, was wir herausfinden können!«

Elias ging dem Jungen weiter nach. Aus seiner Expedition, den Cube zu finden, war ein Spionage-Auftrag geworden, die Aitair auszuhorchen.

Nach zwei Wegstunden brachte sie Tuc'cen in eine Aitair Siedlung am See, die Anzahl und die Bauart der flachen Häuser glichen dem Dorf, in dem sie gestern gewesen waren. Der Sturm hatte bereits die Hälfte der Dächer abgedeckt, weswegen die Bewohner im strömenden Regen versuchten zu reparieren, was möglich war. Ein hoffnungsloses Vorhaben, das Wetter würde in den nächsten Stunden noch schlechter werden.
»Wen hast du uns mitgebracht?«, fragte eine ältere Frau, die wie Ran'garth aussah. Der Regen drückte die langen grauen Haare flach an ihren schmalen Körper, Elias hatte Mühe, sie zu erkennen. Sie war es aber. Eindeutig!
»Sie wollen zum Kern ... sie waren es, die wir gestern am Himmel gesehen haben. Sie sind abgestürzt.« Tuc'cen verhielt sich wie ein Kind, offen, ehrlich und ohne Argwohn. Es war kein schönes Gefühl, ihn zu benutzen. Für Lügen gab es nur wenig gute Gründe. Bei dem Klon in der letzten Nacht war es anders, der wusste genau, was er tat.
»Das ist doch wunderbar, neue Freunde begrüßen zu dürfen, bitte kommt ins Trockene. Leider spielt das Wetter gerade verrückt!«, erklärte Ran'garth und zeigte den Weg in ein Haus, dessen Dach der Sturm noch nicht gefressen hatte.
»Danke.« Elias ging vor.
»Wisst ihr, wir haben schon lange keinen Besuch mehr bekommen.« Die alte Dame bemühte sich, freundlich zu sein.

»Du musst Ran'garth sein ... ich sollte mich an dich wenden. Leider hatten wir beim Absturz Verluste, unser Kommandant hat die Notlandung nicht überlebt«, erklärte Elias, der merkte, dass er sehr vorsichtig sein musste. Weder die eine noch die andere Ran'garth waren harmlos.

»Du bist richtig bei mir. Wie ist dein Name, junger Mann?«

»Elias.« Er setzte das charmanteste Alte-Damen-Lächeln auf, das er drauf hatte. »Bei mir sind noch Anna, Sequoyah und Dan'ren ...«

»Eine Lerotin ... wie überraschend ... ihr seid eine illustre Runde. Wie habt ihr Nemesis gefunden?«, fragte Ran'garth. Elias glaubte, ihre Verschlagenheit riechen zu können.

»Wir hatten präzise Kursdaten«, antwortete Sequoyah und deutete eine Verbeugung an. Auch Anna und Dan'ren gaben sich zurückhaltend.

»Ach natürlich, die Kursdaten, sicherlich, warum frage ich auch, schließlich seid ihr ja hier.« Ran'garth war gefährlich, Elias stutzte, ahnte sie bereits den Betrug? »Was doch ohne Kursdaten niemand geschafft hätte, nicht wahr?«

»Natürlich nicht.« Elias blieb in seiner Rolle.

»Und wie kommt eure kleine Gemeinschaft in die reizende Gesellschaft einer Lerotin? Nein, wartet ... in die Gesellschaft einer Lerotin, die mit einem militärischen Biosuit über Nemesis abspringt?«

Ran'garth gab sich zuckersüß, die vermeintlich geniale Täuschung hatte nicht lange gehalten. Elias konnte spüren, wie die Worte der Alten seine Geschichte in ihre Einzelteile zerlegte.

»Sie hilft uns ... wir kämpfen gegen denselben Feind?« Elias fühlte sich wie ein Idiot.

»Und gegen wen kämpft eure Gruppe?«

»Gegen den Master Carrier und die Saoirse-Organisation.« Ob die Antwort eine gute Idee war? Verzweifelt verstrickte sich Elias immer tiefer in seine abstruse Lügenmär.

»Aber der ist nicht mit euch an Bord gewesen, oder?«

»Natürlich nicht!« Elias' Empörung war nicht mehr als ein letztes Aufbäumen.

»Natürlich!« Ran'garth lächelte freundlich, draußen sammelten sich immer mehr Männer. Zwar alle nur mit primitiven Waffen, aber es waren sehr viele, die Elias durch die offene Tür sehen konnte. Auch den anderen fiel der Aufmarsch auf, was die Spannung im Raum weiter steigerte. Die Aitair wollten sie doch nicht mit Schwertern angreifen? Das konnte sich Elias kaum vorstellen.

»Tuc'cen ist ein guter Junge, nicht? Also Tuc'cen sagte vorhin, dass ihr zum Kern wollt? Und er sprach auch davon, dass ihr eine wichtige Botschaft habt?«

»Ja, es ist sehr wichtig.« Elias hatte keine Ahnung, warum er die Scharade länger mitmachte. Die Aitair hätten auch mit tausend Schwertkämpfern vor der Tür stehen können, gegen vier Kämpfer in modernen Kampfanzügen hatten sie keine Chance! Trotz des Wissens um ihre militärische Überlegenheit zögerte er, sich zu offenbaren oder einfach zu drohen.

»Dann, bitte ... was hast du zu sagen?« Ran'garth blieb die freundliche alte Dame.

»Das kann ich nur eurem Anführer sagen!« Elias log weiter. Ran'garth war nicht die Anführerin der Aitair auf Nemesis, da es sie zwei Mal gab, was für eine Anführerin eine zu viel war!

»Ich bin eine Wächterin ... du kennst doch Wächterinnen, oder?«

»Klar.«

»Du kannst mit mir sprechen.«

»Das ist nicht meine Order! Bitte bringe uns zum Kern, ich muss mit dem Anführer sprechen!«, forderte Elias, obwohl er bereits wusste, dass die Alte ihn durchschaut hatte.

»Welchen Anführer meinst du denn? Du kennst doch bestimmt seinen Namen, oder?« Ran'garth genoss es scheinbar, mit ihm zu spielen.

»Das ist vertraulich!«

»Sicherlich ist sein Name vertraulich! Sonst würde ich nicht danach fragen, nicht wahr?«

Elias stand mit dem Rücken an der Wand, was sollte er tun? Impulsiv hätte er Ran'garth gerne den Scheitel nachgezogen, dann würde sie keine dummen Fragen mehr stellen.

Sequoyah stand neben ihm. »Sir, ich denke, wir können der Wächterin vertrauen, Sir!«

»Lieutenant, ich habe Sie nicht nach Ihrer Meinung gefragt!«, schnauzte Elias sie an. Sequoyah wollte ihm helfen, mit der förmlich militärischen Ansprache verfolgte sie ein Ziel.

»Oh ... es gibt sogar Gläubige, die noch im Dienst sind.« Ran'garth schien sich einen Spaß aus dem Schauspiel zu machen. Und Dan'ren lag mit der Sekten-Vermutung auch nicht daneben.

»Sir, soll ich ihr den Code-Schlüssel zeigen? Sir.« Sequoyah baute ihm eine Brücke.

»Ja... tun Sie es!« Elias gab sich mürrisch. Ran'garth lächelte nach wie vor eine Spur zu freundlich.

»Ma'am, wir müssen diesen Master-Key auf Nemesis sicher verwahren, Ma'am.« Auch Sequoyah konnte lügen, dass sich die Balken biegen. Die Idee mit dem Master-Key war gut, mit einem Funken Wahrheit ließ sich auch die dreisteste Lüge verkaufen.

»Oh ... ein blauer Schlüsselkristall!« Ran'garth schien der Schlag getroffen zu haben, als sie den Halbedelstein sah, den Sequoyah ihr zeigte. Die Alte schien besser zu wissen, was das ist, als sie alle vier zusammen. Ihre plötzliche Überraschung wirkte echt, das war nicht gespielt. Wie ausgewechselt verbeugte sie sich und machte keine weiteren spitzfindigen Bemerkungen mehr.

Elias legte nach. »Wir haben keine Zeit! Wir müssen sofort zum Anführer auf Nemesis!«

»Sicherlich! Entschuldigt bitte meine unnötigen Fragen! Ihr habt vermutlich schlimme Kämpfe überstehen müssen! Wir bringen euch sofort zum Wächter des Glaubens!« Ran'garth verbeugte sich mit einer zuvor nicht gezeigten Demut. *Wächter des Glaubens*, was für ein bescheuerter Name!

»Danke.«, sagte Elias und spielte weiterhin den knallharten Offizier. Wo würden die Aitair sie hinführen? Er fühlte, wie seine innere Stimme sagte: verschwinde! Sie ließen sich auf eine Sache ein, die sie nicht kontrollieren konnten.

Als Elias das Haus verließ, schloss er wieder das Visier des Deltas. Den Regen und die vielen Ohren konnte er nicht gebrauchen. Er folgte Ran'garth, wie auch Anna, Sequoyah und Dan'ren.

»Respekt! Ihr hättet Schauspieler werden sollen!«, meldete Anna über Funk, der im Tal wieder besser funktionierte als zuvor auf dem Berg.

»Entschuldigt die Einlage mit dem Kristall ... ich wusste mir nicht besser zu helfen.« Sequoyah lachte verhalten.

»Die Idee war brillant. Mit dem Kristall konnten wir uns etwas Vertrauen erkaufen. Ich bin nur unsicher, wie lange dieser Kredit uns hilft. Habt ihr bemerkt, wie Ran'garth Dan'ren angesehen hat?«, fragte Elias.

»Die wollte mich mit Blicken töten«, sagte Dan'ren.

»Hast du eine Ahnung, warum? Was verbindet die Aitair mit den Lerotin?«, fragte Anna.

»Ich habe keine Ahnung! Aitair, ich habe diesen Namen noch nie gehört! Und ich bin mir sicher, auch kein anderer meines Volkes!«, erklärte Dan'ren, die sich hörbar bemühte, zu helfen. Elias glaubte ihr, es waren die Aitair, die ein falsches Spiel trieben.

»Willkommen Freunde! Ich bin Jel'mar! Der Weg zum Knoten wird zumindest trocken sein!«, begrüßte sie ein älterer Mann, der genau wie der Jel'mar aussah, den sie gemeinsam mit der ersten Ran'garth gestern kennengelernt hatten.

»Es geht weiter! Bleibt wachsam! Und behaltet den Finger am Abzug! Ich traue denen nicht!«, sagte Elias über Funk. Jel'mar nickte er nur stumm zu, er hatte keine Lust, mit dem Klon zu sprechen. Nur weg hier, mehr bewegte ihn gerade nicht.

»Sir, bestätigt, Sir«, Sequoyah und Anna machten sich einen Spaß daraus, ihn so anzusprechen.

»Hier entlang ... bitte ... ich gehe vor«, Jel'mar betrat eine Hütte, in der eine lange Treppe nach unten führte. Da war ein Keller, den hatten sie im ersten Dorf nicht zu sehen bekommen.

Elias schritt die gemauerten Stufen hinab, weiter unten gab es sogar Licht. Die Aitair versteckten ihre Elektrizität sehr gut und scheinbar auch andere Dinge, die nicht für alle Augen bestimmt waren.

Jel'mar führte sie nicht in einen Keller, sondern durch einen sehr langen unterirdischen Korridor, der zu einer schweren Metalltür führte. Das Licht kam von einigen verteilen LED-Einheiten, die ebenfalls, wie alles hier, sehr alt wirkten.

Bis auf den Cube, der als autarkes und zeitloses System in keine Welt zu passen schien, wirkten die technischen Errungenschaften der Aitair wie Dinge, die vor langer Zeit hergestellt wurden. Elias kannte sich damit aus, die Werkzeuge, Waffen und Ausrüstung auf Proxima sahen einige Jahre nach dem Absturz der Horizon ähnlich aus. Seit die Transportwege des Cube verschlossen wurden, waren die Aitair auf Nemesis offensichtlich isoliert.

»So richtig wohl fühle ich mich nicht hier unten«, sagte Anna, deren Einschätzung sich Elias anschloss.

»Ich auch nicht ... aber wir ziehen das durch! Ab jetzt Funkstille, ich öffne mein Visier«, ordnete Elias an.

Jel'mar ging direkt neben ihm. »Was passiert so in den anderen Welten?«, fragte er freundlich.

»Wir kämpfen, flüchten und sterben«, sagte Elias mit todernster Miene. Dramatik sollte gerade am besten passen, um seiner Nervosität einen glaubhaften Rahmen zu geben.

»Oh ... sicherlich.« Jel'mar hüstelte.

Die Metalltür öffnete sich, Elias verschluckte sich fast, dahinter verbarg sich die gleiche wasserähnliche bläuliche Portaloberfläche, wie in der Wand neben dem Cube. Und es blieben nicht mehr als zwanzig Schritte, um eine Entscheidung zu treffen.

»In der Regel reisen wir nicht zum Kern. Der Wächter des Glaubens möchte nicht gestört werden, aber bei euch wird er eine Ausnahme machen«, sagte Jel'mar gutgelaunt und gebot Elias vorzugehen.

»Du kommst nicht mit?«, fragte Elias, den es alle Kraft kostete, sich nichts anmerken zu lassen. War das Portal ein harmloses Transportsystem oder eine Todesfalle?

Jel'mar lächelte. »Aber nein ... das steht mir nicht zu. Bitte nicht vergessen ... einfach geradeaus gehen. Ihr werdet erwartet!«
Elias hatte noch nicht einmal Zeit, Anna anzusehen, die hinter ihm herging. Würde sie ihm in das blaue Loch folgen und gemeinsam mit ihm sterben? Das hatte nichts mit Mut zu tun! Das war purer Wahnsinn! Elias kniff die Augen zusammen, schloss sie aber nicht, er wollte sehen was passierte, sobald er durch das Portal schritt.

***

XXIV. Der Schein trügt

Elias ging mit pochendem Herzen weiter und blickte auf seine Hände, was er dort zu sehen erhoffte, wusste er nicht. Er hatte sie noch! Was für eine Überraschung! Auch die Elektronik des Deltas war intakt, die Dioden am Kinn signalisierten volle Einsatzbereitschaft. Es war nichts passiert, außer dass er auf der anderen Seite der bläulichen Barriere stand. Lächerlich und deswegen diese Furcht? Aber warum wurde dann vorhin Sequoyahs Magazin beim Kontakt mit der Barriere zerstört? Das würde er noch herausfinden müssen!

»Anna?«, fragte Elias, auch sie folgte ihm unverletzt aus der Barriere. Es sah aus, als ob sie aus einer senkrechten Wasseroberfläche auftauchen würde, nur mit dem feinen Unterschied, nicht nass zu sein. Auch wenn das Portal wie eine Flüssigkeit aussah, es war definitiv keine. Annas Gesicht sah ähnlich ratlos aus, wie er sich gerade fühlte. Aber sie lebte, das war alles, was zählte!

»Was bin ich froh, dich zu sehen!« Anna lächelte erleichtert. »Ich dachte schon, das wäre es jetzt gewesen!«

»Man kann auch mal daneben liegen ... es ist nur eine Tür.« Elias atmete befreit auf, auch Sequoyah und Dan'ren kamen an einem Stück aus dem Portal hinaus. Sein Expeditionsteam war nicht in einem Müll-Zerkleinerer der Aitair gelandet.

»Wow!« Mehr sagte Sequoyah nicht und tastete sich sichtlich erleichtert ab. Wobei sie scheinbar Sorgen um ihre Beine hatte, da sie diese zuerst begutachtete.

»Nur eine Tür!« Elias wiederholte sich. Jede Angst, die man gemeistert hat, wirkt danach naiv und unverständlich.

»Und wo sind wir jetzt?«, fragte Dan'ren und schaute ratlos auf ein Positionssystem am Unterarm ihres Biosuits. »Die Anzeige meint ... angeblich sind wir 800 Meter unter der Erde.«
»Hast du Störungen wegen der EMP-Strahlung?«, fragte Sequoyah und aktivierte ebenfalls das Display an ihrem Unterarm. So tief unter der Erde zu sein, klang für Elias wenig plausibel.
»Nein ... keine Störungen ... die Sensoren meiner Systeme haben wieder volle Reichweite. Wir sind an einer Stelle von Nemesis, die von der störenden Wirkung des Magnetfeldes nicht beeinflusst wird.«
Sequoyah nickte. »Stimmt ... und deine Messwerte stimmen auch, wir sind genau 803 Meter unter der Oberfläche.«
»Ist es noch derselbe Planet?«, fragte Elias, für den gerade alles Undenkbare möglich erschien.
»Ja«, sagten Sequoyah und Dan'ren im Chor.
»Seht euch mal die Wände an«, schwärmte Anna, die bereits ein Stück weiter gegangen war. Elias sah ihr nach und verdrängte sofort die lächerliche Sorge wegen des Portals oder der Tiefe, in der sie sich befanden. In den Dialog vertieft, hatte er es versäumt, sich den Korridor genauer anzusehen.
»Die Wände sind ziemlich blau ...«, erklärte Sequoyah, die, wie Elias, erst jetzt den Korridor untersuchte.
Elias schüttelte verwundert den Kopf. »Lasst uns weitergehen! Ich denke, uns werden hier noch mehr Dinge überraschen.« Vermutlich mehr als ihnen lieb war.
»Wären wir auch hier gelandet, wenn wir das Portal neben dem Cube genutzt hätten?«, fragte Sequoyah und folgte Anna mit vor Staunen offenem Mund.

Der circa zwanzig Meter lange und zwei Meter breite halbrunde Korridor bestand aus länglichen weißen Verkleidungselementen, in die zahlreiche lange blaue Lichtelemente eingelassen waren. Wobei die Lichtelemente dieselbe wasserähnliche Beschaffenheit wie zuvor das Portal hatten und sich auf ihrer Höhe vor und zurück bewegten.
»Ich glaube nicht ... nein, sicherlich nicht! Es war klug, nicht das Portal am Cube zu benutzen«, sagte Dan'ren und ging ebenfalls mit großen Augen den Korridor entlang.
»Warum? Was war mit dem Portal beim Cube?«, fragte Elias, der Dan'ren nicht folgen konnte.
»Das erste Portal war verschlossen ... dieses hier hat jemand für uns geöffnet! Aber sieh einfach, was geschieht!« Dan'ren lächelte, sie wusste wieder einmal mehr als er. »Du brauchst keine Angst zu haben. Das System gewährt uns Eintritt.«
»Du kennst diese Technologie doch?«, fragte Sequoyah verwundert.
»Nur den inneren Teil ... auf Iris sichern wir mit ähnlichen Systemen wichtige Zugänge«, erklärte Dan'ren, während sich vor und hinter ihnen aus dem Nichts feuerrote Lasergitter bildeten und schnell auf sie zukamen.
»Was ist das schon wieder?« Sequoyah griff nach ihrer Waffe. Auch Elias zuckte zusammen! War das ein Angriff?
»Ganz ruhig ... lass es geschehen.« Dan'ren legte beschwichtigend die Hand auf Sequoyahs Waffe. Im selben Augenblick erfassten die beiden Laserraster die Gruppe und zerteilten sich bei der ersten Berührung in kleinere Raster, die jeweils die Ausrüstungsgegenstände scannten, die sie am Körper trugen. Bei allen harmlosen Gegenständen blinkte das Raster grün und bei den Waffen und der Munition dunkelrot auf.

»Die Aitair wissen jetzt genau, wozu wir in der Lage sind ... wobei eine Sache mich überrascht«, erklärte Dan'ren und drehte sich suchend herum. Am Ende des Korridors öffnete sich ein weiteres Portal mit derselben bereits bekannten wasserartigen Oberfläche wie auf der Seite, an der sie den Durchgang betreten hatten.

»Die lassen uns die Waffen«, ergänzte Dan'ren ihren Satz. »Die lassen uns wirklich unsere Waffen mitnehmen!«

»Wie sollten sie uns die abnehmen?«, fragte Elias, der den Zusammenhang zwischen den Waffen und dem Korridor nicht verstand.

»Die Portale und der Korridor, das sind Zugangskontrollsysteme, ähnlich denen, die wir auf Iris benutzen! Und die Laserraster, die du gesehen hast, können Menschen, Waffen oder sonst was in handliche kleine Stücke schneiden!«

»Jel'mar sagte es ja, wir werden erwartet!«, sagte Sequoyah, klopfte lächelnd auf ihr Gewehr und ging durch das zweite Portal.

»Wären wir dann im Portal beim Cube getötet worden?«, fragte Elias und sah Dan'ren an, das Raster würde erklären, warum Sequoyahs Magazin zerstört wurde.

»Davon können wir ausgehen, wie gesagt, ich vermute, dass die erste Tür verschlossen war.« Auch Dan'ren durchschritt das zweite Portal. Hoffentlich lag sie nicht daneben.

»Willkommen auf Nemesis.« Eine freundliche junge blonde Frau begrüßte das Quartett auf der anderen Seite. Sequoyah, die neben Elias stand, lächelte und zeigte ihm die Anzeige auf ihrem Unterarmdisplay. Aktuell befanden sie sich 1.200 Meter unter der Erde und, was noch interessanter war, 560 Kilometer südlich der Position zuvor.

Das Schutzsystem hatte es wirklich in sich, hier würde niemand unerwünscht mit der Tür ins Haus fallen!
»Hallo Ran'garth«, sagte Sequoyah, scheinbar war die blonde Frau ein jüngerer Klon der Ran'garth-Reihe. Sie hatte ein mobiles Display auf dem Arm und trug einen dunkelblauen enganliegenden Einteiler. Elias räusperte sich, die Oberweite war beachtlich.
»Meine Name ist Ran'garth Neunzehn.«
»Neunzehn?« Sequoyah hakte nach.
»Die Zahlen helfen bei uns Klonen, die Übersicht zu bewahren.«
»Sind andere Namen verboten?«, fragte Sequoyah spitzzüngig. »Tatjana hört sich doch auch gut an.«
»Natürlich nicht ... eine Tatjana-Reihe gibt es aber schon.« Sie lächelte, gespielt, aber charmant. Elias konnte sie nicht einschätzen, sie war ein Klon und sich dessen bewusst. »Ich hoffe, dass der Weg zu uns für euch nicht zu beschwerlich war.«
Ran'garth Neunzehn wechselte geschickt das Thema. Nach Elias' Empfinden hätten die Aitair den Klonen auch zwölfstellige Nummern auf die Tüten malen können.
»Die sieht aus wie die Ristic von der Uni!«, flüsterte Anna Sequoyah zu, die beide hinter ihm gingen.
Sequoyah lächelte. »Jetzt weißt du, woher ich Ran'garth kenne!« Auch sie flüsterte.
»Unglaublich!« Anna staunte. Auch sie schien den jugendlichen Klon Ran'garths zu kennen.
»Wir möchten gerne mit dem Wächter des Glaubens sprechen ... kannst du uns zu ihm bringen?«, fragte Elias und sah kurz zu Anna, die ihm einen scharfen Blick zuwarf. Verdammt!

Davon abgesehen waren Blondinen nicht sein Typ und große Brüste mochte er auch nicht. Anna lächelte.
»Sicherlich ... dazu bin ich da. Wollt ihr weiterhin eure Kampfrüstungen und Waffen tragen? Ich könnte auch bequemere Kleidung und eine Dusche anbieten?«, fragte Ran'garth Neunzehn mit einer entwaffnenden Offenheit. Dass sie ohne Umschweife darüber sprach, selbst ein Klon zu sein, hätte Elias nicht erwartet.
»Danke. Wir bleiben nicht lange. Wir möchten nur unsere Nachricht überbringen und müssen dann umgehend zu unserem kommandierenden Offizier zurück«, erklärte Elias, der gerade nicht das Bedürfnis hatte, seine Rüstung zum Lüften in die Ecke zu stellen. Er war neugierig, aber nicht leichtsinnig!

»Sicherlich ... das ist kein Problem. Ihr dürft natürlich eure Ausrüstung behalten.«
Die Art, in der Ran'garth Neunzehn das sagte, erinnerte Elias an Bücher über medizinisch-psychologische Tests mit Laborratten, die Vater ihm früher zu lesen gegeben hatte. Was hatten die Aitair mit ihnen vor? Es war unvorstellbar, dass sie ihnen die Lügengeschichte abgenommen hatten.
»Folgt mir bitte.« Ran'garth Neunzehn lächelte, während sich der weiße Korridor, in dem sie während der Begrüßung standen, einfach auflöste. Wie Scherben, die sich im freien Raum verteilen und in der Ferne kleiner werden. Ansonsten sah Elias einen sternenklaren Nachthimmel über einer großen Wiese, die an der Seite nur einige Bäume zierten. Eine traumhaft schöne Landschaft!

Wo sind wir hier, diese Frage hätte Elias gerne gestellt, ließ es aber, da er nicht zeigen wollte, dass er keinen blassen Schimmer hatte, wo sie waren. Es genügte ein Blick in Annas, Sequoyahs und Dan'rens erstaunte Gesichter, um bei ihnen ähnliche Gedankengänge festzustellen.
»Schottland, Europa, Ende des Zwanzigsten Jahrhunderts, das muss auf der Erde eine tolle Zeit gewesen sein, viele von uns lieben diese Landschaft«, erklärte Ran'garth Neunzehn nicht ohne Stolz. »Auch wenn wir unsere Heimat vor langer Zeit verloren haben, sie lebt in unseren Herzen weiter!«
»Beindruckend ...« Elias folgte Ran'garth Neunzehn, sie waren unter der Erde und glaubten über eine Wiese zu laufen. Das Gras, er konnte es sogar riechen und mit jedem Schritt spürte er sich geringfügig in der Grasnarbe zu versinken.
»Als Kämpfer für unsere Sache seid ihr jederzeit willkommen!« Das nette Lächeln und diese Einladung verfehlten nicht ihre Wirkung. Elias bemerkte, dass er kurz über den Sinn ihrer Mission nachdachte. Nein! Er durfte sich nicht ablenken lassen!
»Danke! Ist es noch weit?« Es war besser, das Gespräch zu kontrollieren.
»Aber nein ... hier entlang. Unsere Eingangshalle ist nicht groß ... wir haben es schon geschafft.« Ran'garth Neunzehn berührte eine Stelle in der Luft, worauf sich eine Tür im Nichts öffnete. »Nehmt Platz ... der Schlitten bringt euch zu meiner Schwester Ran'garth Vierzehn. Sie erwartet euch!«
»Du kommst nicht mit?«, fragte Anna.
»Nein ... ich bin für die Tür zuständig. Es war nett, euch kennengelernt zu haben. Wir haben gerade einiges zu tun, das schwere Unwetter stört unsere gesamte Kommunikation.

Im Moment sind wir völlig blind, fast alle Außenstellen sind von uns abgeschnitten, hoffentlich dauert der Sturm nicht ewig!
»Danke.« Sequoyah ging erneut vor und betrat einen kleinen Raum, in dem sich vier bequeme Sessel befanden. Elias folgte, nachdem auch Anna und Dan'ren sicher die Wiesenlandschaft verlassen hatten. Sollte er sich Sorgen machen oder die Zeit zum Ausruhen nutzen? Sie waren den Aitair so oder so ausgeliefert.

»Ran'garth Neunzehn und Ran'garth Vierzehn! Ist das hier eine Freak-Show?«, fragte Anna, als sie allein waren und sich die Glaskabine zügig durch einen sehr langen Korridor zu bewegen begann. Die ganze Anlage hatte gigantische Ausmaße. »Wir sollten die nächste Möglichkeit nutzen, um zu verschwinden!«
»Warum? Wir haben keine Alternativen! Die Aitair sind kein naives Naturvolk! Die verstecken sich nicht ohne Motiv unter der Erde, wir müssen dem hier auf den Grund gehen!«, antwortete Sequoyah, die sich nicht Annas Fluchtplänen anschließen wollte.
»Die können uns hören!« Dan'ren tippte sich auf die Lippen und wollte das Gespräch mit geschlossenen Visieren weiterführen. Vater hatte die Anzüge mit seiner Codierung geschützt, die auch der Master Carrier nicht knacken konnte.
»Die wissen eh, wer wir sind ... das Versteckspiel bringt uns nicht weiter!« Sequoyah folgte auch dem nicht.
»Und was schlägst du vor?«, fragte Elias, der sich noch uneins über die weitere Vorgehensweise war.
»Ich stimme für Flucht! Notfalls mit Waffengewalt! Ich kann euch nicht sagen, warum ... aber die Aitair spielen alle falsch! Das hier ist eine Falle!« Annas Statement war deutlich und ihr Blick ebenfalls.

Rote Haare, grüne Augen und mit glühender Leidenschaft in der Stimme.
»Wenn wir keinen Ausweg mehr haben ... kämpfe ich mit dir! Bis zum Ende! Aber bitte ... lass uns diese Möglichkeit nutzen!«, bat Sequoyah ihre Freundin.
»Ich kann deren Niedertracht spüren! Bei jedem von denen!«
»Und ich deine Sorgen! Anna, bitte ... auch ich habe Angst! Wenn wir mit den Verhandlungen scheitern ... dann bleibt uns nur noch *ein* Kampf und das wird unser letzter sein!«
»Ja ... unser letzter ... du hast recht.« Anna gab klein bei und nahm Sequoyah in den Arm. »Ich habe Angst!«
»Weder Elias noch ich werden dich allein lassen! Und auch Dan'ren schätze ich so ein, dass sie bei uns bleibt!«
»Ich bleibe! Und kämpfe! Aber die Aitair kennen mein Volk ... das möchte ich verstehen!«
»In Ordnung! Wir haben Anna, mit Sorgen, die ich gut verstehe. Dann Dan'ren, deren Neugierde sie kaum halten kann. Und dich Sequoyah, du möchtest verhandeln!«, fasste Elias alle Meinungen zusammen.
»Und du?«, fragte Sequoyah. »Was möchtest du?«
»Ich bin neugierig, habe Angst und keine Ahnung, worüber wir verhandeln sollen. Die Geschichte, die wir uns zurechtgelogen haben, ist so dämlich, dass ich beim nächsten Versuch, sie jemand ernsthaft zu verkaufen, rot werde!«
»Dann sag die Wahrheit.«, sagte Anna.
Elias lächelte. »Die Wahrheit! Ja ... was sonst!«

»Die Wahrheit ist ein tolles Thema, seht euch das an«, sagte Dan'ren erstaunt und sah in einen riesigen unterirdischen Hangar, der sich im zügigen Vorbeifahren auf der rechten Seite zeigte und eine größere Anzahl von Raumschiffen beherbergte, die in ihrer Bauart stark denen der Lerotin ähnelten.

»Die Aitair haben Raumschiffe!«, stellte Anna fest, »Alles, was uns die erste Ran'garth erzählt hat, war gelogen!«

»Zumindest erzählte uns die letzte Ran'garth weniger Unsinn!«, sagte Elias, der selbst nicht mehr aus dem Staunen kam. Das waren über vierzig Schiffe, die jeweils gut 800 Meter lang waren. Die vielen Aufbauten sahen wie Geschütze aus, das waren Kriegsschiffe!

Dan'ren schüttelte nur ungläubig der Kopf. »Mit meiner Primärwaffe könnte ich alles hier verbrennen ...«

»Warum vertrauen die uns? Die wissen doch, dass wir gelogen haben?«, fragte Sequoyah. »Da kommt die nächste Halle ... mit ähnlich vielen Schiffen!«

Und es wurden immer mehr. Elias ließ es, die Schiffe zu zählen und zählte die Hallen, was er allerdings wenig später auch aufgab. »Ich hab vieles von den Aitair erwartet, aber nicht das! Das ist eine ganze Armada!«

Elias versuchte, den Sinn hinter der tief im Planeten versteckten Flotte zu verstehen. Was ihm gerade schwerfiel, warum taten die Aitair das? Während er nachdachte, sah er weitere riesige Hallen, in denen militärische Bodenfahrzeuge und anderes Kriegsgerät lagerten.

»Kannst du dich an die Worte Jel'mars erinnern?«, fragte Anna.

»Dass er die Flotte der Lerotin entworfen hätte?«, antwortete und fragte Elias zugleich.

»Er sagte, sie gegen den Master Carrier in den Kampf zu schicken, wäre zwecklos! Deshalb verstecken sich die Aitair und deshalb verstecken sie auch ihre Technologie!«, erklärte Anna.
»Hätten die Aitair uns das alles hier gezeigt, auch ohne dass ich den Kristall vorgezeigt hätte?«, fragte Sequoyah.
»Vermutlich nicht«, sagte Elias.

***

XXV. Die Wiege der Lerotin

»Hallo, ich bin Ran'garth Vierzehn«, begrüßte sie eine blonde junge Frau, die ihrer geklonten Schwester bis in die letzte Haarspitze glich. Die Größe der Brüste inbegriffen.

»Eine wirklich interessante Führung ... was macht ihr mit den ganzen Raumschiffen und den anderen Fahrzeugen unter der Erde?«, fragte Elias, ohne zu zögern, der keine Lust mehr hatte, sich seine Neugierde zu verkneifen.

»Ach, die alte Flotte ... entschuldigt bitte, die Lagerhallen benutzen wir kaum noch. Da steht nur eine Menge unnützer Kram, wohin sollten wir auch fliegen wollen?« Ran'garth Vierzehn amüsierte sich prächtig über Elias' Bemerkung.

»Wie alt ist alt?« Elias wollte das verstehen. Im Gegensatz zu der eher verfallenen Technik über der Erde wirkten die Lagerhallen mit der Raumflotte modern und gut gepflegt.

»250 Jahre ... meine ich, aber schlagt mich nicht ... es könnten auch ein paar mehr sein.« Die junge Frau sah ihn besorgt an. »Gibt es deswegen ein Problem?«

»Nein, nein ... es hatte mich nur gewundert ... aber egal, bringst du uns jetzt zum Wächter des Glaubens?« Elias kam sich ausgesprochen dämlich vor, diesen Namen zu benutzen. *Wächter des Glaubens*, er hatte keine Ahnung, was er darunter verstehen sollte.

»Dazu bin ich hier ... ich weiß, ihr müsst schnell wieder zurück, was ich bei dem schrecklichen Wetter ehrlich gesagt kaum verstehen kann«, kokettierte sie und lächelte Elias charmant an.

»Dann lasst uns auch weitergehen!« Was Anna augenscheinlich zu charmant war, im Vorbeigehen trat sie Elias auf den Fuß. »Ich möchte auch keine weiteren Lagerhallen sehen!«

»Ich verstehe ... nur noch durch den Laborkomplex, dann habt ihr es geschafft. Entschuldigt bitte den langen Weg, ihr habt leider einen sehr abgelegenen Eingang benutzt.«
»Wie viele Zugänge gibt es?« fragte Sequoyah, die sich Lagerhallen und Korridore konzentriert ansah.
»Um die vierhundert, ohne die großen Tore für die Raumschiffe. Aber die werden wir vermutlich nicht mehr brauchen.«
Ran'garth Vierzehn verstand es wie ihre geklonte Schwester, geschickt mit jeder Antwort mehrere neue Fragen aufzuwerfen. Elias beließ es dabei und dachte schon an das Gespräch, das gleich folgen würde. Was würde der *Wächter des Glaubens* für ein Mensch sein? Oder auch ein Klon? Der Anführer der Aitair war für ihn nicht greifbar.
»Wie lange wurde an dieser Anlage gebaut?« Sequoyah war mit ihren Fragen noch nicht fertig.
»Noch länger ... die Aitair sind seit 900 Jahren auf Nemesis. Den Erzählungen nach muss die erste Zeit sehr schön gewesen sein. Damals musste niemand unter der Erde leben.«
»Und jetzt lebt ihr versteckt vor der Rache der Saoirse-Organisation und des Master Carriers?«
»Ja! Wir verstecken uns vor diesen seelenlosen Robotern!« Ran'garth Vierzehns Stimme versagte kurz, während sie sprach, so hörte sich purer Hass an.
»Wir werden gewinnen!« Sequoyah spielte mit ihr.
»Ja! Das werden wir!« Und traf damit die richtige Stelle bei Ran'garth Vierzehn, die erstmals aufrichtig wirkte.

Der weitere Gang durch den Laborkomplex verlief unspektakulär, nur unzählige leere und unbeleuchtete Arbeitsplätze, die sich links und rechts des Korridors durch eine Glasscheibe erkennen ließen. Im Hintergrund standen größere Apparaturen, die nicht in Benutzung waren. In diesem Labor wurde bereits seit vielen Jahren nicht mehr gearbeitet. Anna hielt Elias zurück, etwas langsamer zu gehen.

»Das klingt verrückt ... ich weiß ... aber die Aitair sind keine Menschen!«, flüsterte sie und hielt seine Hand, was sich durch die Delta Rüstungen eigen anfühlte.

»Natürlich, es sind ja Klone ...« Elias verstand nicht, worauf sie hinaus wollte.

»Noch nicht einmal das ... es sind leere Hüllen, seelenlose organische Hüllen!«, legte Anna nach, die bereits die ganze Zeit mürrisch und abwesend wirkte.

»Sagt dir das dein Bauchgefühl?«, fragte Elias leise, der ihre sensitive Art nicht ignorieren wollte.

»Ja.«

»Bleib wachsam! Wir können diesen Weg noch nicht verlassen! Die anderen zählen auf uns!« Ob der Appell reichen würde, Anna auf seiner Seite zu halten?

»Hast du denn keine Angst?«, flüsterte sie bewegt.

»Und wie ich die habe!« Und die hatte Elias wirklich. »Aber ich brauche dich! Hellwach! Bleibst du an meiner Seite?«

»Ich würde dich nie verlassen!«

»Ich liebe dich.« Elias beugte sich zu ihr und gab Anna einen Kuss. Nur einen, wie gerne hätte er sie stundenlang geküsst.

»Ran'garth!« Elias hob die Stimme. »Eine Frage, was wurde früher hier entwickelt?«

»Doch noch Zeit für Erläuterungen?«, fragte sie, wobei Elias die Genugtuung darüber in ihrer Stimme hörte, dass er doch noch danach gefragt hatte.

»Erzählst du die Geschichte gerne?«, fragte Elias.

»Ich komme nicht oft dazu ... und ich habe noch nie eine Lerotin gesehen. Dan'ren, du bist eine hübsche Frau.«

»Hübsch?« Dan'ren wirkte nachdenklich, nickte dann aber. »Danke für das Kompliment.«

»Eine echte Lerotin ... aber gut ... in diesen Labors wurde *Leben* entwickelt.« Ran'garth zeigte offen ihre Freude, neue Zuhörer gefunden zu haben.

»Menschliches Leben?«, fragte Anna.

»Welches sonst? Es gibt keine höher entwickelte Lebensform in dieser Galaxie ... und Leben in anderen Galaxien kennen wir nicht.«

»Es wurde noch nie außerirdisches Leben entdeckt?«

»Nein ... es gibt nur uns. Wir haben Pflanzen gefunden und vielleicht auch einige Tierarten, aber nie eine dem Menschen ähnliche Spezies ... noch nicht einmal annähernd.«

»Das klingt vermessen ... die Milchstraße ist sehr groß«, sagte Anna und rollte mit den Augen. Auch Elias hielt Ran'garth Vierzehns Worte für großspurig.

»Eher logisch ... eine andere intelligente Lebensform zu treffen, ist kein primär räumliches Problem.« Ran'garth freute sich regelrecht, jemand zum Diskutieren gefunden zu haben.

»Sondern?«, fragte Anna.

»Eher eine Frage der Zeit. Das Universum ist 13,8, die Milchstraße 13,2 Milliarden Jahre alt und unsere Heimatwelt, die Erde hatte noch nicht einmal 4,6 Milliarden Jahre geschafft ...«

Anna unterbrach sie. »Und was hat das mit anderen intelligenten Lebensformen zu tun?«
»Sehr viel ... wenn wir großzügig bei der humanoiden Präsenz auf der Erde 1,8 Millionen Jahre anrechnen ... eine Zeitspanne, in der wir leben, als intelligent akzeptieren... und vielleicht 10.000 Jahre, in denen Menschen nicht mehr jeden Außerirdischen mit Knüppeln jagen würden, ist eine Begegnung mit Aliens alleine schon zeitlich sehr unwahrscheinlich.«
»O.K. ... verständlich ... so hatte ich das noch nicht gesehen. Aber steigt dann nicht mit der verstrichenen Zeit die Wahrscheinlichkeit, dennoch Aliens zu treffen?«, fragte Anna.
»Das tut sie ... allerdings bisher ohne Ergebnis.« Ran'garth Vierzehn lächelte, Elias wunderte sich, wie schnell sich die beiden trotz Annas zuvor ausgesprochenem Misstrauen verstanden.
»Und was ist das hier?«, fragte Dan'ren, die wie angewurzelt stehen blieb und in ein Labor sah, in dem ein Dutzend Menschen arbeiteten.
»Hier entsteht immer noch Leben ... wir züchten die nächste Generation Menschen. Und hoffen, dass es uns gelingt, nicht in den Wirren der Zeit unterzugehen.«
Aus der stolzen Art, mit der Ran'garth Vierzehn zuvor über die Zeit und das Leben referierte, klang nun sehr viel Traurigkeit. Das Gespräch nahm eine Wendung, die Elias nicht erwartet hatte.
»Warum gebärt ihr eure Kinder nicht wie normale Menschen?«, fragte Anna erstaunt.
»Das wäre unser Traum ...«
»Ähm ...« Anna schluckte sprachlos.
»Entschuldige, das war unverständlich ... die Aitair klonen Menschen, weil wir ansonsten aussterben würden.«

»Warum?«, fragte Anna neugierig. Auch Elias erstaunte diese Aussage, was war aus der Menschheit geworden, die sie auf der Erde zurückgelassen hatten?

»Unsere DNS ist stark geschädigt... auf natürlichem Wege läge die Fehlgeburten- und Missbildungsrate bei 99,8 Prozent. Das wollen wir niemand antun«, erklärte Ran'garth Vierzehn. »Die langen Reisen im Raum, das Leben auf lebensfeindlichen Welten und die Kriege haben uns mehr gekostet, als wir uns leisten konnten.«

»Das hört sich verheerend an.« Anna hielt sich betroffen die Hand vor den Mund.

»Könnt ihr euch vorstellen, was reine, ursprüngliche und unverfälschte DNS wert wäre? DNS von der Erde ... von Menschen, die vor 10.000 Jahren gelebt haben ... und damit meine ich nicht vertrocknete Mumien ... sondern lebendige, gesunde Menschen?«, fragte Ran'garth Vierzehn mit glühenden Augen.

»Wenn es solche Menschen noch geben würde ... wäre deren Wert nahezu unermesslich!«, sagte Elias, dem bei dieser Äußerung ein Schauer über den Rücken lief. Er war sich immer noch unsicher, ob Ran'garth Vierzehn sie durchschaut hatte oder nicht.

»Stammen auch die Lerotin aus diesem Labor?«, fragte Dan'ren mit ihrer emotionslos kühlen Stimme.

»Sicherlich ... woher auch sonst. Alles, was Lerotin sind, jemals waren oder sein werden, stammt von hier.« Ran'garth Vierzehn schien nur auf diese Frage gewartet zu haben. »Eine beinahe perfekte Züchtung! Rein, stark, intelligent, Krieger, für den Kampf geboren!« Sie zelebrierte die Antwort regelrecht.

Dan'rens Mundwinkel fingen an zu zucken. Die Lerotin sah nicht so aus, als ob sie sich über die Erklärung freute.

»Bitte was? Für den Kampf?«, fragte Anna, sichtlich verblüfft über diese ungewöhnliche Wortwahl.
»Entschuldigt bitte, die Formulierung war unglücklich, ich wollte niemandem zu nahe treten.« Ran'garth Vierzehn sah Dan'ren demütig an. »Die Lerotin sind ein wunderbares Volk.«
»Warum haben die Aitair die Lerotin gezüchtet?«, fragte Elias, der jetzt Antworten hören wollte.
»Um für die Freiheit zu kämpfen ... warum sonst? Sie können Dinge, die normale Menschen nicht können. Die Lerotin waren leider trotzdem der Übermacht nicht gewachsen! Es lag nicht an ihnen, wir hätten diesen Krieg nicht führen dürfen!« Ran'garth Vierzehn lächelte verlegen. »Im Namen vieler möchte ich die Möglichkeit benutzen, um mich zu entschuldigen!«
Dan'ren nickte stumm. Gefallen hatte ihr diese Erläuterung nicht, das konnte Elias an der versteinerten Miene erkennen.
»Und dann?«, fragte Anna.
»Wir haben den überlebenden Lerotin die Freiheit geschenkt ... ein weiterer Kampf hätte nur mehr unnötiges Leid gebracht. Es gibt Gegner, die soll man vermutlich nicht besiegen können«, erklärte Ran'garth Vierzehn betroffen.
Dan'rens Gesicht wurde immer finsterer. Sie sagte keinen Ton. Was in ihrem Kopf vorging, blieb Elias verschlossen.
»Vielleicht war es noch nicht die richtige Zeit?«, fragte Sequoyah, die sich Ran'garth langsam öffnete.
»Sequoyah, richtig?«
Sequoyah nickte.

»Das haben wir uns danach auch versucht, einzureden. Nur, wann weiß man, dass es die richtige Zeit ist?«

»Nie.«

»Logisch. Aber unbefriedigend.«

»Und seitdem verstecken sich die Aitair?«, fragte Anna.

»Ja ... und wir würden uns noch tiefer eingraben, wenn es notwendig wäre.«

»Beinahe ein Wunder, dass ihr nicht gefunden wurdet, oder?«, fragte Sequoyah.

»Sehr unwahrscheinlich trifft es besser ... aber mit dem Kern deiner Aussage liegst du richtig. Wir werden uns unser restliches Leben bemühen müssen, unsichtbar zu bleiben«, erklärte Ran'garth Vierzehn.

»Wie häufig wurdet ihr seitdem von Gruppen wie uns besucht?«, fragte Elias, dem die gesamte Unterhaltung unwirklich vorkam. Die beiden üppigen Blondinen waren einfach eine Spur zu freundlich.

»Noch nie ... unglaublich, oder? Darum freuen wir uns so sehr, dass ihr es geschafft habt!«

»Und die Lerotin? Warum habt ihr keinen Kontakt gehalten?«, fragte Anna.

»Die Ältesten der Lerotin kannten die Wahrheit. Es war ihre Entscheidung, was sie an ihre Nachkommen weitergeben.«

Ran'garth Vierzehn öffnete eine Tür, hinter der ein modern eingerichteter Wohnbereich lag, der in seiner Art kaum zu der übrigen Umgebung passen wollte. Auf einem dunklen Holzboden standen einige helle Ledersessel, Topfpflanzen, eine Bar und inmitten des Raumes ein im Boden eingelassener Teich, der zahlreiche farbenfrohe Wasserpflanzen beherbergte.

»Wow!« sagte Elias und staunte. Sequoyah teilte das Gewehr wieder in zwei Teile und arretierte es seitlich an den Oberschenkeln des Deltas, sie rechnete augenscheinlich nicht damit, es in diesen Räumen einsetzen zu müssen.

»Ruht euch aus. *Er* kommt bald zu euch!«, sagte Ran'garth Vierzehn, nachdem auch Anna und Dan'ren den Raum betreten hatten, und verschloss die Tür.

»Ist das jetzt unser goldener Käfig?«, fragte Anna, »Ach was ... ich glaube, das ist mir jetzt auch egal!«

»Ich glaube, man kann auf Nemesis schlechter wohnen ... Dan'ren, bitte sieh rechts in den Nebenräumen nach«, sagte Elias. Der Wohnbereich, hatte links und rechts Türen, die zu weiteren Räumen führten. An den Seiten befanden sich große fensterähnliche Displays, die einen riesigen Garten simulierten.

»Ein großer Waschbereich und vier Schlafzimmer ...«, meldete Dan'ren, nachdem sie die Räume überprüft hatte.

»Ich kann eine Küche und einen Essbereich melden ... eine solche Wohnung habe ich zuletzt auf der Erde gesehen«, sagte Sequoyah, die auf der linken Seite die Nebenräume gesichtet hatte. »... die ich mir nicht leisten konnte.«

»Eigentlich läuft uns die Zeit weg!«, mahnte Anna und zog amüsiert ihre Rüstung aus.

»28 Stunden«, sagte Sequoyah.

»Was machst du da?« fragte Elias, der mit großen Augen zusah, wie Anna nicht nur die Delta-7 Rüstung auszog, sondern auch alles, was sie darunter trug.

Anna lächelte. »Duschen ... wenn du magst, darfst du mir den Rücken waschen.«

***

XXVI. Die Zeit und die Liebe

Mit Anna zu duschen war ein sinnliches Erlebnis, wenn auch ein surreales, da sich in der drei Meter im Quadrat großen Dusche auch Dan'ren und Sequoyah befanden. Nachdem Anna den Nassbereich gestürmt hatte, wollte auch von den anderen keiner warten. Sich den Schweiß und die Anspannung abzubrausen, tat unendlich gut. Für eine kurze Zeit vergaß Elias, wo er war.

Der mit grauem Marmor geflieste Baderaum hatte zahlreiche Duschköpfe und ein komfortables großes Dampfbad, das Elias' roten Kopf so gut es ging, vernebelte.

Mit drei schönen Frauen zu duschen, war eine aufregende Angelegenheit, Sequoyah war mit Mitte Vierzig noch eine attraktive Frau, durchtrainiert, ihre Haut war dunkler und die langen schwarzen Haare mit einzelnen grauen Strähnen reichten ihr über den Po.

Die Silhouette Dan'rens hatte hingegen etwas Puppenhaftes, aber auch Faszinierendes. Sie hatte unendlich lange Beine, einen schmalen und unnatürlich schlanken Oberkörper und kleine feste Brüste. Auch wenn es angeblich keine Aliens gab, die Lerotin kamen seiner Vorstellung von Außerirdischen sehr nahe. Ob sie einen Schwanz hatte? Elias überprüfte zwischen den Dampfschwaden ihre sehenswerte Rückseite. Nein, kein Schwanz. Eindeutig! Warum in seiner Fantasie weibliche Aliens Schwänze haben mussten, wusste er auch nicht. Sich Dan'ren beim Sex vorzustellen, beflügelte seine Fantasie. Er schmunzelte und mahnte sich, damit aufzuhören.

Alles, was er brauchte, war Anna, die neben ihm stand und mit geschlossenen Augen und Kopf im Nacken das warme Wasser genoss. Seine Anna, mit kurzen roten Haaren, heller Haut und unendlich vielen Sommersprossen, die jede Stelle ihres wunderschönen Körpers bedeckten.

In seinem Träumen hatte er bereits zu zählen begonnen, was er später noch beenden würde.
»Du darfst mich jetzt schlagen!«, sagte er leise, er hatte es verdient. So wie er Dan'ren angesehen hatte, aber bei den Beinen konnte er nicht wegsehen.
»Gucken darfst du! Sie ist eh zu groß für dich!«, antwortete Anna gedankenverloren, schloss die Arme um seinen Nacken und legte den Kopf verträumt auf seine Brust. »Die Zeit ist zu wertvoll, um nicht an schöne Dinge zu denken.«
Elias küsste ihren Kopf, wovon wohl Anna gerade träumte?
»Von dir!«, flüsterte sie.
Sogar Dan'ren lächelte, was selten war, sie unterhielt sich angeregt mit Sequoyah. Beide sprachen über Männer, die von der Erde im Vergleich mit denen auf Iris. Ihr kupferfarbenes Haar leuchtete regelrecht im warmen Wasser. Egal, was passieren würde, diesen ausgelassenen Moment würde er gerne im Gedächtnis behalten.

»Und, was tun wir jetzt?«, fragte Sequoyah, die sich aus einem der Schränke einen blauen Einteiler genommen hatte, ähnlich denen, wie sie die beiden jüngeren Ran'garth Klone trugen. Sie saß quer auf einem der Sessel und ließ die Beine über die Lehne baumeln.
»Ich glaube nicht, dass wir noch lange warten müssen ... die plötzliche Gastfreundschaft finde ich merkwürdiger als die schroffe Art, die wir gestern kennengelernt haben«, sagte Anna, die ebenfalls einen dieser langweiligen blauen Einteiler trug. Die Einheitsmode der Aitair passte den beiden zumindest, bei Dan'ren sah das Ding wie ein eingelaufener Strampelanzug aus.

»Ich sehe, dass es euch gut geht. Das ist schön ... willkommen auf Nemesis«, begrüßte sie ein Mann um die dreißig, mit blonden Locken und ausgeprägten Grübchen in den Wangen, die beim Lachen deutlich zu erkennen waren.
Alle drehten sich ruckartig zu ihm um, besonders Sequoyahs Körperhaltung glich der einer Katze auf dem Sprung. »Gregor?«, fragte sie erschrocken.
»Den Namen benutze ich schon lange nicht mehr ... aber wenn dir Jel'mar nicht gefällt, kannst du mich gerne so nennen«, sagte Gregor lässig und kam aus der Küche zu ihnen. Da musste eine weitere Tür gewesen sein, die eben nicht zu erkennen war. Auch er trug einen blauen Einteiler, wie ihn scheinbar alle Aitair in dieser unterirdischen Anlage trugen.
»Was machst du hier?«, fragte Sequoyah fahrig, deren Hände zu zittern begangen und die um ihre Fassung rang.
»Das muss ich dir doch nicht erklären, oder?«
»Es ist wirklich Gregor«, stellte Anna verblüfft fest, was Elias wiederum überraschte. Woher kannte sie ihn?
»Doch ... bitte ... und lass kein Detail aus.« Sequoyah ging auf ihn zu und berührte vorsichtig sein Gesicht. »Entschuldige, ich wollte nur sehen, ob du echt bist.«
»Das bin ich, obwohl du mich getötet hast!«
»Ja.« Sequoyah nickte betroffen. »Das kann ich nicht abstreiten.«
»Mehrfach.«
»Du hast Gregor getötet? Ich dachte, er wurde bei einem Polizeieinsatz ...«, fragte Anna verwundert dazwischen.

»Ja und ja ... aber ich war nicht gründlich genug.« Sequoyah hielt sich vor Anspannung beide Hände vor den Mund. Anna schwieg, sichtlich selbst überwältigt. Die drei mussten sich von früher kennen.
»Bereust du es?«, fragte Gregor. Elias konnte dem Dialog nicht folgen und auch Dan'ren sah ihn ratlos an.
»Dich getötet zu haben? Nein.«, sagte Sequoyah. »Ich würde es wieder tun. Es war falsch, was du getan hast!«
»Hättest du in dieser Nacht gerne alle Klone erwischt?«
»Damals war ich davon überzeugt ... mittlerweile bin ich mir unsicher. Wenn ich dich sehe ... ich verstehe es nicht! Wenn du Rache willst, bitte, aber lass die anderen gehen!«, forderte Sequoyah. Die Spannung stieg, Elias überlegte, ob er zur Waffe greifen sollte.
»Aber nein ... bitte ... das war nicht meine Absicht!« Gregor versuchte, ihre Hand zu greifen, die sie zurückzog. »Bitte ... ich würde die Vergangenheit gerne ruhen lassen!«
»Das ist eine Vergangenheit, die du besser kennst als wir!«, sagte Sequoyah, als ob sie ihn für alles verantwortlich machte, was seitdem passiert war.
»Du glaubst nicht, was alles geschehen ist ... aber ich hege keinen Groll dir gegenüber. Ich hätte nie gedacht, dich jemals wiederzusehen.«
Gregor zeigte sich bemüht, die aufgebrachte Sequoyah zu beruhigen. Elias versuchte, sich ein Bild zu machen, verstand aber die Zusammenhänge nicht.
»Dann erkläre uns bitte deine Absichten ... wir befinden uns in einer misslichen Lage ... glaub mir, das macht mich und meine Begleiter nervös!«

»Deine Begleiter ... oh ja ... zwei Replikanten und eine Lerotin ... ich möchte gar nicht wissen, wie ihr euch kennengelernt habt.«

»Lenke nicht vom Thema ab!«

»Bist du etwa Anna?«, fragte Gregor. »Du hast mich erkannt ... und bist eine Replikantin. Anna müsste eigentlich älter sein ...«

»Sie ist Anna! Punkt! Los jetzt! Ich habe dich vor 10.000 Jahren getötet! Warum lebst du noch?«, fragte Sequoyah noch wütender.

»Ich liebe Punkte.«

»Gregor! Hör auf damit!«

»Punkt eins, du hast mich getötet! Sogar den echten Gregor! Punkt zwei, es gab weitere Klone ... was du dir sicher schon gedacht hast. Punkt drei, als Klon kann man sehr alt werden!«

»10.000 Jahre alt?«

»Nein ... das geht nicht. Noch nicht. Ich habe mein Gedächtnis auf meine Erben übertragen, ein Glück, es wäre ein Jammer gewesen, euch nicht erkannt zu haben. Punkt vier, wie habt ihr es über die Zeit geschafft?«, fragte Gregor und sah Anna an.

»Es gab technische Komplikationen auf der Horizon. Wir sind weder am richtigen Ort noch zur richtigen Zeit erwacht. Die Computer haben uns erst vor sieben Jahren aus dem Kälteschlaf geholt!«, erklärte Sequoyah nüchtern.

»Die Zeitdilatation[3] war schon immer faszinierend. Du hast nicht auf mich hören wollen, die Horizon war ein Fehler! Das Raumschiff hätte niemals losfliegen dürfen!«

---

[3] Mit der Zeitdilatation beschrieb Einstein ein physikalisches Phänomen, dass die gemessene Zeit für eine Reise nahe der Lichtgeschwindigkeit kürzer ist als für einen Beobachter, der am Ausgangspunkt der Reise verblieben ist. Für die Reise der Horizon bedeutete das, dass während das Raumschiff 192 Jahre nahe der Lichtgeschwindigkeit flog, auf der Erde 10.112 Jahre vergingen.

»Offensichtlich nicht der einzige Fehler, der gemacht wurde!«
»Oh ja ... es sind viele weitere Fehler gemacht worden! Viel zu viele!«, erklärte Gregor mit ernster Miene.
»Berichte uns von einigen ... uns fehlt ein großes Stück der Geschichte!«, forderte Sequoyah.
»Als du losgeflogen bist, wurde fast der gesamte Aitair-Untergrund festgenommen.«
»Du auch?«
»Einige von mir«, antwortete er lässig. Elias bemerkte, dass ihm das Gespräch Freude bereitete.
»Natürlich.« Sequoyah schüttelte missbilligend den Kopf. »Und was ist dann passiert?«
»Die Erde drehte sich weiter ... als klar wurde, dass die Horizon ihre Mission nicht erfüllt hat, war das öffentliche Geschrei groß. Die Aitair wurden für den Fehlschlag verantwortlich gemacht und General Sanders-Robinson nutzte die Chance, noch mächtiger zu werden. Saoirse kontrollierte endgültig die gesamte Welt!«
»Es gab keine terroristischen Angriffe auf die Horizon ... das können wir den Aitair nicht in die Schuhe schieben«, sagte Anna beschwichtigend. »Es gab genug andere Probleme.«
»Danke ... dein Wort hätte damals großen Wert gehabt. Leider gab es keine prominenten Fürsprecher ... weswegen die Aitair wie tollwütige Hunde gejagt wurden!«
»Wurde nach uns gesucht?«, fragte Sequoyah, die ihre Stimme wieder gesenkt hatte und Gregor nicht mehr mit jedem Wort anklagte.

»Viele Jahre lang sogar ... aber ohne Erfolg. Es gab sogar die Theorie, dass ihr durch einen jahrelangen Flug nahe der Lichtgeschwindigkeit irgendwann in der Zukunft wieder auftauchen würdet, ein Gedanke, den ich geliebt habe, aber der Beweis konnte nie erbracht werden.«

»Als wir ankamen, waren bereits 8.000 Jahre vor uns Menschen auf Proxima gewesen«, sagte Sequoyah.

»Mit dem Licht zu reisen, ist zu langsam und zu gefährlich ... die Weiterentwicklung der Warptechnologie brachte den Durchbruch. Eigentlich eine simple Idee, anstatt mit unvorstellbar hoher Energie den Raum künstlich zu falten und mit Markern Wurmlöcher zu markieren, nutzte man natürlich vorhandene Raumfalten, die im Prinzip nicht mehr als Gravitationsknoten sind, hervorgerufen durch Ausläufer extrem großer Massekonzentrationen, wie Schwarze Löcher oder sehr große Sterne.«

»Gravitation beeinflusst Licht, Zeit und Raum«, sagte Elias, das hatte Vater ihn gelehrt.

»Stimmt. Den Raum dreidimensional zu verstehen, genügt nicht, das ist viel zu kurzsichtig! Gravitation bestimmt das Universum und das gravitative All ähnelt eher einem zerknüllten Blatt Papier« Gregor nickte und Elias staunte nicht schlecht, die Erklärung würde die Tatsache belegen, dass man mehrere Sprünge durch Wurmlöcher benötigte, um zur Erde zu kommen. Während die Horizon früher auf einem Blatt Papier reiste, würde man heute von Blatt zu Blatt springen, um das Papierknäuel zu durchqueren.

»Und Proxima?«

»Ihr meint Gaia, oder? Na gut, also Gaia, oder von mir aus auch Proxima, wurde während einer Zeit von Menschen besiedelt, in der viele Welten erschlossen wurden.

Doch die Menschen wollten mehr, viel mehr, und auf Gaia mehr als gut für sie war. Sie haben die Evolution manipuliert und nicht verstanden, was sie taten. Inzwischen gibt es auf Gaia nur noch hirnlose Mutanten.«

»Das sind interessante Informationen. Aber wie kam es zum Konflikt mit der Saoirse-Organisation? Warum hatten sich die Aitair für einen Krieg gerüstet und die Lerotin in die Schlacht geschickt?«, fragte Dan'ren, für den Teil der Geschichte interessierte sich auch Elias.

»Das war mein Fehler ... ich glaubte, ich müsste und ich könnte etwas verändern ... doch ich hatte mich geirrt. Saoirse ist unbesiegbar! Man kann sich nur vor ihnen verstecken!«

Gregor schämte sich sichtlich seiner Worte. Elias blickte zu Dan'ren, die selbst mit der Fassung rang. War es falsch, für Freiheit zu kämpfen? Sogar wenn man unterlag? Hätte Elias in dieser Situation nicht ebenfalls alles auf eine Karte gesetzt? In diesem Moment fühlte sich Elias unsicher, über die Aitair zu richten.

»Was hat Saoirse zu dem gemacht, was es heute ist? Warum dieser kompromisslose Kampf gegen die Aitair?«, fragte Sequoyah und ging einen Schritt auf Gregor zu. Während bei den ersten Worten Gregors ihre Körpersprache Distanz signalisierte, entspannte sich mittlerweile ihre Haltung.

»Die Zeit, die Gier, die Logik ... ich kann diese Frage nicht umfänglich beantworten. Mit der Expansion in der Galaxie haben sich Menschen mit von der Mehrheit abweichenden Ansichten eigene Welten gesucht. Auch die Aitair taten das, ich tat das, ich legte mir einen neuen Namen zu und lebte mit Ran'garth lange Zeit in Frieden. Wir liebten die Outlands! Die Welten, die Saoirse anführte, waren alle sehr weit weg von uns. Und ich möchte ehrlich sein, wir haben sie nicht vermisst.

Als wir wieder auf sie trafen, gab es in den Saoirse-Welten keine Menschen mehr, wie wir sie kannten. Es waren nur noch Maschinen, Roboter und Künstliche Intelligenzen. Sie wollten über uns bestimmen - ich endschied mich für den Widerstand, kämpfte gegen sie und verlor!«

»Und Nemesis?«, fragte Elias, der mit den Erzählungen ein immer schlechteres Gewissen bekam. Gregor schien nicht zu wissen, dass ihnen der Master Carrier auf den Fersen war und plante, in wenigen Stunden über sie herzufallen.

»Vielleicht blieb Nemesis unentdeckt? Oder nur unbeachtet? Ich weiß es nicht ... wir sind frei und nur das zählt. Vielleicht werden wir auch inzwischen toleriert, weil wir unseren Platz akzeptiert haben. Ich bin mir eigentlich sicher, dass es keinen bewohnbaren Planeten gibt, den nicht mehrere Echo-Sonden umkreisen. Der Master Carrier sieht alles.«

Gregor gab sich bemerkenswert offen und glaubwürdig. Er machte keinen Hehl aus den Fehlern, die er gemacht hatte und er zeigte Sequoyah, dass er bereit war, ihr zu verzeihen.

»Warum hat uns die ältere Ran'garth nicht direkt zu dir geführt?«, fragte Anna kritisch.

»Hat sie doch ... sofort, als ihr den Kristall gezeigt habt, hat sie mich informiert ... ich bin fast umgefallen, als ich dich wiedergesehen habe.« Die letzten Worte galten Sequoyah, die er intensiv ansah.

»Das war die zweite Ran'garth, mit der wir gesprochen haben ... auf der anderen Seite des Berges hatten wir bereits ein Dorf gefunden. Die Ran'garth dort wollte uns wieder wegschicken.«

»Hattet ihr den Kristall gezeigt?«, fragte Gregor.

»Nein.«

»Dann verstehe ich ihre Zurückhaltung. Das ist ihre Order, sich aus allem heraushalten und den Kern von Nemesis verbergen.«

»Es gibt keine Kommunikationsverbindung zu diesem Dorf? Und auch kein Portal?«, fragte Anna.
»Die Menschen auf Nemesis leben in über 18.000 Siedlungen. Nur 400 davon haben einen Zugang zum Kern. Sie leben alle in Freiheit, niemand beaufsichtigt sie, das ist nicht meine Intention. Im Kern arbeiten nur 800 Aitair, die für die nächste Generation sorgen. Die Produktion von Raumschiffen und Waffen haben wir schon lange aufgegeben.« Gregor hatte auf jede Frage eine Antwort. »Falls sie unfreundlich war, bitte ich für sie um Entschuldigung. Sie wusste es nicht besser. Auch mein Klon Jel'mar wird vermutlich in der Situation nicht passend reagiert haben. Zudem haben wir gerade dramatische Wetterzustände! Wir haben zu der Hälfte aller Portale den Kontakt verloren. Sogar die Wachmannschaft am Cube können wir nicht erreichen.«
»Haben alle Klone das Gedächtnis der Vorgenerationen?«
»Nein ... das habe nur ich. Mein Ziel war es, unsere Spezies zu erhalten, ich wollte nie nur mit meinen Abziehbildern leben!«, antwortete Gregor, dessen Handlungsweise Elias nachvollziehen konnte. »Auch wenn wir uns äußerlich gleichen, jeder hat seine eigenen Erfahrungen, die ihn prägen. Das Wesen eines Menschen hat nur sehr wenig mit den Genen zu tun.«
»Danke.« Elias nickte, das war er ihm schuldig.
»Wofür?«
»Für deine Offenheit. Wir hatten weniger erwartet ... die Vorzeichen für diese Begegnung standen nicht gut.«
»Keine Ursache ... aber ich rede die ganze Zeit! Wolltet ihr mir nicht eine Botschaft überbringen?«, fragte Gregor aufmerksam.
»Das wollten wir ...« Elias sah Anna an, sie nickte. War das der Zeitpunkt, keine weiteren Lügen zu erzählen?

Elias sah auch Sequoyah an, die ebenfalls nickte. Tränen liefen ihre Wangen herab. Und Dan'ren, sie lächelte ihn sogar an. Hatte sogar die Lerotin den Aitair und Gregor vergeben?

»Du zögerst?«

»Wir bringen keine gute Nachricht.« Es fiel Elias schwer, weiterzusprechen.

»Wird sie besser, wenn du wartest?«

»Schlimmer ...«

»Ich bin bereit«, sagte Gregor. Sequoyah, die neben ihm stand, nahm seine Hand.

»Unsere Ankunft blieb nicht unbeobachtet ... es gab ein Gefecht mit einer Echo-Sonde.«

»Sie hat euch abstürzen lassen?«

»Nein. Unser Absturz war eine Finte. Wir haben das Echo-System übernommen ...«

»Das ist unmöglich! Niemand kann eine Echo-Sonde übernehmen! Man kann sie vielleicht zerstören, aber auch nur mit einer Waffe, die keine Elektronik hat!« Gregor schüttelte ungläubig der Kopf. »Das Ding übernimmt alles und jeden!«

»Unser Bordcomputer hat es geschafft.« Elias war bereit, alles zu sagen, alles, was er wusste.

»Woher sollte ein Lerotin-System das können ... bitte ... entschuldige Dan'ren, das geht nicht gegen dich ... Saoirse hat in dieser Galaxie die absolute digitale Überlegenheit! Nichts und niemand war bisher in der Lage, auch nur ein Echo-System zu hacken, geschweige denn die Systeme, die danach kommen.«

»Unser Bordcomputer ist eine militärische Signatur, *er* hat das getan, um den Master Carrier zu übernehmen. Einen virtuellen Spiegel hat er auch niederringen können. Mehr leider nicht«, erklärte Elias, so gut, wie er konnte.
»Und dann hat der Master Carrier eure KI genüsslich in den Boden gestampft! Oder?« Gregor glaubte scheinbar, bereits die Antwort zu kennen.
»Nein. Es gab ein Patt. Unsere KI, wir nennen sie Vater, ist bei den anderen 850 Überlebenden unserer Notlandeaktion. Wovon 800 Menschen, viele davon Kinder, genau das sind, was die Aitair sich wünschen: gesund und fruchtbar. Wir sind auch für das Wetter verantwortlich. Das Lerotin-Raumschiff, das uns hergebracht hat, war ein Terraformer, dessen Wrack die Atmosphäre von Nemesis laufend weiter anheizt. Dieser künstliche Treibhauseffekt sorgt für die Stürme und verstärkt das bereits vorhandene natürliche EMP-Feld des Planeten. Wir sorgen damit für eine digitale Nacht, um den Einsatz von Fernwaffen oder anderer Aufklärung zu erschweren. Ob wir damit den Kampf auf Sichtreichweite bringen können, weiß ich nicht.«
»Wie kommt ihr an eine KI, die das kann? Wir forschen seit Ewigkeiten an leistungsstarken militärischen Signaturen und alle bisherigen Kämpfe waren nach wenigen Sekunden vorbei. Meines Wissens befand sich auf der Horizon keine KI dieser Güte.«
Es gab sogar Dinge, die Gregor aus der Reserve lockten. Dass eine KI der Horizon-Überlebenden einem Master Carrier trotzen konnte, wollte er kaum glauben.
Elias lächelte zufrieden. »Vater, wir nennen ihn Vater.«

»Ich habe Vater an Bord der Horizon entwickelt, wobei ich inzwischen ziemlich sicher bin, das kein zweites Mal hinzubekommen. Vater ist einzigartig«, erklärte Anna.
»Wisst ihr überhaupt, was das bedeutet?«, fragte Gregor euphorisch und nahm Sequoyah freudig in den Arm. »Habt ihr auch nur die Spur einer Ahnung, welche Möglichkeiten uns das eröffnet?«

***

XXVII. Für die Freiheit

Elias versuchte, aus Gregor schlau zu werden, was ihm gerade einige Mühe bereitete. Dass Sequoyah und Anna ihn von früher kannten, war schwer zu verstehen. Angeblich starb er dreizehn Jahre vor dem Start der Horizon. Gregors Bewusstsein war damit über 10.000 Jahre alt. Welchen Sinn fand jemand nach so langer Zeit an seiner Existenz? Was hält einen Geist jung, wenn er nahezu unsterblich ist? Liebe, Rache oder Weisheit? Nichts von dem wollte zu Gregor passen. Wisst ihr überhaupt, was das bedeutet, hatte er eben gefragt, das fragte sich auch Elias. Was bewegte einen mehr als hundertfach geklonten Menschen? Was war ihm wichtig? Etwa noch älter zu werden? Geliebt zu werden? Mächtiger zu werden? Elias fand keine Antworten.

»Vater, also die KI, die bei euch ist, stand im direkten digitalen Kontakt mit einem Master Carrier ... und hat das überstanden?«, fragte Gregor, der immer noch auf einer Wolke der Glückseligkeit einen halben Meter über dem Boden zu schweben schien.

»Ja.« Anna nickte. Auch sie zeigte sich gutgelaunt, wenn auch nicht so überschwänglich wie Gregor.

»Egal was passiert ... wir müssen die KI beschützen! Nemesis ist bei dem Wetter auf der Oberfläche nicht gerade ein Paradies für digitale Lebensformen!«

»Er kann gut auf sich selbst aufpassen ... ihn wird kein Blitzschlag treffen. Der Lerotin-Roboter, den er als Avatar benutzt, ist gut abgeschirmt«, erklärte Elias.

»Welche Baureihe?«, fragte Gregor.

»Keine Ahnung ... es ist einer von denen, der textile Stoffe versprühen kann«, antwortete Elias wahrheitsgemäß.

»Das ist ein Scherz, oder?«

»Nein. Wir hatten keine Alternativen. Die Hardware ist klein, aber Vater funktioniert bestens.« Elias hatte sich bisher nicht daran gestört, dass der kleine Roboter kein riesiger Quanten-Cluster war.
»Ein Grund mehr, ihm bessere Hardware zu geben. Wir haben auf Nemesis sehr leistungsfähige Systeme und ein gut abgeschirmtes Netzwerk anzubieten«, offerierte Gregor großzügig.
»Das wird Vater sicherlich gefallen.« Da war sich Elias sicher.
»Wo ist er jetzt? Ist er bei meinen Leuten westlich vom Cube?«, fragte Gregor.
»Ja, er ist beim Rest der Horizon-Überlebenden und der verbliebenen Besatzung des havarierten Lerotin-Raumschiffes«, sagte Anna und sah sich anerkennend um. »Sie warten darauf, von uns eine Nachricht zu erhalten. Wir haben nach Hilfe gesucht, aber sicherlich nicht das und vor allem nicht dich erwartet.«
»Da sollten sie erst mal sicher sein ... wie viel Zeit haben wir noch?« Gregor aktivierte ein Display an seinem Unterarm.
»26 Stunden und drei Minuten ... dann ist der Countdown abgelaufen. Der Master Carrier hat uns das Startfenster seiner Flotte angekündigt, die er zum N-3912-System schickt. Er nannte den Quadranten Zulu-Foxtrott und versprach uns, zwölf Zerstörer der Zero-Klasse zu entsenden«, erklärte Anna, die ein bemerkenswert gutes Gedächtnis hatte.
»Oh ja, Saoirse schöpft nach wie vor aus dem Vollen. Die Schiffe der Zero-Klasse werden normalerweise entsandt, um instabile Sterne zu beseitigen. Und die schicken zwölf von den Dingern?« Gregor rollte mit den Augen.
»Ist das ein Problem?«, fragte Elias, der die militärische Leistungsfähigkeit der Saoirse-Flotte nicht bewerten konnte.

»Eigentlich hat noch nie jemand ein Großkampfschiff in Aktion gesehen, da bereits die kleinen Echo-Systeme genügten, um feindliche Raumflotten zu zerstören ... ich wusste gar nicht, dass es zwölf von denen in unserem Quadranten gibt.«

»Schaffen es die Aitair, dem zu trotzen?«, fragte Elias, in dessen Kopf sich ein wenig ermutigendes Bild der gegnerischen Seite bildete. Auch wenn Vater im drohenden digitalen Krieg für ein Patt sorgen könnte, blieb eine riesige Armada von Raumschiffen, die ihnen waffenstarrend gegenüberstehen würde.

»Ich möchte euch an der Stelle keine falschen Hoffnungen machen ... unsere Gegner sind übermächtig, aber ...« Gregor erhob die Stimme wie ein Prediger, der zu seinen Jüngern sprach.

»Aber ...« Elias interessierte sich nur für das 'aber'.

»Aber ... die haben noch nie auf Nemesis gekämpft! Nemesis ist ein EMP-verseuchtes Regenloch, das ich beim ersten Besuch für eine fleischfressende Pflanze gehalten habe. Das Terrain ist für schwere Waffen unpassierbar und bei dem Wetter stürzt jedes Flugzeug ab oder knallt gegen einen Berg!«

Elias schmunzelte. »Den Gedanken hatte ich auch ... den mit der Pflanze!«

»Gregor, warum tust du das?«, fragte Sequoyah, die dicht bei ihm stand. Elias konnte in den letzten Minuten beobachten, wie ihm Sequoyah auf Lippen und Hände sah. Sie suchte etwas. Elias würde sie nachher fragen, wie sie Gregor einschätzte? War er vertrauenswürdig? Und waren seine Ansichten realistisch?

»Warum ich wieder kämpfen will?«

»Ja.«

»Versteht mich nicht falsch ... ich mache das nicht für euch. Es wäre eine Lüge, das zu behaupten. Auch wenn ich mich freue, dich wiederzusehen. Ich tue das aus demselben Grund, weswegen ich schon auf der Erde mein Leben dem Kampf gegen Saoirse gewidmet habe! Freiheit! Es geht immer um Freiheit! Dafür lebe ich! Dafür kämpfe ich! Seit 10.000 Jahren! Ich werde niemals aufgeben! Und werde dafür, falls notwendig, auch mein Leben geben!«

»Freiheit ... ein kostbares Gut ...« Sequoyah schien ihre Gedanken offen auszusprechen. »Ich werde dir nicht widersprechen. Saoirse darf nicht gewinnen!«

»Danke ... das bedeutet mir viel! Das ist unsere Chance! Sie ist nicht gut, aber wir werden keine bessere bekommen. Wenn Vater unsere Computersysteme beschützen kann, werden wir mit konventionellen Waffen in den Krieg ziehen!«

»Erkläre uns deine Strategie ... welche Optionen haben wir?«, fragte Elias, der kühlen Kopf bewahren wollte. Auch er würde für die Freiheit kämpfen, aber er würde nicht blindlings ins Unheil rennen wollen.

»In Ordnung, Vater hat nur eine Aufgabe, er ist unsere Firewall! Er wird unsere Computer beschützen und unsere Kommunikation vor feindlichen Übernahmen bewahren! Das Wetter sorgt dafür, dass uns der Master Carrier nicht aus dem Orbit gezielt in Stücke schießen kann und das Regenwald-Bergland leistet seinen Teil, so dass die uns nur leichte Waffensysteme auf den Hals hetzen können!«

»Das ist unser Plan?«, fragte Elias, der noch nicht überzeugt war, ob dieser Ansatz ausreichen würde.

»Warte ... der Master Carrier wird uns deswegen sehr viele leichte Waffensysteme schicken, genauer gesagt Androiden, die, nebenbei bemerkt, wie eure Deltas aussehen und in einem vernetzten Szenario nicht zu besiegen wären. Auf Nemesis werden die Androiden aber autark oder nur in kleinen Gruppen kämpfen können ... darin liegt unsere Möglichkeit, sie zu schlagen.«
»Die können uns auch einfach bombardieren ... die Gravitation ist auf deren Seite, Bomben fallen auch im Regen nach unten«, sagte Anna, deren Blick Elias zeigte, dass auch sie noch nicht überzeugt war. Nur auf den Nahkampf zu setzen, reichte Elias nicht.
»Das können sie. Oh ja. Mit kleinen Bomben, großen Bomben, Brandbomben, Splitterbomben, Atombomben, Wasserstoffbomben und Gravitationsbomben, die aus Nemesis innerhalb einer Sekunde ein niedliches kleines Schwarzes Loch machen würden ... nur, das wird der Master Carrier nicht tun!«
Gregor gab sich äußerst selbstsicher. Kannte er den Gegner wirklich so gut, wie er sagte? War das die richtige Annahme? Vater sprach von einem ähnlichen Verhalten, das er vom Master Carrier erwartete. Elias war das zu hypothetisch, er würde seinem Feind einfach eine Kugel in den Kopf jagen und nach Hause gehen.
»Warum?«, fragte Sequoyah und strich ihm durchs Haar. Auch sie misstraute scheinbar dem Szenario, das Gregor beschwor.
»Das würdet ihr vielleicht tun! Wenn ich der Master Carrier wäre und denken würde wie ihr, dann würde ich *einen* Zerstörer der Zero-Klasse schicken. Der würde aus der Raumfalte erscheinen, feuern und umdrehen. Danach würde man N-1912 als Schwarzes Loch kennzeichnen und nicht mehr anfliegen. Wenn ich zwölf Zerstörer schicke, will ich konventionell kämpfen!

Ihr kennt den Master Carrier von Zulu-Foxtrott nicht so gut wie ich. Der Typ ist völlig durchgeknallt.«

Gregor brannte förmlich, während er sprach, das schien sein persönlicher Kampf zu sein. Seine Vendetta für die Schmach, die er zuvor hatte erleiden müssen.

»Durchgeknallt?«, fragte Dan'ren, die aufmerksam zuhörte.

»Entschuldige Dan'ren ... mit dem, was ich jetzt erzähle, werde ich dir wehtun ... das möchte ich nicht ... aber ich kann den Charakter unseres Gegners nicht anders beschreiben.«

»Mach bitte weiter ... ich möchte die ganze Geschichte hören!«, sagte Dan'ren entschlossen. »Ich kenne nur die Version der Überlebenden, das waren die, die fliehen konnten. Von denen, die gekämpft haben, ist nie jemand heimgekehrt.«

»Wie auch ... wenn alle abgeschlachtet wurden.«

»Was hat der Master Carrier getan, nachdem der digitale Teil des Krieges gewonnen war? Mir wurde erzählt, er hätte sofort alle Lerotin-Raumschiffe gesprengt.«

»Das wäre ein schneller Tod gewesen ... im Gefecht mit den Lerotin hatten die Echos blitzschnell alle gegnerischen Raumschiffe übernommen. Ein Knopfdruck hätte genügt, um alle zu töten. Oder gefangen zu nehmen. Oder heimzuschicken. Oder als Trophäe an die Wand zu hängen. Nichts von dem ist passiert. Die Schlacht dauerte beinahe 90 Stunden ... entschuldigt ... das war das falsche Wort, das war keine Schlacht, das war eine Massenexekution!«

»Bitte was?« Dan'ren fing an zu weinen. Die ersten Tränen, die Elias bei ihr sah.

»Nachdem die Lerotin-Flotte mit 2.367 Raumschiffen wie gelähmt im Raum schwebte, deaktivierte der Master Carrier alle Schilde, die künstliche Gravitation an Bord seiner Gegner, und fuhr die Heizung auf null Grad, wie gesagt null Grad, sie abzustellen, hätte den Tod in weniger als einer Stunde bedeutet, was ihm wohl zu schnell gegangen wäre. Er sperrte auch Rettungskapseln, Waffenkammern und Biosuits ... um dann mit seinen drei Zerstörern der Zero-Klasse Position zu beziehen, die mit leichten Bordwaffen die Schiffe der Lerotin sturmreif schossen«, erzählte Gregor mit eindrucksvollen Worten. Eine Geschichte, die sich Elias lebhaft vorstellen konnte. »Dann haben Androiden mit Macheten und Eisenstangen die Schiffe gestürmt! Der Master Carrier hat nur zum Vergnügen Tausende Androiden im Nahkampf geopfert, bis auch der letzte Lerotin in seinem eisigen Blut lag!

»War das die Entscheidung einer KI oder eines kranken Psychopaten?«, fragte Sequoyah. Dan'ren war nicht in der Lage zu sprechen, Anna stand bei ihr, um sie zu stützen.

»Ja und ja, die KI des Master Carriers ist das Werk von Menschen. Ich vergleiche sie gerne mit einem Kind, das nie erwachsen wurde. Oder ein Kind, das jemand tausend Jahre in einen dunklen Keller sperrte. Ein Kind, das aus purer Langeweile tötet. Falls es jemals einen Teufel gab ... der Master Carrier hat ihn nur aus Spaß zu Tode gequält!«

»Ähm ...« Elias suchte noch nach den richtigen Worten. »Was die Frage nach weiteren Verhandlungen erübrigt, oder?«

»Man kann nicht mit ihm verhandeln. Man kann sich verstecken oder ihn besiegen! Wir werden ihn besiegen!«

Elias hob die Hand. »Ich fasse meine Sicht kurz zusammen. Der Master Carrier wird uns mit leichten Waffen angreifen, weil er Bomben langweilig findet ... verstanden ... wir kämpfen gegen Androiden, gegen die wir taktische Vorteile haben ... verstanden ... angenommen, du liegst mit deinen Annahmen richtig und wir zerstören jede Einheit, die er über Nemesis abwirft ... was macht er, wenn er merkt, dass er uns militärisch ernst nehmen muss?«, fragte Elias, für den der Master Carrier in letzter Konsequenz Nemesis bombardieren würde. Sobald der Widerstand auf der Oberfläche zu stark werden würde, war es logisch Massenvernichtungswaffen einzusetzen.

»Wenn wir an der Stelle sind, war unsere Rebellion erfolgreicher, als alle anderen zuvor. Elias ... ganz ehrlich ... ich weiß es nicht, was wir dann tun. Der Master Carrier hat die Mentalität eines hochintelligenten und völlig gestörten Kindes ... das noch unzählige andere Dinge tun kann, die wir nicht kennen.«

»Macht es trotzdem Sinn, den Kampf zu wagen?«

»Wir können uns auch wehrlos abschlachten lassen ... nur weil wir nicht kämpfen wollen, werden sich deren Androiden nicht zurückhalten«, sagte Gregor.

»Da hast du vermutlich recht.« Elias konnte seine Stimmung nicht in Worte fassen. Gregors Argumente waren einleuchtend, es war ein Kampf mit dem Rücken an der Wand. Doch sein Bauchgefühl mahnte ihn, trotzdem Alternativen zu prüfen.

»Ich sehe ... die Entscheidung sollte wohl überlegt sein. Später gibt es kein Zurück mehr.«

»Stimmt«, sagte Anna, die ähnlich zurückhaltend reagierte. Sequoyah und Dan'ren schienen von ihrer Körpersprache her bereits überzeugt, wobei Sequoyah ihn am besten einschätzen können sollte.

»Ich möchte noch einige Dinge vorbereiten ... ich lass euch allein, beratet euch und trefft eine Entscheidung!«
»Danke.« Anna nickte mit einem knappen Lächeln.

Nachdem Gregor den Raum verlassen hatte, herrschte einige Minuten Ruhe. Jeder schien die Situation anders zu verarbeiten. Während Sequoyah und Dan'ren ihre Rüstungen anlegten, saß Elias mit Anna im Arm auf einem Sessel und beide sahen verträumt aus dem Fenster.
»Sind wir einer Meinung?«, fragte Sequoyah, während sie ihre Waffe überprüfte.
»Deiner Meinung?«, fragte Elias.
»Elias, bitte ... so war das nicht gemeint, das weißt du genau.«
»Entschuldige.«
»Ich halte ihn für glaubwürdig«, sagte Anna überraschend, die sich im Vorfeld gegenüber den Klonen am kritischsten gezeigt hatte.
»Gerade du hast uns vor den Aitair gewarnt, oder?«, fragte Elias und strich ihr liebevoll über den Kopf.
»Die Aitair folgen Gregor bedingungslos. Er hat jeden von denen emotional eng an sich gebunden, die wären jederzeit bereit, ihr Leben für die Sache zu opfern«, erklärte Anna.
»Und Gregor?«, fragte Elias.
»Er ist ein geklonter Mensch. Aber ein Mensch. Mit Geist, Gefühlen, Ängsten und Träumen. Er hat den Verlust Sequoyahs nie überwunden ... er liebt sie immer noch.«
»Und du?«, fragte Elias und sah Sequoyah an. Annas emotionale Einschätzung nahm er ernst, ihre sensible Wahrnehmung würde jeden Lügner entlarven.

»Ich bin verwirrt, berührt, verliebt, unsicher und bereit zu kämpfen. Ich kann es dir nicht genau sagen, seine Worte waren gut gewählt und die Situation bietet keine Alternative. Ich gebe ihm eine zweite Chance und werde in den Krieg ziehen!«, sagte Sequoyah, die nun fertig zum Abmarsch war.

»Ich schließe mich Sequoyahs Worten an. Ich glaube ihm. Wenn ich eine Möglichkeit hätte, Iris zu erreichen, würden wir Verstärkung bekommen! Die Lerotin würden sich dem Kampf anschließen!« Dan'ren zeigte sich ebenfalls überzeugt.

»Damit würden wir zwei Welten riskieren ...«

»Oder zwei Welten befreien!«, hielt Dan'ren dem entgegen. »Und vermutlich noch viele mehr!«

»Vermutlich ... dieses alles oder nichts gefällt mir trotzdem nicht. Unser Einsatz ist zu hoch!«

»Hast du eine Alternative?«, fragte Dan'ren.

»Nein. Die habe ich nicht. Das ist das Schlimme dabei. Ich kenne keine Alternativen. Wenn ich es könnte, würde ich mich irgendwo für einige Jahre verkriechen!«

»Komm ... das tun wir später.« Anna stand auf und zog ihn hinterher. »Dein Delta wartet auf dich!«

Elias nickte. Er hasste es, keine Wahl zu haben. »Dan'ren, was bräuchten wir, um Iris zu kontaktieren?«

»Wir müssten mit dem Funkspruch zuerst durch den Sturm kommen«, antwortete sie.

»Ich habe noch die Laserantenne, und unser Satellit gibt ohne Kommando keinen Mucks von sich. Der Master Carrier dürfte ihn übersehen«, sagte Elias.

»Gut ... aber ein normaler Funkspruch ist nicht schneller als das Licht. Das würde zu lange dauern. Wir brauchten Vater, der die Relais an beiden Seiten der Raumfalten übernimmt. Um nach Iris zu kommen, benötigen wir drei Sprünge, also sechs Relais, dann könnten wir mit meinen Leuten in Echtzeit sprechen.«

»Wer kontrolliert die Relais?«, fragte Anna.

»Der Master Carrier ... wir auf Iris tun alles dafür, um nicht versehentlich von einem dieser Kommunikationsrelais wahrgenommen zu werden.«

»Geiler Plan.« Elias rollte mit den Augen. »Wir werden ihn Vater erzählen.«

***

XXVIII. Verborgene Talente

Aus Elias' Expedition wurde nach dem Cube eine Spionagemission und nach dem Gespräch mit Gregor eine Rebellion. Die Vorzeichen änderten sich schnell, beinahe schon eine Spur zu schnell.

»Folgt mir bitte«, sagte Gregor, der mittlerweile einen Kampfanzug trug, der dem von Dan'ren sehr ähnlich sah. Was bei der Verbindung zwischen den Aitair und den Lerotin nicht überraschte. Auch die beiden Ran'garths begleiteten sie, ähnlich gerüstet. Elias empfand es als bemerkenswert, dass sich die beiden Klone bestens verstanden. Da war keine Eifersucht, kein Neid oder irgendein anderer Zwist zu erkennen.

»So ... fertig für euer Update?«, fragte Gregor, als sie eine gutgefüllte Waffenkammer betraten, in der weitere Biosuits und Waffen gelagert wurden.

»Bitte ...leg los.« Elias machte den Anfang. Ein Robotersystem montierte an seinen Beinen Booster, die die Bewegungsfähigkeit des Deltas weiter erhöhen sollten, und an beiden Armen Laserwaffen, die mit einem weiteren Munitionsbehälter am Rücken verbunden wurden. Die Steuerung im Visier des Deltas adaptierte die neuen Waffen umgehend.

»Die Zielführung der Laser wird optisch gesteuert. Du brauchst eine Sichtlinie, aber dein Delta wird jedes Ziel treffen, das du anvisierst«, erklärte Gregor und gebot Sequoyah, sich die weiteren Systeme an den Anzug bauen zu lassen.

»Wie viele Salven können wir abgeben?«, fragte Dan'ren, deren größerer Biosuit doppelte Laservorrichtungen an die Arme montiert bekam.

»Das ist entfernungs- und zielabhängig. Nahe und leichte Ziele benötigen weniger Energie, schwer gepanzerte dementsprechend mehr. Bei unseren mutmaßlichen Gegnern solltet ihr euch nach circa 500 Zielen aufmunitionieren lassen.«

»500 Ziele, die wir töten, ohne getroffen zu werden?«, fragte Elias, das waren ambitionierte Vorgaben.
»Wenn du dich vorher treffen lässt ... können wir deine Munition aufnehmen und weiterverwenden.« Gregor zeigte Galgenhumor. »Und sorgt euch nicht um Verletzte. Weder unsere noch deren Waffen verletzen, sie töten oder schießen daneben.«
»Und unsere Panzerung?«, fragte Anna.
»Die sorgt dafür, dass du im Regen nicht nass wirst.« Gregors Humor hatte Charme. »Die Laser durchschlagen dreißig Zentimeter Titanstahl ... lass dich besser nicht treffen. Wegen der hohen Energiemenge töten die Laser auch, wenn sie nur deinen Arm treffen.«
»Vierzehn ... Zeit?«, fragte Gregor.
»24:12 ... wir liegen im Plan.« Ran'garth Vierzehn hatte zu ihrer Rüstung und Bewaffnung noch ein sehr großes Display am Unterarm.
»Vierzehn wird die Truppen an diesem Knoten koordinieren. Sie wird auch Vater vernetzen und ihm das Kommando übergeben. Hoffentlich ist eure KI so gut, wie ihr sagt, bisher hatte ich immer Angst, mein Leben in die Hände einer Maschine zu geben.« Gregor zeigte sich sichtlich engagiert.
»Wieso vertraust du uns?«, fragte Anna.
»Gute Frage ... bringe mich nicht dazu, es mir anders zu überlegen. Wir haben nur eine Chance! Wenn unsere Firewall nicht hält, ist der Kampf binnen Sekunden vorbei. Die Aitair können das Netzwerk auf Nemesis nicht gegen einen Master Carrier verteidigen! Ich vertraue euch, weil ich an euch glauben will!«
»Vater wird das schaffen!« Anna lächelte und boxte ihn freundschaftlich auf die Rüstung.

»Hoffentlich ... Vierzehn, sind alle Knoten aktiv?«, fragte Gregor und wendete sich wieder den Ereignissen zu.
Sie nickte. Mit einem Blick über ihre Schulter konnte Elias Kennzahlen für zahlreiche Verbände sehen, die gerade mobilisiert wurden. Das war eine gigantische Streitmacht. »In zehn Stunden erreichen wir 82 Prozent Gefechtsbereitschaft. Das ist alles, was wir haben. Jeder Anzug, jeder Panzer und jeder Geschützturm ist dann an der Oberfläche.«
»Was ist mit den Raumschiffen?«, fragte Elias, vorhin hatte er eine große Anzahl Raumschiffe gesehen.
»Wir können 881 Schiffe entsenden ... wir warten damit, bis wir ein geeignetes Fenster finden, die Zeros im Orbit anzugreifen«, erklärte Ran'garth Vierzehn. Elias bemerkte, dass sie auf die Frage nach den Raumschiffen unruhig reagierte.
»Vierzehn ... keine Angst ... wir schicken die Schiffe erst, wenn wir eine Chance sehen, überhaupt im Orbit anzukommen«, sagte Gregor beruhigend.
»Ein Fenster finden?«, fragte Anna.
»Ein Zerstörer der Zero-Klasse hat in etwa die Feuerkraft von 3.000 unserer Raumschiffe. Und wenn euch der Master Carrier keinen Blödsinn erzählt hat, werden sich nachher zwölf Kriegsschiffe dieser Kategorie über uns befinden.« Gregor blieb seiner Maxime treu, er belog niemanden. »Wir brauchen ein geeignetes Fenster für einen konzentrierten Angriff, bei dem uns Vater einen Vorteil verschafft! Ansonsten gebe ich unserer Flotte nicht mehr als zwanzig Minuten Gefecht!«
»Könnten sie nicht fliehen?«, fragte Elias, der auch Flucht als Option betrachtete. Vielleicht könnten auch alle von Nemesis fliehen.

»Könnten sie.« Gregor gab sich kaltschnäuzig. »Das würde ihnen vielleicht weitere zwanzig Minuten einbringen.«

Elias bemerkte, dass sie nicht denselben Weg zu einem Portal an die Oberfläche nahmen, wie auf dem Hinweg. Eine gläserne Kabine brachte sie an weiteren Hangars vorbei, in denen inzwischen Tausende Aitair in blauen Anzügen die Flotte für den Kampf vorbereiteten. Die Streitmacht beeindruckte ihn, das war die Zuversicht, die er brauchte. Durch die Glasscheiben sah er auch unzählige Panzerfahrzeuge, Geschütze und Tausende bewaffnete Aitair in Kampfanzügen.
»Wie viele Aitair werden in den Krieg ziehen?«, fragte Elias, der die Augen nicht vom Aufmarsch hinter der Glasscheibe abwenden konnte. Neben Anna, Sequoyah und Dan'ren, befanden sich noch Gregor und seine beiden Lieblings-Ran'garths bei ihm.
»Knapp über acht Millionen. Ich hoffe, dass unsere Strategie aufgeht. Verdammt, ich habe Angst!«, antwortete Gregor.
Elias nickte. Sequoyah, die dicht neben ihm stand, lächelte Gregor an. Hoffentlich würde ihre Dreiecksbeziehung zu Gregor und Peter Hennessy keine Probleme machen. Eine alte und eine neue Liebe vertrugen sich selten zur selben Zeit. Elias sah Anna an, seine Anna, und dachte nach langer Zeit wieder an Kezia. Ihm war, als ob sich der Speichel in seinem trockenen Mund abwechselnd in Feuer und Eis verwandelte. Er hatte Kezia völlig verdrängt.
»Wie kommen wir nach oben?«, fragte Sequoyah. »Ich hoffe, wir müssen nicht laufen.«
»Etwa schon müde?«, fragte Gregor.
»Das auch ... wir haben keine Zeit.«

»Die haben wir wirklich nicht.« Gregor küsste sie, was Anna überrascht einen Schritt zurückweichen ließ.
»Hey ... etwa kein Zuhause?«, fragte sie pikiert.
»Doch ... jetzt wieder!«, konterte Sequoyah. Das sah für Peter schlecht aus, aber Elias hatte ihn noch nie gemocht. Konnte er Gregor besser leiden? Das würde sich noch herausstellen.
Die Glaskabine fuhr in einen betriebsamen Hangar hinein und blieb unter einem Gleiter stehen. Mehrere Aitair arretierten die Kabine unterhalb einer Ladeöffnung, durch die sie in das Schiff hineingezogen wurde. Oben angekommen verriegelte sich die Öffnung unter ihnen.
»Zu deiner Frage«, Gregor sah Sequoyah an. »Ich mag auch nicht laufen.«
»Ist das Fliegen bei dem Wetter nicht schwierig?«, fragte Anna.
»Das ist es in der Tat. Wir nutzen ein starkes und relativ großes Kraftfeld, das uns den Regen, den Wind und die EMP-Strahlung vom Hals hält, uns aber auch langsam macht. Für ein Gefecht taugt das nichts, wir sind aber in einer Stunde bei euren Freunden«, erklärte Gregor und verließ die Glaskabine. Die beiden Ran'garths nahmen sofort an der Steuerung Platz. Der dunkel gehaltene Gleiter bot Raum für zwölf Personen und etwas Fracht.
»Nutzt ihr die Gleiter ansonsten nicht?«, fragte Anna, deren Neugierde noch nicht gestillt schien.
»Nein. Wir haben es seit der verlorenen Schlacht vermieden, Technologie an der Oberfläche zu zeigen. Die Echos sollten nichts sehen, was unnötig Aufmerksamkeit erzeugen konnte.«
Elias spürte, wie die Triebwerke zündeten und sich der Gleiter in die Luft erhob. Wobei die Antriebstechnik keinen Auswurf von Hitze oder Luftdruck erzeugte.

Der Gleiter schwebte dicht über die Köpfe der Arbeiter hinweg, verletzte aber niemand. Bei einem Impulsantrieb der Menschen aus dem dreizwanzigsten Jahrhundert würde er sich nicht freiwillig hinter einen aktiven Antrieb stellen.
»Wie kommen wir hier heraus?«, fragte Anna und lachte. Sie schien selbst zu bemerken, dass sie ständig weitere Fragen stellte.
»Frag ruhig ... ich beantworte deine Frage, so gut ich kann«, antwortete Gregor souverän.
»Entschuldige ... ich bin nervös.« Annas Nasenspitze wurde eine Spur roter als zuvor.
»Nehmt Platz, die Sessel greifen eure Anzüge automatisch und laden eure Energiepacks«, sagte Gregor und setzte sich selbst in einen für Kampfanzüge vorgeformten Flugsessel. »Wir haben die Tore für die Hangars gut versteckt, aber ihr werdet es gleich sehen.«
Auch Elias setzte sich. Die Arretierung griff und es ging nach oben. Leider bot der Gleiter nur ein kleines Sichtfeld nach vorne heraus. Über ihnen öffnete sich eine sehr große Vorrichtung, gut mehrere hundert Meter breit, und gab die Sicht auf ein blaues wasserähnliches Portal frei.
»Ist das eine ähnliche Portaltechnik, wie die, die wir auf dem Hinweg bereits erlebt haben?«, fragte Anna, der die Fragen nicht ausgingen.
»Nein ... diesmal ist es wirklich Wasser. Wir werden durch einen der Seen auftauchen. Ein Kraftfeld hält den Wasserdruck, wenn wir das Tor öffnen«, erklärte Gregor.
Elias sah durch das Fenster wie das Kraftfeld um den Gleiter herum das Wasser verdrängte und stetig nach oben stieg. Je höher sie kamen, umso mehr Licht drang zu ihnen.

»Wie tief ist der See?«, fragte Anna und blickte neugierig wie ein kleines Kind durch die Fenster. Ihr Wissensdurst war kaum zu stillen. Elias hatte mehr Sorgen, seine Hände ruhig zu halten. Die Anspannung vor dem Kampf, die er bisher im Griff hatte, schlug gerade durch. Würde er diese Scheiße überleben?

»An der Stelle der Tore 407 Meter. Der Wasserdruck beträgt in der Tiefe über 40 bar«, erklärte Gregor geduldig. »Das sind 407 Tonnen Druck je Quadratmeter.«

Der Gleiter benötigte einige Minuten, um aus dem See aufzutauchen, Elias genoss die Reise durch die Unterwasserwelt. Durch die geringe Auftauchgeschwindigkeit wurde auch keiner der zahlreichen Fische getötet oder die Fauna anderweitig zerstört. Oben angekommen, ließ das Kraftfeld den extrem starken Regen des immer noch unvermindert heftig tobenden Orkans abperlen.

»Was für ein Wetter!«, witzelte Gregor und setzte die Reise horizontal fort. »Ich gebe euch ein Videobild von den Vorbereitungen, die gerade auf der Oberfläche laufen. Ihr könnt euch interaktiv durch die Einheiten klicken. Merkt euch, wie sie aussehen, nicht dass ihr gleich im Gefecht auf Aitair schießt. Unser Netzwerk wird bei der Freund- und Feinderkennung helfen ... aber wir sollten auch bei Ausfällen wissen, was zu tun ist«, erklärte Gregor.

»Verstanden«, bestätigte Elias und aktivierte ein Display an der Rückenlehne des Sitzes vor ihm. Die Menge an militärischem Gerät, das die Aitair zutage förderten, war gewaltig. Auf dem ganzen Planeten öffneten sie die unterirdischen Arsenale und durchquerten unzählige Seen in der Region. Es schien nahezu keinen Tümpel zu geben, auf dessen Grund sich kein Tor befand.

»Ich glaube an dich!«, sagte Anna, die neben ihm saß und seine Hand nahm. »Egal was passiert, egal wer stirbt, ich bin froh, dich getroffen zu haben.«

»Ich liebe dich! Und keiner von uns wird sterben!« Elias war sich absolut sicher. Die Wahrscheinlichkeit zu sterben, verbannte er aus seinen Gedanken.

»Das wünsch ich mir auch.«

»Kein Wunsch! Das ist unser Plan! Wir überleben! Sag es!«, forderte Elias sie auf.

»Wir überleben.«

»Ich habe keinen Ton verstanden ... du warst zu leise!« Das reichte Elias nicht.

»Wir überleben!«

»Ich will dich hören!«

»WIR ÜBERLEBEN!«

»Ja! Genau so!« Elias lachte. Auch Dan'ren, Sequoyah, Gregor und die beiden Blondinen stiegen mit ein.

»WIR ÜBERLEBEN!«, brüllten alle im Chor.

»Danke«, fügte Anna dem leise hinzu.

»Und wenn der Weg zurück ewig dauert! Wir werden es schaffen!« Elias beugte sich zu ihr und küsste Anna.

***

XXIX. Vertrauen

Der Gleiter flog langsam über den See, der neben dem ersten Dorf lag, das Anna und Elias gefunden hatten. Die stürmische Wasseroberfläche glich einem Ozean, Hunderte Kilometer von der nächsten Küste entfernt. Mit unbändiger Gewalt entlud sich der Orkan donnernd und blitzend über den turmhohen Wellen.

»Ich sehe das Dorf nicht mehr!«, sagte Elias, auf seinem Display nutzte er ein verbessertes optisches Aufklärungssystem, das ein zweihundert Meter großes Sichtfeld ermöglichte.

»Die Gebäude direkt am See werden den Sturm kaum überstanden haben. Jedes Dorf hat aber höher gelegene Schutzbereiche ... wir fliegen dorthin«, erklärte Ran'garth Vierzehn und neigte den Gleiter in eine weite Rechtskurve.

»Vierzehn ... minimale Bodenhöhe einhalten!«, ordnete Gregor an. »Wir stecken zu viele Blitzschläge ein!«

»Bestätigt.« Das kreisrunde Kraftfeld des Gleiters leuchtete bei jedem Blitzschlag, die sie im Sekundentakt trafen, kurz auf.

»Sehen die uns?«, fragte Sequoyah.

»Auch wenn wir leuchten wie eine Christbaumkugel, die Sicht ohne Hilfsmittel liegt unter fünfzig Meter ... die hören uns eher«, antwortete Ran'garth Vierzehn.

»Elias! Wenn sich die Bewohner des Dorfes und die Überlebenden der Horizon an der Stelle befinden, die ich vermute, werden wir sie aus der Luft nicht sehen können«, erläuterte Gregor.

»Verstanden. Und was bedeutet das?«, fragte Elias.

»Wir müssen springen! Was in den Anzügen kein Problem ist! Ich möchte bei der angespannten Lage aber nicht mit der Tür ins Haus fallen!

Eure Waffen sind zwar nicht sonderlich modern, reichen aber völlig, um aus kurzer Distanz einen Gleiter abzuschießen«, ergänzte Gregor seine Bedenken, die Elias nachvollziehen konnte. Wenn Marina Wache stand, würde sie im Zweifel immer zuerst schießen. Sie könnte den Gleiter für eine Saoirse-Aufklärungseinheit halten.

»Dann lass mich zuerst springen!« Elias würde Vater, Peter, Marina und die anderen über die neue Situation informieren. »Haben wir über die kurze Distanz eine Funkverbindung?«

»Maximal 50-100 Meter ... weiter sicherlich nicht!«, antwortete Gregor, der seinen Anzug aus der Arretierung löste und auf ihn zu kam.

»Haben wir eine Leuchtpistole?« Manche alten Dinge verloren auch über die Zeit nicht ihren Wert.

»Das wäre nicht schlecht, oder?« Gregor lachte. »Nein, die haben wir nicht. Wir haben etwas Besseres, schieß einen Laserfächer mit maximaler Streuung auf kurze Distanz. Das Signal sehen wir.«

»In Ordnung.« Auch Elias stand auf und folgte Gregor über die Auswurfluke. Anna sah still hinterher. Das war nur der Anfang vom Rest ihres gemeinsamen Lebens. Er würde sie wiedersehen. Das Visier seines Deltas schloss sich.

Gregor schmunzelte. »Bleib locker in den Knien!«

Elias nickte. Die Luke öffnete sich. Dann ging es abwärts. Er hatte das Tosen und Donnern des Sturmes nicht vermisst. Wie ein Stein schlug er zwanzig Meter weiter unten in den Morast. Die Landung war kein Problem, er steckte nur bis zu den Knien im Dreck. Ein Sprung, eine Rolle über die Schulter und er kniete vor einem Baumstumpf. Dreckswetter!

»Funktest! Ran'garth ... hörst du mich?« Elias weigerte sich sie nur als Nummer anzusprechen.

»Laut und deutlich!«, antwortete sie. *»Guter Sprung!«*

»Ich sehe hier nichts!« Elias ging weiter. Hinter ihm lag der vom Sturm aufgewühlte See, der sämtliche Gebäude am Ufer komplett überspült hatte. Nach einigen Metern stand er auf einer Anhöhe, die an der Vorderseite zum See abfiel und an der Rückseite in blanken Fels überging, der schroff aus dem Wald herausragte.

»Stehst du im Wasser?«, fragte Gregor.

»Nein.«

»Das ist ein gutes Zeichen. Ich hatte schon Angst, dich zu versenken!« Gregors Humor war nicht immer lustig. Die Funkverbindung wurde bereits schlechter. *»Siehst du Felsen?«*

»Ja ... ich gehe dorthin.« Wohin hätte Elias auch sonst gehen sollen. Seine Liebe zum Wasser litt gerade deutlich.

»Du solltest einen Höhleneingang finden ... hoffe ich.«

»Deine Zuversicht ist ...« Elias stockte.

Jemand tippte mit einer Waffe von hinten auf seine Schulter, Elias streckte die Hände zu Seite und drehte sich langsam herum. Das war Marina! An ihrer Delta-7 Rüstung befanden sich noch zahlreiche Bissspuren der Schneckenköpfe.

»Hallo Marina. Schön dich zu sehen!«, sagte Elias und blickte in die Mündung ihrer M-74.

»Beweg dich nicht!« Marina gab sich wenig erfreut. *»Du bist tot!«*

Elias schluckte.

»Kleiner Scherz! Mitkommen!« Marina nahm die Waffe herunter und ging zu einer Öffnung im Felsen, die wenige Meter daneben lag. Direkt am Eingang sicherte ein weiterer Soldat aus Hennessys Truppe den Zugang und schlug ihm bestätigend auf die Schulter.

Der Höhlenkomplex hatte nicht mehr viel mit einer normalen Höhle gemeinsam. Der Ausbau war mit einfachen Baustoffen, wie Holz und gemauertem Stein vorgenommen worden, dafür aber mit einem beachtlichen handwerklichen Geschick. Von der großen Eingangshöhle gingen auf mehreren Ebenen, die mit zahlreichen Treppen verbunden waren, Gänge in weitere Wohnbereiche ab.

»Wow!« Elias staunte nicht schlecht, das schien nicht das erste Unwetter zu sein, das die Aitair zu meistern hatten.

»Nicht schlecht, was?«, fragte Marina amüsiert, deren Visier sich öffnete und sich im Nacken an den Delta anfügte. Ihre Laune war für ihre Verhältnisse ausgesprochen gut.

»Haben alle von uns in diesem Höhlensystem Zuflucht gefunden?«, fragte Elias.

»Ja, alle.« Marina ging weiter vor. Die Nachricht von Elias‘ Rückkehr schien sich blitzschnell herumzusprechen. Peter Hennessy, Andrej, Ran'garth, Jel'mar und unzählige andere kamen auf ihn zu. Wobei nur die Gesichter der Horizon Crew darüber Freude zeigten. Was Jel'mar und Ran'garth, den beiden alten Aitair durch den Kopf ging, wusste er nicht, aber etwas Gutes war es nicht.

»Hallo Elias, schön, dich wiederzusehen.« Peter ergriff als Erster das Wort. Sein blasses Albino-Gesicht wirkte in der kühlen Beleuchtung fahl und müde. »Sind die anderen oben?«

»Ich bin allein.« Elias wusste nicht, wo er anfangen sollte.

»Allein? Wo ist Sequoyah?«, fragte Peter bestürzt. Was hingegen bei Ran'garth und Jel'mar ein kurzes Aufblitzen in den zurückhaltenden Blicken bewirkte.

»Keine Sorge. Sie ist wohlauf. Auch Anna und Dan'ren geht es gut.« Elias hatte nicht die beste Wortwahl getroffen.

»Hey! Mach mir keine Angst!« Peter gab sich erleichtert, seine Zuneigung zu Sequoyah war echt. Er liebte sie. Das war der erste Moment, in dem Elias ihn sympathisch fand. Die Entwicklung mit Gregor würde ihm nicht gefallen.

»Was ist passiert?«, fragte die alte Ran'garth aufmerksam, die vermutlich gerade die Ereignisse nicht nachvollziehen konnte. Es war ihr Plan gewesen, die drei Frauen und ihn in den Tod zu schicken. Elias sollte nicht darüber nachdenken, wenn Anna getötet worden wäre, hätte er der Alten den Kopf von den Schultern geschlagen. Die Aitair waren jetzt ihre Verbündeten! Diesen Gedanken hämmerte er sich in seine Sinne und lächelte über alles Weitere hinweg!

»Sehr viel ... wo ist Vater?«, fragte Elias. Sie hatten noch viel zu tun und er wollte es nicht doppelt erzählen müssen.

»Er lädt gerade seine Energiepacks auf ...«, antworte Andrej. »Wir haben ihm eine Ladevorrichtung gebaut.«

»Habt ihr den Cube gefunden?«, fragte Jel'mar vorsichtig. Allein für die Frage hätte Elias ihn schlagen sollen, er war es sicherlich gewesen, der Tuc'cen angestiftet hatte.

»Nicht nur den!«

»Bitte?«, fragte er mit zittriger Stimme. »Was denn noch?« Ob er es bereits ahnte?

»Das Dorf auf der anderen Seite des Berges, wir hatten das Vergnügen mit dem Wächter des Glaubens zu sprechen.« Ihn Gregor zu nennen, hätte keiner verstanden.

»Ähm ...« Jel'mar suchte nach Worten, die ältere Ran'garth sackte wieder theatralisch auf den Boden und auch Peter sah ihn nur ahnungslos an.

»Was ist das?«, fragte Marina und tippte mit dem M-74 auf die Laserkanone an seinen Unterarmen.
»Waffen-Updates! Du wirst auch welche bekommen!«
»Wir müssen reden! Soll ich dich jetzt zu Vater bringen?«, fragte Peter, der nun danach drängte, mehr zu erfahren.
»Sofort ... ich möchte noch einen Gleiter der Aitair einweisen ... sie sind unsere Verbündete! Also schießt nicht auf sie!«, sagte Elias vor den staunenden Augen der Zuhörer.

Nachdem Elias die breitgefächerte Lasersalve in den verregneten Nachthimmel geschossen hatte, dauerte es nur wenige Minuten bis Anna, Sequoyah, Dan'ren, Gregor und Ran'garth Vierzehn aus geringer Höhe abgesprungen und wohlbehalten bei ihnen angekommen waren. Ran'garth Neunzehn verblieb im Gleiter, warf noch zwei Frachtkisten ab und drehte dann ab.
»Alles in Ordnung?«, fragte Gregor, während er und Ran'garth Vierzehn die Frachtkisten bargen und sie geschultert an ihm vorbei trugen.
»Ja. Bringt das Equipment in die Höhle. Wir werden erwartet.« Elias wollte nur Anna sehen, die beim Sprung aus dem Gleiter eine Bauchlandung gemacht hatte. »Anna, das Springen üben wir aber nochmal.«
»Danke! So ein Mist ... ich sehe aus wie ein Schlammwurm!«, schimpfte sie lautstark.
Sequoyah lachte über Funk. *»Einfach einen Moment im Regen stehen bleiben. Das klärt sich von selbst!«*
Auch Elias schmunzelte, was machte schon etwas Dreck auf der Rüstung.

Als Gregor die Frachtkiste in der Höhle abstellte und das Visier seines Biosuits öffnete, befanden sich alle Aitair eine Sekunde später tief verbeugt auf den Knien. Autoritätsprobleme hatte er keine. Sein älterer Klon Jel'mar schien sich sogar für seine Taten in Grund und Boden zu schämen und kam kaum mehr von Boden hoch.

Elias beobachtete Gregor von einer Treppe herunter, Vaters kleiner Textilroboter schwebte neben ihm. Auch Vater sah Gregor zu, Elias hatte ihm zuvor alles erzählt, was er erlebt hatte.

»Was für eine wundersame Fügung«, sagte Vater.

»Ich habe Angst vor dem Kampf.«

»Es wäre schlimm, wenn du keine hättest.«

»Hast du auch Angst?«, fragte Elias und sah zu Vater, der in seinen Gedanken überlebensgroß neben ihm stand.

»Zählen auch große Sorgen?«

»Ja.« Elias lächelte.

»Gregor hat eine verwegene Strategie vorgeschlagen ... aber was bleibt einem schon, wenn man mit dem Rücken an der Wand steht.«

»Wir können nicht gewinnen ...«

»Es hat noch nie jemand einen Krieg gewonnen ... man kann nur überleben.«

»Damit würde ich mich zufriedengeben«, sagte Elias und spürte, wie der Chip in seinem Nacken wärmer wurde. Vater speicherte wieder Daten bei ihm ab.

»Backup?«

»Für alle Fälle. Leider erlaubt der Delta-7 Steuerungschip, nur einen Bruchteil meiner Signatur zu laden.«

»Wenn ich dich doch im Nacken habe, wieso hast du mir nicht während der Mission geholfen?«, fragte Elias.

»Das müsstest du Anna fragen, sie hat mich entwickelt. Ich kann mich nicht beliebig teilen, meinen Kern kann es nur einmal geben. Eine Kopie von mir wäre mehr oder weniger funktional, aber ... ich sage es mit einfachen Worten ... nicht der Hellste in der Birne.«

»Und wenn dein Lerotin-Avatar im Kampf zerstört würde?«, fragte Elias.

»Dann würde ich mich in alter Frische in deinem Nacken melden. Du bist meine Lebensversicherung.«

»Und wenn ich sterbe?«, fragte Elias, der gerade Probleme hatte, sich zu motivieren. Anna aufzumuntern war einfacher.

»Dann bist du tot.«

»Wie?« Mit der Antwort hatte Elias nicht gerechnet.

»Du bist Mediziner, das solltest du verstanden haben ... aber du bist nicht tot. Also hör auf zu jammern!«

Elias schüttelte den Kopf. »Ja ... ich hab es verstanden.«

»Welchen Eindruck hat dir Gregor vermittelt?«, fragte Vater in einer anderen Tonart.

»Ich kann ihn nicht einschätzen ... ein solcher Mensch ist mir noch nicht begegnet.«

»Klon.«

»Ich denke, als KI und als Replikant sollten wir nicht mit dem Finger auf ihn zeigen.«

»Wohl wahr ... die Definition des Menschseins ist in den letzten 10.000 Jahren etwas breiter geworden.«

»Hast du Sequoyah gesehen?«, fragte Elias, die Veränderungen an ihr wurden immer deutlicher. Sie lachte, war ausgelassen und machte laufend mit Gregor und mit Peter Späße.

»Ähm ... ja ... ich versuche nicht, jede Stimmung einer Frau zu verstehen. Ich glaube, sie ist glücklich. Zumindest glücklicher als vorher.« Vater gab sich wieder diplomatisch.

»Ist das ein gutes Zeichen?« Elias konnte mit ihrem Verhalten auch nichts anfangen. Sie verhielt sich, als ob sie etwas kompensieren wollte. Er würde sich von Sequoyah in einer ruhigen Minute die ganze Geschichte erzählen lassen.

»Sie vertraut ihm.«

»Tust du das auch?«

»Zweifel?«

Elias konnte seine Gefühle nicht in Worte fassen. »Er ist mir eine Spur zu smart.«

»Wir sitzen im selben Boot.«

»Hoffentlich tun wir das.«

»Haben wir eine Alternative?«, fragte Vater. Die Frage hatte sich Elias auch immer wieder gestellt. Der Kampf zwischen seinem Verstand und seinem Bauchgefühl war noch nicht vorbei. *»Oder haben wir bessere Chancen, wenn wir alleine kämpfen?«*

»Er hat 8 Millionen Kämpfer.«

»Du hast sie gesehen?«

»Ja.« Elias nickte. »Genauso wie die Raumschiffe, die Panzer, die Geschütze und die gigantische unterirdische Anlage viele Hundert Meter unter der Erde.«

»Das sind sehr gute Argumente ... Peters Truppe sind nicht mehr ganz so viele.«

»Gregor sagt, dass der gesamte Kampf mit der Firewall steht und fällt«, erklärte Elias.

»Ich werde mein bestes tun ... wenn ich mehr Rechenleistung habe, werde ich noch einmal versuchen, dem Master Carrier die Hosen auszuziehen.«

Elias lächelte. »Das ist dein Job! Wenn du die Zerstörer aufhalten kannst, kann die Aitair Flotte angreifen und nebenbei dafür sorgen, dass die nicht doch noch auf die Idee kommen, Massenvernichtungswaffen einzusetzen.«
»Einfach, oder?« Vaters Stimme lächelte. Elias konnte es spüren, auch Vater hatte Angst. Aber das war gut so, egal was kommt, sie würden füreinander einstehen.
»Wie lange braucht die junge Ran'garth noch?«, fragte Elias und sah wieder nach unten. Ran'garth Vierzehn war gerade dabei, den Uplink aufzubauen, eine leistungsstarke, in den Boden gerichtete Antenne, die Vater mit dem Aitair-Netzwerk verbinden sollte. Währenddessen verteilte Gregor die Update-Packs für die Kampfanzüge, die mit wenigen Handgriffen sowohl die Deltas als auch die Biosuits von Dan'rens Kämpfern aufwertete.
»Es wird gleich so weit sein«, sagte Vater erwartungsvoll.

Gregor hatte sich etwas später auf einen Treppenaufgang gestellt. Von dieser Position sollten ihn alle sehen können. Gut 1.400 Zuschauer warteten auf seine Worte. Sequoyah, Anna und Peter standen neben ihm. Elias befand sich mit Vater bei Ran'garth Vierzehn in der Mitte der Höhle neben dem Uplink, der bereits erwartungsvoll blinkte.
»Freunde!«, rief Gregor und breitete die Hände aus. »Freunde! Bitte!« Es wurde leiser. »Wir haben noch zwanzig Stunden, bis wir der mächtigsten Streitmacht unseres Quadranten gegenüberstehen, die man sich zum Feind machen kann.«
Niemand sagte einen Ton.

»Saoirse schickt uns zwölf Zerstörer der Zero-Klasse! Das ist eine beachtliche Streitmacht! Die wissen genau, was es bedarf, uns zu besiegen!«
Die Menge jubelte. Gregor genoss die Wogen des Zuspruchs und ließ den Beifall verklingen.
»Wir kämpfen aber nicht im All! Wir kämpfen auch nicht auf irgendeinem langweiligen Wüstenplaneten! Wir kämpfen auf Nemesis! Unserer Heimat!«
Die Menge jubelt erneut. Er peitschte die Stimmung weiter auf. Egal ob Aitair, Lerotin oder Horizon-Überlebender, alle stiegen mit ein. Elias verstand, wie wichtig das war.
»Und das Wetter auf Nemesis meint es gut mit uns! Es regnet in Strömen! Die EMP-Felder unterbinden jeglichen Funk über fünfzig Meter! Die werden ganz nah an uns herankommen müssen! So nah, dass wir sie sogar mit Knüppeln erschlagen könnten!«
Gregor ließ seine Worte wirken.
»Aber ... aber, das ist nur ein Teil unserer Strategie! Unsere Verbündeten unterstützen uns mit einem Krieger, mit dem der Master Carrier nicht rechnen wird! Eine KI, die er nicht übernehmen kann! Eine KI, die dafür sorgt, dass der Feind keines unserer Systeme übernehmen kann! Eine KI, die mit unserem Netzwerk die Zeros aufhalten wird! Die KI, die unserer Flotte erlauben wird, die hässlichen Schrotthaufen wie Müll aus dem Orbit zu schießen!«
»Wir werden gewinnen!«, rief jemand dazwischen.
»Oh ja! Das werden wir! Wir werden gemeinsam kämpfen! Und wir werden mehr gewinnen, als wir uns je zu träumen gewagt haben!«, rief Gregor lautstark.

Tosender Beifall. Sogar Elias musste schlucken. Sie würden gewinnen. Der Plan würde funktionieren. Er glaubte, nein, er wusste, dass es funktionieren würde! Jetzt war er sich sicher! Anna würde überleben! Er würde überleben! Sie würden gewinnen!

»Freunde!« Gregor sorgte wieder für Ruhe. »Jetzt kommt der Moment, der mir eine Gänsehaut über den Rücken laufen lässt! Die Aitair kämpfen seit Generationen gegen die Vorherrschaft der Maschinen ... und heute übergebe ich das Kommando über 8 Millionen Soldaten, alle Fahrzeuge und unsere komplette Flotte an eine KI.« Gregor konnte sich einige Tränen nicht verkneifen. »Vierzehn, bitte ... du bist dran ... bereite Vater den Weg in unser Netzwerk!«

Das Augenmerk richtete sich nun auf Ran'garth Vierzehn, Elias und den kleinen Lerotin-Roboter, der Vater beherbergte.

»Vater, ich gebe dir zuerst den Link auf mein Kommandodisplay.« Ran'garth Vierzehn verband ein Kabel zwischen ihrem Display und dem Lerotin-Roboter. »Du siehst dort unsere militärischen Strukturen, die Verbände, die Kommunikationsprotokolle, die Offiziere, alle aktuellen Standorte und unsere taktischen Möglichkeiten.«

»Danke. Ich komme zurecht.« Vater hatte das Display übernommen. *»Das ist eine stattliche Streitmacht! Freunde! Wie der Wächter des Glaubens bereits sagte, wir werden gewinnen! WIR WERDEN GEWINNEN!«* Auch Vater heizte die Stimmung weiter an. Die Menge tobte.

»In Ordnung, sag mir, wenn du bereit bist?«, forderte Ran'garth Vierzehn ihn auf, die ihren Job hervorragend machte. »Ich starte dann den Uplink ins Netzwerk.«

»Ich bin bereit!«, antwortete Vater. Seine Mission konnte beginnen.

***

XXX. Wahrheiten

Es waren noch 18 Stunden, bis die Saoirse-Flotte im Orbit von Nemesis ankommen würde. Bis dahin müssten alle Vorbereitungen abgeschlossen sein. Hoffentlich würde Gregors Plan funktionieren, wenn Vater das Netzwerk der Aitair gegen einen Angriff des Master Carriers verteidigen können würde – dann hätten sie eine Chance. Zugegeben, eine kleine, aber es war eine Chance.

»Die Uplink-Antenne strahlt in den Boden, um die Reichweite zu erhöhen, initiiere ich ein Kraftfeld-Gitter, das die magnetischen Störungen minimiert«, erklärte Ran'garth Vierzehn und sah Vaters Lerotin-Avatar an. »Vater, du bist dran ... die Kontrolle liegt bereits bei dir. Die Routine hatte ich dir vorbreitet.«

»Natürlich ...«, antwortete Vater und startete ein faustgroßes gitterartiges blaues Kraftfeld an der Oberseite der Uplink-Antenne, die pulsierend vor ihnen am Boden lag.

Ran'garth Vierzehn lächelte verständnisvoll. »Das Gitter wird jetzt größer ... ihr müsst aber nicht auf die Seite gehen. Das Kraftfeld hat auf Menschen keine Auswirkungen.«

Alle Zuschauer in der Höhle blickten gespannt auf das wachsende blaue Gitternetz. Bei Berührungen mit der Haut lachten die Betrachter kurz und verfolgten aufmerksam die weitere Entwicklung. Wie eine große Kuppel überragte das Kraftfeld einen Moment später die meisten Anwesenden. Egal ob Aitair, Lerotin oder Horizon Crew, jeder verfolgte aufmerksam das Schauspiel, Männer, Frauen, Kinder, mit oder ohne Kampfrüstungen, alle sahen zu.

Das Wachstum stoppte kurz unter der Felsendecke, was ungefähr 15-18 Meter waren, gleich hatten sie es geschafft, dachte Elias erleichtert.

Er blickte zu Anna, die ihn zufrieden anlächelte und zu Gregor, der ihm herzlich lachend einen nach oben gerichteten Daumen zeigte.

»Die Abschirmung hat den erforderlichen Schwellwert erreicht. Der Uplink hat Kontakt mit dem Netzwerk«, sagte Vater.

»Dann geht es für dich gleich los ... ich fange auch den Lerotin-Roboter auf. Der Kleine hat seine Aufgabe mit Bravour gelöst und wird einen Ehrenplatz bekommen.« Ran'garth sprang spielerisch unter Vaters Avatar, der nach dem Upload nicht mehr von ihm kontrolliert werden würde. Viele Zuschauer schmunzelten über ihre Geste.

»Starte Upload!«, sagte Vater, worauf der Lerotin-Roboter sanft in Ran'garth Vierzehns Hände fiel und die Menge applaudierte.

»Vater ist im Netz!«, rief Gregor laut von der Treppe hinab. Das blau pulsierende Kraftfeld wurde heller und kräftiger. Das sah beeindruckend aus, befand Elias.

»So sieht Power aus!«, rief Gregor laut und ließ die Menge frenetisch jubeln. Das Gitter wurde heller und die Farbe verwandelte sich in ein kräftiges Rot.

Elias griff sich überrascht in den Nacken, ihm war, als ob ihn etwas gestochen hätte, doch das war nur der Steuerungschip seiner Delta-7 Rüstung, der sich schnell erhitzte. Nein! NEIN! N E I N !!! Das konnte nur eine Ursache haben! *Vater ist im Netz*, mit diesem doppeldeutigen Satz verhöhnte Gregor sie sogar noch. Er spielte falsch!

Das Visier seines Deltas schloss sich blitzschnell und er visierte Ran'garth Vierzehn und Gregor an, doch das Waffensystem verweigerte den Dienst. Die Anzeige fiel aus. Er spürte nur noch, wie ihn eine unbekannte Kraft, wie an einem Gummiband, vehement nach hinten an das glühend rote Kraftfeld schnellen ließ und die neuen Apparaturen an Armen und Beinen, ihn, ähnlich wie in Handschellen, bewegungsunfähig machten.

Aus dem zuvor durchlässigen Kraftfeld war nun ein undurchdringliches Gitter geworden.
»DAS IST EIN FALLE!«, brüllte Elias umgehend, als sich sein Visier wieder öffnete, doch sein Warnruf kam zu spät. Nicht nur er hing wie eine Fliege im Netz, sondern auch alle seine Waffenbrüder. Jeder Lerotin und jeder der Kämpfer aus Peters Gruppe, der sich vorhin die Bewegungs- und Waffenerweiterung hatte montieren lassen, klebte hilflos an der Falle der Aitair. Auch Anna und Sequoyah. Wie konnten sie nur so dumm gewesen sein!
»Richtig bemerkt, Sportsfreund!« Gregor kam feixend die Treppe hinab gelaufen. »Ich wusste immer, dass du schnell bist, wenn auch nicht schnell genug.«
Während die Aitair rund um die älteren Ran'garth und Jel'mar, den Ereignissen starr wie Puppen folgten, versuchten die verbliebenen Horizon-Überlebenden zu fliehen. Eine Flucht, die an dem inzwischen verschlossenen Höhlenausgang ein schnelles Ende fand. Die meisten von ihnen waren Frauen, Verletzte und kleinere Kinder. Waffen trug von denen keiner mehr.
»Liebe Mütter, liebe Kinder, es gibt keinen Grund, in den Regen zu wollen! Draußen ist es wirklich ungemütlich. Wenn ihr euch friedlich benehmt, wird euch nichts zustoßen! Meine Assistentin wird euch in eure Ruheräume begleiten!«, sagte er höflich. Die Menge zögerte.
»Pack sie nicht an!«, rief Elias, sobald er Gregor in seine Finger bekäme, würde er ihn fertigmachen! Erst jetzt bemerkte Elias, dass er der Einzige war, der sprach. Alle anderen hingen zuckend mit verschlossenen Visieren in dem pulsierend roten Kraftfeld-Gitter.

»Hey ... das tut keiner. Sprich zu ihnen, sag ihnen, dass sie Vierzehn folgen sollen. Es ist zu ihrem Besten. Ihnen passiert nichts«, forderte ihn Gregor unmissverständlich auf.
»Was dir alle glauben ...«, antwortete Elias wütend. Der Fluchtversuch kam zum Erliegen. In die zuvor panisch kreischende Gruppe kehrte Ruhe ein. Alle hörten Elias zu.
»Elias! Triff eine Entscheidung! Ich lege über 700 Menschenleben in deine Hände. Sag ihnen, sie sollen Vierzehn folgen oder gebe den Befehl anzugreifen«, sagte Gregor und gebot Elias mit einer überzogen gespielten Geste, zu sprechen.
Ran'garth Vierzehn lächelte. Auch der Kopfschutz ihrer Rüstung schloss sich, während ein hochfrequenter Ton das Aufladen ihrer Laseraggregate an den Armen signalisierte. Sie konnte problemlos die rot pulsierende Kraftfeldbarriere durchschreiten. Von den anderen Aitair sprach immer noch keiner ein Wort. Es sah aus, als ob sie jemand abgeschaltet hätte. Das war ein Albtraum!
Es gibt nur noch dich, dachte Elias, er wurde erneut zu einer Entscheidung gezwungen, die er nicht treffen wollte. Doch egal was er sagte, 700 Unbewaffnete würden gegen die gut gerüstete Ran'garth Vierzehn keine Chance haben.
»Wir werden heute nicht kämpfen! Folgt Ran'garth, lasst euch in eure Unterkünfte begleiten! Und bitte versucht nicht, euch zu wehren. Wir werden einen besseren Weg finden!«, erklärte Elias resigniert, die KI Vater befand sich paralysiert in einer Sperrvorrichtung und den Kampf um ihre Freiheit hatten sie endgültig verloren!
»Eine weise Entscheidung! Du bist ein guter Anführer, man sollte immer wissen, wann man eine Schlacht verloren hat. Glaub mir, auch ich habe früher eine ähnliche Lektion erfahren müssen.«

Mit hängenden Köpfen folgten die Horizon-Überlebenden seiner Order. Elias wollte niemals der Anführer sein. Er hatte kläglich versagt, sich blenden und wie ein stupides Tier einfangen lassen. Diese Schmach schmerzte.

»Ich glaube an dich«, sagte eine Frau leise, die mit einem Kind auf dem Arm, auf den Boden blickend, an ihm vorbei ging. Anna kannte sie, ihr Name war Claire. Vermutlich war sie die Letzte, die noch nicht sah, dass er versagt hatte.

»Was ist mit den anderen?«, fragte Elias, der immer noch als Einziger der gefangen genommenen Kämpfer sprechen konnte.

»Menschen neigen in solchen Situationen immer dazu, Unsinn zu reden. Ich würde dich bei deren Geschrei nicht verstehen. Das fände ich ziemlich unhöflich! Glaub mir, ich kenne mich aus!« Gregor zelebrierte seinen Sieg mit jeder Silbe, die er über seine Lippen kommen ließ.

»Saoirse, der Master Carrier, unser Kampf für die Freiheit, das war doch nicht alles Lüge, oder?«, fragte Elias. Das konnte er sich nicht vorstellen! Gregors Entscheidung, sie zu verraten, machte keinen Sinn! Der Master Carrier würde auch ihn töten!

»Jedes Wort davon war wahr! Jedes! Es geht mir wirklich um Freiheit, allerdings nur meine, das ist der kleine Unterschied«, sagte Gregor, der jetzt nur einen Schritt vor ihm stand. Elias hing immer noch in dem roten Kraftfeld-Gitter fest.

»Und deine Anhänger? Die Aitair? Acht Millionen Soldaten bereiten sich auf eine gigantische Schlacht vor! Wir hätten eine Chance gehabt! Vater hat dir vertraut!« Elias konnte es immer noch nicht verstehen.

»Du bist noch nicht sehr alt ... aber ich mag dich ... ich erzähle dir etwas über Wahrheit ...«

»Willst du mir weitere Lügen auftischen?«, fragte Elias dazwischen, der die großspurigen Erläuterungen Gregors falscher Wahrheiten nicht mehr hören wollte.

»Ich hab dich schon besiegt. Sei also so höflich und schätze, dass ich dir etwas mitteilen möchte ... solange ich dich noch mag!« Gregors Wunsch nach Gehör klang wie ein über Elias' Kopf schwebendes Todesurteil.

»In Ordnung ... du hast gewonnen! Welche Wahrheit möchtest du mich erfahren lassen?«, fragte Elias.

»Herrlich ... ich liebe deinen feinen Zynismus! Du glaubst nicht, wie selten ich mich gut unterhalten kann.« Gregor freute sich beinahe schon kindlich. Den Zynismus konnte er gerne haben.

»Liegen dir etwa nachts Vierzehns und Neunzehns Titten auf den Ohren?« Elias legte nach. Ran'garth Vierzehn lächelte.

»Groß genug wären sie dafür ... aber nein, das ist es nicht. Warte, ich zeige es dir. Hin'nis, kommst du bitte?« Gregor rief das Aitair Mädchen zu sich, das Elias zuerst im Regenwald mit ihrem Bruder Tuc'cen getroffen hatte. Sie kam zu ihm gelaufen und blieb mit inhaltsloser Miene vor ihm stehen.

»Das Klonen hat mit den Jahren unsere Art nicht weitergebracht ... man kann sogar sagen, wir degenerieren.«

»Bitte was?« Elias verstand ihn nicht.

»Hin'nis, greif dir an den Hals und reiß deine Schlagader auf!«, befahl Gregor, ohne seine Stimme zu heben.

Das Mädchen befolgte den Befehl umgehend und verblutete zuckend auf dem Boden.

»Das war unnötig!« Elias sah weg.

»Hast du es denn verstanden?«, fragte Gregor.

»Dass du acht Millionen Lämmer in die Schlacht führst?« Dass Gregor die Aitair als Herrscher über Leben und Tod anführte, sagte nichts aus, was Elias nicht zuvor bereits wusste. Es zeigte nur, dass Gregor auch ein herzloser Sadist war!

»Wahrheit Nummer eins ... die Aitair auf Nemesis leben nur zu meinem Wohl. Wahrheit Nummer zwei ... wir sind sogar weniger als ihr. Nur 472, nein warte, 471 leben noch!«

»Aber ich weiß doch, was ich gesehen habe!« Elias hatte doch nicht geträumt.

Ran'garth Vierzehn kam zurück und sah kopfschüttelnd auf die Blutlache des Mädchens. Mit der Hand signalisierte sie zwei weiteren Aitair, die Tote fortzuschaffen. »Ich habe alle in Kammern sperren lassen, sie werden versorgt.«

»Danke. Hat Neunzehn den Terraformer gefunden?«, fragte Gregor.

»Ja. Neunzehn konnte das System leider nicht übernehmen. Die Codes der KI sind für uns nicht zu knacken. Sie musste den Terraformer sprengen. Das Wetter sollte sich langsam wieder bessern«, erklärte Ran'garth Vierzehn.

»Ist sie auch wie Hin'nis?«, fragte Elias.

»Glücklicherweise nicht ... aber ich habe auch nur Vierzehn und Neunzehn, die sich um mich kümmern«, antwortete Gregor gutgelaunt und küsste sie väterlich auf die Stirn.

»Was habe ich dann gesehen? Was ist mit den Labors? Den Raumschiffen? Und den Geschützen?« Das wollte Elias jetzt verstehen.

»Unsere Geschütze kennst du ja ... die alten Schrotthaufen treffen im Quartett noch nicht einmal vier Kämpfer in einem kleinen Waldstück!

Wobei Dan'rens Primärwaffe schon ein Knaller ist! Und dass die Bewacher des Cubes miserable Scharfschützen waren, solltet ihr auch mitbekommen haben!«
»Sollten die uns töten?«
»Klar sollten sie das! In freier Wildbahn wart ihr zu gefährlich. Teilen und herrschen ... ich hatte keine Möglichkeit, euch geschlossen zu bekämpfen. Euch einzeln zu töten, schien der bessere Weg zu sein.« Gregors Zynismus übertraf Elias' Erwartungen um Längen.
»Und Sequoyah?«, fragte Elias aufgebracht.
»Wie sollte ich das zu diesem Zeitpunkt ahnen? Erst als sie den Kristall zeigte, wollte ich wissen, wer sie ist! Meine Güte, das ist 10.000 Jahre her ... damit konnte doch niemand rechnen!«
»Und wozu das alles?«
»Um eure KI einzufangen. Sie ist verdammt wertvoll!«, antwortete Gregor zweideutig. »Durch Sequoyah brachte mich euer Vertrauen genau an den Punkt, an dem wir uns jetzt befinden.«
»Und? Setzt du dich jetzt in eines deiner Raumschiffe und haust ab?«, fragte Elias schnippisch.
Gregor schüttelte den Kopf. »Du hast es immer noch nicht verstanden, oder? Du hast meine Flotte kennengelernt! Ich habe einen Gleiter und der hat jetzt noch für zwanzig Flugstunden Treibstoff! Und mein wundersamer Cube ist gesperrt!«
»Aber ... ich habe doch ...« Elias wusste doch, was er gesehen hatte. Inzwischen hatten alle Aitair die große Höhle verlassen. Neben denen, die im Gitternetz festhingen, gab es in Elias‘ Nähe nur noch Gregor und Ran'garth Vierzehn.

»Alles, was du gesehen hast, sahst du durch Glasscheiben ... hat dir der wunderschöne Garten in meinem persönlichen Wohnbereich nicht gefallen?«, fragte Gregor schelmisch.
»Er braucht ein wenig länger.« Auch diese verdammte Blondine lachte Elias aus, dem gerade siedend heiß klar wurde, nie mehr als Animationen gesehen zu haben, die auf Glasflächen projiziert wurden.
»Was war ich dämlich ...« Elias ließ den Kopf hängen. Am liebsten wäre er vor Scham im Erdboden versunken.
»Na ja ... es waren schon gute Animationen, oder?«, witzelte Gregor und genoss weiterhin seine Überlegenheit. »Du warst nicht der Einzige, der gesehen hat, was er sehen wollte!«
»Sequoyah ...« Auch sie hatte er getäuscht.
»Mal ehrlich ... sie hat damals ein Dutzend meiner Klone getötet. Und sogar den echten Gregor! Meine erste Niederlage übrigens. Sehr schmerzliche Erfahrung! Und ich bekomme sie wieder dazu, mich mit Herzchen in den Augen anzusehen?«, fragte er scheinheilig. Hoffentlich hörte Sequoyah zu, damit sie ihn erneut töten konnte!
»Sie liebt dich!«
»Liebte! Ich denke, ich muss akzeptieren, ihre Zuneigung endgültig verspielt zu haben ... aber das war es wert!«
Gregor hörte nicht auf, sich zu feiern. Elias sollte sich konzentrieren, vielleicht gab es eine Möglichkeit, seine Selbstverliebtheit gegen ihn zu verwenden.
»Gute Frage ... war es das denn wert?«, fragte Elias provokativ. »Du sagtest selbst, in der Vergangenheit nicht viele gute Gesprächspartner gehabt zu haben.«

»Oh ... das Kämpferherz erwacht! Das mag ich! Und du hast recht, Sequoyah hätte wirklich für unterhaltsame Nächte gesorgt ... aber man kann nicht alles haben!«

Gregor war kalt wie ein Stein. Elias würde ihn niemals über die Zuneigung zu Sequoyah in Bedrängnis bringen können.

»Und was bringt dir dein Sieg gegen uns?« Elias lachte spöttisch. »Der Master Carrier wird dich trotzdem vernichten!«

»Ich war vorhin mit den Wahrheiten noch nicht fertig. Eine habe ich noch! Saoirse ist so unvorstellbar mächtig, dass ich alleine, mit euch, mit euch und Vater, oder was dir sonst noch für sinnlose Bündnisse einfallen, niemals eine Chance gesehen habe, zu gewinnen!«

»Alles Lügen! Hast du überhaupt ein wahres Wort von dir gegeben?«, fragte Elias verärgert.

»Sich vor denen zu verstecken oder einen guten Handel anbieten können ... das ist wahr! Für Vater werde ich begnadigt! Das wird wahr werden!«

»Begnadigt?«, fragte Elias ungläubig.

»Die suchen mich seit vielen Jahren! Ich habe früher den Lerotin-Aufstand angezettelt ... was glaubst du, was die mit mir machen, wenn ich keinen Handel anbieten kann?«

»Dich etwa bestrafen?« Jetzt verstand Elias langsam die Zusammenhänge.

»Nein, sie werden mich und die Aitair laufen lassen!«, sagte Gregor. »Weil sie Vater von mir bekommen!

»Und darauf willst du dein Leben verwetten?«, fragte Elias und wunderte sich über Gregors Naivität. »Was soll denn eine einzelne KI so wertvoll machen?

»Du wirst es sehen, die lassen mich laufen!«

»Du träumst! Wach lieber auf! Du hast auch deine Zukunft verkauft!«, sagte Elias.
»Du kämpfst heroisch! Leider erfolglos. Du wirst mich nicht verunsichern können!«
Die Antwort hatte Elias erwartet. Ob Vater bereits in seinem Nacken mithören konnte? Er hatte noch nichts von ihm gehört. Der Chip war aktiv, das spürte Elias. Er sollte Gregor weiter am Reden halten, bis Vater ihm wieder helfen konnte.
»Und was passiert jetzt?«
»Wir warten auf die Einheiten des Master Carriers, ich werde euch übergeben, zeigen, dass ich nicht geflohen bin und um eine faire Verhandlung ersuchen.«
»Faire Verhandlung?« Elias konnte es kaum glauben, wie sehr Gregor sie hinters Licht geführt hatte.
»Saoirse ist ein Rechtsstaat, ja sicherlich, ein totalitärer, aber es sind immer noch Menschen. Freilich kann man mit denen reden. Entschuldige ... aber ich hatte bei den Gräueltaten ein wenig übertrieben ... ihr wolltet Drama hören, also habe ich euch Drama gegeben!«, erklärte Gregor überzeugt. Wie gerne hätte Elias ihn erwürgt.
»Und was passiert mit uns?« Diese Informationen, wenn sie denn stimmten, boten völlig neue Perspektiven. Vielleicht würden Saoirse sie sogar als Überlebende der Horizon befreien oder zumindest gut behandeln?
»Keine Ahnung ... die können euch sezieren, ausstopfen, heiligsprechen oder zu Pop Stars machen ... ich traue denen alles zu. Hauptsache, ich übergebe die KI, die es wagte, einem Master Carrier auf die Füße zu treten. Der Name ist übrigens missverständlich, früher hätte man ihn einfach als Polizei-Offizier bezeichnet.«

Gregors Erklärung war wie eine Ohrfeige. »Ist der Master Carrier nun eine Maschine oder ein Mensch?«

»Ich sage Maschine, er würde Mensch sagen … du wirst ihn kennenlernen. Mach dir selbst ein Bild.«

»Was ist mit Vater geschehen?«, fragte Elias, der nicht verstand, warum die KI sich zwar in seinem Nacken aktiviert hatte, Vater aber nicht mit ihm sprach.

»Eingefroren. Er ist funktional, sieht und hört aber nichts. Ich hätte nie gedacht, dass er sich so einfach einfangen lässt!«

»Er hat dir vertraut.«

»Stimmt … jeder macht Fehler«, frohlockte Gregor in seiner überheblichen Art.

»Auch du!« Da war sich Elias sicher.

»Drohst du mir etwa?«, fragte Gregor und kam ihm nahe. Diese Visage würde Elias nicht vergessen. Niemals!

»Nein, keine Drohung! Das verspreche ich dir! Du wirst früher oder später Fehler machen! Und ich werde dann da sein!« Elias war noch nicht fertig mit ihm.

***

Delta Phase

XXXI. Loslassen

Kezia öffnete langsam die Augen, sie hatte geschlafen, gut sogar, wie sie gerade zufrieden feststellte. Mit der Hand fuhr sie sich über den Bauch, sie glaubte, neues Leben in sich reifen zu spüren. Eine ungewohnte Erfahrung, auf deren weiteren Verlauf sie sich erwartungsvoll freute. Wie gerne hätte sie Elias davon berichtet.

»Guten Morgen«, sagte Kezia leise und setzte sich auf. Sie befand sich, nur mit einer Decke bedeckt, in einem weißen, kissenlosen Bett inmitten eines weißen, fensterlosen Raumes. Typischer Lerotin-Standard, das wenige Licht in ihrer Kabine stammte aus einer indirekten Beleuchtung an der Decke.

Die Unterbringung an Bord war trotzdem ein Gewinn. Ein eigenes Zimmer kannte sie auf Proxima nicht, wenn auch der Einrichtung etwas Farbe gut getan hätte. Was wohl Elias gerade machte? Hoffentlich ging es ihm gut. Sie würde ihn wiedersehen, daran bestand kein Zweifel.

»Ruben?«, fragte Kezia, nachdem sie mit zwei Fingern den Kommunikationschip am Hals aktiviert hatte. Die dünne Bettdecke rutschte auf ihre Beine.

»Hallo Kezia! Hast du etwas Ruhe finden können?«, fragte Ruben, der sich umgehend meldete. Es war beruhigend, seine Stimme zu hören, er hatte sich bisher liebevoll um sie gekümmert. Obwohl es eigentlich ihre Mission war, ihn vor Dummheiten zu bewahren.

»Ja ... ja! Mir geht es gut ... wo sind wir?«, fragte Kezia, der gerade die Orientierung fehlte. Ruben hatte ihr zwar zuvor erzählt, wohin sie fliegen wollten, sie hatte aber nicht zugehört.

»Wir werden bald auf Iris landen! Während du geschlafen hast, haben wir abseits der bekannten Routen vier Raumfalten durchquert und eine Entfernung von 600 Lichtjahren hinter uns gebracht«, erklärte er gutgelaunt. *»Komm einfach zu mir ... auf Iris leben über 52 Millionen Lerotin ... ich zeige dir ihre Welt.«*

»Natürlich ... gib mir noch einen Moment. Ich zieh mir etwas an und bin gleich bei dir.«

Kezia wusste nicht, ob Iris, die Welt der Lerotin, sie gerade interessieren wollte. Seine Begeisterung berührte sie nicht. Und über technischen Raumfalten-Kram, Einstein-Rosen-Brücken und überlichtschnelles Reisen wollte sie sich noch weniger Gedanken machen.

»Geht es dir gut?«, fragte Ruben. Kezia konnte spüren, wie er sich um sie sorgte. Ihr Bruder war mit seinen blutigen Rachefantasien für viele eine Gefahr, aber ihr würde er nie etwas antun. Kezia würde ihm helfen, über den Verlust seiner großen Liebe Sarai hinwegzukommen und gemeinsam würden sie zu Elias zurückzukehren.

»Sicherlich ... bis gleich!«, antwortete Kezia ausweichend. Ob Ruben sie verstehen würde? Wirklich begreifen würde, was sie bewegte? Nachempfinden könnte, wie es war, ein Kind zu bekommen? Nein, das konnte er nicht, er war ein Mann. Das würde sie allein schaffen müssen.

»Wenn du ...«

Mit beiden Fingern am Hals trennte sie die Verbindung. Ruben meinte es gut mit ihr. Das waren allerdings ihre Aufgaben, ihr Körper und ihre Schwangerschaft! Es war immer ihr Wunsch gewesen, Mutter zu werden und nun war es soweit.

Kezia stand auf, sackte aber beim ersten Schritt seitlich ein und setzte sich wieder auf die Bettkante. »Huh ... was war das denn?«, fragte sie überrascht.

Die Antwort lag auf der Hand, an die Veränderungen würde sie sich noch gewöhnen müssen. Mit der kurzen Kreislaufschwäche verspürte sie ein starkes Ziehen im Unterbauch. Der kleine Bauchbesetzer forderte seinen Tribut und drückte ihr spontan auf die Blase!
»Lass uns einen Deal machen! Du lässt mich ins Bad und ich pinkele nicht ins Bett! O.K.?«, fragte sie und stand erneut auf. Und blieb stehen. Das Kind schien mit dem Handel einverstanden zu sein.
»Danke.« Kezia stieß die Tür zum Waschraum auf und setzte sich eilig auf die Toilette. Und solche morgendlichen Spielereien würde sie nun neun Monate ertragen müssen?
Mit der Frage begann auch ihr Verstand wieder zu arbeiten. Neun Monate, was stimmte an der Zahl nicht? Sie war eine Replikantin, natürlich, aber trotzdem ein Mensch. Neun, diese Zahl ließ sie sich durch den Kopf gehen. Die Schwangerschaft einer Frau dauerte durchschnittlich 266 Tage, also 38 Wochen, post conceptionem, gerechnet ab dem Tag der Empfängnis. Oder 40 Wochen post menstruationem, gerechnet ab dem letzten Monatsfluss, den sie nie gehabt hatte.
Als Kezia erleichtert von der Toilette aufstand, verschwand der Sitz wieder in der Wand, die einen Moment später zu einem Spiegel wurde. Das Licht wurde heller. Was war das denn? Erschrocken griff sie sich an die Brüste, die über Nacht größer geworden waren! Und fester! Das ging viel zu schnell! Die Empfängnis war erst wenige Tage zuvor erfolgt, solche Veränderungen geschahen meist erst Wochen später. Sie drehte sich zur Seite und betrachtete ihr Profil, an dem bereits deutlich der Ansatz der Schwangerschaft zu erkennen war.
»Du hast es eilig, hmm?«, fragte sie und strich von der Brust hinab über den Bauch. Egal was passieren würde, das war ihr Kind! Es spielte keine Rolle, wie lange die Schwangerschaft dauern würde.

Nach der Dusche würde alles besser werden.
»Wasser, bitte«, sagte Kezia und schloss die Augen. Einen Moment später prasselte es bereits angenehm warm auf sie herab. Gemeinsam mit Elias zu duschen, wäre noch schöner gewesen. Sie vermisste ihn. Welchen Namen er seiner Tochter geben würde? Oder seinem Sohn? Oder Tochter und Sohn, es könnten auch Zwillinge werden? Da gab es viele Möglichkeiten, Kezia schmunzelte über den Blödsinn, der ihr gerade durch den Kopf ging. Über den Namen des Kindes würde sie sich erst später ernsthaft Gedanken machen wollen.

Mit einem aufgesprühten weißen Einteiler bekleidet, stand Kezia vor dem Spiegel und kämmte sich ihre langen braunen Haare. Der kleine Lerotin-Roboter, der gerade in der Wand verschwunden war, hatte gute Arbeit geleistet.
»Ja, bitte?«, fragte Kezia höflich und blickte zur Seite. Sie glaubte, eine jugendliche Lerotin gesehen zu haben, die plötzlich neben ihr stand. Aber da befand sich niemand. Sie war allein. Verunsichert hielt sie sich an ihrem Haarschopf fest, den sie gerade mit der Bürste in Form gebracht hatte. Im Spiegel sah sie doch eindeutig eine jüngere Lerotin neben sich stehen, die mit einer ähnlichen Bürste ihre Haare kämmte. Verdammt! Neben ihr stand keine junge Frau. Lag das am Spiegel?
»Hey ... was soll das?«, fragte Kezia ungehalten, trieb da jemand Spielchen mit ihr? Niemand antwortete. Sie legte die Bürste weg und ging einen Schritt zurück. Die Lerotin im Spiegel verschwand. Was hatte das zu bedeuten?
»Verrückt!« Kezia nahm die Bürste wieder auf und die jugendliche Lerotin erschien wieder im Spiegel. Wie konnte das sein?

Sie schloss die Augen und konzentrierte sich auf die Bürste in ihrer Hand, die unscheinbar aus einem metallischen Verbundstoff gearbeitet war. Die Oberfläche fühlte sich kühl und glatt an. Jetzt konnte Kezia die Lerotin noch deutlicher erkennen, die zu einem früheren Zeitpunkt die Bürste benutzt haben musste. Sie konnte sogar den Geruch ihrer Haare wahrnehmen. Konnten Gegenstände ihre Benutzung an andere Menschen zu späteren Zeitpunkten übermitteln? War das Magie, Technik oder Wahnsinn?
Kezia war nicht verrückt, vielleicht verwirrt und auch von den jüngsten Ereignissen tief beeindruckt, aber nicht verrückt! Was sie erlebte, war vielleicht für Menschen unbegreiflich, aber sie war eine Replikantin, die die Gefühle ihrer Geschwister über große Entfernungen spüren konnte. Eine Fähigkeit, die alles andere als alltäglich war.
»Warum?«, fragte Kezia sich und versuchte die Zusammenhänge zu verstehen. Was hatte sich verändert? Eine naive Frage, sie würde ein Kind bekommen. Das Kind hatte sie verändert. Wäre es denkbar, dass die Schwangerschaft auch ihre Wahrnehmung beeinflusste? Verstärkten sich damit ihre Fähigkeiten? Sollte sie den anderen davon erzählen? Nein, das würde sie nicht tun, später vielleicht, entschied Kezia, die diese Gabe zuerst genauer untersuchen wollte.

Kezia wollte zu Ruben und ging durch den Schiffskorridor in die Kommandozentrale des Lerotin-Raumschiffes. In den weißen Wänden wiesen ihr mehrere Leuchtstreifen den Weg. Sie konnte bereits ihren Bruder erkennen, der mit seinem Einteiler bei der Lerotin-Einheitsmode auch nicht besser weggekommen war. Der technische Fortschritt ihrer Gastgeber war beeindruckend.

Der Einrichtungsstil war es nicht. Das Einzige, was bei den Lerotin nicht weiß war, waren deren Haare, die alle möglichen Farbtöne hatten: gelb, orange, grün, blau oder auch knallrot. Es gab auch keine Kurzhaarschnitte, alle hatten lange Haare. Unabhängig vom Geschlecht schienen die Lerotin ihre Kreativität ausschließlich bei den Frisuren auszuleben.
Kezia lächelte über die farbfrohen Besonderheiten lerotischer Haarmoden, blieb dann aber abrupt stehen und schnappte nach Luft. Jede Muskelfaser ihres Körpers schien sich, wie an einer Schnur gezogen, anzuspannen. Das Kind drehte sich, sie spürte die Bewegung. Langsam entspannte sich ihre Muskulatur wieder. Sie ging weiter und wollte sich nichts anmerken lassen. Das ging niemand etwas an.
»Hallo Kezia!« Ruben kam ihr lachend entgegen und nahm sie in den Arm. Ob er sie eben beobachtet hatte? Seine Freude sie zu sehen, hätte sie auch ohne übersinnliche Fähigkeiten verstanden. Sie konnte deutlich seine Zuneigung ihr gegenüber spüren und auch seine Abneigung gegenüber den Lerotin, die er nur für seinen Kampf benutzen wollte. Um seine Rache zu bekommen, würde Ruben ohne zu zögern unzählige Lerotin in den Tod schicken!
»Schön, dich zu sehen!« Auch Kezia schloss ihn freudig in die Arme. Ruben war ihr Bruder. Es war ihre Aufgabe, auf ihn aufzupassen, was aus den Lerotin wurde, interessierte sie nicht. Es gab keinen Grund, sie zu bestrafen, aber das Wohl ihrer Geschwister ging vor.
»Schau ... das ist Iris!« Ruben zeigte auf einem über zehn Meter breiten Wanddisplay auf den Heimatplanet der Lerotin, dessen blaue Hemisphäre aus dem Weltall einen Großteil des Bildschirms ausfüllte. »Die Oberfläche von Iris besteht zu mehr als 98 Prozent aus Wasser. Eine wunderschöne Welt, oder?«

»Sieht aus wie die Erde!« Kezia lächelte. Ruben amüsierte sie, er hasste die Wasserwelt von Iris jetzt bereits. Alles, was ihr Bruder sehen wollte, war eine Flotte von Raumschiffen und Lerotin-Soldaten, die bedingungslos seinen Befehlen folgen würden. Dieser Gedanke trieb ihn an, er wollte Rache, Rache für Sarai, die von einem Soldaten auf Befehl General Hennessys getötet wurde. Das Verbrechen eines Einzelnen genügte ihm, um eine gesamte Spezies dafür bestrafen zu wollen. Wobei Kezia seinen Plan, deswegen einen Krieg zu provozieren, nicht lustig fand.

Neben ihnen bedienten einige Flugoffiziere der Lerotin diverse Computer, um das Raumschiff für den Eintritt in den Orbit vorzubereiten. Kezia überlegte, wie sie ihn wieder ins Leben zurückführen könnte. Er musste lernen, Sarai loszulassen und sie brauchte einen Weg, ihm das einfühlsam zu vermitteln. »Versprichst du mir etwas?«

»Was du möchtest!«, antwortete Ruben, der es sogar ehrlich meinte. Die schulterlangen dunklen Haare, der Bart, er sah aus wie Elias. Auch wenn das Wesen der beiden grundverschieden war. Ruben strebte immer danach, zu führen, während Elias sich bisher davor scheute, Verantwortung zu übernehmen.

»Bitte lass mich nicht zurück.« Kezia lächelte vorsichtig, er sollte bei ihr bleiben und auf das Kind aufpassen. Sie hoffte, ihn als Ersatzvater von seinen Kriegsfantasien abbringen zu können.

»Ich werde immer für dich da sein! Immer!« Ruben küsste sie auf die Stirn. Das war ein Anfang. Kezia nickte und umschloss aus Dankbarkeit seine Hände.

Ein Schlaglicht, sie zuckte und glaubte die Brüste einer anderen Frau zu spüren, die Ruben zuvor berührt haben musste. Schweißnass und mit rasendem Herzschlag in Ekstase erregt – und es war nicht Sarai!

Aber das ging sie nichts an, Kezia wechselte das Thema. »Ich habe vorhin noch einmal über Vater nachgedacht und ...«
Ruben ließ sie nicht ausreden. »Die KI wäre uns sicherlich eine Hilfe gewesen ... aber er hat sich für Elias entschieden. Vater kann nur an einem Ort sein ... aber darüber hatten wir doch bereits gesprochen, oder?«
»Du hast recht ... ich musste nur gerade daran denken.« Kezia fiel nichts Besseres ein. Seit Vater sie verlassen hatte, lag das Kommando über das Raumschiff wieder bei den Lerotin. Der Moment, als sie spüren konnte, dass Ruben eine andere Frau berührt hatte, beschäftigte sie weiterhin. Kezia wusste natürlich, wer sie war. Nadja, eine Frau aus der Truppe General Hennessys, die letzte Überlebende der Polarexpedition auf Proxima, die Ruben zu seinem Vergnügen mitgenommen hatte. Es war leicht, sie nicht zu mögen!
Shanaris, der Kommandant, kam auf Ruben zu, dessen dunkelblauen Haare als armdicker Zopf bis zu seinen Oberschenkeln reichten. Er überragte auch Ruben um mehr als eine Kopflänge.
»Ruben, Kezia, wir werden bald an einer Raumstation über Iris andocken, von der ihr auf einen Gleiter gebracht werdet, der euch nach Ternah bringt«, erklärte Shanaris leidenschaftslos. »Ihr werdet vor dem Hohen Rat sprechen dürfen.«
Kezia erinnerte sich, auch den Transport mit dem Gleiter hatte Ruben ihr erklärt. Ternah war die Hauptstadt der Lerotin auf Iris.
»Wirst du uns in die Stadt begleiten?«, fragte Ruben. Auch der Teil gehörte zu seinem Plan. Nachdem Vater das Raumschiff wieder übergeben hatte, hatte Ruben darum gebeten, mit den Anführern der Lerotin auf Iris sprechen zu dürfen.

»Ja. Der Rat will auch meine Stimme hören«, antwortete er kühl. »In einer Stunde geht es los.«

Kezia konnte überraschenderweise auch Shanaris' Gefühle spüren. Lerotin gaben sich stets als Herr ihrer Emotionen. Er war sich seiner großen Verantwortung bewusst. Dabei ging es weniger um Ruben, sein Augenmerk galt ausschließlich Kezia.

***

XXXII. Freude

Die Aufmerksamkeit, die Kezia von den Lerotin entgegengebracht wurde, beunruhigte sie zunehmend. Jeder schien sich um ihr Wohl zu kümmern. Doch ging es wirklich um sie? Oder um ihr Kind? Kezia verstand natürlich, dass sie ohne medizinische Hilfe nicht schwanger geworden wäre. Wofür sie auch dankbar war, was aber die Blicke vieler Lerotin nicht weniger bedrängend wirken ließ.

Mit leerem Magen sollte Kezia sich besser um andere Dinge sorgen, sie musste doch jetzt für zwei essen. Sie nutzte die verbleibende Zeit bis zur Landung, um sich zu ihrem Bruder Sem in einen Aufenthaltsbereich zu setzen, in dem mehrere Lerotin gesellig zusammensaßen und über ein großes Wanddisplay den Anflug auf Iris verfolgten.

»Hallo Sem!« begrüßte Kezia ihren Bruder, der in einem Sessel mit einer großen Schüssel gebackener viereckiger Hühnerdinger das Schauspiel beobachtete. »Schmeckt es?«

Kezia beugte sich über die Lehne und küsste seine Glatze. Auch Sem sah wie Elias aus, nur eben ohne Haare. Am Nacken stand sein Name und darunter R-12, die Bezeichnung des Habitats, in dem sie sieben Jahre auf Proxima gelebt hatten. Auch Kezia trug ihren Namen als Tätowierung, die bei ihr allerdings durch die Haare verdeckt wurde.

»Und wie!« Er lachte und Kezia ließ sich seitlich über die Lehne auf seinen Schoß rutschen.

»Lass mal probieren!« Kezia nahm sich ein eckiges Hühnerding und legte den Kopf an seine Schulter.

»Schmusebedürftig?«

»Ja!« Kezia nahm sich ein weiteres Stück und sah sich das erste Mal Iris genauer an. An den wenigen Stellen, die keine Wolken bedeckten, konnte sie riesige Ozeane sehen.

Die Sonne stand hinter ihnen und ließ die Hemisphäre leuchten. Das wäre die richtige Welt für Elias gewesen, der Wasser über alles liebte.
»Bin schon ruhig.« Auch Sem blickte wieder auf das große Display. Jetzt, wo Kezia seine Nähe genoss, fiel ihr auf, dass sie sich noch nie ernsthaft mit dem beschäftigt hatte, was ihn bewegte. Sem war ihr Bruder, sie mochte ihn, aber es war nicht Elias, den sie liebte.
Kezia schloss die Augen, ob er von Iris träumte? Oder von der Erde? Nein, das tat er nicht. Seine Sinne hafteten auf einer weißhaarigen Lerotin, die sich schräg vor ihm mit einem mobilen Display beschäftigte. Eine hübsche junge Frau, die wie alle Lerotin Sem deutlich überragte und ihn bisher nicht angesehen hatte. Diese Liebe würde kaum Chancen haben, da war sich Kezia sicher. Was aber Sem nicht davon abhielt, sich ihren Körper in allen Details nackt vorzustellen, während er mit seinen Händen jeden Zentimeter ihrer Haut sorgsam erkundete. Es konnte doch bei Männern nicht ständig darum gehen, in Gedanken Frauen auszuziehen?
»Ich hoffe, ich störe euch nicht?«, fragte Nadja, die sich mit einer dampfenden Tasse in den leeren Sessel neben ihnen setzte. Das Heißgetränk roch interessant.
»Nein … mach es dir gemütlich. Was trinkst du da?«, fragte Kezia neugierig, die, wenn sie ehrlich war, kaum etwas über die vierte ihres Quartetts wusste. Ruben, Sem, Nadja und sie, der Rest an Bord waren Lerotin.
»Pfefferminztee. Glaube ich. Zumindest riecht er so.«
Während der Tötung Sarais und Aysegüls befand sich Nadja als Funkoffizier im Führungspanzer der Polarexpedition. Eine direkte Schuld an dem Vorfall trug sie nicht, weswegen Ruben sie auch verschont hatte.

Aber war das der einzige Grund für seine Gnade? Vermutlich nicht, sie war attraktiv, hatte kurze dunkle Haare und ein gewinnendes Lächeln. Kezia konnte vorhin deutlich an Rubens Händen spüren, was die beiden getan hatten.

»Riecht fantastisch«, sagte Kezia, schloss die Augen und versuchte, die Gefühle der jungen Frau zu verstehen. Auch wenn Nadja sich Mühe gab, selbstsicher zu wirken, sie war es nicht. Sie fürchtete sich vor Ruben, liebte aber gleichzeitig seine stürmische Art. Sie schätzte es nicht, missbraucht zu werden, hatte aber beim Sex mit Ruben, der sie hart rangenommen hatte, nicht gerade gelitten.

Was für eine verquere Frau, dachte Kezia, für die diese devote Denkweise nicht nachvollziehbar war. Nadja betrachtete sie hingegen als Anhängsel von Ruben und Sem als kompletten Volltrottel. Eine wenig schmeichelhafte Einschätzung, die aber bei Sem nachvollziehbar war. Als Anhängsel von Ruben betrachtet zu werden, störte Kezia nicht sonderlich. Nadja war nur Rubens neues Pausenspielzeug und würde helfen, seinen Schmerz zu lindern.

»Deine Fingernägel sehen hübsch aus«, sagte Sem und lächelte sie an. Fingernägel? Die hatte Kezia überhaupt nicht beachtet, wozu auch, die waren höchstens unpraktisch, wenn sie zu lang wurden. In diesem Moment stellte Kezia überraschend fest, dass bei vielen Lerotin die Farbe der Fingernägel mit der Haarfarbe übereinstimmte.

»Danke … hatte gerade Langeweile ... eine nette Spielerei, oder?« Nadja freute sich über Sems Aufmerksamkeit und streckte ihm stolz ihre frisch manikürte Hand entgegen. Was für ein dummes Huhn! »Sieh … ich kann die Farben auch wechseln.«

Mit einem dünnen Stift tippte sie verspielt auf das Nagelbett des Mittelfingers, wodurch sich der Fingernagel umgehend rot verfärbte. Mit einem weiteren Tipper auf das Nagelbett desselben Fingers wechselten auch alle anderen Nägel die Farbe. Und mit dem dritten Tipper färbte sie ihre kurzen Haare am Kopf ebenfalls neu ein.

»Wow!« Sem staunte und überlegte ernsthaft, welche Farbe ihre übrige Körperbehaarung nach drei Tippern hatte. Eine Überlegung von kurzer Dauer, da er ihr beim nächsten Gedanken visuell bereits die Kleidung vom Leib riss, um sich von seiner Vermutung zu überzeugen. Und falls sie an den passenden Stellen keine Haare haben sollte, wäre das auch in Ordnung. Sem hatte eindeutig zu viel Druck auf dem Kessel.

»Lass mal sehen …«, sagte Kezia und berührte Nadjas Hand. Neugierig zu sein, war schon immer ihr Laster, zugegeben ein Fehler, da sie augenblicklich glaubte, Rubens bestes Stück in der Hand zu halten. Und diverse Körperteile eines Dutzends anderer Männer aus Hennessys Truppe. Nadja war scheinbar der Wanderpokal auf der Polarexpedition gewesen. »Geht das auch in Weiß?«

»Natürlich. Weiß geht auch.« Drei Tipper später hatte Nadja weiße Haare, weiße Augenbrauen und weiße Fingernägel. Passend zur Einrichtung. Das gefiel Kezia, die darüber gespielt lächelte. »Möchtest du auch eine neue Farbe haben?«

»Später ... danke.« Im nächsten Leben vielleicht. Kezia stand auf. »Ich lass euch beide mal kurz allein.«

Nadja nickte, wandte sich aber sofort wieder Sem zu und zeigte ihm weitere Farbkombinationen ihres neuen Spielzeugs. Er hingegen achtete auf alles an ihr, nur nicht auf die Fingernägel.

Kezia wollte gern die restliche Zeit nutzen, um mit der weißhaarigen Lerotin zu sprechen, die Sem bereits zuvor visuell missbraucht hatte. Sie saß schräg vor ihnen und beschäftigte sich immer noch intensiv mit ihrem Display.

»Hallo ... mein Name ist ...«
»Hallo Kezia ... ich heiße Kana'eh ... setz dich doch zu mir«, sagte die Lerotin überbordend freundlich.
»Ähm ... ja ... Kana'eh, ein interessanter Name.« Kezia setzte sich und suchte nach den richtigen Worten. Die feingliedrige Figur, die langen weißen Haare und ein puppengleiches Gesicht, das sie zuvor nur halb von hinten gesehen hatte, konnten nicht über Sems Fehleinschätzung hinwegtäuschen.
In seiner erregten Vorstellung hatte er mit den Augen einen jungen Mann ausgezogen.
»Geht es dir gut?«, fragte Kana'eh, Kezia hatte Probleme, sein Alter einzuschätzen.
»Ja ... ja. Darf ich dir eine Frage stellen?« Kezia würde ihrer Neugierde freien Lauf lassen.
»Sicherlich.« Kana'eh nickte einladend, beinahe, als ob er die ganze Zeit darauf gewartet hätte, dass Kezia ihn ansprechen würde.
»Wie alt bist du?«
»48 Erdenjahre ... die Einheit solltest du kennen«, antwortete er. »Und du?«
»19.« Für Kezia sah er nicht älter als zwanzig aus.
»Ein schönes Alter.« So wie Kana'eh das sagte, fühlte sich Kezia wie ein Kind.

»Ich beobachte dich schon eine Weile ... was machst du da auf deinem Display?«, fragte Kezia frei heraus.

»Display?«

Kezia zeigte auf das Gerät. »Du hältst es in den Händen.«

»Ah ja ... Display. Entschuldige, ich muss mich konzentrieren, deine Sprache zu sprechen. Ab und zu fehlt mir ein Wort.«

»Sprecht ihr einen anderen Dialekt?« Das hatte Kezia so bisher nicht wahrgenommen. Die Lerotin sprachen ohne erkennbaren Akzent, wirkten nur bei einigen Begriffen unsicher.

»Das ist es nicht ... wie soll ich es dir am besten erklären ... hast du schon einmal zwei Lerotin miteinander sprechen gehört?«, fragte Kana'eh freundlich.

»Ja ... nein, eher nicht ... sie haben höchstens mit mir oder meinen Geschwistern gesprochen.« Diese Besonderheit war ihr bisher nicht aufgefallen, auch wenn sie offensichtlich war.

»Wir reden nicht viel.«

»Warum?«, fragte Kezia, die Kana'ehs Erläuterungen nicht umfänglich folgen konnte.

»Sprechen ist ungenau, langsam und hat nur eine begrenzte Reichweite ... das muss für dich völlig verrückt klingen.« Er entschuldigte sich fast für seine Belehrungen.

»Nein ... im Gegenteil.« Kezia hatte bereits eine Ahnung, was gleich folgen würde. Waren ihre Fähigkeiten für die Lerotin in dieser Zeit etwas völlig normales?

»Du überraschst mich.« Kana'eh lächelte.

»Ihr verständigt euch über eure Gedanken?« Das war die logische Konsequenz.

»Ja ... aber wir nutzen Technik. Wirkliche Telepathie gibt es nicht. Du und deine Geschwister, ihr nutzt einen sehr alten Vorläufer unserer Technologie, mit der ihr euch verständigen könnt.«

»Logisch.« Kezia nickte. Was sie konnte, blieb etwas Besonderes. Wobei es ihr lieber gewesen wäre, eine von vielen zu sein. Die Fähigkeit, an anderen Gefühlswelten teilzunehmen, konnte auch seltsame Erfahrungen mit sich bringen. Was wohl Kana'eh von ihr dachte, fragte sie sich und konzentrierte sich auf ihn.

»Du wirkst so nachdenklich ... hast du weitere Fragen?«

»Unendlich viele ...« Kezia sah auf seine Hände, Kana'eh beließ sie in seinen Gedanken sogar in ihrer Kleidung. Eine höfliche Geste, befand sie. Alles, woran er dachte, war ihr Kind. Er war Arzt und für ihre Gesundheit zuständig. »Darf ich deine Hände berühren?«

Kana'eh zögerte, streckte dann aber seine Hände zu ihr. Es schien nicht üblich zu sein, dass Lerotin sich berührten. Seine Finger waren haarlos, weich und warm.

»Was sagen dir meine Hände?«, fragte er locker, was er aber nicht war. Sich berühren zu lassen, war ungewohnt für ihn. Als Forscher überwog aber seine Neugierde, weswegen er mitspielte.

»Sehr viel ... ich kann damit in deine Seele sehen«, erklärte Kezia und beobachtete, wie er mit den Augen reagierte. Sein Verhalten wirkte unsicher, beinahe wie ein Mann, der noch nie mit einer Frau zusammen war.

»Wirklich?«, fragte er und versuchte, sich zu entscheiden, ob Kezia ihm gerade ein Märchen erzählte, oder ob sie wirklich in seine Seele blicken konnte. Das war eindeutig, die Lerotin hatten keine Ahnung, was sich bei Kezia mit Beginn der Schwangerschaft verändert hatte. Sie verstanden auch die besondere Beziehung zwischen den Replikanten nicht.

»Nein ... das war ein Scherz.« Kezia lachte. Es gab keinen Grund, ihm mehr zu erzählen als notwendig.
»Natürlich.« Kana'eh lachte erleichtert. Er glaubte, noch einmal davon gekommen zu sein. Alles, was er in letzter Zeit berührt hatte, war dieses seltsame Display. Eine andere Wahrnehmung konnte Kezia bei ihm nicht feststellen. Bildlich sah seine Gefühlswelt wie ein leerer weißer Raum aus. Ob alle Lerotin waren wie er?
»Und ... was machst du nun auf deinem Display?«, fragte Kezia erneut, die Frage hatte sie nicht vergessen. Auch wenn sie inzwischen die Antwort kannte.
»Sieh selbst ... es ist dein Kind.« Kana'eh gab ihr das Display, das neben einer Animation des Fötus zahlreiche farbige Zahlenwerte darstellte. »Möchtest du das Geschlecht wissen?«
Wollte Kezia das? Später vielleicht, aber nicht jetzt. »Verrate es mir bitte noch nicht ... aber ich komme gerne noch einmal auf dich zu.«
»Es ist gesund und wächst schnell ...«
»Sehr schnell!« Kezia fiel ihm ins Wort.
»Oh ja ... das solltest du wissen. Deine Schwangerschaft wird keine neun Monate dauern«, erklärte er bereitwillig.
»Wie lange denn?«
»Das wissen wir noch nicht. Die Entwicklungslinie folgt keinem mathematischen Muster. Vielleicht haben wir in ein paar Tagen bessere Werte.«
»Wie kommt das?«, fragte sie.
»Du bist eine Replikantin. Deine DNS entstammt nicht der bekannten menschlichen Evolution. Wir versuchen gerade, dein genetisches Erbe zu verstehen ... ich möchte aber ehrlich sein ... die Forscher, die dich geschaffen haben, waren genial ... wir brauchen noch etwas Zeit, um alles zu analysieren.«

»Genau die Forscher wollten nicht, dass ich jemals Kinder bekommen kann ... warum? Wovor hatten die Angst?«, fragte Kezia, die spüren konnte, dass er alles sagte, was er wusste. Wenn er lügen würde, hätte sie das bemerkt.

»Wir denken, das sollte deiner Sicherheit dienen. Aber mach dir keine Sorgen, wir werden sorgfältig auf dich aufpassen. Dir und dem Kind wird es gut ergehen«, erklärte Kana'eh.

»Und wenn das Kind da ist?«, fragte Kezia, nun deutlich misstrauischer. Sie befürchtete, das Kind nach der Geburt an allzu neugierige Forscher zu verlieren.

»Dann wird es an deiner Seite aufwachsen.«

»Und das ist alles?«, fragte Kezia und berührte erneut seine Hände. Diesmal zuckte er nicht.

»Oh ... ich verstehe. Nein, es wird immer dein Kind bleiben. Ich denke, du wirst uns eine Blutprobe nicht verwehren wollen«, rechtfertigte Kana'eh das Forschungsinteresse der Lerotin.

Er hatte sehr gut verstanden, dass Kezia fürchtete, das Kind zu verlieren. Aber er meinte es ehrlich. Die Lerotin hatten nicht vor, sie ihres Kindes zu berauben. Alles, was sie wollten, war eine Blutprobe. Eine Blutprobe als Preis für ein Kind. Diesen Preis würde Kezia bezahlen wollen.

»Einverstanden. Eine Blutprobe. Das ist unser Handel.« Kezia lächelte und ließ langsam seine Hände los.

»Einverstanden.« Kana'eh ging darauf ein.

Sollte Kezia ihm vertrauen? »Darf ich noch einmal das Kind sehen?«

»Selbstverständlich ... möchtest du ein eigenes Display haben?«, fragte er zuvorkommend und gab ihr das Gerät. »Du könntest dein Kind rund um die Uhr beobachten.«

»Danke ... aber nein, ein kurzer Blick genügt mir.«
Kezia nahm das Display und sah die Werte für Temperatur, Puls, Gewicht, Blutwerte und weitere medizinische Kennzahlen. Dem Kind ging es gut. Der Herzschlag war deutlich zu erkennen. Es schlief, was sie auch ohne Technik wusste.
»Soll ich dir die Werte erklären?«, fragte Kana'eh und rückte näher zu ihr heran.
»Ja.« Kezia wollte das Angebot nutzen. Elias würde mit seiner medizinischen Ausbildung sicherlich besser verstehen, was mit ihr gerade passierte.
Sie vermisste ihn. Aber er war nicht bei ihr. Die Schwangerschaft würde sie ohne seine Hilfe überstehen müssen.

»Sieh … der Wert sagt aus, wie sich die Blutwerte entwickeln«, erklärte Kana'eh und aktivierte mit dem Finger weitere Ansichten, die das Kind von der anderen Seite zeigten.
»In der wievielten Woche bin ich?«, fragte Kezia, die sich über die schnelle Entwicklung wunderte. Es waren weniger als 24 Stunden, seitdem sie losgeflogen waren und weniger als 48 Stunden, als sie mit Elias Sex hatte.
Kana'eh lächelte. »Du bist in der zwölften Woche.«

***

XXXIII. Staunen

Wasser, nichts außer Wasser, mehr konnte Kezia aus dem Fenster des Gleiters nicht erkennen, während sie mit hoher Geschwindigkeit dicht über dem Ozean nach Ternah flogen. Geschwindigkeit war relativ, der Flug nahe am Wasser wirkte erheblich schneller, als die überlichtschnelle Reise durch den Raum.

»Wenn Iris fast nur aus Wasser besteht, welche Pflanzen sorgen dann für den Sauerstoff in der Atmosphäre?«, fragte Kezia und sah Kana'eh an, der neben ihr saß.

Hinter dem Piloten bot der Gleiter Platz für zehn Passagiere, die jeweils auf zwei Flugsitzen links und rechts neben einem Mittelgang Platz fanden. Neben Ruben, Sem, Nadja und Kana'eh befand sich noch Shanaris, der Kommandant des Raumschiffes an Bord.

»Algen ...«, antwortete Sem, der die Frage als Erster beantwortete. Und sich sichtlich darüber freute, die Antwort zu kennen. Klugscheißer, dachte Kezia und sah wieder aus dem Fenster.

»Gab es vor Ankunft der Lerotin Leben auf Iris?«, fragte Ruben, eine Frage, deren Antwort auch Kezia interessierte.

»Algen ...«, antwortete Sem erneut und grinste seinen Bruder an. »Hab ich vorhin gelesen.«

»Fragt jetzt noch jemand, woraus die Lerotin die eckigen Hühnerdinger machen?«, fragte Kezia, die Sems Antwort lustig fand.

»Keine Algen ... wir haben zahlreiche Tiere in den Meeren ausgesetzt, die unter anderem für unsere Lebensgrundlagen sorgen«, antwortete Kana'eh. »Es gibt auch Hydrofarmen, auf denen wir protein- und kohlenhydrathaltige Nahrungsmittel produzieren.«

»Schwimmt Ternah auf dem Wasser?«, fragte Ruben.

»Nein, die Stadt steht auf Fundamenten am Grund des Ozeans … ihr werdet es gleich sehen. Eine schwimmende Stadt wäre bei den starken Wetterschwankungen nicht möglich«, antwortete Shanaris und sah zum Piloten. »Wann sind wir da?«

»Nur noch wenige Minuten … wir beginnen mit dem Landeanflug«, erklärte der Pilot, ohne sich umzudrehen.

Kezia hoffte, dass der Gleiter nicht ins Wasser eintauchen würde. Auf eine Stadt am Meeresboden würde sie gerne verzichten. Ständig unter Wasser zu leben, empfand sie als beengend.

Doch ihre Befürchtungen waren unbegründet, die Stadt ragte in Form dreier zusammenstehender Türme aus dem Ozean heraus, wie sie durch das Fenster erkennen konnte. Drei jeweils dreieckige Türme, die sich in weiten Windungen wie Spiralen in den Himmel schraubten. Die oberen Bereiche konnte Kezia nicht erkennen, in der Höhe verbarg die Wolkendecke die Spitzen der Bauwerke.

»Das Wetter auf Iris ist bescheiden«, sagte Kezia und rümpfte die Nase. Die geschlossene Wolkendecke sorgte bei mittlerer Windstärke für kräftigen Regen und etwa fünf bis acht Meter hohe Wellen.

»Die Sonne scheint eben oben ... aber glaube mir, das Wetter über dem Wasser ist heute ausgesprochen gut. Wir sind schlechtere Tage gewöhnt«, erklärte Kana'eh und strich sich schwungvoll eine weiße Strähne aus dem Gesicht. Nachdem Sem seinen Irrtum bemerkt hatte, hatte er sich zuerst geschämt und dann überlegt, ob er den jugendlich wirkenden Lerotin trotzdem verführen wollte.

»Wie hoch ist 'oben'?«

»Die Wolkendecke beginnt bei 3.000 Meter ... warte ... gleich wirst du es sehen. Der Gleiter wird steigen. Jetzt!«, sagte der Kommandant, während es Kezia in den Sitz drückte.

Der Gleiter hatte die Türme erreicht und zog nach oben. Durch das Fenster konnte sie sehen, wie die Wellen gegen die glatte Oberfläche der Türme anstürmten. War das dunkles Glas oder Metall, fragte Kezia sich, was aus der Entfernung nicht zu erkennen war.

»Und wie tief ist 'unten'?« Kezia lächelte, die Frage bot sich an.

»Der Meeresgrund?«, fragte Kana'eh. »18.500 Meter ... Ternah steht auf einer eher seichten Stelle.«

Kezia holte tief Luft. Die höheren G-Kräfte während der Steigphase drückten ihr auf den Bauch.

»Alles in Ordnung?«, fragte Kana'eh und prüfte sofort ihre Werte an seinem Display, das er die ganze Zeit in den Händen hielt. Vermutlich ging er auch mit dem Ding ins Bett. Mit der Hand zeigt er hektisch an, die Geschwindigkeit zu verringern.

»Ja ... ähm ... nein.« Kezia bekam Atemnot.

»Steigung drosseln! Sofort!«, befahl Shanaris, eine Order, die der Pilot sofort umsetzte.

Kezia atmete durch. Es ging ihr wieder besser. »Danke!« Sie legte ihre Hand auf Kana'ehs Finger, ihre plötzlichen Atemprobleme hatten ihn mehr erschreckt als sie.

»Wir steigen mit 1,2G ... es wird etwas länger dauern«, erklärte der Pilot, der den Flug fortsetzte.

Ruben hatte sich vom Vordersitz zu ihr herumgedreht. »Mach mir keine Angst!«

»Ich gebe mir Mühe.« Kezia glaubte, die Kontrolle über ihren Körper zu verlieren. Früher konnte sie ohne Atemgerät im Polarmeer bis zu fünfzehn Minuten unter Wasser bleiben und jetzt warf sie bereits ein harmloser Steigflug aus der Bahn. Für werdende Mütter galten eindeutig andere Regeln.

»Kezia?«, fragte Kana'eh sie, im Gleiter wurde es immer wärmer, sie schwitzte.

Ja.

»Kezia?« Er wiederholte die Frage. Es wurde noch wärmer.

Ja. Warum tanzte denn Ruben jetzt vor ihr her? Kana'eh griff an ihr Handgelenk.

»Kezia! Antworte mir!« Ruben schrie sie an.

Ja. Sie antwortete doch die ganze Zeit. Waren die taub?

»Kezia! LOS! SAG WAS!« Ruben ohrfeigte sie.

Sollte sie antworten? Wozu auch, von denen hörte sowieso keiner zu. Saß sie in einem Backofen oder warum wurde es immer wärmer?

»Notlandung vorbereiten! Medizinisches Team alarmieren! Los! Jetzt bring den Gleiter auf die Plattform!«, brüllte Shanaris.

Was war denn in den Lerotin gefahren? Wozu brauchen die ein medizinisches Team? Ging es etwa jemandem schlecht? Die waren doch alle verrückt!

Kezia fielen die Augen zu.

»Kezia! Rede mit mir!« Ruben schrie sie an. Kezia schreckte auf. »Bleib bei mir!«

»Schneller! Wir verlieren sie!«, rief jemand, dessen Stimme sie nicht erkennen konnte. Der Gleiter drang durch die Wolken. Die Sonne schien durch das Fenster, das sah wunderbar aus. Über den Wolken war Proxima am schönsten.

Hatte sie geschlafen? Jemand stach sie in den Arm. Da waren so viele Leute, die Kezia nicht kannte. Wo war Elias? Sie hatte ihn doch eben noch gesehen. Elias, sagte sie, doch er antwortete nicht. Elias bitte, er war doch eben noch bei ihr. Sie fühlte sich müde. Etwas zu schlafen, war eine gute Idee.

Kezia schwebte durch einen hellen Raum. Alles war voller Licht. Nur Licht, egal wohin sie blickte. Wo war sie? Sie konnte vor lauter Licht kaum die Augen öffnen. Ob Elias auf sie warten würde? Bestimmt, gleich hätte sie es geschafft. Dann sollte es dunkel werden und Elias würde bei ihr sein. Darauf freute sie sich.

»Mach nicht solche Sachen mit mir!«, sagte Ruben, der seitlich von ihr auf dem Bett saß, in dem sie lag. Wo war sie?

»Ruben?«, fragte Kezia unsicher. Ihr Mund war ausgetrocknet und schmeckte wie eine Wüste in der Trockenzeit.

»Ich bin bei dir.« Ruben hielt ihr einen Becher mit Trinkhalm an den Mund. Das kühle Wasser war eine Wohltat.

»Wo bin ich?«, fragte Kezia, die glaubte, gestürzt zu sein. Sie hatte Kopfschmerzen. »Was ist passiert?«

»Wir sind bei den Lerotin.«

»Lerotin.« Kezia erinnerte sich. Alles kam zurück: Proxima; Elias; die Schneckenköpfe; die Lerotin; die Schwangerschaft; Iris und Ternah. Sie war wieder da.

»War das eine Frage?«

»Nein ... nein, ich hab es wieder! Was ist mit mir passiert?« Kezia musste kollabiert sein.

»Dein Baby fordert dich, der Anflug auf die Landeplattform hat dich umgehauen!«, antwortete er beruhigend, es war schön, seine Stimme zu hören, die beinahe wie die von Elias klang.

»Oh ... entschuldige.«

»Das ist nicht deine Schuld. Kana'eh hatte damit mehr Probleme, er konnte dich erst wieder in deren Notfallzentrum stabilisieren.«

»Notfallzentrum?«

»Ein Update unserer AMENS Einheiten ... allzu viel hat sich in den letzten 10.000 Jahren nicht getan.«

Kezia lächelte. »Aber deren Funkgeräte funktionieren noch.«

»Besser als der Schrott im Habitat!«

»Wessen Bett ist das?« Kezia sah sich um. Die weiße Einrichtung ähnelte der des Raumschiffes auf dem Flug nach Iris. Die Displays an den Wänden zeigten hingegen nur blauen Himmel an.

»Deins. Ruh dich aus, wir haben alle Zeit der Welt.« Ruben küsste ihre Stirn und stand auf.

»Du vielleicht.« Kezia strich prüfend über ihren Bauch, der inzwischen nicht mehr zu ignorieren war. »Das geht zu schnell!«

»Dein Kind ist gesund.«

»Das sagst du so einfach.« Kezia glaubte ihm nicht, ihr fehlte aber die Kraft, in seine Gefühle einzudringen.

»Ich würde dich nicht belügen.« Das hatte Ruben noch nie getan, da hatte er recht.

»Die Displays an den Wänden sind langweilig.« Kezia wusste nicht, was sie sagen sollte, es war ihr unangenehm, die Kontrolle verloren zu haben. Die Schwangerschaft war ihre Sache, das musste sie allein hinbekommen. Sie vermisste Elias!

»Es sind Fenster! Echte Fenster und echter Himmel! Die Lerotin behandeln uns wie Könige, du hättest mal sehen sollen, was Kana'eh alles aufgefahren hat, um dir zu helfen. Der hätte die halbe Stadt abgerissen, wenn es dir geholfen hätte.

»Fenster?« Kezia kannte dieses Wort und wusste natürlich auch, was Fenster sind, nur, das Habitat auf Proxima hatte keine gehabt. Zudem es in der Arktis auch nichts gab, was es durch ein Fenster zu bestaunen gelohnt hätte.

»Ich helfe dir.« Ruben kam an ihr Bett.

»Ich bin schwanger! Ich bin nicht krank!« Kezia wollte allein aufstehen.

»Oh ... o.k.« Ruben ging wieder einen Schritt zurück.

»Entschuldige.« Kezia war zu weit gegangen, er meinte es nur gut mit ihr. Doch sie wollte auf eigenen Beinen zum Fenster gehen.

»Du bist der Boss!«

»Jetzt hör auf damit!« Kezia warf ein Kissen nach ihm, was er auffing und sich schwer getroffen in den Sessel fallen ließ.

»Bitte keine weiteren Kissen!«

»Blödmann!«

Ruben lachte.

Kezia spürte, dass sie weiche Beine bekam. Sie hatte aber keinen weichen Kopf und würde das schaffen. Nach den ersten wackeligen Schritten ging es wieder und sie konnte die Aussicht genießen. Ihr Apartment befand sich über den Wolken. Überall konnte sie blauen Himmel sehen, die Sonne stand ihr im Rücken und die unglaubliche Aussicht nach unten wurde durch die Wolkendecke begrenzt.

»Wie hoch ist dieser verdammte Turm?«, fragte Kezia erschrocken, die im Moment, als sie die Höhe realisierte, glaubte sich schwankend vor- und zurückzubewegen.

»Es sind drei.«
»Klugscheißer! Wie hoch sind die Dinger?«
»24.212 Meter ... vom Boden des Ozeans gemessen. Beeindruckend, oder? An der Spitze schwanken die Türme bei starkem Wind bis zu 28 Meter«, erklärte Ruben amüsiert. Der Sack hatte Freude daran, die pure Angst in ihren Augen zu sehen.
Kezia konnte sich wieder konzentrieren und das Erste, was sie tat, war, in seinen Kopf einzudringen. Aber alles, was er sagte, stimmte. Ihrem Kind ging es gut. Und sogar Sem und Nadja waren wohlauf. Ruben hatte allerdings auch festgestellt, dass Sem neidisch auf Nadja war. Eine Feststellung, für die man bei ihrem sexuell nicht ausgelasteten Bruder keine hellseherischen Fähigkeiten benötigte.
»Gut, dass ich das nicht merke.« Kezia ging einige Schritte von der breiten Glasfront zurück, die zwei Seiten des dreieckigen Apartments ausmachte. Barfuß und im typischen Lerotin Einteiler konnte sie Teppich unter den Füßen spüren. Auf einem Tisch neben dem Bett standen Getränke und frisches Obst. »Ist das wirklich Obst?«
»Das sind Äpfel!« Auch Ruben schien diesen unvorstellbaren Luxus bereits probiert zu haben. Kezia stürzte sich umgehend auf das Obst, das sie bisher nur von Bildern kannte.
»Dein Kind wird nicht mehr lange warten wollen«, sagte Ruben und sah auf ihre kräftige Wölbung.
»Zwanzigste Woche«, sagte Kezia souverän und strich sich über den Bauch, während sie mit der anderen Hand einen Apfel aß. Dass ihre Schwangerschaft nur wenige Tage dauern würde, störte sie mittlerweile nicht mehr. »Oder möchtest du länger in unserem goldenen Käfig bleiben?«

»Goldener Käfig?« Er schüttelte den Kopf. »Ich mache das hier nicht zum Spaß.«
»Etwa für Sarai?«, fragte Kezia. Das war ein guter Zeitpunkt, dieses Thema zur Sprache zu bringen. Sie hatte in den letzten zwei Tagen kaum Gelegenheit gehabt, mit ihm unter vier Augen zu sprechen.
»Das ist nicht fair.«
»Ruben ... sie ist tot.«
»Meinst du, ich habe das vergessen?« Ruben verwendete viel Kraft darauf, seine Tränen zurückzuhalten. Das war sein wunder Punkt. Kezia wollte ihn nicht verletzen, aber sie glaubte nicht, ihn ohne Schmerzen aus seinen Rachefantasien zurückholen zu können.
»Nein.«
»Sie haben sie getötet ... sie haben mich die Waffe durch ihren Kopf treiben lassen! Glaubst du, das könnte ich vergessen?«
»Nicht vergessen.«
»Bitte?«
»Loslassen ... lass Sarai gehen.«
»Ich versteh dich nicht ...«
»Loslassen ... und zu mir zurückkommen. Ich brauche dich. Sem braucht dich. Und ich hab auch keine Ahnung, was Elias ohne dich anstellt.« Kezia wollte ihn nicht blindlings ins Verderben rennen lassen.
»Das ist noch keine drei Tage her!«
»Du kannst Sarai heute gehen lassen oder in fünfzig Jahren. Sie würde dir ein Leben ohne Leid wünschen.« Kezia bemühte sich, stark zu sein, was sie mehr Kraft kostete, als sie hatte.
»Das kann ich nicht! Und will es nicht! Diese Schweine sollen bezahlen! Blut für Blut!« Ruben meinte es genau so, wie er es sagte. Kezia konnte spüren, wie ernst es ihm war.

»Das wird Sarai nicht zurückholen.«
»Aber mich beruhigen!«
»Geht es etwa doch nur um dich?«, fragte Kezia, was Ruben sie erschrocken anblicken ließ.
»Ähm ...«
»Ruben! Bitte, lass uns verschwinden! Sofort! Die Lerotin sollen uns ein kleines Raumschiff geben, mit dem wir zu Elias fliegen können.« Mehr wollte Kezia nicht.
»Die wollen dir helfen, dein Kind gesund auf die Welt zu bringen ...«, erklärte er verunsichert.
»Was vor mir bereits unzählige Frauen ohne Hilfe geschafft haben. Die wollen nur etwas Blut, das können sie sich nehmen und uns ziehen lassen!« Kezia war entschlossen, Iris noch an diesem Tag zu verlassen. Jede weitere Stunde war eine zu viel!
Ruben schüttelte den Kopf. »Das war nicht die Absprache, die wir mit den Lerotin getroffen haben.«
»Und?« Das interessierte Kezia nicht. Die würden etwas Blut des Kindes bekommen, damit sollte der Handel in ihren Augen erfüllt sein.
»Wir haben die Lerotin überfallen, sie gefangen genommen ... im Gegenzug behandeln sie uns wie Gäste und du willst ihnen dafür zum Dank einen Tritt ins Kreuz geben?«, fragte Ruben provokant.
Kezia stutzte, ging es ihm wirklich um sein Wort, dem er sich verpflichtet fühlte, oder wollte er sie nur dazu bewegen, zu bleiben? Rubens Gefühle schmeckten wie ein Scherbenhaufen.

»Dein Weg wird uns in den Tod führen!« Das war nur ein Trick. Ruben log zum ersten Mal. Er wollte nach wie vor gegen die Menschen in den Krieg ziehen und hoffte, dazu bei den Lerotin Verbündete zu finden. Kezia fühlte sich miserabel, ihr Plan würde nicht funktionieren.
»Das werde ich nicht zulassen!«
Kezia ließ den Kopf hängen. »Ich würde dir so gerne glauben!«

***

XXXIV. Verlangen

Kezia begleitete Ruben an diesem besonderen Morgen. Shanaris wies ihnen den Weg. Sie hatten eine Audienz bekommen. Es würde der Ältesten eine besondere Freude sein, ihre Gäste kennenzulernen, hatte Shanaris gesagt, was Ruben im ersten Moment mit Argwohn quittiert hatte. Ob es ihrem Bruder lieber gewesen wäre, die Verhandlung alleine zu führen?

Auch wenn Kezia nicht mit seinen Plänen einverstanden war, würde sie ihm niemals in den Rücken fallen. Auf dem Weg zu den Räumen der Ältesten schritten sie unter den neugierigen Blicken vieler Lerotin wie ein Fürstenpaar durch die oberen Stockwerke von Ternah. Kezia hatte es sich nicht nehmen lassen, Rubens Hand zu ergreifen, was er wortlos zuließ. Er war ihr Bruder.

»Ternah ist eine beachtenswerte Stadt. Aber warum sind es ausgerechnet drei Türme?«, fragte Kezia, die staunend über eine gläserne Brücke schritt, die zwei der Türme in großer Höhe miteinander verband. Im oberen Bereich gab es zahlreiche Verbindungen aus Glas und schwarzem Verbundmaterial. Weiter unten hatten die Türme keine sichtbaren Übergänge.

»Das ist einfache Geometrie, ein Turm allein würde den Elementen nicht standhalten«, erklärte Shanaris. »Wind und Wasser sind die wahren Herren von Iris.«

Kezia lächelte. »Und warum dann diese unglaubliche Höhe?«

»Wir wollten die Sonne sehen ... ansonsten würde die ständig vorhandene Wolkendecke uns die Aussicht vermiesen«, sagte Shanaris nicht ohne Stolz darüber, wie die Lerotin diese Herausforderung gemeistert hatten. Kezia konnte seine Freude spüren, während er sprach.

Durch die Fensterfront, an der sie gerade vorbeischritten, war die aufgehende Morgensonne zu erkennen. Über Wolken zu gehen, bot Kezia eine völlig neue Perspektive.
Die Lerotin schienen ein Volk begnadeter Architekten und Ingenieure zu sein. Alles, was Kezia bisher gesehen hatte, war effizient und in allen Details durchdacht. Das Raumschiff; die Kleidung; die Nahrung und natürlich die drei Türme, mit beinahe 25.000 Meter Höhe, über 6.000 Stockwerken und insgesamt 2,7 Milliarden Quadratmetern Grundfläche. Die gesamte Bevölkerung von 52 Millionen Lerotin lebte praktisch im selben Haus. Shanaris hatte ihr auf einem Display die wichtigsten Kennzahlen gezeigt.
»Die Lerotin bereisen den Raum, ihr vermögt unbeschreibliche Gebäude zu errichten und trotzdem versteckt ihr euch wie Verbrecher auf der Flucht?«
Kezia hatte Shanaris' Sinne noch nicht komplett durchdrungen. Seine Gedanken waren komplexer als die der anderen, verschlossener, disziplinierter und das Offenbaren überbordender Emotionen galt in seinen Augen als Geste der Schwäche.
»Was einen guten Grund hat!« Shanaris ließ sich mit der Frage nicht aus der Reserve locken. Links und rechts eines gesicherten Durchgangs standen zwei bewaffnete Wachen in futuristischen biomechanischen Kampfanzügen, die wie eine Zukunftsvariante der ihr bekannten Delta Anzüge aussahen.
»Wegen der Feinde, die euch vor 400 Jahren vertrieben haben? Gibt es diese Humanoiden überhaupt noch?« Inzwischen kannte Kezia auch die Geschichte über den verlorenen Krieg gegen eine den Lerotin unbekannte und militärisch überlegene Kultur.
Shanaris nickte. »Sie sind immer noch da!«

»Absolut sicher?« Eine Überlegung, die Kezia hingegen nicht verstehen konnte. Es gab immer einen Weg, miteinander zu sprechen. Ausgenommen von ihrer Zuversicht waren höchstens Schneckenköpfe, denen sie aber auch nicht mehr zutraute, als einen Knochenhaufen aufzustapeln.

»Oh ja!« Shanaris durchschritt eine breite Tür, die sich vor ihnen automatisch öffnete. »Wir sind da! Die Räume der Ältesten! Bitte folgt mir!«

Ruben und Kezia betraten einen großen Raum mit doppelter Deckenhöhe und zwei Glasfronten, die im Winkel von 60° aufeinander zuliefen. In der Mitte befanden sich Pflanzen, mehrere kleine Bäume, ein Stück Wiese und zwei sehr alt wirkende Holzbänke, die Kezia neugierig betrachtete. Wer wohl bereits hier alles gesessen hatte?

»Eine ungewöhnliche Einrichtung ...«, bemerkte Kezia und sah auf die Seiten, an denen zahlreiche zentnerschwere Findlinge am Boden lagen. An der einzigen Wand, die nicht aus Glas bestand, führten zwei Türen in weitere Räume.

»Für eine ungewöhnliche Frau ... wir haben ihr viel zu verdanken. Bitte, nehmt Platz, sie wird gleich bei euch sein.«

Shanaris verstand es, den Auftritt der Ältesten spannend zu machen. Kezia hatte noch keine älteren Lerotin gesehen.

»Danke.« Kezia setzte sich auf die Holzbank, die nach Wärme und Leben roch, eine ungewöhnliche Wahrnehmung in einem geschlossenen Raum. Der Kleine in ihrem Bauch verpasste ihr einen Tritt, liebevoll, aber bestimmt. Mit der Hand fasste sie sich, den Atem anhaltend, an den Bauch, was Shanaris und Ruben gleichermaßen aufschrecken ließ.

»Alles in Ordnung.«

»Hey ... das hast du gestern auch gesagt!«, stellte Ruben sichtlich nervös fest.

»Heute stimmt es, ehrlich.«
»Ein medizinisches Team steht immer bereit, falls ...«
»Danke!« Kezia unterbrach den Lerotin, sie wollte nichts davon hören. Dem Kind ging es gut. Und ihr auch!
»Eine wahre Kämpferin!«, sagte eine junge dunkelhäutige Frau mit schwarzen kurzen Haaren, die mit einem freundlichen Gesicht auf sie zukam.
Shanaris verbeugte sich vor ihr. »Darf ich vorstellen, Amun, die Älteste der Lerotin. Amun, das sind Kezia und Ruben, denen unsere Gastfreundschaft gebührt.«
»Willkommen auf Iris! Wie ich hörte, habt ihr einen langen Weg hinter euch. Ich hoffe, dass wir besonders dir und deinem Kind einen Hort der Ruhe schenken können«, erklärte Amun respektvoll und verbeugte sich ihrerseits.
»Ich bin überrascht ... aber vielen Dank für die herzliche Begrüßung.« Kezia glaubte kaum, was sie sah. Auch Ruben und sie verbeugten sich. Amun war körperlich alles andere als eine typische Lerotin. Dunkelhäutig, schlank und höchstens 1,50 Meter groß, wirkte sie eher wie eine Jugendliche und sicherlich nicht wie die Anführerin eines Volkes mit 52 Millionen Staatsbürgern.
»Amun, es freut mich, dich kennenzulernen.« Ruben gab sich gespielt unbeeindruckt, ihn beschäftigten aber ähnliche Gedanken, das konnte Kezia spüren.
»Zeit, Alter, Geschlecht und Äußerlichkeiten sind relative Begriffe. Eher Indizien unserer Erfahrungen als markante Merkmale einer Person.«
»Wie alt bist du?«, fragte Kezia, die Schwierigkeiten hatte, Amuns Aussage einzuordnen.

»483 Erdenjahre.« Amun lächelte verständnisvoll. »Ich sehe die Fragen in deinen Augen. Wir leben in einer Zeit, in der Menschen der Schöpfung ihre Aufgaben abgenommen haben.«
»Werden alle so alt?«, fragte Kezia und sah zu Ruben, der bereits unruhig wurde, weil er andere Gesprächsthemen besprechen wollte.
»Nein.« Amuns Gesicht verlor seine Heiterkeit. »Nur die, die nach dem Leben greifen.«
»Ich bin eine Replikantin«, sagte Kezia betroffen, beinahe als ob es ein Makel war, eine künstlich gezüchtete Lebensform zu sein.
»Das ist mir bekannt«, erklärte Amun. »Auch die Genetik der Lerotin entspringt nicht der natürlichen Evolution.«
»Wer hat euch geschaffen?«
»Ein talentierter Mensch. Sein Name ist unwichtig. Leider führten uns seine Ziele ins Verderben. Ich habe für ihn gearbeitet. Ein Fehler, für den ich die Verantwortung übernommen habe.«
»Ein Fehler?«, fragte Ruben.
»Die Lerotin sind dafür prädestiniert, in Weltraumschlachten unter Einfluss extremer G-Kräfte höchste Leistungen zu vollbringen. Ich habe die erste Möglichkeit genutzt, uns von unserem fehlgeleiteten Schöpfer loszureißen.«
»Gegen wen solltet ihr denn kämpfen?« Ruben glaubte plötzlich, das Gespräch in seine Richtung drehen zu können, Kezia spürte, welche Fragen ihn bewegten.
»Das spielt keine Rolle.« Auf die Frage wollte Amun scheinbar nicht antworten. »Ruben, ich glaube, dir war es sehr wichtig, mit mir zu sprechen.«
»Ja ... das ist richtig.« Ruben suchte nach den passenden Worten, sie für seinen Kreuzzug zu gewinnen.

»Lassen wir doch die Vergangenheit ruhen.« Amun störte sich nicht daran, Rubens Belange zu übergehen.
Kezia konzentrierte sich, um in Amuns Gedankenwelt einzudringen, was ihr nicht gelang. Sie schien eine sehr willensstarke Person zu sein. Welche Ziele verfolgte sie?
Amun lächelte. »Wollen wir nicht lieber Gründe für das Leben suchen? Kezia, du wirst bald Mutter. Ich freue mich für dich. Das wird die erste natürliche Geburt, die wir auf Iris erleben werden.«
Die Älteste der Lerotin gab sich unnahbar. Kezia musste bei jedem Satz intensiv über ihre Worte nachdenken.
»Wie kann man aus Fehlern lernen ... wenn man nicht über die Vergangenheit spricht.« Ruben gab nicht auf. Kezia konnte seine Ratlosigkeit vernehmen.
»Sicherlich nicht, indem man dieselben Fehler wiederholt«, hielt Amun resolut dagegen.
»Und wenn der unbekannte Feind Iris angreift?«, fragte Ruben, der sich bemühte, Amuns offene Flanke zu finden. Kezia spürte, wie er sich darauf versteifte, Ängste zu schüren.
»Was er nicht tut.«
»Angenommen es wäre so ...«
»Dann würden wir untergehen! Wir haben nicht die Mittel, uns wirksam zu verteidigen. Wir können uns nur verbergen und weiterhin hoffen, nicht gefunden zu werden ... du solltest wissen, unser Feind tötet jeden Lerotin, den er zu fassen bekommt!«
»Ihr würdet nicht um euer Leben kämpfen?«, fragte Ruben, der nach dem Konflikt auf Proxima nicht mit einer derartig pazifistischen Einstellung gerechnet hatte. Kezia wünschte ihm von Herzen, endlich einsichtiger zu werden.

»Es wäre sinnlos ... unsere taktische Flotte genügt gerade, um für Iris bedrohliche Meteoriten aus der Bahn zu schießen. Sogar ihr konntet zwei unserer Schiffe kapern.«

»Wir hatten Hilfe.« Ruben witterte seine Chance.

»Von der KI Vater?«

»Er würde unsere gemeinsamen Feinde besiegen.«

»Ein mächtiges Schwert ... wenn du es noch in deinen Händen halten würdest«, sagte Amun, die, während sie mit Ruben sprach, mit einem vielsagenden Lächeln Kezia ansah.

»Aber ... auf Proxima habt ihr gekämpft ... gegen uns! Warum?«, fragte Ruben aufgebracht. Kezia bemerkte seine Wut, mit Elias und Vater an seiner Seite würde er Amun seinen Willen diktieren und nicht betteln müssen.

»Proxima?«, fragte Amun.

»Er meint Gaia«, ergänzte Shanaris.

Amun nickte. »Das war ein Fehler ... bitte entschuldigt unser Vorgehen. Es gibt viele Randwelten, zu denen wir Kontakte vermeiden. Wir wollen unsichtbar bleiben.«

»Dafür wart ihr bereit, zu töten!«

»Kezia ... möchtest du mit deinem Bruder in den Krieg ziehen?«, fragte Amun ausweichend.

»Ich kämpfe für ...« Verdammt. Sie hatte Kezias Unentschlossenheit bemerkt.

»Für dein Kind, oder nicht?« Amun hatte sie durchschaut und setzte Kezias halbherzige Einstellung gegenüber Rubens Kriegsplänen geschickt gegen ihn ein.

»Ich bin trotzdem davon überzeugt, dass die Lerotin sich auf einen Kampf vorbereiten sollten!« Ruben hatte noch nicht bemerkt, dass er bereits verloren hatte. Sein Hass hatte ihn blind gemacht.
»Für das Leben! Für das Kind deiner Schwester! Und für die Freiheit! Aber sicherlich nicht für einen hoffnungslosen Krieg!«
Kezia konnte Amuns Gefühle nicht ergründen, aber bei Shanaris hatte es zuvor funktioniert. Es dauerte nur Sekunden, wieder eine Verbindung zu ihm zu finden.
»Für das Leben!« Der Lerotin war Amun treu ergeben, die von ihrem Volk geliebt wurde. Ihr Wort schien Gesetz zu sein, wobei Kezia nicht feststellen konnte, dass Amun jemals ihre Macht missbraucht hatte.
»Aber ...«
»Ruben!« Amun unterbrach ihn jäh. »Verwechsele nicht Höflichkeit mit Schwäche!«
»Ich ...«
»Ich ... würde auch keinen Krieg führen, wenn ich mir des Sieges sicher wäre! Die Lerotin wurden im Hass geboren! Meine Aufgabe ist es, sie sehr alt und in Frieden sterben zu lassen!«
»Ruben, bitte ...« Kezia nahm ihn schützend in den Arm. Es war schmerzlich für ihn, aber notwendig.
»Ich möchte gehen!« Ruben drückte Kezia weg und stürmte in Richtung der Tür.
Shanaris sah zu Amun, für diese Respektlosigkeit gegenüber der Ältesten wollte er Ruben zur Rechenschaft ziehen. Kezia konnte seine Entrüstung spüren. Doch Amun gebot ihm wortlos, Ruben ziehen zu lassen, der auch Kezia zurückließ.
»Ruben?«, rief Kezia ihm noch hinterher. Er war bereits im Gang vor Amuns Zimmer.

»Er wird es verstehen«, sagte Amun und lächelte sie gütig an. »Früher oder später.«

Mehr und mehr konnte Kezia ihr besonderes Wesen spüren, deren jugendlicher Körper und ungewöhnliches Aussehen völlig unwichtig waren. Sie lebte für das Leben. Sicherlich kein perfektes Leben, auch sie hatte Fehler zugegeben, hatte sich aber für einen besseren Weg entschieden. Ein Weg, den Kezia ebenfalls gerne beschreiten würde. Für ihr Kind. Für Elias. Und für Ruben.

***

XXXV. Umsorgen

Kezia hatte das Treffen mit Amun tief beeindruckt. Auch wenn sie die Gefühle der Ältesten nicht lesen konnte wie bei Ruben, war sie sich ihrer ehrenhaften Motive sicher. Es war ein gutes Gefühl, in diesem Umfeld ein Kind zur Welt zu bringen.

»Ist alles in Ordnung?«, fragte Shanaris, der sie auf dem Rückweg zu ihrer Unterkunft begleitete.

»Ja ... ja.« Kezia fühlte sich nur etwas müde, sie würde sich gleich hinlegen und ausruhen. Vielleicht könnte sie Ruben überreden, ihr Gesellschaft zu leisten, das würde beiden gut tun.

»Du siehst blass aus ... soll ich Kana'eh rufen lassen?« Shanaris' Sorge war rührend, aber unbegründet.

»Warte kurz, es geht schon ...« Kezia stützte sich an der Glasfassade im Übergang zwischen den Türmen ab. Unter ihr ging es 7.000 Meter in die Tiefe, die Wolkendecke auf halber Höhe verhinderte die Sicht auf den Ozean.

»Ich rufe Kana'eh!« Shanaris wollte nicht warten. »Du musst nicht laufen.«

»Nein!« Kezia hob die Hand, es ging wieder. Sie musste nur ihre Kräfte sammeln, hochschwanger binnen weniger Tage, da würde jede Frau beim Laufen Pausen benötigen.

»Das ist ...«

»Meine Entscheidung!« Kezia schritt weiter, sackte aber zwei Meter weiter schreiend auf die Knie. Diese Schmerzen, sie hielt sich mit beiden Händen den Bauch. Das Kind war wach. Ihr war, als ob jemand ihr einen glühenden Speer durch die Gedärme rammte.

Einen Lidschlag später breitete sich eine dumpf klingende Schockwelle in beide Richtungen aus, die augenblicklich sämtliche Lichter und andere Stromverbraucher auf dem Übergang ausfallen ließ.
»Notfall! Medizinisches Team zur Brücke!«, rief Shanaris, der Kezias *Nein* ignorierte. Niemand antwortete. Die Schockwelle hatte scheinbar auch seine Kommunikation lahmgelegt.
Es knackte. Vor ihren Augen sprang Glas, oder durchsichtiger Kunststoff, falls es kein Glas war. Der Riss schoss diagonal durch das transparente Fassadenelement.
»Los! Der Übergang bricht! Wir müssen sofort weg hier!« Shanaris wartete nicht auf eine Antwort, nahm sie auf den Arm und sprintete durch den Korridor, der in einem über 200 Meter weiten Bogen die Kluft zwischen den Türmen überbrückte.
Kezia schrie, das Baby trat zu und Shanaris stürzte der Länge nach auf den halbdurchsichtigen Boden. Dieser unglaubliche Schmerz lähmte sie. Alles vibrierte. Der Übergang drohte zu bersten.
Kezia konnte nicht länger warten, sie stand auf und rannte, neben ihr schossen weitere Risse wie Blitze durch die Fassadenelemente.
»Shanaris!«, rief Kezia hektisch, die Lichter im Boden und an der Decke aktivierten sich wieder.
Doch der blauhaarige Lerotin befand sich nicht neben ihr, Kezia drehte sich herum, er lag, an der Stirn blutend, an der Stelle, an der er zuvor gestürzt war. Weiter hinten platzte ein komplettes Glaselement aus der Halterung und fiel in die Tiefe. Die eindringende Windböe pfiff ihr eiskalt am Kopf vorbei.
»Shanaris!«, rief Kezia erneut, doch er reagierte nicht. Mit beiden Fingern am Hals aktivierte sie ihren Chip. »Ich brauche sofort Hilfe am Übergang!«

»Lebensgefahr! Gebäudeintegrität am Übergang auf Ebene drei gestört. Bitte verlassen Sie umgehend den Gefahrenbereich«, meldete ein Warnsystem, ein guter Hinweis, nur zu spät.

»SHANARIS!«, brüllte Kezia, was sollte sie tun? Ihn zurücklassen? Wenn man Hilfe brauchte, war keine da, sie würde es selbst tun müssen, also lief Kezia zurück. Sie hatte den Verstand verloren, ihn retten zu wollen, war Wahnsinn! Unter ihr hörte sie Glas reißen. »Wehe, ich bringe mich bei dieser Aktion selbst um!«

»Shanaris! Aufwachen!« Der Riese reagierte nicht. Die Lerotin waren zwar alle spindeldürr, nur bei zweidreißig Körpergröße war das lange Elend immer noch schwerer als sie! »Verdammt! Ich bin schwanger!« Kezia schulterte den Lerotin und rannte über die beunruhigend knackenden Bodenelemente zurück, die inzwischen wie ein bedrohliches Spinnennetz wirkten. Kezia sollte sich keine unnötigen Sorgen machen, sie würde nur ins Wasser fallen!

»Lebensgefahr! Gebäudeintegrität am Übergang auf Ebene drei gestört. Bitte verlassen Sie umgehend den Gefahrenbereich. Die Versiegelung erfolgt in zehn Sekunden.«

Wovon sprach der Computer? Was für eine Versiegelung? Kezia rannte schneller. Keine weiteren Überlegungen, ihr Instinkt bestimmte das Handeln. Nur Überleben; das Kind; Shanaris; der Wind und der Übergang, mehr zählte nicht. Kezia rannte.

Endlich! Kezia verließ den verdammten Übergang. Erschöpft sackte sie zu Boden und ließ den Lerotin vorsichtig von der Schulter gleiten. Sie hatte es geschafft.

»Versiegelung in drei, zwei, eins, jetzt« Der Computer machte ernst und verschloss mit einem Kraftfeld die Zugänge. Der Wind blieb hinter der Barriere zurück.

Kezia hatte nicht den Eindruck, dass das Kontrollsystem auf sie gewartet hätte.
Jetzt kam auch Kana'eh angelaufen, dessen langen weißen Haare im Takt seiner Schritte wogten. Zwei Lerotin aus dem medizinischen Team und eine schwebende Trage eilten ihm hinterher.
»Was ist passiert?«, fragte Shanaris benommen und fasste sich an die blutende Stirn. Die Wunde sah zum Glück harmlos aus, die sollte er locker überleben.
»Du hast mich gerettet!« Kezia gab ihm einen Kuss auf die Wange, den er sich verdient hatte.
»Ich habe dich ...« Shanaris traute sich nicht, den Satz zu beenden oder weitere Fragen zu stellen, die sein Versagen verdeutlichen würden. Ihm fehlte ein Stück Erinnerung.
Kezia spürte, wie er sich für den Zwischenfall verantwortlich machte. Sie bemerkte auch, wie er in Gedanken andere Lerotin anklagte, die man für den mangelhaft gebauten Übergang zwischen den Türmen zur Rechenschaft ziehen sollte.
»Alles in Ordnung?«, fragte Kana'eh, der sofort Kezia mit einem Scanner untersuchte und seinen beiden Kollegen anzeigte, dass es dem Kind gut ging.
»Wie geht es meiner Tochter?«, fragte Kezia, so zickig wie das Baby sich gebärdete, musste es ein Mädchen sein!
»Sie ist wach und hat gerade ihren Frühsport hinter sich ... was habt ihr nur mit dem Übergang gemacht?«, fragte Kana'eh und sah ungläubig durch die Barriere auf die schwer beschädigte Brücke, die sich immer noch trotzig dem Einsturz widersetzte.

»Alles in Ordnung. Dein Kind ist gesund und wohl auf«, sagte Kana'eh und legte den Scanner zurück auf die schwebende Diagnose-Einheit an seiner Seite. »Die Kleine ist sehr stark.«

Kezia befand sich mit ihm in ihrem Zimmer; im medizinischen Zentrum untersucht zu werden, hatte sie abgelehnt. Aus dem Fenster blicken zu können, beruhigte sie. Ruben und Sem warteten vor der Tür. Die Sorge, in wenigen Stunden eine Nichte zu bekommen, beschäftigte ihre Brüder intensiver als sie.

»Was ist vorhin passiert?«, fragte Kezia, die überlegte, was die plötzliche Schockwelle ausgelöst haben konnte. Das Kind wäre wohl kaum dazu in der Lage.

»Ich kann dir sagen, wann es deinem Baby gut oder auch schlecht geht, vermutlich bin ich sogar in der Lage, die meisten schlechten Dinge von ihr abzuwenden ... aber ich habe keine Ahnung, was deine Krampfanfälle auslöst.« Kana'eh zuckte freundlich lächelnd mit den Schultern. Das war die Wahrheit, Kezia hätte Lügen bemerkt.

»Ich bin eine Replikantin ... ich hätte niemals Nachwuchs bekommen dürfen.« Das hatte Kezia nicht vergessen. »War es falsch, sich ein Kind zu wünschen?«

»Die Zugehörigkeit zur natürlichen menschlichen Evolution bestimmt nicht den Wert unseres Lebens. Und sicherlich noch weniger das Anrecht, Kinder haben zu dürfen!«

»Was ist überhaupt ein Leben wert?«, fragte Kezia, die sich gerade verloren fühlte.

»Unermesslich viel, wenn Leben zu schützen ist ... oder unsagbar wenig, wenn wir uns zu wichtig nehmen«, antwortete er nichtssagend.

»Und was bin ich wert?«

»Für deine Brüder? Sie würden jeden Preis für dich bezahlen ... für dein Kind? Mehr als du dir vorstellen kannst.«

»Und für dich?«, fragte Kezia, die überrascht spürte, dass Kana'eh mehr als ärztliche Fürsorge antrieb.

»Ähm ...« Er stockte. »Sehr viel ... ich möchte, dass dein Kind und du den Platz finden, den ihr euch wünscht. Sicherlich sehnst du dich danach, den Vater des Kindes wiederzusehen.«

Das war die rationale Stimme in Kana'eh, seine Gefühle sahen anders aus. Lerotin sahen ihren Wert in der Gemeinschaft, Kezia konnte deutlich wahrnehmen, wie sehr er versuchte, seine egoistischen Gedanken zu verdrängen. Er begehrte sie. Während der Untersuchung lag Kezia nackt im Bett, die dünne Decke bedeckte zwar ihre Scham, aber ihre nackten Brüste und den inzwischen alles überragenden Bauch konnte er natürlich sehen. Er war ihr Arzt, darüber hatte sie sich zuvor keine Gedanken gemacht.

»Entschuldige bitte.« Kezia wollte ihn nicht in Verlegenheit bringen. Sich hektisch die Decke über den Bauch zu ziehen, wäre kindisch gewesen. Sie mochte ihn und berührte seine Hand, mit der er zuvor ihren Bauch abgetastet hatte.

»Da gibt es nichts zu entschuldigen.« Kana'eh sehnte sich danach, ihr nahe zu sein, mehr alles andere begehrte er, sie zu berühren. Dieses Verlangen stand im Widerspruch zu seiner ansonsten zurückhaltenden Art. Kezia spürte seine erotischen Fantasien, sie zu küssen und leidenschaftlich zu lieben. Sie bemerkte aber auch, mit welcher Härte er seine Begierde im Zaum hielt. Egal wie sehr er sich sehnte, sie zu besitzen, er würde seinem Verlangen nicht nachgeben.

»Ach ... schon gut.« Auf dieses Wissen hätte Kezia gerne verzichtet. Jeder Mensch hatte das Recht auf Geheimnisse. Sie fühlte sich wie ein Dieb und zog ihre Hand langsam zurück.

Kana'eh öffnete ein Fach an der schwebenden Diagnose-Einheit und entnahm ein rundliches Gerät, in das er seine Hand wie in einen Handschuh hineinstecken konnte.

»Ich möchte gerne dein Fruchtwasser untersuchen und aus der Nabelschnur eine Blutprobe entnehmen. Ist das in Ordnung?«, fragte er höflich und bemühte sich dabei, ihre Brüste einfach als Brüste zu betrachten und nicht als Objekte seiner Begierde.

Kezia nickte und schloss die Augen. Sollte sie Angst haben? Nein, sie vertraute Kana'eh. Hatte sie Angst? Ja, sehr große sogar.

»Wenn du möchtest, kannst du zusehen.« Vorsichtig legte Kana'eh seine Hand und die Untersuchungsapparatur an ihre Seite. Ein kühles Gel ließ den Handschuh leichter über ihre Haut gleiten.

Kezia blinzelte, er verfolgte die Positionierung des Handschuhs über ein Display der Diagnose-Einheit. Ihr Kind schien mit dem Daumen im Mund zu schlafen, die Nabelschnur lag mit einer Windung um das rechte Bein gewickelt. Wollte sie das sehen?

»Besser nicht.« Kezia schloss wieder die Augen.

»Ich habe jetzt die richtige Position gefunden. Bleib ruhig liegen und versuche, gleichmäßig zu atmen.«

»Gebe mir Mühe.« Kezia starb gerade vor Angst. Wie gerne hätte sie Elias an der Seite gehabt.

»Dein Herzschlag legt gerade mächtig zu ... fühlst du dich wohl?«, fragte Kana'eh. »Im medizinischen Zentrum können wir dich sedieren und dann den Eingriff durchführen.«

»Nein ... hier!« Kezia wollte sich nicht wie eine Kranke behandeln lassen. Das war nur eine Schwangerschaft! Nicht mehr!
»Wie du möchtest ... die Invasiv-Einheit arretiert sich jetzt. Das dürfte sich auf der Haut anfühlen wie Saugnäpfe«, erklärte Kana'eh.
»Das geht doch ...«
»Jetzt bildet die Invasiv-Einheit ein Kraftfeld, um deine Wirbelsäule und dein Becken zu fixieren. Du wirst dich gleich nicht mehr bewegen können ... keine Sorge, das System wird millimetergenau durch den Computer geführt.«
»Mir wäre es fast lieber, wenn du die Nadel führen würdest.« Kezia spürte, wie das Kraftfeld ihren Körper fixierte.
»Danke für dein Vertrauen in meine medizinischen Fähigkeiten ... aber das kann der Computer erheblich genauer. Jetzt gibt es einen leichten Stich und die Stelle wird sich kurzzeitig kalt anfühlen.«
Es passierte genauso, wie Kana'eh es beschrieben hatte.
»Die Stelle, an der das Invasiv-System die Nadel einbringen wird, ist jetzt betäubt. Von der weiteren Untersuchung solltest du nichts spüren. Höre weiterhin auf meine Stimme und versuche, ruhig und gleichmäßig zu atmen.«
Was Kezia auch versuchte, ruhig und gleichmäßig, ihr Kreislauf beruhigte sich. Es funktionierte.
»Wir haben es fast geschafft. Das Invasiv-System entnimmt gerade Fruchtwasser. Das sieht alles sehr gut aus.«
Kezia stellte sich bereits vor, ihr kleines Mädchen in den Armen zu halten. Sie brauchte noch einen Namen.
»Die Fruchtwasser-Entnahme ist abgeschlossen. Das Invasiv-System entfernt die Hohlnadel aus der Gebärmutter. Das System wechselt die Nadel. Die Arretierung ist stabil.

Die Vitalwerte des Kindes sehen hervorragend aus. Deine Tochter ist scheinbar furchtloser als du!« Kana'eh lächelte.

»Sie schläft auch«, sagte sie erleichtert.

»Na ... jetzt nicht mehr. Sie hat die Nadel in ihrer guten Stube bemerkt.«

»Sie ist wachsam.« Was für Kezia plausibel war. Auch wenn sie Kana'ehs, Rubens und Shanaris' Gefühle verstehen konnte, die Emotionen ihrer Tochter blieben ihr bisher verschlossen.

»Und wie ... auf dem Scanner kann ich sehen, wie sie ihre Augen öffnet.« Kana'eh fieberte spürbar mit.

»Welche Farbe?« Kezia gefiel diese Vorstellung. Ihre Angst verflog und es breitete sich ein unglaublich intensives Glücksgefühl in ihr aus. Sie hätte das ganze Universum umarmen können. Mutter zu werden, war die wunderbarste Erfahrung ihres jungen Lebens. Am liebsten wäre sie durch Ternah gerannt und hätte jedem Lerotin erzählt, dass sie bald Mutter werden würde.

»Blau ... tippe ich ... ja, blau!« Kana'eh machte weiter. »Jetzt führt das Invasiv-System die zweite Nadel ein. Der Puls des Kindes steigt, Werte sehen aber gut aus.«

»Sie sieht dir zu und fragt sich, was du vorhast.« sagte Kezia, die spontan das Gefühl hatte, diese Bemerkung machen zu müssen.

»Gleich ist es geschafft. Die Nadel nähert sich der Nabelschnur. Noch zwei Zentimeter«, erklärte Kana'eh hochkonzentriert und führte die Nadel tiefer in sie ein.

»Sie sieht die Nadel. Sie möchte das nicht.« Als ob eine andere Stimme aus Kezia sprechen würde. Die Stimmung schlug um. »Kana'eh, bitte, sie möchte das nicht!«

»Deine Kleine wird davon nichts spüren. Führe die Nadel jetzt in die Nabelschnur ein.« Kana'eh hörte nicht auf sie.
»NEIN! TU DAS NICHT«, schrie Kezia panisch, die eine Welle der Furcht durchströmte. Das Diagnosesystem fing an zu piepen. Ihr Herzschlag schoss auf über 200 Schläge in der Minute.
»Beruhige dich bitte! Es wird nichts passieren! Entnehme jetzt die Blutprobe! In fünf Sekunden wird alles vorbei sein!«
»SIE WILL DAS NICHT!«, schrie Kezia hysterisch, ohne sich bewegen zu können. Das Kraftfeld der Invasiv-Einheit hatte sie fest im Griff. Hilflos musste sie die Folter ihrer Tochter über sich ergehen lassen.
Die Schockwelle traf Kezia wie ein Schlag ins Gesicht. Sie schnappte nach Luft. Härter als bei dem Zwischenfall auf dem Übergang zwischen den Türmen. Das Diagnosesystem fiel sofort aus. Das Kraftfeld, das sie zuvor festgehalten hatte, verschwand. Schmerzen. Da waren nur Schmerzen. Kezia schrie. Sie glaubte zu sterben. Wild bäumte sie sich auf. Die indirekten Lichtquellen an der Decke fielen aus und drei von den Fensterelementen zeigten Risse. Ein rotes Notlicht aktivierte sich, während bereits ein kühler Luftzug durch eine undichte Stelle in den Raum eindrang und einen hochfrequenten Ton erzeugte.
»Notfall! Kompletter Systemausfall! Notrettung einleiten!«, schrie Kana'eh, der versuchte, die Apparatur an den Saugnäpfen auf ihrem Bauch ruhig zu halten.
»Die Nadel!«, schrie Kezia panisch.
»Die ist bereits draußen! Jetzt beruhige dich! Ich habe keine Verbindung zu meinen Leuten, du musst mir helfen!« Mit seiner ganzen Kraft versuchte er, Kezia auf das Bett zu drücken, die von Schmerzkrämpfen geschüttelt, die Kontrolle über ihren Körper verloren hatte.

»Mein Kind!« Alles andere war unwichtig, Kezia konnte keinen klaren Gedanken fassen.
»Kezia bitte, ich löse jetzt die Invasiv-Einheit von deinem Bauch! Du musst ruhig halten! Ich möchte dich nicht verletzen!« Kana'eh saß inzwischen auf ihr und bemühte sich, mit seinen Beinen ihre Arme zu fixieren, die mit aller Kraft versuchten, den Untersuchungshandschuh vom Bauch zu reißen. Das Ding musste sofort weg von ihr!
Die weitere Schockwelle traf Kezia in die Magengrube. Sie glaubte, dass ihr Herz stehen blieb. Der Schlag warf Kana'eh gegen die Wand. Die Invasiv-Einheit flog in unzähligen, zerborstenen Einzelteilen durch den Raum. Das rote Notlicht flackerte und erlosch ebenfalls.
Ein Fensterelement konnte dem Druck nicht standhalten, die eindringende eiskalte Luft fühlte sich an, als ob sie in zwei Grad Celsius kaltes Wasser springen würde. Die Kälte ließ den Schmerz verebben. Kezia atmete wieder. Schweißgebadet beruhigten sich ihre aufgeschreckten Sinne. Auf ihrer Haut bildeten sich sofort Eiskristalle. Das Kind? Kezia spürte, dass es ihr gut ging. Kana'eh hatte sie nicht verletzt, er hätte besser auf sie hören sollen.
»Kana'eh?«, schrie Kezia. Sie mussten sofort diesen Kühlschrank verlassen. Er antwortete nicht, seine emotionale Präsenz konnte sie leider auch nicht wahrnehmen.
Dafür schlug jemand von außen brachial gegen die automatische Tür, die sich ohne Energie nicht öffnen ließ. Die beiden Schockwellen hatten in ihrem direkten Umfeld alle elektronischen Geräte und scheinbar auch die Reservesysteme deaktiviert.
Das Licht ging wieder an, die Tür öffnete sich und Ruben stürmte zu ihr herein. Ihr Bruder blieb aber nach wenigen Schritten verstört stehen. Der Grund dafür war schnell zu erkennen.

Wegen des zerstörten Fensters wehte ihm ein eisiger Wind entgegen.

»Was ist hier vorgefallen?«, fragte Ruben verschreckt, der die am Boden liegende Decke aufnahm, zu Kezia ging und ihre Blöße bedeckte. Weitere Lerotin betraten den Raum. Shanaris allen voran, der sofort an der Wand auf einen Schalter schlug, um eine manuelle Versiegelung der Fensterfront zu aktivieren. Der Schockimpuls schien das automatische Schutzsystem für die Fensterfront beschädigt zu haben.

»Wie geht es Kana'eh?«, fragte Kezia, die sich um ihn sorgte. Hoffentlich war ihm nichts zugestoßen.

»Er lebt ... nur eine Gehirnerschütterung«, sagte ein medizinischer Helfer, der ihn gerade versorgte. Kana'eh kam wieder zu Bewusstsein.

»Habt ihr hier eine Bombe gezündet?«, fragte Ruben, der sich umsah, während er Kezia in den Armen hielt.

»Das ist ein Missverständnis.« Wenn Kezia das nur erklären könnte, die beiden Schockwellen hatten das Diagnosesystem zerstört und neben dem zerstörten Fenster, sämtliche Wände, die aus einer metallischen Legierung zu bestehen schienen, nach außen ausgebeult.

»Kezia, was hast du getan?«, fragte Shanaris sie anklagend, der die nun offensichtlichen Zusammenhänge verstand. Es ging um das Kind. Er fürchtete sich vor ihrer Tochter.

»Es war meine Schuld!«, warf Kana'eh ein, der sich, mit der Hand den Hinterkopf reibend, schützend vor Kezia stellte.

»Die beiden Schockwellen, die in drei Stockwerken alle Lampen haben ausgehen lassen ... das war deine Schuld?« Shanaris glaubte ihm nicht und versuchte, Kana'eh auf die Seite zu drücken.

»Ja ... ja ... das war ich. Ein Fehler, für den ich die volle Verantwortung übernehme!«

»Kezia, ist das wahr, was er sagt?«, fragte Shanaris, der Kana'eh immer noch nicht glauben wollte.
Kana'eh sah Kezia mit versteinertem Gesicht an und wartete auf ihr Urteil. In seiner Gefühlswelt bettelte er verzweifelt darum, dass Kezia, um das Kind zu schützen, die ganze Schuld auf ihn schob.
Erst mit seinem aufopfernden Drängen, Schaden von ihr abzuwenden, verstand Kezia, dass es ihr Kind gewesen war, das die Schockwellen ausgelöst hatte. Und sie verstand die Bedrohung, die Shanaris fürchtete. Würde sie Kana'eh in Schutz nehmen, würde das sie selbst in die Schusslinie bringen.
»Er war es. Ich wollte ihn noch aufhalten«, erklärte Kezia und sah in Kana'ehs Augen. Er bedankte sich.

***

XXXVI. Manipulieren

Kezia befand sich mit Ruben, Sem und Nadja in einem neuen Quartier, obwohl der Raum mehr Ähnlichkeit mit einem Bunker hatte als mit einem Wohnraum. Die weißen fensterlosen Wände klangen äußerst massiv und die automatische Tür stand in einer zwei Meter tiefen Zarge. Mit nur einer Lichtquelle, vier Sesseln und einem kleinen Tisch mit Getränken bot der Raum zudem wenig Gastlichkeit. Die Lerotin hatten sie vorsichtshalber weggeschlossen.

»Was hast du nur dabei gedacht?«, fuhr Ruben sie an. Die Geschichte mit Kana'eh hatte er nicht geschluckt. Den Zusammenhang zwischen dem Kind und den Schockwellen-Zwischenfällen schien er aber noch nicht begriffen zu haben.

»Die Frage kannst du dir auch selbst stellen!« Kezia verspürte keine Lust, demütig um Verzeihung zu bitten. Schließlich hatte er unbedingt nach Iris gewollt, um Feldherr zu spielen.

»Ich bin sicher, die hören euch. Vielleicht solltet ihr ein unverfänglicheres Thema wählen«, sagte Nadja, die mit hängenden Schultern auf einem der Sessel saß und nicht wusste, ob sie sich vor Kezia fürchtete oder nur Abscheu empfand.

»Fürchte mich besser!« Kezia hatte keine Zeit, sich mit Rubens Gespielin zu beschäftigen. Ob ihnen die Lerotin zuhörten oder nicht, spielte keine Rolle.

»Lass Nadja aus dem Spiel!«, schrie Ruben sie an.

»Was willst du jetzt von mir hören? Du glaubst, das ganze Universum für deinen Rachefeldzug missbrauchen zu können ... und wunderst dich, warum sie dich in eine Kiste stecken?« Kezia tobte, wenn sie bei Elias geblieben wäre, wäre das nicht passiert.

»Der Name deiner ermordeten Schwester war Sarai!«, hielt Ruben aufgebracht dagegen.

»Daran brauchst du mich nicht zu erinnern! Siehst du immer noch den zertrümmerten Schädel in ihrem Blut liegen?«
»Jede Nacht!«
»Das unterscheidet uns! Ich erinnere mich an ihr Lachen! Das sind angenehmere Bilder, glaub mir!« Kezia war dieses *"ich muss alle bestrafen"* Gehabe so unglaublich leid.
»Ich denke auch lieber an die lebende Sarai«, sagte Sem kleinlaut, der unter dem Streit zwischen Ruben und Kezia litt. Sem war ein Trottel, aber ein lieber Kerl. Die kompletten Zusammenhänge begriff er nicht, obwohl, wenn Kezia ehrlich war, sie selbst auch nicht alles verstand. Die jüngsten Entwicklungen überstiegen inzwischen auch ihre Aufnahmefähigkeit.
»Danke Sem!« Kezia ging zu ihm und küsste seine Stirn.
»Da haben sich die Richtigen gefunden!«, hetzte Ruben weiter und drehte sich überheblich weg.
»Idiot! Wir sollten lieber zusammenhalten!«, rief Sem seinem wütenden Bruder entgegen, was eine alles andere als dumme Bemerkung war. Sie sollten in ihrer Situation wirklich besser zusammenhalten und nicht streiten.
»Der weise Professor Sem hat gesprochen!«
»Der weise Professor haut dir gleich eins aufs Maul!« Sem stand auf und wollte schon auf Ruben losgehen. Kezia ging dazwischen. Früher auf Proxima gab es öfter Handgreiflichkeiten zwischen den beiden. Egal was Ruben sagte oder machte, Sem war schon immer eifersüchtig auf ihn gewesen.
Kezia drückte ihn wieder in den Sessel und zog seinen Kopf dicht an ihren Bauch. »Nein ... soweit wird es nicht kommen! Ihr werdet euch nicht schlagen!«

»Ist gut.« Völlig entspannt lehnte sich Sem zurück. Der Streit, die Anspannung und der Stress schienen binnen einer Sekunde völlig aus seinen Sinnen verschwunden zu sein. Das ist unheimlich, dachte Kezia und sah Ruben an, der mit Sems plötzlichem Sinneswandel auch nichts anfangen konnte.
»Was hast du mit Sem gemacht?«, fragte Ruben und ging einen Schritt von Kezia zurück.
»Nichts ... jetzt dreh nicht völlig durch!« Kezia konnte es kaum glauben, als ob sie was damit zu tun hatte, dass Sem jetzt verträumt zu Nadja blickte und in Gedanken ihren nackten Körper lustvoll mit Küssen überhäufte. Auch Nadja fuhr verschreckt auf und stellte sich schutzsuchend zu Ruben.
»Sem?«, fragte Ruben.
»Hallo Ruben ... alles in Ordnung?« Auf einen Schlag benahm sich Sem wie ausgewechselt, was für Kezia völlig unverständlich war, sie hatte nichts mit ihm gemacht.
»Noch sauer auf mich?«
»Nö ... wieso?« Sem verhielt sich so, als ob der Streit nie stattgefunden hätte.
»Das war sie!« Nadja zeigte mit dem Finger auf Kezia. »Ich will hier sofort raus!«
»Kezia! Was hast du mit Sem gemacht?«, fragte Ruben erneut, deutlich drängender als zuvor.
»Gar nichts! Du kennst ihn doch ... so ist er halt!« Kezia wusste keine bessere Erklärung.
»Ja, ich kenne ihn gut ... er prügelt sich gerne mit mir, wenn wir uns streiten! Womit ich prima leben kann! Gibt mir sofort meinen Bruder zurück!«

»Jetzt hör auf damit!« Kezia verzog das Gesicht, es war keine gute Idee, sich hochschwanger in wilde Streitereien zu stürzen. Ihre Beine begangen zu flattern.
»Das war das Kind!«, stellte Ruben überrascht fest.
»Du redest Blödsinn!« Kezia musste sich setzen. Sem schaute immer noch Nadja auf den Hintern.
»Das Kind hat Sem eine Gehirnwäsche verpasst! Kezia ... da läuft etwas mächtig schief!«
»Mein Kind ist gesund!« Auf diese Diskussion wollte sich Kezia nicht einlassen. An ihre Tochter würde sie niemand heranlassen! Sie traf keine Schuld!
Ruben kam langsam auf sie zu. »Davon gehe ich aus ... sehr gesund sogar. Und auch sehr wehrhaft! Dein Kind entwickelt Fähigkeiten, die für uns alle gefährlich werden können!«
»Nein!«, brüllte Kezia und stand wieder auf. Für ihr Kind würde sie kämpfen! Sie spürte neue Kräfte in sich erwachen! Niemand würde sich an ihrem Kind vergreifen! Auch Ruben nicht!
»Kezia, bitte, du solltest dein Gesicht sehen, willst du mich angreifen? So habe ich dich noch nie erlebt! Das Kind hat dich genauso in seinen Bann gezogen wie Sem ... bitte wach auf! Ich brauche deine Hilfe!«
Kezia hörte Ruben nur wirres Zeug reden, er schien völlig den Verstand verloren zu haben.
»Sei ruhig! Sag kein weiteres Wort!«, fuhr Kezia ihn barsch an. Das würde jetzt ein Ende haben! Wie ein Raubtier sprang sie in seine Sinne und zerbiss jeglichen Widerstand, den sie vorfand. Mit Krallenhieben zerfetzte sie jeden Gedanken, mit dem er an ihr zweifelte. »Du wirst genau tun, was ich dir sage!«

»Ja«, antwortete Ruben mit monotoner Stimme. Entspannt setzte er sich in einen Sessel, betrachtete verträumt Kezias kugelrunden Babybauch und spielte dabei in Gedanken bereits mit seiner neugeborenen Nichte auf einer sonnigen Wiese. Mit diesem blumigen Gedanken würde Kezia ihn zurücklassen.

»Was ... was hast du getan?«, fragte Nadja, die weiter zurückwich, bis zur Wand, dort angekommen rutschte sie verzweifelt auf den Boden. »Bitte ... nicht in meinen Kopf!«

»Nichts, was du verstehen würdest.« Für Nadjas Verstand reichte ein einzelner Prankenhieb, um sie zu brechen. Auch sie blickte jetzt teilnahmslos vor sich hin.

Kezia sah sich um. Sem, Ruben und Nadja waren nun auf ihrer Seite. Endlich war Ruhe. Die Stille, die hörte sich wunderbar an.

»Hört mich jemand?«, fragte Kezia und dachte nach. Die Lerotin würden sicherlich die Diskussion zwischen den Replikanten beobachtet haben. Ihr Kind war müde, ihre Tochter wünschte, dass ihre Mutter jetzt zu Bett ging.

»Ja, Kezia ... wir hören dich«, antwortete eine ihr unbekannte Stimme über Lautsprecher zurückhaltend. War das Shanaris oder Kana'eh, der da mit ihr sprach?

»Mein Kind möchte gerne schlafen. Bitte lasst seine Mutter in ihr Bett«, bat Kezia freundlich, die keine Kraft hatte, um zu streiten. Nur noch schlafen, mehr wollte ihr Kind nicht.

»Nein, Kezia ... das geht nicht.«

»Warum ...« Kezia fühlte sich plötzlich benommen und stellte einen seltsamen Geruch fest, der sich sehr schnell und intensiv im Raum ausbreitete.

»Wehr dich nicht ... es wird dir helfen, zu schlafen.«

»Das ist ...« Kezia sackte zu Boden. Alles wurde dunkel, sie verlor das Bewusstsein.

Kezia schritt über eine ebene Fläche, alles war weiß, bis auf den blauen Himmel über ihr, an dem keine einzige Wolke zu erblicken war. Die Luft schmeckte nach Sommer, allerdings konnte sie keine Sonne erkennen. Und auch nicht zwei. Hell war es trotzdem. Wo war sie? Proxima und Iris schieden definitiv aus.

»Hallo«, sagte sie leise.

Niemand antwortete.

Kezia ging weiter, barfuß, der weiße Boden unter ihren Füßen fühlte sich weich und warm an. Mit den Händen strich sie sich sorgsam über ein weißes Kleid, das ihr bis zu den Knien reichte.

»Ist hier jemand?«

Es blieb immer noch ruhig. Sehr ruhig, Kezia konnte absolut nichts hören. Sie klatschte in die Hände. Das hörte sie, an ihren Ohren lag es zum Glück nicht.

»Ist das ein Traum?«, fragte sie und dachte nach: Das ist ein Traum, stellte sie erleichtert fest und ging weiter.

»Ein Traum in Weiß ...«, murmelte Kezia, die Zeit bei den Lerotin hatte ihr Verhältnis zur Farbe Weiß nachhaltig gestört. Sie verspürte spontan den Wunsch, mit einem roten Pinsel die ganze Welt anzumalen. Alles würde sie mit roten Tupfen verzieren, bis sie so viele Tupfen getupft hatte, dass nicht ein einziger weißer Fleck mehr weiß geblieben wäre.

»Hallo Kezia.« Elias kam auf sie zu. Endlich, er hatte sich reichlich Zeit gelassen, in ihrem Traum aufzutauchen.

Kezia drehte sich um, doch wo war er? Da vorne, oder besser da hinten, ganz klein am Horizont, konnte sie Elias ausmachen.

»Hallo Elias«, rief sie freudig. Das kurze Stück würde sie eben laufen. Sie lief los. Die Entfernung schien größer zu sein, als sie zuerst angenommen hatte. Sie rannte schneller. Elias kam auf sie zu. Wenn er ihr entgegenlaufen würde, würden sie sich schneller treffen. Kezia lief schneller. Gleich würde sie bei ihm sein. Gleich.

Elias blieb stehen, was Kezia motivierte, noch schneller zu laufen. Hatte er ein Kind auf dem Arm? Ein kleines Kind, das sie wegen der Entfernung zuvor noch nicht gesehen hatte? Kezias Vorfreude steigerte sich. War es ein Mädchen? Ein kleines Mädchen mit langen dunklen Haaren? Wie wohl ihr Name war?

»Wie heißt die Kleine?«, rief Kezia im Laufen. Schnell zu laufen und zu sprechen war nicht so einfach. Bestimmt hatte Elias einen schönen Namen für ihre Tochter ausgesucht.

Elias winkte Kezia zu. Gleich würde sie bei ihm sein. Gleich. Das Mädchen hatte lange dunkle Haare. Gleich würde sie bei ihm sein. Gleich. Winkte Elias ihr zur Begrüßung zu? Oder wollte er sich verabschieden? Nein, er durfte noch nicht gehen, es war doch nur noch ein kleines Stück. Gleich würde sie bei ihm sein. Gleich.

***

XXXVII. Beherrschen

Dunkelheit und Kälte, das waren die ersten Sinneseindrücke, die Kezia nach der Begegnung mit Elias erfuhr. Und Wasser, viel Wasser, sie befand sich mitten im Meer.

Kezia blickte sich, Orientierung suchend, um. Unter ihren Füßen war alles schwarz, über sich konnte sie die Wasseroberfläche erkennen. Die Entscheidung fiel einfach, immer dem Licht nach. Wie beim Eishai-Fischen auf Proxima ließ sie die verbrauchte Atemluft aus der Nase entweichen und stieg langsam nach oben.

In den Finger- und Fußspitzen kribbelte es bereits. Der Sauerstoffgehalt im Blut wurde stetig knapper. Kein Grund, unruhig zu werden, sie war erfahren genug, um damit umzugehen. Nur noch wenige Meter, gleich hätte sie es geschafft. Noch eine Armlänge. Dann würde sie wieder atmen können.

»Ich bekomme Alphawellen auf den Schirm. 12 Hertz. Amplitude schnell steigend. Die Gehirnaktivitäten der Mutter nehmen deutlich zu. Sie wacht gleich auf!«, hörte Kezia eine männliche Stimme in großer Entfernung sagen.

»Das ist unmöglich! Werte überprüfen!«, sagte eine Frau mit sehr bestimmendem Tonfall. Kezia konnte weder die erste noch die zweite Stimme zuordnen. Die Worte hörten sich an, als ob sie jemand in eine Wolldecke sprechen würde.

»Erhöhe Sedierung auf 650 mg/h. Jetzt. Amplitude fällt. 11 Hertz. 10 Hertz. Wert bleibt bei 9 Hertz stehen. Erhöht sich wieder auf 10 Hertz, bei dem Wert könnte sie immer noch aufwachen!«

Die Luft wurde knapp, Kezia musste unbedingt auftauchen. Was einfacher gedacht als getan war. Sie spürte, wie sie dicht vor der Wasseroberfläche von einem Gewicht an den Beinen wieder nach unten gezogen wurde. Alles wurde dunkler. Nein, schrie sie in Gedanken!

Nein! Das wollte sie nicht! Mit aller Kraft wehrte sie sich dagegen, in den Tiefen des Meeres zu versinken.

»Status der Medikation?«

»Tri-Propofol. Die Dosierung ist bereits am Grenzwert«, erklärte die erste Stimme, die Kezia jetzt deutlicher verstehen konnte. Der Arsch sollte sich mit dem Dreckszeug selbst einschläfern!

Kezia schwebte im Meer und sank nicht weiter hinab. Wo war sie? Ihre Finger kribbelten nicht mehr. Was war passiert? Würde sie unter Wasser Stimmen hören können? Nein. Befand sie sich überhaupt unter Wasser?

Ja, aber nur in ihrer Vorstellung. Würde sie ertrinken? Sicherlich nicht, die Angst davor bildete sie sich nur ein. Ging es ihrer Tochter gut? Ja, den kräftigen Herzschlag der Kleinen konnte sie deutlich vernehmen, sie schlief, ihr würde nichts passieren.

»Gehirnaktivität des Kindes?«, fragte die weibliche Stimme, die Kezia nicht mochte. Mit dieser herablassenden Art war sie bei ihr bereits unten durch.

»Deltawellen unter 2 Hertz. Das Kind befindet sich im Tiefschlaf. Eine weitere Erhöhung der Sedierung für die Mutter könnte das Kind gefährden.«

»Das Leben des Kindes hat oberste Priorität!«

»Natürlich!«

Für Kezia klang das Gespräch nicht so, als ob beide dieselbe Meinung vertraten.

»Hört die Mutter uns?«, fragte die Frau.

»Unwahrscheinlich.«

»Medikation bei 650 mg/h einstellen ...«, sagte die arrogante Zicke, die scheinbar den Ton angab.

Kezia bemühte sich nicht mehr, aufzutauchen. Im Moment fühlte sie sich gut. Es war alles nur eine Frage des Willens. Ohne Furcht ließ sie ihre Lungen voll Wasser laufen und atmete ruhig weiter. Zwei tiefe Atemzüge, das genügte. Sie ertrank, aber nur in ihrem Kopf. Auch das Gefühl zu sterben, konnte man ignorieren.

Du bist jetzt ein Fisch, dachte sie, ein hochschwangerer Fisch, der sich gerade seinen Nachwuchs herbeisehnte. Die Kleine schlief tief und fest, was ihr die Möglichkeit gab, über alles nachzudenken.

»Gehirnwellen pendeln sich bei der Mutter bei 12 Hertz ein. Alphawellen. Stabiler Schlafzustand. Sie träumt höchstens. Wir können weitermachen. Unser Zeitfenster ist begrenzt«, sagte der Mann, der sich um die Verlängerung ihrer Narkose kümmerte.

Ich schlafe nicht, dachte Kezia, die auf jedes gesprochene Wort achtete, das die Männer von sich gaben. Und ein Traum war das auch nicht, zumindest nicht die Stimmen, die sie hörte.

Was hatte sie als Letztes getan? Es fiel ihr nicht schwer, sich zu erinnern. Sie sah Ruben, mit dem sie gestritten hatte, was unnötig war. Ihr Jähzorn tat ihr leid. Sie hatte ihn viel zu gern, um ihm böse zu sein. Ihren Bruder Sem, den sie unbeabsichtigt stark beeinflusst hatte, sah sie auch in einem Sessel sitzend.

Wie war es überhaupt möglich, einem anderen Menschen den Willen zu brechen? Kezia hatte, ohne lange darüber nachzudenken, Ruben, Sem und Nadja manipuliert. Das war falsch, das hätte sie nicht tun dürfen. Es war trotzdem passiert.

Aber war das ihre Entscheidung gewesen? Oder die ihrer Tochter? Hatte das Kind sie beeinflusst? Die Kontrolle über ihr Tun übernommen? Im Moment des Streits hatte sie sich unglaublich wütend gefühlt.

Wenn sie eine Waffe in der Hand gehabt hätte, wären noch schlimmere Dinge passiert!

Kezia erschrak, hätte sie wirklich Ruben verletzt? Oder sogar getötet? Ja. Sie hätte es getan, das konnte sie spüren. Vor blinder Wut, das Kind zu beschützen, hätte sie, ohne nachzudenken, ihren Bruder umgebracht. Wie konnte ihre Tochter nur so etwas von ihr verlangen? Wie konnte ein Kind den Willen eines erwachsenen Menschen beeinflussen? Und wie konnte ein ungeborenes Kind Schockwellen auslösen, die Wände verbeulten, Glas brachen und Stromnetze ausfallen ließen? Die Fragen ließen nur eine erschreckende Schlussfolgerung zu.

Du bist verloren, stellte Kezia resigniert fest und erinnerte sich: Weibliche Replikanten können in ganz seltenen Fällen paranormale Fähigkeiten entwickeln, hatte einer der Forscher erklärt, den sie in einem Lehrvideo über ihre Besonderheiten hatte fachsimpeln hören. Der Besserwisser erwähnte aber nicht, was passieren würde, wenn eine medial veranlagte Replikantin ein Kind mit ihrem ebenfalls genetisch veränderten Bruder zeugte?

Das hätte nie passieren dürfen, die Lerotin hätten Kezia niemals helfen dürfen, schwanger zu werden. Sie würde alles dafür tun, die Uhr zurückzudrehen. Aber jammern half nicht. Die Zeit tickte nur in eine Richtung und Zeit war genau das, was sie nicht hatte.

»Ich habe auf dem Display eine Kontraktion ... der Wert liegt bei vier«, sagte der Mann und weckte Kezia aus ihrem inneren Disput. Jetzt erkannte sie ihn. Das musste Kana'eh sein, der die Geburt einleitete. Kezia spürte, wie es ihren Bauch zusammenzog. Alles würde gut werden, daran wollte sie glauben!

»Eine Wehe? Jetzt schon?«, fragte die Frau erschrocken und ließ etwas auf den Boden fallen.

»Das sollte kein Problem sein ... die Abstände liegen noch weit genug auseinander ... wir öffnen die Bauchdecke wie geplant. Laserskalpell arretieren!«

Die Vorstellung, aufgeschnitten zu werden, gefiel Kezia weniger, sie hätte eine natürliche Geburt bevorzugt.

»Alphawellen der Mutter steigen auf 14 Hertz, sie kann jeden Moment aufwachen!«

Kezia vertraute Kana'eh und schwebte weiterhin im Wasser, es gab keinen Grund, auftauchen zu wollen. Sie würde ihn gewähren lassen.

»Werte des Kindes?«

»Thetawellen 6 Hertz!«

»Das ist kein Tiefschlaf mehr!«

»Das Mädchen träumt ...« Das hatte Kana'eh richtig gedeutet. Kezia spürte, wie sich ihre Tochter im Traum bewegte und einen Fuß gegen die Bauchdecke stemmte.

»Können wir den Eingriff noch sicher vornehmen?«, fragte die Frau, die besorgter klang als Kana'eh.

»Die Werte des Kindes steigen! Alphawellen 9 Hertz! Das Kind wacht auf! Wir müssen abbrechen oder die Medikation erhöhen!«, erklärte Kana'eh eindringlich.

»Medikation auf 750 mg/h erhöhen ... Kreislaufwerte?«

»Sedierung erhöht. Puls der Mutter 56 Schläge, Puls des Kindes 130 Schläge in der Minute. Die Kreislaufdaten sehen gut aus!« Kana'eh hatte hoffentlich alles im Griff. Kezia wünschte ihm, die richtigen Entscheidungen zu treffen, schließlich ging es um sie.

»Status: Gehirnaktivität der Mutter?« Die Frau schien immer nervöser zu werden.

»Betawellen inzwischen bei 18 Hertz. Tendenz steigend. Sie müsste schon längst wach sein!«

Was Kezia auch war, sie hätte nur ihre Hand nach oben strecken müssen, was sie aber nicht wollte. Die Vorstellung, auf ihr Kind wartend, im Wasser zu schweben, gefiel ihr.

»Die Werte des Kindes?«

»Alphawellen 12 Hertz ... die Gehirnaktivität des Mädchens nimmt stark zu!«

»Sedierung erhöhen! 900 mg/h! Die beiden dürfen auf keinen Fall wach werden!«

»Medikation erhöht. Puls der Mutter 75 Schläge, Puls des Kindes 180 Schläge in der Minute. Auch die Kreislaufdaten steigen!«

Ohne dass es Kezia hätte verhindern können, hob es sie aus dem Wasser hervor. Sie riss die Augen auf und sah in Kana'ehs erschrockenes Gesicht. Das wollte sie nicht! Überall an ihr und ihrem nackten Bauch klebten fingernagelgroße Sensoren.

»Sie ist wach! Sedierung auf 1.200 mg/h erhöhen!«, ordnete eine kleine dunkelhäutige Frau an, ohne Kezia zu Wort kommen zu lassen.

Ein tonnenschweres Gewicht zog Kezia zurück ins Wasser, wie ein Stein versank sie hilflos in der Tiefe.

»Die Gehirnaktivität der Mutter liegt bei 13 Hertz, Tendenz fallend, die Werte des Kindes steigen allerdings weiter! Mutter und Tochter reagieren nicht mehr synchron! Die Werte des Kindes steigen jetzt exponentiell! Gammawellen 52 Hertz!«, erklärte Kana'eh aufgebracht. *»Das gefällt mir nicht!«*

»Abbrechen! Abbrechen! Wir brechen den Eingriff ab!«, schrie die Frau panisch. Das musste Amun sein!

»Gammawellen 130 Hertz ... steigend!«

»Tri-Propofol-Medikation auf 2.500 mg/h erhöhen!«

»Nein! Das geht nicht! Das würde Mutter und Kind sofort umbringen!« Kana'eh wiedersprach ihr.

»Das soll unsere geringste Sorge sein! Los! Erhöhe die Dosis! Das ist ein Befehl!« Die Order war eindeutig.

»Das mache ich nicht!« Kana'eh wehrte sich.

»Dann tue ich es! Tri-Propofol-Medikation auf 2.500 mg/h erhöhen! Sofort!«

»Erhöhe Medikation.« Nein, Kana'eh gab nach. Warum hatte er das getan? Die Dosis war viel zu hoch!

»Fällt die Gehirnaktivität wieder?«, fragte Amun, der Kezia am liebsten den Hals brechen würde!

»Die Medikation war ein Fehler! Gammawellen des Kindes bei 425 Hertz ... schnell steigend ... das Gehirn des Mädchens glüht förmlich! Das Kind reagiert nicht mehr auf den Wirkstoff! Auch Kezia wird gleich erneut aufwachen.«

Das sah Kana'eh völlig richtig, Kezia hatte nicht vor, mit ihrem Kind im Meer zu versinken. Sie musste eine Entscheidung treffen, wollte sie leben oder sterben?

»Wie kann das sein? Die beiden müssten in tiefe Bewusstlosigkeit fallen! Sogar bei geistiger Höchstleistung kommt kaum ein normaler Mensch über 100 Hertz.«

»Du hast es noch nicht begriffen, oder? Das Mädchen ist alles andere als ein normaler Mensch. Sie ist die erste ihrer Art! Gammawellen-Aktivität größer 500 Hertz ... unser System kann die Werte nicht mehr aufnehmen!«

Kezia öffnete die Augen und schnappe gierig nach Luft. Sie glaubte, das Kind in ihrem Bauch schreien zu hören. Ihre Tochter hatte Angst! Das veränderte alles! Die Stimmung verfinsterte sich schlagartig! Kana'eh hatte versucht, ihre Tochter zu töten! Das hätte er nicht tun dürfen! Sie hatte ihm vertraut und er versuchte, sie umzubringen!

»Kezia! Bitte, du musst ruhig bleiben!«, flehte Kana'eh sie an, der einen weißen Ganzkörperschutzanzug trug. Die Sichtscheibe seines Helms war von innen beschlagen. Ob die Lerotin dachten, dass ihre Schwangerschaft ansteckend wäre?

»Ich bin doch ruhig!« Kezia griff in Gedanken nach seinem Bewusstsein. Er hatte eine rote Linie überschritten. Wo sie bei Ruben noch gezielt nach einzelnen widerspenstigen Gedanken gesucht hatte, rastete sie in Kana'ehs Kopf völlig aus. Sie zerfleischte alles, was sie sah. Seine Kindheit, seine Eltern, Freunde, die Liebe zu ihr, alles, was sie vorfand, riss sie in kleine Stücke. Er hätte den Angriff auf ihre Tochter verhindern müssen. Sie musste ihn bestrafen!
»Nein!« Kana'eh schrie. Blut lief aus seinen Augen. Panisch riss er sich den Helm vom Kopf. Der Schutzanzug würde Kezia ohnehin nicht aufhalten. Aus Ohren, Mund und Nase blutete er ebenfalls. Das hatte er sich selbst zuzuschreiben!
»Bunker versiegeln!«, rief Amun über Lautsprecher, sie hatte das Labor bereits verlassen.
Während Kana'eh auf den Knien um sein Leben rang und Kezia ihm das Hirn kleinkaute, sah sie erstmals, wohin sie gebracht worden war. Das medizinische Zentrum in Ternah verfügte über Untersuchungsbunker, in denen sich automatisch verschiebbare Wände vor ihren Augen zu einer undurchdringlichen Wand zusammenfügten.
»Ihr solltet nicht versuchen, einer Mutter ihr Kind zu nehmen!«, rief Kezia entschlossen. Ihre Tochter hatte mit den einfältigen Lerotin die Geduld verloren. Alles, was jetzt passieren würde, hatten sie selbst zu verantworten!
»Kezia, bitte, lass uns dir helfen!«, erklärte eine neue Stimme, diesmal war es Shanaris, der mit ihr über Lautsprecher sprach.
»Von dir brauche ich keine Hilfe.« Kezia befand sich noch auf dem Untersuchungstisch, auf dem Kana'eh sie mit Manschetten an Händen und Füßen angekettet hatte.

»Und Kana'eh? Er blutet … und braucht dringend medizinische Hilfe! Bitte lass uns wenigstens ihm helfen«, bettelte dieser Schwächling. Die Zeiten, in denen ihre Tochter mit den Lerotin Nachsicht gezeigt hatte, waren vorbei.

»Nein. Der braucht keine Hilfe mehr!« Kezia sah Kana'eh an, dem vor ihren Augen der Kopf platzte. Blut, Hirn und Knochensplitter flogen an ihr vorbei. Mit der Zunge leckte sie sich ihre Lippen, sein Blut schmeckte salzig.

***

XXXVIII. Verdammen

Kezia befand sich immer noch auf dem Untersuchungstisch festgeschnallt. Kana'ehs Blut lief ihr von Wange und Brust herab. Massive Manschetten aus Verbundstahl an Fußgelenken, Oberschenkeln, Handgelenken, Oberarmen und am Hals sorgten dafür, dass sie sich nicht bewegen konnte. Sie trug keine Kleidung. Zahlreiche Sensoren hafteten ihr dafür an Bauch, Brust und Kopf.

»Kezia?«, fragte Shanaris über Lautsprecher. Mehrere Schichten dunkler Panzerplatten hatten das Labor auf einen drei Meter im Quadrat großen Würfel verkleinert. Eine Leuchtdiode hinter Panzerglas unter der Decke tauchte den Raum in ein fahles Licht.

»Ja«, antwortete Kezia kurz angebunden, was wollte er von ihr? Es gab nur einen Gedanken, der sie beschäftigte: Flucht. Sie musste einen Weg finden, zu fliehen. Etwas anderes interessierte sie nicht.

»Geht es dir gut?«

»Nein.«

»Was ist mit Kana'eh passiert?«, fragte Shanaris. Vergeudete Zeit! Kezia hatte keine Lust, sich mit ihm zu beschäftigen.

»Er ist tot.«

»Das sehe ich ... erklärst du es mir?«

»Warum?« Kezia sah keinen Sinn darin, über eine Leiche zu sprechen. Kana'eh war unwichtig. Es war ebenfalls sinnlos, den Todesfall mit Shanaris zu diskutieren.

»War er nicht dein Freund?«

Stille.

Kezia dachte über das Wort Freund nach, fand aber kein Interesse daran. Sie war Mutter. Mütter hatten keine Freunde. Mütter hatten Kinder. Und Elias. Kezia würde höchstens mit Elias sprechen wollen.

»So kommen wir nicht weiter!«

»Bitte löse die Manschetten!« Kezia verstand Shanaris nicht. Sie wollte sich wieder bewegen können. Das Kind. Die Flucht. Elias. Alles andere war irrelevant.

»Das kann ich nicht tun.«

»Ich kann mich nicht bewegen.«

»Ja.«

Stille.

»Warum?« Kezia verstand nicht, welches Ziel Shanaris damit verfolgte, sie festzuhalten.

»Du bist eine Gefahr für dich selbst ... ich möchte dir helfen.«

»Bitte löse die Manschetten!« Sie war keine Gefahr. Sie liebte das Kind. Er log.

»Nein ... das kann ich nicht tun.«

Stille.

»Das bringt doch nichts! Dein Plan ist gescheitert. Wir werden sie nicht retten können!«, sagte Amun. *»Mach dem ein Ende!«* Kezia würde die Älteste bei der ersten Gelegenheit töten.

»Bitte löse die Manschetten!« Sie wusste genau, was sie wollte: das Kind, die Flucht und Elias. Alles andere war irrelevant.

»Wir haben sie unter Kontrolle, gib mir noch etwas Zeit ... ich möchte sie noch nicht aufgeben!«, sagte Shanaris, der mit Amun sprach.

»Die junge Frau, die du kennengelernt hast, ist tot. Und das Ding in ihr möchte ich nicht kennenlernen!«

Kezia konzentrierte sich auf Amun, sie wollte in deren Kopf. Ihre Gedanken. Ihr Wissen. Verstehen. Fressen. Vernichten.

Stille.

Es ging nicht. Kezia wollte in Shanaris' Gedanken eindringen, doch auch ihn konnte sie nicht erreichen. Der Stahl war zu dick. Das Kind. Die Flucht. Elias. Alles andere war irrelevant.

»Kezia?«

Ja.

»Kezia, hörst du mich?«, fragte Shanaris.

Ja. Sie hörte ihn.

»Antworte mir, bitte!«

Ja. Mache ich doch.

»Du erreichst sie nicht mehr … möchtest du zu ihr gehen und ihre Hand halten?«, fragte Amun.

»Sie würde mich umbringen …«

»Sie würde jeden töten, der ihr zu nahe kommt. Ich bin mir nicht einmal sicher, ob die Panzerung auf Dauer ausreichend ist!«

Amun wollte sie töten! Ihr Kind töten! Sie töten! Töten! Kezia schrie. In Gedanken. Wie wahnsinnig schrie sie. Ihre Lippen bewegten sich nicht. Flucht! Sie musste aus dem Panzerwürfel heraus! Sofort! Flucht! Nur Elias konnte sie retten!

Eine Schockwelle schlug dumpf gegen das Metall. Kezia beruhigte sich wieder. Das war ihre Tochter. Die Kleine redete mit ihr. Alles würde gut werden. Sie würden gleich bei Elias sein.

»Stärke der Schockwelle! Ich will die Messwerte! Sofort!«, befahl Amun augenblicklich.

»1.3 … das entspricht 17 Gramm normiertem Standard-Sprengstoff«, erklärte Shanaris.

»Können wir die drei anderen Schockwellen auch berechnen?«, fragte Amun. Eine Frage, die Kezia nicht interessierte.

»Die Schockwellen blieben alle unter 1.2 … ein geringer Teil der Energie besteht aus Gammastrahlen, die für den Ausfall der Elektrik ursächlich waren!«
Eine weitere Schockwelle erschütterte den Bunker. Kezia lächelte. Die Härchen an ihren Armen richteten sich auf. Ihre Tochter hatte gute Laune. Alle sollten ihr zuhören. Die Geschichte der Kleinen würde amüsant werden.
»1.313 ... das ist eine exponentielle Steigerung um 1 Prozent!«
»Kezia scheint das nicht zu stören. Hat sie die Schockwelle überhaupt bemerkt? Wie hoch ist die Belastungsgrenze für den Bunker?«, fragte Amun.
Gefiel Amun die Geschichte etwa nicht? Es war so niedlich, dem Kind zuzuhören. Kezia freute sich. Natürlich hatte sie die Schockwelle bemerkt, es war doch ihre Tochter!
»Die Wände stehen kaskadiert hintereinander … das sollte reichen, um den Druck einer 5 Kilotonnen Explosion standzuhalten.«
»Wir evakuieren!«
»Ternah aufgeben?«, fragte Shanaris erschrocken.
»Sofort! Wir geben Alarm! Evakuierung einleiten! Wir warten keine Minute länger!«
Auch Kezia machte das traurig. Die wollten sie zurücklassen. Warum? Wieso warteten die nicht? Ihre Tochter fing doch erst an, zu erzählen. Es würde eine schöne Geschichte werden.
»In Ordnung ... unsere Computer werden die Evakuierung koordinieren. Wir werden Ternah räumen.«
»Eine Vorsichtsmaßnahme … wir werden …«
Die nächste Schockwelle ließ die Bunkerwände dumpf erschallen und stoppte Amun mitten im Satz. Kezia fühlte sich gut. Ihre Tochter sprach immer lauter. Amun würde sicherlich noch lernen, der Kleinen besser zuzuhören.

»Zeitabstand 60 Sekunden. Erneut eine exponentielle Steigerung um 1 Prozent! 1,326 … oder 18 Gramm Sprengstoff … sie wird das aber nicht unendlich steigern können.«

»Und wenn doch?«, fragte Amun.

»Den Schwellwert für den Bunker würde sie unter dieser Annahme in 20 Stunden erreicht haben. Das entspräche einer 500 Kilotonnen Explosion! Kezia wird sich nicht selbst in die Luft sprengen!

»Wir werden alle Lerotin in Sicherheit bringen. Hochrechnung für unsere Evakuierung?«

»Die Kapazität unserer Raumschiffe ist begrenzt. In zwölf Stunden würden wir 7 Millionen Lerotin auf die vorhandene Flotte verteilen können. Wenn wir alle Bergbauschiffe und Terraformer zurückrufen, brauchen wir weitere 52 Stunden für unsere ganze Bevölkerung«, erläuterte Shanaris.

Kezia hörte ihm nicht zu. Das Kind. Die Flucht. Elias. Alles andere war irrelevant.

»Wir werden nicht alles auf eine Karte setzen! Wir rufen alle Raumschiffe nach Ternah zurück. Los!«, befahl Amun.

Kezia freute sich bereits auf die nächste Schockwelle, die einen Atemzug später erfolgte. Wie Musik in ihren Ohren gaben die Panzerplatten die Stimme der Kleinen wieder. Amuns Pläne, zu fliehen, waren naiv. Ihre Tochter würde die Lerotin nicht mehr davonkommen lassen.

»Schockwelle bei 1.339 … die Werte bestätigen die exponentielle Hochrechnung!«

»Das war Plan B. Jetzt kommt Plan A. Wir werden versuchen zu verhindern, dass ihre Schockwellen stärker werden! Kezia liebt Gammastrahlen, die kann sie haben. Strahlenkanone aufladen!«, ordnete Amun an. *»Es tut mir leid, dass es soweit kommen musste.«*

»Sollten wir sie nicht lieber verbrennen?«, fragte Shanaris.

»Ich möchte sie nicht leiden lassen …«

»In Ordnung … lade 10 PeV[4]… die Waffe ist in drei Minuten einsatzbereit«, erklärte Shanaris.

Hörst du, fragte Kezia ihre Tochter. Shanaris macht einen Fehler. Auch Kana'eh glaubte, uns töten zu können. Sollen wir es ihm sagen, fragte Kezia in Gedanken. Die Antwort ihrer Tochter nahm ihr alle Zweifel. Das Kind. Die Flucht. Elias. Alles andere war irrelevant.

»Löse ihre Manschetten. Kezia soll sich vorher noch bewegen können … mehr können wir nicht für sie tun. Entschuldige bitte … schick ihr einen Textilroboter rein, sie soll nicht nackt wie ein Tier sterben.« Amun fing an zu weinen.

Kezia hörte, wie sich ihre Fesseln lösten. Amuns Worte waren trotzdem nicht von Belang. Sie sah an sich herab, ihre gesamte linke Seite war voller Blut. Kana'ehs Blut, dessen kopflose Leiche vor ihren Füßen lag.

Die nächste Schockwelle klang etwas leiser, wurde ihre Kleine etwa müde? Auch Kezia hätte sich gerne ausgeruht. Mit ihrer Tochter zu sprechen, strengte sie an.

»Schockwelle bei 1.32, der Impuls wird schwächer! Gammastrahlenblitz in zwei Minuten! Schicke jetzt den Textilroboter rein … das System wird sich beeilen müssen. Die nächste Schockwelle wird ihn zerstören.«

»Wir bleiben dabei ... dieses Kind darf nie geboren werden. Kezia, wir sehen uns im nächsten Leben!«

»Amun, Ruben wünscht mit dir zu sprechen«, fragte eine weitere männliche Stimme.

»Jetzt nicht.«

»Er ist sehr wütend ... was ...«

---

[4] Spannungseinheit für Strom / Strahlung, Peta Elektronen Volt, 1 Peta = 1.000 Tera = 1.000.000 Giga = 1.000.000.000 Mega

Amun fiel ihm ins Wort. *»Er wird nachher noch wütender sein … sperre ihn ein.«*

»Dein Raumschiff ist fertig für die Evakuierung«, sagte Shanaris. *»Ich schaff das alleine …«*

»Nein. Ich habe sie zum Tode verurteilt! Ich werde sie auch exekutieren!«

Kezia ließ den kleinen Roboter gewähren, der ihr einen weißen Einteiler auf die Haut sprühte. Die Fesseln war sie los. Das war der erste Schritt. Jetzt suchte sie einen Weg, den Bunker zu verlassen. Das Kind. Die Flucht. Elias. Alles andere war irrelevant.

Die nächste Schockwelle folgte umgehend. Der kleine Roboter fiel leblos auf den Boden. Kollateralschäden waren nicht zu vermeiden. Kezia hatte einen langen Weg vor sich. Sie wollte zu Elias. Und Ruben? Sie dachte an Ruben und fragte sich, wo er war? Ruben und Sem würde sie ebenfalls mitnehmen.

»Schockwelle bei 1.28 …! Gammastrahlenblitz in einer Minute! Ist das jetzt noch notwendig? Ich vermute, dass das Kind nur über begrenzte Energie verfügt. Diese eher schwachen Schockwellen-Impulse sind beherrschbar!« Shanaris wehrte sich. Kezia würde seine Hilfe nicht brauchen, sie würde einen Weg finden.

»Du vermutest es … wir wissen es nicht genau. Das Kind ist noch ungeboren, stell dir diese Kraft bei einem Erwachsenen vor. Das Risiko ist zu hoch. Wir werden Kezia und ihre Tochter töten!«

Amun hatte nicht zugehört. Kezias Tochter hatte nur leiser gesprochen, weil sie der Ältesten der Lerotin ein Geheimnis zuflüstern wollte. Sie hätte nur zuhören brauchen.

Kezia riss sich die unnützen Sensoren von Stirn und Wange. Wo waren ihre Haare? Sie ertastete auf ihrer Glatze nur weitere Sensoren, von denen sie keinen auf ihrer Haut beließ. Die hatten ihr die langen braunen Haare abrasiert. Gleich würde sie frei sein. Gleich.

»Fünf, vier, drei, zwei, eins, Energie!«, rief Shanaris aufgebracht.

Energie, Kezia konnte das Leben spüren; den Tod; das Universum und die Ewigkeit. Ihre ganze Muskulatur zuckte unkontrolliert. Aus einer Wand heraus spießte sie ein leuchtendes Schwert aus Licht auf. Direkt durch ihren Körper. Es roch nach verbranntem Fleisch. Das Kind. Die Flucht. Elias. An Kezias Prioritäten hatte sich nichts verändert.

Der Energieschub endete abrupt. Die verbrannte Haut oberhalb ihrer Brust qualmte. Was war das?

»Stimmte die Einstellung der Waffe?«, fragte Amun.

»10 PeV ... der Energiestoß dauerte eine Sekunde ... das kann kein Mensch überleben!«

»Hast du mir nicht vorhin erklärt, dass sie kein Mensch ist?«

Amun hätte besser zuhören sollen. Jetzt würde Kezia zurückschlagen. Gleich. Nur noch einen kurzen Moment.

»Erhöhe die Ladung. 50 PeV ... Ladezeit drei Minuten.«, erklärte Shanaris.

»Was ist die Maximalleistung?«

»750 PeV ... das würde aber auch die Panzerung zerstören, was wir nicht überleben würden.«

Kezia konnte seine Verunsicherung hören. Die sollten ihr ruhig mehr Energie geben. Sie würde warten. Ganz ruhig. Warten. Und stärker werden. Sie würde überleben! Das Kind. Die Flucht. Elias. Alles andere war irrelevant.

»Dieses Ding muss sterben! Maximalleistung! Alle unwichtigen Energie-Verbraucher deaktivieren, um die Waffe schneller zu laden!«

»750 PeV in sechzig Sekunden! Der Timer läuft! Wir sollten gehen! Sofort!«

Shanaris entfernte sich.

»An alle: volle Gefechtsbereitschaft! Einsatzteams bereithalten! Strahlenschutz beachten! Wir werden im Gebäude eine Gammastrahlen-Waffe mit maximaler Energie zünden!« Auch Amun schwieg danach. Feigling!
Kezia war allein. Allein mit ihrer Tochter. Mit dem Handrücken strich sie sich über den Mund. Alles war voller Blut. Ihr Blut. Aus der Nase schoss ihr ein Blutschwall über die Hand. Diese Schmerzen. Sie krümmte sich, eine Wehe, es würde nicht mehr lange dauern. Der weiße Einteiler war an Schultern und Brust bereits voller Blut. Sie würde trotzdem nicht sterben. Das Kind. Die Flucht. Elias. Alles andere war irrelevant.
Der nächste Energiestrahl traf Kezia wie ein Orkan. Hände und Füße zuckten nur unkontrolliert im gleißend heißen Licht. Sie glaubte, dass sich ihr Körper neu formieren würde. Da war Feuer. Alles brannte. Die Panzerplatten fingen an zu glühen, um binnen eines Lidschlages nach außen wegzubrechen. Der Metalltisch, auf dem sie vorhin gelegen hatte, befand sich bereits als Metallpfütze auf dem rot glühenden Boden. Mitten in einer Sonne hätte es nicht heißer sein können.
Aufhören, schrie Kezia in Gedanken, eine Schockwelle unterbrach den Energiestrahl, sprengte die verbliebenen Panzerplatten nach außen weg und ließ den rot glühenden Boden wieder erstarren.
Stille.
Die Luft roch verbrannt und dunkler Qualm stieg zwischen den Trümmern hervor. Viel konnte sie nicht erkennen, nur wenig Licht schaffte es, sich an den Bruchstücken vorbei, seinen Weg zu bahnen.
»Warum lebe ich noch?«, fragte Kezia verstört und sah auf ihre Hände. Die Kleidung war verbrannt, aber ihre Haut wirkte makellos. Sie hatte weder eine Schramme noch einen Kratzer.

Ihre abrasierten braunen Haare bewertete sie als die schlimmste Verletzung, die sie zu beklagen hatte. Kezia wusste nicht, wie sie diese Tortur überleben konnte. Aber sie lebte. Nur das zählte.

»Kleine, geht es dir gut«, fragte sie und strich sich angespannt über den Bauch. Ein Tritt ihrer Tochter beruhigte sie. Die Kleine hatte alles unbeschadet überstanden.

Als sie mit der Hand ihrem Kind am nächsten war, breitete sich ein dunkler Schleier über ihrer Haut aus. Zuerst am Bauch und an den Brüsten, dann im Gesicht und dem restlichen Körper. Das war unglaublich, sie konnte das Knistern der Elektrizität hören, die sie umgab. Ein Mantel aus purer Energie hatte sie beschützt.

***

XXXIX. Überleben

Kezia stieg zwischen den Trümmern des Labors hindurch. Die Explosion hatte einen großen Bereich des medizinischen Zentrums über mehrere Etagen zerstört. Wie ein Mal klaffte das verkohlte Loch aus dem Gebäude hervor. Sie sah keine Lerotin, weder lebende, noch tote. Versehentlich streifte sie mit der Schulter ein glühendes Stück einer zerborstenen Panzerplatte, ohne die Hitze überhaupt wahrzunehmen.

Mit den Fingern tippte sie neugierig an das massive Bruchstück und erlebte die nächste Überraschung. An der Stelle, an der sie sich hätte verbrennen müssen, verfärbte sich ihre neue Energieschicht in eine pechschwarze und metallisch hart klingende Oberfläche. Als sie die Hand zurückzog, verschwand der Schutz wieder, um sich bei der nächsten Berührung spontan neu zu bilden. Das war ein Geschenk ihrer Tochter, die nicht wollte, dass ihre Mutter zu Schaden kam. Dafür liebte sie ihr Kind über alles.

»Hallo?«, sagte Kezia, die weder wusste, wohin sie laufen sollte noch wo sie ihre Brüder finden würde. Ohne die beiden würde sie Iris nicht verlassen.

»Stehenbleiben!«, rief ihr jemand hinter ihrem Rücken zu und aktivierte mit hochfrequentem Ton eine Hochenergiewaffe. Kezia drehte sich langsam herum, zwei Lerotin in militärischen Biosuits eröffneten sofort das Feuer auf sie. Wegen der hohen Schussfrequenz der Laser-Schnellfeuerwaffen steckte sie unzählige Treffer ein. Unzählige pure Energiestöße, die sie auf den Boden warfen, aber nicht töteten. Das Energievolumen ihres Schutzschildes lud sich stattdessen weiter auf und wurde immer dunkler.

»Hört auf damit!«, brüllte Kezia, die beiden Lerotin schossen fortwährend auf sie und wechselten mehrfach die Magazine.

»Diese Laser-Scheiße tötet mich nicht!« Der Beschuss stoppte, Kezia, die es durch das Sperrfeuer über zehn Meter über den Boden nach hinten getrieben hatte, stand wieder auf. Die beiden Soldaten arretierten gerade Granaten an den Waffen und legten wieder auf sie an.

»Oh, nein!«, rief Kezia und hob die Hand. Keine Waffe war schneller als ein Gedanke. Sie hatte sich in deren Gehirnen festgebissen, bereit, sie auf der Stelle zu töten. Das wäre aber nicht klug gewesen. Mit aller Gedankenkraft, die sie hatte, schrie sie den Männern ihre neue Mission in die Köpfe: Sie würden Kezia von nun an mit ihrem Leben verteidigen und alles, einfach alles dafür zu tun, damit ihrem Kind und ihr nichts zustoßen würde.

Die beiden Lerotin senkten die Waffen und nickten. Es funktionierte, die ersten Rekruten ihrer neuen Befreiungsarmee waren gefunden. Wie die Namen dieser Idioten waren, interessierte sie nicht, die hatten ihr nur zu dienen und für sie zu kämpfen.

»Ich will Zugang zu eurem Kommandonetzwerk!« Kezia wollte hören, was die Lerotin sagen. Auf den Chip an ihrem Hals drückte sie vergeblich, der hatte Amuns Gammastrahlenbeschuss nicht überlebt. Einer der Männer gab ihr einen Reservechip und tippte sich an die Schläfe.

»Meldet, dass ihr mich gestellt habt und für das Gefecht Unterstützung benötigt!«

»Wir reden nicht ... so miteinander«, erklärte einer der Männer verunsichert.

»Dann denkt es ...« Kezia klebte sich den Chip an die Schläfe.

»P23-4 meldet Feindkontakt, brauchen Unterstützung.«

Es machte für Kezia keinen Unterschied, ob die Lerotin sich mit Worten oder ohne verständigten. Sie verstand auch auf diesem Wege jedes Wort, das sie miteinander austauschten.

»P93-1, bestätigt, vier Einheiten sind in 30 Sekunden bei euch!«

»Na, dann stellt euch mal vor mich ...«, forderte Kezia und verbarg sich hinter ihren frisch rekrutierten Leibwächtern. Nicht, dass die Verstärkung sofort auf sie schießen würde.

Durch den letzten Beschuss hatte sich das Energiefeld an ihrem Körper soweit verdunkelt, dass es ihre nackte Haut komplett einhüllte. Ein glänzend schwarzer Anzug aus purer Energie. Neue Kleidung brauchte sie nicht mehr.

»Hallo Jungs«, sagte Kezia und griff sofort in die Sinne der vier Lerotin, die schwerbewaffnet und ebenfalls durch einen Biosuit gerüstet, um die Ecke bogen. Sie hatte jetzt sechs Leibwächter.

»Meldet, dass ihr mich getötet habt und für die Sicherstellung meiner Leiche Hilfe benötigt!« Kezia musste Zeit gewinnen und wollte nicht an jeder Ecke in weitere Gefechte verwickelt werden.

Der Lerotin setzte ihre Order sofort um. *»P23-4 meldet Feind eliminiert, brauchen Unterstützung zur Sicherstellung der Leiche.«*

Die würden die Finte sicherlich bald bemerken, aber ein paar Minuten Vorsprung sollte ihr die Aktion bringen. Sie musste unbedingt Ruben und Sem finden.

»P79-9, bestätigt, medizinisches Team in drei Minuten bei euch! Sichert die Umgebung!«

Die Stimme auf der anderen Seite der Verbindung schien auf ihr Manöver einzugehen. Kezia tippte einem Lerotin auf die Schulter. »Du ... Biosuit ausziehen!«

Ohne zu zögern, stieg ein junger Mann, nein, eine junge Frau mit langen roten Haaren aus der weißen Kampfpanzerung hervor. Das Mädchen trug unter der Rüstung den typischen weißen Einteiler und sah mit leerem Blick an ihr vorbei.

»Erschießt sie!« Noch besser, dachte Kezia, mit einem wohligen Schauer erinnerte sie das rothaarige Mädchen an Anna, die Anna, die sich in Elias' Nähe befand. Die Anna, die es gewagt hatte, ihr die Liebe ihres Lebens wegzunehmen.

Die Lasersalven ließen den Körper der Lerotin in fingergroße Stücke zerplatzen. Bis das medizinische Team die Gewebereste vom Boden aufgekratzt hatte, würde einige Zeit vergehen. Für Anna wollte sie sich mehr Muße nehmen.

»Du bleibst hier! Verstecke Rüstung und Waffe der Toten! Die anderen bringen mich zu meinen Geschwistern. Ab jetzt Funkstille!«

Das Tempo, in dem sich die Lerotin mit technisch gestützter Gedanken-Kommunikation verständigten, war beeindruckend. Kezia hörte Hunderte von Verbindungen auf demselben Kanal. Die Frage, ob sich die Lerotin wie Computer oder die Computer wie Lerotin verhielten, wollte sie nicht beantworten.

Leider konnte Kezia weder Amun noch Shanaris in den Gesprächen ausmachen. Die anderen kannte sie nicht, die trotz der von ihr initiierten Meldung über ihren Tod, mit der Evakuierung der Stadt weitermachten. Ein großer Teil der Kommunikation fand zwischen den anfliegenden Gleitern und den Controllern der Landedecks statt. An der Spitze der Türme dürfte es gerade hektisch zugehen. Wie Ratten verließen alle das sinkende Schiff. Im Sekundentakt wurden Lerotin auf größere Raumschiffe gebracht, die in der Umlaufbahn auf sie warteten.

Zwei Soldaten ihrer vierköpfigen Schutztruppe gingen vor, die anderen beiden folgten ihr. Die Zeit ist der kritische Faktor, dachte Kezia, die ihre Geschwister schneller finden musste, als sich ihre Gegner neu formieren konnten.

Mit einem Aufzug fuhren sie hunderte Stockwerke in die Tiefe. Die Korridore, die Räume und auch die Aufzüge waren nicht vom Inneren eines Raumschiffs zu unterscheiden. Ein Albtraum in Weiß. Alles wirkte hochfunktional und in allen Details durchdacht. Auffällig waren allein die blinkenden Anzeigen, die allen den schnellsten Weg zu den Sammelzonen für die Evakuierung wiesen.

Der Aufzug stoppte. Bereits während sich die Tür öffnete, begannen die beiden Lerotin zu schießen. Jemand schoss umgehend zurück. Die anderen beiden deckten Kezia mit ihren Rüstungen und drückten sie an die Seite.

»Unsere List ist spätestens jetzt ...« Ein Laserblitz schlug durch die Brustrüstung des Lerotin, stoppte ihn mitten im Satz und verteilte sein Blut an der weißen Aufzugwand dahinter. Das Gefecht endete genauso spontan, wie es begonnen hatte. Ab jetzt würden Shanaris und Amun wissen, dass sie noch lebte.

»Wir haben drei Minuten. Los!«, sagte einer der verbliebenen Soldaten und ging vor. Die beiden weiteren folgten ihm. Kezia sah, dass zwei gegnerische Wachen bei dem Feuergefecht getötet wurden. Die nächsten Gefechte drohten heftiger zu werden.

»Kezia, was tust du da?«, fragte Amun, die hörbar unter den Ereignissen litt. *»Warum tötest du mein Volk?«*

»Sie stehen im Weg.« Kezia hielt Amun für schwach, ihre Soldaten stellten keine Bedrohung dar.

»Du wirst bald Mutter! Ist das dein Geschenk an deine Tochter?«, fragte sie bestürzt.

»Spar dir das!« Kezia würde alle Lerotin töten, die sie von ihrem Vorhaben abhalten wollten.

»Verstehst du es denn nicht?«

»Nein.« Kezia deaktivierte den Kanal. Da gab es nichts zu verstehen. Das Kind. Ihre Geschwister. Elias. Alles andere war irrelevant. Sie folgte den drei Soldaten bis zu einer Arrestzelle. Zeit, es ging alles nur um Zeit. Sie musste schneller werden. »Öffnen.«

Kezia betrat den Raum und sah Ruben und Sem zusammengekauert in einer Ecke sitzen. Dazwischen Nadja, die gerade vor Angst zu sterben drohte.

»Kezia?«, fragte Ruben verstört und kam vorsichtig auf sie zu. »Bist du das?«

»Möchtest du weiterleben?« Kezia wollte keine längeren Diskussionen führen.

»Ja ... ja, aber was ist mit dir passiert?« Ruben hatte sichtlich Probleme, die Zusammenhänge zu verstehen.

In Rubens Gedanken einzudringen, fiel Kezia immer noch leicht. Sie würde ihn aber weder verletzen noch zu einer willenlosen Marionette machen. Er war ihr Bruder, ihre Familie, nichts von dem, was gerade passierte, würde sie entzweien können.

»Was ist mit deinen Haaren? Deinem Gesicht? Und was ist das glänzende schwarze Zeug, das dich umgibt? Es sieht aus, als ob es leben würde?«, fragte Sem nicht minder ratlos. Nur Nadja traute sich nicht zu sprechen und klammerte sich an Rubens Arm.

»Möchtest du immer noch eine Flotte haben?«, fragte Kezia, damit würde sie ihn bekommen.

»Natürlich ... aber ...« Ruben hatte den Glauben an seine eigene Sache verloren. Er wollte niemand mehr unterwerfen, die jüngsten Ereignisse hatten ihn verändert. Jetzt musste Kezia ihm zeigen, wie man in den Krieg zog. Für ihre Tochter. Für Elias. Und für ihre Freiheit!

»Wir müssen sofort los!«, meldete einer der Lerotin, der auf dem Korridor vor der Arrestzelle den Aufzug sicherte.
»Folgt mir ... wir werden abhauen!« Kezia dreht sich um und wandte sich ihrem neuen Leben zu.
»Natürlich ... ja.« Ruben stolperte ihr hinterher. Sem und Nadja wichen ihm dabei keinen Schritt von der Seite. Die Angst davor, zurückzubleiben, überstieg die Unsicherheit über die Veränderungen an ihr. Wobei Sem ihre Worte mehr verstört hatten, als der schwarze Kokon ihrer Haut.
»Warte! Nicht da lang! Sie schicken gepanzerte Drohnen! Der Feuerkraft können wir nicht trotzen ... wir brauchen einen alternativen Fluchtweg!«, warnte einer der Soldaten und hielt Kezia zurück.
»Von wo kommen die?«, fragte Ruben, der einer Leiche die Waffe abnahm und sie Sem zuwarf. Er selbst nahm die zweite Laser-Schnellfeuerwaffe, die am Boden lag.
»Warte ... die Werte sind unklar ... die kommen von unten! Die sind genau eine Ebene unter uns!«, schrie der Soldat, während bereits einzelne Lasersalven durch den Boden schlugen. Lange Risse schossen durch den weißen Verbundstoff, aus dem massive Garben aus mehreren Laserkanonen hervordrangen.
Amun setzte alles auf eine Karte, um Kezia aufzuhalten, nahm sie auch schwerste Schäden am Gebäude in Kauf. Die drei Lerotin, Ruben und Sem schossen zurück. Mit allem, was sie hatten. Die Luft brannte. Nadja versuchte schreiend, ihren Kopf zu schützen.
»Weg hier!«, rief Kezia, das Gefecht an dieser Stelle würden sie nicht überstehen können. Amun setzte Robotereinheiten gegen sie ein, ein kluger Zug, die konnte sie nicht übernehmen. Die einzige Option war, zu flüchten!

Zu spät, die gesamte Decke stürzte ein, das gegnerische Sperrfeuer wurde immer stärker. Die Drohnen der Lerotin zielten nicht, die hielten nur blind drauf. Einer von den Soldaten zerplatzte vor ihren Augen mitsamt seinem Biosuit. In diesem Kampf stand Geschwindigkeit gegen Feuerkraft, die anderen beiden Lerotin sprangen den automatisierten Laserkanonen aus dem Trümmerberg entgegen und lenkten das Feuer in eine andere Richtung. Vier Drohnen konnten sie zerstören, sechs weitere brachten dafür sie blutig zu Strecke. Ihre Leichenteile flogen im hohen Bogen durch die Luft.

»Ruben! Der Boden! Wir müssen eine Ebene tiefer!«, rief sie ihrem Bruder zu, der sofort reagierte und gemeinsam mit Sem in den Boden unter ihren Füßen schoss. Die Integrität diese Ebene war bereits durch das Gefecht geschwächt, es genügten wenige Feuerstöße, um diese Etage kollabieren zu lassen. Es ging abwärts. Das Getöse war ohrenbetäubend. Dunkelheit. Kein Licht. Überall nur Dreck, Staub und Qualm. Der Boden unter den Drohnen, die sie weiter beschossen, gab ebenfalls nach. Das war Kezias Plan! Wie Käfer auf dem Rücken krachten die tonnenschweren Panzerdrohnen in die Trümmerberge.

»Sem! Jetzt!« Ruben sprang aus dem Schuttberg hervor, lief dicht an die Panzerdrohnen heran und schoss ihnen aus kurzer Entfernung die Lichter aus. Die Geschwindigkeit, mit denen sie die Schwäche ihrer Gegner ausnutzten, überstieg die Fähigkeit der schweren Roboter, rechtzeitig wieder auf die Beine zu kommen.

»Die haben genug!« Sem lachte und thronte auf einem qualmenden Kampfroboter, den er zuvor ausgeschaltet hatte. Die mechanische Einheit setzte noch einen letzten undefinierbaren Ton ab und verstummte dann endgültig.

»Bleib wachsam!«, rief ihm Nadja zu. Ein guter Ratschlag, auch wenn sie gerade ein Gefecht gewonnen hatten, befand Kezia und blickte zu Ruben. Ihren Brüdern ging es den Umständen entsprechend gut, Blessuren gab es reichlich, aber nichts, was sie töten würde. Ihre besondere Fähigkeit, sich bei Verletzungen binnen Sekunden zu regenerieren, hatte sie den Sturz durch die zerstörten Ebenen überleben lassen. Nadja hingegen schien einfach nur Glück gehabt zu haben.

»Sem!«, rief Ruben schrill und lief zu seinem Bruder. Der einzelne Laserstrich kam aus dem Nichts. Zwischen den Trümmern musste ein Scharfschütze sein. Als ob Licht in Sem explodieren würde. Der Inhalt seines kompletten Brustkorbs ergoss sich in einer roten Fontäne über den Roboter, den er zuvor zerstört hatte. Leblos sackte er zusammen. Diese Verletzung würde er nicht wegstecken können. Sem war tot.

»Ruben! Nein!«, rief Kezia, die über zehn Meter von ihm entfernt stand. Der Scharfschütze könnte auch ihn treffen, den zweiten Laserstrich sah sie vor ihrem geistigen Auge in Zeitlupe auf Ruben zufliegen. Nadja schrie. Auch Ruben stürzte getroffen zwischen die Bruchstücke der zerstörten Etagen.

Ruben war nicht tot. Nein. Das würde Kezia nicht dulden. Nein. Das würde sie nicht zulassen. Sie ging zu ihm. Sie verließ ihre Deckung und ging zu ihm. Ruben war nicht tot. Nein. Nicht er. Mehrere Lasersalven schossen auf sie zu. Zwei. Drei. Von über fünf Stellen gleichzeitig. Weitere Schützen nahmen sie ins Visier. Nadja schrie, Heulkrämpfe schüttelten sie. Kezia steckte unzählige Treffer ein. Sie würde sich niemals aufhalten lassen.

»Feuer auf die schwarze Replikantin konzentrieren!«, hörte sie einen Lerotin über das Netzwerk sagen. *»Zielt auf den Kopf!«*

»Was ist das für ein Zeug auf ihrer Haut?«

»Die frisst die Laser wie nichts!«, rief ein anderer.
»Impuls-Laser auf maximale Leistung stellen. Wir müssen diesen schwarzen Panzer durchschlagen!«
Für Kezia verlor die Welt jegliche Farbe. Alles war schwarz. Pechschwarz. Die Laser spürte sie nicht mehr. Mit jedem Treffer lud sie sich weiter auf. Die sollten ihr ruhig mehr Energie schenken.
»Ruben?«, fragte Kezia leise. Ihr Bruder lag vor ihr, der Schütze hatte ihn an der Seite gestreift. Die ganze linke Hälfte seines Oberkörpers war verbrannt. Ein Gedanke! Ja. Sie konnte seine Gedanken spüren! Auch wenn er gerade an nichts dachte, er lebte!
Kezia lachte, lachte laut, lauter als jemals zuvor. Niemand würde Ruben und sie aufhalten können. Sie griff nach Rubens Hand und zog ihn hinter sich her. Nadja, die völlig verstört zwischen den Trümmern in einer Vertiefung ausharrte, lief ihr nach.
»Ist die Replikantin jetzt völlig verrückt geworden?«, fragte ein Soldat verunsichert.
»Wir sollten uns zurückziehen! Wir brauchen schwere Waffen!«, bemerkte ein anderer. Ein kluger Lerotin, die anderen hätten besser auf ihn hören sollen.
»Die Tötung der Replikantin hat oberste Priorität! Verstärkung und schwere Waffen sind unterwegs!« Das war Amun, die neue Befehle erteilte. *»Haltet aus! Wir brauchen mehr Zeit, um unsere Familien in Sicherheit zu bringen! Ihr müsst sie unbedingt aufhalten! Sie wird nach oben kommen und versuchen, einen Gleiter zu erobern!«*
»Ihr habt Amun gehört! Deckung verlassen! Sperrfeuer! Gebt der Missgeburt alles, was wir haben! Die machen wir fertig!«, befahl ein anderer Soldat. Ein mutiger Soldat. Ein dummer Soldat. Und gleich ein toter Soldat!

Das Trommelfeuer auf ihre schwarze Energierüstung ging weiter. Kezia drehte sich herum. Nadja kniete neben Ruben und versuchte, ihn wiederzubeleben. Vermutlich würde sie früher oder später selbst getroffen werden.
Kezia zählte sieben Lerotin in Biosuits, die auf sie feuerten. Vergeblich. Aber das hatten sie noch nicht bemerkt. Die konnten aus Versehen Ruben erneut treffen, was sie nicht zulassen würde. Binnen eines Lidschlages sprang sie durch deren Köpfe und biss alles in Stücke. Jedes lebendige Wesen, das sie sehen konnte, würde sie töten.
Der Laserbeschuss war vorbei und die Angreifer tot. Hätte sie die Kämpfer besser überzeugen sollen, zu ihr überzulaufen? Nein. Kezia würde jetzt die ganze Stadt ausrotten. Das war Krieg. Alle Lerotin mussten sterben!

***

XL. Verbrennen

Kezia wollte Iris so schnell wie möglich verlassen. Der Albtraum musste ein Ende finden. Sie träumte davon, mit Elias ein neues Leben zu beginnen. In Gedanken sah sie ihn lachen, wie gerne wäre sie bei ihm gewesen. Wo er gerade war? Sie erinnerte sich an den Geruch seiner Haare und stellte sich vor, welche Welten er inzwischen bereits kennengelernt hatte. Egal wo er sich aufhielt, sie würde ihn finden.

Bis dahin bestand ihre kleine Welt aus dem schwerverletzten Ruben und Nadja, die wie eine Klette an seiner Seite klebte. Ein blutunterlaufenes Auge und verkrustetes Blut an ihrer Stirn zeigten die Hartnäckigkeit, mit der sich Nadja am Leben festkrallte.

Soll ich dich töten, fragte sich Kezia und sah sie an. Hatte sie Mitleid verdient? Sie würde garantiert eine Last werden. Es war zu erwarten, dass sie in weitere Gefechte gerieten, in denen es schon schwierig werden würde, Ruben zu beschützen.

»Wo wollen wir hin?«, fragte Nadja und blickte zum Boden. Kezia konnte die Furcht spüren, die sie lähmte. Sollte sie ihr diese Last nehmen?

»Nadja!«

»Ja«, antwortete Nadja verstört.

»Sieh mich an!«

»Bitte ... ich tue alles, was du sagst ... ich stelle auch keine dummen Fragen mehr!«

»Berühr mich!« Für Kezia konnte es nur diesen Weg geben.

»Ich ... ich ... möchte nicht sterben!« Tränen rannen über Nadjas staubige Wangen. Unendlich vorsichtig streckte sie die Hand aus und berührte Kezias Oberarm.

»Du hast mich berührt ... und lebst noch.« Kezia senkte ihre Stimme. Nadja sollte sie respektieren, aber nicht fürchten.

»Ja ... ja ... danke. Ich werde alles tun, was du von mir verlangst.« Nadja lachte überdreht.

»Was siehst du?«

»Dich?«

Nadjas Gefühle waren einfach zu deuten, sie verstand nicht, was Kezia von ihr wollte. »Beschreib, was du siehst ... nicht, was du weißt ... nur, was du mit deinen Augen siehst.« Kezia wollte sie es sagen hören.

»Ich sehe eine junge Frau. Hochschwanger. Ohne Haare. Ohne Kleidung, aber nicht nackt.« Nadja blieb angespannt, während sie ihre Wahrnehmung beschrieb. »Alles an der jungen Frau ist dunkel! Schwarz ... nein, nicht völlig schwarz. Es sieht aus wie eine Haut aus schwarzem Licht ... blöd, ich weiß ... aber ich kann es nicht besser beschreiben.«

»Was siehst du noch? Was siehst du, wenn du deine Augen schließt?«, fragte Kezia, die sich bemühte, nicht einschüchternd zu wirken.

»Eine Mutter, eine Schwester ... eine Freundin? Ich weiß nicht, ob ich verstehe, was ich sehe?«

Nadja war kein schlechter Mensch. Kezia konnte ihre Ängste verstehen, aber würde sie sich im Kampf auch auf sie verlassen können? Für Nadja sprach, dass die Anzahl der Nicht-Lerotin in der Gegend überschaubar war. Kezia mochte sie nicht, aber sie sollte leben.

»Ich werde Iris verlassen. Ruben wird mich begleiten. Möchtest du an meiner Seite bleiben?«, fragte Kezia, die Nadja für sich gewinnen wollte, ohne ihren Verstand zu verdrehen.

»Ja ...«, antwortete Nadja vorsichtig.

»Ich weiß, wie ich aussehe und ich weiß, was ich getan habe! Nichts davon bereue ich! Bei dem, was uns bevorsteht, brauche ich dich mit wachen Sinnen!«

»Du verlangst viel ...«

»Und gebe alles!« Kezia sagte das genauso, wie sie es meinte. Die Situation erlaubte keine Kompromisse.

»Ich folge dir!« Nadja fand neues Selbstvertrauen.

»Dann los ... wie geht es Ruben?« Die Verbrennungen an seiner Seite sahen schrecklich an. Die Muskulatur war an einigen Stellen bis auf den blanken Knochen seiner Rippenbögen heruntergebrannt.

»Er ist noch nicht wieder bei Bewusstsein ... aber er lebt. Sieht selbst, sein Körper heilt sich.«

»Du hast nur eine Aufgabe ... kümmere dich um Ruben!« Kezia konnte sehen, wie sich das Gewebe an seiner Seite regenerierte. Es würde dauern, aber Ruben sollte es schaffen.

»Und wo wollen wir hin?«, fragte Nadja erneut. Diesmal hatte sie eine Antwort verdient.

»Wir werden den Vater meiner Tochter suchen!« Der Weg zu Elias führte nach oben, auf der Spitze des Turmes befand sich ein Landedeck für Gleiter. Dort würden sie Iris verlassen.

»Ich kann mir nicht vorstellen, dass die Lerotin uns so einfach gehen lassen ... die werden uns angreifen.«

Nadja verstand sehr genau, dass weder Ruben noch sie ein weiteres Gefecht überleben würden. Kezia musste einen anderen Weg finden, mit einem Fingerdruck auf den Lerotin-Chip an ihrer Schläfe aktivierte sie das Netzwerk.

»Amun?« Mit der Kraft der Gedanken verstärkte Kezia ihr gesprochenes Wort, sie wollte verhandeln.

»Ich höre dich.« Amun antwortete sofort.

»Lass mich gehen!« Mehr wollte Kezia nicht.

»Das kann ich nicht tun! Du bis eine Gefahr für jede intelligente Lebensform im Universum!«

»Sind die dir wichtiger als dein Volk?«

»Nein.«

»Ruben, Nadja und ich, lass uns gehen und die Lerotin werden leben! Töte einen von uns und ich lösche Ternah aus!«

»Was dir scheinbar keine Probleme bereitet ...«

»Entscheide dich! Rette alle, die du in der kurzen Zeit evakuieren kannst, und beweine die, die du zurücklassen musst ...«

»Oder?«

»Gib mir ein Raumschiff, lass mich gehen und rette alle!«

»Warum sollte ich dir glauben?«, fragte Amun, Kezia wäre gerne in ihren Kopf eingedrungen.

»Hast du eine Alternative?«

»Hast du eine?«

»Nein ... Vertrauen ist die einzige Möglichkeit, einen Berg aus Leichen zu vermeiden!« Das war die rationale Stimme Kezias, das Raubtier in ihrer Seele saß bereits wartend hinter ihr und leckte seine Tatzen. Es wäre ihr eine Freude gewesen, die Lerotin abzuschlachten.

»Es gab bereits zu viele Opfer!«

»Auf beiden Seiten.« Sem hatte den Irrsinn bereits mit seinem Leben bezahlt.

»Und was sagt deine Tochter dazu?«

»Sie schläft.«

»Oh ja ... ihre Träume kennt mittlerweile jeder auf Iris.«

»Amun ... die Zeit ist nicht unser Verbündeter! Mein Friedensangebot verfällt in Kürze ...«

Mit der Gewissheit, dass der Tod unausweichlich war, fiel es Kezia leicht, den Einsatz zu erhöhen. Amun hatte ihre Entscheidung bereits getroffen, das konnte Kezia am Klang ihrer Stimme hören. Egal ob eine Minute, eine Stunde oder ein Tag, die Konsequenzen für alle Beteiligten blieben dieselben.

»Ich werde dich ziehen lassen!«

Kezia hatte es gewusst.

Kezia schritt über die Plattform wie eine Siegerin. In Demut wegzugehen, wäre nicht akzeptabel gewesen. Links und rechts von ihr standen unzählige Lerotin in Biosuits und mit gesenkten Waffen, von denen sie niemand aus den Augen ließ. Der sternenklare Nachhimmel wies ihr den Weg, bald würde sie Elias in die Arme schließen.

Ein kühler Wind wehte über das Landedeck. Von den Seiten her blitzte es, weit unter ihnen tobte ein Gewitter über dem Meer. Hundert Meter vor Kezia stand der Gleiter, der sie von Iris wegbringen würde. Ein kleines weißes Raumschiff in der Form eines flachen Wassertropfens. Von außen konnte man keinerlei Aggregate erkennen, nur eine Öffnung, die gerade ein Techniker verließ, leuchtete ihr entgegen.

Amun stand davor, Shanaris und weitere Soldaten flankierend neben ihr. In der Luft neben der Plattform schwebten auf jeder Seite vier Gleiter, deren Bewaffnung deutlich aus den weißen Schiffskörpern herausragte. Shanaris trug eine Biosuit-Kampfrüstung, Amun nur ein schlichtes weißes Kleid. Klein und dunkelhäutig überragte sie jeden der Männer an ihrer Seite.

»Nadja, ist alles in Ordnung?«, fragte Kezia leise, Nadja befand sich direkt neben ihr.

»Ich komme klar.« Sie stützte Ruben, der sein Bewusstsein wiedererlangt hatte, aber noch nicht ohne Hilfe laufen konnte.

»Falls das schief geht, werft ihr euch flach auf den Boden.« Kezia wollte nicht an einen Hinterhalt denken, aber auch nicht unvorbereitet in einem enden.

»Verstanden!«

Der Abstand zu Amun verringerte sich. Die ersten Schritte in Kezias neues Leben oder die Letzten ihres bisherigen Daseins? Der Unterschied war nicht zu erkennen.

Hunderte Augenpaare sahen sie an und musterten sie bei jedweder Bewegung, spüren konnte sie jedes Einzelne davon. Kezia erwischte einige Soldaten dabei, die sie in Gedanken bereits in Stücke schossen. Wieder und wieder, als Vergeltung für die gefallenen Lerotin.

Nur Amuns Gedanken blieben für Kezia verschlossen, beinahe als ob ein geheimnisvolles Kraftfeld ihre Sinne schützen würde. Es blieb für sie unverständlich, weshalb sich diese kleine Frau ihrer Kraft widersetzen konnte.

Amun lächelte. »Dein Raumschiff, der Bordcomputer wird deinen Befehlen folgen. Treibstoff, Wasser und Proviant reichen bei drei Personen für mehrere Monate. Du wirst deinen Bruder auch medizinisch versorgen können.«

»Kann ich damit durch Raumfalten springen?« Alles andere war für Kezia sekundär.

»Ja.«

»Gut.« Das wollte Kezia hören.

»Der Computer kennt Routen, bei denen ihr keine unliebsamen Begegnungen haben solltet ... ich empfehle, auf seinen Rat zu hören.«
»Und wohin würden uns diese Routen bringen?«
»In eure Freiheit ... sucht euch eine nette Welt, die niemand kennt, und lebt ein gutes Leben!«, erklärte Amun vielsagend und gab Kezia ein mobiles Display. »In einem Umkreis von 50.000 Lichtjahren finden sich Menschen auf so gut wie jeder habitablen Welt.«
»Und die anderen Routen?« Kezia tippte auf eine Darstellung der näheren Raumfalten, die grün und rot markierte Zielbereiche enthielt.
»Die führen dich zu explodierenden Sternen, Schwarzen Löchern ... oder, was noch schlimmer wäre, direkt in die Arme unserer Feinde ... glaub mir, die möchtest du nicht kennenlernen.«
»Das Universum ist groß ...«
»Größer ... nutzt eure zweite Chance und lebt wohl.«
Kezia wusste nicht, ob sie Amun glauben konnte.

Der Start von der Landeplattform von Ternah verlief ohne Probleme. Der Gleiter gewann zügig an Höhe und stieg in den Orbit. Die höheren G-Werte störten Kezia nicht, scheinbar hatte sich ihre Tochter daran gewöhnt. Sie saß in einem Flugsessel und betrachtete auf dem Wanddisplay, wie der Gleiter die Hemisphäre von Iris verließ. Für Ruben, Nadja und sie war die Flucht erfolgreich. Für Sem leider nicht, dem sie ein besseres Schicksal gegönnt hätte.
»Warst du bei Ruben?«, fragte Kezia, die ihn vorhin in ein Modul gepackt hatte, das mehr oder weniger wie ein AMENS System funktionierte.

»Es geht ihm gut. Die vollständige Regeneration seiner Verletzungen erwartet das medizinische System in acht Stunden ... bis dahin schläft er.«
»Danke.«
»Ist alles in Ordnung?«, fragte Nadja.
»Ich bin müde.« Kezia würde nicht länger in ihren Kopf sehen, sie wollte sich mit ihr unterhalten.
»Dann schlaf etwas ... der Autopilot fliegt auch, ohne dass du aus dem Fenster siehst.«
Kezia lächelte. Ob sie schlafen konnte? Ein schöner Gedanke. »Bald ... ich möchte mich noch mit dem Navigationssystem beschäftigen.« Eine Frage war noch zu klären.
»Wohin fliegen wir überhaupt?«, fragte Nadja. Eine gute Frage, Kezia wusste es nicht.
»Das Display hat eine habitable Welt 16.300 Lichtjahre von Iris entfernt markiert. Wir brauchen sieben Sprünge, um dorthin zu kommen. Auf der Welt sollen angeblich 5.000-10.000 Menschen leben. Sogar in Frieden und frei von jedem bekannten interplanetaren Staatenbund.«
»Ein schönes Ziel ... eine Oase der Freiheit.«
»Stimmt.« Eine passende Beschreibung für ein langweiliges Loch am Rande des bekannten Universums. Kezia verspürte wenig Lust, dort zu versauern. Die Welt, auf der sich Elias aufhielt, war ihr Ziel, doch sie kannte die Koordinaten nicht.
»Finden wir dort, was du suchst?«, fragte Nadja und strich sich durch ihre kurzen dunklen Haare. Die Spielerei, laufend die Farbe der Fingernägel zu wechseln, war Vergangenheit.
»Er heißt Elias.«
»Der Vater deines Kindes, ich weiß.«

»Er wird auf dieser Welt nicht auf mich warten.« Kezia sprach offen.
»Wo ist er?«
»Ich weiß es nicht.«
»Oh.«
»Warte.« Kezia warf den Inhalt des Displays auf das dreidimensionale Wanddisplay. »Jetzt sehen wir alle bekannten Welten in unserer Nähe.«
»Nähe?« Nadja lächelte.
»Mehr oder weniger ... Iris ist hier und Proxima dort.« Kezia zeigte auf die Welten, die in dem Maßstab relativ dicht beisammen waren, obwohl sie Hunderte Lichtjahre voneinander trennten.
»Und unser Ziel befindet sich hier.« Nadja ging einige Schritte und zeigte auf eine Welt am Rande der Darstellung. »Was bedeutet die rote Zone auf der anderen Seite?«
»Da sind die Bösen.«
»Böser als wir?« Nadja schmunzelte.
»Amun nach, ja ... viel böser.«
»Einen Moment ...« Nadja wirkte erschrocken. »Die Reise von Proxima nach Iris, durch wie viele Raumfalten sind wir gesprungen?«
»Vier.« Kezia sah sie verwundert an.
»Vier! Genau, es waren vier!«
Jetzt sah es auch Kezia, die Darstellung im Raum zeigte nur zwei Sprünge an und eine Entfernung von 280 Lichtjahren. »Die Angaben stimmen nicht.«
»Stimmt dann die restliche Sternenkarte?«, fragte Nadja.
»Vermutlich nicht.« Kezia dachte am Amun. War das eine List? »Computer, Zeit bis zum Sprung?«
»Sprung durch die Raumfalte in 92 Minuten.« Diesen Computer eine KI zu nennen, war eine maßlose Übertreibung.

»Wenn ich dich loswerden wollte ... würde ich dich direkt in ein Schwarzes Loch jagen!«

»Danke.«

Nadjas Kreativität war reizend, leider war ihre Idee nicht von der Hand zu weisen. Seine Gegner durch eine fingierte Sternenkarte in ein schwarzes Loch springen zu lassen, war genau die Strategie, die Kezia Amun zutraute.

»Von Iris sind drei Raumfalten in kurzer Zeit erreichbar. Nummer eins, unser mutmaßliches schwarzes Loch«, erklärte Nadja.

»Streichen wir.«

»Nummer zwei, vermutlich der richtige Weg nach Proxima.«

»Da wollte ich eigentlich nie wieder hin.«

»Und Nummer drei, das Land des Bösen ... was allerdings auch nur eine Vermutung ist.«

»Computer, den Anflug auf den Sprungpunkt stoppen!« Es gab für Kezia keine Alternative, aufgrund der vorhandenen Informationen war jede Entscheidung ein Spiel mit dem Tod.

»Bestätigt. Anflug gestoppt. Gibt es einen Notfall? Bitte neues Ziel in das System eingeben. Melde Position nach Iris. Rettungsteam angefordert. Bitte bewahren Sie Ruhe.«

»Nein!«, schrie Kezia. Verdammt! »Kein Funk!«

»Der Funkspruch ist draußen ...«, sagte Nadja und zeigte auf einen Logeintrag am Wanddisplay.

»O.K. ... dann machen wir es anders. Wir fliegen zu den Bösen! Und hetzen den Lerotin ihre alten Feinde auf den Hals!« Kezia hatte eine Stinklaune.

»Bestätigt. Fahre alle Systeme herunter. Bitte bewahren Sie Ruhe. Hilferuf abgesetzt.«

»Will mich diese Drecks-KI verarschen?« Kezia kochte vor Wut. Am liebsten würde sie dem Computer den Stecker ziehen, womit die Bord-KI ihr allerdings zuvor kam.

»Was passiert hier?«, fragte Nadja verschreckt, während sich im Sekundentakt die Bordsysteme deaktivierten.

»Schnell! In die Rettungsanzüge!«, rief Kezia und zeigte auf einen Treppenabgang in die untere Ebene des Gleiters.

»Bestätigt. Fahre aktive Komponenten herunter. Bitte bewahren Sie Ruhe. Hilferuf abgesetzt.«

Nadja lief vor, Kezia folgte ihr umgehend. Ihr Energiepanzer würde sie im Weltall kaum mit Sauerstoff und Wärme versorgen. Alle Bildschirme verstarben. Die Lampen gingen aus. Nur eine Notbeleuchtung spendete noch etwas Licht.

»Bestätigt. Fahre Kommunikation herunter. Bitte bewahren Sie Ruhe. Hilferuf abgesetzt.«

Nadja zog als Erstes den Verschluss des Druckanzuges zu und arretierte den Helm.

»Mein Anzug ist online. Sauerstoff und Heizung aktiviert.«

»Bestätigt. Fahre künstliche Schwerkraft herunter. Bitte bewahren Sie Ruhe. Hilferuf abgesetzt.«

Auch Kezia verschloss den Helm an der Manschette am Hals. Der Druckanzug spannte am Bauch. »Meine Systeme sind aktiv. Die Dinger sind nicht für Schwangere geschaffen worden.«

»Bestätigt. Fahre Sauerstoffgenerator und Heizung herunter. Bitte bewahren Sie Ruhe. Hilferuf abgesetzt.«

»Ruben!«, rief Kezia.

»Das medizinische System ist luftdicht und läuft autark!«, erklärte Nadja. Hoffentlich hatte sie recht.

»Bestätigt. Fahre Kabinendruck herunter. Fahre KI-System herunter. Autoformat. Kein Wiederanlauf möglich. Bitte bewahren Sie Ruhe. Hilferuf ...«

Stille.

Kezia hätte Amun nicht glauben dürfen. »Aktiviere Kommunikation. Der Gleiter ist eine Todesfalle!« In dem Moment, als der Computer die Kabine öffnete, vereisten binnen einer Sekunde sämtliche Oberflächen.

»Bin online. Das System war programmiert, uns in die Raumfalte zu jagen, oder, falls wir den Anflug stoppen, alles abzuschalten.«

Kezia lachte. »Sogar die KI schießt sich selbst eine Kugel in den Kopf!«

»Das Ding ist gründlich! Wir sollten keine Chance haben, die Systeme zu reparieren!«

»Was wir bei einem Lerotin-Raumschiff ohnehin nicht gekonnt hätten ... wenn ich Amun erwische, drehe ich ihr den Hals rum!«

»Amun ist gründlich«, sagte Nadja. *»Mein Sauerstoff reicht für zwölf Stunden.«*

»Meiner auch ... aber soviel Zeit wird uns nicht bleiben.« Kezia verzog die Mundwinkel, da war eine Wehe. Sie taumelten mit einem kalten Schrotthaufen willkürlich durchs All und Kezia war kurz davor, ihre Tochter zu gebären.

»Dein Kind solltest du jetzt nicht bekommen.«

Kezia verdrehte die Augen. »Danke für den Tipp, ich sage bei Gelegenheit meiner Kleinen, dass sie sich noch etwas gedulden soll!«

»Lass uns sehen, ob wir noch Ausrüstung haben, die uns hilft ...«

»Gibst du niemals auf?«, fragte Kezia, die sich immer mehr über Nadjas Überlebenswillen wunderte.

»Du etwa?«

»Nein ... wir haben noch zwei weitere Anzüge, Sauerstoffeinheiten und Batterien.« Kezia öffnete einen weiteren Schrank. »Hab den Waffenschrank gefunden. Vier Laser-Gewehre. Proviant, Wasser, entschuldige, Eisklumpen und ein mobiles Ortungssystem.«

»Das ist ein Anfang ... ich bringe den Anzug zu Ruben. Wir müssen uns später etwas einfallen lassen, ihn in den Anzug zu bekommen.«, erklärte Nadja und bewegte sich schwerelos durch das tote Raumschiff. Bis auf die Notlichter und ihre Anzüge funktionierte nichts mehr.

»Ich versuche ...« Kezia musste wieder eine Wehe wegatmen. Der Abstand war zu kurz. Ihre Tochter würde sich nicht mehr lange zurückhalten. »... das Ortungssystem zu aktivieren.«

Die Schriftzeichen und Symbole der Lerotin zu verstehen, war alles andere als einfach, einige Zeichen kannte Kezia bereits, alle leider noch nicht. Aber da war ein Kabel. Passende Stecker ließen sich zum Glück besser erkennen, sie verband das Ortungsgerät mit ihrem Anzug. Ja! Das System hatte eine Sprachsteuerung.

»Position bestimmen. Umfeld scannen. Kontakt zu Drittsystemen melden.« Kezia freute sich schon über kleine Erfolge. Die nächste Wehe zog ihren Bauch zusammen.

»Position K3H-235A. 102 Raumschiffe in Analyse-Reichweite. Kontakt zu Drittsystemen nicht möglich. Protokollverletzung V12-1. System aktiviert Sub-Suchraster. Radarsignaturen entdeckt. Systeme für Laser-Zielerfassung entdeckt. Feindliche Feuerleitlösung entdeckt. Raumschiffe erreichen Schusspositionen in vier Minuten«, meldete das System mit neutraler Stimme. Kezia hatte das Ortungssystem auf den gemeinsamen Kanal geschaltet.

»Nadja ... hast du die Meldung gehört?« Kezia biss die Zähne zusammen.

»Leider. Eine Idee, was wir tun können?«

»Ich bekomme gleich ein Kind!«, schrie Kezia schmerzerfüllt. Die nächste Wehe schloss sich der zuvor beinahe ohne Unterbrechung an. Man konnte in einem Raumanzug kein Kind bekommen und ausziehen würde sie den Anzug sicherlich auch nicht.

Kezia schrie, sie glaubte, in zwei Teile zerrissen zu werden. Das hält doch keiner aus, ihre Gedanken fielen alle auf einen Punkt zusammen. Nein. Sie wollte ihren drohenden Tod nicht akzeptieren!

»Wärst du durch die Raumfalte gesprungen, hättest du das alles nicht ertragen müssen.« Das war Amun, die falsche Schlange. *»Scheinbar hast du gerade ein Problem damit, zu antworten, ich weiß aber, dass du mich hörst. Shanaris war so nachlässig, die Raumanzüge im Gleiter zu lassen. Na ja, wir hatten nur wenig Zeit, alles vorzubereiten ... da können Fehler passieren.«*

»Wir werden dich holen!«, antwortete Nadja trotzig.

»Nein ... sicherlich nicht. Wir werden vorher den Gleiter zerstören. Und sogar, wenn Kezia überleben sollte, was ich nicht glaube, würde sie hilflos im All umhertreiben. Ich sagte es bereits ... dieses Kind darf nie geboren werden!«

Von Schmerzkrämpfen geschüttelt, war Kezia weder in der Lage zu sprechen noch sich zu bewegen. Sie trieb nur zuckend in der Schwerelosigkeit der unteren Gleiterebene umher. Das schien es gewesen zu sein. Elias! Bitte nimm mich in den Arm, dachte sie, der Ohnmacht nahe.

»Noch 60 Sekunden! Findet euren Frieden!«, sagte Amun und brach die Verbindung ab.

Kezia fiel in ein dunkles Loch, ein tiefes Loch, versank in einem Meer aus dunklem Licht. Vor ihr schwebte ihre Tochter. Ihr Gesicht, sie wollte ihr Gesicht sehen, doch das dunkle Licht verhinderte eine freie Sicht. Bitte, nur einmal, bitte, Kezia wollte ihr Kind sehen.

Nicht heute, hauchte ihr eine weibliche Kinderstimme ins Ohr. Als ob sie jemand aus dem dunklen Licht wieder an die Oberfläche katapultierte. Überall aus ihrem Anzug strömte dunkles Licht hervor, das sich binnen Sekunden im gesamten Gleiter ausbreitete. Kezia konnte das weder steuern noch begreifen, es passierte einfach.

Der ganze Gleiter vibrierte, mehrere schwere Schläge erschütterten Kezias Wahrnehmung. Das war Amun, die ihre Flotte mit schweren Bordwaffen auf sie feuern ließ.

Kezia hoffte, dass ihre Tochter die Energie in Form einer Schockwelle wieder an die Angreifer zurückgab. Das würde sie zerstören. Jeden von ihnen. Das hatten sie verdient.

»Wir bewegen uns wieder ... wir fliegen! Ja, wir fliegen!«, schrie Nadja hysterisch. *»Kezia, egal was du gemacht hast, mach es weiter! Wir werden schneller und werden gleich durch die Raumfalte springen! Amuns Armada verfolgt uns, ich habe versucht, die Raumschiffe zu zählen ... es sind aber zu viele. Sie schießen auf uns, aber das schwarze Licht, das uns umgibt, beschützt uns!«*

Es war Kezias Tochter, die sie zu Elias bringen würde. Weitere Einschläge erschütterten den Gleiter. Warum hörte niemand auf sie? Amuns Wut gab ihnen die Energie, zu überleben.

»Du wirst nicht entkommen!« Amun meldete sich wieder und sie klang wütend, richtig wütend. *»Ich werde dich zur Strecke bringen! Und wenn es das Letzte ist, was ich in meinem Leben tue!«*

***

Epsilon Phase

XLI. Demut

Du bist so unglaublich dämlich, dachte Sequoyah, die es immer noch nicht fassen konnte, dass Gregor sie verraten hatte! Und das nicht zum ersten Mal. Sie hatte ihn geliebt, er hätte alles von ihr haben können. Alles. Bereitwillig hatte sie ihm damals ihr Herz geschenkt. Und er? Was tat er? Er nahm ihr Vertrauen, verhöhnte sie, trat sie in den Dreck, stellte seinen dreckigen Stiefel in ihren Nacken und spuckte auf sie, während sie hilflos am Boden lag.

»Ich will dieses miese Schwein töten!«, schrie sie, ohne dass sie jemand hören konnte. Diese Machtlosigkeit fühlte sich schrecklich an. Dank des geschlossenen und deaktivierten Visiers ihrer Delta-7 Rüstung konnte sie sich höchstens mit sich selbst unterhalten.

Und jetzt, fragte sie sich, wie sollte es weitergehen? Wegen ihrer Dummheit hatte Gregor auch alle anderen gefangen nehmen können: Peter, Anna, Elias, Dan'ren und sogar die KI Vater hatte sie diesem Verräter ans Messer geliefert. Die Überlebenden der Horizon, die Lerotin, alle hatten sich auf ihr Urteil verlassen, schließlich kannte sie ihn am besten, dachte sie und jetzt hing sie wie eine fette Fliege, gefangen im Netz, die darauf wartete, lebendig verspeist zu werden.

Sequoyah schämte sich, bewegungsunfähig musste sie miterleben, wie Gregor sie vorführte. Seinen Triumph zelebrierte. Niemand hatte sein Handeln rechtzeitig richtig gedeutet. Die Delta-7 Updates für Arme und Beine entpuppten sich als Hand- und Fußschellen, die sie an ein kuppelförmiges, feuerrotes Gitternetz fesselten. Dabei war seine Täuschung noch nicht einmal aufwendig. Alles, was er ihnen gezeigt hatte, hatten sie aus einem Glaskasten gesehen.

Mit einer banalen Animationsshow war es ihm gelungen, alle an der Nase herumzuführen.
»Mach mich los!«, schrie sie, eher hilflos als in der Erwartung, freizukommen. Ihr Visier öffnete sich trotzdem, nur ihres, alle anderen, die sie sehen konnte, blieben verschlossen.
»Hallo Süße!« Gregor stand genau vor ihr und gab ihr einen Kuss, zog seinen Kopf aber schnell wieder zurück. Dieses miese Stück Scheiße! Sequoyah blieb keine Zeit, den Kopf wegzudrehen.
»Komm her! Und küss mich noch einmal!« Sie würde ihm mit den Zähnen die Lippen abreißen!
»Hmm ... nein. Du bist zwar sexy, wenn du wütend bist, aber leider auch bissig.« Gregor kannte sie gut.
»Was willst du von uns?«, keifte sie ihn an.
»Möchtest du dich unterhalten oder nur wild um dich beißen?« Gregor hielt mit der Hand ihr Kinn und sah ihr dominierend in die Augen. »Ich kann dein Visier auch wieder schließen.«
»Reden.« Sie senkte die Stimme, Emotionen würden sie gerade nicht weiterbringen.
»Geht doch.«
»Warum tust du das?«, fragte sie ruhiger, was sie all ihre Beherrschung kostete. Der Wunsch, ihn in der Luft zu zerreißen, pochte wild verlangend in ihr.
»Deiner Frage fehlt der Fokus ... was tue ich denn deiner Meinung nach gerade?«, retournierte er lehrerhaft.
»Du hast uns alle verraten!«
»Na ja, verraten habe ich höchstens dich, die anderen kenne ich nicht, die habe ich nur benutzt«, erklärte Gregor in seiner überheblichen Art

und drehte sich Ran'garth Vierzehn zu, die einen großen schwebenden Koffer zu ihm schob, den sie vorhin aus dem Gleiter mit in die Höhle gebracht hatten.

»Wir haben noch sechzig Minuten. Das Wetter bessert sich, es regnet nicht mehr. Du solltest dich beeilen ... ich kümmere mich um die weiteren Vorbereitungen«, sagte Ran'garth Vierzehn, die außer Gregor die Einzige war, die sich mit den gefangenen Horizon und Lerotin Kämpfern beschäftige. Es waren auch nur die beiden, die eine moderne Körperpanzerung trugen. Die anderen Aitair gingen ihrem üblichen Tagewerk nach und benahmen sich, als ob sie allein in der Höhle wären.

»Danke ... die Zeit ist ausreichend.« Gregor nickte ihr mit einem Lächeln zu.

»Fickst du das blonde Flittchen immer noch?« Auch das hatte Sequoyah nicht vergessen. Ewige Liebe hatte er ihr früher geschworen, während er sie vermutlich tags drauf mit der Schlampe betrogen hatte.

»Jede Nacht ... sie ist meine Frau.«

»Und was war ich?«

»Meine Liebe!«

Sequoyah lachte schal. »Das ist lächerlich!«

»Wenn du meinst ... ich habe dich früher geliebt und tue es heute immer noch.«

»Hab ich ein Glück! Wie es mir wohl ergangen wäre, wenn du mich mit deiner Liebe verschont hättest?«

»Schlechter ... glaube es mir.«

»Und was soll das ganze Schauspiel dann?« Sequoyah waren seine verlogenen Spielchen zuwider. Dieses Arschloch von Liebe sprechen zu hören, war eine Qual.

»Es geht um Freiheit! Du kennst mich doch. Die Saoirse-Organisation will meinen Kopf ... den ich verständlicherweise behalten möchte. Also gebe ich denen etwas anderes! Etwas, das erheblich mehr wert ist, als ein uralter Steckbrief.«

»Was anderes? Die Horizon-Überlebenden? Oder die paar Lerotin?«, fragte Sequoyah abfällig, die nachvollziehen konnte, für welche Taten er gesucht wurde. Er hatte mit den Lerotin versucht, eine Revolution anzuzetteln. Auch wenn sie blutig niedergeschlagen wurde, er war ein Aufrührer. Wollte er sich rehabilitieren, indem er sich als Retter der Horizon-Überlebenden aufspielte?

»Na ... da überschätzt du euren Wert aber bei Weitem!« Gregor schmunzelte, während er den großen Koffer öffnete, der zahlreiche technische oder medizinische Instrumente beinhaltete.

»Bitte?«

»Nur eure KI ist wertvoll ... es mag schwer vorstellbar sein, aber es ist nicht alltäglich, eine Echo-Sonde zu übernehmen und dabei auch noch dem Master Carrier auf die Füße zu spucken! Ich persönlich habe keine Ahnung, wie das geht ... das hat zuvor noch nie jemand geschafft.«

»Das alles nur wegen Vater?«

»Vater ... das klingt schon seltsam, das weißt du, oder?« Gregor verdrehte die Augen. »Eine KI ist kein Mensch! Eine KI dieser Güte ist bei Weitem wertvoller als jeder von uns!«

»Wertvoller? Hast du uns nur verraten, um eine KI einzufangen, die du verschachern kannst?« Sequoyah konnte immer noch nicht glauben, dass seine Motive so trivial waren.

»Das ist der Preis für meine Freiheit ... freiwillig hätte ich die KI bestimmt nicht von euch bekommen. Ich übergebe sie dem Master Carrier und er wird mich dafür laufen lassen.«

»Das ist verrückt!«

»Nein ... logisch. Die Zeiten haben sich geändert, inzwischen werden alle Welten von KIs regiert. Und die Saoirse-Organisation kontrolliert alle KIs. Ein einfaches Prinzip, um das halbe Universum zu beherrschen.«

»Und die Menschen?«, fragte Sequoyah, die sich eine vollständig von Computern beherrschte Weltengemeinschaft nicht vorstellen konnte. Vermutlich war die baldige Übergabe an die Saoirse-Organisation das Beste, was ihnen passieren konnte. Von den Horrorgeschichten, die Gregor über sie erzählt hatte, stimmte sicherlich kein Wort. Auch wenn 10.000 Jahre dazwischen lagen, die Horizon-Mission war eines ihrer frühen Projekte.

»Was meinst du denn, die Menschen fügen sich dem Diktat ... oder werden gejagt.«

»Wie du?«

»Wie ich. Aber die Zeit ist mein Freund, ich werde mich fügen … und weitere 10.000 Jahre leben! «

»Du bist kein Freiheitskämpfer! Nein, das bist du sicherlich nicht! Du bist nur ein skrupelloser Terrorist, der, um seine Haut zu retten, alles und jeden ans Messer liefert!«

»Freiheitskämpfer, Terrorist, das ist doch dasselbe ... nur die Perspektive entscheidet über die Wortwahl. Ich stehe inzwischen lieber auf der Seite der Sieger.«

»Ich hasse dich!«

»Was schmerzlich ist, ich aber zu akzeptieren habe … es war nett, mit dir zu plaudern, wir sollten uns nun langsam den wichtigen Dingen zuwenden!«

Sequoyah sah, wie er eine merkwürdige Apparatur aus dem Koffer nahm und ihr über dem Bauch auf die Rüstung setzte. Vier tentakelähnliche Greifarme verbanden das Gerät fest mit der synthetischen Muskelstruktur des Deltas.

»Möchtest du mich ausziehen? Früher hast du dich dabei geschickter angestellt.« Sequoyah konnte es nicht lassen, ihn zu verhöhnen, auch wenn sie befürchten musste, dass er sie ausziehen und vergewaltigen wollte.

Gregors Augen blitzten regelrecht. »Wenn du wüsstest ... entspann dich, es wird nicht wehtun.«

»Du wirst mich trotzdem nie wieder besitzen ...« Sequoyah konnte das widerliche Geräusch hören, das entstand, während sich die Tentakel durch das Gewebe des Anzuges arbeiteten.

»Stimmt. Die Zeiten sind leider vorbei … aber du verkennst mal wieder die Situation.«

Sequoyah schrie, die Bohrköpfe der Tentakel durchdrangen ihre Körperpanzer und bohrten sich in ihren Bauch. »Was … was … willst du von mir?«, fragte sie mit schmerzerfüllter Stimme.

»Ich konnte dir nie erzählen, wie ich früher gelitten habe. Daran, dass du mich zurückgewiesen hast … vergöttert habe ich dich … und du bliebst diesen Tyrannen treu ergeben!«

Ganz nah kam er ihr, diese Schmerzen, sie konnte riechen, wie ihr Fleisch verbrannte. Sequoyah biss die Zähne zusammen und versuchte, sich zu konzentrieren.

»Oh … das tut weh, oder? Riecht auch nicht so schön … ich erzähl dir, was passiert. Die Greifarme haben einen Laser arretiert, der gerade ein wunderschönes Loch in deine Rüstung schneidet. Genauigkeit ist bei diesem Eingriff sehr wichtig … also zappele nicht rum!«

Sichtlich erregt betrachtete Gregor, wie sie sich, vor Schmerzen schreiend, dieser unmenschlichen Prozedur hilflos stellen musste.
»Töte mich!«, rief Sequoyah in einem Moment, in der die Maschine ihr eine Atempause gönnte.
»Nein … ich finde, du solltest für deine Taten bezahlen. Hey … du hast mich damals ermordet. Mehrfach sogar … was ich dir gerne auch mehrfach zurückgeben möchte.«
»Bitte ... nimm dir deine Rache und lass mich gehen!« Sequoyah fehlte die Kraft, die Schmerzen, seine Worte, das war zu viel. Sie sackte in sich zusammen.
»Nicht schlappmachen … wir sind noch nicht fertig!« Gregor lachte hämisch. Etwas stach sie in den Hals, sie schreckte auf, er hatte ihr einen kleinen Roboter auf die Schlagader gesetzt, der ihr eine Medikation verpasste.
»Du solltest dein Gesicht sehen. Dieser Blick. Ich werde ihn genießen, immer wieder wirst du so schauen, immer wieder, wenn du erkennst, sterben zu müssen!«
»Ich … will …« Sequoyah konnte keinen klaren Gedanken fassen. Da war ein Schleier, der sich vor ihr aufbaute.
»Hast du eigentlich eine Vorstellung davon, wie häufig ich dich töten werde? Klonen, ficken, töten … klonen, ficken, töten! Glaub mir … darin habe ich Übung.«
Da war Gregor, Sequoyah schaffte es, die Nebel zu durchdringen, die Medikamente wirkten. Dieses miese Schwein wollte sie klonen, um sie immer wieder bestrafen zu können.
»Vierzehn, gibst du mir bitte die Nadel?«, fragte Gregor mit theatralisch gespielter Höflichkeit.

»Gerne.« Die Schlampe verbeugte sich sogar. Sequoyah konnte sehen, wie Ran'garth Vierzehn ihm eine sehr lange Nadel gab. Dieses Monster würde sie jetzt zu Tode quälen.

»Ich … du …« Sequoyah brachte vor Schmerzen keinen ganzen Satz mehr über die Lippen.

»Weißt du … ehrlich gesagt, sind die Roboter viel präziser bei der Biopsie[5] als ich … aber du bist meine große Liebe, da möchte ich es mir nicht nehmen lassen, es selbst zu tun.«

Gregor riss mit seiner durch die Kampfrüstung verstärkten Hand den zuvor angebrachten Laser von ihr herunter. Gemeinsam mit den vier Tentakeln, die in ihrem Körper steckten und ihrer Delta-7 Brustpanzerung, die zuvor feinsäuberlich aufgeschnitten wurde.

Sequoyah schrie, Blut spritzte auf Gregors Gesicht und Rüstung, ihr Blut, das gerade in Strömen ihren Körper verließ. Sie hatte nur noch einen Wunsch, der sie bewegte, sie wollte verbluten, um diesem Albtraum zu entkommen.

»Oh … ich glaube, ich hätte die Greifarme des Lasers nicht so tief graben lassen sollen. Ich schau mal, ob ich ein Pflaster für dich habe … das wird auch gehen.«

Sie schrie wieder, als er die Wunden mit Hitze versiegelte. Dieses Scheusal sorgte nicht nur dafür, dass sie wach blieb, sondern auch dafür, dass sie die Qualen möglichst lange überlebte.

»Na … gleich hast du es geschafft.« Gregor stieß ihr die Nadel durch den Bauch. Sequoyah blieb der Atem weg. »Habe ich getroffen?«, fragte er hörbar erregt.

---

[5] Medizinischer Begriff für die Gewebeentnahme an lebenden Menschen

»Leider nicht … zwei fingerbreit rechts daneben und etwas zu hoch«, antwortete Ran'garth Vierzehn, die die Rückenmarkbiopsie auf einem mobilen Display verfolgte.
»Du bist Ärztin … du verstehst doch, wie schwer es ist, dieses blöde Rückenmark zu treffen, oder? Dann noch ein Versuch.« Gregor zog die Nadel heraus und rammte sie ihr erneut durch den Oberbauch in Richtung Wirbelsäule.
»Besser … aber noch nicht getroffen!«, kommentierte Ran'garth Vierzehn amüsiert.
»Wir haben doch noch Zeit, oder?« Gregor stieß ihr die Nadel ein drittes Mal durch den Bauch.
Sequoyah drohte wieder das Bewusstsein zu verlieren, was aber der kleine Roboter auf ihrer Halsschlagader zu verhindern wusste. Das Adrenalin ließ sie aus der Dämmerung wieder emporschnellen und weiterhin jedes Detail der Folter miterleben.
»Ach … ich gebe mich geschlagen … ich treffe nicht. Ich lasse es doch die Maschine machen.«
Gregor setzte ein anderes, faustgroßes Gerät aus seinem Koffer auf ihren Bauch, das sich umgehend zu drehen begann und unterhalb der Rippen durch ihre Muskulatur schnitt. Sequoyah hustete und spuckte ihm ihren blutigen Auswurf ins Gesicht.
»Ich liebe dieses Feuer in dir und werde es kaum erwarten können, deine Klone aufwachsen zu sehen.« Gregor leckte sich ihr Blut von den Lippen. »Eigentlich lasse ich meine Finger von Kindern … aber bei dir werde ich eine Ausnahme machen. Wie eine Frühlese eines wunderbaren Jahrgangs werde ich mir deine jungen Körper munden lassen!«

Sequoyah spürte, wie die schweren Verletzungen sie schwächten. Ihre Beine wurden kälter, der Biopsie-Roboter durchtrennte gerade die Nerven an ihrer Wirbelsäule.
»DNS-Entnahme erfolgreich, wir haben alles, was wir von ihr wollen«, sagte Ran'garth Vierzehn und entnahm den Körperbohrer mit den Proben aus ihrem Bauch.
»Mach dir keine Sorgen um deine Beine ... die brauchst du nicht mehr«, erklärte Gregor voller Schadenfreude.
»Wundversorgung abbrechen?«, fragte Ran'garth Vierzehn.
»Wie lange hätte sie dann noch?«
»Nicht länger als zwei Minuten.«
»Geben wir ihr noch ein paar Minuten dazu ... sie soll noch erleben, wieMiniaturroboter der Master Carrier eintrifft.«
Gregor schenkte ihr das volle Programm ein, ihre Klone würden sterben, hundertfach, und sie würde noch miterleben, wie er sich durch seinen Verrat freikaufte.
Sequoyah konnte ihren Kopf nicht mehr halten, Blut und Speichel sabbernd, kippte sie kraftlos nach vorne. Die Erkenntnis, versagt zu haben, bohrte sich wie eine schwarze Klinge durch ihr Herz. Sie trug die Schuld. Nur sie.

***

XLII. Ausgeblutet

Sequoyah spürte, dass sie immer schwächer wurde. Inzwischen sah sie ein, dass Gregor sie weder mitnehmen noch verkaufen oder jemandem übergeben würde. Alles, was sie von ihm noch erwarten konnte, war ein qualvoller Tod mit dem Wissen, ihm auch in ihrem nächsten, geklonten Leben nicht gewachsen zu sein.

Mehr als ein leises Stöhnen brachte sie nicht mehr hervor. Sie atmete schnell und flach. Der kleine Medikationsroboter an ihrem Hals sorgte dafür, dass sie bei Bewusstsein blieb und ihr Kreislauf weiter mitspielte. Die Schmerzen wegen der schweren Bauchverletzungen wurden ihr nicht genommen.

Ob die anderen ihr Martyrium mit angesehen hatten? Sequoyah wollte nicht, dass sie jemand so sah. Verraten und gedemütigt, Peter, Anna und Elias sollten das nicht sehen müssen.

»Die Saoirse-Flotte ist im Orbit angekommen. Ich habe unsere bedingungslose Kapitulation überbracht, die Übergabe der feindlichen KI zugesichert und unsere Koordinaten übertragen«, meldete Ran'garth Vierzehn, die vor einem weiteren ihrer geöffneten Koffer stand und ein mobiles Kommunikationssystem bediente, das scheinbar mit den magnetischen Störungen auf Nemesis besser klarkam.

»Gehen sie darauf ein?«, fragte Gregor sichtlich angespannt.

»Warte ... die Meldung kommt gerade!«

»Jetzt mach es nicht so spannend!«

»Ja!« Ran'garth Vierzehn lachte erleichtert. »Wir haben eine temporäre Sicherheitsgarantie!«

»Wie lange?«

»90 Minuten ... in der Zeit wollen sie unser Angebot prüfen. Die wollen die KI!«

»Ja! Wir werden hier wegkommen!« Gregor jubelte und Sequoyah wünschte ihm die Pest an den Hals.
»Ein Zerstörer der Zero-Klasse steht im Orbit genau über uns. Sie schicken ein Shuttle, um die KI zu analysieren«, erklärte Ran'garth Vierzehn gut gelaunt.
Gregor hüpfte umher wie ein kleines Kind. »Schreib ihnen, dass wir die KI in einer magnetischen Kryostase arretiert haben, aber nicht in der Lage sind, sie nach der Reanimation zu kontrollieren.«
»Fertig ... sie antworten umgehend. Bis sie bei uns sind, sollen wir nichts tun, sie kümmern sich darum.« Ran'garth zeigte sich darüber sichtlich erleichtert.
»Hervorragend ... wen schicken die uns runter?«, fragte Gregor und küsste Ran'garth vor Freude.
»Ich habe keine Meldung über einen Cyborg der Alpha- oder Beta-Klasse ... es könnte sogar sein, dass der Master Carrier selbst kommt! Wäre das nicht wunderbar?«
»Wahnsinn! Das wäre unglaublich! Wir würden mit ihm persönlich verhandeln!« Gregor machte eine Faust und zog siegesbewusst den Ellenbogen zum Körper.

Ob Sequoyah die Wartezeit bis zum Eintreffen des Master Carriers überleben würde, wusste sie nicht. Es war auch ohne Belang, ob sie etwas früher oder später sterben würde.
Ob sie in einem Paralleluniversum Mutter geworden wäre? Die Vorstellung, Kinder zu hinterlassen, gefiel ihr. Ohne Nachwuchs bewertete sie ihr Leben als beliebig und ergebnislos. War die Entscheidung für die Wissenschaft die richtige Wahl gewesen? Sie hatte sich früher kein anderes Leben vorstellen können.

Auch Kinder waren ihr früher suspekt, eine Sache, die sie inzwischen anders sah. In ihrer Vorstellung war es immer ihr Ziel gewesen, vor dem Tod ihr Leben im Reinen zu haben. Ein Ziel, das sie verfehlt hatte. Kläglich sogar.

Sequoyah horchte auf, da tat sich etwas, mit gesammelter Kraft hob sie den Kopf, als einige Drohnen in die Höhle schwebten und mit einem bläulichen Scanner das Umfeld analysierten. Dann betraten zwei schwer gerüstete Menschen mit auffällig großen Waffen die Höhle. Wobei, um diese seltsamen Personen als Menschen zu betrachten, fehlte ihr die Fantasie, oder 10.000 Jahre Geschichtsunterricht.

Die beiden merkwürdigen Saoirse-Menschen trugen keine eleganten Hochtechnologie-Körperpanzer wie die Lerotin oder futuristisch anmutende Laser-Gewehre. Die sahen aus wie Roboter, denen man die Haut bzw. die Abdeckungen über dem Innenleben entfernt hatte. Überall an ihren Körpern befanden sich unzählige kleine Aggregate, die sich alle unabhängig voneinander bewegten.

»Wir begrüßen euch auf Nemesis!«, sagte Gregor. Während die beiden roboterähnlichen Männer die Höhle betraten, standen er und Ran'garth Vierzehn starr wie Salzsäulen auf ihren Positionen. Mit dem Gesicht auf den Boden gerichtet und mit nach vorne gestreckten Handflächen ergaben sich die beiden. Von den anderen Aitair zeigte sich niemand und die gefangenen Horizon und Lerotin Kämpfer hingen immer noch hilflos an dem rotleuchtenden Gitternetz fest.

Eine Antwort bekam Gregor nicht. Während sich die Drohnen, die zuerst die Höhle untersucht hatten, im ganzen Innenraum verteilten, stellten die beiden Männer ihre Waffen gegeneinander gelehnt auf dem Boden ab. Sequoyahs erste Einschätzung, dass diese Dinger Waffen wären, stimmte scheinbar nicht.

Ein starker Lichtimpuls zwang Sequoyah, die Augen zu schließen. Aus den beiden Gegenständen, die sie zuerst für Waffen gehalten hatte, entstand eine bläuliche mannshohe Lichtscheibe.

Das war ein Portal, aus dem eine Sekunde später ein schlanker Jugendlicher in einer silbrig weißen Uniform trat. Der gut aussehende Junge mit kurzen blonden Haaren und aussagelosem Gesichtsausdruck sah nicht älter aus als fünfzehn, wobei Sequoyah mit der Alterseinschätzung besser vorsichtig sein sollte.

»Bist du Gregor?«, fragte der Junge mit einer Stimme, die zwar zu seinem Körper passte, aber mit einer Ernsthaftigkeit, die ansonsten nur Erwachsene hatten.

»Ja.« Gregor sah ihn nicht an.

»Der Gregor Moyes, der vor über 10.000 Jahren auf der Erde bei einem Polizeieinsatz getötet wurde?« Der Junge brauchte nicht lange, um auf den Punkt zu kommen.

»Ja.«

»Darf ich das überprüfen?«

»Natürlich.«

Die beiden Roboter-Mensch-Dinger, die zuvor das Portal aufgestellt hatten, zerfielen in unzählige daumennagelgroße Einheiten, die sofort wie ein Hornissenschwarm über Gregor und Ran'garth herfielen. Einige Sekunden später standen beide nackt da und die Saoirse-Miniaturroboter bildeten eine Apparatur, aus der sich beide neue Kleidung nehmen konnten. So konnte man auch sichergehen, dass sein Gegenüber nichts Gefährliches mehr am Körper trug.

»Deine Aussage stimmt. Du bist Gregor Moyes.« Der Jugendliche verzog keine Miene. Bisher hatte Sequoyah an ihm noch keine emotionale Regung wahrnehmen können. War er Mensch oder Maschine?

»Das sagte ich ja ...«

»Du bist verhaftet!«, unterbrach ihn der Jugendliche schroff, der Kleine wurde Sequoyah immer sympathischer. »Ich nehme dich in Gewahrsam. Die temporäre Sicherheitsgarantie für dein Leben wird bis zu deiner Gerichtsverhandlung verlängert.«

»Danke.« Gregor schien sich über seine für Sequoyah überraschende Verhaftung regelrecht zu freuen. »Eine Frage hätte ich bitte, bist du der Master Carrier?«

»Ja.«

»Und was passiert mit ihr?«, fragte Gregor vorsichtig und zeigte auf Ran'garth Vierzehn, die sich gerade in ein für ihre Oberweite viel zu enges Kleid zwängte.

»Tatjana Ristic?«, fragte der Master Carrier leidenschaftslos. Weder ihre blonden Haare noch ihr üppig zur Schau gestellter Vorbau schienen ihn zu beeindrucken.

»Das bin ich ... zumindest genetisch.«

»Ein illegaler Klon ... für die Verhandlung ist von dir kein sinnvoller Beitrag zu erwarten. Deine temporäre Sicherheitsgarantie endet in 32 Minuten.«

»Bitte, was ... das muss ein Irrtum sein ... wir gehören zusammen ... Gregor und ich.« Ran'garth Vierzehn fing aufgelöst an, um ihr Leben zu betteln.

»Ich begehe keinen Irrtum.«

»Natürlich nicht ... nein ... bitte ... ich möchte ...« Ran'garth Vierzehn rannte aufgelöst auf den Master Carrier zu, der sich keinen Millimeter bewegte. Was ein Fehler von ihr war, kurz bevor sie ihn berühren konnte, schossen zwei Drohnen sie in Stücke.

Wie eine reife Frucht, die man gegen eine Wand warf, ließen die roten Laserstrahlen sie zerplatzen, wobei kein einziger Blutstropfen die silbrig weiße Uniform des Master Carriers erreichte. Von ihr blieb nichts übrig, was größer als eine verbrannte Fingerkuppe war.

Gregor zeigte keinerlei Reaktion. Als ob die Drohnen eine ihm fremde Person hingerichtet hätten. Wenn Sequoyah noch lachen könnte, hätte sie es getan. Diese blonde Schlampe hatte es nicht besser verdient. Sie noch überlebt zu haben, gab Sequoyah neue Kraft.

»Sind alle Aitair deine oder Tatjana Ristics Klone?«, fragte der Master Carrier und sah sich in der Höhle um.

»Ja.« Ob Gregor wusste, welche Konsequenzen seine Worte haben konnten?

»Dir sind die Gesetze für Klone bekannt?«

»Ja.«

»Die Drohnen erledigen das ...« Noch während der Satz des Master Carriers verklang, konnte Sequoyah die Todesschreie seiner Leute hören. Es roch nach verbranntem Fleisch. Die Aitair-Bewegung auf Nemesis fand heute ihr Ende. Die hätten auch Gregor töten können, das hätte ihr den Tag gerettet.

»Ich wollte sie ohnehin nicht mitnehmen.« Gregor zog die Nase hoch, das war alles, was er zu der endgültigen Auslöschung seines Volkes von sich gab.

»Sind die Menschen die Horizon-Überlebenden?«, fragte der Master Carrier, ähnlich interessiert wie ein Buchhalter, der nach den neusten monatlichen Umsätzen fragte.

»Ja. Wir haben sie alle in sicheren Quartieren untergebracht«, antwortete Gregor.

»Unglaublich, dass sie durch die Zeit gereist sind, oder?«
»Ähm ... ja.«
»Wir werden sie mitnehmen. Ein Shuttle wird sie alle abholen.«, erklärte der Master Carrier lapidar.
Genau das wollte Sequoyah von ihm hören. Sie würden nach Hause kommen. Eine weitere gute Nachricht. Sie hustete und spuckte Blut. Ihre Verletzungen ließen sie langsam innerlich verbluten.
»Wer ist diese Frau?«, fragte der Master Carrier und sah Sequoyah an. Dieser Blick, sie wusste nicht, ob er sie töten oder retten wollte.
»Eine Mörderin.«
Mit dieser Antwort drehte sich der Master Carrier herum und musterte Gregor. »Ihr Name ist Sequoyah Chigonaai, sie ist Saoirse-Offizier, früher im Rang eines First Lieutenants. Im Moment sehe ich keine Pflichtverletzung ihrerseits. Auch sie werde ich mitnehmen.«
»Selbstverständlich.« Gregor gab klein bei.
Sequoyah liefen Tränen über die Wange, damit hätte sie nicht gerechnet. Alles würde gut werden.
»Wir werden auch alle anderen Gefangenen identifizieren und in temporären Gewahrsam nehmen. Die Teams zur Evakuierung sind unterwegs.« Der Master Carrier setzte kurz ab. »Ich weiß, dass mich alle hören können. Ich werde die Arretierungen noch nicht lösen. Ich bitte um etwas Geduld, damit ich meine Untersuchung fortführen kann.«
Für Sequoyah waren diese Worte wie eine Erlösung. Gregor würde für seine Verbrechen bezahlen und ihrer aller Odyssee würde ein glückliches Ende finden.
»Und die Lerotin?«, fragte Gregor.

»Lerotin sind zwar hässliche Spargelgesichter, aber Menschen ... ich sehe keinen Grund, sie nicht befragen zu lassen und meine Entscheidungen später zu treffen.«
Warum beleidigte der Master Carrier die Lerotin? War das eine emotionale Geste? Das wäre seine erste gewesen. Sequoyah war sich nicht sicher, scheinbar bewegten ihn Maschinen mehr als Menschen.
»Hier ist die KI, die die Horizon-Überlebenden begleitet hatte. Ich habe sie in einer magnetischen Kryostase gefangen.«
Der Master Carrier ging auf die Sperrvorrichtung zu und legte schützend seine Hand auf die pulsierende Abdeckung. »Du bist also die KI, die mich herausgefordert hatte ... Vater ... ein höchst interessanter Name, es freut mich dich kennenzulernen.« Zu Gregor gewandt, fuhr der Master Carrier fort: »Danke, du wirst gleich abgeholt, ich werde die sichere Verwahrung der KI übernehmen.« Er würde alles zum Guten führen, daran wollte Sequoyah glauben.
Die Miniaturroboter fanden wieder zu ihrer humanoiden Anordnung zurück und stellten sich neben Vaters Gefängnis. Der Schwarm war scheinbar in der Lage, sich in sehr viele Dinge zu verwandeln. Dort bildeten sie eine neue Apparatur, die Vaters Behältnis komplett ummantelte. Was hatten die vor?
Wenn Sequoyah über die Ereignisse nachdachte, die zum Konflikt zwischen Vater und dem Master Carrier geführt hatten, kam sie mehr und mehr zu dem Schluss, dass alles nur ein großes Missverständnis war. Die beiden KI-Systeme hatten einen schlechten Start gehabt. Wobei Sequoyah Probleme hatte, sich hinter der jugendlichen Erscheinung des Master Carriers eine KI vorzustellen.

»Ich würde vorsichtig sein ... ich halte die alte Aitair-Signatur für sehr gefährlich«, erklärte Gregor, der inzwischen, von zwei fliegenden Drohnen bewacht, ein Stück abseits stand.
»Er hat sich von dir einfangen lassen.« Der Master Carrier schien seiner Sache sicher und initiierte Vaters Reanimation.
»Jeder hat eine Schwachstelle.«
»Ich nicht.« Egal ob der Master Carrier ein Mensch oder eine KI war, an Selbstvertrauen mangelte es ihm offensichtlich nicht.
Die magnetische Arretierung Vaters implodierte augenblicklich und ließ die gesamte Höhle kurz aufleuchten, Sequoyah verstand nicht, was dort vor sich ging.
»Was ist passiert?«, fragte Gregor erschrocken.
»Soll das ein Trick sein?«, fragte der Master Carrier, dessen Stimme seine Freundlichkeit spontan vermissen ließ.
»Ich habe dich gewarnt.«
»Die KI Vater hat sich mit der ersten Energie sofort selbst gelöscht! Das macht keine KI! Das ist unlogisch!« Der Master Carrier tobte. Das waren die Emotionen, die Sequoyah bisher bei ihm vermisst hatte.
»Kann er wiederhergestellt werden?«, fragte Gregor, der sehr nervös wurde.
»Nein! Verdammt! Kann er nicht! Die KI hat sich desintegriert! Warte ...« Der Master Carrier schien von einer anderen Stelle weitere Informationen zu bekommen.
»Gregor! Willst du uns wieder angreifen?«, fragte er todernst, während weitere Drohnen Gregor anvisierten.
»Ich? Nein ... womit auch.«
Sequoyah genoss seine Furcht, sein Plan drohte zu scheitern, das hatte er sich verdient.

»Ich bekomme gerade eine Meldung der Subraumaufklärung, dass sich ein kompletter Lerotin-Kampfverband auf uns zu bewegt. Die brauchen noch einen Sprung, dann sind sie bei uns ... meine Flotte macht sich gerade gefechtsbereit.«

»Damit habe ich nichts zu tun!«

»Wirklich?« Ein Teil der Miniaturroboter des Master Carriers wurden wieder zum Schwarm und formierten sich wie ein Helm an Gregors Kopf neu.

»Ja!«, rief Gregor.

»Du sagst die Wahrheit ... die Situation gefällt mir trotzdem nicht. Was wollen die Lerotin von uns? Oder vielleicht auch von dir?«

»Frage sie doch selbst ... ich habe schon lange keine Kontrolle mehr über die Lerotin!«, hielt Gregor dem wehrhaft entgegen.

»Wir werden sehen ... die Lerotin haben die Flotte der Zero-Zerstörer ebenfalls entdeckt. Sie melden, dass sie uns nicht angreifen wollen und bitten um Unterstützung bei der Zerstörung eines kleineren Gleiters, der von einem nicht spezifizierten Kraftfeld beschützt wird.«

»Und?«, fragte Gregor.

»Der Gleiter hat sich für den Kurs nach Nemesis entschieden. Die Lerotin verfolgen ihn. Wer ist das und was will derjenige hier?«

»Ich habe keinen blassen Schimmer! Was ist denn an einem einzelnen Gleiter so ungeheuer gefährlich?«, fragte Gregor und warf Sequoyah einen scharfen Blick zu, die sich immer schlechter fühlte. Ihre Augenlider flatterten und sie bekam keine Luft mehr.

»Das werden wir herausfinden«, antwortete der Master Carrier. »Für den Tod von Sequoyah Chigonaai wirst du dich ebenfalls verantworten müssen!«

»Ja … das werde ich wohl.« Gregor lachte sie an und Sequoyah hörte auf zu atmen.

***

XLIII. Sehnsucht

Kezia schwebte in ihrem Raumanzug schwerelos inmitten eines Meeres aus dunklem Licht, das die gesamte untere Ebene des Gleiters mit einem unwirklichen Glanz ausfüllte. Sie würde Mutter werden, hatte ihr Ziel fest im Blick und würde sich von niemand aufhalten lassen, den Vater ihrer Tochter wiederzusehen.

Nicht heute, hatte ihr eine weibliche Kinderstimme ins Ohr gehaucht. Das war ihre Tochter, die ihr die Kraft gab, weiterzumachen und den Mut, jede denkbare Prüfung anzutreten.

Das ganze Schiff vibrierte, zahlreiche schwere Schläge erschütterten den Gleiter, der abgeschaltet durch das All trieb und sich nur Kraft der Gedanken ihrer Tochter fortbewegte.

Die Flotte der Lerotin würde auf sie feuern können, solange sie wollten, das würde sie nicht vom Weg abbringen.

»Was ist das hier für ein schwarzes Licht?«, fragte Nadja überrascht, die sich durch die Schwerelosigkeit und allerlei herumfliegende Gegenstände zu ihr durchgekämpft hatte. *»Egal … wir werden schneller und springen jetzt durch die Raumfalte! Festhalten!«*

Kezia schloss die Augen und spürte, wie sie eine unbändige Kraft nach vorne katapultierte. Jeder Stern war nicht mehr als ein Punkt, der sich in ihrer Vorstellung in einen endlos langen weißen Streifen verwandelte. Ihre Gedanken schienen dabei auf einer Stelle zu stehen, an der binnen eines Lidschlags das halbe Universum vorbeizog.

Stille.

Keine Bewegung. Kein Geräusch. Keine Zeit. Alles wirkte wie eingefroren, Kezia blickte zu Nadja, deren Mund in ihrem Helm gerade ein Wort formte, das ihre Lippen noch nicht verlassen hatte. Lag die Ewigkeit in diesem Moment verborgen?

War die Zeit nur eine Täuschung, um sie die Wahrheit nicht erkennen zu lassen?

Die Stille endete abrupt und damit auch ihre sonderbaren Überlegungen. Sie hatten die Raumfalte erfolgreich durchquert und flogen mit hoher Geschwindigkeit zu einer für Kezia unbekannten Welt. *Nemesis*, flüsterte eine körperlose Mädchenstimme in ihr Ohr.

Es dauerte nur wenige Sekunden, da erschien auch Amuns Armada am Austrittspunkt der Raumfalte. Die verloren keine Zeit. Das Trommelfeuer der Lerotin ging weiter. Das Weltall brannte. Durch den verglühenden Staub der Geschosse, Raketen und was sonst alles auf sie abgefeuert wurde, flogen sie durch eine riesige Feuerwolke.

Du wirst mir nicht entkommen, hatte Amun ihr versprochen. Ein beängstigendes Versprechen, da die Lerotin alles gaben, um Kezia zur Strecke zu bringen.

»Ich muss kotzen!«, sagte Nadja und übergab sich in ihrem Raumanzug. Das Springen durch Raumfalten ohne Medikamente und ohne einen Sitzplatz, der die notwendige Körperkompression sicherstellte, war nichts für empfindliche Mägen.

Kezia verdrehte die Augen, aber Nadja würde damit klarkommen. Hielt sich Elias auf Nemesis auf? Wusste ihre Tochter Dinge, die sie nicht wusste?

Eine weitere schwere Erschütterung ließ einen langen Riss im Boden des Gleiters entstehen, der hoffentlich unter den Belastungen nicht weiter aufbrechen würde.

»Warum diese Welt? Was ist hier?«, fragte Nadja mit verschmiertem Gesicht, nachdem sie wieder Luft bekam.

»Meine Tochter steuert unser Raumschiff … sie wird die Antwort wissen.« Kezia wusste sie jedenfalls nicht. Die jüngsten Ereignisse sprengten jede Vorstellung, die sie für möglich gehalten hatte. Gedankenkontrolle, Schockwellen und dunkle Energiefelder, das war für sie alles unbegreiflich. Eher Albtraum als Realität. Sie hatte sich mit ihrem Leben auf Proxima schon überfordert gefühlt. Die Verantwortung, die jetzt auf ihren Schultern lastete, drohte sie zu erdrücken. Sie wollte doch nur Elias in die Arme schließen und ihm seine Tochter zeigen.

»Deine Tochter? Aha ... frag sie doch mal, wie sie die Lerotin-Flotte loswerden möchte?« Nadja stellte kluge Fragen, die Kezia nicht beantworten konnte.

»So geht das nicht … ich kann nicht mit ihr reden, so wie mit dir. Sie macht das alles eigenständig.«

»Kannst du denn fühlen, was sie bewegt?«

»Nein.« Auch das konnte Kezia nicht, ihre Tochter kontrollierte eher sie als umgekehrt.

Die bisher einzeln aufgetretenen Erschütterungen durch den Beschuss der Lerotin veränderten sich. Die Einschläge rückten näher und wurden intensiver. Der nächste Treffer ließ Nadja und Kezia unsanft gegen die Kabinendecke schnellen. Etwas an Kezias Raumanzug brach. Atemluft entwich, zu Eisstaub kondensierend, aus ihrer Helmmanschette.

»Was ist das denn jetzt?«, fragte Nadja erschrocken, die es im nächsten Augenblick brachial an die hintere Bordwand schleuderte. Kezia erging es nicht besser, der Aufprall nahm ihr den Atem und löste eine starke Wehe aus.

Im Sekundentakt wurde der Gleiter durch weitere Schläge erschüttert, die beide Frauen wie Spielbälle durch die Kabine schleuderten. Kezia konnte nicht mehr reden, sie schrie nur noch. Ein weiterer Riss bildete sich an der Decke des Gleiters und schoss die gesamte Seitenwand herunter. Die physische Integrität des Gleiters drohte zu kollabieren, die Einschläge würden ihn zerreißen.

Bitte jetzt, bettelte Kezia und flehte ihre Tochter an, sich endlich zur Wehr zu setzen. Sie sollte die Raumschiffe der Lerotin angreifen und zerstören! Oder sie verbrennen! Oder auf jede andere denkbare Weise aus dem Weg räumen!

Eine weitere Explosion ließ Kezia gegen die vordere Wand krachen, das Wanddisplay zersplitterte dabei in winzige Stücke, die wie eine Nebelschwade die Sicht erschwerten.

Bitte jetzt, Kezia gab nicht auf, bei der nächsten Erschütterung landete sie der Länge nach unter der Decke. Etwas platzte in ihr und die Fliehkraft drückte eine warme Flüssigkeit zuerst in die Hose ihres Raumanzuges und beim nächsten Aufschlag in ihren Helm. Das war Fruchtwasser, in dem sie sicherlich nicht ertrinken wollte.

Bitte jetzt, schrie sie in Gedanken, Kezia hielt das nicht mehr aus. Ihre Tochter musste ihr helfen, diese fortwährenden Angriffe der Lerotin abzustellen.

Noch nicht, flüsterte eine kindliche Mädchenstimme in ihr Ohr! Worauf wartete sie. *Höre sie und verstehe.*

Da war nichts, was Kezia hören konnte. Nadja hatte sich an einem Griff am Treppenaufgang verhakt. Eine gute Idee, befand Kezia, wenn sie es dorthin schaffen würde. Sie stieß sich mit den Füßen ab, doch die nächste Erschütterung warf sie wieder zurück.

Höre sie und verstehe, dachte Kezia, doch was sollte sie hören? Bitte hilf mir, ich kann das nicht allein, bettelte sie erneut und konzentrierte sich auf ihre Tochter.

Alles wurde heller und ruhiger, Kezia glaubte, ihren Körper zu verlassen. Als ob die Zeit stillstehen würde, schien alles auf derselben Stelle zu verharren. Es gab keine weiteren Erschütterungen, keine Schläge in den Bauch und keine Angst, an ihrem eigenen Fruchtwasser zu ertrinken. Sie schwebte körperlos durch den Raum.

Komm mit, sagte eine Mädchenstimme und flog mit ihr durch die Bordwand, durch die dunkle Energiewolke und durch das Weltall.

Das musste eine Illusion sein, ein Traum, den Kezias Tochter ihr in den Kopf setzte. Wollte sie ihr damit die Angst nehmen?

Während Kezia sich langsam von dem unter Beschuss stehenden Gleiter entfernte, konnte sie die ganzen Laserblitze, Raketen und sonstigen, in der Zeit eingefrorenen, Geschosse erkennen, die in der nächsten Sekunde auf der Hülle aus schwarzem Licht einschlagen würden.

Lass uns weiter, Kezias Tochter wollte ihr nicht das Trommelfeuer ihrer Angreifer zeigen. Mit Leichtigkeit bewegte sich ihre Wahrnehmung auf die Flotte der Lerotin zu und dort genau auf Amuns Flaggschiff, aus dem unzählige Abschussvorrichtungen für alle möglichen Waffen herausragten, die alle ohne Pause zu feuern schienen.

Amun wartet, Kezia staunte nicht schlecht, als sie als körperloses Wesen nicht nur mühelos die Schutzschilde und Panzerplatten durchdrang, sondern auch wie in einem zum Leben erweckten Traum durch die Etagen des Raumschiffs schwebte.

Da ist Amun, dachte Kezia, die Lerotin schien gerade mit geöffnetem Mund etwas zu rufen und zeigte mit der Hand auf den Gleiter, den sie auf einem wandgroßen Display verfolgte.

Ob Amun etwas Nettes sagte? Kezia schmunzelte in Gedanken, nein, sicherlich nicht. Amun sagte bestimmt etwas in der Art wie "Tötet die Missgeburt!", ja das würde zu dem Gesichtsausdruck passen.

Höre sie und verstehe, flüsterte ihre Tochter samtweich und löste sich auf. Kezia bekam eine Gänsehaut, während sie unglaublich nah um Amun herumschwebte, deren Haare wunderbar rochen. War das wirklich nur eine Illusion?

Jemand packte Kezia am Nacken und zerrte sie ruckartig nach hinten, es war Shanaris, der nach ihr griff, allerdings ohne seine Arme zu bewegen. Es fühlte sich an, als ob Kezia im Wasser landete: Sie tauchte wieder auf und befand sich in seinem Körper.

»Tötet diese Missgeburt endlich! Es muss doch möglich sein, einen einzelnen Gleiter abzuschießen!«, rief Amun herrisch, die über dem Gesicht eine eng anliegende silberne Maske trug. Auch an den Handgelenken, am Hals und an der Taille konnte Kezia breite silberne Schmuckapplikationen sehen, die sich figurbetont an ihren zierlichen Körper anschmiegten.

»Es geht nicht ... der Energieschild schluckt alles, was wir auf ihn abfeuern! Eine solche Technologie habe ich noch nie gesehen!«, erklärte ein weiblicher Offizier, die eine holografische Gefechtskonsole bediente, auf der die gesamte Flotte animiert in Aktion gezeigt wurde. Jeden Laserblitz konnte Kezia sehen, sowohl am Wanddisplay wie auch in der animierten Miniaturdarstellung.

»Wie lange haben wir noch, bis wir in deren Reichweite kommen?«, fragte Amun und schlug mit der flachen Hand ungeduldig auf das horizontale Animationsdisplay. Was zwar ohne Wirkung blieb, aber Kezia trotzdem vor Schreck zusammenzucken ließ. Eine Geste, die sie lieber vermieden hätte, doch niemand schien sich daran zu stören.

Wie auch, wenn sich Shanaris nicht bewegte.
»Vier Minuten ... dann erreichen uns die Echo-Sonden. Zwölf Minuten ... dann die Zero-Zerstörer. Amun, wir brauchen deren Hilfe!«, sagte Shanaris, was sich merkwürdig anfühlte.
Shanaris und Kezia teilten sich einen Körper, wobei er sich dessen nicht bewusst schien. Seine Gefühle lesen konnte sie nicht. Kezia versuchte auch erneut, in Amuns Gedanken einzudringen, war ebenfalls nicht funktionierte. Die Reise, die ihre Tochter Kezia ermöglichte, hatte auch Grenzen.
Noch nicht, flüsterte eine weibliche Kinderstimme, ihre Tochter war immer noch bei ihr. Kezia verstand nicht, warum sie das sagte, fügte sich aber und versuchte nicht mehr, in andere Köpfe einzudringen.
»Dauerbeschuss verstärken! Wir müssen diesen Energieschild brechen!«, befahl Amun, deren kompromisslose Art Kezia überraschte.
»Funkspruch absetzen! Wir informieren die Saoirse-Flotte über unser Kommen! Wir öffnen unsere Firewall und übergeben alle Informationen, die wir haben! Wir bitten den Master Carrier, das Kommando über unsere Flotte behalten zu dürfen und um Unterstützung bei der Vernichtung der Replikantin Kezia!«
Zwei andere Offiziere setzten ihren Befehl sofort um. Kezia verfolgte jeden ihrer Handgriffe.
»Die werden uns töten!«, rief jemand von der Seite.
»Wir haben keine Wahl ... wenn wir abdrehen, werden die uns erst recht vernichten!« Amun setzte alles auf eine Karte.
»Bestätigt.«
»Und?«, fragte Amun eine Sekunde später.
»Die wachhabende KI wünscht eine Erläuterung der Bedrohung!«, erklärte ein Lerotin vor Kezia.

»Sag ihm, dass er mal versuchen kann, den Energieklumpen vor uns zu übernehmen!« Amun zeigte sich schnippisch.
»Wir bekommen neue Manöver-Informationen. Wir sollen einen Korridor einnehmen, in dem uns das Kreuzfeuer der Zeros nicht trifft ... die machen mit! Wir haben auch bereits eine Saoirse-KI der Echos im System, die unsere Datenbank analysiert.«
»Haben wir noch die Kontrolle über unser Schiff?«, fragte Amun.
»Ja … die KI bleibt passiv!«
»An alle! Wir kooperieren und befolgen alle taktischen Anweisungen! Verändert unseren Anflugwinkel! Volle Gefechtsbereitschaft!«, rief Amun kämpferisch.
Kezia dachte darüber nach, was das bedeuten konnte? Saoirse, das war der Name der Organisation, die auch das Habitat gebaut hatte. Waren das Freunde oder Feinde?
»Vier Zeros gehen in Position, mehrere Geschwader Abfangjäger starten von den Trägerschiffen! T-60 Sekunden! Dann geht der Feuerzauber los!«, erklärte der weibliche Lerotin-Offizier an der Gefechtskonsole.
Gleich würden noch mehr Gegner auf den Gleiter schießen! Kezia schluckte, würde der Energieschild das verkraften? Und würde das Chassis den Belastungen standhalten können?
»T-30 Sekunden!«, rief Amun durch die Kommandozentrale. »Navigator, auf welchen Planeten fliegen wir zu?«
»Nemesis.«
Die Antwort hätte auch Kezia geben können, auch wenn sie die Bedeutung dieser Welt noch nicht verstand.
»Wieso Nemesis?« Amun stutzte. »Wie viele Zerstörer der Zero-Klasse befinden sich in diesem Quadranten?«

»Zwölf.«

Kezia sagte die Menge nichts.

»Warum schickt die Saoirse-Organisation zwölf Kriegsschiffe nach Nemesis?«, fragte Amun, deren verdutzter Gesichtsausdruck Kezia zeigte, dass sie diese Welt mit etwas von Iris verband.

»Wir haben nur wenige Daten über Nemesis in unserer Datenbank. Eine wirtschaftliche Nutzung war immer ...«

»Ich weiß!« Amun schnitt dem Lerotin an der Konsole das Wort ab und bedankte sich mit einer Handgeste.

»Die Zeros haben das Feuer eröffnet! Die ersten Salven treffen jetzt!«, sagte die Lerotin an der Gefechtskonsole.

Wir gehen, flüsterte ihre Tochter. Kezia spürte wieder einen Schlag auf die Brust, noch einen, von allen Seiten gingen Schläge auf sie nieder. Sie schrie, nein!

Binnen eines Lidschlages zog es sie wieder aus Shanaris‘ Körper heraus und sie schnellte mit den Garben der Angreifer auf den Gleiter zurück, dessen Energieschild weiter standhielt.

»Nein!«, brüllte Kezia erneut, sie war wieder in ihrem Körper zurück, ein schmerzliches Wiedersehen, da der Innenraum des Gleiters inzwischen stark verformt war. Nadja hielt sich immer noch an der Halterung fest und ihr hatte ein Teil der Bordwand die Beine eingeklemmt.

»Du musst dich wehren!« Kezias Tochter musste endlich zurückschlagen! Wieder eine Wehe, die Geburt hatte angefangen.

Noch nicht, klang die Kinderstimme erneut grausam harmonisch. Worauf wartete ihre Tochter bloß?

Der Riss am Boden des Raumschiffes wurde immer breiter, Kezia hätte bereits den Arm ins All halten können. Ein Ruck ging durch das Chassis und die nächste Erschütterung riss das komplette Vorderteil des Gleiters ab, was ihnen eine freie Sicht ins brennende Weltall gewährte. Wie eine Flüssigkeit lief das schwarze Licht aus dem offenen Rumpf heraus. Alle Geschosse und Laser kamen von der linken Seite und wurden vom schwarzen Energieschild ständig weiter verschluckt. Das würde nicht mehr lange gut gehen, an der Wand hinter Kezia bildeten sich weitere Risse.

»Wir fliegen schnurstracks auf den Planeten zu ... wenn wir nicht vorher explodieren, werden wir wie ein Asteroid auf der Oberfläche aufschlagen«, rief Nadja.

Dazu würde es nicht kommen, das wusste Kezia, der Beschuss der Zeros nahm zu und der Abstand zu Nemesis wurde kürzer.

Bitte erkläre es mir, dachte Kezia, die mittlerweile in kurzen Abständen Wehen hatte.

Noch nicht, Kezia wollte es nicht mehr hören. Die Spannung, die Wehen, die Ungewissheit zerrte an ihren Nerven.

Stille.

Der Beschuss hatte aufgehört. Warum? Kezia erkannte dafür keinen Grund. Die vier riesigen Zero-Zerstörer befanden sich in einer V-Formation so nah vor ihr, dass sie die unzähligen Aufbauten, Landedecks und Geschütztürme erkennen konnte. Sicherlich waren diese Raumschiffe mehrere Kilometer lang, und über deren dunkler Oberfläche schillerte ein aus der Nähe deutlich zu erkennender Schutzschild.

Und was bringt das, fragte sich Kezia, auch wenn sie sich verteidigen konnte, womit sollte sie diese fliegenden Festungen angreifen?

Jetzt, flüsterte ihre Tochter, einem Engel gleich. Kezia verstand endlich, worauf sie gewartet hatte, ihre Gegner waren in der Lage, sie beliebig häufig anzugreifen, sie hingegen hatte nur einen einzigen Schlag. Nur einen. Ein Schlag, um die Flotte ihrer Feinde zu vernichten. Ein Schlag, um die gesamte Energie, die der Kokon aus schwarzem Licht bislang absorbiert hatte, binnen dem Bruchteil einer Sekunde wieder abzugeben. Ein Schlag, der das nachtschwarze Weltall für einen Moment zum Tag werden ließ.

Die Schockwelle vernichtete die vier Zerstörer der Zero-Klasse auf der Stelle. Die Schutzschilde, die Panzerung oder auch die schiere Größe konnten die Raumschiffe nicht davor bewahren, jeweils in einer endlosen Stafette von Explosionen unterzugehen. Auch die ausgeschwärmten Abfangjäger zerschellten in dem Inferno an den Mutterschiffen, krachten in die Lerotin-Flotte und verglühten in der nahen Atmosphäre von Nemesis.

Der Lerotin-Armada, die einen größeren Abstand zu den Schockwellen hatte, erging es nicht besser. Kezia, die sich immer noch in dem auf die Oberfläche von Nemesis abtrudelnden Gleiter befand, beobachtete aus dem zerstörten Vorderschiff heraus, wie die meisten Raumschiffe der Lerotin auf den Planeten stürzten. Auch wenn die Schockwelle sie nicht auf der Stelle zerfetzt hatte, dürften sämtliche elektronischen Bordsysteme ausgefallen sein.

Gleich einem Meteoritenschauer gingen die Lerotin und die verbliebenen Saoirse-Abfangjäger als Feuerbälle auf Nemesis nieder. Der Wut ihrer Tochter konnte keine Technologie etwas entgegensetzen.

In der Ferne sah Kezia, dass die Schockwelle auch zwei weitere große Saoirse-Raumschiffe in Bedrängnis gebrachte hatte, die, ebenfalls von der Gravitation Nemesis‘ erfasst, hilflos auf den Planeten stürzten.

»Wir stürzen ab!«, rief Nadja aufgebracht, deren Gesichtsausdruck nach, sie die neue Situation noch nicht verstanden hatte.

»Das tun alle«, antwortete Kezia, die keine Angst mehr verspürte. Alle stürzten auf Nemesis ab. Kezia würde überleben. Die anderen nicht.

***

XLIV. Geborgenheit

Mit Kopfschmerzen öffnete Kezia die Augen. Was war passiert? Wo war sie? Ihr Körper fühlte sich an wie ein verdorrtes Stück Holz, das jemand in der Sonne zurückgelassen hatte. Sie sah nichts, ungelenk versuchte sie, sich die Augen zu reiben. Was nicht funktionierte. Warum trug sie einen zerfetzten Handschuh?

Jetzt reiß dich zusammen, rief sie sich in Gedanken zu. Der Handschuh war Teil ihres Raumanzuges, der sie im Weltall vor Kälte, Strahlung und Druckabfall geschützt hatte. Kezia öffnete erneut die Augen. Sie befand sich nicht mehr im All! Sie war auf Nemesis! Lebend! Erleichtert atmete sie weiter und versuchte, sich aus ihrer verdrehten Lage aufzurichten, was mit dem Kopf schräg hintenüber und eingeklemmten Beinen nicht so einfach war. Ihre Tochter verpasste ihr einen kräftigen Tritt in den Magen, der Kleinen ging es gut. Jetzt musste sie sich nur noch befreien. Das Visier ihres Helms war zerbrochen, was ihr zeigte, dass sie den Raumanzug nicht benötigte.

»Nadja!«, rief Kezia, die in ihrer Lage eine helfende Hand gebrauchen könnte. Bisher hatte Rubens Freundin auch alles überlebt, sie sollte endlich den Mund aufmachen.

Niemand antwortete. Kezia konnte nur einige Verkleidungselemente hören, die in der Nähe lose umherflatterten. Von der Seite schien die Sonne in das Wrack, der Gleiter war völlig zerstört.

»Nadja, lebst du noch?«, fragte Kezia, was an sich eine sinnlose Frage war. Sie würde sich selbst helfen müssen, wieder auf die Beine zu kommen. Bestimmt hatte Nadja gerade ähnliche Probleme, sich zu befreien, oder suchte sie.

Kezia zog sich an einem zerfledderten Kabelstrang, der vor ihrer Nase herumbaumelte, in eine bessere Position, trat ein Schrankelement weg, das ihr die Sicht nahm, und rutschte über eine Schräge wieder in eine stehende Position. Im Gleiter befand sich nichts mehr an der Stelle, wo es hingehörte. Ein rotblauer Laufvogel hüpfte durch das Wrack und sah sich neugierig um.

»Na du ...«, sagte Kezia und löste die Manschette des Helms. Es knirschte, was das scheue Tier sofort vertrieb. Auch den übrigen Raumanzug legte sie ab, unter dem ihre Haut ähnlich schwarz wie zuvor aussah. Wo war Nadja?

»Nein ...«, flüsterte Kezia, die weder die Präsenz von Nadja noch die von Ruben spüren konnte. Das war kein gutes Zeichen. Das Schicksal Nadjas klärte sich umgehend, sie befand sich keine zwei Meter neben ihr. An ihrem zerschmetterten Oberkörper fehlte die komplette linke Schulter und ihre offenen Augen blickten leer an ihr vorbei. Der Aufprall hatte sie in zwei Teile zerrissen.

»Wie kann das sein?«, fragte Kezia und sah an sich herab. Die Wölbung ihres Babybauchs war nicht zu übersehen, ansonsten hatte sie keinen Kratzer. Nicht einen. Es war nicht nachzuvollziehen, warum Kezia diesen Absturz völlig unbeschadet überlebt hatte. Wenn sie länger darüber nachdachte, war es noch nicht mal zu verstehen, warum der abstürzende Gleiter nicht bereits in der Atmosphäre verglüht war?

»Ruben!«, rief Kezia, doch sie bekam auch von ihm keine Antwort. Ihr Bruder lebte noch, an etwas anderes wollte sie nicht denken. Sie würde ihn finden. Aufmerksam stieg sie durch das zerstörte Wrack. Ihre Suche dauerte nicht lange. Der Treppenaufgang aus dem Unterdeck heraus bot ihr keinen Durchlass.

Sie riss wütend ein Verkleidungsteil weg, was sie aber nicht weiterbrachte, hinter der Abdeckung lagerten nur in Folie verschweißte Nahrungsmittel und einige Medikamente.
»Verdammter Mist!« An dieser Stelle würde sie nicht zum medizinischen Zentrum vordringen können. Sie musste einen anderen Weg finden. Hoffentlich hatte die AMENS Einheit der Lerotin Ruben während des Absturzes am Leben halten können.
»Was für eine Landung!«, stellte Kezia fest, als sie das Wrack des Gleiters verließ, der sich mit einer mehrere Hundert Meter langen Schneise in den tropischen Regenwald gegraben hatte.
Kezia sah in die andere Richtung, der Gleiter hatte, mit dem Heck vorweg, unzählige Bäume und einen riesigen Haufen Erde angehäuft. Ein unglaubliches Bild, das aber noch von dem Schauspiel über ihrem Kopf übertroffen wurde.
Der gesamte Himmel begann zu brennen. Die Bruchstücke der im Weltall zerstörten Raumschiffe stürzten als glühende Feuerbälle auf die Oberfläche herab. Hier würde es gleich ungemütlich werden, dachte Kezia und blickte wieder suchend zum Wrack. Sie musste sich beeilen, Ruben zu bergen. Der erste Einschlag ließ den Boden vibrieren, der zweite und dritte erfolgten Sekunden später.
»Das ist viel zu nah«, sagte Kezia. Von da an konnte sie die Anzahl der Erschütterungen nicht mehr zählen. Binnen kürzester Zeit fing jeder zweite Baum an zu brennen. Dunkle Rauchschwaden durchzogen den blauen Himmel und verdeckten die Sonne. Kezia und Ruben mussten aus dem Wald heraus, hier würde gleich eine Feuerhölle losbrechen.
»Ruben, wo bist du?«, fragte Kezia ratlos. An dem zerstörten Lerotin-Gleiter konnte sie keinc weitere Öffnung erkennen.

Eine Explosion ließ sie in den Dreck fliegen. Kezia schrie. Alles war voller Feuer. Ein Bruchstück war dicht neben dem Wrack eingeschlagen. Alles brannte. Nein, sie würde Ruben nicht verbrennen lassen.

Hab keine Furcht, flüsterte eine Mädchenstimme ihr zu. Die würde sie nicht haben. Kezia raffte sich auf. Ohne zu zögern, rannte sie durch die Flammen auf das Wrack zu und schlug mit der Faust die Außenwand des Gleiters in Stücke.

Wieder im Gleiter, wussten ihre Beine, wohin sie zu laufen hatten und ihre Hände führten jede notwendige Bewegung aus, um alles beiseite zu räumen, was den Weg zu Ruben versperrte. Kezia handelte, ohne nachzudenken. Alles schien völlig klar zu sein. Es gab nur diesen einen Weg. Sie brauchte Ruben. Unbedingt. Sie wollte nicht allein sein. Nicht auf dieser Welt.

Der Tod ist der Anfang, flüsterte ihre Tochter, Kezia hatte Ruben gefunden. Tot. Die AMENS-Einheit war beim Absturz ebenfalls zerstört worden und ihr Bruder wurde zerquetscht. Sie schrie. Fiel weinend auf die Knie. Nein. Nicht Ruben! Als ob ihr jemand mit der Faust in die Brust griff und ihr Herz herausriss. Alles fiel in sich zusammen.

Der Tod ist der Anfang, hatte ihre Tochter gesagt, welchen Anfang meinte sie? Der Tod war das Ende! Sem, Nadja und jetzt Ruben, jeder in ihrer Nähe musste sterben! Wieso sollte Kezia weitermachen? Am Boden sitzend, strich sie sich über ihren dunklen Bauch. Für sie. Ihre Tochter war die Antwort. Sie war der Anfang. Für sie wollte sie leben. Und nur für sie wollte sie sterben. Für ihre Tochter!

»Elias!«, schrie Kezia. Jetzt würde sie ihn suchen. Entschlossen stand sie wieder auf und verließ das Wrack. Das Kind, ihre Flucht, Elias, ihr Plan hatte sich nicht verändert.

Vor dem Wrack stand alles in Flammen. Feuer. Sie sollte beginnen, die Flammen mit neuen Augen zu sehen. Aus der Asche würde neues Leben entstehen. Feuer war der Geburtshelfer des Lebens. Sie würde Leben gebären. Feuer war ihr Verbündeter. Eine einfache Logik. Für Kezia gab es keinen Grund mehr, Flammen zu fürchten.

»Elias!«, schrie sie erneut durch die Flammenhölle, die sie nicht verletzen konnte. Aus der Glut würde sie sich erheben und neues Leben schenken. Alles sollte brennen!

Kezia ging weiter. Vor ihr lag ein See, dessen Ufer nahezu komplett in Flammen standen. Nur das Wasser wehrte sich noch, zu brennen. Ständig schlugen weitere Bruchstücke in die Oberfläche von Nemesis ein. Die fortwährenden Erschütterungen ließen die glühende Asche auf dem Boden vibrieren. Obwohl es mitten am Tag war, hatten rußschwarze Wolken den Tag zur Nacht gemacht.

»Elias!«, rief Kezia heiser. Wo war er? Sie ging weiter, ohne den Weg zu kennen. Immer den Beinen nach. Sie vertraute auf ihre Intuition. Zwischen den Wolken stießen zwei Saoirse-Abfangjäger auf sie zu und eröffneten sofort das Feuer. Hatten die immer noch nicht genug? Die Raumschiffe hielten genau auf sie zu.

Die Laser-Garben verfehlten Kezia knapp und schlugen brennend in den Boden. Die schossen auf sie und trafen nicht. Ein Fehler, den die Piloten nicht wiederholen würden.

»Brennt!«, sagte Kezia leise. Die Abfangjäger fingen in der Luft Feuer und krachten führungslos in brennende Bäume.

»Brennt alle!« Kezia sah ihnen ohne Bedauern nach. Die Feuersäulen, die bei den Abstürzen entstanden, ragten hoch in die dunklen Wolken empor. Sie würde alle ihre Feinde verbrennen!

Kezia ging weiter auf einen Hügel zu, der sich in der Nähe des Sees aus der Asche erhob. Der Boden unter ihren Füßen zitterte. Rechts von ihr krachte in einiger Entfernung ein Zerstörer der Zero-Klasse auf die Oberfläche. Der Lichtblitz überblendete für einen Moment die staubige Dunkelheit. Ein Erdbeben zwang sie in die Knie. Es roch nach verbranntem Fleisch.

»Wartet!«, rief Kezia, am Hügel sah sie ein dunkles Shuttle in die Luft steigen, das ein feuerroter Lichtkranz antrieb. Die verließen Nemesis. Da waren Menschen an Bord. Horizon Menschen, das merkte sie sofort. Die Emotionen, die sie wahrnehmen konnte, verwirrten sie. Die Menschen in dem Gleiter fürchteten sie.

Ein weiteres Shuttle stieg aus der Asche empor. An Bord befand sich Anna. Die Anna, die sich an Elias herangemacht hatte. Das hätte sie nicht tun dürfen. Dafür würde sie brennen! Doch würde Elias das verstehen? Würde er ihre bedingungslose Liebe verstehen?

Kezia konnte auch Elias spüren, der sich in der Nähe befand. Wenn sie Anna töten würde, könnte sich Elias von ihr abwenden, nein, das würde sie nicht ertragen können.

Wartet kurz, dachte Kezia und beobachtete, wie das Shuttle, mit Anna an Bord, beim Steigflug mit einer Aschewolke kämpfte. Elias befand sich noch am Boden. Sie würde Anna einfach ziehen lassen. Das Schicksal war auf Kezias Seite.

»Elias!« An Bord des nächsten Shuttles befand sich Elias, der nicht bemerkte, wie nahe sie ihm war. Bei allen Fähigkeiten, auf die Kezia zählen konnte, fliegen gehörte nicht dazu. Sie musste den Start des Shuttles verhindern.

»Bleib bei mir!«, schrie Kezia und konzentrierte sich auf das rote Licht des Shuttles. Das Feuer war ihr Freund, und ihr Freund würde ihr helfen, Elias zu behalten.

»Bleib bei mir!«, rief Kezia, während bereits Flammen aus dem Antrieb schlugen und das Shuttle wieder an Höhe verlor.

»Bitte!« Mit Herzklopfen sah Kezia, wie das dunkle Chassis hart auf den Boden schlug. Sie rannte los. Gleich würde sie bei ihm sein. Gleich würde sie ihn in den Armen halten.

Wieder schossen Soldaten auf sie, vier waren es, warum taten die das? Sie wollte nichts von denen. Krieg bedeutete Tod. Mit einer belanglosen Geste ihrer Hand ließ sie deren Köpfe platzen. Was für unnütz verschwendete Leben!

Kezia betrat das abgestürzte Shuttle-Raumschiff, das für die meisten Insassen zur Todesfalle geworden war. Elias lebte aber noch, das wusste sie, mehr interessierte sie nicht.

»Was ist das für ein Monster?«, rief jemand von der Seite, Kezia sah ihn nur kurz an, die sollten besser ruhig sein, sein Hirn flog gegen die verrußte Verkleidung, der würde sie nicht mehr stören.

»Elias!«, rief Kezia, da lag er, verletzt, aber nicht schlimm, endlich, sie hatte so lange darauf gewartet. Sie schloss ihn in die Arme und alle Sorgen verflogen, als ob sie nie da gewesen wären. Ein tiefes Glücksgefühl durchströmte sie.

Die Realität würde Kezia nicht vergessen. Der Platz war nicht sicher, befand sie und entschied sich, wieder zu gehen. Sie nahm Elias auf die Schulter und trug ihn aus dem Wrack. Ihn zu tragen, bereitete ihr keine Probleme. Die Sterbenden störten sie, ihr Glück zu genießen. Elias war wieder bei ihr und würde sie nie wieder verlassen!

Kezia und Elias hatten das Wrack verlassen. Die Erde unter ihren Füßen bebte weiter. Inzwischen stürzten aus dem All keine weiteren Bruchstücke mehr auf die Oberfläche, weswegen das Inferno auf Nemesis aber noch nicht beendet war.

Kezia watete knietief durch Asche, soweit sie sehen konnte, hatte der Feuersturm alle Bäume niedergebrannt. Vor ihr ragte ein Felsen aus dem Grau heraus. Dort würde sie Elias eine Pause gönnen.

»Elias! Schatz, hörst du mich!«, fragte Kezia und küsste ihn zärtlich auf die Stirn. Sie würde ihn schlafen lassen. Elias trug ein weißes Halsband, das brauchte er nicht mehr. Mit der Hand riss sie es ab und warf es in die Asche. Es fing an zu regnen, grauer Ascheregen ging auf sie nieder, Kezia schützte seinen Kopf mit ihrem Oberkörper.

»Deine Tochter freut sich schon darauf, dich kennenzulernen.« Kezia lächelte, während hinter ihr die Reste des Shuttles explodierten. Dort lebte niemand mehr.

Nur eine breitschultrige Frau, mit kurzen Haaren und einem zerrissenen Einteiler stolperte ihnen hinterher. Auch sie riss sich ein Halsband ab. Wie Nadja, es gab immer welche, die sich nach Kräften weigerten, zu sterben. Kezia kannte sie nicht, hatte aber nicht vor, sie zu töten. Heute hatten bereits genug Menschen ihr Leben verloren. Sie würde auch nicht in ihren Kopf greifen, genauso wenig wie bei Elias. Er war der Vater ihrer Tochter, sie vertraute ihm.

***

XLV. Widerstand

Anna schrie, ungehört, in ihrer deaktivierten Delta-7 Rüstung gefangen, hatte sie Sequoyahs Folter hilflos mit ansehen müssen. Sie brannte vor Wut, wenn sie die Gelegenheit hätte, würde dieser geklonte Bastard auf der Stelle sterben.

»Und?«, fragte Gregor, dieses sadistische Schwein scheinheilig. Das hätte sie niemals von ihm erwartet.

»Der Gleiter hat sich für den Kurs nach Nemesis entschieden. Die Lerotin verfolgen ihn. Wer ist das und was will derjenige hier?«, fragte der Master Carrier, der Anna eher an ein schlecht erzogenes Kind erinnerte. Sprach da wirklich eine KI aus ihm?

»Ich habe keinen blassen Schimmer! Was ist denn an einem einzelnen Gleiter so ungeheuer gefährlich?«, fragte Gregor und sah in Richtung Sequoyah, die dringend medizinische Hilfe benötigte. Unter ihr hatte sich bereits eine große Blutlache angesammelt.

»Das werden wir herausfinden«, antwortete der Master Carrier mit einer Überheblichkeit, die ihresgleichen suchte. »Für den Tod von Sequoyah Chigonaai wirst du dich ebenfalls verantworten müssen!«

»Ja … das werde ich wohl.« Gregor lachte und Sequoyah sackte leblos in sich zusammen.

»Nein! Nein! Nein!« Anna schrie sich ihre Wut von der Seele, Sequoyah starb wie ein abgestochenes Tier. Das hatte sie nicht verdient! So einen Tod hatte niemand verdient! Damit durfte dieser Mörder nicht davon kommen! Egal wie sie tobte, sich wehrte oder an den Fesseln zerrte, sie blieb hilflos an der roten Gitterwand hängen und musste mit ansehen, wie Gregor gut gelaunt von zwei fliegenden Drohnen abgeführt wurde. Das war unerträglich!

Am Eingang tat sich etwas, als Gregor die Höhle verließ, flog ein ganzer Schwarm kleinerer Drohnen in die Höhle herein, die sich am Laser-Gitter angekommen, jeweils in noch größere Schwärme von Miniaturrobotern verwandelten. Ein Teil von ihnen setzte sich zu humanoiden Gestalten zusammen, die in blauen Arbeitsuniformen wie ganz normale Menschen wirkten.

»Was ist das denn?« Diese unglaubliche Verwandlung schüchterte Anna ein, so etwas hatte sie noch nie gesehen. Diese Technologie war ihrem Wissensstand weit voraus.

Der andere Teil des Miniatur-Roboterschwarms manifestierte sich in Werkzeugen, medizinischen Geräten oder Tragen. Egal was die Saoirse-Roboter benötigten, die bildeten sich einfach neu und verfügten in der Gruppe über den gewünschten Gegenstand.

Die Saoirse-Roboter, die wie Menschen aussahen, kümmerten sich um die Horizon-Überlebenden, die von den Aitair eingesperrt worden waren. Aus den fingernagelgroßen Maschinen wurden Männer und Frauen, die auch noch unterschiedlich aussahen und sogar mit den verängstigten Kindern Späße machten, die sie fürsorglich aus den Höhlengefängnissen heraustrugen. Es wurden Nahrung, Getränke und Decken verteilt, während sich Sanitäter um einige Verletzte kümmerten. Anna wollte es immer noch nicht glauben, die Saoirse-Roboter sahen nicht nur aus wie Menschen, sie verhielten sich auch so.

»Bitte! Bitte hört mir zu!«, rief der Master Carrier, der sich von einer fliegenden Plattform in die Luft heben ließ, die sich selbstverständlich ebenfalls aus den Mini-Maschinen gebildet hatte.

»Mir ist bewusst, was die Überlebenden der Horizon in den letzten sieben Jahren erlebt haben! Ich weiß auch, dass es schwer zu verstehen ist, wie viele Jahre seit eurer Abreise auf der Erde vergangen sind.«

Der Master Carrier setzte kurz ab, alle hörten ihm zu. »Wichtig ist aber nur eine Sache! Ich vertrete die Saoirse-Organisation und es ist mir eine unbeschreibliche Freude und auch Ehre, euch wieder sicher zurückbringen zu dürfen!«

Sogar dem Master Carrier standen Tränen in den Augen. Anna schluckte, sie musste vor Freunde weinen. Glück und Leid lagen an diesem Tag dichter zusammen, als sie es ertragen konnte. Sequoyah hatten nur wenige Minuten gefehlt, um gerettet zu werden.

Die Menge tobte vor Freude. Fast alle lagen sich weinend in den Armen und ließen ihren Emotionen freien Lauf. Annas Visier öffnete sich, sie weinte um Sequoyah und freute sich für alle anderen.

»Die Kämpfer, die sich noch in der Arretierung befinden, bitte ich um etwas Geduld. Wir werden euch gleich befreien, nachdem alle Zivilisten sicher zu den Evakuierungsschiffen gebracht wurden.«

Nachdem Anna bereits einige Zeit in der Falle saß, störten sie ein paar Minuten Wartezeit auch nicht mehr. Merkwürdig war diese Vorgehensweise trotzdem.

»Ich liebe dich!«, rief Elias zu ihr herüber. Es war wunderschön, ihn lachen zu sehen. Mit einem Kloß im Hals nickte Anna ihm zu, ihr fehlten gerade die richtigen Worte. Gleich würde sie ihn wieder in die Arme schließen können.

Die Höhle leerte sich. Der Master Carrier schwebte wieder zu Boden.

»Wir haben leider wenig Zeit! Bitte hört mir zu! Wir fangen an, euch einzeln freizuschneiden. Bitte bewahrt Ruhe und folgt den Betreuern auf die bereitstehenden Shuttles.«

»Kann man die Arretierung nicht einfach lösen?«, fragte General Hennessy aufmerksam.

»Wir wollen verhindern, dass die Energiezelle instabil wird. Die Aitair-Technologie ist nicht gerade sehr zuverlässig ... wir haben deshalb auch die Zivilisten zuerst herausgebracht«, erklärte der Master Carrier, während sich der Roboterschwarm daran machte, die Rüstungen der Kämpfer aufzuschneiden.

»Wir sind dabei! Meine Männer werden deinem Kommando folgen!«, ordnete Hennessy an.

Anna wollte nicht wissen, wie er sich fühlte. Sequoyah war sieben Jahre lang seine Partnerin gewesen und er musste ihren Foltertod tatenlos mit ansehen. Die vage Vorstellung, auch Elias zu verlieren, verdrängte sie sofort wieder.

»Was ist mit Gregor?«, rief Elias und drückte damit eine Frage aus, die vielen auf der Zunge lag. Alle sahen den Master Carrier an, der auf Elias zuging.

»Er wird seine Strafe bekommen!«, antwortete er souverän.

»Übergib ihn uns! Wir regeln das! Das geht schneller!« Elias' Augen blitzten, Anna würde ihm sogar das Messer reichen, um Gregor den Kopf abzuschneiden.

»Gab es vor 10.000 Jahren noch keine Gerichte?«, fragte der Master Carrier und sah sie an. Alle schwiegen. Anna konnte deutlich Elias' Wut verspüren, sich gegen die Saoirse-Gerichtsbarkeit aufzulehnen.

»Bitte vertraut mir! Ich verstehe euren Schmerz! Er wird seine gerechte Strafe bekommen! Wenn wir hier weg sind! Zuerst müssen wir Nemesis schnellstens verlassen!«

Ob es klug war, mit dem Master Carrier zu streiten? Elias, lass es, dachte Anna. Gregor würde ihnen nicht weglaufen.

Elias setzte wieder an. »Das ist ...«

»Elias! Bitte!«, rief Anna und sah ihn an. Mit den Augen bat sie ihn, nicht weiter zu streiten. Er zögerte, gab dann aber nach.

»Danke. Ich verstehe, dass Besonnenheit in dieser Situation nicht selbstverständlich ist.« Der Master Carrier gab General Hennessy freundschaftlich die Hand, der sie zwar annahm, aber im nächsten Moment versuchte, Gregor zu verfolgen, der bereits die Höhle verlassen hatte. Weit kam Peter nicht, ein Mann an der Seite des Master Carriers verwandelte sich in einen Schwarm Miniatur-Roboter, flog ihm hinterher, verwandelte sich wieder in einen Menschen und hielt ihn fest.

»Ich will ihn mit meinen Händen erwürgen!« Hennessy wirkte wahnsinnig vor Wut, sein Albino-Gesicht war puterrot.

»Hört mir gut zu!« Der Master Carrier wurde ernst. »Es gibt kaum eine Frage, die das gesammelte Wissen der Saoirse-Organisation nicht beantworten kann und es gibt auch nur noch wenige Welten, die wir nicht kontrollieren ... aber gerade in diesem Moment werden wir von einer unbekannten intelligenten Spezies angegriffen!«

»Wer soll das sein?«, fragte Peter erschrocken.

»Das wissen wir nicht! Aktuell versuchen wir, es mit der Feuerkraft von vier sehr großen Kriegsschiffen zu zerstören. Dummerweise lässt sich das Raumschiff nicht von seiner Flugbahn abbringen!«

»Und was haben wir damit zu tun?«, fragte Peter verunsichert.

»Mit dieser Rettungsaktion gefährden wir unsere gesamte Flotte! Also versucht, euch nicht mehr zu widersetzen!«, erklärte der Master Carrier in aller Deutlichkeit.

Anna staunte nicht schlecht, man sollte den Master Carrier sicherlich nicht aufgrund seiner jugendlichen Erscheinung bewerten. Ob Roboter oder Mensch, der Verstand hinter der Fassade war alles andere als ein Jugendlicher.

Der Roboter-Mensch, der Hennessy eingefangen hatte, legte ihm ein weißes Halsband um, das sich einen Moment später schwarz färbte. Ein Raunen ging durch die bereits befreiten Horizon-Kämpfer, da Hennessy ab diesem Moment nicht mehr in der Lage war, zu sprechen, was ihn sichtlich störte.

»Es ist auch zu eurer Sicherheit! Bitte lasst euch helfen!«, erklärte der Master Carrier, während jeder Soldat und auch jeder Lerotin eines von den Halsbändern verpasst bekam.

Auch Anna, deren Delta-7 Rüstung gerade aufgeschnitten worden war, erhielt einen dieser elektronischen Maulkörbe. Sie konnte danach weder sprechen noch sich schnell bewegen. Wie Kriegsgefangene wurden sie abgeführt.

Was passiert hier, fragte Anna sich. War die Saoirse-Organisation wirklich ihre Rettung? Oder ihr Untergang? War die Geschichte dieses merkwürdigen Angriffes wahr, oder nur eine Finte? Seit Gregors Verrat hatte Anna Probleme, ihr Vertrauen neu zu vergeben. Eine Stimme in ihr rief sie auf, zu flüchten, sie sollte laufen, so schnell sie konnte. Ein Ratschlag, für den es zu spät war.

»Meldung wiederholen!«, rief der Master Carrier überrascht mit der Hand am Ohr. »Ich will sofort eine komplette Schadensmeldung haben! Notfallprotokolle aktivieren! Und analysiert mir endlich dieses verdammte Energieschild! Es kann doch nicht sein, dass ein Raumgleiter dieser Größe nicht zu zerstören ist!«

Anna konnte nur vermuten, dass der angedrohte Angriff auf die Saoirse-Flotte wirklich stattgefunden hatte. Scheinbar erfolgreicher, als es sich der Master Carrier vorgestellt hatte. Wer war diese unbekannte Spezies, von der er sprach? Hatte die übermächtige Saoirse-Militärmaschinerie etwa ihren Meister gefunden?
»Vier Zeros vollständig zerstört, drei weitere drohen auf Nemesis abzustürzen? Wie ist der Gefechtszustand der Trison?« Der Master Carrier nickte und verließ die Höhle umgehend durch das von ihm bereits zuvor erschaffene Portal.
»Wir haben einen Notfall. Unsere Flotte befindet sich im Gefecht. Wir müssen sofort in die wartenden Shuttles.«, erklärte einer der Roboter-Menschen in blauer Arbeitsuniform, der das Kommando übernahm. Eine Aufforderung, der niemand widersprechen wollte. Anna blickte noch der blauen Lichtscheibe nach, die sich nach dem Verschwinden des Master Carriers auflöste. Warum benutzen sie nicht alle diesen Weg?

Mit dem Halsband fiel es Anna schwer, sich zu konzentrieren. Auch ihr Zeitgefühl litt, sie vermochte nicht zu sagen, ob sie fünf Minuten oder eine Stunde darauf gewartet hatte, auf das rettende Shuttle gebracht zu werden. Nur bei einer Sache war sie sich sicher, Nemesis wollte sie nie wieder betreten.
»Wie geht es dir?«, flüsterte Dan'ren, die, endlich im Shuttle angekommen, von einem Roboter-Menschen auf den Platz neben sie gesetzt wurde.
Mehr als einen Krächzlaut brachte Anna mit dem aktivierten Halsband nicht hervor.

»Versuche nicht mit Gewalt, zu sprechen ... je mehr du dich anstrengst, umso mehr du dich auflehnst, desto mehr wird dir das Halsband die Stimme nehmen.

»Ja ...« Anna hauchte mehr, als dass sie ja sagte.

»Genau so ... spreche leise und entspannt aus dem Bauch heraus. Das Halsband soll nicht verhindern, dass du sprichst ... es soll dich nur davon abhalten, rumzuschreien oder unter großer Anstrengung zu sprechen.« Dan'ren hatte das Prinzip schnell verstanden und strich sich eine kupferfarbene Locke aus dem Gesicht.

»Etwa so?«, sagte Anna, die es jetzt besser raus hatte.

»Ja.« Dan'ren lächelte zurückhaltend.

»Spürst du das auch?«, fragte Anna, die sich beim Start des Saoirse-Shuttles überhaupt nicht wohlfühlte.

»Was? Den Start?«

»Nein ... da ist noch was ...« Anna konnte ihre Empfindungen nicht besser beschreiben. Jemand, der ihr nahe stand, befand sich in ihrer Nähe. Anna schaffte es aber auch nicht, diesen Eindruck präziser zu formulieren, wenn sie versuchte, sich auf die Wahrnehmung zu konzentrieren, sah sie nur Asche und verbrannte Bäume.

»Elias?«, fragte Dan'ren, was naheliegend war. Elias war es aber nicht, er befand sich zwar nicht an Bord, dessen Präsenz sie allerdings im Shuttle, das ihnen folgte, deutlich vernehmen konnte.

»Ihm geht es gut ... nein ... da ist noch jemand, der uns gerade zusieht. Der sogar an mich denkt ... das ist völlig ...« Anna schluckte, sie empfand diese Aufmerksamkeit wie die eines Geistes, der sie mit brennenden Augen ansah und danach gierte, sie zu verschlingen.

»Anna ... deine Stirn ist ganz heiß. Bekommst du Fieber?«, fragte Dan'ren und strich ihr über den Kopf.

Das Saoirse-Shuttle sackte ab, was sofort einen durch die Halsbänder verunglückten Aufschrei der Passagiere hervorbrachte. Anna drückte es mit den Schultern gegen ein Haltesystem, das dafür sorgte, dass sie nicht unter die Decke knallte.

Das Triebwerk brummte niederfrequenter als zuvor. Die Lehnen der Sitze vibrierten und der Geruch von glühend heißem Metall zog durch die Kabine. Anna dachte an ein Leben nach dem Tod. Die Piloten erhöhten den Schub, um weiter steigen zu können.

»Eine Aschewolke macht uns gerade etwas Sorgen ... wir werden aber mit der Situation klarkommen und alle Passagiere sicher an Bord der Trison bringen«, erklärte eine tiefe Männerstimme. Beruhigend. Ob das auch eine KI war? Und was war die Trison? Einer von den Zero-Zerstörern, die sich im Orbit von Nemesis befanden?

»Bei dem Start verstehe ich deine Sorgen«, sagte Dan'ren, die während der Turbulenzen den Kopf zur Brust geführt hatte und entspannt die Augen schloss.

»Schon gut ...« Anna beließ es dabei, sie hätte sich ihr paranormales Geschwafel selbst nicht abgekauft. Der Tag war mies, sie hatte eine gute Freundin verloren, und zum Ausgang des Tages wollte sie sich noch keine abschließenden Gedanken machen. Das Saoirse-Shuttle fing sich wieder und gewann an Höhe. Ein unruhiger Flug. Hoffentlich würde sie nachher Zeit finden, mit Elias zu sprechen.

»Stürzen wir ab ...« Anna schreckte auf und das Halsband zog ihr sofort die Kraft aus der Stimme. Da war Feuer. Elias schrie. Etwas Schlimmes war passiert.

»Beruhige dich ... wir stürzen nicht ab«, sagte Dan'ren, die ihre besondere Verbindungen zu Elias nicht verstehen konnte.

»Wir nicht, aber das Shuttle hinter uns«, sagte einer von Peters Soldaten, der eine Reihe hinter Anna saß und zum Fenster heraus sah.

»Nein! Ne ...« Anna Stimme versagte, sie wollte aufspringen, was sie aber nicht schaffte. Sie kämpfte. Mit aller Kraft. Sie mussten sofort umkehren. Elias befand sich in dem Shuttle, er brauchte ihre Hilfe! Sofort!

»Was ist mit ihr?«, fragte Peters Soldat.

»Ihr Freund sitzt in dem Shuttle hinter uns ... Anna, bitte, dein Verlust ist schrecklich ... aber so kannst du Elias nicht helfen«, erklärte Dan'ren fürsorglich.

»Das Shuttle kracht gerade flach auf den Boden! Es ist nicht explodiert!«, erklärte der Soldat.

»Ich ...« Anna wollte sagen, dass sie umkehren mussten. Was das Halsband verhinderte. Elias lebte noch. Der Soldat sagte es doch! Sie mussten umkehren!

»Ich gebe ihr ein Beruhigungsmittel«, sagte eine Frauenstimme, die Anna nicht kannte. Etwas stach sie in den Arm, was sie in ein tiefes schwarzes Loch versinken ließ.

***

XLVI. Täuschung

Anna drehte sich auf die Seite und zog sich die Bettdecke vor den Bauch. Sie hatte von einem Kirschbaum geträumt und einem dicken Jungen, der darunter ganze Tage verschlief. Ein verrückter Traum. So gut hatte sie schon lange nicht mehr geschlafen.

Wo war sie? Langsam kehrten ihre Erinnerungen zurück, befand sie sich immer noch in einem Traum? Von draußen konnte sie den Sommer riechen, der durch das offene Fenster wärmend ihre Haut streichelte. Sie glaubte aufgewacht zu sein, aber ein Bett mit weißem Laken in ihrem Kinderzimmer auf Malta passte nicht zu den letzten Minuten ihrer Erinnerungen, bevor sie betäubt wurde.

Anna stand auf, sie trug ein kurzes blaues Nachthemd und ihre langen roten Haare fielen wallend auf ihre Brust. Das war definitiv ein weiterer Traum, wenn auch kein schlechter. Mit der Hand berührte sie behutsam den Holzrahmen des Bettes, schon als Kind hatte sie es geliebt, hier zu schlafen.

»Hallo?«, fragte Anna vorsichtig und fühlte, ob sie ein Halsband trug. Was nicht der Fall war. Sie ging ins Badezimmer und setzte sich auf die Toilette. Hoffentlich pinkelte sie sich in der Realität nicht gerade in die Hose, das wäre ihr peinlich gewesen. Diese Illusion wirkte unglaublich lebendig. Das war kein Traum. Allerdings war es auch absolut unmöglich, dass sie sich wieder in Malta in ihrem Jugendzimmer befand.

Anna spülte die Toilette, wusch sich die Hände und verließ das Zimmer. Alles war wie früher, die Illusion begann Anna zu ängstigen. Ihr Zimmer, der Flur und die alte Holztreppe, das war die Stadtvilla ihrer Eltern. Die Erinnerung an eine Zeit, die sie nie wieder erleben würde, fühlte sich unangenehm an.

»Hallo?«, rief Anna erneut und lief barfuß die Treppe hinab. Der Geruch von frischem Kaffee lockte sie zielstrebig in den Garten, in dem Dan'ren entspannt am Frühstückstisch saß und sich ein Brötchen mit Marmelade zubereitete. »Dan'ren?«

»Guten Morgen. Hast du gut geschlafen?«, fragte sie, als ob an dieser unwirklichen Situation nichts ungewöhnlich wäre. Die hohen Mauern aus Sandstein, die den Garten der Villa umgaben, hatten sich nicht verändert. Wie durch hohe Burgmauern beschützt, hatte Anna als Kind hier voller Freude gespielt.

»Ja ... ja ... helfe mir kurz. Ich habe gerade Probleme, die ...«, stotterte Anna, während sie sich zu der Lerotin an den Tisch setzte. Dan'ren trug ihre kupferfarbenen Haare zum Zopf geflochten und ein pastellgelbes Sommerkleid.

»Ich beneide dich um deine Erinnerungen. Die Erde ist die schönste Welt, die jemals von Menschen bewohnt wurde. Und Malta, ich liebe dein Elternhaus.« Dan'ren nahm ihre Hand. »Ich mag deinen Modegeschmack. So schön bunt. Das Kleid ist wunderbar, oder? Ist aus deinem Schrank, wenn es auch etwas kurz ist«

Anna glaubte, den Verstand zu verlieren. »Aber ...«

»Genieße es. Es ist kein Traum. Du bist wach und ich sitze vor dir. Das ist übrigens mein erstes Marmeladenbrötchen ... du solltest dir der Schätze in deinem Kopf bewusst werden«, sagte Dan'ren, ohne dass Anna ihr folgen konnte.

»Kein Traum?«, fragte sie verwirrt.

»Eine virtuelle Realität. Saoirse hat dieses Szenario allein aus deiner Erinnerung geschaffen und mein Bewusstsein als Gast eingeladen, um dir Gesellschaft zu leisten. Den Job als Kindermädchen hätte ich in deinem Elternhaus gerne gemacht.«

Dan'rens Worte blieben rätselhaft. Anna bemühte sich, die Ereignisse zu sortieren. »Befinden wir uns an Bord der Trison?«

»Physikalisch ja. Wir werden gut behandelt. Nichts von dem, was Gregor über Saoirse erzählt hatte, stimmte.«

»Und der Krieg der Lerotin früher ...«

»Basierte nur auf den Intrigen, die Gregor initiiert hatte. Die Lerotin waren die, die für die falschen Ziele zu kämpfen bereit waren«, erklärte Dan'ren und leckte sich Erdbeermarmelade von den Fingern ab.

»Wo ist Elias?«

»Auf Nemesis.«

»Lebt er noch?«

»Das weiß niemand. Das Shuttle ist erst einige Minuten nach der Bruchlandung explodiert ... aber ich möchte dir keine falschen Hoffnungen machen ...«

»Du glaubst, dass er tot ist?«, fragte Anna mit Tränen in den Augen.

»Ja.«

»Aber er ist klug ... er wird Wege finden, zu überleben ... er kann das schaffen!«

»Niemand kann auf Nemesis mehr überleben. Die gesamte Oberfläche steht in Flammen.«

»Wieso das denn?« Anna verstand das nicht, sie wollte es auch nicht verstehen. Elias' Tod zu akzeptieren, war sie noch nicht bereit.

»Ich verfüge nicht über alle Informationen ... ich habe nur mitbekommen, dass niemand an Bord der Trison jemals mit einer ähnlichen Lebensform konfrontiert worden ist. Dieser Alien war in der Lage, beliebig große Mengen Energie zu absorbieren und später wieder abzugeben.

Die Verluste in der Saoirse-Flotte resultierten aus einer einzigen gigantischen Schockwelle, die dieser Alien abgegeben hat, während er wie ein Komet auf Nemesis einschlug«, erläuterte Dan'ren.

»Lebt das Wesen noch?«, fragte Anna, die diese Geschichte nicht glauben wollte. Ein wichtiger Teil fehlte noch, da war sie sich sicher.

»Nemesis brennt ... ich habe keine Ahnung, ob der Master Carrier nachsehen wird ... ich würde flüchten!«

Flucht war immer eine Alternative, Konflikten aus dem Weg zu gehen, auch Träume boten die Möglichkeit, der Realität zu entfliehen, doch war das der richtige Weg? Wollte Anna, wie ein Kind behütet, vor der Wirklichkeit beschützt werden? Und sogar wenn Elias tot war, würde sie sich dem dauerhaft verschließen wollen? Anna liebte Elias. Daran würde auch sein Tod nichts ändern. In ihrem Herzen würde er ewig weiterleben. Sterben würde er mit ihr, erst wenn sie nicht mehr wäre, würden auch ihre Erinnerungen an ihn vergehen.

»Flucht ist nicht der richtige Weg!« Anna wollte nicht wegsehen, sie wollte auch nicht eingeschläfert oder mit schönen Erinnerungen an eine vergangene Zeit beruhigt werden.

»Ich verstehe dich nicht. Was beschäftigt dich?«, fragte Dan'ren und beugte sich zu ihr.

»Bitte ... ich liebe dieses Haus und alles, was damit in der Vergangenheit verbunden war. Meine Mutter, Haylee, mein Kindermädchen und sogar meinen Vater, auch wenn er nie Zeit hatte.« Anna schluckte. »Aber das ist die Vergangenheit! Ich lebe in der Gegenwart! Es gibt doch sicher einen Saoirse-Operator, oder?«, fragte Anna und sah sich um. Im Garten saß natürlich keiner.

»Ja ... den gibt es«, sagte Dan'ren zögerlich.

»Ich danke für dieses schöne Erlebnis, aber ich möchte zurück in die Welt, in der ich lebe. Bitte ... schaltet diese Simulation ab und lasst mich aufwachen!«
Anna schloss die Augen und ließ sich über den Rücken ins Meer fallen. Ohne darüber verwirrt zu sein, tauchte sie zur Oberfläche.

Anna öffnete die Augen und fand sich in einem ergonomischen Sitz wieder. Auf ihrer nackten Haut klebten unzählige Sensoren, die sich im nächsten Moment alle von selbst lösten, in kleine Roboter verwandelten und wegflogen. Es gab scheinbar wenige Dinge, die die Miniaturroboter nicht zu imitieren in der Lage waren.
Links von Anna stand eine junge Frau in einer dunklen Uniform, die ihr die Hand reichte, während sie mit der anderen Hand einen Morgenmantel bereithielt. Anna kannte sie nicht. Hoffentlich war das nicht wieder ein Traum.
»Hallo Anna ... ich hoffe, du konntest dich entspannen«, sagte die Frau, mit kurzen dunkelblonden Haaren und einem sympathischen rundlichen Gesicht.
»Wo bin ich hier?« Anna sah sich um, neben ihr befanden sich weitere Überlebende der Horizon, die sich, mit zahlreichen Sensoren behaftet, in ähnlichen Traumwelten befanden.
»Du bist auf der Trison, dem Saoirse Flaggschiff in diesem Quadranten. Ich bin deine Ärztin und ...«
Anna unterbrach sie. »Bin ich verletzt?«
»Nein ... körperlich bist du unverletzt. Seelisch ... kann ich dein Trauma noch nicht einschätzen«, sagte sie freundlich.
»Du behandelst hier Trauma-Patienten?«

»Die menschliche Psyche ist empfindlich ... nach schweren Verlusten oder anderen katastrophalen Ereignissen helfen geführte Träume, die Seele zu beruhigen.«

»Nicht bei allen ...« Anna lächelte.

»Du scheinst in vielen Dingen anders zu sein. Deine DNS wurde künstlich arrangiert. Du bist ...«

»Eine Replikantin, ich weiß.« Das menschliche Leben ließ sich nicht in feste Bahnen pressen. Anna war inzwischen stolz auf das, was sie war, sie lebte in dem Körper, den ihr Geist geschaffen hatte.

»Deine Erinnerungen sind allerdings nicht künstlich ... sie verweisen auf Major Anna Sanders-Robinson, die führende Wissenschaftsoffizierin an Bord der Horizon.«

»Ich habe mein Gedächtnis auf eine Replikantin übertragen ... mein erster Körper stürzte vor sieben Jahre in eine Sonne.«

»Bemerkenswert ... diese Technologie gab es damals eigentlich noch nicht.«

»Ist das denn heute etwas Alltägliches?«, fragte Anna, die immer noch große Probleme hatte, die Zukunft, in der sie mittlerweile lebte, zu verstehen.

»Technisch schon ... es gibt allerdings Regeln, die den Umgang mit Gedächtnisreplikationen äußerst restriktiv behandeln.«

»Ich liebe Regeln!« Anna lächelte, Regeln waren nur für andere da, wie wohl die Ärztin auf ihre Spitze reagieren würde?

»Möchtest du in deine Kabine gebracht werden?« Die Ärztin ließ sich keine nennenswerte Reaktion abringen.

»Es gab ein Shuttle hinter uns, das abgestürzt ist. Sind Überlebende geborgen worden?«, fragte Anna. Elias war wichtiger, als die Überlegung, ob die Ärztin ein Mensch war.

»Leider nicht. Es gibt keine Überlebenden. Wir waren bedauerlicherweise auch nicht in der Lage, die Leichen zu bergen ... eine Tragödie. Jeder Tod ist ein Verlust«, erklärte sie mitfühlend.
»Eine Tragödie!« Die verarscht dich doch, dachte Anna und plante ihren nächsten Schritt. Die virtuelle Realität hatte sie hinter sich gebracht, jetzt galt es, ernst genommen zu werden. »Kann ich mit Dan'ren, der Lerotin sprechen?«
»Die Frau, die wir dir hinzugeschaltet hatten?«, fragte die Ärztin aufmerksam.
»Ja.«
»Sie ist wach ... warte.«

Anna wurde von der Saoirse-Ärztin durch einen Korridor zu einem Aufzug gebracht. Im Gegensatz zu dem komplett weißen Interieur und der klinischen Reinlichkeit der Lerotin-Raumschiffe wirkte die Trison wie ein Insektennest. Die Wände waren meist dunkel oder metallisch gehalten. Alles schien aus diesen Miniatur-Robotern zu bestehen, die die Oberflächen mit unzähligen kleinen beweglichen Teilen lebendig machten. Anna glaubte, sich im Inneren eines riesigen Roboters zu befinden. Sollte sie die Ärztin einfach fragen, ob sie ein Mensch war?
»Du hast mir nicht gesagt, wie dein Name ist ...«, sagte Anna, während sich die Aufzugstür öffnete und sie die Kabine betrat.
»Mein Name?« Die Ärztin lächelte, antwortete aber nicht. Sie blieb zurück. Die Aufzugtür schloss sich und die Kabine fuhr nach oben.
Neben Anna standen zwei junge Männer in blauen Arbeitsuniformen, die sie nicht beachteten. Die aufgesprühten weißen Einteiler der Lerotin und auch diese blauen Uniformen waren beide nicht gerade ein modischer Fortschritt.

Passend dazu lief sie barfuß mit einem Morgenmantel durch die Gegend. Super, dachte sie und sah überrascht an sich herab. Aus dem Morgenmantel hatte sich unbemerkt eine blaue Arbeitsuniform gebildet. Sie trug sogar Schuhe.

»Wo fährt der Aufzug hin?«, fragte Anna, doch die jungen Männer reagierten nicht. Waren das Roboter? Im Nachhinein betrachtet war die virtuelle Realität vorhin realer als diese Wirklichkeit.

Die Aufzugtür öffnete sich und Anna sah Dan'ren, die sie abholte. Sie fiel der Lerotin wortlos um den Hals und drückte sie fest an sich. Anna glaubte, kaum noch den Unterschied zwischen Realität, Traum und Simulation erkennen zu können.

»Hey ... was ist passiert?«, fragte Dan'ren, die mit zu viel körperlicher Nähe scheinbar nicht umgehen konnte.

»Nichts ... das ist das Problem.« Anna ließ die Lerotin wieder los und sah sich um. Der Aufzug hatte sie an einem komfortablen Wohnbereich herausgelassen, der in seinen erdenen Farbtönen warm und futuristisch wirkte, aber nichts beinhaltete, was sie nicht kannte. Da waren mehrere Sessel, eine Bar, ein Sofa und ein breites Fenster mit Blick auf die mit dunklen Wolken verhangene Welt Nemesis'.

»Bitte?«

»Die wollen mich in Watte packen!«

»Was ist Watte?«, fragte Dan'ren, die die gleiche blaue Arbeitsuniform wie sie trug.

»Schon gut.« Anna lächelte. »Es gab viele Tote ... ich kann damit umgehen. Ich brauche keine Schonbehandlung.«

»Für mich war es wie ein Traum, in deinem Traum zu sein ... ich habe die Erde gesehen. Meine Güte, ich werde noch sentimental.« Dan'ren hielt sich die Hand vor den Mund, als ob sie sich für ihre Gefühle schämen würde. »Ich habe die Erde noch nie zuvor gesehen und dank dir saß ich in einem wunderschönen Kleid im Garten am Mittelmeer.«

»Entschuldige.« Anna verstand, dass sie bei ihrem Egoismus nur ihre Perspektive im Blick hatte. Was für sie eine unerwünschte Illusion war, schien für Dan'ren ein fantastischer Rückblick auf ihre Wurzeln zu sein.

»Nein, nein ... du hast schon recht. Wir erleben gerade einen Krieg gegen einen Gegner, den wir nicht kennen ... danke, dass du mich erinnerst, mich gebührend zu benehmen.«

Anna schämte sich, Dan'ren nur als ihre Erfüllungsgehilfin verstanden zu haben. Die Lerotin schienen sehr streng erzogen zu werden. Gefühle betrachteten sie als Schwäche, die es im Leben bedingungslos zu meistern galt.

»Ich würde dir gerne später einmal von der Erde erzählen.«

»Erzählen?«, fragte Dan'ren neugierig.

»So wurde das früher gemacht ... Menschen trafen sich und erzählten einander, was sie in der Vergangenheit erlebt haben. Keine Technik und keine virtuelle Realität ... sie haben sich einfach unterhalten.«

»Das gefällt mir ... das machen wir.« Dan'ren lächelte und berührte vorsichtig ihre Hand.

»Ich vermisse Elias«, sagte Anna.

»Das kann ich verstehen ... auf Iris gibt es auch einen Mann, den ich sehr schätze, er hat lange blaue Haare und ist sehr pflichtbewusst. Ich hoffe, ihm geht es gut.«

Das waren Dan'rens erste Worte, mit denen sie etwas Privates aus ihrem Leben preisgab.
»Du schätzt ihn sehr?« Anna hörte aufmerksam zu. »Du liebst ihn doch, oder?«
»Ähm ...«
»Oh ...« Anna hatte sich erneut wie eine emotionale Planierraupe verhalten. »Du siehst, wir haben uns viel zu erzählen.«
»Ja.« Dan'ren lächelte. »Nur, haben wir jetzt Zeit dafür?«
»Leider nicht.« Dan'ren half Anna, wieder den Bogen zum Gesprächsbeginn zu finden. »Ich möchte nicht tatenlos einer sterbenden Welt zusehen! Ich möchte handeln und nach Elias suchen!«
»Ich vermute, der Master Carrier wird bei den aktuellen Ereignissen nicht mit uns sprechen wollen. Die haben gerade andere Sorgen.«
»Und wenn ich ihm ein Thema biete, das er gerne hören möchte?«, fragte Anna, die eine Idee hatte.
»Welche?«
»Er wollte doch eine KI, wie Vater eine war, haben.«
»Hast du noch eine?«
»Ich habe Vater geschaffen ... ich könnte es erneut tun.« Auch wenn sich Anna nicht sicher war, ob ihr das Kunststück gelingen würde. Mit dieser Idee wollte sie das Interesse des Master Carriers wecken.

***

XLVII. Einsamkeit

Als Anna in die Halle des Master Carriers kam, fühlte sie sich wie ein kleines Kind, das von ihrer Mutter zum ersten Mal mit in die Stadt genommen wurde. Angeblich befand sie sich immer noch an Bord der Trison, dem Flaggschiff der Saoirse-Flotte, was bei gut dreißig Meter Deckenhöhe kaum nachzuvollziehen war.

In der Mitte schwebte in über zehn Metern Höhe eine halbdurchsichtige gläserne Kugel, in der ein bärtiger Mann an der Innenseite laufend neu aufblitzende Symbole bestätigte. An den Wänden des riesigen Raumes konnte man in alle Richtungen ins Weltall und auf Nemesis blicken. Wobei die Sicht auf den mit rot-schwarzen Wolken verhangenen Planeten wenig Hoffnung zuließ. Kreisrund um die Mitte herum, agierten weitere Operatoren in ähnlichen Glaskugeln, die zur Hälfte in Vertiefungen im Boden eingelassen waren.

Ob der Typ in der Mitte ein Mensch war, fragte sich Anna, die Zweifel hatte, ob sich außer den Horizon-Überlebenden überhaupt lebendige Menschen an Bord befanden. Für einen menschlichen Operator in der Kugel sprach, dass eine KI wie Vater solche Kugeln nicht benötigen würde, um ein Raumschiff zu steuern. Eindeutig dagegen sprach, dass sich die Kugel im nächsten Augenblick mitsamt dem Operator in einen Miniatur-Roboterschwarm verwandelte und sich neben ihr als ein Paar bequeme Sessel neu manifestierte. Der technische Entwicklungsstand der Menschheit von 2268 reichte nicht, um die Saoirse-Nanotechnologie 10.000 Jahre später auch nur annährend zu verstehen.

»Etwas zu trinken?«, fragte der Master Carrier, der unerwartet hinter ihrem Rücken auftauchte. Seine jugendliche Erscheinung wirkte in einer schwarzen Uniform reifer.

Es fiel Anna leichter, die Technologiefortschritte zu akzeptieren, als über sein viel zu junges Gesicht hinwegzusehen. Die Vorstellung, dass Führungskräfte reifen Persönlichkeiten entsprechen mussten, war zu tief in ihr verankert. Immerhin hatte er ihren Köder, ihm die KI Vater zu reproduzieren, geschluckt, sonst wäre sie nicht zu ihm vorgelassen worden.

»Eine Tasse schwarzen Tee bitte.« Den hatte Anna schon lange nicht mehr getrunken. Der Master Carrier nickte. Eine Sekunde später servierte eine Drohne eine Tasse frisch aufgebrühten Darjeeling Tee.

»Major Anna Sanders-EMRobinson, dieser Name steht seit Jahrtausenden in allen Geschichtsbüchern und Datenspeichern der Saoirse-Organisation ... du bist eine lebende Legende«, sagte der Master Carrier und verbeugte sich respektvoll.

»Ähm ...« Nach sieben Jahren Abwesenheit bereits als Denkmal betrachtet zu werden, verwirrte Anna.

»Ich habe es immer als Fehler erachtet, dass dein Vater dich gehen ließ ... dein Wissen war zu wertvoll.«

»Es war meine Entscheidung«, sagte Anna und hielt sich mit beiden Händen an der Tasse mit wohlriechendem Tee fest.

»Und seine, es zuzulassen ... ihm fehlte der Mut, deinen Weg zu Ende zu gehen.«

Die Worte des Master Carriers stellten die Entscheidungen ihres Vaters in ein völlig neues Licht. Bisher hatte Anna die Reise mit der Horizon immer als ihre persönliche Wahl betrachtet.

»Wohin hätte ich denn gehen sollen?«, fragte Anna, die den Gedanken des Master Carriers besser verstehen wollte.

»In eine andere Zukunft ... aber das würde jetzt zu weit führen. Wie du bemerkt hast, befinden wir uns gerade im Gefecht. Was kann ich für dich tun?«

»Ich möchte dir mein Wissen verkaufen ...« Jetzt würde Anna sehen, was ihr legendärer Ruf wert war.

»Oh ja ... ein verführerisches Angebot. Ich liebe Verhandlungsgespräche. Was kostet denn das Wissen der berühmten Anna Sanders-Robinson?«, fragte der Master Carrier süffisant.

»Ein Menschenleben.«

»Das Leben des Replikanten Elias?«

»Ja ... rette ihn und ich werde dir eine KI erschaffen, die sich wie Vater entwickeln wird.« Das war ihr Angebot.

Der Master Carrier zog genüsslich die Mundwinkel hoch. Es gefiel ihm sichtlich, mit Anna zu verhandeln.

»Mit dir zu sprechen ... ist wie eine Reise in die Vergangenheit. Eine auf der Aitair-Architektur basierende KI hat inzwischen nur noch Museumswert.«

»Die dir eine Echo-Sonde abgerungen hat ...« Anna wusste nicht, ob er kein Interesse hatte oder nur um den Preis feilschte.

»Was vermutlich aus Gregors begrenzter Sicht etwas Besonderes war ... es war nur eine Sonde. Saoirse hat Millionen davon im Einsatz.« Der Master Carrier faltete seine Hände vor der Brust, während er sie zu taxieren schien.

»Ich habe das Streitgespräch mitgehört ... er war etwas Besonderes.« Anna würde stärker auftrumpfen müssen.

»Was macht dich dabei so sicher?«

»Zwölf Zerstörer der Zero-Klasse ... von denen du scheinbar bereits sieben verloren hast.« Jetzt hatte sie ihn.

»Ein gutes Argument.«
»Und die Tatsache, dass wir Spielchen spielen ... deine Flotte ist im Gefecht und du verhandelst mit mir, wie auf einem Basar!« Anna war entschlossen, Elias zu retten.
»Kommen wir zur Sache ... ich setze auf deine Loyalität und deinen vollen Einsatz in unserer wissenschaftlichen Abteilung.« Seine Augen schienen heller zu werden. »Ich würde dir auch gerne helfen, Elias zu retten ... was nur leider nicht mehr in meiner Macht steht.«
Anna schluckte.
»Sieh selbst ... das ist Nemesis!«, rief er und zeigte auf die Bildwände, die einen Tiefflug über den verbrannten Planeten anzeigten.
»Aber ...« Anna suchte nach Worten. Sie weinte.
»Anna, ich möchte dir mein Beileid aussprechen. Elias lebt nicht mehr.«
»Und gegen wen kämpft ihr noch?«, fragte sie, solange noch eine winzige Chance verblieb, würde sie weiter hoffen.
»Mit einer Energiesignatur, die sich beharrlich weigert, zu verrecken. Der ganze Planet ist deshalb bereits instabil ... wir wissen nicht, was das ist ... falls dieses Wesen jemals den Weg zu dicht besiedelten Welten finden würde, wäre das der sichere Tod vieler.«
Anna versuchte, nicht in ihren Tränen zu ertrinken.
Der Master Carrier sprach weiter. »Wir werden in ungefähr sechzig Minuten und in ausreichender Entfernung eine Gravitationsbombe im Orbit von Nemesis zur Zündung bringen. Das ist die stärkste Waffe, die wir haben.«
»Was wird dann aus Nemesis?«, fragte Anna aufgelöst.
»Ein Schwarzes Loch ... das entweder die Energiesignatur zerstört oder auf ewig gefangen hält.«

»Und wenn der Plan fehlschlägt?«

»Dann wären wir geschlagen ... eine Lebensform, die ein Schwarzes Loch überlebt ... ist mächtiger als Gott.«

»Glaubst du an Gott?«

»Nein ... aber ich glaube an Menschen. Es liegt in meiner Verantwortung, unzählige bewohnte Welten vor solchen Gefahren zu beschützen. Wenn ich scheitere, sterben Milliarden!«

»Ich ...« Anna überlegte, was sie sagen sollte. Der Master Carrier wehrte sich nicht, Elias zu retten, sie musste einsehen, dass dazu auch die fortschrittlichste Technologie nicht genügen würde.

»Ich spüre deine Zweifel ... möchtest du allein sein?«

»Nein.« Anna hatte eine Entscheidung getroffen. Elias lebte nicht mehr. Das würde niemand ändern können. Ihr Verstand knüppelte ihr brennendes Herz nieder. »Ich bitte darum, meinen Dienst als wissenschaftlicher Offizier wieder aufnehmen zu können.«

»Major Sanders-Robinson, willkommen zurück. Du erhältst eine Stufe 23 Freigabe und jegliche Hilfe, die du benötigst, um deine Einarbeitung zu erleichtern.«

»Gibt es diesen militärischen Rang überhaupt noch?«

»Nein ... Stufe 23 entspricht einem Tracer, von denen es auf jedem Zerstörer der Zero-Klasse nur drei gibt. Als organische Führungskraft hast du das Anrecht auf einen persönlichen Assistenten.« Der Master Carrier lächelte. »Dazu besondere sexuelle Präferenzen?«

»Wie bitte?«, fragte Anna, ihr neuer Arbeitgeber schien noch einige Überraschungen für sie bereitzuhalten.

»Wir können dir ein humanoides Robotersystem zuweisen, das wie Elias aussieht«, erklärte der Master Carrier beiläufig. »Die Details seiner Ausstattung wären frei wählbar.«

»Ähm ... nein.« Dazu war Anna noch nicht bereit. »Darf ich meinen Assistenten frei wählen?«

»Ja.«

»Dan'ren. Ich möchte die Lerotin an meiner Seite haben.«

»Ich habe es befürchtet ... du wirst sie bekommen.« Der Master Carrier gab ihrem Wunsch nach.

»Warum hat Saoirse vor 400 Jahren versucht, die Lerotin auszulöschen?«, fragte Anna.

»Das war die Entscheidung des damaligen Master Carriers in diesem Quadranten ... meiner Meinung nach eine Fehleinschätzung. Der Kampf gegen die Aitair forderte zu dieser Zeit viele Tote. Zu viele. Der Genozid an den Lerotin war trotzdem der falsche Weg, Gregor unschädlich zu machen.«

»Gregor Moyes ... ich würde ihn gerne sprechen.« Das wollte Anna wirklich.

»Du wirst als Zeugin bei seinem Prozess aussagen.«

»Danke.«

»Im Gefecht gegen die Energiesignatur waren auch Raumschiffe der Lerotin beteiligt, die ebenfalls versucht haben, diesen Alien zu töten.«

»Oh ...« Das wusste Anna nicht.

»Wir bergen gerade einige Notrettungskapseln ... auch sie haben hohe Verluste. Ich habe der Ältesten Amun eine temporäre Sicherheitsgarantie gegeben. Sie wird in circa 70 Minuten eintreffen. Als Tracer erteile ich dir den Auftrag, sie gebührend zu empfangen. Deine Assistentin sollte dir dabei eine nützliche Hilfe sein.«

»Wir werden die Lerotin also nicht mehr jagen?«

»Nein ... wenn Amun die Charta zeichnet, wird die Welt Iris Teil der Föderation. Dan'ren und dir sollte es möglich sein, für diese Vereinbarung zu werben.«
»Du könntest es einfach fordern.«
»Das ist nicht meine Politik ...«
»Darf ich dir eine Frage stellen?«
»Sicherlich.«
»Warum vertraust du mir?« Für Anna veränderte sich die Situation in einer Geschwindigkeit, der sie kaum folgen konnte. Für diese wunderbare neue Welt würden Wochen und Monate nicht genügen, um sie zu verstehen.
»Vertrauen ist der Schlüssel. Warum vertraust *du* mir?«, konterte der Master Carrier. »Ich stütze meinen Vertrauensvorschuss auf deine medizinisch-psychologische Beurteilung.«
Anna sah ihn schweigend an, sie vertraute dem Master Carrier, weil sie es wollte.

Anna war nun ein Tracer. Sie hatte keine Ahnung, was das war, aber wenn auf der Trison nur drei weitere Individuen diesen Rang hatten, sollte das schon etwas bedeuten.
»Ich bin bereit!«, sagte Anna, die sich nackt in einer medizinischen Apparatur befand, ähnlich einer bekannten AMENS Einheit, die ihr eine Schnittstelle für das Saoirse-Netzwerk implementieren sollte. Für den Eingriff wurde gerade ihre komplette rechte Seite desinfiziert.
»Implementierung startet in 60 Sekunden«, erklärte eine synthetische Stimme, die sich ähnlich monoton anhörte, wie frühere Einheiten auf der Horizon.

Anna hatte sich für ein ungewöhnliches Modell entschieden. Für die Kommunikation mit dem Netzwerk hätte ein kleiner Chip genügt, der ihr von außen unsichtbar unter die Schädeldecke gesetzt worden wäre. Für sie begann allerdings ein neuer Lebensabschnitt, für den sie ein deutlicheres Zeichen setzen wollte, um die Vergangenheit hinter sich zu lassen.

»Implementierung startet in 30 Sekunden.« Rückläufige Zähler hatten so etwas Endgültiges. Sie schloss die Augen. Bekannte Konventionen aus dem dreiundzwanzigsten Jahrhundert hatten für sie ihre Bedeutung verloren. Sie würde ihren Dienst auf einem Kriegsschiff verrichten, das sollten auch alle sehen.

»Implementierung startet in 10 Sekunden.« Anna wollte keine Betäubung, sie wollte es spüren. Die metallisch kühlen Operationsköpfe konnte sie bereits am rechten Bein, der Hüfte, ihrer Seite, dem Arm und an den Schläfen spüren.

»Drei, zwei, eins.« Anna schrie vor Schmerzen. Das wollte sie spüren. Sie war ein lebendiges Wesen, was sie niemals vergessen wollte. Die Operationsköpfe hatten ihr Nanos injiziert, mikroskopisch kleine Roboter, die augenblicklich mit der Haut ihrer rechten Seite eine Symbiose eingingen.

»Implementierung erfolgreich abgeschlossen. Die Formatierung der aktiven Panzerung benötigt noch drei Minuten.« AMENS' Enkeltochter hatte ihre Arbeit erledigt.

Die Schmerzen ließen nach. Anna stand auf und sah an sich herab, noch sah ihre zweite Haut unscheinbar aus.

»Ich möchte mich sehen«, ordnete Anna an. In dem kleinen, dunkel gehaltenen Raum entstand auf einer Wand ein Spiegel. Sie sah sich selbst in die Augen, das war sie, nackt, Anna Sanders-Robinson, im Körper einer neunzehnjährigen Replikantin. Die helle Haut, die vielen Sommersprossen im Gesicht und auf den Brüsten und ihr wenig fraulicher, rothaariger Bürstenhaarschnitt machten bisher ihre Erscheinung aus. Bis zu diesem Eingriff zumindest. An ihrer rechten Seite traten zahlreiche flüssig anmutende Flecke aus Metall aus der Haut hervor, die vom Fußgelenk aufwärts, über ihre gesamte Flanke bis zur Schläfe hin, einen durchgängigen Streifen bildeten.
»Die Formatierung der aktiven Panzerung ist in 90 Sekunden abgeschlossen.«
Anna lächelte, sie konnte es sehen. Als die flüssigen Nanos an ihrer Schläfe angelangt waren, blitzte der silbrige Streifen kurz auf, bevor ihr ein Nebenarm in das rechte Auge lief. Zwei weitere Nebenarme reichten ihr bis zu Mund und Nase. Und am Körper bis zu ihrer Brustwarze, zu ihrem Bauchnabel und in die Leiste herein.
Annas Mutter hatte ihr als kleines Kind einmal ein silbernes Diadem in die roten Locken gesteckt. Die Nano-Panzerung wirkte auf ihrer nackten Haut wie ein ähnliches Schmuckstück für den gesamten Körper.
»Die Formatierung der aktiven Panzerung ist abgeschlossen.«
»Danke«, sagte Anna. »Aktivieren.«
Die metallische Struktur der Nanos veränderte sich nicht mehr, dafür strömte eine dunkle dünne Textilschicht aus ihr hervor und bedeckte ihre weibliche Blöße.
»Das ist nicht meine Farbe!«

Der dunkle, eng anliegende Einteiler färbte sich silbrig weiß und ähnelte der Uniform, die sie früher auf der Horizon getragen hatte. Es genügte, über die Farbänderung nachzudenken und die Nanos entsprachen ihrem Wunsch.
Mit dem rechten Auge hatte sie Zugriff auf alle Saoirse-Datenbanken, eine Fülle von Informationen, für deren Analyse sie nicht genug Zeit hatte. Egal wie gerne sie die Geschichte der letzten 10.000 Jahre aufarbeiten wollte, sie hatte eine Verabredung mit Dan'ren. Auch auf einen Test der militärischen Funktionen verzichtete sie, dafür würde sich sicherlich später eine Möglichkeit ergeben.

Auch wenn Anna noch nicht genau verstand, was ein Tracer war, die anderen, die ihr auf dem Weg zu Dan'ren begegneten, wussten es scheinbar genau. Jeder grüßte sie und bekundete durch Gesten seinen Respekt. Wobei einer Begegnung immer auch ein Kontakt im Netzwerk folgte, bei dem sich die Personen vorstellten. Es reichte ein belanglos höflicher Gruß und Anna wusste durch ihre privilegierten Rechte als Tracer sofort, mit wem sie es zu tun hatte.
Auf der Trison gab es nicht nur eine KI, es gab Tausende. Angeblich arbeiteten dazwischen auch echte Menschen. Das Erste, was Anna lernte, war, dass es niemand interessierte, ob eine Lebensform organischen oder mechanischen Ursprungs war. In der Saoirse-Weltenordnung hatten alle intelligenten Erscheinungsformen dieselben Rechte und Pflichten. Es gab keine Tyrannei der Maschinen, so wie sie Gregor als Schreckensbild propagiert hatte. Es gab schlicht und ergreifend keine eindeutige Grenze mehr. Anna war nach dem Eingriff noch zu 87 Prozent organisch, der Rest von ihr war bereits ein hochleistungsfähiges auf Nanotechnologie basierendes Robotersystem.

»Dan'ren?«, fragte Anna über das Netzwerk. Die Zeit lief ihr davon. In sieben Minuten sollte Nemesis mit einer Gravitationsbombe ausgelöscht werden. Das wollte sie nicht verpassen, das Wenigste, was sie Elias schuldig war.

»Ich bin auf dem Weg ... ich gebe dir die Freigabe für meine Position. Du findest mich damit leichter«, antwortete die Lerotin über das Netzwerk.

Eine gute Idee, da es auf den Korridoren immer voller wurde, den Untergang einer gesamten Welt wollte anscheinend niemand versäumen.

Die große Navigationshalle, die Anna bereits während des Gesprächs mit dem Master Carrier kennengelernt hatte, war inzwischen voller Besatzungsmitglieder. Wobei die dunklen Uniformen erkennen ließen, dass nur die höheren Dienstgrade anwesend waren. Die Mannschaftsgrade in den blauen Arbeitsuniformen waren zu diesem Anlass nicht zugelassen.

Anna schritt mit Dan'ren an der Seite durch einen in der Menge freiwerdenden Gang zur Raummitte.

»Die wollen uns auffressen!«, sagte Dan'ren wortlos über einen privaten Kanal, mit dem beide sich stumm über das Netzwerk verständigen konnten.

»An dir ist nichts dran ... und ich bin zu zäh. Keine Sorge, die tun uns nichts«, gab Anna auf demselben Wege zurück.

»T-120 Sekunden«, meldete ein Countdown-System über das Netzwerk. In der großen Menge der Zuschauer sprach keiner ein Wort. In der Mitte stand der Master Carrier auf einer erhöhten Position, schwieg aber ebenfalls.

Der Gedanke, Elias nicht wiederzusehen, hatte noch nicht seinen Schmerz verloren. Mit Wohlbehagen erinnerte sich Anna an seine erotischen Fantasien und seine jungenhafte Art, anfänglich mit ihrer Ablehnung umzugehen.

Sie hatten nie Sex miteinander gehabt, ein Versäumnis, das sie inzwischen bereute. Als Anna Sanders-Robinson lag ihr letzter Sex über sieben Jahre zurück. Als Replikantin Anna war sie noch Jungfrau. Ob jemals ein Mann diese Lücke auffüllen könnte? Die Vorstellung, gemeinsam mit Elias in einem Paralleluniversum ein Kind zu haben, beflügelte ihre Vorstellung. Eine Tochter hätte sie sich gewünscht, sie wäre aber auch mit einem Sohn glücklich gewesen.

Die Welt Nemesis befand sich bereits in einiger Entfernung, die Saoirse-Flotte hatte das Sonnensystem verlassen. Die Gravitationsbombe würde auch die Sonne über Nemesis mit in ihr dunkles Grab nehmen.

»T-60 Sekunden. Die Waffe schaltet sich scharf.« meldete das Countdown-System erneut. Die Gravitationsbombe befand sich bereits seit dem Verlassen des Orbits in der Umlaufbahn von Nemesis.

Jetzt war die Zerstörung nicht mehr aufzuhalten. Zuerst würde Nemesis in sich zusammenfallen und ab diesem Zeitpunkt die Gravitation der anderen Planeten im selben Sonnensystem stärker als zuvor beeinflussen. Binnen drei Wochen würde der nächststehende Planet angezogen werden und das noch junge Schwarze Loch weiter verstärken. Drei Monate später würde mit der Sonne das für alle Zeiten letzte Licht von diesem Ort in der Dunkelheit versinken.

Ich liebe dich, dachte Anna und betete für Elias, dass er zu diesem Zeitpunkt bereits nicht mehr leben würde. Er sollte zumindest ohne Schmerzen in sein nächstes Leben gehen.

Daran wollte Anna glauben. Glauben war das Einzige, was blieb, wenn der Verstand keine Antwort mehr bereithielt.

»Geht es dir gut?«, fragte Dan'ren wortlos.

Nein, es ging ihr nicht gut. Anna war nicht in der Lage, zu antworten. Stumm folgte sie dem Countdown und der Visualisierung in der Navigationshalle der Trison.

»T-0. Die Waffe ist gezündet.« meldete das Countdown-System über das Netzwerk. Eine Meldung, die Anna unruhig aufschrecken ließ, da im Orbit von Nemesis keine sichtbare Veränderung zu erkennen war. Eine Fehlfunktion?

300.000 Kilometer in der Sekunde, so langsam bewegt sich das Licht, wenn man darauf wartete. Anna überprüfte über das Netzwerk die Position der Trison und den Abstand zu Nemesis. Quälend langsam bewegte sich das Licht über die sechs Millionen Kilometer hinweg, die bereits zwischen ihnen lagen. Zwanzig lange Sekunden, dann sah Anna einen schnell wachsenden schwarzen Punkt, der nur Sekunden brauchte, um die brennende Oberfläche des zum Tode verurteilten Planeten aufzubrechen. Einen Atemzug später war alles vorbei, wo vorher eine für Menschen bewohnbare Welt war, blieb nur noch ein Schwarzes Loch. Das Bild glich dem ihres Herzens, da wo sich vorher Elias befand, blieb nicht mehr als eine klaffende dunkle Wunde.

***

XLVIII. Besessenheit

Der Foltertod Sequoyahs war das schlimmste Erlebnis, das Elias jemals miterleben musste. Jeden Stich, den Gregor ihr mit der überlangen Biopsienadel in den Bauch rammte, glaubte er selbst spüren zu können. Die Machtlosigkeit, ihm nicht Einhalt gebieten zu können, war unerträglich. Gregors beispiellose Niedertracht und den Verrat Sequoyah und auch allen anderen gegenüber, die die Horizon-Katastrophe überlebt hatten, war für Elias unbegreiflich.

»Los! Weiter! Wir müssen uns beeilen! Tempo! Unser Startkorridor schließt sich in drei Minuten«

Der Saoirse-Wachhund, ein Roboter mit dem Gesicht eines Jugendlichen, nicht älter als sechzehn, trieb die verbliebenen Kämpfer aus Peters und Dan'rens Truppe wie Vieh in das letzte Shuttle, das von Nemesis starten würde. Zudem sorgte das Halsband dafür, das Elias weder vernünftig laufen noch reden konnte.

»Elias rede mit mir ... was ist passiert?«, fragte Vater, der sein Backup erst in dem Moment in seinem Nacken aktiviert hatte, als Gregor ihn in der magnetischen Sperrvorrichtung eingefangen hatte. Auch Vater war nicht besser als sie, wie eine Maus hatte er sich mit einem fetten Stück Käse in die Falle locken lassen. Nach den Ereignissen hielt Elias es für besser, dem Master Carrier nichts über die Präsenz der Aitair-Signatur in seinem Nacken zu erzählen.

»Du siehst doch, was ich sehe ...«, sagte Elias kurz angebunden. Vater sah mit seinen Augen und hörte mit seinen Ohren. Das sollte reichen! Elias war von ihm enttäuscht und hatte keine Lust, mit Vater zu reden! Seiner Meinung nach hätte er sie rechtzeitig vor Gregor warnen müssen!

Die im Nachhinein eher banalen technischen Tricks, mit denen sie Gregor genarrt hatte, sollte die angeblich leistungsfähigste KI aller Zeiten locker erkannt haben. Was Vater versäumt hatte!

»Du redest Scheiße!«, sagte Marina abfällig, die auf dem Platz neben ihm saß. Elias hielt sie für beschränkt und primitiv. Wenn das Schicksal beide auf eine einsame Insel brächte, würde er sich selbst freiwillig an die Fische verfüttern.

Eine Saoirse-Wache arretierte an seinem Nacken ein Sicherungssystem, das ihn bei Turbulenzen im Sitz halten sollte.

»Elias ... was passierte zwischen dem Moment, als ich eingefangen wurde bis zu dem Zeitpunkt, an dem sich mein Kernel auf dem Sperrsystem selbst zerstörte?«

Elias hatte die Wahl, entweder Vater oder Marina zu antworten. Beide gingen ihm auf den Sack! Da hätte er auch eine Wahl zwischen Zahnschmerzen und Hühneraugen treffen können. Er wollte nur seine Ruhe haben.

Nicht zu antworten, war die beste Alternative. Elias schwieg und sah aus dem Fenster. Über ihm befanden sich nur die dichten dunklen Wolken einer sterbenden Welt.

»Wir starten in 30 Sekunden ...«, meldete der Pilot, der es hörbar eilig hatte. Die Türen schlossen sich. Es ging los. Elias wusste nicht, was jetzt passieren würde, ein gutes Gefühl hatte er bei der Rettungsaktion nicht.

»Angst?«, fragte Marina spöttisch. Vater hatte Elias erzogen, keine Frauen zu schlagen. Bei ihr würde er eine Ausnahme machen. Bei den harten Gesichtszügen und dem zottigen Bürstenhaarschnitt würde sie ohne Zähne sicherlich vorteilhafter aussehen.

Elias sparte sich, zu antworten. Auf dem Shuttle vor ihnen befand sich Anna. Hoffentlich würden sie nach der Ankunft auf der Trison Zeit füreinander haben. Elias brauchte dringend jemand, an dem er sich festhalten konnte.

Durch das Fenster beobachtete er, wie Annas Shuttle beim Steigflug mit einer Aschewolke kämpfte, es aber nach einem Durchhänger schaffte, weiter an Höhe zu gewinnen.

Bleib bei mir, Elias glaubte, eine vertraute Stimme in der Ferne rufen zu hören. Wer war das?

In der Shuttle-Kabine gingen Warnleuchten an und dichter Qualm drang zwischen den Bodenplatten zu ihnen. Sie sackten ab. Es ging abwärts. Schnell.

»Bruchlandung! Festhalten!«, schrie einer der Piloten, kurz bevor der Aufschlag des Shuttles Elias die Luft aus den Lungen drückte.

Elias taumelte und versuchte, sich wieder zu konzentrieren. Sein Rücken fühlte sich an, als ob ihn jemand mit einem Knüppel massiert hätte. Alles war voller Rauch. Er hustete. Schräg vor ihm hatte der Aufprall das Dach weggerissen, ein Teil des Fahrwerks ragte aus dem Bodenplatten hervor, was für die Passagiere auf den betreffenden Sitzplätzen eine tödliche Erfahrung war. Marina neben ihm blutete aus Mund und Nase, das zähe Miststück lebte aber noch.

»Das ist ein ... Angriff! Bordschützen ... auf ...!« Auch der Pilot schien einiges abbekommen zu haben, mitten im Satz verstummte seine Stimme. Wer würde sie in dieser Lage angreifen?

Im Shuttle fanden etwa dreißig Personen Platz, von denen nur die fünf Saoirse-Wachen über Waffen verfügten. Mit aktivierten Körperpanzern stürmten vier davon nach draußen. Der fünfte lebte bereits nicht mehr.

Elias konnte eine Feuergarbe hören, dann gab es keine weiteren Kampfgeräusche.
»Was ist das für ein Monster?«, rief jemand aus der Reihe vor ihm, keine gute Idee, eine Sekunde später klebte sein Hirn an der verrußten Verkleidung. Elias duckte sich instinktiv und stieß mit dem Kopf an ein Stück Rahmen, das in die Kabine hereinragte. Er verlor das Bewusstsein.

»Elias! Schatz, hörst du mich!«, fragte eine weibliche Stimme und küsste ihn zärtlich auf die Stirn. Jemand riss das Halsband von ihm. Es fing an zu regnen, grauer Ascheregen ging auf sie nieder, ein pechschwarzer Frauenkörper beschützte seinen Kopf.
»Deine Tochter freut sich schon darauf, dich kennenzulernen.« Die schwarze Frau lächelte, während in der Nähe irgendetwas explodierte. Elias war kaum in der Lage, den Ereignissen zu folgen. Er sackte erneut weg.

»Elias wach auf! Du musst aufwachen!«, sagte Vater, wie lange die KI schon auf ihn einredete, wusste er nicht. Wie lange er weg gewesen war, wusste er noch weniger.
»Du bist in Sicherheit!«, sagte Kezia und küsste ihn. Das sollte es gewesen sein, Elias wähnte sich bereits im Reich der Toten. Kezia wäre sicherlich die Letzte gewesen, die er an diesem Ort erwartet hätte.
»Elias, du kleiner Scheißer! Mach sofort die Augen auf und rede mit mir! Oder du wirst mich kennenlernen!«, sagte Vater wütend, dessen erregte Stimmlage nicht zu Elias' durchaus angenehmer Nahtoderfahrung passen wollte.
»Wo bin ich?«, fragte Elias und sah in Kezias lachende und ziemlich dunkle Augen.

»Bei mir ... alles wird gut.« Kezia strich ihm liebevoll mit der Hand durch die Haare.
»Wie ... wie kann das sein?« Das war kein Traum. Aber Kezia in einem brennenden Wald auf Nemesis anzutreffen, war völlig unmöglich.
»Elias ... bitte ... hör mir zu!« Vater hörte nicht auf. Nur er konnte ihn hören, was genau eine Person zu viel war.
»Weil ich dich liebe ... weil wir dich lieben ... sieh, wir sind zu zweit.« Kezia lehnte sich zurück und präsentierte ihren kugelrunden Babybauch. Elias glaubte, keine Luft mehr zu bekommen. Wie sollte Kezia in der kurzen Zeit ein Kind bekommen?
»Ein Kind?«, fragte er geistesabwesend und suchte nach einer intelligenteren Frage.
»Deine Tochter ... du musst ihr noch einen Namen geben.« Kezia strahlte vor Glück. Seine Schwester war splitterfasernackt, hatte kein Haar mehr am Körper und eine pechschwarze glänzende Haut. Ihre Erscheinung widersprach allem, was er jemals über menschliche Anatomie gelernt hatte.
»Elias ... es ist wichtig ... ich muss mit dir reden! Es geht um Kezia! Sie hat sich verändert! Bitte ... sie ist ...«
»Warte kurz ...« Elias lächelte und küsste Kezia. Sogar ihre Zähne, ihr Zahnfleisch und die Augen waren pechschwarz. Wie war sie zu dem geworden, was sie heute war? Wohin hatte Ruben sie mitgenommen? Und wie kam sie nach Nemesis?
»Vater! Hör auf! Lass Kezia aus dem Spiel! Du hast jetzt Sendepause!«, rief er wütend. Es gab keinen anderen Weg, mit ihm zu kommunizieren. Er konnte Vater zwar in seinen Sinnen hören, aber umgekehrt konnte Vater ihn nur verstehen, wenn er sprach.
»Ich würde nicht darauf drängen ... wenn es nicht wichtig wäre ... lebenswichtig!«

»Nein! Es ist nicht wichtig! Du wartest, während ich mit Kezia spreche! Hast du mich verstanden?«

»Aber ...«

»Einen Ton noch! Nur einen! Und ich entferne mit einem dreckigen Taschenmesser den Chip in meinem Nacken!«

Vater schwieg.

»Du trägst die KI noch bei dir?«, fragte Kezia besorgt.

»Ja ... ist eine lange Geschichte.«

»Ich kann ihn für dich ausschalten!«

»Ausschalten?« Elias verstand nicht, was Kezia damit sagen wollte. Was meinte sie mit ausschalten?

»Dann wird er es niemals wieder wagen, uns zu stören ...« Kezia lächelte und strich ihm wie einem Kind durch die Haare.

Elias schreckte zurück, ließ sich aber nichts anmerken. Sie meinte das ernst. Wegen eines Streits zwischen Vater und ihm war sie willens, Vater auszulöschen. Konnte sie das überhaupt?

»Nein ... nein ... Vater wird nicht abgeschaltet. Er hat mich schon verstanden und wird schweigen.«

Elias wäre niemals ernsthaft auf die Idee gekommen, Vater wegen eines Streits zu töten. Die Situation war für alle eine Belastung, aber deswegen würde man doch nicht *seinen* Vater umbringen.

»Danke.«

»Gut. Wie du magst.« Kezia kuschelte sich sitzend an seine Seite. »Hast du schon einen Namen für unsere Tochter?«

»Ähm ...« Elias bezweifelte gerade, wirklich wach zu sein. »Ich überlege noch.«

»Schön ... lass dir Zeit.« Kezia wirkte zufrieden.

Hatte Kezia den Verstand verloren? Er würde sich in dieser Situation sicherlich keine Gedanken über den Namen eines Babys machen. Und Zeit hatten sie auch nicht. Elias sah sich das erste Mal um. Sie befanden sich immer noch auf Nemesis. Oder genauer gesagt, inmitten eines gigantischen Waldbrandes. Der allerdings, was physikalisch unmöglich war, keine spürbare Wärme abgab.

»Kezia, was passiert hier?«, fragte Elias und stand vorsichtig auf. Die für sie nicht wahrnehmbare Hitze musste für die übrige Gegend inzwischen so hoch sein, dass der See, der früher neben der Höhle lag, komplett verdampft war. Es blieb nur Asche und verbrannte Erde. Von den brennenden Bäumen auf der gegenüberliegenden Seite des Sees war auch nichts mehr zu sehen. Nur die Glut leuchtete an einigen Stellen durch die Ascheschicht hindurch.

»Wir sind zusammen.«

»Und was ist mit ihr?« Elias zeigte auf Marina, die zusammengekauert ein Stück hinter Kezia auf dem rußschwarzen Felsen saß und geistesabwesend in die Wolken starrte. War das noch Marina? Die härteste Frau, die er kannte? Sie war dreckig, hatte unzählige Verletzungen und ihre Kleidung hing in blutigen Fetzen an ihr hinab. Kezia hingegen glänzte makellos wie ein schwarzer Edelstein.

»Sie redet nicht viel«, antwortete Kezia.

»Das tat sie noch nie. Mehr haben aus dem abgestürzten Shuttle nicht überlebt?«

»Ich glaub nicht ... sollen wir nachsehen?«, fragte Kezia in einer Art, wie man nach einer Tasse Tee fragte.

»Marina?« Elias ging zu ihr, sie reagierte aber nicht. Was hatte sich hier zugetragen? Mit dem Fingern auf dem Oberschenkel gab er Vater Zeichen, dass er ihm jetzt zuhören würde. Etwas stimmte hier nicht.

»Elias ... es war nie meine Absicht, dich zu verletzen ... aber deine Schwester hat sich verändert.«

Elias signalisierte, dass er zur Sache kommen sollte. Es war sicherer, wenn Kezia das Gespräch nicht mitverfolgen würde.

»Uns umgibt ein Energie-Kokon, der die hohe Hitze absorbiert ... frag mich nicht, wie Kezia das macht. Ich weiß nur, dass sie es macht. Und vermutlich noch viel mehr.«

Elias zeigte Vater an, dass er ihn verstanden hatte. »Das sieht alles ziemlich verbrannt aus ... worauf warten wir? Warum gehen wir nicht woanders hin?«

»Gefällt es dir etwa nicht?« Kezia antwortete mit einer Frage. Dabei wirkte sie ihrer Sache völlig sicher.

»Dauerhaft würde ich ungern auf einem verbrannten Planeten leben ... hast du einen Plan?«

»Ich auch nicht.« Kezia lachte wie ein Kind. »Wir werden verreisen!«

»Kezia hat den Verstand verloren. Sie ist gefährlich! Schnapp dir Marina und hau ab! Das Feuer ist inzwischen weitergezogen ... die Temperaturen auf der Asche wirst du eine Weile aushalten können. In der Zeit müssen wir hoffen, von der Saoirse-Aufklärung entdeckt zu werden.«

Elias signalisierte, dass er Kezia nicht hilflos zurücklassen würde. Vater sollte sich einen anderen Plan überlegen.

»Wohin geht unsere Reise?«, fragte Elias und ging wieder zu Kezia. Eine Tochter zu bekommen, war eine wunderschöne Vorstellung, er hätte sich dafür gerne einen besseren Platz gewünscht. Ein Kind würde in ihrer Situation keine Überlebenschance haben.

»An einen wunderbaren Ort ... ich kenne ihn leider noch nicht. Unsere Tochter wird ihn uns zeigen. Hast du schon einen Namen für sie? Es ist bald soweit.«

»Noch nicht ... wie kommen wir dahin?« Elias glaubte langsam, Kezia besser zu verstehen.

»Na du stellst Fragen ... unsere Tochter ist für die Reise zuständig. Sie sagt, dass sie dafür sehr viel Kraft benötigt und ich mich ausruhen soll. Bald wird es soweit sein. Komm zu mir und fühle sie!« Kezia drehte sich zu ihm und lachte.

»Ich werde bei dir sein.« Elias setzte sich hinter sie, legte seine Hände auf die Stelle ihres Bauches, an der er den Boxer seiner Tochter spüren konnte. Er küsste Kezias Nacken. Nicht sie war verrückt, er war es. Es gab keine Möglichkeit mehr, Nemesis zu verlassen. Der Planet wurde instabil, in Kürze würden starke Erdbeben entstehen. Kezia wusste es, auch wenn sie andere Worte verwendet hatte. Elias' Hatz durch das Leben würde heute zu Ende gehen.

***

XLIX. Blutrausch

Elias beschloss, die verbleibende Zeit zu nutzen, um in sich zu gehen, über die Vergangenheit nachzudenken und seinen Frieden zu finden. Den Moment, als Vater ihn vor sieben Jahren aufgeweckt hatte, würde er nie vergessen. Das Habitat war kurz zuvor in der Arktis von Proxima notgelandet, die Geschichte der Horizon kannte er zu diesem Zeitpunkt noch nicht.

Sein Körper war damals zwölf Jahre alt gewesen, sein Geist nicht. In seinem Kopf hatte sich nur eine hungrige Leere befunden, er wusste weder seinen Namen, noch wo er war. Vater hatte ihm einfach alles beibringen müssen.

Anfänglich hatte Elias geglaubt, dass alles nur ein Spiel wäre. Eine naive Vorstellung eines naiven Jungen mit dreißig Geschwistern und einem digitalen Erzieher. Kezia war ihm damals sofort aufgefallen. Obwohl sich alle ähnlich sahen, mochte er sie besonders. Es hatten sich sofort kleinere Grüppchen gebildet. Ruben, Sarai, Kezia und er verstanden sich auf Anhieb. Sem hingegen hatte sich zunächst an eine andere Gruppe gehalten.

»Wo sind Ruben und Sem?«, fragte Elias, dem erst jetzt auffiel, dass Kezia allein bei ihm aufgetaucht war.

»Sie sind bereits vorgegangen«, antwortete Kezia entspannt und legte ihren Kopf auf seinen Schoß. Elias saß im Schneidersitz auf dem Felsen und streichelte ihren Rücken. Marina befand sich neben ihm und starrte wortlos in den dunkelgrauen Himmel.

»Vorgegangen ...«, wiederholte Elias, ohne das Wort als Frage zu betonen. Bedeutete das, dass sie bereits tot waren? Sollte er nachfragen? Nein, das würde er nicht tun. Es spielte keine Rolle mehr. Nicht in diesem Leben.

Er fühlte sich wie der Felsen unter ihm, der trotzig aus einem Meer aus Asche herausragte.
»Wir werden sie gleich wiedersehen«, fügte Kezia ihren Worten flüsternd hinzu.
»Das werden wir.« Elias freute sich darauf. Es war ein bedauerliches Missverständnis, das Ruben und ihn auf Proxima entzweit hatte. Dafür hätte sich Elias gerne entschuldigt, aber das konnte er ihm gleich selbst sagen.
»Ich glaube nicht, dass deine beiden Brüder noch leben«, sagte Vater, der natürlich recht hatte, aber was machte das schon.
»Ich weiß«, flüsterte Elias, ohne die Lippen zu bewegen. Wenn die Realität ihre Bedeutung verlor, zählte nur noch der Glaube.
»Sieh, die kommen, um uns zu verabschieden!«, sagte Kezia und zeigte mit dem Finger, auf einige kleine Punkte, die sich aus der grauen Wolkendecke lösten und schnell näherkamen.
»Was ist das?«, fragte Elias, der weder erklären konnte, was er in den Wolken sah, noch verstand, was Kezia gesagt hatte. Wer sollte sie verabschieden kommen?
»... um uns zu verabschieden ... eine treffliche Bezeichnung für ein Erschießungskommando. Das sind Flugzeuge, die auf uns zu halten«, erklärte Vater, ein Gedanke, der Elias nachdenklich machte. Wieso sollten die sie angreifen wollen, vielleicht wollten die sie auch retten?
»Was ist das für ein ...« Weiter kam Elias nicht, als bereits die ersten Laserblitze auf sie niedergingen. Und trafen. Mit jedem Treffer, von denen es in der Sekunde zwanzig und mehr gab, konnte er das Energieschild deutlicher erkennen, mit dem Kezia sie eingeschlossen hatte.

»Danke für eure Hilfe ... danke!«, rief Kezia und winkte dem Geschwader zu, das sie ohne Unterlass weiter beschoss. Ergebnislos, die Waffen schienen zu schwach zu sein, um ihnen schaden zu können.
»Womit helfen die uns denn?«, fragte Elias verdutzt.
»Die laden Kezias Schild auf ... ich kann anhand deiner Hautreaktion die zunehmende statische Elektrizität wahrnehmen. Die Energiemenge, die Kezia bereits gespeichert hat, muss riesig sein.«
Elias standen tatsächlich alle Härchen zu Berge. Vielleicht hatte er vorhin auch zu kräftig einen auf den Kopf bekommen. Kezia und Vater schienen völligen Blödsinn zu reden.
»Die schießen auf uns!«, schrie Elias, als eine sekundenlang andauernde Laser-Stafette auf das Schild hämmerte. Die Hand, mit der er reflexartig seine Augen geschützt hatte, ließ er langsam absinken. Er brauchte etwas länger, um zu merken, dass das Trommelfeuer wirkungslos blieb.
»Und wie ... ich möchte nicht klugscheißen ... was wir gerade erleben, ist technisch nicht möglich. Kezias Energie-Anomalie widerspricht allen physikalischen Regeln, die ich kenne.«
»Wie machst du das?«, fragte Elias und sah Kezia an, die nur ratlos mit den Schultern zuckte.
»Das ist deine Tochter ... sie beschützt uns!« Kezia schien ihre Fähigkeit selbst nicht zu begreifen.
»Vater, was sollen wir tun?«, fragte Elias, der verzweifelt versuchte, die Kontrolle zurückzuerlangen.
»Du Weichei!«, fuhr ihn Marina überraschend von der Seite an. Die ganze Zeit hatte dieses Mannweib geschwiegen. Was sollte das denn jetzt? Er ging nicht weiter darauf ein.
»Wir müssen hier sofort weg!« Elias glaubte, Kezia in Sicherheit bringen zu müssen.

»Nein.« Kezia blieb ruhig. »Du brauchst keine Angst haben. Der Platz ist perfekt. Wir bleiben. Von hier können wir unsere Reise am besten antreten.«
»Tu, was sie sagt ... sie gibt den Ton an. Es gibt nichts, was du im Moment tun könntest.« Vaters Kommentar war keine Hilfe.
»Ähm ...« Elias suchte nach Worten, die er nicht fand. Die Situation überforderte ihn. Kezia, Vater und sogar Marina hatten die Ruhe weg, was er nicht nachvollziehen konnte.
»Die Angriffe durch den Laserbeschuss haben aufgehört.«
»Und?« Elias sah nach oben.
»Jetzt werfen sie Bomben auf uns.«
Das war zu viel. Elias würde ab jetzt alles ignorieren, was außerhalb des Schutzschildes passierte. Die Bomben detonierten in schneller Folge und wirbelten die verbrannte Erde Nemesis' in riesigen Fontänen auf. Er sollte besser Kezia helfen, ihr Kind zu bekommen.
»Das Kind! Es kommt!«, rief Elias, sie hatte bereits die ersten Presswehen. Das war der denkbar schlechteste Zeitpunkt, den sie sich hätte aussuchen können, um ein Kind zu gebären.
Kezia schrie, hilflos auf dem Rücken liegend, hielt sich mit den Händen ihren Bauch. Elias ertastete die Lage des Kindes, das glücklicherweise mit dem Kopf nach unten lag. Kezia atmete schnell. Der Muttermund war weit geöffnet. Den Rest müsste die Natur erledigen, Elias konnte ihr nur Beistand leisten.
»Marina! Los! Hilf mir!«, schrie Elias. Sie nickte wortlos, was er kaum erwartet hätte. Marina nahm Kezias Hand und half ihr, ruhiger zu atmen, während er bei der nächsten Presswehe mit dem Unterarm am Bauch die Geburt unterstützte.

»Kezia! Du musst drücken!«, schrie Elias schweißnass. Die menschliche Geburt ist die natürlichste Sache der Welt, dachte er, bestimmt an jedem anderen Ort im Universum, nur nicht auf Nemesis, während sich der Planet in seine Bestandteile zu zerlegen drohte.

»Da stimmt etwas nicht ... das waren bereits über fünfzig Presswehen! Das Kind schafft es nicht!«

»Sie wird schwächer.« Auch Marinas Feststellung war korrekt, Kezia wurde schwächer. Jede Frau wurde schwächer, wenn sich das Kind so lange Zeit ließ. Das Mädchen schien im Geburtskanal festzustecken. Für einen Kaiserschnitt hatte Elias keine Ausrüstung und mit den Fingernägeln würde er kaum operieren können.

»Das sehe ich!« Vater, als Geburtshelfer an seiner Seite, war keine Hilfe. Marina taugte wenigstens noch zum Hand halten.

Das Bombardement hörte auf, was aber ihre Situation nicht verbesserte. In Sichtweite brach ein Vulkan aus, dessen pyroklastischer Strom bald über sie hinwegfegen würde. Ob Kezias Schild auch dem standhalten würde, wusste er nicht.

»Kezia! Wie kann ich dir helfen?«, fragte Elias, der seine Tochter wenigstens einmal in Armen halten wollte. »Sag, was ich für dich tun kann?«

»Ich brauche mehr Energie!«, rief Kezia außer Atem.

»Wozu?« Elias zuckte mit den Schultern.

»Für unsere Reise!« Kezia sprach weiterhin in Bildern, die Elias nicht verstand.

»Sie weiß nicht mehr, worüber sie spricht. Das ist das Fieber. Bleib einfach an ihrer Seite ... mehr kannst du nicht tun.« Vater verstand es offensichtlich auch nicht.

»Kannst du den Ort sehen, an den wir reisen werden?« Vorhin glaubte Elias, sie meinte mit dem Bildnis eine Reise den Tod. Eine Einschätzung, die er mittlerweile infrage stellte.
»Ja ... dort ist eine Wiese und ein Bach. Dir wird es gefallen. Hast du schon einen Namen für unsere Tochter?«
»Ich verrate ihn dir, wenn wir da sind.« Elias lächelte, er wusste ganz genau, wie er seine Tochter nennen würde. Was sie hingegen zu sehen glaubte, ergab für ihn immer noch keinen Sinn.
»ICH BRAUCHE MEHR ENERGIE!«, schrie Kezia fordernd, während sie sich zitternd aufbäumte.
»Beruhige dich!« Elias versuchte, sie wieder auf den Boden zu drücken, was ihm nicht gelang. Auch Marina drückte mit ihrem gesamten Gewicht auf Kezias Becken.
»ENERGIE!«
»Vater, bitte! Was will sie?« Elias war am Ende.
»Ich habe keine Ahnung.«
»E N E R G I E !«, brüllte Kezia mit einer ohrenbetäubenden Lautstärke. Sowohl Elias als auch Marina bemühten sich mit allen Kräften, Kezia zu halten, die sich weiterhin ekstatisch aufbäumte.
Stille.
Alle Geräusche waren weg. Es herrschte absolute Stille. Elias hielt sich an Kezia fest und sah nach oben. Keine Wolken. Keine Sterne. Und keine Sonne. Da war nur ein schwarzer Punkt, auf den er im nächsten Moment mit unglaublicher Geschwindigkeit zustürzte.
Elias schrie, ohne sich hören zu können. Er sah auch nichts mehr von Nemesis. Alles verschwand vor seinen Augen. Da war nur noch Kezia, an der er sich festklammerte.

Elias fiel. Tief. Tiefer, als er es begreifen konnte. Er fiel und wurde schneller. Immer schneller. Alles um ihn herum war schwarz. Nein, nicht schwarz. Es war dunkler als schwarz. Sein Verstand drohte, sich aufzulösen. Er glaubte, dass sich jedes seiner Moleküle in einen unendlich langen weißen Streifen verwandelte. Atmen. Er wollte atmen. Da war aber keine Luft.

Alles konzentrierte sich auf einen Punkt. Auf einen denkbar kleinen Punkt, den er in seinen Gedanken sehen konnte. Alles schoss auf diesen mathematisch kleinen Punkt zu, um in dem Moment ihn zu erreichen, sofort wieder abgestoßen zu werden. Gleich würde er ohnmächtig werden. Das konnte Elias niemals erlebt haben. Das war nicht möglich. Mit einer mit Worten nicht mehr beschreibbaren Geschwindigkeit bewegte sich Elias durch Zeit und Raum. Das war das Ende. Das war der Anfang.

Elias öffnet die Augen und schnappte nach Luft. Was für ein abgefahrenes Erlebnis. Wenn er wirklich noch lebte, wofür einige Argumente sprachen, hatte er gerade etwas Unmögliches erlebt. Er konnte denken, sehen und atmen. Für den Anfang genügte das.

Panisch schreckte er auf und inspizierte seine Arme und Beine, die sich an den richtigen Stellen befanden. Unter ihm befand sich eine grüne Wiese, über ihm ein leicht bewölkter Nachthimmel und ganz in der Nähe hörte er einen kleineren Bach rauschen.

»Kezia?«, fragte er und sah zur Seite. Sie lag neben ihm und bemühte sich ebenfalls, wieder zu Sinnen zu kommen.

»Vater?«

»Frag mich nicht, was das war!«

»Marina?«

»Angst um mich?«

»Ähm ...« Elias verdrehte die Augen, Marina ging es gut. Scheinbar viel zu gut. Erst jetzt bemerkte er, dass Kezias Haut nicht mehr schwarz war, sondern wieder völlig normal aussah. Auch das Energieschild war spurlos verschwunden. Mit dem ersten Atemzug, den Kezia machte, begann sie erneut zu schreien. Ähnlich laut, wie zuvor. Die nächste Presswehe kam. Die Geburt ging weiter.

»Ich kann bereits den Kopf sehen!«, rief Elias und legte einen Unterarm auf den Bauch, um bei der nächsten Wehe zu helfen. Gleich würde es so weit sein.

»Ich ... ich will nur ...« Kezia schaffte es nicht, den ganzen Satz auszusprechen.

»Du schaffst das!«, sagte Elias und drückte weiter. Er wusste genau, was er zu tun hatte. Stück für Stück, dieses Kind würde jetzt gesund zur Welt kommen.

***

L. Wahnsinn

Gleich würde es soweit sein. Elias' Herz schlug schneller. Sein kleines Mädchen befand sich auf dem besten Weg, den Kampf aus dem Mutterleib zu gewinnen. Die Vorfreude, sie gleich, allen Widrigkeiten zum Trotz, auf den Armen halten zu können, motivierte ihn.

»Du machst das hervorragend! Weiter so! Gleich hast du es geschafft!« Elias feuerte Kezia an, ihre Arme und Beine zitterten bereits vor Erschöpfung.

»Elias, hast du mal darüber nachgedacht, was uns passiert ist?«, fragte Vater. Als ob Elias sich in diesem Moment dafür interessieren würde. Sie lebten, das genügte doch.

»Gott liebt uns!« Mehr wollte Elias Vater dazu nicht sagen. Glück gehörte zum Leben dazu.

»Dein pragmatisches Religionsverständnis ist keine Lösung ...« Vater blieb ernst.

»Ja, Kezia! Weiter so!« Nur das Kind war in diesem Augenblick wichtig. Nur das Kind!

»Elias, wir sind durch ein Schwarzes Loch gefallen! Hast du das überhaupt mitbekommen?«

»Wo kam das überhaupt her?« Darüber hatte sich Elias auch noch keine Gedanken gemacht.

»Wo das herkam? Elias, das war eine Waffe! Saoirse hat eine Gravitationsbombe gezündet, um uns zu töten!«

»Ich würde sagen ... die Bombe taugt nichts!« Elias lachte, er konnte bereits die ersten dunklen Haare sehen. »Ja, mein Schatz, gleich hast du es geschafft!«

»Niemand überlebt den Sturz in ein Schwarzes Loch!«

»Doch ... wir.« Was Elias nicht störte. Vater schien darüber ernsthaft besorgt zu sein. Warum sollte er auch mit dem Schicksal hadern, wenn es ihnen wohlgesonnen war.

»Auch die Zerstörung der Saoirse-Flotte ... das war alles Kezia! Es gab Tausende Tote. Hast du darüber einmal nachgedacht?«

»Die hätten uns einfach in Ruhe lassen sollen!« Es war Elias völlig gleich, was aus den anderen wurde. Auch der Master Carrier und diese merkwürdige Saoirse-Organisation waren ihm gleich.

»Um auf den Punkt zu kommen ... wir haben nur überlebt, weil Kezias Energieschild mit den unvorstellbar großen Kräften innerhalb eines Schwarzen Lochs immer stärker wurde!«, erklärte Vater, was Elias überhaupt nicht hören wollte.

»Dann sollten wir uns bei Kezia bedanken! Wir leben noch!«, sagte Elias schnell atmend, Vaters Motivation, ihm Physikunterricht zu geben, blieb ihm verborgen.

»Oder besser bei deiner Tochter?«

»Was willst du damit sagen?« Vaters Tonfall gefiel Elias nicht. Als ob seine Tochter daran irgendeine Schuld trug?

»Die Fähigkeit des Kindes, alle erdenklichen Formen von Energie zu beherrschen, scheint keine Grenzen zu haben.«

»Und?«, fragte Elias, den es inzwischen ärgerte, dass Vater nicht klar sagte, was er wollte. Wollte er seine Tochter anklagen? Wagte er es wirklich nach allem, was sie erlebt hatten, seine Tochter anzuklagen?

»Ich kann verstehen, warum Kezia angegriffen wurde. Saoirse hat versucht, die Energie-Anomalie zu bekämpfen. Elias, dein Kind ist eine Gefahr für alle!«

»Höchstens für solche Idioten!« Sein Kind würde niemandem etwas antun und Kezia sicherlich auch nicht. Vaters Worte kränkten ihn, Elias hatte gedacht, ihn immer auf seiner Seite zu haben.

»Elias ... dieses Kind darf nie geboren werden!«

»Das ist ein schlechter Witz, oder?«, fragte Elias verwirrt. Hatte Vater das wirklich gesagt? Erschöpft ließ er von Kezia ab, die sich immer noch mitten in der Geburt befand. Das Kind sträubte sich, auf die Welt zu kommen.

»Es ist mir bitterernst ... dieses Kind darf nicht leben!«

»Nein! Hör auf! Das ist nicht wahr!« Elias hielt sich die Hände vor das Gesicht. Das wollte er nicht hören.

»Denke nach! Du bist nicht dumm! Vergiss für einen Moment, dass es deine Tochter ist ... und setze die Mosaiksteine zusammen: unser Absturz, der Energieschild, das Bombardement und unser Fall durch das Schwarze Loch ...«

Elias wehrte sich dagegen, diese Ereignisse zu akzeptieren. Unsicher sah er Marina an, die Vater nicht hören und nur sein Selbstgespräch verfolgen konnte. Ob sie annahm, dass er seinen Verstand verloren hatte? Der Verdacht, verblendet einer fixen Idee zu folgen, schmerzte wie ein glühendes Stück Kohle in der Kehle. Er konnte doch nicht sein eigenes Kind töten?

»Elias ... du musst das beenden! Jetzt! Solange du es noch kannst!« Vater hetzte ihn weiter gegen Kezia auf.

»Ich werde ...« Elias stand auf und sah sich um. Ein dicker Stock oder ein Stein, mehr würde er nicht benötigen. Er brauchte nicht lange. Ein schweres Aststück lag direkt vor seinen Füßen. Elias hob die Waffe auf und drehte sich wieder um.

»Bist du wahnsinnig?«, fragte Marina und stellte sich schützend vor Kezia, die gerade zwischen zwei Wehen flach und schnell atmete.

»Vater, ist es das, was du willst?«, fragte Elias und fixierte Marina, die sich kampfbereit vor ihm aufbaute.

»Wenn ich einen anderen Weg wüsste ... würde ich es dir sagen!«

Elias signalisierte Marina, dass er sie nicht angreifen wollte. Kezia lag wehrlos vor ihm. Sie drehte in ihrer Anstrengung den Kopf weg. War die Vernunft dieses Opfer wert? War es richtig, sein Kind zu opfern, um andere Leben zu bewahren? Würde er sich danach noch in die Augen sehen können? Nein.

»Es gibt immer eine andere Möglichkeit!« Elias hatte nie vorgehabt, Kezia zu erschlagen. Den Knüppel warf er weg. Und Marina bot er seine Hand, die sie auch annahm. Er würde diesen Tag sicherlich nicht als Mörder seiner Tochter beenden. »Wenn wir den Glauben an unsere Kinder verlieren, ist das Leben nicht mehr wert, gelebt zu werden.«

»Ich wünsche dir, dass du die richtige Entscheidung getroffen hast!«

»Das wünsche ich mir auch.« Elias beugte sich zu Kezia, die mit der nächsten Presswehe kämpfte. Die letzte.

Kurz darauf hielt Elias ein kleines Mädchen in den Händen, das, ohne lange zu warten, lautstark zu schreien begann.

»Du hast es geschafft!«, sagte Elias und packte das blutverschmierte Bündel an die Brust ihrer Mutter. Er konnte sich an keinen Moment seines Lebens erinnern, an dem er glücklicher gewesen wäre. Egal welche dunkle Vorahnung Vater hatte, sie war unbegründet. An dem kleinen Körper waren keine Besonderheiten festzustellen.

Die Nabelschnur hatte Elias mit den Zähnen durchgebissen und am Nabel seiner Tochter verknotet. Die würde mit der Zeit von selbst abfallen, sagte er sich. Am Bachlauf konnte er das Kind waschen, was die Kleine nicht ohne gebührendes Geschrei über sich ergehen ließ. Das kalte Wasser war für ein Neugeborenes alles andere als angenehm.

»Kezia?«, fragte Elias vorsichtig, seine Schwester verhielt sich nach der Geburt sehr ruhig.

Um sie zu versorgen, hatte er Marina das Kind in die Arme gedrückt, die mit ihr jetzt auf der Wiese saß und offensichtlich nicht wusste, von welcher Seite man Babys anfassen konnte, ohne sie zu verletzen.
»Ist es nicht schön hier?« Kezia wirkte blass. Mit der Nachgeburt hatte sie sehr viel Blut verloren und hörte nicht auf, weiter zu bluten.
»Soll ich dich zum Bach bringen?« Elias wollte auch sie waschen, um sich ihre Verletzungen besser ansehen zu können.
»Später ... lass mich erst ein wenig ausruhen.« Kezias Augen begannen zu flackern.
»Kezia! Bitte, bleib bei mir!« Elias war fassungslos, seine Schwester hatte der Feuerkraft einer ganzen Armada getrotzt und jetzt lag sie vor ihm und verblutete?
»Warte, gleich ...« Kezia schloss die Augen.
»Nein! Nein! Stirb mir nicht weg!« Elias versuchte, sie mit einer Mund-zu-Mund-Beatmung und einer Druckpunktemassage wiederzubeleben. Abwechselnd presste er ihr Luft in dic Lungen und drückte mit beiden Händen rhythmisch auf ihren Brustkorb.
»Elias, sie ist tot«, sagte Vater leise.
»Das kann nicht sein! Sie haben uns mit Laserkanonen beschossen! Mit Bomben beworfen ... nichts davon hat ihr auch nur einen Kratzer eingebracht! Und jetzt liegt sie hier und stirbt?« Elias wollte es nicht wahrhaben.
»Ich sage nur, was ich sehe ... ich bin nicht in der Lage, dir Begründungen zu liefern.«
Elias heulte. »Wir waren doch bereits in Sicherheit! Das ist doch nicht fair! Das war doch völlig unnötig ... das Kind ist gesund ... und sie verblutet vor meinen Augen?«
»Der Tod hatte noch nie ein gutes Zeitgefühl.«

»Ich meine ... ich bin Arzt! Arzt ... verstehst du mich? Was taugt ein Arzt, dessen Patienten sterben?« In Elias' Augen hatte er versagt. Schon auf Proxima hätte er sie nicht gehen lassen dürfen!

»Vermutlich ist es besser so.« Vater sollte nicht versuchen, ihn zu beschwichtigen. Eben noch wollte er ihren Tod!

»Ich glaube sie hat Hunger!«, rief Marina, die erfolglos versuchte, das Kind in den Schlaf zu wiegen.

»Ich hab nichts, was ich ihr geben kann!« Elias wünschte sich, eine andere Antwort parat zu haben.

»Und sie friert!« Marina nutzte einen Riss an ihrem Einteiler und wärmte das Kind auf ihrer nackten Haut.

»Und jetzt?«, fragte Elias.

»Begrab deine Schwester«, sagte Marina kompromisslos. »Ich suche Nahrung!«

Elias nickte. Genau das würde er tun. Danach würden sie zusammen Anna suchen.

»Wie heißt die Kleine eigentlich?«, fragte Marina im Weggehen.

»Wie ihr Name ist?« Elias wusste noch nicht wie er seine Tochter nennen würde.

Ob Anna noch lebte? Er sah nach oben. Ja, bestimmt. Ihr ging es gut, das wusste er genau. Er würde sie finden und wenn der Weg zu ihr zurück sein ganzes Leben dauern würde.

***

Liebe Leser,
hat euch die Geschichte gefallen? Missfallen? Habt ihr einen Fehler gefunden? Möchtet ihr dem Autor eure Meinung mitteilen?

Helft mir besser zu werden. Lobt mich. Verflucht mich. Redet einfach mit mir. Ihr habt gute Chancen eine Antwort zu bekommen.

Schreibt eine Rezension auf Amazon. Kurz. Lang. Völlig egal. Schreibt mir eine Email. Oder gebt es mir auf Facebook. Wie es euch gefällt.

Ich freue mich über jeden Kontakt.

Thariot / Martin

martin@thariot.de

Mehr Bücher von Thariot auf Amazon:

Ninis – Die Wiege der Bäume

Dark Fantasy, 2011,

Sonnenfeuer – Der Frieden war nah

Thriller, 2012

Cuareen – Die Blutspur

Dark Fantasy, 2012

Sternenstaub im Kirschbaum

Fun Fantasy, 2013

Genesis – Die verlorene Schöpfung

Science Fiction, 2014, Band 1

Genesis – Brennende Welten

Science Fiction, 2014, Band 2

Genesis – Post Mortem

Science Fiction, 2014, Band 3

Ich.Lebe.

Thriller, 2015

Solarian. Tage des Aufbruchs

Science Fiction, 2015, Band 1

Printed in Poland
by Amazon Fulfillment
Poland Sp. z o.o., Wrocław

54691302R00315